詩經國風賞析

李敏新 ◎ 译注

岳麓書社 · 长沙

读《诗经》，当从《国风》始

一、从《诗经》说起

《诗经》是我国第一部诗歌总集，收集了自西周初年至春秋中叶五百多年间的诗歌305篇。先秦称为《诗》，或取其整数称《诗三百》《三百篇》。西汉时被尊为儒家经典，称之为《诗经》，并沿用至今。

《论语》云："不学诗，无以言。不学礼，无以立。"这里的"诗"，即《诗经》。《诗经》在我国文学史上具有崇高的地位和深远的影响。它牢笼千载，衣被后世，是我国古代诗歌的光辉起点。我国诗歌艺术由此肇端而形成特有的民族特色。

自西汉《毛诗序》释《诗经》以降两千多年来，《诗经》释、注、译家蜂起，至今仍盛。

今人读《诗经》，若离开了历代诗评释注家的注释解析和相关史料，则难以读懂。难就难在两点：

一是不了解原诗写作时的背景。后来人说：诗言志，诗记事，诗言情。而在《诗经》中，这"志""情""事"却是通过用极精练的文字表现出来的。离开了对原诗写作背景（包括当时社会大背景和个人小背景）的了解，就难以读懂原诗的本意了。这大概是"诗无达诂"之说的缘由吧。

若要读懂诗或词，离不开对写作背景的了解。读唐诗宋词如此，读今人的诗词也是如此，读《诗经》更是如此。所以，后人写诗或词，为了便于他人理解，或者为自己记忆，有时在诗词的正文前写上几句白话，记下有关的写作背景，或曰"序"，或曰"小序"，或曰"题记"，而《诗经》中每首诗的前面则缺少介绍背景的"序"，今人读《诗经》，就不得不借助于《诗经》之后历代诗释译注家的注释、注疏和有关论著与史传了。

二是经过两千多年的流变，《诗经》中有不少字、词，到了今天，有的已失去了其本来含义，有的则已异化，变得生僻。故此，今人读《诗经》，也是万万离不开《诗经》之后历代诗释译注家的注释、注疏和有关研究论著的。

今人读《诗经》，除了以上两个难点外，也有三个易点。

一是《诗经》三百首，尤其是风类诗，多采集于民间，大多为口语化的民歌，语言质朴自然，毫无矫揉造作之态，今人读来，大多明白如故。

二是《诗经》三百首无典故，虽用"代码"但不"隔"，驴是驴，马是马。今人读《诗经》，就少了考察典故的麻烦。更令人称奇的是，《诗经》中的很多诗句成为后人写诗填词时常用的典故。

三是《诗经》中所承载传播的人生观、哲学观、价值观、美学观、礼仪观等，对今人仍有极大的教育意义。我们说中华文明上下五千年一脉相承，是就这种文明中所包含的人生观、哲学观、价值观、美学观、礼仪观而言的。《诗经》中所蕴含的中华文明的人生观、哲学观、价值观、美学观、礼仪观，至今仍是生生不息，具有旺盛的生命力。今人不可不读。

二、《风》诗如何翻译才更美、易诵、易记？

新文化运动以前，释《诗经》者，重在考证其创作背景、译注字词。新诗体兴起后，释注《诗经》者除考证其创作背景、译注字词、评析写作特色技巧外，又有了用新体诗译原诗的形式。从笔者所接触到的众多译注本看，用新体诗逐句翻译原诗，白话文串讲句意，虽不拗原诗本意，起到了沟通古今的桥梁作用，但大多流为"打油诗""口语诗"，甚至是"口水诗"，虽达原诗之意，却无信、不雅，从中难以体会到诗境诗情，美感缺失。实是一大憾事。

诗是文学殿堂中的臻品，它的用语与散文、白话文有较大的差别。格律诗、词与新诗、散文也不一样，因为它们有韵、律的限制，不能像散文那样去发散性地表达。如果我们用白话文或散文或口语诗或新诗的体例去译《诗经》，虽能对原诗的本意作出正确的理解，但又有文字冗长之弊，难以从中体会到诗境诗情的美感。

文有文语，诗有诗言。从"诗家语"来看，诗要求精练，可以省去的话不必说，叙述可以有跳动，描写应具象逼真，写人要有生气，写物要有灵性，写情感也要借物寄情，而不能空发议论，即或骂人，也要形象化，骂得深沉，骂得优雅，而不能是泼妇骂街式的破口大骂。这些都是新体诗、口语诗不能与格律诗相比之处。

宋代严羽《沧浪诗话》说："诗之品有九：曰高，曰古，曰深，曰远，曰长，曰雄浑，曰飘逸，曰悲壮，曰凄婉。"这里所说的"诗"，当是指近体格律诗，也包括词。今人读《诗经》也好，译《诗经》也罢，只要从上述"九品"入手，就能深切体会到它所蕴含的特具美感的艺术风格和世间万物与人之心相通的栩栩如生的灵性。唯有用"诗"译《诗》，即用近体诗形式译《诗经》，方能既不拗原诗的本意，又能收到信、达、雅兼备，便于吟诵铭记的效果。

用近体诗形式译《诗经》，也有一个是采用格律诗译还是采用词译的问题。无论从体例韵律而言，还是从表情达意而言，诗与词有别。王国维《人间词话》说："词之为体，要眇宜修，能言诗之所不能言，而不能尽言诗之所能言。诗之境阔，词之言长。"对此，张中行先生在《诗词读写丛话》中认为："诗是诗，词是词。""一是给人的感触印象有别，诗刚，词柔；二是表达的手法有别，诗直，词曲；三是情意的表露程度有别，诗显，词隐；四是来由和归属有别，诗男，词女。"除对第四点的"有别"不敢苟同外，其他三个"有别"笔者深以为然。

　　用近体诗（格律诗、词）形式译《诗经》，关键是要符合信、达、雅的要求，除要体现原诗的本意外，还要做到晓畅明白，便于今人理解读懂，易诵易记；既要忠实于原诗，表现形式又要体现诗的文学性特点，不能流于口语，写成打油诗，要抑扬顿挫，有节律感、韵律感，给读者以美的熏陶与享受，而不能局限于理解原诗之意，读过即弃，得意忘言，无绕梁之余音，无留脑之烙印。要做到两全其美，实非易事。

　　为了增强译诗的美感，便于吟诵记忆，作为一种尝试，笔者在对《国风》进行翻译时，遵循忠实原诗本意，取原诗之魂，撷原诗之"眼"的原则，根据原诗中所描述的诗境、意境及所蕴含的情感，按照信、达、雅的要求，依据诗与词各自所具的诗直词曲、诗刚词柔、诗显词隐、诗雄放词委婉等特点，采用格律诗或词谱的体例格式与规范韵律，复制原诗之境，重绘原诗之情，将160首《风》诗分别译成格律诗109首（其中组诗9首），词51首（其中组词1首）。按原诗作者性别划分，男子之诗36首、词21首；女子之诗38首、词20首，难以判定作者性别的诗词45首。

　　为了尽可能不与原诗本意、诗境、诗情相悖，在选用格律诗体例翻译原诗时，除多数采用平水韵外，还有一部分采用的是中华新韵。前者90首，后者19首。

　　在选用词谱体例翻译原诗时，根据原诗内容所包含的信息量多寡，有的采用小令，有的采用中调，有的则采用长调。其中，小令是多数，共46首，中调2首，长调3首。

三、《风》诗是什么？

《诗经》分为《国风》《雅》《颂》三大篇。其中，《国风》包括《周南》《召南》《邶风》《鄘风》《卫风》《王风》《郑风》《齐风》《魏风》《唐风》《秦风》《陈风》《桧风》《曹风》《豳风》，合称十五国风。《风》类诗160首，占了《诗经》总数的一半还多，它在《诗经》中占有十分重要的地位。

《风》诗是什么？宋代朱熹说："凡诗之所谓风者，多出于里巷歌谣之作。所谓男女相与咏歌，各言其情者也。"闻一多则将《风》诗内容归纳为婚姻、家庭、社会三大类。分类的标准不同，归纳得出的类别自然不一样，不必强求一致。总而言之，《风》诗是表现周代社会芸芸众生喜怒哀乐的文字载体。它包含了哀怨、述怀、忠孝、叙事、怀古、思念、送友、忧国、愤世、惜时、伤时、婚恋、宴饮、咏美等社会生活方方面面的内容，可以称得上是周王朝社会的一部百科全书。品读《风》诗，你将会为其中所表现的关注现实生活的热情、强烈的忧患意识、积极的人生态度、纯洁的爱情观、真诚的人性光辉所感动；你将会从中听到诗作者对公平正义的吁求呐喊，对真善美的颂扬，对假恶丑的鞭挞，对人与自然之和谐的赞美；你从中看到的是对忠贞爱情的追求和海誓山盟的恋歌，是情真意切的朋友之情，是道不尽的家国情怀与乡土情结，是对时光易逝的感叹，是夫妻恩爱的缠绵缱绻，是直面军旅嚣尘的激昂与忧思，是对社会不公的怨愤与抗争，是劳动者的欢歌与智者的哲思之语与人生感悟。总而言之，它沉淀着从远古到周代社会的文化积累，凝聚着先民无数次的生活经历与情感体验，闪耀着人性的光辉，昭示着理性的觉醒，是周代社会生活的万花筒。下面择其要点分述之。

1. 惟有真爱不能忘。

人与动物的区别不仅在于理性，还在于人有动物无法企及的情感需求，而在哲学视角下，爱情被定义为是人类最基本的最为复杂、深刻而持久的情感联结，因而爱情便成为文学创作永恒的主题。在160首《风》诗中，以婚恋嫁娶、夫妻恩爱、久别闺怨为主题的诗有60首之多。在这里，有生之爱的追求，有久别离的闺怨，有缠绵缱绻的夫妻恩爱，有逝之爱的怀念。

（1）生之爱，因男子对淑女爱得专一、爱得深沉而思念绵绵不断，"泪滴千千万万行，更使人、愁断肠"，坐立不安，夜不能寐，久久沉浸于因挚爱所产生的琴瑟和鸣、钟鼓同谐的美好情景中。如《国风》第一首《周南·关雎》："关关雎鸠，在河之洲。窈窕淑女，君子好逑。""寤寐求之。""求之不得，寤寐思服。悠哉悠哉，辗转反侧。""窈窕淑女，琴瑟友之。""钟鼓乐之。"

如作为一首叙写男子追寻所爱恋之人全过程的爱情诗《秦风·蒹葭》，更是记录了男子在追求爱情的过程中，一次又一次地体验着幸福与痛苦的交织、希冀与绝望的寻觅、臆想与现实的碰撞，使全诗极具韵律之美、情景之美、朦胧之美和婉约之美。"蒹葭苍苍，白露为霜。所谓伊人，在水一方。溯洄从之，道阻且长。溯游从之，宛在水中央。"

（2）若两情真爱，爱到深处、爱到极点，是无关乎生与死的。海誓山盟的约定，"直教人生死相许"。如一个女子在对她所钟情的男子盟誓诗《王风·大车》中说："榖则异室，死则同穴。谓予不信，有如皦日！"

笔者将全诗翻译成词《玉楼春·大车》，便是：

红纬青帐尘襟爽，迅驶大车吱嘎响。两情私语诉衷肠，万缕情丝无处放。　　此生异室真惆怅，死则但求同穴葬。为君倾吐尽心言，皦日高天齐景仰。

（3）若两情真爱，一旦久别未聚，无论对丈夫还是对妻子而言，都是一种难以忍受的煎熬与痛苦。在周王朝时期，男子因服徭役、服军役而不得不与妻子久久分离，留守在家的妻子因思念而生怨、因分离而忧思、因忧思而成日悲伤是常有的事。在《风》诗中，闺怨忧思之辞甚多。

孤单一人的女诗人看到在树林间鼓动翅膀吃力上下翻飞的雄雉，联想起在外的丈夫，既担心思念，又难过悲伤。于是悲怆地吟出了《邶风·雄雉》，成为千古闺怨诗之始祖。

一位妇人的丈夫行役在外，她独居在家而苦苦思念着，随着冬去春回的时间推移，心中的忧愁与苦闷与时俱增，在思念中又幻想着设想着丈夫回来相聚的喜悦之情，一遍又一遍地低声唱道："喓喓草虫，趯趯阜螽。未见君子，忧心忡忡。亦既见止，亦既觏止，我心则降。"

我将原诗翻译成词《醉太平·草虫》：

飘飘絮蓬，呀呀草虫。心如苦雨凄风，登南山望鸿。 思侬忆侬，忧心忡忡。山高路远情浓，问何年喜逢？

此外，《周南·卷耳》《卫风·伯兮》等诗都属于此列。

（4）若两情真爱，不只是在相恋期间的甜言蜜语和海誓山盟，也不只是分离期间的苦苦思念，更多的是在朝夕相处中的一颦一笑间，在相互惦念的衣食住行中，在缠绵缱绻的天雷勾地火般的性爱中。《邶风·终风》《郑风·缁衣》《郑风·女曰鸡鸣》《郑风·风雨》《齐风·东方之日》等诗体现了这样的主旨。如表现妻子与丈夫久别重逢而心情愉悦不已的诗作《郑风·风雨》唱道：

"风雨凄凄，鸡鸣喈喈。既见君子，云胡不夷？""既见君子，云胡不瘳？""既见君子，云胡不喜？"

笔者将表现一对少年夫妻在新婚夜床笫之欢时，新娘子所唱出情意缠绵的情爱诗《终风》译成如下七律：

7

情郎淑女不成眠，倒倒颠颠笑语旋。
妙外何须挑逗乐，欢时只盼厚恩连。
褥中风急痴心醉，枕上云收思念牵。
锦帐良宵犹恨短，雷声敲破五更天。

（5）若两情真爱，当是一生一世的爱，既是生的相互依恋，还有生者对逝者的追悼与怀念。在《国风》中，悼亡诗虽只有2首，而每一首却各具特点，读之令人心灵震撼，可谓是千古悼亡诗之始祖。如《邶风·绿衣》，原诗是：

绿兮衣兮，绿衣黄里。心之忧矣，曷维其已！
绿兮衣兮，绿衣黄裳。心之忧矣，曷维其亡！
绿兮丝兮，女所治兮。我思古人，俾无訧兮！
絺兮绤兮，凄其以风。我思古人，实获我心！

笔者将原诗翻译成小令《长相思·绿衣》：

千针缝，万针缝，絺绤丝丝意万重，情深东海同。　　怀君容，思君容，长夜看衣泪满胸，难堪梦不通。

《邶风·绿衣》是一位丈夫为亡妻而写的追悼之诗。诗人怀念亡妻，该有多少事、多少物、多少情可写呀，但他只选取了生活中须臾不可暂离的里黄外绿的衣服。他一次又一次翻过来倒过去地看。他的悲伤、思念之情与亡妻所缝织的衣服相互感应，似乎是他的心与亡妻的心在交流，在互通，以至于凄泪满胸襟。

另一首是《唐风·葛生》。它与《邶风·绿衣》所不同的是，诗人追悼亡妻时，不仅有"角枕粲兮，锦衾烂兮"的睹物怀人，更有"死同穴"的相许。原诗是：

葛生蒙楚，蔹蔓于野。予美亡此，谁与独处。
葛生蒙棘，蔹蔓于域。予美亡此，谁与独息。
角枕粲兮，锦衾烂兮。予美亡此，谁与独旦。
夏之日，冬之夜。百岁之后，归于其居！

冬之夜，夏之日。百岁之后，归于其室！

笔者将原诗翻译成小令《鹧鸪天·葛生》：

野葛青藤缠树枝，离离蔓草半成泥。荒荒孤坟秋风伴，戚戚悲心苦雨摧。　　方枕粲，锦衾辉，阴阳两隔不相依。冬宵夏昼何时了，唯赴泉台同室归。

2. 直面军旅嚣尘。

一部人类文明史，也是一部人类战争史。人类自从步入文明时代的入口处，一只脚伴着和平的鼓点踏在耕耘播种的田野里，另一只脚则伴随着冲锋的号角踏在白刃血纷纷的战场上。有战争必有征役，有战争必有征夫。古今中外，概莫能外。

国无防不立，防不固则家难安。从古到今，戍边卫国既是军人的职责与奉献，其中也有军人妻子的付出。在《国风》中，以军旅生活为题材的诗有14首之多。在这些诗中，有的是叙写征夫勇敢强悍、轻生忘死，将士同甘共苦、同仇敌忾抵御外侮，如《秦风·无衣》；有的是征夫妻子因丈夫为国戍边而感到自豪与骄傲的吟唱，如《郑风·遵大路》；有的则是妻子与征夫分离而孤独、忧虑、思念、牵挂的悲歌，如《卫风·伯兮》《王风·君子于役》《秦风·小戎》；有的是对武士威猛、勇敢、忠诚的赞美，如《周南·兔罝》；有的是妻子送夫远征时的送别之词，如《桧风·匪风》；有的是征夫思乡思亲的泣诉，如《邶风·击鼓》《王风·扬之水》《魏风·陟岵》；有的是士卒解甲还乡时所忆、所见、所闻之词，如《豳风·东山》；有的是将士征战凯旋时所唱的胜利者之歌，如《豳风·破斧》；等等。这些诗无论是出自征夫之口，还是征夫妻子所写，都是发自肺腑的心声，都是真情的表白。下面仅以《秦风·小戎》为例。

《秦风·小戎》是一位征夫之妻对丈夫的赞美与思念之诗。它以主人公回忆曾经送夫随军从役时所见的战车、战马、弓箭等兵器为起兴物,多为慷慨激昂之词,显示兵车阵容的雄壮和主人公丈夫的威武。因为主人公的丈夫从军边防,又有为人温厚恭良、诚实有礼节、性情犹如美玉一般温润等优秀品质,妻子更是日夜思念丈夫,盼望他早日归来("方何为期"),以至于因思念而辗转反侧,忽睡忽起,难以入眠。原诗《小戎》是:

  小戎俴收,五楘梁辀。游环胁驱,阴靷鋈续。
  文茵畅毂,驾我骐馵。言念君子,温其如玉。
  在其板屋,乱我心曲。

  四牡孔阜,六辔在手。骐駵是中,騧骊是骖。
  龙盾之合,鋈以觼軜。言念君子,温其在邑。
  方何为期?胡然我念之!

  俴驷孔群,厹矛鋈錞。蒙伐有苑,虎韔镂膺。
  交韔二弓,竹闭绲縢。言念君子,载寝载兴。
  厌厌良人,秩秩德音。

笔者将其翻译成《满庭芳·小戎》:

  记得当年,车轮辘辘,绳索缠绕辀梁。游环华毂,丝垫锦纹镶。千里尘烟滚滚,复长啸,仰颈高吭。蹄行疾,嘶鸣不息,衢路正腾骧。 无双。忙夙夜,蜗居板屋,处处争强。舞龙盾金戈,气宇轩昂。勤勒缰绳策马,温如玉,是我情郎。思情迫,归来何日?念念乱心房。

3. 人生自古伤离别。

人生多离别,是自古至今存在的社会现象。而在周代时期,由于社会生产力极不发达,道路交通很落后,不论是因服征役还是服劳役或其他原因带来的夫妻离别、母子离别、父子离别,甚或兄弟姐妹、情人离别,从此一别,相见实在难矣!有的因妻子与丈夫久别而苦苦思念，如《周南·卷耳》；有的是妻子送别丈夫时的劝勉之词，如《召南·殷其雷》；有的是妻子送丈夫远行时依依不舍的悄悄话，如《周南·汝坟》《郑风·遵大路》；有的是妻子送别丈夫远征时的祝福之语，如《桧风·匪风》；有的是兄长送妹妹远嫁时的悲伤之诗，如《邶风·燕燕》；有的则是母亲送儿子远去服劳役时的叮咛嘱咐之言，如《齐风·甫田》；有的是因长久在外服徭役而不知何日回到父母身边侍奉尽孝之人的怨愤之词，如《唐风·鸨羽》；等等。

有位留守妻子对远出服役丈夫的思念、牵挂之诗《王风·君子于役》是这样写的：

　　君子于役，不知其期，曷至哉？
　　鸡栖于埘，日之夕矣，羊牛下来。
　　君子于役，如之何勿思？

　　君子于役，不日不月，曷其有佸？
　　鸡栖于桀，日之夕矣，羊牛下括。
　　君子于役，苟无饥渴！

笔者将其翻译成绝句《君子于役》：

　　何为夫君从役伤？归期驻地渺茫茫。
　　鸡栖于桀牛羊下，寞寞黄昏寂夜长。

4. 劳动者的欢歌与质问。

劳动是人生之必需，是社会发展与进步之必需。劳动不仅创造物质财富，也创造精神财富，劳动创造快乐、创造爱情。《国风》中，有四首是劳动者的欢歌与质问之词。如《周南·芣苢》是一群带着孩子的妇女采摘薏苡、草珠时所唱的歌。它展现了大人们忙碌着采摘芣苢，孩子们在一旁拍手叫好助兴加油时的热烈而欢快的劳动场面，传达出妇女们在采摘芣苢时的欢快情绪。原诗《周南·芣

诗经国风赏析

苢》是：

> 采采芣苢，薄言采之。采采芣苢，薄言有之。
> 采采芣苢，薄言掇之。采采芣苢，薄言捋之。
> 采采芣苢，薄言袺之。采采芣苢，薄言襭之。

笔者将其翻译成绝句《芣苢》如下：

> 大地临秋景色殊，草珠苗茂遍荒途。
> 掇捋兜裹忙忙采，结伴儿童拍手呼。

再如赞美歌颂采蘩妇女们"夙夜在公"的忘我精神的叙事诗《召南·采蘩》：

> 于以采蘩？于沼于沚。于以用之？公侯之事。
> 于以采蘩？于涧之中。于以用之？公侯之宫。
> 被之僮僮，夙夜在公。被之祁祁，薄言还归。

笔者将其翻译成绝句《采蘩》，便是：

> 涧溪沼泽异香飘，凤髻盘云采白蒿。
> 夙夜在公勤祭事，盈盈笑靥已忘劳。

此外，还有一位已出嫁女子在进行收葛、煮葛、浆洗、织布等劳作时，进而联想到穿着新衣回娘家以慰藉父母而作的《周南·葛覃》；有一群伐木者在给统治者进行艰苦的砍树劳动时，联想到贫富悬殊，耕者无饥食，统治者吃白食的社会现象而写的、以表达不满与愤怒之情的《魏风·伐檀》。他们一遍又一遍地质问：

> "不稼不穑，胡取禾三百廛兮？不狩不猎，胡瞻尔庭有县貆兮？"

> "不稼不穑，胡取禾三百亿兮？不狩不猎，胡瞻尔庭有县特兮？"

> "不稼不穑，胡取禾三百囷兮？不狩不猎，胡瞻尔庭有县鹑兮？"

> "彼君子兮，不素餐兮！"——你们这些君子，为什么总是

吃白食呢？

5. 对社会不公的怨愤与抗争。

在一切阶级社会中，哪里有压迫、有剥削、有不公，哪里就有反抗、有怨诉。《国风》中，对社会不公的怨愤与抗争诗有14首之多。有的是弱女子对强迫婚姻进行控诉与抗争，如《召南·行露》《邶风·新台》《鄘风·柏舟》等；有的是妻子因受到丈夫冷暴力虐待或被遗弃而写的怨愤之诗，如《邶风·日月》《邶风·谷风》《郑风·狡童》等；有的是抨击时政，对社会贫富悬殊、社会不公现象的控诉鞭挞之语，如《邶风·北门》《卫风·有狐》《齐风·东方未明》《魏风·葛屦》《魏风·伐檀》《魏风·硕鼠》等；有的还是借飞鸟之言，表达与邪恶进行抗争、控诉的寓言诗；等等。下面以《魏风·硕鼠》为例。

《魏风·硕鼠》是一个小官吏在贵族家服役而受到不公正待遇时唱出的愤懑之诗。

> 硕鼠硕鼠，无食我黍！三岁贯女，莫我肯顾。
> 逝将去女，适彼乐土。乐土乐土，爰得我所。
>
> 硕鼠硕鼠，无食我麦！三岁贯女，莫我肯德。
> 逝将去女，适彼乐国。乐国乐国，爰得我直？
>
> 硕鼠硕鼠，无食我苗！三岁贯女，莫我肯劳。
> 逝将去女，适彼乐郊。乐郊乐郊，谁之永号？

笔者将其翻译成五言排律《硕鼠》（新韵），便是：

> 田中藏硕鼠，偷吃我禾黍。硕鼠害尤多，恰如山下虎。
> 三年日夜忙，侍汝折腰苦。安慰无只言，怨愁千万缕。
> 人思如意时，世盼英明主。此处不留爷，他乡寻乐土。

6. 智者的哲思与人生感悟。

诗经国风赏析

人生哲理是人们在生活中所体悟出的人生态度、价值观和思考方式。它是一种智慧，无论对于强者或是弱者、富人或是穷人、士人或是平民百姓，都可以帮助他们以最好的心态和最好的行为面对生活中的挑战，或是面对优渥的生存环境，从中获得更多的成功与快乐，或是从黑暗中看到光明，从痛苦迷茫中得到解脱。难得的是，在远古的周代社会的先民们，将从生活中所体悟出的生活哲理吟之于诗，流传后世，对今人仍有极大的教育意义。

《国风》中，出自智者之口的生活哲理诗少则也有 10 首。如村妇劝架之诗《鄘风·墙有茨》。"清官难断家务事"，面对他人家里的矛盾纠纷，劝架者是很难说出对错是非的道道来的，她只能絮叨絮叨而已，动之以情，反复絮叨：

　　墙有茨，不可扫也。中冓之言，不可道也。所可道也，言之丑也。

　　墙有茨，不可襄也。中冓之言，不可详也。所可详也，言之长也。

　　墙有茨，不可束也。中冓之言，不可读也。所可读也，言之辱也。

笔者将其翻译成格律诗《墙有茨》，便是：

　　蒺藜墙上守柴关，窃贼偷侵未敢攀。
　　国事宜同贤哲论，冓言休与外人谈。
　　夫妻互敬言应美，姑嫂相亲语莫蛮。
　　兄弟阋墙人偷笑，燃萁煮豆两难堪。

还有叙说德才兼备的人才观的哲理诗《鄘风·鹑之奔奔》。有感叹人生如蜉蝣之短暂的诗《曹风·蜉蝣》，生发出人生苦短的悲观、忧惧、失望之情。有贵族访友相聚时劝人及时享乐、快乐生活的诗《秦风·车邻》"今者不乐，逝者其亡"。又有规劝他人不要吝啬财物，要及时行乐、活在当下的诗作《唐风·山有枢》。有一

14

首告诫夫妻要相互信任,莫为流言蜚语所惑的劝勉之辞《郑风·扬之水》,它告诫人们:

"无信人之言,人实迋女。"

"无信人之言,人实不信。"

更有劝人积极向上的警世之言《唐风·蟋蟀》,它劝勉人们应懂得生活,珍惜光阴,可乐时须行乐,但当思深忧远,勤劳奋勉,不要因贪欢无度而荒废了正事。原诗是:

蟋蟀在堂,岁聿其莫。今我不乐,日月其除。
无已大康,职思其居。好乐无荒,良士瞿瞿。

蟋蟀在堂,岁聿其逝。今我不乐,日月其迈。
无已大康,职思其外。好乐无荒,良士蹶蹶。

蟋蟀在堂,役车其休。今我不乐,日月其慆。
无已大康,职思其忧。好乐无荒,良士休休。

笔者将其翻译成格律诗《蟋蟀》如下:

蟋蟀唧唧声绕梁,星移斗转又冬霜。
今时可乐须行乐,日月如梭难匿藏。
良士德高当奋勉,贪欢无度失安康。
有时毋忘思无日,福禄盈门永世昌。

7. 永生不能舍弃的家国情怀与故土情结。

自阶级出现而产生国家以后,爱国就是人类最炽热最持久最普遍的情感,它和其他的情感与信念一样,使人趋于高尚。故土是每个人精神家园的象征和梦境,对故土的眷恋是蕴藏在人们内心深处最深沉的情感。古希腊哲学家柏拉图说:"人不仅为自我活着,而且也为祖国活着。"拿破仑说过:"人类的道德标准是什么?那就是爱国心。爱国是文明人的首要美德。"英国最伟大的剧作家莎士比

诗经国风赏析

亚说:"我重视祖国的利益,甚于自我的性命和我所珍爱的儿女。"《左传》云:"临患不忘国。"陈毅有诗云:"祖国如有难,汝应作前锋。"因此说,家国情怀与故土情结,是深深根植于人们心中永生不会舍弃的信念与精神支柱。

在《国风》中,描写叙述诗人家国情怀和乡土情结的诗占有较大的分量。前文"人生自古伤离别"中已引述过的多首诗中,有一部分可归入"永生不能舍弃的家国情怀与故土情结"主题中,在此不再赘述。下文将对《鄘风·载驰》和《王风·黍离》做一导读性的浅述。

先说《鄘风·载驰》。《载驰》是周朝诸侯国许国许穆公夫人所作的一首表达对母邦国和卫侯的关切、忧思和极端痛苦的情绪的诗篇。许穆公夫人是卫国人,后来嫁到许国。公元前660年,狄人侵入卫国,许穆公夫人闻母邦被狄人占领后,忧心如焚,本想亲自前往卫国去慰问卫侯,却遭到了许国大夫君子们的反对而未能成行,只好派许国使臣星夜兼程赶到卫国去慰问卫侯。尽管如此,她还是遭到了许国大夫们的埋怨与指责。她愤懑不已,于是写下了这首《载驰》,以抒发她对母邦卫国的关切、忧思和极端痛苦的心情,表达远嫁女儿的宗国情怀和亲亲大义。诗人句句诘问,句句说理,气势磅礴,咄咄逼人,直击许国人之胸腔,读之催人泪下。

次说《王风·黍离》。周朝时期,平王东迁后,周王朝的一位大夫来到西周国都镐京(今西安),看到当年的宗庙殿宇均已毁坏,昔日繁华不再,旧的痕迹难觅,眼前所见只是一片生长繁茂的黍稷苗,它勾起了诗人的无限故土情思。于是他缓步行走在荒凉的田埂上,一步三摇,如昏如厥,如噎如泣,充满怅惘,连路都走不稳。怅惘尚能承受,令人不堪的是这种忧思不能被人理解。他既感叹世事沧桑,更感叹知音难觅。他只能叩问于天:"悠悠苍天,此何人哉!"于是,他写下了《黍离》,抒发了心中念故土、思故地的千千结。

8. 感恩之心不可无。

人从呱呱坠地的第一声啼哭始，到撒手人寰而终，寿命或长或短，在生命的旅程中，这其中既有不断给予，更是一个不断得到、获取的过程。既有恩于人，也受恩于人。就受恩于人而论，它体现在生命的全过程的每时每刻、方方面面。有父母的生养之恩，有知遇之恩，有救命之恩，有教导引路之恩，有滴水之恩，有一饭之恩，等等。

知恩感恩是中华民族几千年来传承不息的优秀美德。《国风》中，以知恩感恩为题材的诗有5首，分别是：一首是描写贵族之女出嫁前，为缅怀祖先恩德，与女奴们一起采办祭品，到宗庙祭祀祖先的《召南·采蘋》；一首是赞美缅怀西周政治家召伯建功立业、恩泽百姓的美德的诗《召南·甘棠》；一首是诗人受赠衣服时的答谢之辞《唐风·无衣》。下面着重介绍另外两首感恩诗。

一是《邶风·凯风》。此诗是一首儿子歌颂母亲养育之恩的千古颂诗。诗中以"凯风"起兴，赞美母爱如和畅的南风温暖着儿女们的心灵，母爱如和畅的暖风，爱抚着一棵棵幼苗生长成林；诗中又以"寒泉"起兴，以上善之水喻比母爱的至善至美和伟大无私。为表达儿子对母亲的感恩之情，表示要像树上翔跃的黄鹂婉喉歌唱献给母亲以悦耳动听的歌声，使母亲得到精神上的愉悦与慰藉。

原诗《凯风》是：

凯风自南，吹彼棘心。棘心夭夭，母氏劬劳。
凯风自南，吹彼棘薪。母氏圣善，我无令人。
爰有寒泉？在浚之下。有子七人，母氏劳苦。
睍睆黄鸟，载好其音。有子七人，莫慰母心。

笔者将其翻译成格律诗《凯风》如下：

暖风吹绿棘枝条，汩汩甘泉润土膏。

玉树临风真道骨，慈亲达理最辛劳。
修篁有节方雄长，七子成材为俊豪。
慰藉母心承地义，好音黄雀逐云翱。

二是《卫风·木瓜》。今人对诗句"投我以木瓜，报之以琼琚"大多耳熟能详。它就是《卫风·木瓜》诗的开头两句。此诗的本意是朋友、恋人之间通过相互赠答以表达感恩之情，教人如何与友人相交相处。诗中以"人"赠我"木瓜""木桃""木李"这些平常物为起兴，进而引出"我"回赠以"琼琚""琼瑶""琼玖"等珍宝。诗人一再声明，"我"回赠他（她）以美玉，不是为了得到回报，而是为了感恩，是对他人情意的珍视，"我"期望与之结永世之好。原诗不长，用词质朴，言简意深，内涵极其丰富。

9. 君子不蔽人之美。

古今学者在译注《诗经》主旨时，大多或曰其为"美诗"，或是"刺诗"。这种方法套用于每一首诗中是否可行，暂且不论。但《国风》中的赞美之诗的确很多，由此产生了众多的脍炙人口的成语。如赞美女子美貌、健美、娴雅的成语有《周南·关雎》中的"窈窕淑女"，《周南·桃夭》中的"桃之夭夭，灼灼其华"，《召南·何彼襛矣》中的"唐棣之华""华如桃李"，《卫风·硕人》中的"巧笑倩兮，美目盼兮"，《唐风·椒聊》中的"硕大无朋"，《郑风·野有蔓草》中的"清扬婉兮""婉如清扬"等；赞美忠贞、甜蜜爱情的成语有《邶风·击鼓》中的"死生契阔""执子之手，与子偕老"，《邶风·谷风》中的"宴尔新昏"，《王风·采葛》中的"一日不见，如三秋兮"等；赞美男子身材威武、健朗，行为矫健、尔雅、倜傥，品德高尚的成语有《卫风·淇奥》中的"如切如磋，如琢如磨"，《齐风·猗嗟》中的"美目扬兮""清扬婉兮"，《秦风·小戎》中的"温其如玉"等；赞美士大夫忠诚于国、贤能兼备、勤于政事的成语有《郑风·羔裘》中的"舍命不渝"，《秦风·小戎》中的"载寝载兴"等；赞美将士同心、抵御外侮的成语有《秦风·无衣》中的"岂曰无衣？与子同袍""岂曰无衣？与子同泽""岂曰无衣？与子同裳"等。

有一首赞美猎人驭犬狩猎的诗《齐风·卢令》，对狩猎人的温仁俊美更是赞不绝口："其人美且仁""其人美且鬈""其人美且偲"。此类"美"诗，还有很多。这是"君子不蔽人之美"优秀品格的体现。

10. 人间有味是清欢。

在红尘飞土的浊世之中，有的人为了争取名利蒙蔽自己的内心，唯恐求之不得，唯恐得之失去，时时处于紧张焦灼之中而浮躁不安。而有的人则总是保持着清醒的头脑和纯真的心灵，不被世俗名声所惑，不为世俗利益所诱，远离纷繁世事，隐居深山或偏僻之地，傲世达观。无论是近现代社会还是在远古的周代时期，都不乏这样的人。《国风》中有三篇写隐者之诗，分别是《卫风·考槃》《秦风·终南》《陈风·衡门》。诗中主人公居深山衡茅陋室，赏林中光景，品泉下风味；他们沐清明夜气，食筍食溪鱼；他们日观青山绿水，晨听鸟叫虫鸣；他们以扣盘鼓盆而歌为乐，赏山水美景以怡情；他们食粗茶淡饭以养生，指绿枝繁花以娱客；他们以自由自在、无比愉悦的心情，独享清欢惬意的生活。内心世界豁达充盈，安贫乐道，无求无欲，好不快活！

四、对《国风》当精读、慢读，细细品味之

著名出版人郝明义在其著作《越读者》中，对阅读有个形象的比喻。他说，阅读是大脑的饮食，正如饮食有主食、肉食、果蔬与甜点一样，大体也可以分为四类：一是出于为解决工作、生活中的实际问题而阅读一些实用指南性图书，如同主食，可以快速填饱肚

子，却很难说有多少营养；二是一些快餐阅读物或小说，如同甜点，虽美味可口，却只能当作点缀或闲暇时的娱乐消遣；三是一些思想境界很高、深具启发性和洞察力的经典著作，如同肉食，营养丰富，但不易消化，需细嚼慢咽；四是与工具、方法相关的书，如同果蔬，虽不足以果腹，却也有益健康，不可或缺。正如饮食平衡养生之道，阅读也是如此。笔者深以为然。对于诗词文学爱好者而言，《诗经》就如诗歌艺术作品中的"肉食"，营养丰富，但不易消化，需精读、慢读，细细品味之。

读《诗经》，当从《国风》始。

目 录

周南（11首）

关雎 …………………………………………… 1

葛覃 …………………………………………… 6

卷耳 …………………………………………… 10

樛木 …………………………………………… 14

螽斯 …………………………………………… 17

桃夭 …………………………………………… 19

兔罝 …………………………………………… 23

芣苢 …………………………………………… 26

汉广 …………………………………………… 28

汝坟 …………………………………………… 33

麟之趾 ………………………………………… 37

召南（14首）

鹊巢 …………………………………………… 41

采蘩 …………………………………………… 44

草虫 …………………………………………… 48

采蘋 …………………………………………… 52

甘棠 …………………………………………… 55

行露 …………………………………………… 57

羔羊 ……………………………………………… 62

殷其雷 …………………………………………… 65

摽有梅 …………………………………………… 69

小星 ……………………………………………… 72

江有汜 …………………………………………… 76

野有死麕 ………………………………………… 79

何彼襛矣 ………………………………………… 83

驺虞 ……………………………………………… 85

邶风（19首）

柏舟 ……………………………………………… 89

绿衣 ……………………………………………… 92

燕燕 ……………………………………………… 95

日月 ……………………………………………… 99

终风 ……………………………………………… 103

击鼓 ……………………………………………… 107

凯风 ……………………………………………… 111

雄雉 ……………………………………………… 114

匏有苦叶 ………………………………………… 118

谷风 ……………………………………………… 121

式微 ……………………………………………… 128

旄丘 ……………………………………………… 130

简兮 ……………………………………………… 135

泉水 ……………………………………………… 138

北门 ……………………………………………… 142

北风 ……………………………………………… 145

静女 ……………………………………………… 149

新台 …………………………………………… 152
二子乘舟 ……………………………………… 155

鄘风（10 首）

柏舟 …………………………………………… 158
墙有茨 ………………………………………… 161
君子偕老 ……………………………………… 164
桑中 …………………………………………… 169
鹑之奔奔 ……………………………………… 172
定之方中 ……………………………………… 175
蝃蝀 …………………………………………… 179
相鼠 …………………………………………… 184
干旄 …………………………………………… 187
载驰 …………………………………………… 190

卫风（10 首）

淇奥 …………………………………………… 196
考槃 …………………………………………… 201
硕人 …………………………………………… 204
氓 ……………………………………………… 208
竹竿 …………………………………………… 217
芄兰 …………………………………………… 220
河广 …………………………………………… 223
伯兮 …………………………………………… 226
有狐 …………………………………………… 229
木瓜 …………………………………………… 233

王风（10 首）

- 黍离 ················· 237
- 君子于役 ············· 241
- 君子阳阳 ············· 244
- 扬之水 ··············· 247
- 中谷有蓷 ············· 250
- 兔爰 ················· 253
- 葛藟 ················· 257
- 采葛 ················· 260
- 大车 ················· 264
- 丘中有麻 ············· 268

郑风（21 首）

- 缁衣 ················· 272
- 将仲子 ··············· 275
- 叔于田 ··············· 278
- 大叔于田 ············· 281
- 清人 ················· 286
- 羔裘 ················· 289
- 遵大路 ··············· 293
- 女曰鸡鸣 ············· 295
- 有女同车 ············· 299
- 山有扶苏 ············· 301
- 萚兮 ················· 304
- 狡童 ················· 306
- 褰裳 ················· 310
- 丰 ··················· 313

东门之墠 ……………………………………… 316
　　风雨 …………………………………………… 319
　　子衿 …………………………………………… 321
　　扬之水 ………………………………………… 324
　　出其东门 ……………………………………… 327
　　野有蔓草 ……………………………………… 330
　　溱洧 …………………………………………… 332

齐风（11 首）

　　鸡鸣 …………………………………………… 337
　　还 ……………………………………………… 340
　　著 ……………………………………………… 343
　　东方之日 ……………………………………… 345
　　东方未明 ……………………………………… 348
　　南山 …………………………………………… 351
　　甫田 …………………………………………… 355
　　卢令 …………………………………………… 359
　　敝笱 …………………………………………… 361
　　载驱 …………………………………………… 365
　　猗嗟 …………………………………………… 368

魏风（7 首）

　　葛屦 …………………………………………… 373
　　汾沮洳 ………………………………………… 375
　　园有桃 ………………………………………… 378
　　陟岵 …………………………………………… 382
　　十亩之间 ……………………………………… 385

伐檀 ………………………………………… 388

硕鼠 ………………………………………… 391

唐风（12 首）

蟋蟀 ………………………………………… 396

山有枢 ……………………………………… 400

扬之水 ……………………………………… 404

椒聊 ………………………………………… 407

绸缪 ………………………………………… 411

杕杜 ………………………………………… 414

羔裘 ………………………………………… 416

鸨羽 ………………………………………… 419

无衣 ………………………………………… 423

有杕之杜 …………………………………… 425

葛生 ………………………………………… 428

采苓 ………………………………………… 431

秦风（10 首）

车邻 ………………………………………… 435

驷驖 ………………………………………… 438

小戎 ………………………………………… 441

蒹葭 ………………………………………… 446

终南 ………………………………………… 451

黄鸟 ………………………………………… 454

晨风 ………………………………………… 457

无衣 ………………………………………… 460

渭阳 ………………………………………… 463

权舆 ……………………………… 466

陈风（10首）

　　宛丘 ……………………………… 469
　　东门之枌 ………………………… 472
　　衡门 ……………………………… 475
　　东门之池 ………………………… 478
　　东门之杨 ………………………… 480
　　墓门 ……………………………… 483
　　防有鹊巢 ………………………… 486
　　月出 ……………………………… 489
　　株林 ……………………………… 492
　　泽陂 ……………………………… 495

桧风（4首）

　　羔裘 ……………………………… 499
　　素冠 ……………………………… 502
　　隰有苌楚 ………………………… 505
　　匪风 ……………………………… 508

曹风（4首）

　　蜉蝣 ……………………………… 512
　　候人 ……………………………… 515
　　鸤鸠 ……………………………… 519
　　下泉 ……………………………… 523

豳风（7首）

七月 …………………………………… 527

鸱鸮 …………………………………… 538

东山 …………………………………… 541

破斧 …………………………………… 547

伐柯 …………………………………… 550

九罭 …………………………………… 553

狼跋 …………………………………… 556

周　南

关　雎

关关雎鸠①，在河之洲②。
窈窕淑女③，君子好逑④。

参差荇菜⑤，左右流之⑥。
窈窕淑女，寤寐求之⑦。

求之不得，寤寐思服⑧。
悠哉悠哉⑨，辗转反侧⑩。

参差荇菜，左右采之⑪。
窈窕淑女，琴瑟友之⑫。

参差荇菜，左右芼之⑬。
窈窕淑女，钟鼓乐之⑭。

【词句注释】

①关关：象声词，雌雄二鸟相互应和的叫声。雎鸠（jūjiū）：水鸟名，一说鱼鹰，雌雄有固定的配偶，古人称之为贞鸟。

②洲：水中的陆地。 ③窈窕（yǎotiǎo）淑女：贤良美好的女子。窈窕：身材体态美好的样子。窈：美好，喻女子心灵美。窕：优美，喻女子仪表美。淑：好，善良。 ④好逑（hǎoqiú）：好的配偶。逑：配偶。 ⑤参差：长短不齐的样子。荇（xìng）菜：水草类植物。圆叶细茎，根生水底，叶浮在水面，可供食用。 ⑥左右流之：时而向左、时而向右地择取荇菜。这里是以勉力求取荇菜，隐喻君子努力追求淑女。流：义同"求"，此处指择取。之：指荇菜。 ⑦寤寐（wùmèi）：指日夜。寤：醒时。寐：睡时。 ⑧思服：思念。服，想。 ⑨悠哉悠哉：思念绵绵不断。悠：长远，长久。此处指忧思不绝。 ⑩辗转：原指车轮转动。此处指因思、想而睡不着觉，身体在床上来回翻动。 ⑪采：采摘，撷，择。此处指采摘荇菜，隐含寻觅、追求之意。 ⑫琴瑟友之：弹琴鼓瑟来亲近她。琴瑟：古代弦乐器。琴：五弦或七弦。瑟：二十五弦或五十弦。友：亲爱，亲近。 ⑬芼：拔、择取，挑选。 ⑭钟鼓乐之：敲钟击鼓来使她快乐。

【译词】

浣溪沙·关雎

荇菜参差水绕洲，关关不止一雎鸠，声声问尔有何求？　　鼓瑟鼓琴言淑女，少年思梦似江流，好逑遂愿乐悠悠。

【解读与评析】

《周南·关雎》是《诗经》的第一篇，它在中国文学史上占有特殊的位置。《诗经》是中国文学最古老的典籍，翻开中国文学的历史，首先读到的就是《关雎》。古今诗释家均给予其很高的评价。孔子论诗以《关雎》为始，曰："《关雎》，乐而不淫，哀而不伤。"《毛诗序》说："《关雎》，后妃之德也，《风》之始也，所以风天下而正夫妇也……是以《关雎》乐得淑女以配君子，忧在进贤，不淫其色；哀窈窕，思贤才，而无伤善之心焉。是《关雎》之义也。"宋代理学家朱熹《诗集传》："周之文王，生有圣德，又得圣女姒氏以为之配，宫中之人于其始至，见其有幽闲贞静之德，故作是诗。"清人方玉润《诗经原始》曰："乐得君子以配淑女也。"上述评语虽是先儒们以诗教作为出发点解析本诗的主题，未必完全符合当时的创作背景，但他们给予本诗以至高评价却是恰如其分的。

近现代学者对本诗的主题，作出了不同于先儒们的解读，大多以为诗中主人公并无具体的指向，它只是一首君子追求淑女的情爱恋歌。马飞骧《诗经缋绎》以为是"乐得淑女以配君子之诗"。孙作云《诗经与周代社会研究》说："《关雎》是男子所唱的恋歌。"闻一多《风诗类钞》以为是"女子采荇于河滨，君子见而悦之"。刘毓庆、李蹊译注的《诗经》则以为："这是一首婚礼的祝颂之歌。但实际所写却是追求爱情的痛苦过程，表现了追求者因沉浸于爱的痛苦所产生的如梦如幻的美好情境。"高亨《诗经今注》则说得更圆满："这首诗歌唱一个贵族爱上一个美丽的姑娘，最后和她结了婚。"

我以为，《关雎》是一位男子对淑女所唱的纯情恋歌，它所写的是男子追求爱情的痛苦过程。因爱得专一、深沉而思念绵绵不断，卧席不安，夜不能寐。表现了男子因沉浸于挚爱所产生的如梦如幻、如醉如痴、琴瑟和鸣、钟鼓同谐的美好情景。

全诗五章二十句，按其内容可分为因境生情（第一章）、思梦绵绵（第二、三章）、美妙幻想喜结连理（第四、五章）等三层意思。

第一章：由鸟兴发，因境生情。"雎鸠"是一种捕鱼的水鸟，又叫鱼鹰，雌雄有固定的配偶，古人称之为贞鸟。看到雎鸠，必然联想到求鱼、捕鱼。"关关"是雌雄鱼鹰相和之声。诗的首两句

诗经国风赏析

"关关雎鸠，在河之洲"，是用捕鱼的鱼鹰来象征男子向女子求爱。清脆的鸟鸣声，碧波荡漾的河水，芳草青青的绿洲，在这和谐明媚的春光里，忽然走来一位窈窕淑女，她婉婉地走到画图的中央，成为这幅图画的亮点，为这幅美丽的图画注入了更多的灵动之气！面对此情此景，多情的男子怎能不心动呢？因境生情。雎鸠求鱼，君子求淑女，这是合乎逻辑的全诗情感发展的起点。从古到今，在芳草萋萋的长堤上，在碧水流淌的河畔，在鸟鸣声脆的树林中，从来不缺少君子求淑女的浪漫爱情故事。《关雎》一诗的可贵之处在于，它最早用文字将其记录下来，并歌咏之，赞颂之，使之流传千秋万世，启迪后人。因此可以说，《关雎》是天下情歌第一曲。

第二、三章：思梦绵绵。淑女可求，但好梦难圆。接下来的第二、三章就进入了"君子"对这位淑女痛苦思念的过程。情思之火一旦点燃，就会越烧越旺，难以熄灭。"长相思，长相思。欲把相思说似谁，浅情人不知。"（宋·晏幾道《长相思》）从此"君子"陷入日思夜梦、朝思暮想的苦苦追求中。但由于他的追求没有得到姑娘的及时回应（"求之不得"），更是苦闷得不得了，以至于辗转反侧，夜不能寐，发出声声呼喊："姑娘呀！我对你的思念绵绵不断啊！"真是"泪滴千千万万行，更使人、愁断肠"（宋·乐婉《卜算子》）。

第四、五章：美妙幻想，喜结连理。一切美好的期待都是用幻想与时间组成的。诗的后两章写君子因极度的思念和殷切的期望而进入了美妙幻境：他幻想着一切皆如所愿，喜结连理。他娶到姑娘后，从此过上了琴瑟和鸣、钟鼓同调、夫妻恩爱的美好生活。"琴瑟友之""钟鼓乐之"——一幅至美的夫妻恩爱画卷！一派欢欣浪漫的生活光景！

本诗由"君子好逑"始，以"钟鼓乐之"终，旨在告诉人们浪漫爱情、美满婚姻的三部曲：

第一,勇敢追求。遇到了意中之人("淑女"),就要勇敢地去追求,"寤寐求之",纯情专一,不轻言放弃,莫负相遇。用一句俗语表达,就是:遇见她不容易,错过了更可惜。切不可"待到无花空折枝"。

第二,要有忍受相思之苦的耐性。幸福不会从天上掉下来,其哲理性适用于所有类型的"幸福"。幸福的爱情也是如此。"君子"的"求之"也不是能轻易得到的("求之不得"),他需要忍受"寤寐思服""辗转反侧"的思念之苦。但是,只要"君子"不舍地去追求,抑或中间有曲折,过程很痛苦,其结局一定是美好的、圆满的。

第三,守得住初心,必得始终。诗中的"君子"很自信,他相信功夫不会辜负有心之人,"两朵隔墙花,早晚成连理"(五代·牛希济《生查子》)。他相信,"琴瑟友之""钟鼓乐之"的那一天一定会到来。

《毛诗序》说《关雎》是咏"后妃之德也"。这种特定的人物指向,未必符合当时实际,但将其推崇为"风天下而正夫妇"的道德教材则是可取的。因为,《关雎》作为中国文学史中最早的爱情诗,它写出了理想爱情、美满婚姻的三个特征:

一是才子配佳人。诗中所写的男女双方,乃是"君子"和"淑女"。何为"君子"?当是指有地位、有学问、有修养、品格高尚之人,而"窈窕淑女"则是指有着纯真与善良的品格而貌美的女子。诗作者毫不掩饰地称赞道:高贵优雅美丽的姑娘,真是君子的好配偶呀!("窈窕淑女,君子好逑。")诗中"君子"与"淑女"的结合,代表了婚姻的理想,也是一种理想的婚姻。这也就是世人所追求的郎才女貌、才子佳人式的婚姻吧。

二是纯情专一。诗中对"君子"因"求之不得"所产生的痛苦着墨较多,写得也很具体:先是日夜思念("寤寐思服");再是痛苦呻吟，发出"悠哉悠哉"的呼喊；最后是辗转反侧，不能入睡。这些细致入微的描写，正是男子对姑娘爱得深、爱得真诚、爱得专一的表现。若不然，因"求之不得"而移情别恋了，就如《邶风·谷风》所写的那样："宴尔新昏，不我屑矣。"

三是勇于追求但含蓄而不逾越规矩。细读本诗可以体会到，它写男子对女子的追求极为含蓄，女子的言行、外貌、美德全包含在"淑女"二字中，而"君子"的相思，也只是独自在那里"寤寐思服""辗转反侧"，无丁点攀墙折柳之类的事情，不逾规越矩。就此而言，本诗所写是一种感情炽热、行为克制、以婚姻和谐为目标的爱情，歌咏的是男女恋爱中"男德"——君子之德。

葛　覃

葛之覃兮①，施于中谷②，
维叶萋萋③。黄鸟于飞④，
集于灌木⑤，其鸣喈喈⑥。

葛之覃兮，施于中谷，
维叶莫莫⑦。是刈是濩⑧，
为絺为绤⑨，服之无斁⑩。

言告师氏⑪，言告言归⑫。
薄污我私⑬，薄浣我衣⑭。
害浣害否⑮？归宁父母⑯。

周　南

【词句注释】

①葛：多年生草本植物，花紫红色，茎可做绳，纤维可织葛布，俗称夏布，其藤蔓亦可制鞋（即葛屦），夏日穿用。覃（tán）：本指延长之意，此指蔓生之藤。兮：语气词，相当于"啊"。　②施（yì）：延伸，蔓延。中谷：山谷中。　③维：发语助词，无义。萋萋：生长茂盛的样子。　④黄鸟：一说黄鹂，一说黄雀。于飞：即飞，往飞，在飞。于：作语助，无义。　⑤集：栖止。指鸟降落于树。　⑥喈（jiē）喈：鸟鸣声。　⑦莫莫：繁茂而成熟。　⑧刈（yì）：斩，割。濩（huò）：煮。此指将葛藤放在水中煮。　⑨绨（chī）：细的葛纤维织的布。绤（xì）：粗的葛纤维织的布。　⑩服：穿上。斁（yì）：厌倦，厌烦，厌弃。　⑪言：语助词。一说第一人称代词。师氏：类似管家奴隶，或指保姆。一说女师，古代教育贵族女子的女教师。　⑫归：本指出嫁，亦可指回娘家。　⑬薄：语助词，或曰为少。薄污（wū）：洗去污垢。私：贴身内衣。　⑭浣：洗。衣：上曰衣，下曰裳。此指外衣，或为礼服。　⑮害（hé）：通"曷"，盍，何，疑问词。　⑯宁：安心，安宁，高兴。"归宁父母"句，有"出嫁以安父母之心"的意思，亦有"回家探望以使父母高兴"之意。

【译诗】

葛　覃

苍树亭亭鸟奋飞，涧溪山谷草菲菲。
黄莺细语柔声美，青葛萋萋人迹稀。
有叶有藤遮表土，为绨为绤织寒衣。
师传巧技除污渍，儿着新妆探母归。

7

诗经国风赏析

【解读与评析】

　　对于本诗主旨的解析，古今诗释译注者颇有分歧。《毛诗序》说此诗为赞美"后妃"出嫁前"志在女红之事，躬俭节用，服浣濯之衣，尊敬师傅"的美德，其出嫁后可以"安父母，化天下以妇道也"。朱熹《诗集传》则认为"此诗后妃所自作，故无赞美之词"，并说从诗中可以看到此后妃"已贵而能勤，已富而能俭，已长而敬不弛于师傅，已嫁而孝不衰于父母"的美德。方玉润《诗经原始》说："因归宁而敦妇本也。"姚际恒《诗经通论》说："此亦诗人指后妃治葛之事而咏之，以见后妃富贵不忘勤俭也。"闻一多《风诗类钞》归纳的29首"女词"中却没有将《葛覃》归入其中，据此看出，他不认为此诗为"后妃所自作"。高亨《诗经今注》认为："这首诗反映了贵族家中的女奴们给贵族割葛、煮葛、织布及告假洗衣回家等一段生活情况。"马飞骧《诗经缵绎》以为本诗是"敦妇本之诗"。刘毓庆、李蹊译注的《诗经》说："这是一首收葛歌，重点在赞美葛。"

　　从以上引述中可以看出，尽管诗释译注家们对本诗主旨的解析有不同，但其中有个共同点，那就是写女子的美德：劳动、勤俭、敦厚。

　　我以为，《葛覃》是一位已出嫁的女子在进行收葛、煮葛、浆洗、织布等劳作时，进而联想到穿着新衣回娘家以慰藉父母之心而作的诗。它所写的是，在葛藤长势茂盛的时节，葛藤蔓延在山谷丘陵，呈现出一派青翠、生机盎然的美丽景色。诗作者收割葛藤回家，经煮葛、漂洗浆染、织布做衣后，心情愉悦，浮想联翩：穿上它回娘家，父母见了也会很高兴的。全诗表现了女子勤劳、爱美、好洁、孝顺的美德。

　　全诗三章十八句，展现出的是跳跃但又相互紧密联结的三幅画境。在写作技巧上，本诗全然没有采用《诗经·国风》其他很多诗中以物起兴的写作方法，而是平铺直叙，采取由物及人、由实转虚的写作方法，形成了"叙说自然——勤女事、俭持家——浮想联翩"三部曲。

第一章：叙说自然，以物见人。在幽静的山谷中，遍地蔓延着清碧如染的葛藤；在茂密的灌木丛中，美丽的黄雀时而翻飞，时而立于枝头发出"喈喈"的鸣叫声。鸟鸣山更幽，这恬淡幽静的环境里，看似只有自然之物，实则有人。因为此情此境，全是作者亲眼所见：在那绿葛、黄雀背后，还有一位喜悦的女主人公，在那里顾盼、聆听。这"无人"的境界只是作者营造的一种画境，也是为第二章的"勤女事、俭持家"做铺垫。

第二章：勤女事、俭持家。在古代，葛藤是人们用来织布做衣编鞋的重要生活资料。本诗第二章中通过"刈""濩""为""为"四个动词（"是刈是濩，为絺为绤，服之无斁"），终于让女主人公走进了诗中。它向读者展示了女主人公弯腰"刈"藤的情景，转眼间又见她在家中"濩"葛、织作了。于是那萋萋满谷的葛藤，又幻化成一匹匹飘拂的葛布，而女主人公在喜滋滋试衣。一句"服之无斁"，透露着辛勤劳作后的快慰和自豪，有一种满满的幸福感。

第三章：浮想联翩。葛藤收割回来了，布也织成了，衣服也做好了，该回娘家去看看父母了。但总不能穿着污秽油腻的衣服回娘家吧？于是，女主人公想：请老师傅教我技艺，清除掉衣服上的油腻，洗濯弄脏了的外衣，穿上整洁干净的衣服回去看望父母，以慰藉父母之心。诗的末尾句"归宁父母"，把一个已出嫁女子急切待"归"，盼望着体面地回娘家看望父母的急切心情刻画无遗。

在世俗生活中，不论是普通的农家女子，或身为贵族千金，出嫁后有两件事是不能不去做的：一是作为家庭主妇，持家是推卸不掉的责任。勤女事，俭持家，必家业兴旺。所谓"一人勤，全家富"就是这个道理。二是经常回娘家探望父母,不忘父母的养育之恩。就如当代有首歌所唱的那样:常回家看看。《葛覃》诗中的主人公正是一位这样的女子。因为此,很多古今诗释译注家认为本诗"是一首妇德赞颂之诗"。此论有说服力。

卷 耳

采采卷耳①,不盈顷筐②。
嗟我怀人③,置彼周行④。

陟彼崔嵬⑤,我马虺隤⑥。
我姑酌彼金罍⑦,维以不永怀⑧。

陟彼高冈⑨,我马玄黄⑩。
我姑酌彼兕觥⑪,维以不永伤⑫。

陟彼砠矣⑬,我马瘏矣⑭。
我仆痡矣⑮,云何吁矣⑯!

【词句注释】

①采采:采了又采。卷耳:野菜名,今名苍耳子,苓耳。石竹科一年生草本植物,果实为橄榄球状,带刺,子可入药。 ②盈:满。顷筐:斜口浅筐,前低后高,如畚箕。这句说采了又采都采不满浅筐子,心思不在这上头。 ③嗟:语助词,或谓叹息声。怀:怀想,思念,牵挂在心。 ④置:放,搁置。周行(háng):环绕

的道路，特指大道。索性把筐子放在大路上，于是眼前出现了她丈夫在外的情景。　⑤陟（zhì）：登高。彼：指示代词。崔嵬（wéi）：高而不平的土石山。　⑥我：妻子遥想丈夫的处境，设身处地，代丈夫言。虺（huī）隤（tuí）：疾病的通称。虺为"瘣"的假借；隤与"颓"相通。　⑦姑：姑且。酌：斟酒。金罍（léi）：青铜做的罍。罍，器名，青铜制，用以盛酒和水。　⑧维：发语词，无实义。永怀：长久思念。　⑨冈：山脊。　⑩玄黄：黑色毛与黄色毛相掺杂的颜色。朱熹说"玄马而黄，病极而变色也"，意思说本是黑马，病久而出现黄斑。　⑪兕（sì）觥（gōng）：形似伏着的犀牛的饮酒器，一说是野牛角制的酒杯。　⑫永伤：长久思念。　⑬砠（jū）：有土的石山，或谓山中险阻之地，遇雨则泥泞不堪。　⑭瘏（tú）：因劳致病。此处指马因疲病不能前行。　⑮痡（pū）：因劳致病。此处指人因过度疲劳而不能走路。　⑯云何：奈何，如之何。云，语助词，无实义。吁（xū）：因忧伤而叹息。

【译词】

南歌子·卷耳

卷耳盈筐采，相思踏步寻。酌金杯念远孤吟，倦马陟高冈，独自登临。

【解读与评析】

关于本诗的主旨背景，古今诗释译注者持不同的解读。《毛诗序》曰："《卷耳》，后妃之志也，又当辅佐君子，求贤审官，知臣下之勤劳。内有进贤之志，而无险诐私谒之心，朝夕思念，至于忧勤也。"朱熹《诗集传》认为"此亦后妃所自作"。方玉润《诗经原始》："念行役而知妇情之笃也。"闻一多《风诗类钞》认为是一

诗经国风赏析

女子所作，将其归入女词类中。余冠英《诗经选》："这是女子怀念征夫的诗。"马飞骧《诗经缵绎》以为是"文王怀思贤之作"。刘毓庆、李蹊译注的《诗经》："这是一首妻子怀念丈夫的歌，古所谓'思妇之辞'。"高亨《诗经今注》："作者似乎是个在外服役的小官吏，叙写他坐着车子，走着艰阻的山路，怀念着家中的妻子。"

　　从以上引述看出，除马飞骧和高亨认为此诗作者是男子外，其他释注家均认为诗作者是一位女性。

　　我以为，本诗当是一位思妇的闺怨之辞。丈夫在外服役，妻子十分思念。她本想通过劳动去消释、排解思念之苦，却因思念以至于干活时心不在焉。因思之切而思之痛。百般无奈之下，她牵着马，踏着坑坑洼洼的泥泞山路，一路穿行，登上高高的山冈，眺望着远方，希望看到丈夫归来的身影。而这只不过是一种美好的愿望而已。所谓"忆君迢迢隔青天，昔日横波目，今作流泪泉"（李白《长相思·其二》），"平芜尽处是春山，行人更在春山外"（欧阳修《踏莎行》）。只好独自举杯，借酒浇愁。

　　本诗共四章，每章四句。诗的主人公即"思妇"写自己对丈夫的思念时，在写作技巧上采用了层层递进的方法，一章比一章悲凉痛切，一章比一章忧伤愁苦。

　　第一章，诗作者写自己因想念在远方服役的丈夫（"嗟我怀人"），采摘卷耳时总是心不在焉，不时眺望大路的远方（"置彼周行"），以至于卷耳不满筐（"采采卷耳，不盈顷筐"）。手在干着活，心却想着另外的事。这是因为笃情的思念而导致的分神分心。《古诗十九首》有与之相类似的描写："纤纤擢素手，札札弄机杼。终日不成章，泣涕零如雨。"唐代诗人张仲素《春闺思》有句："提笼忘采叶，昨夜梦渔阳。""不盈顷筐"，不就是因为"提笼忘采叶"吗？

第二、三章，女子写自己因思念丈夫而无心采叶，呆呆地站着眺望大路的远方后，却是"万里阳关道，不见一人归"（庾信），很是失望。无奈之下，她骑着马，向山上走去（"陟彼崔嵬"），因山路崎岖不平以至于连马都累得四腿无力抬步（"我马虺隤"）。歇歇脚，驻足眺望远方，仍没有看到丈夫归来的身影，带来的只是失望。在无奈之时，只好拿着酒杯（"金罍"）自斟自饮，用酒浇灭心中思念之火（"我姑酌彼金罍，维以不永怀"）。但这只会是"举杯消愁愁更愁"！"这次第，怎一个愁字了得。"（李清照）

在失望之时，她心想：站得高才能望得远。于是，她牵着因疲惫连毛色都变得焦黄的马，登上高高的山冈（"陟彼高冈，我马玄黄"）。登高远眺，除了失望还是失望。别无他计，再一次拿着酒器（"兕觥"）自斟自饮，希望这酒能消除心中的无限忧伤（"我姑酌彼兕觥，维以不永伤"）。

第二、三章都是写登高远望，借酒消愁。粗略地看，好似第三章是对第二章的复沓。其实不然。第三章中的四句与第二章中的四句是依序——对应深化的关系：

路越走越陡，山越登越高——由"陟彼崔嵬"进至"陟彼高冈"；

马越走越累——"我马虺隤"变为"我马玄黄"；

饮酒浇愁的酒器越饮越大——"我姑酌彼金罍"变为"我姑酌彼兕觥"；

思夫的情绪由怀念变为忧伤——"维以不永怀"变为"维以不永伤"。

这种——对应的内容深化，正是女子思夫之情越来越急切、越来越痛苦的再现。

第四章承接前两章"不永怀""不永伤"的悲愁，在继续写人疲马乏（"我马瘏矣""我仆痡矣"）之后，以一句"云何吁矣"

戛然而止：我为何这般悲凄忧伤！

末句一个"吁"字与第一章中的"嗟"字前后照应，以"吁"对全诗进行总结，更加凸显了女子对丈夫的感情之笃、思念之深和思妇的忧伤之苦，堪称诗眼。

从来思妇忧伤苦！《卷耳》是也！

樛 木

南有樛木①，葛藟累之②。
乐只君子③，福履绥之④。

南有樛木，葛藟荒之⑤。
乐只君子，福履将之⑥。

南有樛木，葛藟萦之⑦。
乐只君子，福履成之⑧。

【词句注释】

①樛（jiū）：下曲而高的树。 ②葛（gé）藟（lěi）：多年生草本植物，花紫红色，茎可做绳，纤维可织葛布。藟似葛，野葡萄之类，亦名千岁藟，万岁藤。 累：攀缘，缠绕，环绕，依附。 ③乐只：乐哉。只，语气助词。 君子：指德行好、品格高尚的人。 ④福履：福禄，幸福。 绥：安，安抚。 ⑤荒：覆盖，掩盖。 ⑥将：宏大，壮大。有扶持、扶助之意。 ⑦萦（yíng）：回旋缠绕。 ⑧成：成就，到来。

周　南

【译词】

如梦令·樛木

南国崇山幽谷，葛藟累萦樛木，枝叶莽苍苍，无处不飞芳馥。诚祝，诚祝，天赐好人多福。

【解读与评析】

关于本诗的主旨，古今诗释译注家多以为它是一首赞美祝福之诗。至于是赞谁美谁，则各持所论。《毛诗序》："《樛木》，后妃逮下也。言能逮下，而无嫉妒之心也。"朱熹《诗集传》所论与《毛诗序》同："后妃能逮下而无嫉妒之心，故众妾乐其德而称愿之曰：南有樛木，则葛藟累之。乐只君子，则福履绥之。"马飞骧《诗经缵绎》以为是"美文王厚德能让之诗"。闻一多《风诗类钞》以为是"贺新婚也"。高亨《诗经今注》："作者攀附一个贵族，得到好处，因作这首诗为贵族祝福。"刘毓庆、李蹊认为："这是一首祝福的歌。诗中以青藤缠绕大树比喻人得到上天的福佑，以至他的一言一行都要福随身至。"

我以为，本诗是一首对好德之人的祝福之诗。

全诗三章十二句，每章四句。诗采用了《诗经·国风》中用得最普遍的"比兴"手法和"叠章"技巧。"兴"者，起也，"先咏他物以引起所咏之词也"（朱熹《诗集传》）。本诗三章均以"樛木""葛藟"为"兴"语，同时又带有"比"义。"比者，以彼物比此物也"，诗中的"彼物"即"樛木"。以彼兴此，以物比人。"此物"则是指好德之人"君子"。

为什么说只是对男性"君子"的祝福之辞，而非泛指所有人呢？细读《诗经·国风》就会知晓，诗中多以高木、大树、虎、麋、羔羊、狐等走兽比男性。如《周南·兔罝》《周南·汉广》中

15

诗经国风赏析

的乔木，《周南·麟之趾》中的麒麟，《召南·甘棠》中的甘棠，《召南·行露》中的老鼠，《鄘风·相鼠》中的黄鼠狼，等等。以花、草、蔓藤、虫、小鸟喻女性。如《周南·桃夭》中的桃花，《召南·鹊巢》中的喜鹊，《邶风·燕燕》中的燕子，等等。因此可以认为，《樛木》一诗中的"樛木"当是喻指男子，即诗中所说的"君子"，而非泛指所有的人。

本诗中，"葛藟"不作比、兴之用，而应作为介词，取其缠绕之意，即诗中的"累""荒""萦"字之意。即以樛木得到葛藟缠绕，比君子常得福禄相随。三章中的末尾句"福履绥之""福履将之""福履成之"即为此意。它所表现的是人类对植物的神化，对自然的敬畏，反映的是周代的社会状况和纯朴的民风。

全诗祝福的气氛热烈浓郁活泼，通过"叠章"，强化了渲染效果。反复吟诵，使读者的视线自始至终不离开繁茂的葛藤所缠绕的大树，始终笼罩于这一景象所生成的悦目氛围中，极具美感。

以植物喻福祈福，也是一种"图腾"的崇拜。我们现在到国内外旅游，还时常看到，游客在很多旅游景点的古树上挂满了红布条、葫芦等物，用以表达祈福之意。我还记得，小时候在农村生活时，到了农历六月初六这一天，家家户户总是要采摘一把已熟未熟的稻谷，碾成米与陈粮和在一起做成饭后，先是放在堂屋的神堂上用以敬天敬地敬祖宗，以祈求有个好收成，然后全家人在一起尝鲜。这些都是人们对植物的崇拜和神化吧！

《樛木》作为一首对好德之人的祝福之诗，它也表现了中华民族"成人之美，颂人之美"的优秀品德和价值观。

周　南

螽　斯

螽斯羽①，诜诜兮②。
宜尔子孙③，振振兮④。

螽斯羽，薨薨兮⑤。
宜尔子孙，绳绳兮⑥。

螽斯羽，揖揖兮⑦。
宜尔子孙，蛰蛰兮⑧。

【词句注释】

①螽（zhōng）斯：或名斯螽，一种直翅目昆虫，常称为"蝈蝈"。一说为不为害农物的蝗虫。有昆虫学者考据，如今的辽宁东部地区仍有这种蝗类昆虫，体形较大，也不吃庄稼。但不论是哪一种，其特点是具有极强的繁殖能力。朱熹《诗集传》说："螽斯，蝗属，长而青，长角长股，能以股相切作声，一生九十九子。"
②诜诜（shēnshēn）：螽斯群飞时发出的声音。一说"诜诜"同"莘莘"，为众多貌。　③宜：该。为祝愿之意。一说是"多"。尔：你。　④振振（zhēnzhēn）：振奋貌，茂盛的样子。　⑤薨薨（hōnghōng）：很多虫飞的声音。形容螽斯群飞发出的齐鸣之声。
⑥绳绳（mǐnmǐn）：延绵不绝的样子。意为子孙继世，如绳索连绵不绝。　⑦揖揖（jíjí）：会聚的样子。形容螽斯群飞的状声词。
⑧蛰蛰（zhézhé）：多，聚集。引申为螽斯群集而和谐欢乐相

17

处，有安静群居之貌。

【译词】

忆王孙·螽斯

弥天振羽小螽斯，长与流云比妙姿，风送嘎嘎心耳怡。子孙奇，世代荣昌无尽期。

【解读与评析】

关于本诗的主旨，古今诗释译注家大多认为它是祝颂人家多子多孙的祝福之辞。但对其具体所指则有不同的解读。《毛诗序》："《螽斯》，后妃子孙众多也。言若螽斯不妒忌，则子孙众多也。"朱熹《诗集传》："后妃不妒忌而子孙众多，故众妾以螽斯之群处和集而子孙众多比之。言其有是德而宜有是福也。"清代方玉润《诗经原始》："美多男也。"马飞骧《诗经缵绎》："以为颂勉众妾相安以宜子孙之诗。"刘毓庆、李蹊译注的《诗经》认为"这是一首祝愿人家多子多孙的祝辞"。

但也有个别例外的解读。高亨说："这是劳动人民讽刺剥削者的短歌。诗以蝗虫纷纷飞翔，吃尽庄稼，比喻剥削者子孙众多，夺尽劳动人民的粮谷，反映了阶级社会的阶级实质，表达了劳动人民的阶级仇恨。"

我以为，本诗是先民祝福多子多孙、人丁兴旺、继世永昌的颂诗。将《螽斯》解读为是一首祝福之辞而非讽刺之辞，不仅更符合诗的本意，而且也与《周南》诸多诗篇的风格相承合，合情合理。例如，《螽斯》的前一首《樛木》是祝愿好德之人多福的诗。紧随《螽斯》之后的《桃夭》是祝福女子出嫁后婚姻幸福美满的诗。

在本诗中，不论"螽斯"是蝈蝈也好，或是蝗虫也罢，它们有一个共同特性，即繁殖能力很强，年生两代或三代，按朱熹《诗集传》注释"一生九十九子",真可谓是宜子的动物。在社会生产力极低下的古代社会,物质资源极其匮乏,人类时刻面临着极为严峻的生存威胁,天灾人祸不断,人的寿命极短,各氏族部落急需扩大自身的人口规模。用螽斯作为诗之兴象也就显得十分贴切,它符合当时人们的普遍心态,也应该是当时社会的一种主流意识。在现代许多地方的婚嫁民俗中,人们给新娘送上红枣、石榴等礼物,以此祝愿新人早生贵子,多生儿女,与本诗的主旨有异曲同工之妙。

全诗三章,每章四句。通篇围绕"螽斯"着笔,却一语双关,即物即情,物情两忘,浑然一体。各章的前两句均以"螽斯"兴发,形象描写螽斯的群飞、云集、齐鸣、绵延不断("诜诜""薨薨""揖揖")之状,用以比"人"。各章的后两句祝颂。"宜尔子孙"的三致其辞,用叠词叠句的形式反复祝福,愿子孙兴旺、振奋有为("振振兮"),绵绵不绝、世代隆昌("绳绳兮"),和谐安详、聚集欢乐("蛰蛰兮")。这种叠词叠句的吟唱,铿锵有力,掷地有声,使得诗旨显豁明朗,韵味无穷。

传承是人类社会永恒的话题。"人"是最主要的生产力,繁衍出足够多的人口是人类永远最为关注的头等大事,是事关人类自身作为"类"能否长久延续的至关重要的事情。子孙多多,于国家、于家族都是一件好事。

桃 夭

桃之夭夭[①],灼灼其华[②]。
之子于归[③],宜其室家[④]。

诗经国风赏析

> 桃之夭夭，有蕡其实⑤。
> 之子于归，宜其家室。
>
> 桃之夭夭，其叶蓁蓁⑥。
> 之子于归，宜其家人。

【词句注释】

①夭夭：花朵怒放，茂盛美丽，生机勃勃的样子。 ②灼灼：花朵色彩鲜艳如火，明亮鲜艳，闪耀的样子。华：同"花"，指盛开的花。 ③之子：这位女子。于归：女子出嫁。古代把丈夫家看作女子的归宿，故称"归"。于：去，往。 ④宜：和顺，和睦，亲善。室家：家庭。此指夫家，婆家。下文的"家室""家人"均指夫家。 ⑤有蕡（fén）：即蕡蕡，草木结实很多的样子。此处指桃实肥厚肥大的样子。 ⑥蓁蓁（zhēnzhēn）：树叶繁密的样子。这里形容桃叶茂盛。

【译词】

醉太平·桃夭

山桃自豪，花葩正韶。碧枝绿叶香飘，似伊人竞娇。　宜家耐劳，家丰寿高。气和祥降忧消，听鸾笙凤箫。

【解读与评析】

关于本诗的主旨及所叙之事的理解，古今诗释译注家无分歧和争议，认为这是一首祝贺嫁女的诗。《毛诗序》："《桃夭》，后妃之所致也。不妒忌，则男女以正，婚姻以时，国无鳏民也。"朱熹《诗集传》："文王之化自家而国，男女以正，婚姻以时。故诗人因所见以起兴，而叹其女子之贤，知其必有以宜其室家也。"方玉润

周　南

《诗经原始》："喜之子能宜室家也。"马飞骧《诗经缵绎》以为是"贺淑女出嫁之诗"。高亨《诗经今注》以为是"女子出嫁时所唱的歌"。刘毓庆、李蹊认为"这是一首祝贺嫁女的歌"。在众多的《诗经·国风》释注解析著作中，看法如此一致的篇章实不多见。

我认为，《桃夭》是一首淑女出嫁时的祝贺之辞。诗人以"夭夭"的桃树为起兴之物，赞美姑娘妩媚明艳的美貌和婀娜多姿的身材，并祝福她出嫁后婚姻幸福美满，生子相夫孝亲，给丈夫和家人带来兴旺与幸福。它是一首令男人读了心旌摇曳、女人读了顿感幸福满满的绝妙诗篇。

全诗三章十二句，每章四句。各章中除第二句词、义有异外，其余三句仅有一字之形不同，即第三章末尾句中由"家室"变为"家人"，但词义完全相同。叠章叠句地运用，充分表达了祝福者的真心实意，充分渲染了女子出嫁时的热烈气氛。

本诗采用《诗经》中惯用的"比兴"技法，各章都先以桃花起兴，以桃花喻人，继而以果实、绿叶兼作比喻，极有层次：由花开到结果，再由果落到叶盛，自然浑成，融为一体。诗人对新娘子的赞美和祝福至诚至实，无丁点吝啬之意。

各章首句"桃之夭夭"，以其丰富缤纷的象征意蕴开篇，扑面而来的娇艳桃花，使诗歌产生一种强烈的色彩感。它既是以鲜艳的桃花比喻新娘的年轻娇媚，又交代出了女子出嫁的时令：桃花盛开的春季，阳光明媚，风和日丽。"夭夭"二字，意即"姣好貌"。经过打扮的新嫁娘此刻既兴奋又羞涩，两颊飞红，真有人面桃花，两相辉映的韵味。

首章第二句"灼灼其华"是对"夭夭"桃花更形象细致的描写：桃枝嫩绿，蓓蕾密叠，纷纷绽蕊，花朵瑰丽，娇艳无比，惹人怜爱。简直可以说桃花已经艳丽到了极致。

次章第二句"有蕡其实"是对婚后生活的祝愿之语。桃花开后,自然结果。诗人说桃树果实累累,桃子结得又肥又大。此乃象征着新娘早生贵子,儿孙满堂,家族人丁兴旺。

末章第二句"其叶蓁蓁",以桃叶的繁茂浓密来象征新娘子婚后生活的和谐和睦,以此祝愿新娘家庭的美满幸福。古语说"荫泽子孙",有叶子就有荫凉。桃树枝繁叶茂,意味着家族永远兴旺发达。它包含着未来作为家庭主妇将福荫子孙的祝福之意。

因为追求押韵的关系,各章的第三、四句有一字之异,即第三章末尾句中由"家室"变为"家人",其余词、义完全相同。"之子于归"句中的"之子"是指出嫁的女子。俗话说:"男大当婚,女大当嫁。"女子到了当婚的年龄,嫁到婆家去,做了别人的媳妇,成为新家庭的主妇,才是最完美的归宿。所以,女子出嫁叫作"归"。

女子出嫁做了别人的媳妇,成为新家庭的主妇,意味着承担一种责任,也承担着家庭新的期盼——给家族带来幸福吉祥,带来人丁兴旺,带来和睦美满。朱熹《诗集传》云:"宜者,和顺之意。室谓夫妇所居,家谓一门之内。"这就是各章的第四句"宜其室家""宜其家室""宜其家人"所表达的祝福之意。诗人写到此,也就表达了完美的新婚祝福。这是多么美好的祝愿呀!

自《桃夭》以桃花喻美人后,后世用花特别是用桃花来比美人的诗句甚多,以至成了中国古典诗词中的一种经典意象。如阮籍《咏怀·昔日繁华子》中的"夭夭桃李花,灼灼有辉光",白居易《大林寺桃花》中的"长恨春归无觅处,不知转入此中来",崔护《题都城南庄》中的"人面不知何处去,桃花依旧笑春风",杜甫《漫兴九首·其五》中的"颠狂柳絮随风去,轻薄桃花逐水流",汪藻《春日》中"桃花嫣然出篱笑,似开未开最有情",陈师道《菩萨蛮·佳人》中的"玉腕枕香腮,桃花脸上开",凌廷堪《点绛唇·春眺》中的"画楼春早,一树桃花笑",等等,不一而足。

周　南

　　如火的桃花时刻点燃着古今文人骚客的创作热情,也时刻点亮着历代少男少女心灵深处的爱欲之光。以桃花为题材,在中国文学史上,留下了一篇又一篇爱恨共生的人间情话。

　　"桃之夭夭,灼灼其华。之子于归,宜其室家。"男人诵读之,心旌摇曳;女人诵读之,幸福感满满。

兔罝

肃肃兔罝①,椓之丁丁②。
赳赳武夫③,公侯干城④。

肃肃兔罝,施于中逵⑤。
赳赳武夫,公侯好仇⑥。

肃肃兔罝,施于中林⑦。
赳赳武夫,公侯腹心⑧。

【词句注释】

①肃肃(sùsù):整饬貌,密密。罝(jū):捕兽的网。一说兔网,一说虎网。　②椓(zhuó):打击。丁丁(zhēngzhēng):击打声。布网捕兽,必先在地上打桩。　③赳赳:威武雄健的样子。　④公侯:周封列国爵位(公、侯、伯、子、男)之尊者,泛指统治者。干:盾牌。城:城池。干城,即城墙。引申为"捍卫者"之意。　⑤逵(kuí):九达之道曰"逵"。中逵,即四通八达的路岔口。　⑥好仇(qiú):好的伴侣、密友、心腹之意。

诗经国风赏析

⑦林：牧外谓之野，野外谓之林。中林，林中，密林深处。　⑧腹心：比喻最可信赖而不可缺少之人。

【译诗】

兔　罝

赳赳马上郎，气宇好轩昂。
心系九州土，躬耕陌上桑。
英威驱虎豹，耿烈护侯王。
不惧棘林苦，逡巡在沓冈。

【解读与评析】

　　关于本诗的主旨，古今诗释译注者有分歧。《毛诗序》："《兔罝》，后妃之化也。"朱熹《诗集传》："化行俗美，贤才众多，虽罝兔之野人，而其才之可用犹如此。故诗人因其所事以起兴而美之，而文王德化之盛因可见矣。"方玉润《诗经原始》："美猎士为王气所特钟也。"马飞骧《诗经缱绎》以为是"美周家贤才众多之诗"。高亨《诗经今注》："这首诗咏唱国君的武士在外打猎。"刘毓庆、李蹊译注的《诗经》："这是一篇赞美武士之歌。"

　　我认为，《兔罝》是一首赞美武士威猛、勇敢、可靠、忠诚的诗。它是一首最早的军旅诗。

　　全诗三章十二句，每章四句。诗篇的风调严整肃穆，气势威严。所谓"罝"，是一种猎兽的网。诗中的"兔罝"，未必仅仅是指捕兔的网，或捕兔，或捕老虎，或捕野猪，当理解为是一种泛指。"肃肃"，是形容木桩密布、坚固、整齐。何以如此？是"椓之丁丁"，通过"叮当"的击打扎实而成。这样，第一章的开头两句仅八个字，便将武士为狩猎而布网的劳动场景描绘得有声有色，具象明了。因为有了武士们"椓之丁丁"的劳动付出，才会在广阔的原野上，在林木茂密的山丘上，有了网眼密匝匝的猎兽网。因此说，第二、三章中的前二句"肃肃兔罝，施于中逵""肃肃兔罝，施于中林"是第一章"肃肃兔罝，椓之丁丁"的合乎逻辑的必然结果。一分耕耘，必有一分收获。

在古代，打猎是习武的一种最好方式，本诗赞美武士，正是从打猎说起。诗各章的前二句都是比兴之词。以"兔罝"兴发，旨在引出第三句"赳赳武夫"。"赳赳"二字，表现了武士们的英雄气概。

从诗歌写作技法论，"赳赳武夫"并不是诗人写作的目的，它在各章中只是起到转承的作用。各章的末尾句才是本诗所要表达的主旨。"赳赳武夫"是否值得赞美，关键在于他是为谁所用、为谁服务。本诗各章的末尾句做了明白无误的交代，点明了诗的主旨：忠信。

在周王朝分封制时代，站在老百姓的角度说，诸侯国就是母国。"赳赳武夫"作为诸侯的密友、好帮手、心腹、可依赖之人和捍卫者，保卫诸侯国，其实也是保家。就此而言，"赳赳武夫"理当值得赞美。《论语》有言："主忠信。"这是为人者的优秀品格。它还是人类社会文明进程的重要标志。

古往今来，人们不仅歌颂赞扬武士的"勇敢、威猛、忠诚、可靠"的美德，而且将其作为对武士的基本要求。家是小的国，国是大的家。保家卫国是一个整体，二者不可分开。爱国是人世间最深厚、最持久的情感，崇尚、歌颂"忠信"理应成为整个社会人生的主题歌。

芣苢

采采芣苢①,薄言采之②。
采采芣苢,薄言有之③。

采采芣苢,薄言掇之④。
采采芣苢,薄言捋之⑤。

采采芣苢,薄言袺之⑥。
采采芣苢,薄言襭之⑦。

【词句注释】

①采采：采而又采,采之不已。芣(fú)苢(yǐ)：野生植物名,薏苡,其果实珠状,俗称草珠,菩提珠。可食。其叶和种子都可以入药。一说是车前草,可食,有清热明目、败毒和止咳的功能。 ②薄：同"迫",急急忙忙。言：语气词,鼓励加快速度的语气。 ③有：得到,取归已有,多,丰富。 ④掇(duō)：拾取,伸长了手去采,用手指一粒一粒摘下。 ⑤捋(luō)：顺着茎滑动成把地采取,用手扯下。 ⑥袺(jié)：一手提着衣襟兜着。 ⑦襭(xié)：把衣襟扎在衣带上,再把东西往衣里面塞裹。

【译诗】

芣苢

大地临秋景色殊,草珠苗茂遍荒途。

周　南

掇拊兜裹忙忙采，结伴儿童拍手呼。

【解读与评析】

关于本诗的创作背景和主旨，古今诗释译注家无根本性的分歧。《毛诗序》曰："《芣苢》，后妃之美也。和平则妇人乐有子矣。"朱熹《诗集传》从《毛诗序》所论："化行俗美，家室和平，妇人无事，相与采此芣苢而赋其事以相乐也。"明代丰坊《诗说》："童儿斗草嬉戏歌谣之词。"闻一多《风诗类钞》："妇人思有子也。芣苢食之宜怀妊，故相呼采而食之。"高亨《诗经今注》："这是劳动妇女在采车轮菜的劳动中唱出的短歌。"马飞骧《诗经缵绎》以为是"假采芣苢以喻周家用贤殷尽之诗"。刘毓庆、李蹊译注的《诗经》以为是"一首儿童或少女们斗草游戏之辞"。

我以为，《芣苢》是一群带着孩子的劳动妇女采摘芣苢（薏苡、草珠）时所唱的劳动欢歌。大人们忙碌着采摘芣苢，孩子们在一旁拍手叫好助兴加油，场面热烈而欢快。

之所以说妇女们采摘芣苢是在劳动，而非仅仅是以采摘多少比输赢的游戏，是因为她们所采摘的芣苢（薏苡、草珠），既可食用，又可以入药，妇女们采摘芣苢的目的性十分明确：当作食物或做药用。

全诗三章十二句，每章四句。第一章是交代诗的写作背景。"采采芣苢，薄言采之。采采芣苢，薄言有之"，短短四句，把劳动场景明了清晰地展示在读者面前："大家一起采草珠，采了又采不肯休。多采快采莫停手，要以多少论赢输。"

第二、三章则是通过对一系列采摘动作的具体细致的描写，渲染出欢快的劳动气氛和热烈场面。"掇""捋""袺""襭"都是采摘草珠的具体动作，一拾一捋，一兜一裹，把妇女们的采摘动作刻画得惟妙惟肖。诗中虽不见人，但读起来却能够让人明白地感受到

诗经国风赏析

她们欢快的心情和轻巧妙曼的身影。面对此情此景,在一旁玩耍的孩子们怎能不欢呼雀跃叫好助兴呢?

作为一首劳动号子欢歌,重章叠句和节奏欢快是这首诗的突出特点。全诗三章十二句四十八字,只变动了"采""有""掇""捋""袺""襭"六个词,各章依序变动两个词。它在不断重叠重复的吟唱中,产生了简单明快、往复回环的音乐节奏。这种充满节奏感的运动,一强一弱,一张一弛,一快一慢,一高一低,在变化发展中突破单调和沉闷,生发出五彩斑斓的幻象,却又在节律中保持着统一,它充分地传达出了妇女们在采摘草珠时的欢快情绪。

劳动本是一件很辛苦的事,但其中却包含着依循节奏感而运动的天赋。人们在劳动中遵循节奏,同时也是追寻着自然的节律,在劳动时唱和着与劳动节奏合拍的号子,悠然自得,享受着劳动所带来的欢乐,辛苦并快乐着。古人如此,今人也是如此。

我在江南农村生活时,曾多次参加筑水坝、修引水灌渠的集体劳动。我至今仍记得有一首夯水坝时所唱的劳动号子,几位年轻力壮的小伙子用方石礅制作水库堤坝时,随着石礅的一起一落,唱着极有节奏的劳动号子:

同志(那个)们呀,嗨哟!加把(那个)劲呀,嗬哟!轧出四方痕呀,嗨哟哟!筑坝蓄满水呀,嗬嗨!清水灌稻田呀,嗨哟哟!天旱咱不怕呀,嗨哟!稻香遍山川呀,嗨哟哟!劳动不仅创造财富!劳动还创造美!劳动创造快乐!

汉 广

南有乔木[①],不可休思[②];

汉有游女③，不可求思。
汉之广矣，不可泳思④；
江之永矣⑤，不可方思⑥。

翘翘错薪⑦，言刈其楚⑧；
之子于归⑨，言秣其马⑩。
汉之广矣，不可泳思；
江之永矣，不可方思。

翘翘错薪，言刈其蒌⑪；
之子于归，言秣其驹⑫。
汉之广矣，不可泳思；
江之永矣，不可方思。

【词句注释】

①乔木：高大的树木。 ②休：休息，休养。思：语尾助词，无实义。"不可休"言大树高耸而不能得其覆荫。指高木无荫，不能休息。 ③汉：汉水，长江支流，源自陕西宁强县北，在湖北武汉的汉口龙王庙处入长江。游女：指游玩的女子。 ④泳：潜水。此处指游泳渡河。 ⑤江：江水，即汉江。永：水流也。"江之永"言江水长流不息。 ⑥方：桴，筏子。此处用作动词，意谓坐木筏渡江。 ⑦翘翘（qiáoqiáo）：本指鸟尾上的长羽，此处意指高大貌。错薪：丛杂的柴草。 ⑧刈（yì）：割。楚：落叶灌木，又名荆。此处泛指荆棘等灌木。 ⑨归：嫁也。"之子于归"指女子出嫁。 ⑩秣（mò）：喂马。 ⑪蒌（lóu）：蒌蒿，也叫白蒿，嫩时可食，老则为薪。 ⑫驹（jū）：小马。

【译词】

菩萨蛮·汉广

汉江埭岸芳林寂，滔滔碧水伤心泣。骇浪阻通津，愁眉思丽人。　钟情无处说，且把荆蒿割。喂得马驹肥，痴情送汝归。

【解读与评析】

关于本诗的主旨，古今诗释译注家分歧颇大。《毛诗序》云："《汉广》，德广所及也。文王之道被于南国，美化行乎江汉之域，无思犯礼，求而不可得也。"朱熹《诗集传》从《毛诗序》论："文王之化，自近而远，先及于江汉之间，而有以变其淫乱之俗。故其出游之女，人望见之而知其端庄静一，非复前日之可求矣。因以乔木起兴，江汉为比，而反复咏叹之也。"方玉润《诗经原始》："江干樵唱，验德化之广被也。"马飞骧《诗经缵绎》认为是"周家欲广德江汉之诗"。李山《大邦之风》说："这是一首警告人们不要去追求江汉游女的告诫诗。"高亨《诗经今注》："一个男子追求女子而不可得，因作此歌以自叹。"刘毓庆、李蹊认为"这是一首单恋的歌"。

我认为，本诗是一位小伙子单相思的恋歌。一个在外劳作的小伙子，或许是一位年轻的樵夫，遇见一位在河对岸游玩的姑娘，怦然心动，顿生爱慕之情。"今朝两相视，脉脉万重心。"但因素不相识，又不敢说娶她，只好隔水相望。他望着浩渺烟波和滔滔流逝不息的江水，产生了一种莫名的惆怅和相思，并自作多情地生出种种幻觉：希望有一天这姑娘出嫁时，无论她嫁给谁，他要为她砍些柴草，以作为她出嫁时的嫁妆；割些蓬蒿，把她的马儿喂壮喂肥，以使姑娘出嫁时更体面些。

准确把握本诗的主旨，有以下三个诗眼是需要把握住的：

周　南

　　一是第一章的首句"南有乔木"。诗以乔木起兴，一开始就点明了诗的主人公是一位男子。细读《诗经》就会知晓，诗中多以高木、大树等比男性。如《周南·樛木》中的"南有樛木"，《召南·甘棠》中的"蔽芾甘棠"等，以花、草、蔓藤、虫、小鸟喻女性。如《周南·桃夭》中的桃花，《召南·鹊巢》中的山鸠，《邶风·燕燕》中的燕子，等等。这种以物比人的方法是《诗经》中一种特定的技法。

　　二是第二、三章中的首句"翘翘错薪"。错薪即指丛杂的柴草。在《诗经》中，以"采薪""束薪""析薪"等词语，都是作为恋爱婚姻的隐语或象征的，这可能与当时男婚女嫁的聘礼嫁妆有关。如《王风·扬之水》和《郑风·扬之水》中的"不流束薪""不流束楚""不流束蒲"句，《唐风·绸缪》中的"绸缪束薪""绸缪束刍""绸缪束楚"句。本诗中的"翘翘错薪"句也传达出本诗所言与恋爱婚姻有关的信息。

　　三是第二、三章中的第三句"之子于归"。在《诗经·国风》中，以"之子于归"表示女子出嫁的诗篇有多首，如《周南·桃夭》《召南·鹊巢》《召南·江有汜》《邶风·燕燕》等。本诗当不例外。"之子"是指出嫁的女子。俗话说："男大当婚，女大当嫁。"女子到了当婚的年龄，嫁到婆家去，做了别人的媳妇，成为新家庭的主妇，才是最完美的归宿。所以，女子出嫁叫作"归"。本诗中的"之子于归"既然是出自诗中主人公之口，当是指女子出嫁，嫁给别人，而不是嫁给诗作者本人。若是想表达女子嫁给诗作者本人之意，诗中当用"迎娶"词才合乎其情。

　　从结构形式上分析，《周南·汉广》共三章，各章八句。与《诗经·国风》中其他重章叠句的诗篇相比较，本诗采用了双重双叠的艺术技法，即各章后四句是叠咏，第一章独立，第二、三章叠咏。但从艺术意境看，全诗三章又是层层相联，自有其诗意的内在

诗经国风赏析

逻辑。

首章的"南有乔木,不可休思"作为全诗的起兴之句,隐喻地告诉读者,主人公是一位青年男子,也可能还是一位樵夫。他偶遇一位正在江边游玩的姑娘,心生爱慕。但因不曾相识,素昧平生,不敢贸然说要娶她,于是只好说:南方的大树高耸入云("南有乔木"),我却得不到它的庇荫("不可休思")。进而顺理成章地吟唱出第三、四句:看到江边游玩的美丽姑娘("汉有游女"),我却不能娶她结同心("不可求思")。

虽爱慕却无法娶她,面对浩淼的江波,年轻的小伙子情思缠绕,无法解脱,生发出种种无端的烦恼和忧伤。于是,满怀惆怅的愁绪,犹如江水奔流而来:江水滔滔江面阔("汉之广矣"),我没法游到对岸去与她商榷("不可泳思")。江流悠悠永不息("江之永矣"),我没法乘筏过去与她相会("不可方思")。

从内容的完整性而论,诗写到此,可以独立成篇了。但主人公还有一肚子的心里话要说,还有无限的痴情要表达。于是,在第二、三章中他反复吟唱道:岸边芳草萋萋("翘翘错薪"),我割荆条陌上归("言刈其楚")。姑娘来年出嫁去("之子于归"),我送马驹壮又肥("言秣其马")。江水滔滔江面阔,我没法游到对岸去与她商榷。江流悠悠永不息,我没法乘筏过去与她相会。

岸边芳草萋萋("翘翘错薪"),我割蒌蒿陌上归("言刈其蒌")。姑娘哪年出嫁去("之子于归"),我送马驹壮又肥("言秣其驹")。江水滔滔江面阔,我没法游到对岸去与她商榷。江流悠悠永不息,我没法乘筏过去与她相会。

由此看出,这个小伙子心胸并不狭窄,大抵有今人那种"只要你过得比我好,什么事情难不到"的豁达胸襟。在绝望中,他只希望有一天这姑娘出嫁时,无论她嫁给谁,他要为她做好一切准备:砍些柴草,以作为她出嫁时的嫁妆;割些蓬蒿,把她的马儿喂壮喂肥,以使姑娘出嫁时更体面些。

　　从情感表现看,第二、三两章细腻地传达了主人公由希望到失望、由幻想到幻灭这一曲折复杂的情感历程。把追求的无望和思恋的一往情深表达得淋漓尽致,不可逆转。有希望有追求,就会有失望有失落。对"汉之广""江之永"的反复吟唱,已是幻境破灭后的长歌当哭。比之首唱,真有男儿伤心不忍听之感。所谓爱之深,思亦深,苦更深。真是个"思归若汾水,无日不悠悠","归棹莫随花荡漾,江头有个人相望"。

　　也许有人会质疑:小伙子对一个素不相识的姑娘因一见而钟情不已,进而因爱而生思,因思而长歌当哭,不是有神经病吧?否!男女的情感世界里,爱与被爱也是一种天赋的权利。钟情的爱只在一瞥见。至于这种"钟情"能否如所愿,还取决于诸多因素。但不论能否如愿所得,诗中主人公的宽广胸怀是值得永世称颂的:你若安好,便是晴天!

汝　坟

遵彼汝坟①,伐其条枚②;
未见君子③,惄如调饥④。

遵彼汝坟,伐其条肄⑤;
既见君子,不我遐弃⑥。

鲂鱼赪尾⑦,王室如毁⑧;
虽则如毁,父母孔迩⑨!

【词句注释】

①遵：循，沿着，顺行。汝：汝河。源出河南省，流入淮河。坟（fén）：水涯，大堤。 ②伐：砍伐。条枚：树的枝条。条：树枝。枚：树干。 ③君子：此指在外服役的丈夫。 ④惄（nì）：饥，一说忧愁。调（zhōu）：又作"輖""朝"。指早晨。调饥：朝食未进，饥肠辘辘。喻男女欢情未得满足。又喻情感的困顿。 ⑤肄（yì）：树砍后再生的小枝。 ⑥遐（xiá）：远。 ⑦鲂（fáng）鱼：鳊鱼。赪（chēng）：浅红色。 ⑧毁（huǐ）：火，如火焚一样。 ⑨孔：很，甚。迩（ěr）：近，此指迫近饥寒之境。"父母孔迩"，意为"赡养父母是眼前急迫的事情"。

【译词】

长相思·汝坟

汝水平，汝柳青，十里长堤伐木行，朝饥思念卿。　　离别情，相聚情，拭泪柔声无限情：忍心弃我征？

【解读与评析】

关于本诗的主旨，古今诗释译注家历来争议很大。《毛诗序》："《汝坟》，道化行也。文王之化行乎汝坟之国，妇人能闵其君子，犹勉之以正也。"朱熹《诗集传》："汝旁之国，亦先被文王之化者，故妇人喜其君子行役而归，因记其未归之时，思望之情如此，而追赋之也。"方玉润《诗经原始》："夫妇人喜其夫归，与文王之化何与？妇人被文王之化而后思其夫，岂不被化即不思其夫邪？如此说《诗》，能无令人疑议？"闻一多《诗经通义》："男女会汝水所唱之歌。"马飞骧《诗经缵绎》以为是"商人归心文王之诗"。高亨《诗经今注》："西周末年，周幽王无道，犬戎入寇，攻破镐

周　南

京,周南地区一个在王朝做小官的人逃难回到家中,他的妻子很喜欢,作此诗安慰他。"刘毓庆、李蹊译注的《诗经》:"这是一首夫妻伤别的诗。从夫妻未见时的忧虑和如饥似渴的欲望,写到既见后对即将再次离别的不安、担心和忧愁,进一步写到妻子对丈夫的请求。"李山《大邦之风》:"西周崩溃之际,汝水沿岸的人担心身在南方的将士的歌唱。"

我是赞同"夫妻伤别离"之说的。《汝坟》是一首写夫妻伤离别的诗。丈夫久役在外,留守在家的妻子日夜思念。诗从夫妻未见时的忧虑和如饥似渴的欲望着墨,写到既见后对即将再次离别的不安、担心和忧愁,进一步写到妻子对丈夫的请求。汝柳朝朝见,山妻日夜思。千秋心痛事,最苦是伤离。真个是"伤离别,想今朝去也,明日重来"(宋·陈德武)。

全诗三章十二句四十八字。作为一首"伤离别"的诗,各章的诗意既独立又连贯,且极具逻辑性。首章写"离别苦"。"遵彼汝坟,伐其条枚"两句,写在汝河大堤上,有一位凄苦的妇女,正手执斧子砍伐山楸的树枝。在古代社会,男女在生产生活中的角色分工是"男耕女织"。采樵伐薪,本该是男人担负的劳作,而现在却由织作在室的妻子承担了。这不能不引起读者的疑问:她的丈夫究竟去哪里了?他为何竟如此忍心让妻子执斧劳瘁呢?这其实是为后文埋下伏笔。

第三、四句"未见君子,惄如调饥"的跳出,回答了此中缘由:原来,她的丈夫久已行役外出,这维持生计的重担,若非妻子没有人能肩负,只好忍着饥饿来此伐薪。在古代,生活物资匮乏,古人日食两餐,而非现今的三餐。诗中的"调"(朝),并非今人的早餐,而是指午餐、正餐。这里的"朝饥"包含了三层意思。一是"食之饥"。因贫困而食不果腹,一顿饭也吃不上,饥肠辘辘,多悲惨呀!二是"情感之饥"。丈夫行役在外,妻子孤苦无依,满腹的忧愁用"饥"作比，自然只有饱受饥饿折磨的人才有如此真切的感受。三是"性饥渴"。在先秦时代，"朝食"被用来作男欢女爱的隐语。而今丈夫久役未归，他那可怜的妻子，享受不到丝毫的眷顾和关爱。一声"未见君子，惄如调饥"，把主人公的"离别苦"写到极致，令人闻之而鼻酸。

第二章写"相见欢"。"遵彼汝坟，伐其条肄"两句，使诗情发生了意外的转折。"肄"字，其本意是指树砍后再生的小枝。诗中的"肄"字，隐含着女主人公的劳瘁和等待的意思。冬去春来，又挨过了一年。"朝饥"在岁月漫漫中延续重复，此刻却意外发现了"君子"归来的身影。于是"既见君子，不我遐弃"二句，便带着女主人公突发的欢呼涌出诗行。久役的丈夫终于归来，他毕竟思"我"、爱"我"而未将"我"抛弃。这正是忧愁中升腾的欣慰，"朝饥"时汹涌而来的喜悦。

意外得到的东西最害怕失去。主人公很是担心失去眼前的"相见欢"，她难以确定归来的丈夫还会不会外出，他是否还会将她抛在家中远去。于是，在欣慰喜悦之时，她又发出淳朴而又深情的、含情脉脉的叮咛——既然我日夜思念的夫君回来了，你别丢下我又远行而去。（"既见君子，不我遐弃"）

诗的第三章写"离别因"。在诗的第二章中，女主人公的疑虑和叮咛并非多余。诗的第三章开首两句点明了原因："鲂鱼赪尾，王室如毁。"鲂鱼，是一种颜色为浅红色的鳊鱼。"毁"，意即如火焚一样。这样，"鲂鱼"与"王室"两个看似丝毫没有相关性的东西，通过"赪"与"毁"就自然而然地关联上，相互照应了。"王室如毁"，王室被红红的烈火焚烧。在王朝多难、事急如火的时代，男儿怎能守候在家呢？国难当头，匹夫有责。诗中主人公的丈夫不可能耽搁、恋家。为什么会有"未见君子，惄如调饥"的情况呢？不是丈夫不爱家不恋家，是因为"王室如毁"，丈夫不得不从役远行。对此，女主人公深明大义，对丈夫似乎并无怨言。

但是，话还没说完，担忧还在后头——虽说是王室被毁，王朝临危，眼前赡养父母的事交给谁？（"虽则如毁，父母孔迩"）

"虽则如毁，父母孔迩!"这便是女主人公在万般无奈之时向丈夫发出的凄凄诘问：夫妇之爱纵然已被无情的徭役毁灭，但是濒临饥饿绝境的父母的生活不能不管呀？你若又要远行，赡养父母的事怎么办呢？对妻子的诘问，丈夫没有回答，也的确难以回答。全诗在凄凄的诘问中戛然收住，给读者留下了阔大的思考空间。

《汝坟》虽是一首写夫妻伤离别的诗，但其社会意义绝不只限于夫妻之间的爱恨情仇和家庭生活，它还揭示了"国"与"家"究竟是何种关系这样一个亘古不变的社会主题。国不安，家怎圆？其结果只能是"国破山河在，城春草木深。感时花溅泪，恨别鸟惊心"（杜甫《春望》），"山河破碎风飘絮，身世浮沉雨打萍。惶恐滩头说惶恐，零丁洋里叹零丁"（文天祥《过零丁洋》）。

只有国家的安宁与和平，才有夫妻的团圆，才有家的安宁，才有父母妻儿的幸福生活！古今如此，普天之下亦如此。

麟之趾

麟之趾①，振振公子②，于嗟麟兮③。

麟之定④，振振公姓⑤，于嗟麟兮。

麟之角，振振公族⑥，于嗟麟兮！

【词句注释】

①麟：大公鹿。旧以为是一种仁兽。趾：足，指鹿蹄。 ②振振（zhēnzhēn）：很多，旺盛貌。或以为诚实、仁厚的样子。公子：与后文的"公姓""公族"同义，皆指贵族子孙、公侯后代。 ③于（xū）：通"吁"，叹词。于嗟：叹美声。 ④定：额头。 ⑤公姓：公侯的同姓子孙。公侯之子为公子，公子之子为公孙。 ⑥公族：公侯同祖的子孙。

【译诗】

麟之趾

鹿臀鹿角鹿蹄嘉，吉礼攸宜凤女家。
诚祝泰山家族旺，儿孙温厚世人夸。

【解读与评析】

古今诗释译注家对本诗主旨的解读分歧颇大。《毛诗序》："《麟之趾》，《关雎》之应也。《关雎》之化行，则天下无犯非礼，虽衰世之公子，皆信厚如麟趾之时也。"朱熹《诗集传》："文王后妃德修于身，而子孙宗族皆化于善。"方玉润《诗经原始》："美公族龙种尽非常人也。"马飞骧《诗经缵绎》以为是"美文王子孙贤且多之诗"。刘毓庆、李蹊则认为本诗"是一首婚前男方向女方家纳征时唱的歌"。还有学者由释义连带出"本诗是谁人所写"的官司。高亨《诗经今注》说："鲁哀公十四年，鲁人去西郊打猎，猎获一只麒麟，而不识为何兽。孔子见了，说道：'这是麒麟呀！'获麟一事对孔子刺激很大，他记在他所写的《春秋》上，而且停笔不再往下写了。并又作了一首《获麟歌》。"并据此认为《麟之趾》可能是孔子的《获麟歌》。不过，此论似乎说孔子编《诗经》时夹

周　南

带了"私货"，有点离谱，相信者并不多。

我认为，《麟之趾》是一首婚前男子向女方家送聘礼时所唱的祝福之歌，意在祝福岳父家家族兴旺，子孙贤德仁厚。

本诗作为一首婚前男子向女方家送聘礼时所唱的祝福之辞，其中包含有四个重要的信息密码。

一是以鹿作为聘礼，既表达了男子的衷情，又显示了男子的勇武、力量和智慧。从《诗经·国风》中有关男女婚恋的诗可以得知，在周代社会，男女恋爱、男婚女嫁也是需要相互馈赠礼物的，而且是女方赠男方的礼物重在表达情感，而男方赠女方的礼物重在实用，重在表达男子的勇武和智慧。如《邶风·静女》作为一首两位纯情少男少女相约幽会后，少男写给少女的爱情诗，其中所记录的少女赠送给男子的礼物，是一种以茅草做的乐器"彤管"（"静女其娈，贻我彤管"）。而《召南·野有死麕》作为一首记录男子向女子表达爱意的诗，他所赠送给女子的"实在物"则是鹿（"野有死麕，白茅包之。有女怀春，吉士诱之"）。

与《召南·野有死麕》一样，《麟之趾》中，男子也是以鹿作为聘礼送给女方家的。在生产力水平极低的远古时代，男子猎取野兽，不仅解决了人们的食物来源，更是男子的力量、勇猛和智慧的外在体现。在那时，男子向女子求婚，往往猎取野兽献给女子，女子若收下猎物，则表示接受了男子的爱情。

二是作为纳礼方，女方家当是公侯之家，而非农奴。本诗三章中反复咏唱的"公"，即是指公侯。"公子""公姓""公族"则是泛指公侯的子孙后代。

三是表达男方对女方家家族兴盛、人丁兴旺的祝福之意。以人之常情而论，小伙子娶来了人家的姑娘，男方家添丁增口，家族旺了，而女方家则减少了一人。此时，女方家自然是心里有些落寞的，女子的父母是有万分不舍之情的。在这个时候，男方送聘礼

诗经国风赏析

时，同时给女方家送上家族兴旺、子孙贤德仁厚的祝福之辞，反复咏唱"振振公子，于嗟麟兮""振振公姓，于嗟麟兮""振振公族，于嗟麟兮"，表达出发自内心的质朴而真挚的祝愿。这对女子的父母乃至女方家族也是一种安慰。

四是吉祥之物宜送尊亲之人。在从古到今的社会风俗中，麒麟被视为仁兽，是吉祥之物。诗中的主人公在吉祥之日办吉祥之事，给女方家送聘礼，向岳丈大人表达敬意和祝福之意，是万万不可马虎从事的。礼物不一定非贵重不可，但一定要是吉祥之物。此时此刻，送上鹿（麟）当是最能表达出男子对女方家的深情厚意的。

召　南

鹊　巢

维鹊有巢①，维鸠居之②。
之子于归③，百两御之④。

维鹊有巢，维鸠方之⑤。
之子于归，百两将之⑥。

维鹊有巢，维鸠盈之⑦。
之子于归，百两成之⑧。

【词句注释】

①维：发语词。鹊：喜鹊。有巢：比兴男子已造家室。②鸠：鸤鸠，即布谷鸟。　③归：出嫁。　④百：虚数，指数量多。两：同"辆"。御（yà）：同"迓"，迎接。即指迎亲的车辆。⑤方：通"房"，即以之为房的意思。一说通"放""并""依"，引申为两两相并相依之意。　⑥将（jiāng）：送。一说护卫，保卫。　⑦盈：满，充满，使空巢有了新主人的意思。一说指陪嫁的人很多。　⑧成：成就，完成，迎送成礼，此指完成婚事。

【译词】

江南春·鹊巢

喜鹊叫，柳眉娇，红妆莲步走，远梦醉春宵。车多人众倾情送，嫁个文郎门第高。

【解读与评析】

关于本诗的主旨，有两种截然相反的解读，其分歧焦点在于如何解读"鹊巢鸠占"四字。一种解读就是《汉语成语词典》中的释义："杜鹃不会做巢，就去强占喜鹊的巢。本指女子出嫁，定居于夫家。后比喻强占别人的住处。"属贬义之词。有诗论学者持此释义："鸠不会作巢，常占据鹊巢而居之。诗以鸠侵占鹊巢比喻新夫人夺去原配夫人的宫室。"（高亨《诗经今注》）

另一种解读是：《鹊巢》是一首美婚姻之诗。男子为女子准备好了一切，盖好了新房，就等着新人来。也暗示这位女子愿意到男子家成就这桩婚事。《毛诗序》说："《鹊巢》，夫人之德也。国君积行累功以致爵位，夫人起家而居有之，德如鸤鸠，乃可以配焉。"朱熹《诗集传》："南国诸侯被文王之化，能正心修身以齐其家；其女子亦被后妃之化，而有专静纯一之德。故嫁于诸侯，而其家人美之曰：维鹊有巢，则鸠来居之。是以之子于归，而百两（辆）迎之也。"姚际恒《诗经通论》："大抵为文王公族之女，往嫁于诸大夫之家，诗人见而美之。"马飞骧认为本诗是"美侯王婚姻之诗"。刘庆毓、李蹊认为："这是一首祝贺贵族小姐出嫁的歌。"

我以为《鹊巢》是一首祝贺贵族女子出嫁的诗。它记述了贵族女子出嫁的盛况。

在中华民族的婚姻文化中，无论平民或是富贵之家，结婚总是喜庆而热闹的，只不过是贵族女子出嫁，比平民百姓的女儿出嫁更讲究排场和热闹罢了。

　　对本诗主旨理解的歧义源于对各章前两句（"维鹊有巢，维鸠居之""维鹊有巢，维鸠方之""维鹊有巢，维鸠盈之"）解读的差异。持"鹊巢鸠占"论者，是取两句的字面意义，将其概括成成语而已。依社会常识和生活常识论，此论是不能成立的。古代社会是不是一夫一妻制呢？我没有去考证。若是，可能会出现"新妻子夺去原配夫人的宫室"的情况。若否呢，就不会存在这种情况。贵族公子娶得了多个妻子，难道还盖不起一间住房？只要她们相安无事就好，不必赶走原配夫人。

　　我在农村生活时，曾经好奇地观察过各种鸟巢。麻雀、杜鹃、布谷鸟等小鸟的窝大多是用小枯草筑就的，小而密实。而喜鹊、鹰等体形稍大的鸟，它们的窝都是用枯树枝筑就的，且大而疏。不同的巢适用于不同的鸟。鹊巢对杜鹃、麻雀未必适用。"鸠占鹊巢"可能是一种存在了两千多年的误解。

　　《鹊巢》作为一首祝贺贵族女子出嫁的诗，诗中"鹊"当是指新郎，"鸠"是指新娘。将"维鹊有巢，维鸠居之"两句翻译成白话，即：男子家的新房盖得坚固又漂亮，只待姑娘早日入洞房。

　　全诗三章，每章四句，每章只更换了两个字，即第一章中的"居""御"字，第二章中的"方""将"字，第三章中的"盈""成"字。各章中的第三句"子之于归"，点明女子出嫁的主题。诗选取了三个典型的场面加以概括，以平实的语言，以"御""将""成"三字描写了迎亲、送亲、举行婚礼的全过程，记述了贵族家庭迎婚送嫁时的热烈场面和喜庆气氛。

　　第一章"百两御之"，是写新郎来迎亲。迎亲车辆之多，是说明新郎的富有，也衬托出新娘的高贵。第二章"百两将之"，是写男子迎娶新娘在返回路上，送亲的车辆众多。第三章"百两成之"是写迎娶新娘的车辆已到家而举行婚礼了。

诗经国风赏析

《召南·鹊巢》与《周南·桃夭》一样，都是祝贺女子出嫁的诗篇。两相比较，各篇的着力点却有着很大的不同。《周南·桃夭》着力点是以桃花的艳丽来衬托新娘的美丽漂亮，以"宜其家室"的祝福语衬托新娘的贤淑温良。而《召南·鹊巢》的着力点是反复以迎亲送亲的车辆众多（"百两"）来衬托新郎新娘家的富有和门第高贵，并通过简短的复叠吟唱，十足地渲染出贵族家庭迎婚送嫁时的热烈奢华场面和喜庆气氛。用当今时下的话讲，就是显富摆阔。这样，本诗中虽采用平浅的语言记述了迎婚送嫁时的热烈奢华场面和喜庆气氛，羡慕赞美之情溢于言表，却不见半句祝福之语。诗作者当时也许在想：除了钱多，你还有什么呢？

采 蘩

于以采蘩①？于沼于沚②。
于以用之？公侯之事③。

于以采蘩？于涧之中④。
于以用之？公侯之宫⑤。

被之僮僮⑥，夙夜在公⑦。
被之祁祁⑧，薄言还归⑨。

【词句注释】

①于以：问词，往哪儿去。蘩（fán）：白蒿。生沼泽中，叶似嫩艾，茎或赤或白。古人认为白蒿到秋天时根茎能煮着吃，而且味

道鲜美。故常用来祭祀。　②沼：沼泽，水池。沚（zhǐ）：水中的小沙洲，或以为水积蓄的洼地。　③事：此指祭祀。"公侯之事"，即公家之事，此处当指祭祀之事。　④涧：山间流水的小沟，或山谷中溪流。　⑤宫：大的房子；汉代以后才专指皇宫。此处指宗庙。　⑥被（bì）：通"髲"。首饰，取他人之发编结披戴的发饰，相当于今之假发。僮僮（tóngtóng）：光洁严整、首饰盛貌。一说这里用为未成年的僮仆、奴婢之意，年少即美，可引申为光洁盛貌。　⑦夙夜：早晚，意指勤恳、勤奋，兢兢业业。公：公庙。在公：为公侯（宗庙）做事。　⑧祁祁（qíqí）：舒缓。状首饰头之型之貌。此处指头发散乱如飞蓬。　⑨薄：这里用为少、没有之意。归：归寝，回去。

【译诗】

采　蘩

涧溪沼泽异香飘，凤髻盘云采白蒿。
夙夜在公勤祭事，盈盈笑靥已忘劳。

【解读与评析】

　　关于本诗的主旨，古今诗释译注家无原则性分歧，都认为这是一首叙写一群妇女为公室祭祀活动而采蘩（白蒿）的诗。其分歧仅在于采蘩者是贵族妇女还是普通劳动妇女。《毛诗序》："《采蘩》，夫人不失职也。夫人可以奉祭祀，则不失职矣。"朱熹《诗集传》："南国被文王之化，诸侯夫人能尽诚敬以奉祭祀，而其家人叙其事以美之也。"方玉润《诗经原始》："夫人亲蚕事于公室也。"高亨《诗经今注》的解读是："这首诗的作者是诸侯的宫女，叙写她们为诸侯采蘩，以供祭祀之用。"马飞骧《诗经缵绎》认为是"美夫人奉蚕事于公室之诗"。刘毓庆、李蹊认为："这是一首大夫妻参与采蘩劳动时所唱的歌。采蘩的地方在池沼、水洲和山间小溪，采蘩的目的是为公室祭祀提供菜肴。"

从上文引述中可以看出，诗论学者的分歧之点在于"谁"采蘩，一说是"诸侯夫人"；一说是"贵族家里的女奴"。究竟是"谁"在采蘩呢？谁说得清呢？不必深究。"谁"采不重要，重要的是在什么地方采？采来做什么用？为谁而采？若非要明确一下采蘩者是何人不可的话，我认为这是一首贵族家的女奴，即普通劳动妇女按照东家的吩咐，为其祭祀之用而采集白蒿时所唱的歌。它是一首赞美颂扬采蘩妇女们"夙夜在公"的忘我精神的诗。

无论是读诗，还是写诗，或是释诗，都需要紧紧抓住诗（指古诗和近体诗，新体诗例外）中的三个要素，即诗境、诗眼、诗情。诗是文学作品，贵形象，忌概念堆砌，"诗境"即形象，它是具体的而非抽象的，如风花雪月、吼狮灵猫、桃花杏树、绿柳红枫、流水冰山等，可视之，可触之，可闻之，可嗅之。"红雨随心翻作浪，青山着意化为桥"中的诗境就很具体，红雨、青山、浪、桥都是看得见摸得着的。谁人没见过？

诗眼，是指诗中的关键之词之句。诗不论长短，不能没有诗眼。诗情诗意，需要通过其中的一个或几个关键核心的词或句去表现，其余的词或句只是铺垫陪衬。如果说，诗情是隐性的，诗境（诗景）、诗眼则是显性的。抓住了"诗眼"，读诗、写诗、释诗就不会偏离诗的主题了。

诗情即是诗作者的个人情感或情绪。境由心生，情由景出。相同的境、景，若诗人的"情"不同，则表现的境、景也就绝然有异。见了花开花落，失意者说是"无可奈何花落去"，豁达之人则吟出"宠辱不惊。看庭前花开花落"。本诗的诗境（景）都是明摆着的：蘩、沼、沚、涧、夜、被（头发、首饰）等都是具体的形象，一目了然。无须赘述，这些都是诗境（景）。

本诗的"诗眼"是什么呢?还得从诗境中去寻找。"被"(发)是自然之物,但言之为"被之僮僮"(光洁严整),就表明下地劳动时,她们把"采蘩"当成是件很严肃的事,开始时"仪式感"很强。进而可以理解为:既然采蘩的用途是祭祀祖宗神灵,心不能不诚呀!能蓬头垢面地去干活吗?心诚则灵!这是"诗眼"之一。

"诗眼"之二,"被之祁祁"(头发散乱,首如飞蓬)。为祭祀而采蘩,是件庄重而有意义的事。但劳动总是很辛苦的。繁忙紧张的劳动,使她们累得连本来光洁整齐("被之僮僮")的头发都变得散乱如蓬,连稍稍梳理一下的工夫也没有。据此想象出她们是多么繁忙而又辛苦。她们为了表达对祖宗、神灵的虔诚敬意,虽辛苦却快乐着!但是,这种"被之祁祁"的苦活累活,恐怕只有贵族家的女奴们干得了,贵族(大夫)的妻子是绝对不会去做的,她们也干不了。

"诗情"何在?"夙夜在公"四字是《采蘩》一诗的"情"之所在。为了公侯家的祭祀活动采摘祭品,抱着非常认真负责的态度去对待,早晚忙个不停,连头发散乱了都没工夫去梳理,可谓是废寝忘食且毫无怨言(即"薄言")。在这里,至于采蘩者是何人已不重要,重要的是采蘩者对"公"事认真负责的态度和"夙夜在公"的忘我精神。诗作者通过"诗境""诗眼"给予其赞美和颂扬。

全诗三章共十二句,每章四句。章与章相互呼应,各章内句与句之间也是前后呼应。全诗结构严谨,极具逻辑性。第一、二章的前二句写采蘩的地点:沙洲沼泽("于沼于沚")和山涧溪流旁("于涧之中")。诗作者在这里展现了一个极广阔的场景,使读者似乎看到了一群劳动妇女为采集白蒿,奔走在沙洲沼泽上,攀爬在山涧溪流旁,不停地忙碌着的身影。第一、二章的后二句写采蘩的目的:"于以用之?公侯之事。""于以用之,公侯之宫。"翻译成如今的白话文,即是:白蒿采来有何用?公侯家祭神灵。白蒿采来有何用?公侯家祭祖宗。

　　第三章与前二章相呼应,写采蘩的妇女们辛苦并快乐着。不是吗?早上出来时她们是发髻光洁整齐("被之僮僮"),收工时已是头发散乱如蓬("被之祁祁")。由"被之僮僮"到"被之祁祁",二字之变化,十分形象地表现了采蘩妇女们的繁忙与艰辛。但是,她们却无任何怨言地回家去("薄言还归")。为什么呢?在第一、二章已做了明确的交代:是为了公侯家祭祀神灵和祖宗而采集祭品。在她们看来,这是件很有意义且很神圣的事,采蘩并不是出于无奈和迫不得已,而是为了表达对神灵的虔诚和对祖宗的敬意。尽管是昼夜忙个不停("夙夜在公"),也毫无怨言("薄言还归")。

　　诗的结尾句"薄言还归",一扫"于沼于沚""于涧之中"和"被之祁祁"的沉闷气氛,赞美了采蘩妇女们"夙夜在公"的忘我精神,点明了全诗的主题。真是妙不可言,极有艺术感染力!

草　虫

喓喓草虫①,趯趯阜螽②;
未见君子,忧心忡忡③。
亦既见止④,亦既觏止⑤,我心则降⑥。

陟彼南山⑦,言采其蕨⑧;
未见君子,忧心惙惙⑨。

召南

亦既见止,亦既觏止,我心则说⑩。

陟彼南山,言采其薇⑪;
未见君子,我心伤悲。
亦既见止,亦既觏止,我心则夷⑫。

【词句注释】

①喓喓(yāoyāo):虫鸣声。草虫:一种能叫的蝗虫,蝈蝈儿。 ②趯趯(tìtì):昆虫跳跃之状。阜螽(fùzhōng):即蚱蜢,一种蝗虫。 ③忡忡(chōngchōng):形容心绪不安。 ④亦:如,若。既:已经。止:之、他,一说语助词。 ⑤觏(gòu):遇见。 ⑥降:降下,引申为放心,悦服,平静。 ⑦陟(zhì):升;登。登山盖托以望君子。 ⑧蕨:野菜名,即蕨菜,初生无叶时可食。 ⑨惙惙(chuòchuò):忧,愁苦的样子。 ⑩说(yuè):通"悦",高兴。 ⑪薇:草本植物,又名巢菜,或野豌豆,似蕨,味苦,可食用。 ⑫夷:平,此指心情平静。

【译词】

醉太平·草虫

飘飘絮蓬,呀呀草虫,心如苦雨凄风,登南山望鸿。 思侬忆侬,忧心忡忡,山高路远情浓,问何年喜逢?

【解读与评析】

关于本诗的主旨,古今诗释译注家的解读无根本性分歧。《毛诗序》:"《草虫》,大夫妻能以礼自防也。"朱熹《诗集传》:"南国被文王之化,诸侯大夫行役在外,其妻独居,感时物之变,而思其君子如此。"方玉润《诗经原始》:"思君念切也。"马飞骧《诗

49

经缵绎》以为是"思君寄志之诗"。高亨《诗经今注》:"这首诗是妇人所作,抒写她在丈夫远出的时候,怀着深切的忧念;当丈夫归来的时候,为之无限喜悦。"刘毓庆、李蹊说:"这是一首思妇之词。"

我认为,这是一首思妇之诗。妻子因丈夫行役在外而苦苦思念着。随着秋去春回的时间推移,她的忧愁越来越深。在苦苦的思念中,她幻想着丈夫回来后相聚,只有这样,才能消除她的忧闷和悲伤。

全诗三章二十一句,每章七句。各章采用先抑后扬的技法,都是两层意思。前四句以物起兴,写因丈夫行役在外时的忧思,即"抑"。第一章的起兴之物是草虫、阜斯;第二章的起兴之物是南山、蕨菜;第三章的起兴之物是南山、薇菜。诗的各章之所以都以这些野外之物为起兴之物,其背后蕴涵着深刻的含义:因"未见君子,忧心忡忡"而忧思不已,心绪烦乱不已,于是天天去登高远望,"陟彼南山,言采其蕨",不是在春游,而是盼望,是为了释放心中的忧思。

诗各章的后三句写幻想、设想。她幻想着、设想着丈夫回来后的欢娱,即"扬"。前四句写完思念之情后,诗作者并没有说如何之苦,也没有那种"悔教夫婿觅封侯"的怨恨与悔恨,而是戛然而止。笔锋一转,"亦既见止,亦既觏止,我心则说":假如哪天他回到家,我们欢娱无限乐融融,我的心情分外嘉。

人都是生活在对未来美好生活的向往和期盼之中的。未来的生活有盼头有希望,再苦的日子也不觉得苦。本诗作者正是这样一位对未来生活充满期盼满怀希望的思妇:她希望着、盼望着、相信着她外出的丈夫会有回来的那一天;她希望着、盼望着、相信着会欢娱无限乐融融的那一天。

诗各章的末尾字"降""说""夷",其意相同,都含有欢娱、高兴、放松、平静之意。

时光流逝很快,而思念的时光却是漫长的。诗的第一章所展示的是一幅秋的画面:乱鸣的草虫和乱跳的蚱蜢,它勾起了思妇的无限思绪,她苦苦思念着行役在外的丈夫,忧心不停。这一意境,把读者带入了一个目迷、耳烦、意乱、心悯的晚秋境界。而这仅仅是开始。

转到第二、三章,已是一派春的自然之景:漫山遍野的绿莹莹的蕨菜和鲜嫩的薇菜。虽秋去春回,又过了一年,而行役在外的丈夫并没有归来,它给妻子带来的仍是日益加深加重的思念和幻想中的欢娱团聚。用这种层层递进的笔法写思妇之忧,是《诗经》中多见的技法,如《邶风·泉水》《卫风·氓》。它使诗的主旨一章深似一章。

闺怨、闺思之辞,多幽怨、忧愁、忧愤、悲伤、悲哀、悲痛之句,最能引发读者的同情怜悯之心。因为它击中了人性中那根最脆弱的神经,也迎合了人的天赋本性。就如亚当·斯密在《道德情操论》中所言:"无论人们会认为某人怎样自私,这个人的天赋中总是明显地存在着这样一些本性,这些本性使他关心别人的命运,把别人的幸福看成是自己的事情。虽然他除了看别人幸福而感到高兴以外,一无所得。这种本性就是怜悯或同情,就是当我们看到或逼真地想象到他人的不幸遭遇时所产生的感情。""这种情感同人性中所有其他的原始感情一样,绝不只是品行高尚的人才具备。"

自《诗经·国风》中多闺思之诗后,历代写闺怨闺思之诗词甚多,只是意同而情、境有异而已。略列示几首如下:

"春草醉春烟,深闺人独眠。积恨颜将老,相思心欲燃。几回明月夜,飞梦到郎边。"(南北朝·范云《闺思诗》)

"关河愁思望处满。渐素秋向晚。雁过南云,行人回泪眼。双鸾衾裯悔展。夜又永、枕孤人远。梦未成归,梅花闻塞管。"

（宋·欧阳修《清商怨》）

"长相思，长相思。若问相思甚了期，除非相见时。　长相思，长相思。欲把相思说似谁，浅情人不知。"（宋·晏幾道《长相思》）

元好问的两句词说得更透彻："问世间情为何物？直教生死相许。"

采　蘋

于以采蘋①？南涧之滨②。
于以采藻③？于彼行潦④。

于以盛之？维筐及筥⑤。
于以湘之⑥？维锜及釜⑦。

于以奠之⑧？宗室牖下⑨。
谁其尸之⑩？有齐季女⑪。

【词句注释】

①蘋（pín）：为生于浅水之多年生蕨类植物，四叶相聚，中间有十字，又称四叶菜、田字草，可食。于以：犹言"于何"，在何处。　②滨：水边。　③藻：杉叶藻科，为多年生水生草本植物，可食。　④行潦（xínglǎo）：下雨后地面积水向低洼处流动。行：水沟。潦：路上的流水、积水。　⑤筐：竹编的方形竹器。筥（jǔ）：圆形的竹器。　⑥湘：烹煮供祭祀用的牛羊等。《毛传》：

"亨也。"按即烹。　　⑦锜（qí）：三足锅。釜：无足锅。锜与釜均为炊饭之器皿。　　⑧奠：放置、摆放祭品。　　⑨宗室：宗庙、祠堂。牖（yǒu）：窗户。　　⑩尸：主持祭祀。一说是尸主。古人祭祀用人充当神，以象征祖先，接受参祭拜，故称尸。　　⑪齐（zhāi）：通"斋"，斋戒，肃敬，庄敬。季女：少女。

【译诗】

采蘋（新韵）

幽幽涧水滨，风静鸟窥人。
筐筥盛春草，釜锜煮藻蘋。
后人思祖德，福泽被儿孙。
祭品安何处？窗前恭敬陈。
祭祀谁能主？清纯少女身。

【解读与评析】

关于本诗的主旨，古今诗释译注家无原则性的歧论。《毛诗序》："《采蘋》，大夫妻能循法度也。能循法度，则可以承先祖、共祭祀矣。"朱熹《诗集传》："南国被文王之化，大夫妻能奉祭祀，而其家人叙其事以美之也。"方玉润《诗经原始》："女将嫁而教之以告于其先也。"高亨《诗经今注》："古代贵族的女儿临出嫁前，要祭祀她家的宗庙，由女奴们给她置菜蔬类的祭品。这首诗正是叙写女奴们置办祭品的劳动。"马飞骧《诗经缵绎》以为是"大夫女将嫁而告宗庙之诗"。刘毓庆、李蹊认为本诗是"祭祀祖先神灵的歌"。

我认为，本诗是一首描写贵族之女出嫁前，女奴们为其主人采办祭品，并到宗庙去祭祀祖先的诗篇。我之所以持此论，一是据《礼记·昏义》，"古者妇人先嫁三月，祖庙未毁，教于公宫；祖庙既毁，教于宗室。教以妇德、妇言、妇容、妇功。教成之祭，牲用鱼，芼之以蘋藻，所以成妇顺也"。二是《左传·隐公三年》将《采蘋》与《召南·采蘩》《大雅·行苇》《大雅·泂酌》同视为"昭忠信"之作，并记述："苟有明信，涧溪沼沚之毛，蘋蘩蕰藻之菜，筐筥锜釜之器，潢污行潦之水，可荐于鬼神，可羞于王公。"（转引自李卫军编著《左传集评》，北京大学出版社2016年）

全诗三章十二句，每章四句。第一章两问两答，点出采蘋、采藻的地点：在南面溪边的湿地，浅浅积水流淌，水草繁茂，一群女奴在忙着采集蘋草和水藻以做祭品。正是：南边的小溪水潾潾，一群女子忙采蘋（"于以采蘋？南涧之滨"）。溪边的湿地遍春草，一群女子忙采藻（于以采藻？于彼行潦）。

第二章两问两答，点出盛放、烹煮祭品的器皿：采集的祭品用什么装？用方形的筐和圆形的筥（"于以盛之？维筐及筥"）。祭祖的藻蘋用什么煮？有三足的锜和无足的釜（"于以湘之？维锜及釜"）。

第三章两问两答，点出祭祀之地和主祭之人：祭品摆何处？放在宗庙窗户前（"于以奠之？宗室牖下"）。祭祀活动谁主持？清纯少女是人选（"谁其尸之？有齐季女"）。

本诗的艺术魅力主要源于问答体的章法。三章依次写采藻蘋、煮藻蘋、祭祖先，叙写了祭祀活动的全过程，实地记载了祭品、祭器、祭地、主祭人。结构严谨，层次分明，用词朴实，节奏迅捷奔放，气势雄伟。全诗十二句四十八字，无一个形容词，而五个"于以"的具体含义又不完全雷同，连绵起伏，摇曳多姿。末尾句"谁其尸之？有齐季女"，戛然收束，将一位贵族少女出嫁前到宗庙祭祀祖先的清正纯洁美好形象展现给读者。

《采蘋》所叙写的是贵族之女出嫁前，女奴们为其主人采办祭品，并到宗庙去祭祀祖先的活动，感恩祖德宗功，反映了中国自古以来对祖先崇拜的传统。它既是人们日常遵守的行为准则,展示的是一种孝道,是华夏民族生活的强烈信仰,也是宗族结合的精神支柱,更是华夏民族强大凝聚力的生动体现,还是中国传统文化的重要组成部分。

甘　棠

蔽芾甘棠①,勿剪勿伐②,召伯所茇③。

蔽芾甘棠,勿剪勿败④,召伯所憩⑤。

蔽芾甘棠,勿剪勿拜⑥,召伯所说⑦。

【词句注释】

①蔽芾(fèi):枝叶茂盛的样子。甘棠:亦称杜梨。又名棠梨、白棠,叶圆有尖,花水红色,果实扁圆而小。　②剪(jiǎn):斩断,剪断。指剪其枝叶。　③召(shào)伯:姬奭(shì),史称燕召公,封地为召(今陕西岐山西南)。茇(bá):草舍,此处用为动词,居住,露宿。　④败:毁坏,损坏。与"伐"同义。　⑤憩:休息。　⑥拜(bài):屈也,挽其枝以至地也。引申为"攀折""折损"的意思。　⑦说(shuì):停止,歇息。

【译诗】

甘　棠

宜阳召伯棠,枝叶德音藏。

诗经国风赏析

花放春时美,荫遮暑日凉。
秋垂风雅果,冬饮胆寒霜。
此地斯人憩,后人祭拜忙。
抚摩千古树,日日享遗芳。

【解读与评析】

关于本诗的创作背景,《史记·燕召公世家》有具体记述:"召公之治西方,甚得兆民和。召公巡行乡邑,有棠树,决狱政事其下,自侯伯至庶人各得其所,无失职者。召公卒,而民人思召公之政,怀棠树不敢伐,歌咏之,作甘棠之诗。"因为史载言之凿凿,考证有依有据,故古今诗论学者对本诗的主题无争议,几乎是众口一词。《毛诗序》说:"《甘棠》,美召伯也。召伯之教,明于南国。"朱熹《诗集传》云:"召伯循行南国,以布文王之政,或舍甘棠之下,其后人思其德,故爱其树而不忍伤也。"马飞骧《诗经纉绎》认为是"美召伯之诗"。

根据学者考证,召伯是周宣王的大臣。大约在周宣王五年的八九月间,召伯率领大军从其治地宜阳(今洛阳市宜阳县)出发,平定淮夷之乱,保卫了中原文明的稳定和发展,使当地及周边百姓能够安居乐业,不致受到外来势力的杀戮、掠夺和破坏。召伯率军所到之处,不占用民房,只在甘棠树下停车驻马、听讼决狱、搭棚过夜。人们有感于他的功业和美德,对他曾经在树下休息过的甘棠树珍惜备至,并通过对甘棠的赞美和爱护表达人们对召伯的深切怀念。

我以为,《甘棠》是一首对西周政治家召伯的赞美缅怀之诗。它通过对召伯曾经在树下休息过的甘棠树的赞美和珍爱,既赞美了诗中主人公恩泽百姓的功业美德,也寄托了人们对召伯的深切缅怀之情。

全诗三章九句三十六字，每章三句。各章以高大茂盛的甘棠树起兴，睹物思人，爱人及物，继而告诫人们，对甘棠树的一枝一叶，不要砍伐，不要折枝，不要毁坏（"勿剪勿伐""勿剪勿败""勿剪勿拜"）。为什么？诗作者娓娓道来：这是召伯露宿过的地方（"召伯所茇"）；这是召伯止息过的地方（"召伯所憩"）；这是召伯休息过的地方（"召伯所说"）。

诗中把甘棠树的一枝一叶完全"人格化"了。在诗作者看来，甘棠即召伯，召伯即甘棠，树竟如此可爱，那与之有关的召伯就更加可敬可爱了。诗中这种人、物交融为一的"人格化"，就是人们情感的物化和形象化，使抽象的情感物化为对甘棠的珍爱和保护的自觉行为。

本诗在质朴而直白的语言中隐含着诗作者强烈的情感因素。章虽短但韵长，字虽少却意浓，词虽简而情深，物象简明而寓意深远。清人方玉润评此诗文字之美妙："他诗炼字一层深一层，此诗一层轻一层，然以轻而愈见其珍重耳。"读者从诗中看到了彼时百姓那颗纯朴的感恩之心——你有恩于民，世世代代不会忘记你。

《甘棠》告诉读者，知恩感恩是中华民族几千年来的优秀传统美德。睹物思人，睹物思德，睹物寄情，睹物感恩，不仅是人们的一种情感寄托，也是文化的传承，是历史的延伸，更是一种教化。

行 露

厌浥行露①，岂不夙夜②？
谓行多露③。

诗经国风赏析

谁谓雀无角④？何以穿我屋⑤？
谁谓女无家⑥？何以速我狱⑦？
虽速我狱，室家不足⑧！

谁谓鼠无牙⑨？何以穿我墉⑩？
谁谓女无家？何以速我讼⑪？
虽速我讼，亦不女从⑫！

【词句注释】

①厌浥（yèyì）：水盛多，潮湿貌。行（háng）露：道路上的露水。行：道路。 ②夙夜：早夜。指早起赶路。诗中用此多有勤苦意。 ③谓："畏"之假借字，意指害怕行道多露，有"无奈"之意。 ④角：即头上长的角。此外指鸟喙。"谁谓雀无角"：事情有出人意料之处，并不奇怪。 ⑤穿：穿破，穿透。 ⑥女：同"汝"，你。家：指"大夫有家"之"家"，是指产业、财产、财富。引申为男子用行贿手段使官府召女子打官司。 ⑦速：招，致。狱：案件，打官司。 ⑧室家：夫妻，此处指结婚。家，媒聘求为家室之礼也。一说婆家。"室家不足"：要求成婚的理由不充足。一说成室家的聘礼不够。 ⑨牙：粗壮的牙齿。 ⑩墉（yōng）：墙。 ⑪讼（sòng）：诉讼。 ⑫女从：听从你。

【译词】

归自谣·行露

心歹毒，硕鼠獠牙穿我屋，破墙鸟雀无知俗。良家弱女轻利禄，情难辱，青天戳破眉休蹙。

召 南

【解读与评析】

本诗的主旨,是写男女因婚姻之事而引起的诉讼之争。但诉讼之争的男女究竟是何种关系,则有三种不同的解读。

第一种解读,认为这是"夫妻"之间的诉讼之争。方玉润说:"贫士却婚以远嫌也。"高亨认为:"一个妇人因为她的丈夫家境贫苦,回到娘家就不回夫家了。她的丈夫以自己有家为理由,要求她回家同居而被拒绝,就在官衙告她一状。夫妇同去听审,她唱出这首歌,责骂她的丈夫,表示决不回夫家。"

第二种解读,认为本诗是一个女子拒绝与一个已有妻室的男子重婚的诗。余冠英《诗经选》:"父答强男逼娶其女也。"陈子展《诗经直解》:"女子拒有室者也。"

第三种解读,认为本诗是写一位女子对强迫婚姻进行抗争的诗。《毛诗序》:"《行露》,召伯听讼也。衰乱之俗微,贞信之教兴,强暴之男不能侵凌贞女也。"朱熹《诗集传》:"女子有能以礼自守,而不为强暴所污者,自述己志,作此诗以绝其人。"刘毓庆、李蹊认为:"诗的主题是写一位女子对强迫婚姻的抗争,那个男子贿赂官府,想依仗官府的权势强迫她从命。她痛骂那个男子是雀鼠之辈,干的是穿墙破屋的勾当。"马飞骧《诗经缵绎》认为是"洁士以礼自守之诗"。

从逻辑与伦理角度分析,第一种解读似乎立不住脚:一是"丈夫"家境既然贫苦,哪有钱去贿赂官府打官司呢?在远古的周代社会,社会阶层结构可能只有贵族、农奴之分。贵族富有,这是极少数;农奴贫穷,这是绝大多数。农奴家的女子嫁入贵族之家是有可能的,这就不存在女子嫌夫家家境贫苦的问题。农奴家的女子嫁入农奴家,也算是"门当户对",女子就没有理由嫌夫家家境贫苦。二是妻子因夫家家境贫苦而出走不回,有"嫌贫爱富"之嫌。这似

59

乎与当时"文王之化"的社会主流不相符。这样的主题与《召南》其他各篇积极的主题也有点不协调。

第二种解读虽认为本诗是一首写女子拒婚的诗,但又说逼婚男子是一位已有妻室的男子。这似乎有画蛇添足之嫌。周代社会是一夫一妻制吗?有所谓"重婚"之说吗?史料中没有此类记载,当不可信。况且,诗的主旨既然是写女子抗婚,至于抗"谁"逼婚就无关紧要了。

第三种解读恰恰规避了第一、二种观点中存在的逻辑缺陷:既然男女双方还没有结婚,女子愿意不愿意嫁给富有之家的男子,女子有抉择权。即使男子有钱有势去官府告状,强逼女子屈从,女子也有权"以礼自贞"进行抗争,哪怕男子有官府相护,她也决不屈服让步。这符合周代社会"文王之化"的社会主流的要求,于情于理都说得通,与《召南》其他篇章积极向上的主题也能协调起来。基于这样的理解,我认为,本诗是一首弱女子对强迫婚姻进行抗争的诗。

全诗三章十五句。第一章三句,粗看隐晦难懂,细究却很切合诗的主旨要求。以"行露"起兴,交代写诗背景。"夙夜",即天将明未明之时,去野外走路,那时天寒露凉,露水打湿了衣衫和鞋裤,使人有点发怵。它蕴含两重意思:一是说女子是穷人家的孩子,是弱女子。若不然,她何必早起赶路呢?二是暗示她处在一个黑暗的世道,险恶丛生,稍不留意,就会遭到恶人的欺凌。正如朱熹《诗集传》所言:"以女子早夜独行,或有强暴侵凌之患,故托以行多露而畏其沾濡也。"起句"厌浥行露",气韵悲慨,使全诗笼罩在一种阴郁压抑的氛围中,暗示女子所处的环境极其险恶。第二、三句"岂不夙夜?谓行多露",诗意转深,直奔主题,婉转道出这位女子面对险恶环境而无所畏惧的坚定意志。

第二、三章的前两句,以雀角、鼠牙为喻,挖苦、讽刺、怒斥男子的卑劣行径：不自量力，什么坏事都做得出来。"谁谓雀无角？何以穿我屋？"——鸟雀本无角，它怎能啄穿我的屋？而它偏偏这么做了。真不是个什么好鸟。"谁谓鼠无牙？何以穿我墉？"——老鼠没有粗大的牙，它怎能穿透厚厚的墙？而它偏偏这么做了。还真不能小瞧了它。

第二、三章的第三、四句意思递进一层，指明男子为什么不是什么好鸟，为何不可小瞧它，同时也揭露了当时的社会不公和黑暗。"谁谓女无家？何以速我狱？"——你若不是有钱又有势，怎能把我送监狱？"谁谓女无家？何以速我讼？"——你若不是有钱又有势，怎能逼我打官司？

第二、三章的第五、六句表达女子面对男子采用强暴手段，用刑狱相逼也决不屈从、坚守清白、誓死维护婚姻权利和人格尊严的决心。"虽速我狱，室家不足！"——虽然你强迫我去见官府，我也绝不可能与你成家！"虽速我讼，亦不女从！"——虽然你强迫我去打官司，我也决不屈从！"亦不女从！"回答得斩钉截铁，气概凛然，读之令人对弱女子肃然起敬！

本诗第二、三章采用复叠句式，使得感染力和说服力进一步加强。全诗风骨遒劲，格调高昂，表现出古代女性为捍卫自己的独立人格和爱情尊严所表现出来的无所畏惧的高尚气节。

气节是主体价值的一种体现，是为了维护某种内在的价值观。它表现出人类崇高的精神追求和境界。孔子在《论语·微子》篇中称赞商代末期伯夷、叔齐两位志士不食周粟而宁愿饿死的气节时说："不降其志，不辱其身。"本诗的主人公正是这样一位有气节的女子。它体现了那个时代人类理性精神的萌发。因为有了这种理性的萌发，才有随之而后春秋时代人类理性精神的勃发与高扬，才能滋养出以"仁、义、礼、智、信"为核心内容的孔子儒学。即使是用今天的标准来看，这种宁为玉碎的气节，也是可歌可泣，值得大加赞颂的。

羔 羊

羔羊之皮①,素丝五紽②;
退食自公③,委蛇委蛇④。

羔羊之革⑤,素丝五緎⑥;
委蛇委蛇,自公退食。

羔羊之缝⑦,素丝五总⑧;
委蛇委蛇,退食自公。

【词句注释】

①羔羊:小羊。 ②素丝:白色的丝线。五紽(tuó):指缝制细密。五,通"午",歧出、交错的意思。紽,丝结、丝钮,古时计算丝缕的单位,五丝为一紽。"素丝五紽"是指用五条素丝连接皮革的缝隙。 ③食(sì):公家供卿大夫之常膳。"退食自公"是指退朝进食出自公家,是公家供食。 ④委蛇(wěiyí):音义并同"逶迤",形容走路大摇大摆、悠闲自得的样子。 ⑤革:裘里。兽皮鞣制去毛为革。 ⑥緎(yù):丝数,四紽为一緎,五緎为一百丝。一说缝也。 ⑦缝:缝合之处。一说皮裘。 ⑧总(zōng):丝数,四緎为一总,五总为四百丝。一说为缝合之意。纽结、缝合之意。

【译诗】

羔羊

高堂欢宴接群臣，座上相看仪态新。
羔子皮裘呈肃貌，烟霞爽气染香巾。
高谈大笑馐肴美，浅斟低吟黍酒淳。
许国存身谁不羡，缨冠翘揭总含噸。

【解读与评析】

关于本诗的主旨，有"美诗说"与"刺诗说"两种决然不同的解读。美诗论者主要有：《毛诗序》："召南之国化文王之政，在位皆节俭正直，德如羔羊也。"朱熹《诗集传》："诗人美其衣服有常，而从容自得。"方玉润《诗经原始》："美召伯俭而能久也。"闻一多《风诗类钞》说是"大夫受享于诸侯"。马飞骧《诗经缵绎》以为是"美召伯道纯德懋之诗"。刘毓庆、李蹊说是"描写大夫在宴会散后，走出诸侯公门时自由自在的心情"。

刺诗论者主要有：袁梅《诗经译注》："刺官吏安闲素餐也。"高亨《诗经今注》："衙门中的官吏都是剥削压迫、凌践残害人民，蟠在人民身上，吸食人民血液以自肥的毒蛇。人民看到他们穿着羔羊皮袄，从衙门里出来，就唱出这首歌，咒骂他们。"

我认为，《羔羊》是一首描写周朝时期卿大夫们在退朝参加完公膳宴会后，走出诸侯公门时自由自在、悠闲自得的诗。

解读本诗，有三个"诗眼"是不可忽略的。

一是"羔羊"。从各章的首句"羔羊之皮""羔羊之革""羔羊之缝"可以看出，本诗中的"羔羊"并不是实指活着的羊，而是指以羔羊皮为材料，采用素丝精心缝制的衣服，可称之为羊裘。在农耕社会的周朝时期，社会生产力还很不发达，什么人才可穿皮裘呢？平民百姓是不可能的，穿皮裘当属官吏、贵族的专利。由此可以判断，诗中的主人公应是官吏、卿大夫或贵族。

周代社会已进入崇尚礼仪、遵从礼乐文明的时期。"衣冠制度"是礼仪之中非常重要的部分，官吏、卿大夫的服饰穿着是其中一项重要的礼仪，朝服又是衣冠制度中非常重要的部分。它意味着卿大夫外穿羔羊之皮做成的官服，内有羔羊的品德。

据此可以认为，本诗中的羊裘应是当时的官服，而不是在家里所穿的便服。

二是"退食"。所谓"退食"，应是指吃完了饭、饭后、退席。此处当指大夫从公堂之上办完公事，参加诸侯的宴请后回家。民以食为天，自古皆如此。

三是"自公"。官员做事，是其职责之所在。"自公"是指大夫办完公事下班。从《羔羊》可以看出，那时已经有了"公膳"制度。大夫退朝，按常规要用公膳。据《左传·襄公二十八年》记载："公膳，日双鸡。"（李卫军《左传集评》）"公食"，即为公家供卿大夫食用的膳食。"退食自公"是一个倒装句，就是官吏在办完公事下班退朝后，参加诸侯的宴请，享用公家的膳食。这大体有点如同现今上班族的工作餐吧。至于"公食"吃的是什么，是珍味佳肴还是家常便饭，诗中没有具体的描述，我们暂且猜想是鸡肉吧。有的诗释译注家由"退食自公"生发出这是"赞美大夫的纯正之德或节俭正直"的解读，实在是有点牵强。日食"双鸡"，实在不能称之为"节俭"。

诗各章中的"委蛇委蛇"句是本诗的"诗魂"。所谓"委蛇委蛇"，是指大夫身着裘衣官服、享用公家膳食后退朝时缓步轻摇，一副心意满满、脸上写着笑意、从容安详的情态。因为顺从礼义，为民办事，为国履职，内心正直而坦荡，问心无愧，所以才悠然自得。作为一个吃"公食"的卿大夫，有机会为民办事，存身许国，有所作为，总是一件值得自豪骄傲的事，也是一件令人羡慕的事。古往今来，皆是如此。

全诗三章，每章四句。它与《诗经·国风》的许多篇章一样，采用了重章叠句、回环咏叹的技法，三章诗重复一个意思。全诗采用白描手法，语言朴素，优美自然。各章第三、四两句，上下前后颠倒往复，甚奇甚妙。

今人读《羔羊》，可从中得到两点启示：

一是为官者，顺从礼仪，注意个人形象，保持一个肃清端正的仪表，既是社会文明进步的体现，也是对为官为士者的基本要求。这就如现今社会中，公务人员在某些工作场合需要西装革履的道理一样。遵从这样一种礼仪，总比那些上班时衣冠不整，连帽子都歪着戴，下班时醉眼惺忪，走路东倒西歪没精打采的人要文明得多。

二是作为为官者，职责所系，存身许国，为国尽忠，总是一件值得自豪骄傲的事。因其有所作为，成就了百姓之事，行为正，心无愧，方能内心平静安稳、悠然自得，外表从容安详，坦坦荡荡，而不会浮躁、局促、忧忧戚戚、坐立不安。

殷其雷

殷其雷①，在南山之阳②。
何斯违斯③，莫敢或遑④？
振振君子⑤，归哉归哉⑥！

殷其雷，在南山之侧⑦。
何斯违斯，莫敢遑息⑧？

诗经国风赏析

振振君子，归哉归哉！

殷其雷，在南山之下。
何斯违斯，莫或遑处^⑨？
振振君子，归哉归哉！

【词句注释】

①殷（yǐn）：拟声词，形容雷声轰鸣。 ②阳：山的南面，阳坡。 ③斯：此，指示代词。上一"斯"字指时候，下一"斯"字指此地。违，远也，离去。 ④或：有。遑（huáng）：闲暇。 ⑤振振：勤奋的样子，意即振奋有为、有作为。君子：女子的丈夫。 ⑥归：回去。此处指回归其职守所在之地。 ⑦侧：旁边。 ⑧息：休息，歇息。 ⑨处：居也，停留。

【译诗】

殷其雷

春日南山送俊郎，雷声伴我别离伤。
公门事务如天大，莫管痴情思断肠。

【解读与评析】

关于本诗的主旨，主要有以下三种不同的解读。

一是思夫说。《毛诗序》："《殷其雷》，劝以义也。召南之大夫远行从政，不遑宁处。其室家能闵其勤劳，劝以义也。"朱熹《诗集传》："南国被文王之化，妇人以其君子从役在外而思念之，故作此诗。"高亨《诗经今注》："妇人思念在外的丈夫，因作这首诗。"

二是劝士归周说。方玉润《诗经原始》以为是"讽众士以归周也"。马飞骧《诗经缵绎》以为是"喻士归周之诗"。

三是送夫说。刘毓庆、李蹊说："夫妻即将离别，两人都不愿意分离，但丈夫公务在身，妻子无可奈何地让丈夫离去。"

我是赞成"送夫说"的。这是一首妻子送别丈夫时的伤离别之诗。在外从役的丈夫回家与妻子短暂欢聚后，因公门事务之需又不得不回去。夫妻虽都有十分不舍但又十分无奈。妻子送别丈夫的路走了一程又一程，送别的话说了一遍又一遍。于是吟成了这首诗。

全诗三章十八句，每章六句。七十二字中仅变换了六个字，即表示离别地点的南山"之阳""之侧""之下"，表示人物行为状态的未敢"遑""息""处"。而"遑""息""处"三字都含有耽搁、歇息、停留之意。本诗采用与《诗经·国风》其他众多诗篇中重章叠句的写作技法，虽同句多而字变换少，但每章中的诗境、诗眼、诗魂俱全。

先说"诗境"。诗各章首句以"雷"兴起。它蕴含有两层意思。一是暗喻诗中主人公心绪不宁。隆隆雷声，显然是要下雨的征兆，可能还是大雨即将来临。境由心生，大雨来临前翻滚的雷声不就是夫妻分别时伤感心情的写照吗？

二是暗指夫妻分别时的季节是在春天，也许就是春节刚过去吧。在南方地区，只要立春了，就能听到隆隆雷声。雷声带来了春的消息，也送走了冬的时光，它昭示着年华的逝去。此时此境，送别丈夫的妻子很是伤感，她可能在想：又一个春天来了，而我的青春时光随着这滚滚雷声而流逝，丈夫又要离我远去，这是多么令人伤心呀！于是，夫妻俩在南山阳坡之侧来回走，从山坡走到山脚下，她边走边对丈夫反复念叨着："何斯违斯，莫敢或遑？""何斯违斯，莫敢遑息？""何斯违斯，莫或遑处？"

"何斯违斯"四字，是女子哀怨、无奈、愤懑和不解的心语表露。它既是反复诘问，又似自言自语："怎么会是这样呢？"

次说"诗眼"。丈夫与妻子短聚后因从役而不得不又要离别，为妻的对此有抱怨、有不理解，确实是在情理之中。诗若仅限于此，就会极大降低主人公思想境界，也就失去了后文中所要讲的"诗魂"。诗各章的第五句"振振君子"便是本诗的"诗眼"。"振振"，意为振奋有为，有作为，了不起，不简单。"振振君子"，鲜明地刻画出"君子"实实在在忙于公务，勤勤恳恳踏实工作的美德。"振振君子"，它既是妻子对丈夫的夸赞、欣赏、鼓励之词，也说明丈夫并非平庸之辈。他是个有作为的人，也许是个大夫，或是一个带兵的大将。妻子为有这样的丈夫而感到骄傲和自豪。

再说"诗魂"。诗魂由诗眼而生。"振振君子"，丈夫振奋有为，从役在外，为国尽力，短暂相聚后又要离去，当妻子的如何对待呢？是百般阻拦还是给予支持？做法不同，立见境界高低。此时，妻子对丈夫说："归哉归哉！"——去吧去吧！回到你从役的地方去工作吧！

此处的"归"字，不是指归来、回来，而是指归去、回去。这如同陶渊明的《归去来兮辞》中的"归"字之意。"归哉归哉"，是夫妻离别时妻子的无奈哭泣，也是妻子对丈夫的劝说，还是妻子对丈夫的深情嘱咐和缠绵安慰。各章以"归哉归哉"收尾，伤别之情、不舍之情力透笔端，一个为大家而舍小家，明事理、知大义的妻子形象跃然纸上。在反复的吟唱中又把丈夫和妻子的深情厚意推到了顶峰，让人为之赞叹，为之倾倒，为之羡慕。

"从来夸有龙泉剑，试割相思得断无。"

"两情若是久长时，又岂在朝朝暮暮。"

召　南

摽有梅

摽有梅①，其实七兮②！
求我庶士③，迨其吉兮④！

摽有梅，其实三兮！
求我庶士，迨其今兮⑤！

摽有梅，顷筐塈之⑥！
求我庶士，迨其谓之⑦！

【词句注释】

①摽（biào）：坠落，落下。有：语助词。　②实：果实，此处指梅子。七：七成，即树上未落的梅子还有七成。此处非实指，意为树上的果实还挺多。古人以七到十表示多，三以下表示少。　③庶：众多。士：未婚男子。　④迨（dài）：及，趁。吉：好日子，好时光。　⑤今：现在，如今。　⑥顷筐：斜口浅筐，犹今之簸箕。塈（jì）：取，拾取。此处意为收拾打落在地上的梅子。　⑦谓：说话，告诉。此处引申为"聚会""归"之意。

【译诗】

摽有梅

霪雨纷飞湿柳眉，黄梅串串压新枝。

谁人惜取佳时节，与我相携拾果归。

【解读与评析】

关于本诗的主旨，古今诗释译注家众说纷纭，莫衷一是，而且歧义颇大。《毛诗序》："《摽有梅》，男女及时也。召南之国，被文王之化，男女得以及时也。"朱熹《诗集传》："南国被文王之化，女子知以贞信自守。惧其嫁不及时，而有强暴之辱也。"明人丰坊《诗说》："女父择婿之诗。"清人姚际恒《诗经通论》："卿大夫为君求庶士之诗。"闻一多《风诗类钞》认为"是一首女子掷果时唱的歌"。马飞骧《诗经缋绎》以为是"讽君及时求贤之诗"。高亨《诗经今注》说："周代有的地区，民间每年开一次男女舞会，会中由男女自由订婚或结婚。这首诗就是舞会中女子们共同唱出的歌。"刘毓庆、李蹊认为："这是一首收梅之歌。在梅子即将成熟的日子里，妇女们边打梅子，收集梅子，边热烈地唱着那千古不衰的表达情爱的歌，以减轻劳动过程中的寂寞和疲劳。"

我以为这是一首少女委婉而大胆的求爱诗。

德国作家歌德《少年维特之烦恼》说："哪个少女不善怀春？哪个少年不善钟情？"南国的暮春时节，霪雨纷飞，梅子一天天地成熟着，纷纷坠落。女子见此情景，触景生情，她敏锐地感到时光无情，抛人而去，而青春随着时光的流逝而流逝，却嫁娶无期，便不禁以梅子兴比，大胆而又委婉地唱出了这首怜惜青春、渴求爱情的诗歌。正如朱熹《诗集传》所言："梅落而在树者少，以见时过而太晚矣，求我之众士，其必有及此吉日而来者乎？"

解析本诗，有两个关键词是不能误读的。一是"摽梅"。摽，是坠落、落下之意，既不是人为的采摘，也不是打下来。俗话说：瓜熟蒂落。所有的果子都是如此。梅子熟了，自然落下。随着时间的推移，落下的梅子就会越来越多，留在树上的就会越来越少，先是七成，后来是三成，到最后落得满地都是。这是一种自然现象。适龄青年男女的婚嫁现象也是如此，随着时间的推移，该嫁的嫁了，该娶的娶了，剩男剩女就会越来越少。本诗以梅兴起，以梅喻人。梅子是春季成熟的果子。"摽梅"二字，既暗示女子是青春少女，而不是半老徐娘，还暗指少女怀春，十分含蓄委婉。读者从中似乎看到了一个活脱脱的羞涩、腼腆的少女形象。

二是"七兮""三兮"。有的诗释者将"实"解读为"成熟"，将"其实七兮""其实三兮"解读为梅子"七成熟""三成熟"。笔者认为，这是一种误读。若将"实"解读为梅子成熟状，不符合梅子成熟的自然规律。自然现象应该是先"三"后"七"，即先"三成熟"，后"七成熟"，最后是全部成熟掉得遍地都是。谁人见过树上的果子是先"七成熟"后"三成熟"呢？因此，诗中的"其实七兮""其实三兮"，是指树上还剩有"七成""三成"的果实。以"梅"喻人，其意为还有"七成"的少女待"庶士"求娶。随着时间的推移，只剩下"三成"了，"剩女"越来越少了。

诗中的少女渴求爱情的心情是急切的，但又很矜持。第一章的第三、四句"求我庶士，迨其吉兮"和第二章的第三、四句"求我庶士，迨其今兮"，其意是：向我求爱的小伙子们，趁着今日吉祥快乐的时光。明明是少女求爱心切，她不说"我求庶士"，而偏偏说"求我庶士"。这不正是一个未婚少女应有的矜持、含蓄吗？若说"我求庶士"，未免有点太直白了。

少女求爱情急意迫，盼着小伙子大胆表白。第三章第一、二句"摽有梅，顷筐塈之"，意思是：成熟的梅子掉在地上，用筐快快把它装起来。爱，是需要大胆表白的。第三、四句最后点明主题，"求我庶士，迨其谓之"，其意是：向我求爱的小伙子，趁着今日吉祥时光快快说出来。"塈之""谓之"——把果子装起来，把求爱的话说出来。这是多么顺理成章的事呀！

诗经国风赏析

诗三章反复吟唱着一个主题"摽有梅",反复呼唤着"求我庶士"。面对此情此景,小伙子你该咋说呢?你就别等待了。"有花堪折直须折,莫待无花空折枝。"

小 星

嘒彼小星①,三五在东②。
肃肃宵征③,夙夜在公④。
实命不同⑤。

嘒彼小星,维参与昴⑥。
肃肃宵征,抱衾与裯⑦。
实命不犹⑧。

【词句注释】

①嘒(huì):星光微小而明亮。 ②三五:指天上星的数,意言"清晨残星稀少"。 ③肃肃:急忙赶路、疾行的样子。宵征:夜间赶路。宵:指下文夙夜,天未亮以前。征:行,意为出门、上路。 ④夙夜:早晚。公:公事。 ⑤实:是,此。或谓即"是"。不同:指命运与人不同,即不如人。 ⑥维:是也。参(shēn):星名,二十八宿之一。昴(mǎo):星名,二十八宿之一,即柳星。 ⑦抱:古"抛"字,抛开、踢开的意思。《史记·三代世表》:"抱之山中,山者养之。"衾(qīn):被子。裯(chóu):被单。 ⑧犹:若,如,同。"不犹"与注⑤的"不同"意思相同。

召南

【译诗】

小 星

残星晓月脚生风，啼鸟寒霜陌上蓬。
夙夜在公仍禄薄，位卑怎计与人同？

【解读与评析】

在《诗经·国风》中，《小星》算是一首小诗。诗虽短，古今诗释译注家对其主旨的解读却歧论颇多，纷讼不已。可将其大体归为以下两类。

一是女子言私事。《毛诗序》云："《小星》，惠及下也。夫人无妒忌之行，惠及贱妾，进御于君，知其命有贵贱，能尽其心矣。"朱熹《诗集传》从《毛诗序》，曰："南国夫人承后妃之化，能不妒忌以惠其下，故其众妾美之如此。盖众妾进御于君，不敢当夕，见星而往，见星而还，故因所见以起兴。"胡适《谈谈诗经》："妓女生活的最古记载。"

二是男子言公事。明人丰坊《诗传》："小臣奉使而勤劳于公。"袁梅《诗经译注》："小臣行役怨愤之词。"马飞骧《诗经缵绎》以为是"小臣行役自释之诗"。高亨《诗经今注》："小官吏为朝廷办事，夜间还在长途跋涉，乃作这首诗自述勤苦，但却归结为宿命。"刘毓庆、李蹊以为"这是一首公侯家小官吏暗自伤感的诗"。

我是赞成"男子言公事说"的。这是一首公门小吏为朝廷办事，日夜当差，疲于奔命，自感辛苦禄薄，但将其归结为宿命而又知足的诗。

全诗二章，每章五句，各章的前两句主要是写景，诗人将时空置于星稀晨冷的特定环境下，景中有情，倍显凄凉。各章第三、四

73

句是叙事,写诗人的所作所为。各章末尾句抒情,点明诗的主旨。诗虽短,但章法严谨,情景交融,起承转合皆备,无一字多余,也一字不少。

先说诗中的言景句。各章的前两句"嘒彼小星,三五在东""嘒彼小星,维参与昴"。嘒,意同"暳",微光闪烁明亮。参、昴,是星宿名。"三五"和"参、昴"是对"小星"的形象化与具体化。征人奔走,为赶行程,凌晨上路,天欲亮未亮,忽见三五小星挂在东方的晨空,闪着微弱的光。天欲亮未亮,蕴含着诗人对新的一天到来所抱的希望,而晨星那微弱的光亮,则预示着生活的艰难与不易。诗人似乎对新的一天的生活并不乐观。诗虽写景,而情亦隐见其中。

次说叙事句。各章的前第三、四句"肃肃宵征,夙夜在公""肃肃宵征,抱衾与裯"。"宵征",意思是夜行、走夜路,或者是上早班。"肃肃宵征",顶着瑟瑟的凉风走在路上。去做什么呢?诗人告诉你:"在公"——为公门之事,忙于王事,而不是在为个人私事而奔波。解读本诗,"夙夜在公"句是诗眼。"夙夜"是早晚之意。既然是夙夜,肯定不是偶尔为之,而是经常之事,天天为公事忙个不停。

诗眼之二是"抱衾与裯"。不少的诗释译注者将"抱"解释为"背着""携带"之意,将"抱衾与裯"解读为"行人携着褛被","行人背着行李"。我认为,这种解读与第一章的"夙夜在公"关联不上。诗人"夙夜在公",天天为公事忙碌奔波,怎么会天天背着个行李被褥走路呢?没有这种必要嘛!有的诗释译注者将"抱衾与裯"句解读为"抛却室家之乐、夫妻之爱",那就更有违诗的本意了。至于《毛诗序》《诗集传》和胡适《谈谈诗经》中所持的"女子言私事"之说,那就更不伦不类了。是妾于国君或诸侯也好,还是妓女侍奉浪子也罢,她有必要亲自抱着被子或内衣出门吗?可见此说法太离谱了。

"抱"在古音中有"抛""抛开"之意。在本诗中可引申为踢、踢开。"抱衾与裯",意思是用脚把被褥踢开。"肃肃宵征,抱衾与裯",在天欲亮未亮的凌晨,一脚把被褥踢开,顶着瑟瑟的凉风走在去为公事忙碌的路上,天天如此。"夙夜在公"是"抛衾与裯"之因,"抛衾与裯"是"夙夜在公"之果。没办法,职责所系,司其职守是本分。读到此,我们从中看到了一个为公事奔波忙碌、不畏辛劳的小吏形象。

但凡因忙于某些事或上早班起过早床的人,无论是大官小吏,或是普通劳动者,对"抱衾与裯"句都是有切身体会的。天欲亮未亮的寅卯时辰,正是人酣梦香甜的时辰。若是因事(或公事或私事)而不得不早起时,即使是很勤奋的人,此时也会恋床的,但又不得不起床上路。没办法,就下个狠心,一脚把被褥踢开,爬出温暖的被窝,赶紧下床赶路去吧!

诗各章的末尾句"实命不同""实命不犹"是诗魂。"实"为"此""这"之意,"命"即"命运"。"实命不犹"与"实命不同"含义相同,意思是:我的命运与别人不同。这是自怨自艾呢?还是自我解嘲?或是自我安慰?也许都是。但更多的是一种心灵的自我安慰:认命吧!因为我只是一个像天上的小星星一样的小人物,只怪自己命运不济,无法与他人去计较得失高低。知足吧!

"实命不同",是生活中的弱者、小人物对生活现实的解释,它既是一种心灵的自慰,也是一种生存哲学,套用当下的一个流行语:阳光心态。这正如老子在《道德经》中所言:"为无为,事无事,味无味。"它体现出无欲无求的宗教式的执着与虔诚,体现出无为与淡泊的哲学理念,即不计较,平常心,想得开,放得下,常知足,总快乐,大幸福。

江有汜

江有汜①，之子归②，不我以③。
不我以，其后也悔④。

江有渚⑤，之子归，不我与⑥。
不我与，其后也处⑦。

江有沱⑧，之子归，不我过⑨。
不我过，其啸也歌⑩。

【词句注释】

①江：长江。汜（sì）：由干流分出后而又汇入干流的水。②之子：这个人。归：指姑娘出嫁。③不我以：不与我相处。以：与，有相处、相好之意。我以：倒装结构，即"以我"。④悔：悔恨，后悔。⑤渚（zhǔ）：江河中的小洲。⑥不我与：不与我相聚。⑦处：忧伤、忧愁。⑧沱（tuó）：长江的支流，与"汜"同。⑨过：度、至。与前文中的"以""与"同义。⑩其啸也歌：有"狂歌当哭"的含义。啸：唱歌无谱无调的意思。

【译诗】

江有汜

江水长流不胜愁，几多欢悦一时休。

召　南

佳人从此恩情绝，断尔年年哭断喉。

【解读与评析】

关于本诗的主旨，历来诗释译注者解读不一，歧论颇多。主要有以下三种。

一是美媵女说。《毛诗序》言："《江有汜》，美媵也。勤而无怨，嫡能悔过也。文王之时，江沱之间，有嫡不以其媵备数，媵遇劳而无怨，嫡亦自悔也。"朱熹《诗集传》附会《毛诗序》之说："媵有待年于国，而嫡不与之偕行者。其后嫡被后妃夫人之化，乃能自悔而迎之。"不过，此论未得到后人的认同。

二是弃妇哀怨说。方玉润《诗经原始》："商妇为夫所弃而无怼也。"程俊英《诗经译注》："弃妇哀怨自慰也。"高亨《诗经今注》以为是"一个官吏或商人在他做客的地方娶了一个妻子。他回乡时，把她抛弃了。她唱出这首歌以自慰"。

三是男子失恋说。刘毓庆、李蹊说："这是一首男子失恋之诗。他受不了那姑娘的背叛，但无法阻挡姑娘的出嫁，就只有万分痛苦地设想那姑娘总有一天会因悔恨而悲伤甚至痛哭。"

此外，还有失意者自慰说、女子失恋自解说、夫人幽怨说等。

古人今人对《江有汜》的解读有如此多的分歧，读者该如何选择呢？说难也不难，从诗中找到"诗眼"便可。诗眼是解读辨析诗之主旨的密钥。本诗的"诗眼"是"之子归"三字。"之子归"与"之子于归"同义。在《诗经·国风》多首诗中有"之子于归"句，如《周南·桃夭》《周南·汉广》《召南·鹊巢》等。在这些诗中，"子"即指女子，"归"意为出嫁，"之子于归"都是指出自他人之口的"姑娘出嫁"，而不是女子自言自语"我出嫁"。在《江有汜》中，"之子归"也是诗人所言的"姑娘出嫁"之意。作如是解，读者便知，无论是"弃妇哀怨说"，或是"失意者自慰

诗经国风赏析

说""女子失恋自解说",还是"夫人幽怨说",都不符合诗中的语言逻辑,故不能成立。据此可以认为,《江有汜》是一首失恋男子的怨愤之诗。

全诗三章十五句,各章五句。三章的首句都是写景。诗中反复咏唱的"江之汜""江之渚""江之沱",为长江的一条支流,是同一地点,作者借此比兴引出下文中的"之子归"。静静的汜水河畔,那是小伙子与姑娘曾经相爱、相嬉、相游的地方,一切都是那么的熟识,那么的有情!可如今,他曾经爱恋着的姑娘已出嫁了("之子归"),做了别人的新娘,令他痛苦不堪,甚至是痛不欲生,以至于声嘶力竭地反复喊着"不我以"(你不与我厮守)、"不我与"(你不与我厮守)、"不我过"(你不与我相处)。

各章的前三句叙事,且是一句言一事,后两句是抒情。第四句"不我以""不我与""不我过"是第三句的复沓,虽字义相同,而所表达出的主人公的情感却有天壤之别。前者是直白之语,无丝毫雕琢,后者则是愤懑之言。一唱三叹,表达了失恋男子的不幸与内心的无比痛苦。

其实,爱情这个东西是很自私的,若得到,那是爱;若失去,便成了恨。正所谓"爱之深,恨之切"。诗中的主人公在反复咏叹"不我以""不我与""不我过"后,心中的怨愤之情似乎还未完全表达出来,于是在各章的末尾句,他自作多情地设想着、咬牙切齿地咒骂着:总有一天姑娘你会因此而后悔,而忧伤,而痛哭的!("其后也悔""其后也处""其啸也歌")。

全诗结构严整,用字精当,韵律优美,词句极具逻辑性,深入与浅出的完美结合,显示出极高的艺术水平。各章的第二句与第三句是因果关系,前者是因,后者是果:因"之子归",带出了"不我以""不我与""不我过"。各章第四句与第五句是因果关系:前者是因,后者是果:因姑娘"不我以""不我与""不我过"的行为，会给姑娘自己招致"其后也悔""其后也处""其啸也歌"的后果。"也悔""也处""也歌"，可谓字字珠玑，一气呵成。

本诗中的小伙子是因爱之深而担心姑娘将来会后悔呢？还是因爱之深却未得到而去咒骂人家呢？不得而知，也许两者都有。但不论是哪一种，都体现出小伙子胸襟还不够大度，既没有今人那种"你若安好，便是晴天"的宽广胸怀，也不及《周南·汉广》中的主人公那种虽"不可求思"却仍旧"言刈其楚""言刈其蒌""言秣其马""言秣其驹"的无私的爱。

印度大文豪泰戈尔崇尚爱情的最高境界是无私的爱。他说："你若爱她，让你的爱像阳光一样包围她，并给她以自由。"从《江有汜》诗中可以看出，要做到这一点并非易事。

野有死麕

野有死麕①，白茅包之②。
有女怀春③，吉士诱之④。

林有朴樕⑤，野有死鹿。
白茅纯束⑥，有女如玉。

舒而脱脱兮⑦！无感我帨兮⑧！
无使尨也吠⑨！

【词句注释】

①野：郊外野地。麕（jūn）：同"麇（jūn）"，獐子，鹿的一

种，比鹿小，也可称为鹿。　②白茅：草名。属禾本科，多年生野草，叶细长而尖，像茅，故曰"茅"，亦称茅草。白茅包之：此处意为用白茅包鹿，以献给女子。　③怀春：思春，男女情欲萌动。古时男女狂欢节多在春季，所以称女子相思为"怀春"，男子相思为"钟情"。　④吉士：男子的美称。吉：本义为好。诱：引诱，挑逗。可引申为"表白"意。　⑤朴樕（sù）：丛生小树，灌木。　⑥纯（tún）束：捆扎，包裹。"纯"为"稇（kǔn）"的假借。　⑦舒：舒然，缓缓地。而，同"尔"，汝、你，即男子"吉士"。脱脱（tuì）：指动作文雅舒缓。　⑧无：同"勿"，"毋"，不要。感（hàn）：通"撼"，动摇。帨（shuì）：佩巾，围腰，围裙。古人着衣以腰带束缚，佩巾披于腰带上。所以，动女人的佩巾就是一种不雅的举动。　⑨尨（máng）：多毛的狗，或以为毛狗。吠：狗叫。

【译词】

捣练子·野有死麕

　　郊野美，佩巾怡，英俊少年喜气随。玉女怀春翘首待，白茅包鹿献琼姬。

【解读与评析】

　　对《野有死麕》主旨的解读，是《诗经·国风》中迄今为止争议最多、分歧最大的诗篇之一。粗略归类，主要有以下四种解读：

　　一是女子贞洁自守说。《毛诗序》说："《野有死麕》，恶无礼也。天下大乱，强暴相凌，遂成淫风。被文王之化，虽当乱世，犹恶无礼也。"朱熹《诗集传》："南国被文王之化，女子有贞洁自守，不为强暴所污者，故诗人因所见以兴其事而美之。"

召　南

　　二是男女幽会说。明人黄谦《诗经集解》说是"诗人刺淫奔之辞"。学者马持盈《诗经今注今译》认为是"男女幽会也"。高亨《诗经今注》说："这首诗写一个打猎的男人引诱一个漂亮的姑娘，她也爱上了他，引他到家中相会。"

　　三是男子求婚说。宋人王质《诗总闻》说："女至春而思有所归，吉士以礼通情而思有所偶，人道之常。"程俊英《诗经译注》说是"猎手获爱"之诗。刘毓庆、李蹊认为诗中所描写的是"男子向女子献猎物求爱的情景"。

　　四是招隐求贤说。马飞骧《诗经缱绎》以为是"喻求贤当以礼之诗"，"玉女喻贤士，吉士喻君子。君子求贤，必以礼也；不以礼求，是所恶也"。

　　古今诗释译注家对本诗主旨的解读分歧如此之大，读者当如何从中抉其一呢？我的方法是，解析古诗词主旨的要领，还是需要把握住"诗眼"，而不是穿凿附会其意。《野有死麕》的诗眼是"麕"。麕是鹿的一种，比鹿小，无角，也可称为鹿。死麕，是指猎人打死的鹿。我在《周南·麟之趾》一诗的解析中曾写道，在生产力水平极低的远古时代，男子猎取野兽，不仅解决了人们的食物来源，更是男子的力量、勇猛和智慧的外在体现。在那时，男子向女子求婚，往往猎取野兽献给女子，女子若收下猎物，则表示接受了男子的爱情。这就如同现今社会，小伙子向姑娘求婚，要送钻石、车子乃至房子的道理一样。据此可以认为，《野有死麕》主题意义的表达方式与《周南·麟之趾》有相通之处，都是以"鹿"作为吟咏对象，并以此作为男子向女子表达爱情的"实在物"。诗中的"有女如玉"即指女子、姑娘，"吉士"即指男子、高洁之士。"吉士诱之"句中，能否准确解读"诱"的含义，是准确把握本诗主旨的关键所在。"诱"，字面的意思是"引诱""挑逗"，在本诗中当引申为"表白"。"吉士诱之"，其意为：男子向姑娘表白爱的情

诗经国风赏析

意。后人是不应从"玉女""吉士"中衍生出隐士、贤士、君子等喻义来的,更不可因一个"诱"字,便将本诗认定为是"男女淫奔之辞"。

我认为,《野有死麕》是一首记述纯洁优美爱情故事的小诗。

全诗三章十一句,前两章以叙事之笔描述男女之间自然、纯真、朴实的爱情,而第三章则辑录女子对所恋之人的温柔细语,活泼生动。全诗短短的十一句,向读者展现了这样一幅画面:一位英俊青年(吉士)在郊野外打猎,邂逅了一位美丽的姑娘,他心旌摇动。而这位姑娘呢,也是满怀情思,对英俊青年顿生好感。"哪个少女不善怀春?哪个少年不善钟情?"小伙子与姑娘一见钟情。于是,小伙子折来细长的树枝和白茅,把打死的鹿细心地捆绑好,献给他所钟情的姑娘。而那位姑娘呢,故作矜持状,并与小伙子相约,且温言细语、恳挚地对他叮嘱道:"你去我家求婚时,走路时脚步要慢一点,动作要舒缓些,你不要碰我的佩巾,也不要惊动我家的狗,以免使它狂吠不止。"姑娘对小伙子说的"舒而脱脱兮!无感我帨兮!无使尨也吠"三句中,隐含着一个重要的信息:姑娘已接受了小伙子献给她的礼物(鹿),接受了他的求爱,并约他去她家求婚。读者从中还得知,彼时的周代社会是一个风气很开放的文明程度较高的社会,女子是可以私订终身的,既无媒妁之言,又无父母之命。不过,必要的程序是不能少的,男子还得登门去姑娘家求婚。

全诗三章前后照应,正面侧面相互掩映,情景交融。诗人用"吉士"二字赞美男子外貌之英俊,品德之高洁,用"如玉"二字赞美姑娘的性情温润如玉。本诗语言生动、朴实、自然、平和而隽永,对纯洁优美爱情的赞颂之词一点也不吝啬。

召南

何彼襛矣

何彼襛矣①,唐棣之华②!
曷不肃雍③?王姬之车④。

何彼襛矣,华如桃李⑤!
平王之孙,齐侯之子。

其钓维何⑥?维丝伊缗⑦。
齐侯之子,平王之孙。

【词句注释】

①襛(nóng):多而密,花木繁盛浓艳貌。 ②唐棣(dì):木名,又作棠棣、常棣。 ③曷(hé):何。肃:庄严肃静。雍(yōng):雍容安详。指车马行动的整肃和谐。 ④王姬:周王的女儿,姬是周王族的姓,故称王姬。 ⑤如:乃也。 ⑥钓:钓鱼。此处指婚姻。闻一多曾说,"钓鱼""吃鱼"是《诗经》中恋爱、婚姻的隐语。 ⑦伊:为也,同"维",语助词。缗(mín):合股丝绳,喻男女合婚之意。

【译词】

捣练子·何彼襛矣

棠棣艳,李花华,似个侯门凤女家。笑靥夭桃凝目送,鸳鸯锦

诗经国风赏析

被七宝车。

【解读与评析】

  关于本诗的主旨，历代诗释译注者无原则性分歧，认为这是一首记述周代诸侯齐襄公迎娶平王之孙女、桓王之女时盛况的诗。《毛诗序》曰："《何彼襛矣》，美王姬也。虽则王姬，亦下嫁于诸侯，车服不系其夫，下王后一等，犹执妇道，以成肃雍之德也。"朱熹《诗集传》说："王姬下嫁于诸侯，车服之盛如此，而不敢挟贵以骄其夫家，故见其车者，知其能敬且和以执妇道，于是作诗以美之。"袁梅《诗经译注》认为是"男女情诗"。刘毓庆、李蹊说："平王的外孙女、齐侯的女儿嫁于诸侯，人们惊叹齐国送亲车辆的贵重华丽，也赞美这位公主无比高贵的身份和她美丽的容貌。"

  在肯定此诗是写王姬出嫁盛况之诗的前提下，也有学者认为这是一首刺诗。方玉润《诗经原始》："讽王姬车服渐侈也。"马飞骧《诗经缵绎》认为是"讽王姬不肃雍之诗"。高亨《诗经今注》："周平王的孙女嫁于齐襄公或齐桓公，求召南域内诸侯之女做陪嫁的媵妾，而其父不肯，召南人因作此诗。"

  我认为，本诗是一首记述周代诸侯齐襄公迎娶平王之孙女、桓王之女时盛典的赞美诗。根据有关文献资料记载，本诗所叙确有其事。《春秋·庄公元年》记："王姬归于齐。"即指周庄王四年、齐襄公五年，王姬嫁于齐襄公之事。

  全诗三章，每章四句。"写实"是本诗最为显著的特点。"平王之孙""齐侯之子"实有其人；述"王姬之车"实有其事。诗的前二章以不容置疑的语气描绘了平王之孙女、桓王之女出嫁的盛况，极力铺写王姬出嫁时车服的豪华奢侈、气派排场。

  第一章以盛开的棠棣花起兴，铺陈王姬出嫁车马的奢华与送亲车马行动的整肃和谐。

第二章以桃李为比，点出新娘的美丽与光彩流溢。《诗经·国风》中以桃树喻人，以艳丽桃花赞美红粉佳人，在《周南·桃夭》一诗中已开先河。《何彼襛矣》承袭此法，除了用桃、李、棠棣赞美诗中主角王姬的高贵身份和美貌容颜的含义外，更主要的用意是以树态优美、花色艳丽多彩的桃李棠棣，衬托表现出公主出嫁时的热烈气氛和盛典。就此而言，本诗中桃李的含义，比《周南·桃夭》中的桃树桃花更多了一层含义。

第三章第一句"其钓维何"中的一个"钓"更是进一步强调了诗中所述为平王之孙女、桓王之女的婚嫁之事。"钓"本意是指钓鱼、钓具。在《诗经》中多喻指婚姻。闻一多曾说，"钓鱼""吃鱼"是《诗经》中恋爱、婚姻的隐语。古诗词中，"钓"多寓意男女情爱。唐代诗人储光羲有《钓鱼湾》："垂钓绿湾春，春深杏花乱。潭清疑水浅，荷动知鱼散。日暮待情人，维舟绿杨岸。"《何彼襛矣》诗中的"钓"字当隐喻王姬出嫁之事。第三章第二句"维丝伊缗"，以又韧又细的丝绳拧成的线绳作比喻，赞美王姬的婚姻长久永固，牢不可破，幸福美满。

对美满婚姻的追求与向往，是人类社会文明进步的结晶，是人之本性使然。怎样才是美满的婚姻？具体到每一个个体，各人有各人的体会，各人有各人的标尺，难有统一的定义。而《何彼襛矣》一诗告诉读者，美满婚姻既是有如棠棣桃李花开般艳丽的美貌，是鸳鸯锦被七宝车般的富有，更是"维丝伊缗"般的长长久久。

驺　虞[①]

彼茁者葭[②]，壹发五豝[③]，

诗经国风赏析

于嗟乎驺虞④!

彼茁者蓬⑤,壹发五豵⑥,
于嗟乎驺虞!

【词句注释】

①驺虞(zōuyú):古代管理皇家或诸侯苑囿(围场)鸟兽的小官吏。 ②茁(zhuó):茂盛,植株生长繁茂的样子。葭(jiā):初生的芦苇。芦苇生长于低湿地或浅水中,其植株高大,种子随风飘零。 ③壹:发语词。一说同"一",射满十二箭为一发。发:通"拨"。一说"驱赶"。五:虚数,表示数目多。豝(bā):母野猪。 ④于(xū)嗟乎:表示惊异、赞美的叹词。 ⑤蓬(péng):草名。即蓬草,又称蓬蒿。 ⑥豵(zōng):小,小野猪,小猪崽。

【译诗】

驺 虞

淡烟蓬草晓风吹,拂面芦花香满衣。
还见低枝摇曳处,莺飞雀跃野猪肥。

【解读与评析】

关于本诗主题,古今诗释译注家有"美诗说"与"怒诗说"两种不同的解读。

"美诗说"又有"美王道说"和"美猎人说"的区分。先说"美王道说"。《毛诗序》认为这是歌颂文王教化的诗作,说:"人伦既正,朝廷既治,天下纯被文王之化,则庶类蕃殖,搜田以时,仁如驺虞,则王道成也。"朱熹《诗集传》发挥此义,宣传"诗

86

教":"南国诸侯承文王之化,修身齐家以治其国,而其仁民之余恩,又有以及于庶类。故其春田之际,草木之茂,禽兽之多,至于如此。而诗人述其事以美之,且叹之曰:此其仁心自然,不由勉强,是即真所谓驺虞矣。"明人季本《诗说解颐》:"此诗美虞官之仁,以见文王之化能及禽兽也。"清人方玉润《诗经原始》说:"泽及昆虫草木,而以见化育之广,为王道之成也。"马飞骧《诗经缵绎》以为是"赞驺虞能而,美王道之成之诗"。次说"美官吏说"。明人丰坊《诗传》:"虞人克举其职,国史美之,赋《驺虞》。"清人姚际恒《诗经通论》:"此为诗人美驺虞之官克称其职也。"刘毓庆、李蹊说:"这是一首赞美主管皇家或诸侯苑囿官员的诗,他懂得各种野兽生长及交配的规律,使野兽繁殖得很多。"

"怒诗说"。袁梅《诗经译注》则认为此诗是"奴隶惧恨驺虞也"。高亨《诗经今注》:"贵族强迫奴隶中的儿童给他牧猪,并派小官吏监视牧童的劳动,对牧童常常打骂。牧童唱出这首歌。"

对于本诗的主题之所以有多种不同的解读,分歧主要源于对"驺虞"一词的理解。持"美王道说"者从坚持"诗教"的立场出发,视驺虞为仁兽。由仁兽及于草木、庶类、仁民,皆为仁政之德所致。也就是说,天下存在的一切美好的东西,都是"文王之化"的结果。但是,将驺虞解释为兽名,最大的缺点是与全诗的整体诗意不能贯通。

持"美官吏说"和"怒诗说"者都将"驺虞"解读为从事皇家或诸侯苑囿牲畜管理事务的司兽官名。丰坊《诗传》、姚际恒《诗经通论》、袁梅《诗经译注》、高亨《诗经今注》、刘毓庆等译注的《诗经》都作如是解。唯此解读,方使诗意前后贯通,浑然一体。

将"驺虞"解读为从事皇家或诸侯苑囿牲畜管理事务的司兽官名,并非学者的主观臆想,而是有史料依据。《左传·成公十八年》

载:"筑鹿囿,书,不时也。""程郑为乘马御,六驺属焉,使训群驺知礼。"《左传·襄公二十三年》注疏:"掌马之官,兼管御事,谓之御驺。"(李卫军《左传集评》)由此可知,周代各诸侯国筑有苑囿,类似于如今的野生动物园。既然有苑囿,是不能没有从事苑囿牲畜管理事务的司兽之官的。因此,我认为,《召南·驺虞》是一首对诸侯苑囿司兽官员恪尽职守,管理有效,方法得当,使得苑囿草丰兽肥,自然环境和谐优美的赞美诗。

全诗两章,各章前句"彼茁者葭,壹发五豝""彼茁者蓬,壹发五豵",描绘出一幅和谐优美的生态环境图画:春夏之交,芦苇郁郁葱葱、蓬蒿繁茂葱茏。在这草木深密的山野之间,藏匿着成群结队的母野猪,三五成群的小野猪在茂密的蓬蒿中穿行。

人因自然而生,良好的生态环境是人类生存与健康最为基础的条件。深山野林里有如此多的禽兽,自然生态环境如此和谐优美,应感谢苑囿管理之官"驺虞"。于是,有了诗各章末尾的感叹句:"于嗟乎驺虞!"——嗟乎!可敬可赞的驺虞!令人佩服的驺虞!

在写作技巧上,本诗采用春秋笔法,文字简短精练,文笔婉转,言左右而顾其他。诗意明明是为了赞美苑囿管理之官"驺虞"的,而偏不先写其人,而先写其事,借事定人,反主为客,于事中见人。结尾句"于嗟乎驺虞!"苍劲有力,既十分自然又发人深思。

邶　风

柏　舟

泛彼柏舟①，亦泛其流②。
耿耿不寐③，如有隐忧④。
微我无酒⑤，以敖以游。

我心匪鉴⑥，不可以茹⑦。
亦有兄弟，不可以据⑧。
薄言往诉⑨，逢彼之怒。

我心匪石，不可转也。
我心匪席，不可卷也。
威仪棣棣⑩，不可选也⑪。

忧心悄悄⑫，愠于群小⑬。
觏闵既多⑭，受侮不少。
静言思之，寤辟有摽⑮。

日居月诸⑯，胡迭而微⑰？
心之忧矣，如匪浣衣⑱。

静言思之，不能奋飞。

【词句注释】

①泛：浮行，漂流，随水冲走。 ②流：中流，水中间。③耿耿：鲁诗作"炯炯"，指眼睛明亮；一说形容心中不安。④隐忧：深忧。隐：痛。 ⑤微：非，不是。 ⑥鉴：铜镜。⑦茹（rú）：猜想。 ⑧据：依靠。 ⑨薄言：语助词。诉：告诉。⑩棣棣（dìdì）：雍容闲雅貌；一说丰富盛多的样子。 ⑪选：挑选，选择。 ⑫悄悄：忧愁貌。 ⑬愠（yùn）：恼怒，怨恨。⑭覯（gòu）：同"遘"，遭逢。闵（mǐn）：痛，指患难。⑮寤：交互。辟（pì）：通"擗"，捶胸。摽（biào）：捶，打。⑯居、诸：语助词。 ⑰迭：更动。微：指隐微无光。⑱浣：洗涤。

【译诗】

柏 舟

茫茫江面一扁舟，回橹扬帆不自由。
陋俗多为青眼客，威仪羞俯凤钗头。
浣衣只可除污渍，醉酒焉能去积忧？
愿驾长风千万里，扶摇直上广寒游。

【解读与评析】

《柏舟》是一个在恶劣环境中被迫害且无依无靠、求助无望者的悲愤之语。历代的诗释译注家对本诗主旨的解析无大的分歧，但对诗人的确切身份存疑颇多，纷争歧出。争论的焦点是：一说此诗为男士仁臣所作，一说为女子所作。在无史料考证的情况下，如何去判断诗作者的身份呢？我们不妨从诗中的字词句所蕴含的信息密码去进行判断分析。

一般情况而言，诗人以诗写己之心、己之事、己之志，其诗中所惯用的字、词、句就是诗人的性格、偏好、职业乃至性别的信息密码。男子好舞刀弄剑，或是锄头犁耙，其诗中必多见此物。略举几例予以佐证之。"醉里挑灯看剑，梦回吹角连营。八百里分麾下炙，五十弦翻塞外声，沙场秋点兵。"这是辛弃疾的词《破阵子》；"会挽雕弓如满月，西北望，射天狼。"这是苏轼的词《江城子》："少年豪纵，袍锦团花凤。曾是京城游子，驰宝马、飞金鞯。"这是范成大的词《霜天晓角》中几句。即便是失意士人归隐田园后，也是捡起了锄头犁耙呢！陶渊明在《归园田居》诗中是这么写的："晨兴理荒秽，带月荷锄归。"

女子则不一样了。偏爱红粉胭脂，金钗玉簪，擅长缝补浆洗，其诗中必多见这类词句。如李清照在《点绛唇》中写道："蹴罢秋千，起来慵整纤纤手""见客入来，袜刬金钗溜，和羞走"。在《蝶恋花》中又写道："酒意诗情谁与共？泪融残粉花钿重""乍试夹衫金缕缝，山枕斜欹，枕损钗头凤"。即便是女扮男装、代父从军、身经百战的花木兰，脱去战时袍，回到家乡后，也是"当窗理云鬓，对镜贴花黄"呢！

说远了点，还是回到《柏舟》诗来。根据对诗中"亦有兄弟，不可以据""心之忧矣，如匪浣衣"等诗句所包含的信息密码进行分析，可以判断出本诗作者当是一位女性，而且是一位已为人妻的女子。已出嫁的女子若在外（或在婆家）受到了欺侮，回娘家诉苦，请娘家兄弟帮忙撑腰，分担忧愁，这也是合情合理的。手足之情，血浓于水嘛。令诗人感到愤愤不平的是，在外受到了欺侮已是很郁闷了，回娘家向兄弟们诉诉苦（"薄言往诉"），希望有个依靠。但得到的却是冷眼相待，甚至是怒气冲冲，愠色相向（"逢彼之怒"）。这岂不是更使人烦闷吗？

诗经国风赏析

不过，诗人也可能是位烈性女子，有着高洁的人格、坚定的意志、孤傲不屈的性格，遇到不平之事也是不会委曲求全的。她雍容娴雅、仪态万方（"威仪棣棣"），岂会低三下四地屈从于人呢（"不可选也"）？惹不起，还躲不起吗？只恨自己不是一只双翼鸟，不能展翅飞离这污秽的环境（"静言思之，不能奋飞"）。愿借长风千万里，扶摇直上广寒游。正如《古诗十九首》中所云："愿为双鸿鹄，奋翅起高飞。"

绿 衣

绿兮衣兮①，绿衣黄里②。
心之忧矣③，曷维其已④！

绿兮衣兮，绿衣黄裳⑤。
心之忧矣，曷维其亡⑥！

绿兮丝兮，女所治兮⑦。
我思古人⑧，俾无訧兮⑨！

絺兮绤兮⑩，凄其以风⑪。
我思古人，实获我心⑫！

【词句注释】

①衣：上衣。 ②里：衣服的衬里。 ③之：犹"多么"。 ④曷（hé）：何，何时，怎么。维：语气助词，没有实义。已：止

息，停止。　⑤裳（cháng）：裤子。　⑥亡：同"已"，与上文之"已"同义。　⑦女（rǔ）：同"汝"，你。治：纺织。　⑧古人：故人，这里指作者亡故的妻子。古：通"故"。　⑨俾（bǐ）：使。訧（yóu）：同"尤"，过失，祸患。　⑩绨（chī）：细葛布。绤（xì）：粗葛布。　⑪凄：凉而有寒意。凄其：同"凄凄"，"凄然"。以：因。一说通"似"，像。　⑫获：得心，即中意，获得。

【译词】

长相思·绿衣

千针缝，万针缝，绨绤丝丝意万重，情深东海同。　怀君容，思君容，长夜看衣泪满胸，难堪梦不通。

【解读与评析】

关于本诗的主题，古代诗释译注家多认为是庄姜夫人因失位失宠而伤己之作。朱熹在《诗集传》中的注释是："庄公惑于嬖妾，夫人庄姜贤而失位，故作此诗。"近现代《诗经》注释者大多认为是一男子怀念亡妻之作。诗人目睹亡妻遗物，看到家里样样东西都与自己的爱妻联系起来，念起妻子生前的种种"好"，想起妻子对他的理解和帮助，倍生伤感，由此浮想联翩，写下此诗，以表达丈夫悼念亡妻的深长感情和不尽思念。

凡世间一切自然客观之物，当它独立于人之外存于世时，都是无情之物。当人之心与自然客观之物进行交流时，此物便会有了情义，有了与人之心相通的灵性。人心之动，物之使然，即感于物而动，故形于声，形于言，形于文。这正如刘勰在《文心雕龙》中所论："情以物迁，辞以情发。""物色之动，心亦摇焉！"情以物迁的过程，实则是人心与自然物感应的过程。叶嘉莹先生称之为"即物即心""由物及心""由心及物"。

诗经国风赏析

对自然客观之物，带着不同的心情去与之感应，所产生的声、言、文会绝然有异。所谓"意境"，是心之所想、所思、所见、所盼的一切境。这当是"境由心生"的道理吧。

诗人怀念亡故的妻子，该有多少事、多少物、多少情可写呀。但是，本诗作者只选取一物，着眼于生活中须臾不可暂离的衣服，那耀眼的里黄外绿的颜色刺心，他翻过来调过去从里到外地看，越看越细，由色彩至于丝缕。丝丝缕缕都渗透着妻子的生命，渗透着妻子对他的深厚感情，也渗透着丈夫对亡妻的无尽怀念之情。诗人的悲伤、思念之心与亡妻所缝织的衣服感应，其实是诗人之心与亡妻之心在交流，在互通。"我思古人，俾无訧兮！""我思古人，实获我心。"他越看越伤心，越看越悲痛，以至于凄泪满胸。这悲伤挥之不去，思念存藏于心，全从生活中的细节和具象物中流露出来。这给后世悼亡诗树立了榜样，给后世诗人以启发。选拾几例如下：

"望庐思其人，入室想所历。帏屏无仿佛，翰墨有余迹。流芳未及歇，遗挂犹在壁。"这是西晋词人潘岳的《悼亡诗》。

"游尘掩虚座，孤帐覆空床。万事无不尽，徒令存者伤。"这是南朝诗人沈约的《悼亡诗》。

"昔日戏言身后意，今朝都到眼前来。衣裳已施行看尽，针线犹存未忍开。尚想旧情怜婢仆，也曾因梦送钱财。诚知此恨人人有，贫贱夫妻百事哀。"这是唐代诗人元稹的《遣悲怀三首·其二》。

"十年生死两茫茫，不思量，自难忘。千里孤坟，无处话凄凉。纵使相逢应不识，尘满面，鬓如霜。 夜来幽梦忽还乡，小轩窗，正梳妆。相顾无言，唯有泪千行。料得年年肠断处，明月夜，短松冈。"这是宋代词人苏轼的《江城子》。

"重过阊门万事非，同来何事不同归？梧桐半死清霜后，头白鸳鸯失伴飞。　原上草，露初晞。旧栖新垄两依依。空床卧听南窗雨，谁复挑灯夜补衣?"这是宋代词人贺铸的《鹧鸪天》。

"秋风萧索响空帏，酒醒更残泪满衣。辛苦共尝偏早去，乱离知否得同归。君亲有愧吾还在，生死无端事总非。最是伤心看稚女，一窗灯火照鸣机。"这是明朝诗人吴伟业的《追悼》。

燕　燕

燕燕于飞①，差池其羽②。
之子于归，远送于野。
瞻望弗及③，泣涕如雨。

燕燕于飞，颉之颃之④。
之子于归，远于将之⑤。
瞻望弗及，伫立以泣⑥。

燕燕于飞，下上其音⑦。
之子于归，远送于南⑧。
瞻望弗及，实劳我心⑨。

仲氏任只⑩，其心塞渊⑪。
终温且惠⑫，淑慎其身⑬。
先君之思⑭，以勖寡人⑮。

【词句注释】

①燕燕：即燕子。古文中习惯双称。于飞：飞。于：语气助

词。 ②差池（cīchí）其羽：形容燕子张舒其尾翼。燕子飞翔时，尾翼张开，形如张开的剪刀。差池：义同"参差"，不齐貌。 ③瞻望：往前看，远望。弗及：不能及。这里指看不到，目力不及。 ④颉（xié）：上飞。颃（háng）：下飞。 ⑤远于：远而将（jiāng）：送。 ⑥伫立：久立等待，长时间站立。 ⑦下上其音：燕子在天空翻飞，时上时下，其鸣声也随之时上时下。 ⑧南：指远郊、郊野。 ⑨劳：劳苦，疲劳。实劳我心：使我内心烦苦伤感悲哀。 ⑩仲氏：兄弟或姐妹中排行第二者称"仲氏"。氏：姓氏。任：信任。只：语助词。 ⑪塞（sè）：诚实。渊：深厚。 ⑫终温且惠：既温和又和顺。 ⑬淑：善良，贤淑。慎：谨慎。 ⑭先君：已故的国君。或以为故去的父亲。思：思念、纪念。 ⑮勖（xù）：勉励。寡人：寡德之人，国君对自己的谦称。

【译词】

点绛唇·燕燕

雌燕于飞，新妆点点江天丽。淑姿柔媚，声吐辞亲意。　　沃野萋萋，湛湛通天际。春雨细，朔风掀袂，拭个悲伤泪。

【解读与评析】

关于本诗的主题，古人今人无歧义，都认为这是一首送别诗。但送者与被送者是谁，难以考证。故古人今人分歧颇多。

一是"送妾说"。《毛诗序》："《燕燕》，卫庄姜送归妾也。"本诗是卫庄姜于卫桓公死后送桓公之妾大归于薛地的诗。

二是"送妇说"。朱熹在《诗集传》中作如下注释："庄姜无子，以陈女戴妫之子完为己子。庄公卒，完即位。嬖人之子州吁弑之，故戴妫大归于陈，而庄姜送之，作此诗也。"

三是"送友说"。高亨在《诗经今注》中注释是："此诗作者当是年轻的卫君。他和一个女子原是一对情侣，但迫于环境，不能结婚。当她出嫁旁人时，他去送她，故作此诗。"

四是"送妹说"。刘毓庆、李蹊中的注释是："从诗中'之子于归'看，本诗所写肯定是送女子出嫁的诗。从诗的第四章所用'先君'一词推测，则应是一首国君送妹妹出嫁的诗。"

我认为，"送友说"于理说不通。在古代，一国之君王，权力与地位至高无上，怎么会因迫于环境压力，不能与自己心爱的女子结婚呢？

本诗应该是一首兄长送妹妹出嫁的送别诗。至于这位兄长是一位国君，还是一位普通百姓，或是一位士大夫，难以定论。

持"送妹说"，主要从本诗中的两个"诗眼"，即两个关键句去理解。一是"先君之思"句，一是"之子于归"句。

先说"先君之思"。君：作为名词理解，有四重含义。一是其本义是君主，国家的最高统治者，即天子。在古代，凡大夫以上据有土地的各级统治者通称为"君"。二是"君"作为敬称，子孙称父祖，也可称为"君"。三是朋友之间的敬称。四是妻称夫。古诗词中，妻子称丈夫，多有"夫君""郎君"之说。在本诗中，"先君"应是指故去的国君或故去的父亲。但无论是前者或是后者，都不影响对本诗主旨的理解。

在先古时期，因生存条件、医疗条件的限制，人的寿命都不长。夫妻生儿育女后，恐怕儿女未及成年，父母已先逝去。长兄如父。在此情况下，兄长送妹出嫁，替父履责，既是平常之事，也在情理之中。

再说"之子于归"。这里的"子"，当为女子，即被送者。"归"，有返回、还给、归还之意。而"归"字的本义是女子出嫁，为会意词。"之子于归，远送于野"，翻译成白话文即是：妹妹今天出嫁他乡，我送她到离家很远的平野郊外。

诗经国风赏析

《诗经·国风》中有多首送别诗。此前我已译释的送别诗有《周南·汝坟》和《召南·殷其雷》。而这两首诗都是妻子送别丈夫时写，感伤离别眷恋之情宛然如画。妻子送丈夫远行，别离之情、相思之情令人感伤，但还是期盼着丈夫归来的团圆之日呢！

《燕燕》是一首兄长送妹出嫁的送别诗。妹妹远嫁他乡，为兄的去送她。此时此地的别离情犹如割肉、割筋之痛。"男儿有泪不轻弹，只是未到伤心处。"同胞兄妹，情同手足。兄长想起贤淑、敦厚、温和、恭顺的妹妹远嫁他乡后，不知何年何月才能见到，也许是永别，他又进一步联想起先父在世时对自己的勉励嘱托之言。此时，再硬的心肠也会软弱下来。故作者在诗中反复吟诵"之子于归""瞻望弗及""泣涕如雨""伫立以泣"。简直是在呼天喊地地哭泣，依依不舍，泪如雨下，伤别之情感人至深，使人动容。这种伤离别不同于《汝坟》和《殷其雷》中的夫妻情之伤离别，而是血脉相连、血浓于水的同胞兄妹情之伤离别。因为此，《燕燕》一诗被誉为"万古送别之祖"。

在艺术表现方式上，本诗有以下两个显著特点：

一是悲欢对比。雌燕展开美丽的尾翼和柔媚的身姿在天空中欢快地自由飞翔着！歌唱着！（"燕燕于飞，差池其羽""燕燕于飞，颉之颃之""燕燕于飞，下上其音"）这简直就是一部美丽多彩的动画片！诗作者因燕而兴，以燕喻人，用以表现妹妹出嫁时的欢快心情。

与妹妹出嫁时的欢快心情同时并存的，却是来送别的兄长之无限悲伤。"泣涕如雨"，"伫立以泣"，真是泪水化作倾盆雨呀！本诗正是通过"欢快状"与"悲伤态"的对比，表现出强烈的感染力，震撼读者的心灵。

二是倒叙法，深藏伏笔，引人入胜。本诗共四章。第一、二章通过被送者的"欢快状"与送者的"悲伤态"的对比描述，表现出感人至深的伤别之情。若以诗论诗，第一、二章，诗情、诗意、诗境俱有，已是一首完整上乘的送别诗佳作。但诗作者并未就此收笔，而是在此埋下伏笔。在随后的第三、四章中告诉读者：送嫁者为何如此悲伤？他是谁？他送谁？

送者为何如此伤心？第三、四章告诉读者：她（被送者）是在家排行第二的妹妹（"仲氏任只"），她性格温顺敦厚，心地善良诚实（"其心塞渊""终温且惠""淑慎其身"），看着妹妹出嫁远去的背影，为兄的怎么不伤心呢？（"瞻望弗及，实获我心"）

在这里，我们深深感受到了诗人对情感把握的节奏和系统完整性。读此诗时，细细琢磨回味，它既是一首上乘的送别诗，也是一首人物小传之诗。

日 月

日居月诸①，照临下土②。
乃如之人兮③，逝不古处④？
胡能有定⑤？宁不我顾⑥。

日居月诸，下土是冒⑦。
乃如之人兮，逝不相好⑧。
胡能有定？宁不我报⑨。

日居月诸，出自东方。
乃如之人兮，德音无良⑩。
胡能有定？俾也可忘⑪。

诗经国风赏析

> 日居月诸，东方自出。
> 父兮母兮⑫，畜我不卒⑬。
> 胡能有定？报我不述⑭。

【词句注释】

①居、诸：语气助词。"日居月诸"：日啊月啊！ ②照临：照耀，照耀到。下土：在下面的地方，大地。"照临下土"：照耀大地。 ③乃：提示发语词。如之人：像这样的人，这个人，斯人，伊人。 ④逝：语气词，如"斯"，没有实意。古处：像从前那样相处，以古道相处。 ⑤胡：何，怎么，怎能。定：准定，确定不变。朱熹《诗集传》："定，审定不改易也。""胡能有定"：说话不算数，没个准。男子的言行不定，没有准头。 ⑥宁：岂，怎么，竟然，难道。顾：顾念，顾怜。"宁不我顾"：竟然不再把我顾及，怎么把我忘了？ ⑦冒：覆盖。"下土是冒"：日月光芒普照大地。 ⑧好：悦，爱。"逝不相好"：不再与我相爱。 ⑨报：理会，搭理，报答。"宁不我报"：竟然不报答我。 ⑩德音：声誉，品德，德性。无良：不好，差，没有良心。"德音无良"：这人德性不好品德差。 ⑪俾：使，令。忘：忘记，忘掉。"俾也可忘"：已经完全把我遗忘。 ⑫父兮母兮：呼爹喊妈，痛苦到极端的表现。朱熹《诗集传》："忧患疾痛之极，必呼父母，人之至情也。" ⑬畜：养，引申为喜悦，喜欢，爱。卒：终，到底。"畜我不卒"：这人爱我不能到底。 ⑭不述：不成，不遂，指不遵循义理。述：循，依循。"报我不述"：报答我的话不兑现。

【译诗】

日月（新韵）

日月升沉天道恒，伊人变却旧时曾。
少仁失义行无定，缺德无良世所憎。
宽惠宏恩何不报，甜言蜜语实违诚。
呻呼父母难回应，令我痴心冷似冰。

【解读与评析】

关于本诗的主旨，古今诗释译注家都一致地看到了其中写男女之情这个中心，但具体的解释却各持其论。古代的诗释译注家认为此诗是庄姜怨庄公之言。《毛诗序》："《日月》，卫庄姜伤己也。"朱熹《诗集传》："庄姜不见答于庄公，故呼日月而诉之。"后来者弃"庄姜怨"多矣。刘毓庆、李蹊说："当是一个寡妇的失恋之作。"高亨说："这是妇人受丈夫虐待唱出的沉重歌声。"

古人释诗，将其中大多数的诗与具体的人或事联系起来，形成一一对应的关系。在没有确定可信的史料为依据的情况下，其论似乎有些牵强，不足取。与之不同的是，后人释诗，其方法似乎更可行，思路更开放一些。这更符合朱熹所论："凡诗之所谓风者，多出于里巷歌谣之作。所谓男女相与咏歌，各言其情者也。"

我认为，《日月》是一位妇人受到丈夫冷暴力虐待后而写的一首怨愤之诗。

全诗共四章，各章首句以"日居月诸"兴起，次句分别是"照临下土""下土是冒""出自东方"和"东方自出"。这四句虽字词有异而意相同，和第一句结合起来解释便是：日落月升，月降日出，日月之光照耀大地。按诗法论，前两句是兴。兴在此，而比在彼：日月升沉有常，天道守恒依律运转，而人呢？既"逝不古处"，又"逝不相好"，还"畜我不卒"，真是"德音无良"。

为什么说这人"德音无良"呢？诗作者继续控诉说："胡能有定？""宁不我顾""宁不我报""俾也可忘""报我不述"。这人的言行变化不定，不如日月升沉守恒。

在《日月》中，虽没有如《召南·行露》中那些"谁谓鼠无牙？何以穿我墉"似的咬牙切齿地咒骂，但从第一章以"不顾"而诉其"逝不古处"，第二章以"不报"而诉其"逝不相好"，第三章以"可忘"而诉其"德音无良"，第四章以"不述"而诉其"畜我不卒"的控诉中，事实一件件一桩桩，慷慨陈词，义正词严地谴责忘恩负义者，内容层层递进，情感逐步转化而加深，给读者以一种越说越愤怒，有难以忍受之痛的感受。诗中的"不顾""不报""可忘""不述"等词，看似抽象平和，由于是排比式的运用，极大地加强了语气，使读者从中感受到了家庭冷战气氛，看到了妇人受到丈夫冷暴力虐待的可怜相。

第四章中的"父兮母兮"句，表现了妇人受到丈夫冷暴力虐待时极端痛苦且孤独无助的状态，将她的愤懑之情推到了高潮。朱熹《诗集传》说："忧患疾痛之极，必呼父母，人之至情也。"司马迁说："夫天者，人之始也；父母者，人之本也。人穷则返本，故劳苦倦极，未尝不呼天地；疾痛惨怛，未尝不呼父母也。"

对这个受到丈夫如此虐待的妇人，也有诗释译注者指了一条出路：自救是以实际的行动来告别过去，告别过去的自己。这个办法倒是好，但是不具操作性。在现代社会常见的是：夫妻一言不合，两个字——离婚。但在远古的周代社会，那是万万行不通的。要知道，在彼时，"子妇无私货，无私畜，无私器"（《礼记·内则》）。因为此，她是无法自救的。怎么办呢？这个受到丈夫如此冷暴力虐待的妇人，除了呼天抢地、呼爹喊娘的愤怒诉说外，只好继续忍受了。

邶 风

日月升沉天道恒，伊人变却旧时曾。悲哉！悲哉！

终 风

终风且暴①，顾我则笑②。
谑浪笑敖③，中心是悼④。

终风且霾⑤，惠然肯来⑥。
莫往莫来⑦，悠悠我思⑧。

终风且曀⑨，不日有曀⑩。
寤言不寐⑪，愿言则嚔⑫。

曀曀其阴⑬，虺虺其雷⑭。
寤言不寐，愿言则怀⑮。

【词句注释】

①终：既。风：此处喻指男女云雨交欢之事。暴：指暴风，喻指男子动作粗野、急躁。　②顾：回头看，看见，视。"顾我则笑"：看着我笑。　③谑：调戏，开玩笑，打情骂俏。浪：纵。敖：轻佻。"谑浪笑敖"：打趣逗乐开玩笑。　④中心：心中。悼：害怕，惶惑，有紧张惊恐之意。　⑤霾（mái）：阴霾。大风造成的尘暴。"终风且霾"意与"终风且暴"同义。　⑥惠：顺，爱。惠然：施爱，给予爱。"惠然肯来"：把爱给了我。　⑦莫：不，没有，此处有若莫之意。"莫往莫来"：若不来不往。　⑧悠悠：长

久、深远。"莫往莫来，悠悠我思"：你不常来，长久思念满胸怀。
⑨曀（yì）：阴云密布有风。"终风且曀"与"终风且霾""终风且暴"句同义。 ⑩不日：不见太阳。"不日有曀"本意为见不到太阳只有阴云。此处喻指男女云雨交欢，爱得天昏地暗。 ⑪寤：醒着。"寤言不寐"：睡不着。 ⑫愿：思念、想。嚏：喷嚏。"寤言不寐，愿言则嚏"：长夜醒着难入睡，想起这事直笑得打喷嚏。
⑬曀曀：天气阴沉昏暗。"曀曀其阴"与"不日有曀"同义。
⑭虺（huǐ）：形容雷声。"虺虺其雷"：轰轰雷声震响。 ⑮怀：思念。"寤言不寐，愿言则怀"：长夜醒着难入睡，想起来这事我更思念。

【译诗】

终　风

情郎淑女不成眠，倒倒颠颠笑语旋。
妙外何须挑逗乐，欢时只盼厚恩连。
褥中风急痴心醉，枕上云收思念牵。
锦帐良宵犹恨短，雷声敲破五更天。

【解读与评析】

关于本诗的主旨，古今诗释译注家分歧颇大。《毛诗序》说："《终风》，卫庄姜伤己也。遭州吁之暴，见侮慢而不能正也。"认为是庄姜遭庄公宠妾之子州吁的欺侮而作。朱熹《诗集传》说："庄公之为人，狂荡暴疾，庄姜盖不忍斥言之，故但以'终风且暴'为比。"认为庄姜受丈夫卫庄公欺侮而作。今人见解也不一，高亨《诗经今注》说："一个妇女受强暴男子的调戏而无法抗拒或避开，因作此诗。"刘毓庆、李蹊说："表现了一位少女'初试云雨情'时，与一个粗暴男子遇合后的复杂心理状态。"还有的解读为"这是写一位妇女被丈夫玩弄嘲笑后遭弃的诗"等。以上诸种解读尽管有些许差别，但都少不了一个"怒"字，是一首表达愤怒之情的诗。我不以为然。因为，若果真如此，第二章写完"莫往莫来"（你我不再来往）后，后面的第三、四章就不存在再写下去的基础和条件了。

我认为，《终风》是一对少年夫妻在新婚夜床笫之欢时，以新娘子的口吻，写她当时的兴奋且紧张、害怕、惶恐的心态，是一首情意缠绵的爱情诗。

解析此诗，关键在于如何解析各章第一句中的"风""霾""曀""阴"等字。先析首句"风"。在古文献中，"风"与男女情爱婚姻有关。《左传·僖公四年》："风牛马不相及。"《字贯》云："牝牡相诱谓之风，然则马牛放逸，因牝牡相逐，而遂至放逸远去也。"

《诗经·国风》中有多首诗言及"风"，凡与"阴""雨"相联系的，都与男女情感、性爱、婚姻有关。如《邶风·谷风》以"习习谷风，以阴以雨"为起句，全诗写的是一位女子被无情丈夫抛弃的不幸婚姻。《终风》也不例外。

第一章：夫妻恩爱尽在一颦一笑间。"终风且暴"喻指男女云雨交欢之事。但男子动作粗野，故如暴风急雨般。是兴奋？是急不可待？外人不得而知。也许两者都有。对此，今人可以理解。在古代，绝没有现代的所谓生理知识教育课的。新婚之夜，少男少女，面对异性，除了兴奋激动，恐怕也是手足无措，惶惑而紧张。第二、三章各章的首句"终风且霾""终风且曀"和"曀曀其阴"，虽与"终风且暴"有一字之差，其意与首句"终风且暴"并无异。"暴""霾""曀""阴"四字连用，十分形象地描绘了男子此时急不可待和手足无措的窘态。对此，男子只好以打趣、逗乐开玩笑的方式去调剂难堪的气氛。这就是诗作者在第一章中的第二、三句

"顾我则笑,谑浪笑敖"所表达的意思。新郎是如此,新娘子也不例外。"中心是悼"短短四个字,十分形象地描写了她彼时微妙的心理活动:在兴奋中含有紧张,在羞涩中含有惊怵。

第二章:多情女子自多心。在床笫之欢、打趣逗乐且兴奋紧张之时,新娘子也想到了将来:你把爱给了我,你若不常来,我会长久思念满胸怀。这是第二章第二、三、四句"惠然肯来。莫往莫来,悠悠我思"所表达的意思,也是新娘子对新郎说的枕边话。一个"思"字,传递的是妻子对丈夫深深的爱意。

第三章:彻夜不眠偷失笑。新婚之夜,新郎新娘彻夜不眠爱得死去活来,天昏地暗,不知有日("不日有曀")。想到这里,新娘子自己也觉得好笑,忍不住笑得打出喷嚏来。这就是第三章所表达的含意。一句"愿言则嚏",使人感觉到新郎新娘此时真如蜜里调油和快乐无比的意态。

第四章:天雷勾动地火般的爱。在第四章中,"曀曀其阴"紧接上章"不日有曀"句,其意完全相同。"虺虺其雷"句则为第四章之魂。这不是写自然的雷声,明明是借自然现象中的轰轰雷声写新郎新娘此时如天雷勾动地火般的爱。此时,女子又回到第二章时的心态,以"寤言不寐,愿言则怀"句照应"悠悠我思"句:爱过后,乐过后,思念更深更重:长夜醒着难入眠,想起来这事我更思念。真是一日夫妻百日恩呢!

《终风》一诗,新娘子在新婚之夜面对新郎急风暴雨般手足无措的粗暴行为,没有丝毫的埋怨和指责,除了尽情的享受外,有的只是羞涩中的惊怵、"悠悠我思"的枕边话和忍不住笑得打喷嚏的快意。通过女子行为和心理活动的描写,一个温柔、顺从、贤淑的少妇形象活脱脱地展示在读者面前。《左传·昭公二十六年》云:"夫和妻柔,姑慈妇听,礼也。"这正是周代礼法对为妻者的要求,也是中华民族女性的一种美德。

击 鼓

击鼓其镗①,踊跃用兵②。
土国城漕③,我独南行④。

从孙子仲⑤,平陈与宋⑥。
不我以归⑦,忧心有忡⑧。

爰居爰处⑨?爰丧其马⑩?
于以求之⑪?于林之下⑫。

死生契阔⑬,与子成说⑭。
执子之手,与子偕老⑮。

于嗟阔兮⑯,不我活兮⑰。
于嗟洵兮⑱,不我信兮⑲。

【词句注释】

①镗(tāng):鼓被击打时发出的响声。其:代词。此处无所指。其镗:即"镗镗"。 ②踊跃:双声联绵词,兵士练武时击剑舞刀的跳跃动作。兵:武器,刀枪之类。 ③土:挖土、挑土。国:指都城。土国:用土筑城。城:修城。漕:卫国的地名。 ④南行:向南方进军,向南走去。 ⑤从:跟随。孙子仲:人名。应为当时卫国的将领,此次军事行动的统率。 ⑥平:和解,或以

为平定两国纠纷。谓救陈以调和陈宋关系。陈、宋：诸侯国名。 ⑦以：与、参与。归：回、回家。不我以归：是"不以我归"的倒装，有家不让回。不让我参与回国的队伍。 ⑧有忡：忡忡，忧虑不宁、忐忑不安的样子。 ⑨爰（yuán）：哪里，那里。 ⑩丧：丧失，丢失，此处言跑失。爰居爰处？爰丧其马：我的马在那里跑失了。我的马跑到哪里去了呢？ ⑪于以：在哪里。于以求之：我到哪里去找跑失的马呢？ ⑫于林之下：我跑失的马就在那片树林里。 ⑬契阔：聚散、离合的意思。死生契阔：一生始终如一，海枯石烂，初心不改。 ⑭子：你。成说（shuō）：约定、成议、盟约，说定了。指男女双方在结婚时，或是花前月下约定的誓言。 ⑮偕老：一同终老。"死生契阔""与子偕老"均为男女执手时的"成说"。 ⑯于嗟：叹词。阔：离别，或是指夫妻相隔很远，不能团聚。 ⑰活：借为"佸"，相会，会合。不我活：我们不能相聚。 ⑱洵：假借"恂"，诚然、确实、实在。 ⑲信：守信，守约，兑现承诺。不我信：我不能（无法）兑现"与子偕老"的诺言和盟约。

【译词】

踏莎行·击鼓

踊跃雄兵，镗镗击鼓，漕城筑就南行去。思归怨怼路迢迢，征人匹马林深处。　念我娇妻，梦魂万缕，曾经执手花前语。死生离合守痴心，何堪岁岁佳期误。

【解读与评析】

《毛诗序》曰："《击鼓》，怨州吁也。卫州吁用兵暴乱，使公孙文仲将而平陈与宋，国人怨其勇而无礼也。"据此，有译注者认为，《击鼓》所记之事为，鲁隐公四年（公元前719年），卫国公

邶　风

子州吁联合宋、阵、蔡三国伐郑之事。朱熹《诗集传》说："春秋隐公四年，州吁自立之时，宋、卫、陈、蔡伐郑之事。"朱熹对此未予肯定，又说："恐或然也。"

清人姚际恒《诗经通论》中引"鲁宣公十二年（公元前597年），卫穆公出兵救陈"说："此乃卫穆公北清北之盟，求陈为宋所伐，平陈、宋之难，数兴军旅，其下怨之而作此诗也。"方玉润《诗经原始》认为是"戍卒思归不得之诗也"。

今人的注释也是各抒己见。高亨《诗经今注》认为：《击鼓》"作于公元前720年。春秋初年，卫国公子州吁杀死卫桓公，做了卫君，联合陈国、宋国去侵略郑国，强迫劳动人民出征。打完了仗，领兵的将官把一些反对战争，口出怨言的士兵抛在国外了。这首诗就是被抛弃士兵唱的"。元江《〈风〉类诗新解》则认同《毛诗序》的释义，却又认为"这首诗是卫人从军者与其家室诀别之辞"。刘毓庆、李蹊中未论及本诗的创作背景，而只释其主题："这是一首久赴战场的士兵思家之诗。"由以上引述看出，董仲舒"诗无达诂"之说是有所指的，也符合实际。

我认为，《击鼓》是一位普通士兵的思家之诗，或者说是一位从军的士兵以诗的形式写给妻子的家信。

诗中主人公只是一个普通的小兵。从"我独南行""从孙子仲""爰丧其马""于以求之"四句分析，他可能还是卫国将领孙子仲的马夫。将领孙子仲率军去平定、调停陈国与宋国之间的纷争，马夫肯定是要随从而行的，身不由己。

全诗共五章。前三章由人及己、由大及小写军旅生活之实。第一章写军旅生活的壮阔与艰辛，"击鼓其镗，踊跃用兵"，展示出一幅多么生动壮阔的士兵舞刀挥剑的练武画面！而"土国城漕"又是辛苦的：士兵不仅要练武，而且还要在漕地挑上砌筑城墙。前两句，作者先从大的方面向远在家乡的妻子介绍军旅生活，第三句则是介绍在具体的地点做的具体的事。这是第一章。

　　第二、三章，则是由人及己。"孙子仲"，是他人。"我""从孙子仲"南行，则是及己。依此，才有后文"不我以归，忧心有忡""爰丧其马""于以求之"等句。是呀，作为一个将领的马夫，马丢失了，他能不着急吗？他能不到处寻找吗？马跑到哪里去了呢？幸好，"于林之下"，马在林深处。

　　前三章写的都是"实"：实实在在的军旅生活，实实在在的事。第四、五章写的是"虚"，写作者的所思、所忆、所忧。诗作者久处战场不能回家，前途未卜，给妻子写信，自然少不了要说几句夫妻之间的悄悄话，回忆一下曾经在一起的亲密动作和海誓山盟：我们曾紧握着双手互相约定（"执子之手""与子成说"）；我们曾海誓山盟，生死离合，我们的心总在一起（"死生契阔"），我跟你走完今生的路程，我们一起慢慢变老（"与子偕老"）。

　　愿望是美好的，而现实却是残酷的。对此，诗人十分无奈，只好叹息！唉，我们现在天各一方，久久不能相聚，让我怎么活呢？（"于嗟阔兮，不我活兮。"）我以前对你的誓约都是诚实的心里话，现在可让我们如何兑现彼此之间的盟约和承诺呢？（"于嗟洵兮，不我信兮。"）

　　征人久处战场不能归而思念家人，是古代诗歌常见的主题。如宋代范仲淹的《渔家傲·秋思》："塞下秋来风景异，衡阳雁去无留意。四面边声连角起，千嶂里，长烟落日孤城闭。　浊酒一杯家万里，燕然未勒归无计。羌管悠悠霜满地，人不寐，将军白发征夫泪。"

　　《击鼓》一诗可以称为千古军旅诗之始祖！

凯　风

凯风自南①，吹彼棘心②。
棘心夭夭③，母氏劬劳④。

凯风自南，吹彼棘薪⑤。
母氏圣善⑥，我无令人⑦。

爰有寒泉⑧？在浚之下⑨。
有子七人，母氏劳苦。

睍睆黄鸟⑩，载好其音⑪。
有子七人，莫慰母心⑫。

【词句注释】

①凯风：和风，南风，有"暖风"之意。这里喻母爱。　②棘心：小棘树，或为酸枣树初发的嫩芽。棘，即酸枣树。树小而多刺，开黄绿色小花，实小，味酸，多丛生。　③夭夭：嫩壮貌。　④母氏：母亲。劬（qú）劳：操劳，辛苦劳累。劬，辛苦。　⑤棘薪：长成的棘树。"棘可以为薪，则成矣，然非美材。"（朱熹）这里比喻子女已长大。　⑥圣善：明理而有美德。圣：通达事理，睿智。　⑦我：儿子的自称。令人：善人，好人。　⑧爰（yuán）：何处。一说发语词，无义。寒泉：卫地水名，在今河南濮阳南的浚城。古代以水喻女性，此处以"寒泉"喻母氏。　⑨浚

(xùn)：春秋时卫国地名，即浚城。　⑩睍睆（xiànhuǎn）：清和圆转之音，鸟儿宛转的鸣叫声。黄鸟：黄雀。　⑪载：尚且，犹。或为助词，无实义。　⑫莫：通"谟"，谋划、规划。一说"莫"为"不、未、没有"之意。

【译诗】

凯　风

暖风吹绿棘枝条，汨汨甘泉润土膏。
玉树临风真道骨，慈亲达理最辛劳。
修篁有节方雄长，七子成材为俊豪。
慰藉母心承地义，好音黄雀逐云翱。

【解读与评析】

关于本诗的主旨，自古至今的儒生学者们解读为是一首儿子们（七子）不能使母亲得到精神慰藉而自责的诗。对"自责"的原因又有不同的说法。

先看古人的解读。《毛诗序》说："《凯风》，美孝子也。卫之淫风流行，虽有七子之母，犹不能安其室。故美七子能尽其孝道，以慰其母心，而成其志尔。"朱熹《诗集传》承《毛诗序》之意，进一步说："母以淫风流行，不能自守，而诸子自责，但以不能事母，使母劳苦为辞。婉辞几谏，不显其亲之恶，可谓孝矣。"闻一多《诗经通义》认为这是一首"名为慰母，实为谏父"的诗。

再看今人的解读。高亨《诗经今注》认为："卫国一个妇人，生了七个儿子，因家境贫困，想要改嫁。她的儿子们唱出这首歌以自责。"刘毓庆、李蹊认为："这首诗写儿子对母亲不幸的晚年感到彻骨的悲哀，都无能为力，深以自责。"与之相类似的解读还可引证一些。

邶 风

我以为,《凯风》是一首儿子歌颂母亲养育之恩的千古颂诗。母亲不辞劳苦,将七个儿子抚养成人。儿子们表示要像黄雀一样,唱出宛转悦耳的歌,以慰藉母亲的心。若将此诗的主题解读为"儿子自责说",可能是一个根本性的错解。

此诗的主旨究竟是"自责说"还是"感恩说",开门的钥匙就是末尾句"莫慰母心"中的"莫"字。凡持"自责说"者,将"莫"按本意解读为"不能""不得"。如刘毓庆、李蹊:"莫慰母心:不能安慰我慈母的心。"高亨《诗经今注》:"莫慰母心:不能安慰母亲。"朱熹《诗集传》:"有子七人,莫慰母心:我七子独不能慰悦母心哉!"

据《辞源》考证,在古代,"莫"字除有"无、没有、勿、毋、勉励"等意思外,还有"谋划"之意,即"莫"通"谟"。我以为,"莫慰母心"句中的"莫",宜作"谟"解,有谋划、规划、安排等含义。"莫慰母心"其意是:好好谋划,去慰藉慈母的心。

全诗四章十六句。前三章赞颂母爱的伟大和无私。"凯风""寒泉"是本诗的"诗眼"。"凯风"指暖风、南风,而不是北风、寒风。诗的第一、二章以"凯风"起兴,喻指母爱的温暖和伟大。母爱是和畅的南风,让儿女的心灵即使在寒冷的冬天也能感到温暖如春;母爱是和畅的暖风,爱抚着一棵棵幼苗生长成材、繁茂成荫。

第三章首句以"寒泉"起兴,喻指母爱的无私。本诗中,"寒泉"是水名,在今河南省濮阳市境内。在古代,多以水喻女性。老子《道德经》说:"上善若水,水善利万物而不争。"水是什么?水是至善之物!水是生命的源泉!第二章的"爰有寒泉"与第三章的"母氏圣善"句紧密衔接,用"寒泉"喻母爱的至善至美,用"寒泉"赞颂母爱的无私,是再恰当不过的了。

第四章首句以"睍睆黄鸟,载好其音"句自比,表达儿子对母亲的感恩之意。儿女该如何感恩伟大、无私、至善至美的母爱呢？精神上的愉悦高兴是最为幸福的了。诗作者没有去写如何给母亲以锦衣玉食的报答，于是写给慈母以心灵的慰藉，表示要像树上翔跃的黄鸟鸣啭歌唱，献给慈母悦耳动听的歌声，去慰藉慈母的心，以让母亲得到精神上的愉悦。

据此，第四章的四句（"睍睆黄鸟，载好其音。有子七人，莫慰母心"）很自然地承接了前三章的诗意，很好地表达了儿子们（七子）对母亲的感恩之意。全诗译成白话文即是：

慈母育儿的大恩，犹如暖风吹绿棘枝，让幼苗茁壮成长，繁茂成荫！慈母育儿的美德，犹如甘泉浇灌沃土，滋润浚城！母亲含辛茹苦，把七个儿子抚养成人。我们要好好谋划，像树上翔跃的黄鸟，唱出清和宛转悦耳动听的歌声，去慰藉慈母的心。

雄　雉

雄雉于飞①，泄泄其羽②。
我之怀矣③，自诒伊阻④。

雄雉于飞，下上其音⑤。
展矣君子⑥，实劳我心⑦。

瞻彼日月⑧，悠悠我思⑨。
道之云远⑩，曷云能来⑪？

百尔君子⑫，不知德行⑬？

邶风

不忮不求⑭,何用不臧⑮?

【词句注释】

①雄雉(zhì):雄野鸡,有冠,长尾,身有文采,羽毛美丽,不善飞。于飞:往远处飞之意。于:往。"雄雉于飞"句,意指丈夫因公务远行,或从军。 ②泄泄(yìyì):鼓翅飞翔的样子。朱熹《诗集传》:"泄泄,飞之缓也。""泄泄其羽"句,意指雄雉鼓动翅膀吃力地飞翔,似有因留恋而不愿远飞的意思。 ③怀:因思念而忧伤。 ④自诒(yí):自己给自己。诒:通"贻",遗留。伊:此,这。阻:阻隔,险阻。一说忧愁,苦恼。"自诒伊阻":丈夫因公务(役)远行,因某种原因的阻隔,妻子不能随行同去,只好留在家苦苦思念而忧心不已。 ⑤下上其音:叫声随着野鸡上下飞翔而忽上忽下。 ⑥展:有"转动""伸张""延伸""诚信""确实"等意思。此处取"延伸、延长"之意,可引申为"联想、联想到"。 ⑦劳我心:即"我心劳",因挂怀而操心、忧愁。劳:忧。"实劳我心":看到鼓动翅膀吃力飞翔的雄雉,声音随翻飞的身姿而忽上忽下,联想起在外服公役的丈夫,实在是使我担心、难过而又伤悲。 ⑧瞻:远看,远望。日月:日月往来。 ⑨悠悠:绵绵不断。"悠悠我思":仰头望天,日出日落应定时,月升月降合历象,而夫君归期无定日,我的思念之情绵绵不断无绝期。 ⑩云:为语气助词。 ⑪曷(hé):何。此处指何时。"道之云远,曷云能来":回家的路是如此遥远,我的丈夫啊何日是归期? ⑫百:通"佰",此处指"百人之长"。尔:你。君子:在位,有官职的大夫。"百尔君子"意为:你这个百人之长的官人。 ⑬德行:品德和行为,可引申为信守承诺。"百尔君子,不知德行":你这个百人之长的官人,不信守诺言,不知何为德行。 ⑭忮(zhì):固执。一说忌恨,害。求:贪求。 ⑮何用:"有什么"的意思。何:

115

什么，为什么。不臧（zāng）：不善，不好。"不忮不求，何用不臧"：对功名利禄不贪求不固执，又有什么不好的呢？

【译词】

浣溪沙·雄雉

雄雉翻飞雌雉随，和鸣悦耳不舒眉，思君垂泪梦中悲。　日月往来因应律，望归不胜路云迷，功名利禄悔攀追。

【解读与评析】

关于本诗的主旨，古人今人，都有不同的说法。有人认为是一位妇人因思念远役的丈夫而作，谴责上层统治者的不仁不义，德行太差，为贪求私利而不惜发动战争，不顾百姓死活而到处征战。此为一说。还有今人认为，这是一位女子对男子不来她这儿过同居生活表示不满，因此责怪咒骂男子不守信用，不知何为德行。此为二说。

上述解读可能都误解原诗本意了。我认为，本诗是一首闺怨之诗。

全诗共四章，采用直叙、设问、急转、反问的写作技巧，将"忧""思""怨"的内容逐层推进，引人入胜。读后给人以余音绕梁之感。前二章和第三章的前两句为直叙，作者以"雄雉""日月"兴起，看到田野、树林中的雄雌野鸡振翅双飞，嬉戏共鸣，由此想到远在外服役的丈夫，忧从心来，思从心来。

我是在江南山村出生长大的。小时候在山间田野玩耍时，经常看到栖息在树丛中的野鸡，它们都是雄雌成双成对地在一起觅食，在一起鸣唱，在一起低飞。我联想到《雄雉》的作者孤苦伶仃看此情此景时，能不忧愁、不伤怀吗？

卢照邻《长安古意》的诗中："得成比目何辞死，愿作鸳鸯不羡仙。比目鸳鸯真可羡，双去双来君不见？"《长安古意》与《雄雉》在写作方法上是很相似的。所不同的是，前者是见鸳鸯而思君，后者是见雄雉而思君。在以往的一些译注中，将"雄雉于飞"句解读为"因雄野鸡不善飞，比喻丈夫行军吃力"。这似乎有点牵强。

本诗第三章的第三、四两句"道之云远，曷云能来"的设问手法非常巧妙，起到转折、承上启下的作用："回家的路是如此遥远，我的丈夫啊何日是归期？"

对本诗前三章的解读，古今诗释译注家并无本质性的分歧，唯最后一章历来说法不一。而对本诗第四章不同的解读，决定了本诗不一样的主旨。前面已提及的"一说""二说"都是基于对第四章的解读。解读内容的差异则源于对"百尔君子"句和"何用不臧"句中的"百""何"的不同解读。

将第四章"百尔君子，不知德行？不忮不求，何用不臧"四句连贯起来翻译成现代文，便是：你这个百人之长的官人，不信守诺言，不知何为德行。对功名利禄不贪求不固执，又有什么不好的呢？

最后一句反问，是妻子因思念而对远在外服役的丈夫的责备还是嗔怪？后人不得而知。也许两者都是，没有其一。责备也罢，嗔怪也罢，或是自责，或是自恨，都是爱的表达，于情于理都能理解。解读至此，可以得出结论：本诗是一首闺怨诗无疑了，而且是闺怨诗之始祖。若不信，看看后代诗家是如何表达闺怨之情的便知。选录两首附后：

一是唐代诗人王昌龄的《闺怨》：

闺中少妇不知愁，春日凝妆上翠楼。

忽见陌头杨柳色，悔教夫婿觅封侯。

二是宋代词人欧阳修的《玉楼春》：

别后不知君远近。触目凄凉多少闷。渐行渐远渐无书,水阔鱼沉何处问。 夜深风竹敲秋韵。万叶千声皆是恨。故欹单枕梦中寻,梦又不成灯又烬。

《雄雉》以"悔"言怨("功名利禄悔攀追)",王昌龄的诗以"悔教"言怨,欧阳修的词以"恨"言怨。悔也好,恨也罢,皆因爱而生。正所谓爱之深,忧之甚,思之烈,怨之切。

匏有苦叶

匏有苦叶①,济有深涉②。
深则厉③,浅则揭④。

有弥济盈⑤,有鷕雉鸣⑥。
济盈不濡轨⑦,雉鸣求其牡⑧。

雍雍鸣雁⑨,旭日始旦⑩。
士如归妻⑪,迨冰未泮⑫。

招招舟子⑬,人涉卬否⑭。
人涉卬否,卬须我友⑮。

【词句注释】

①匏(páo):一年生草本爬藤植物,又称"葫芦"。葫芦可食用、入药,制作浮具、储物器、乐器(葫芦丝)、酒器等。古人将葫芦做成腰舟用以浮水渡河。苦叶:意指葫芦叶枯萎成熟,挖空葫

芦制成腰舟用作渡水工具。　②济（jì）：水名，在古代卫国境内。深涉：与"枯叶"对应，意指渡口已有摆渡，涉水过河。　③厉：一说连衣涉水，一说拴葫芦在腰泅渡。　④揭（qì）：提起下衣、撩起裤子渡水。　⑤弥（mí）：大水茫茫，水深貌。盈：满。　⑥鷕（yǎo）：雌雉鸣叫声。　⑦不濡（rú）：不，语助词；濡，沾湿。轨：车轮出于两轮外面的部分，又称轴头。　⑧牡：雄雉。　⑨雍雍（yōngyōng）：雁叫声。　⑩旭日：初升的太阳。旦：天明。　⑪归：有"怀、思、想"的意思。归妻：娶妻。　⑫迨（dài）：及，等到，趁，乘时。泮（pàn）：合。此处指河水结冰。"迨冰未泮"：趁河水未冰冻之时。　⑬招招：招唤之貌。舟子：摆渡的船夫。　⑭人涉：他人要渡河。卬（áng）：代词，表示"我"。否：不。"人涉卬否"：别人渡河我不渡。　⑮须：等待。友：指爱侣，情郎，情哥哥。

【译诗】

匏有苦叶

枯老葫芦可作舟，水深泅渡不须愁。
济河漫岸车轮没，雌雉鸣林雄雉求。
旭日吐红催过雁，青流荡碧醉凝眸。
艄声阵阵呼登棹，不见情郎誓不休。

【解读与评析】

　　关于本诗的主旨，历代诗释译注者的分歧很大，有的认为它是"刺卫宣公"之诗；有的认为它是"刺淫乱"之诗。现今学者多把它看作是一位女子在济水岸边等待未婚夫时所吟唱的诗。我认同后一种观点。这是一首写姑娘求偶的诗，写一位姑娘急切地想要找一个爱她的知音少年，她抱着"不见情郎誓不休"的坚定决心，在河边焦急地等待着。

全诗共四章,采用平铺直叙、几近素描的手法,通过自然之境、人物对话、神态描写,情景交融,生动再现了一位在渡口等候情郎的姑娘喜悦而又焦灼的心情。喜悦,是因为她企盼着真爱来临;焦灼,是因为她所企盼的结果具有很大的不确定性。平静的自然之境更凸显出姑娘那荡漾的心潮。

第一章,"匏有苦叶,济有深涉。"秋天到了,匏的叶子枯老了,葫芦已然成熟了,它可用来制作腰舟涉水渡过济河了。"深则厉,浅则揭。"要是水深,那就用葫芦制的腰舟泅渡吧!水浅的话,那就好办,可随心所欲地提起裤腿步履轻盈、自由自在地蹚着水走过去。在这里,作者并没有点明是教谁过河的方法,为后文埋下伏笔,使读者欲罢不能。

第二章,"有弥济盈,有鷕雉鸣。济盈不濡轨,雉鸣求其牡。"济河的水丰盈得仿佛要漫过岸堤,姑娘凝视着波光粼粼的水面,目不转睛,是沉思遐想,或是春心如河水激荡不平。河水已漫过车轴,岸边草丛里的雌野鸡叫得正欢,声声鸟鸣响彻渡口,看来它们是求偶心切。这一章几乎都是景物描写,却是以雉喻人,不见人却似有人。诗人将雌雉与女主人公进行对比,一个"求"字,点明了全诗的主题,突出姑娘期盼意中人快快来到身边的急迫心情。

第三章,"雍雍鸣雁,旭日始旦。"旭阳吐红的早晨,晴朗天空中划过雁影,一行大雁一字排开边鸣边飞。这或是女子暗自担忧时光飞逝,嘶鸣的大雁似乎都在催促着姑娘早日完成婚嫁,或是盼望着鸿雁传书,将姑娘怀春求偶的急切心情告诉钟情的少年。"士如归妻,迨冰未泮"两句是承前两句隐语的直白语。如果对"雍雍鸣雁,旭日始旦"的喻意不理解,那就直说吧:钟情的男子如果想成婚,可一定要赶在河水还未冰封之时啊!它将女子的急切心情表现得淋漓尽致。

邶　风

第四章,"招招舟子,人涉卬否。"姑娘的等待没有白费,河面上出现了一只摆渡船,船夫似乎对女子的万般焦急早有察觉,老远就开始召唤:"有人吗?快上船啊!"殊不知,这位姑娘并非要上船而是在等人。"人涉卬否,卬须我友。"听到船夫的招呼,姑娘也焦急地解释道:"我哪里是要上船啊,我是在这里等我的意中人呢。"

结尾句"人涉卬否,卬须我友",意思是:别人过不过河我不管,而我不见情郎不罢休。在这里,姑娘用等朋友来掩饰等待情人的真实目的,答得含蓄而巧妙,形象地表现出少女的娇羞和矜持,也表现了少女怀春而志不移的心情。但其结果如何,诗人没有继续写下去,让读者去猜想。我为姑娘祈祷,希望结果是完美圆满的。功夫不负有心人嘛。但人生难得一知己,千古知音最难求。

谷　风

习习谷风[①],以阴以雨[②]。
黾勉同心[③],不宜有怒。
采葑采菲[④],无以下体[⑤]?
德音莫违[⑥],及尔同死。

行道迟迟[⑦],中心有违[⑧]。
不远伊迩[⑨],薄送我畿[⑩]。
谁谓荼苦[⑪]?其甘如荠[⑫]。
宴尔新昏[⑬],如兄如弟。

泾以渭浊[⑭],湜湜其沚[⑮]。

宴尔新昏，不我屑矣⑯。
毋逝我梁⑰，毋发我笱⑱。
我躬不阅⑲，遑恤我后⑳！

就其深矣，方之舟之㉑。
就其浅矣，泳之游之。
何有何亡㉒，黾勉求之。
凡民有丧㉓，匍匐救之㉔。

不我能慉㉕，反以我为仇㉖。
既阻我德，贾用不售㉗。
昔育恐育鞫㉘，及尔颠覆㉙。
既生既育，比予于毒㉚。

我有旨蓄㉛，亦以御冬㉜。
宴尔新昏，以我御穷㉝。
有洸有溃㉞，既诒我肄㉟。
不念昔者，伊余来塈㊱。

【词句注释】

①习习：大风发出的飕飕声。谷风：山谷中的风。一说为盛怒之风。　②以阴以雨：为阴为雨，时风时雨，变幻莫测。喻其夫暴怒不止，使人捉摸不透。　③黾（mǐn）勉：勤勉，努力。"习习谷风，以阴以雨。黾勉同心，不宜有怒"：山风飕飕吹个不停，时而暴雨，时而阴云，我们共同生活到如今。你现在不该似风似雨还似云，使人捉摸不透，对我喷来如雷的吼声。　④葑（fēng）：蔓菁，又叫芜菁。草本植物，叶肥大，根植大如萝卜，叶、根皆可

邶　风

食。一说葑即萝卜。菲：芥菜。叶大且肉质厚，耐寒，经冬不死，可供冬天食用。　⑤无以：不用。下体：指葑、菲的地下根茎部分。无以下体：意指要叶不要根，比喻她的丈夫不取她品德，恋新人而弃旧人。　⑥德音：善音，德心。指丈夫曾对她说过的好话，私房话。违：背离，违背。莫违：不要违背，不要背离。"采葑采菲，无以下体？德音莫违，及尔同死"：采萝卜，采芥菜，谁只取叶丢弃根？你不要违废德行走斜路，我想与你白头到老过一生。　⑦行道：走在路上。迟迟：迟缓，行走缓慢。　⑧中心：心中。有违：行动和心意相违背。有"怨"之意。　⑨伊：有、是、维。表示肯定的意思。迩：近。　⑩薄：急急忙忙。畿（jī）：门槛，指门内。"行道迟迟，中心有违。不远伊迩，薄送我畿"：对眼前发生的一切我想不通，走路踌躇缓慢行，心里充满了苦和痛。你急于跟我分手，连人之常情常理都不顾，不肯远送我回家，只是急匆匆地把我送出房门。　⑪荼（tú）：苦菜。　⑫荠：一种野菜，又叫地菜、地米菜。根茎为肉质，开小白花。在春季，叶、根均可食用，味甘而香。　⑬宴：快乐。尔：然，如此，如此这般。宴尔：又作"燕尔"。指快乐愉悦。昏：即"婚"。"谁谓荼苦？其甘如荠。宴尔新昏，如兄如弟"：谁说苦菜苦？哪有我心苦！若以之比我心，它味美如甘荠。你和新人在欢悦，亲如兄弟真快活。　⑭泾、渭：河名。渭河是黄河的最大支流，泾河又是渭河的最大支流，泾河和渭河在西安市高陵区交会时，由于含沙量不同，呈现出一清一浊，清水浊水同流一河互不相融的奇特景观，形成了一道非常明显的界线。泾水清，渭水浊。故有"泾渭分明"之说。以：使，因。　⑮湜湜（shíshí）：水清见底。沚（zhǐ）：止。有静止、平静的意思。　⑯屑：顾惜，介意。不屑：不顾及。有卑视之意。"泾以渭浊，湜湜其沚。宴尔新昏，不我屑矣"：泾河水本清，入渭变混浊。待到静止处，沙沉水清澈。你只顾着与新人一起享快乐，我的感受你哪晓得？好坏美丑你现在分不清，日后你就会明白。 ⑰毋：不要。逝：往，去。梁：捕鱼水坝、围堰。 ⑱发：打开。笱（gǒu）：竹编或柳条编的捕鱼工具，葫芦形状，开口处有围拢的倒刺。把笱放在围堰豁口处，鱼从开口处进入笱后，游不出来了。在江南地区，人们常用这种竹编的笱捕鱼。 ⑲躬：自身。阅：容纳。 ⑳遑：何，用不着，不必。恤（xù）：忧，顾及。后：指走后的事。"毋逝我梁，毋发我笱。我躬不阅，遑恤我后"：你们不要去看我围鱼的塘堰，你们不要去打开我捕鱼的竹笱。有没有鱼我会自己去看，用不着你和新人去操这份心。新人已夺走了我丈夫，就别再妄想夺我的劳动成果做鱼羹。 ㉑方：筏子，竹排，木筏子。方之：以筏渡。舟：船。舟之：以船渡。"就其深矣，方之舟之。就其浅矣，泳之游之"：遇到水深处，我乘船划筏过去；到了水浅处，我蹚水游过去。家庭生活中的困难大与小，我都想办法解决了。 ㉒亡（wú）：同"无"。 ㉓民：人。这里指邻人。丧：灾难。 ㉔匍匐（púfú）：手足伏地而行，此处指尽力。救：救济，帮助。"何有何亡，黾勉求之。凡民有丧，匍匐救之"：居家过日子缺这缺那，我都去淘换筹划。邻家遇到难处，我也是尽力去帮助他。 ㉕能：乃。慉（xù）：通"蓄"，喜，爱，宠爱。 ㉖仇：冤仇，仇人。 ㉗贾（gǔ）：卖。用：指货物。不售：卖不出。"不我能慉，反以我为仇。既阻我德，贾用不售"：你既不接受我的好，还把我当仇敌。你把我对你的爱，像对劣质过时的物品毫不在意。 ㉘昔：往昔，以前。育：长，生活。育恐：生活艰难忧愁。鞠（jū）：穷。育鞠：生于困穷。 ㉙及尔：与你一起。颠覆：艰难，患难，颠沛流离。 ㉚于毒：如毒虫，如毒物。"昔育恐育鞠，及尔颠覆。既生既育，比予于毒"：以前你生活潦倒穷困，我与你颠沛流离，患难与共。我为你生儿又育女，你却把我当毒虫。 ㉛旨蓄：蓄以过冬的美味干菜和腌菜。旨，甘美。蓄，聚集。

㉜御：抵挡，防备，准备。　㉝穷：窘困。"我有旨蓄，亦以御冬。宴尔新昏，以我御穷"：我备好了甘美的干菜，用以抵御冬寒和饥饿。而你却只顾和新人在一起图快活，还享用着我备好的过冬的各种干货。　㉞洸（guāng）：水流出而闪光。此处指凶暴、动怒、愤怒的。溃（kuì）：此处指泪流不止的样子。"有洸有溃"即"洸洸溃溃"。　㉟既：尽。诒（yí）：遗，留给，带来。肄（yì）：劳苦的工作，此处有苦难、苦楚之意。　㊱伊：唯。余：我。塈（jì）：爱。"有洸有溃，既诒我肄。不念昔者，伊余来塈"：你使我如此动怒以至泪流不止，尽是苦痛和烦恼。你不念以前我对你的爱、对你的好。

【译词】

解花语·谷风

　　山风习习，暮雨阴云，谁晓个中味？昔时心契，全忘却，只剩怒声相对。良心已昧。更甚者，德行违废。夜正长，宴尔新婚，哪管糟糠泪？

　　往日恩情谁谓？度荒年苦月，流离颠沛，俭持家计。采青蔓，撷萁芜菁芥荠，防寒御馁。生与育，谈何容易？不胜悲，似梦时光，已旧情消逝。

【解读与评析】

　　关于本诗的主旨，自朱熹《诗集传》以降，到今人高亨的《诗经今注》、程俊英的《诗经译注》、刘毓庆和李蹊译注的《诗经》、元江的《〈风〉类诗新解》等，古今诗释译注家对此无歧论，都认为它是一位遭到丈夫遗弃的女子所写的一首诉苦之诗。我也持此论。

　　本诗通篇以一位勤劳善良的女子自诉的口吻，满腔幽怨地回忆了往昔家境贫困潦倒时，她辛勤操劳，生儿育女，帮助丈夫克服困难，夫妻彼此也有些许体贴；但后来生活安定富裕了，丈夫就变了心，另娶新人，忘恩负义地将她抛弃的悲剧。

在《诗经·国风》中，本诗是篇幅比较长的一首诗，共六章四十八句，叙事、忆旧、晓理、言怨集于一体，内容丰富。所以，我的译词也采用长调词牌《解花语》。在艺术风格上，《谷风》以"幽怨""怨愤"为红线串联全诗，如诉如泣，又无可奈何，还有点絮絮叨叨，说话甚至有点颠三倒四。但该女子却怨而不怒、怨而不骂。这正是她温柔敦厚、善良仁义的品格在诗语言中的体现。正所谓"文如其人"。

全诗六章，其内容可划分为规劝、叙事、忆昔、述今等四个层次。

第一章是"规劝"。晓之以理，在规劝中含怨。该女子以大风、阴云、苦雨来表现丈夫经常无故发怒。自己对此很是苦闷，很痛楚。尽管如此，她还是以采萝卜、采芥菜不要只取叶而丢弃根茎的比喻，规劝丈夫不要违背德行而走斜路，并表示自己想与他白头到老过一生（"及尔同死"）。

第二、三章是叙事。在叙事中含怨。无论是第二章，还是第三章，叙述的全是正在发生的、当下亲眼所见的令人不悦的事，并以事实作鲜明对比，表现出丈夫的冷酷和绝情。一面是"宴尔新昏，如兄如弟"，另一面却是"不远伊迩，薄送我畿"；一面是"宴尔新昏"，另一面却是"不我屑矣"。真是只知新人笑，哪管旧人哭啊！

面对此情此景，她能不怨恨吗？能不痛苦吗？于是，对眼前发生的一切我想不通，走路踟蹰缓慢行，心里充满了苦和痛（"行道迟迟，中心有违"）。谁说苦菜苦？哪有我心苦！以此比我心，它味美如甘荠（"谁谓荼苦？其甘如荠"）。

邶　风

心里有苦、有痛，需要发泄，免不了要说几句怨言。于是她说：你们不要去看我围鱼的塘堰，你们不要去打开我捕鱼的竹笱。有没有鱼我会自己去看，用不着你和新人去操这份心。新人已夺走了我的丈夫，就别再妄想夺我的劳动成果做鱼羹。（"毋逝我梁，毋发我笱。我躬不阅，遑恤我后。"）

可能是性格使然，该女子虽怨但不骂，而且还有些许期待：泾河水本清，入渭变混浊。待到静止处，沙沉水清澈。好坏美丑你现在分不清，日后你就会明白（"泾以渭浊，湜湜其沚"）。这是一位多么善良的女子啊！

第四、五章是忆昔。在忆往昔之事中动之以情，在忆旧中含怨。在这两章中，写的都是贫贱夫妻以往居家过日子时的生活琐碎之事。俗话说：富日子好过，穷家难当。在此之前，夫妻二人过的是贫穷恐慌、颠沛流离的生活。全靠妻子的辛勤操劳，勤俭持家，想方设法克服了大大小小的困难，生儿育女，帮助邻里。这一切容易吗？也算得上是患难夫妻吧。

古语云：贫贱之交不可忘，糟糠之妻不下堂。而这个男子偏偏是个负心汉，喜新厌旧。在第五章中，女子历数其不是，用"及尔颠覆"言丈夫的忘恩负义，用"贾用不售"比丈夫的嫌弃，用"比予于毒"喻丈夫对己的憎恶。

第六章是述今。在述今日之事、今日之心中有期待，期待丈夫能回心转意。"我有旨蓄，亦以御冬"句为述己之事：我备好了甘美的干菜，用以抵御冬寒和饥饿。"有洸有溃，既诒我肄"句为述己之心：你使我如此动怒以至泪流不止，尽是苦痛和烦恼。

"宴尔新昏，以我御穷""不念昔者，伊余来塈"等句，从字面看是怨言，其深层含义则是动之以情，有对丈夫回心转意的期待。这不可能实现的期待，实则是女子十分无奈的心态写照。

式 微

式微^①,式微!胡不归^②?
微君之故^③,胡为乎中露^④!

式微,式微!胡不归?
微君之躬^⑤,胡为乎泥中!

【词句注释】

①式:作语助词,无实际含义。微:隐蔽,藏匿。一说衰微,黄昏或天黑。此处宜取"藏匿、隐蔽"之意。式微:东躲西藏。 ②胡:为何,何。归:返回,回还,归属,出嫁。 ③微:非,无。君:你,夫君。微君之故:若不是因为你的原因。 ④中露:露中。倒文,以与"故"字协韵。 ⑤躬:身体。

【译诗】

式 微

东躲西藏露湿衣,烂泥沾脚腹中肌。
问君此态何时了,何不堂皇娶我归?

【解读与评析】

本诗二章八句三十二字,是《国风·邶风》篇中最短的一首。本诗虽短,而关于诗的主旨,古今诗释译注家却歧说纷纭。《毛诗序》曰："《式微》，黎侯寓于卫，其臣劝以归也。"朱熹《诗集传》说："旧说以为黎侯失国而寓于卫，其臣劝之曰：衰微甚矣，何不归哉！"又说："此无所考，姑从序说。"马飞骧《诗经缵绎》从旧说，认为它是"黎臣劝君以归之诗"。

今人也有新解。高亨在《诗经今注》中说："奴隶们在野外冒霜露，踩泥水，给贵族干活，天黑了还不能回去，就唱出这首歌。"此为新解一说。刘毓庆、李蹊评注的《诗经》说："这是一篇男女幽会时互相戏谑的小诗，却情致宛然。"

我赞同本诗主旨是"男女幽会"说。它是一对少男少女幽会后，女子对男子倾诉情感，希望男子能堂堂正正尽早迎娶她而写的一首述怀诗。

我在解读和评析《召南·采蘩》一诗时曾写道：诗眼，是指诗中的关键之词之句。诗不论长短，不能没有诗眼。诗情诗意，需要通过其中的一个或几个关键核心的词或句去表现，其余的词或句只是铺垫陪衬。《式微》的诗眼是什么呢？窃以为是"微""露""归"三字。

关于"微"字，前文引述的"旧说"，都将"微"注释为衰败、衰弱等含义；"新解"则将"微"注释为天黑、天未亮等含义。我以为，在本诗中，依据《辞海》，"微"字的释义应为隐蔽、躲藏、藏匿之意，更符合本诗的主旨。

关于"露"字，本意是指露水、霜露、夜露等。在本诗中，"露"字当有此义。但仅限于此解还不够，过于浅显。在《诗经·国风》中，凡是用到"露"的诗句，多与男女幽会、相聚、相恋、相约、婚姻有关。如《召南·行露》的主题表现的是一位女子对强迫婚姻的抗争；《郑风·野有蔓草》中的"零露溥兮""零露瀼瀼"句是用以表现男女幽会。《秦风·蒹葭》中的"白露为霜""白露未晞""白露未已"是用以表达男女爱情。因此，对《式微》中的

"露"的释义,也不能仅限于字面的含义,而应理解为是用以表现男女幽会相聚的意思。

关于"归"字,《诗经·国风》中多首诗都用到它,其中,有的是取其本意"归来""回""还"等,但在有关婚姻、爱情的主题诗中,"归"则取其出嫁、归属于等含义。如《周南·桃夭》《召南·鹊巢》中都用了三句"之子于归";《周南·汉广》中用了两句"之子于归",而这三首诗所表达的都是有关婚姻、男女情爱的主题。

阐释了《式微》中"微""露""归"三个诗眼,本诗的主旨当是十分清楚了:它是一首表现男女幽会的诗。一对有情男女幽会,又怕家人、世人知晓,只能东躲西藏地跑到野外去,沐夜露,踩泥水。这样的日子久了,女子有些厌烦了。因厌烦少不了要发泄几句怨言,埋怨起男子来。也可能是女子在跟男子谈条件,要求男子能堂堂正正地迎娶她吧。于是她说:总是这样的东躲西藏,为何天黑了还不回家?若不是为了你的缘故,怎么会被露水淋湿了衣衫?("式微,式微!胡不归?微君之故,胡为乎中露!")

总是这样的东躲西藏,为何天黑了也不回家?若不是为了你的缘故,怎么会双脚沾满了泥巴?("式微,式微!胡不归?微君之躬,胡为乎泥中!")

本诗虽短小,却将女主人公的娇嗔、活泼而又含蓄细腻的情感表达得淋漓尽致。细细品读,韵味无穷,不忍释卷。

旄 丘

旄丘之葛兮①,何诞之节兮②!

邶　风

叔兮伯兮③，何多日也④？

何其处也⑤？必有与也⑥！
何其久也⑦？必有以也⑧！

狐裘蒙戎⑨，匪车不东⑩。
叔兮伯兮，靡所与同⑪。

琐兮尾兮⑫，流离之子⑬。
叔兮伯兮，褎如充耳⑭。

【词句注释】

①旄（máo）丘：卫国地名，在澶州临河东（今河南濮阳西南）。一说指前高后低的土山，山丘。葛：野葛，又称甘葛，豆科多年生草本植物，夏秋繁茂。此处在于点明季节。　②诞（yán）：通"延"，延长。节：本义为高，此处为长。　③叔伯：本为兄弟间的排行。此处指女子的丈夫、情郎。　④多日：指拖延时日。此处言其离别很久。何多日：久久未归之意。　⑤何其：为何？为什么？处：安居，留居，指安居不动。何其处：为何在外久留。　⑥必有：必定有，必定是。与：原因，缘故。此处指相与，即交好之人。意指男子有外遇，与新人交好。　⑦何其：为什么那样。　⑧以：同"与"。　⑨蒙戎：毛蓬松貌。此处点出季节，已到冬季。　⑩匪：非。东：此处作动词，指向东，东归。此处意指回家。　⑪靡：没有，未。所与：与自己在一起同处的人。同：同心。　⑫琐：细小。尾：通"微"，低微，卑下。琐尾：颠沛困顿。　⑬流离：转徙离散，飘散流亡。子：你，尔。此处代指"叔伯"，丈夫。　⑭褎（yòu）：盛服貌。充耳：塞耳。褎如充耳：此句意

诗经国风赏析

指"叔伯"夫君盛装华饰,耳旁垂有耳璞,好像耳朵被耳璞塞住,听不见自己的呼唤。

【译诗】

旄　丘

野葛生丘枝蔓长,夫君久久未归乡。
问疑此事何如故,莫不新人异样香?
尔着狐裘身燠暖,吾栖寒夜意凄凉。
仳离琐尾风尘苦,莫作褎如充耳郎。

【解读与评析】

关于本诗的主旨,古今歧论颇多。

一是黎臣责卫说。《毛诗序》认为,黎国(古国名,在今山西黎城)为文王所灭,黎侯失国而流亡卫国。黎臣认为卫国有责任帮助黎侯复国。黎国的君臣等了很长时间,也不见动静。于是他们就责备卫国不肯出手相助,故作此诗。朱熹《诗集传》持此论:"说同上篇。"(上篇即指《式微》——笔者注)。

二是黎臣责晋说。高亨认为:"狄人灭黎,黎国君臣逃到卫国,派人求救于晋,晋国拖延不出兵。黎国君臣因作此诗。"

三是劝君归国说。方玉润《诗经原始》认为此篇与《式微》均是黎臣劝君归国之作。元江《〈风〉类诗新解》认为:"黎侯失国而流亡卫国,求救于卫国帮助复国。黎国的君臣等了很长时间,也不见动静,以致失望。于是,黎国的臣子劝黎君回国,不要再流寓他国,寄人篱下。"

四是登高怀乡说。邓荃《诗经国风译注》、蓝菊荪《诗经国风今译》则认为是兵士登高怀乡之作。

五是弃妇怨愤说。余冠英《诗经选译》认为此篇是弃妇诗。

邶　风

六是思念闺怨说。袁梅《诗经译注》认为本诗是女子思念爱人之作。刘毓庆、李蹊认为："本诗表现了一位妻子对行役已久的丈夫痛苦的思念,细腻委婉地描述了她复杂的心理状态。"

我是主张"思念闺怨说"的。更准确地讲,本诗是一位妻子对外出很久未归的丈夫的思念、嫌怨、期盼之作。从本诗的"必有与也""狐裘蒙戎,匪车不东""褎如充耳"等句所提供的信息判断,这位女子的丈夫可能是一位身份不低的军队将领或是一位士大夫。若不然,怎么能身着狐裘、华饰盛装、行有车呢？甚至可能还有新人相随。

"叔兮伯兮"句在本诗中出现四次,弄懂其在本诗的确切含义,对于理解本诗的主旨十分重要。因此,在对各章解析前,有必要对其先行解读。"叔伯"本为兄弟间的排行。按民间习俗,妻子以儿女的口吻称呼丈夫的兄弟时,一般称为"叔伯",是一种尊称。但在本诗中,"叔伯"是指女子的丈夫。试想,若女子去思念、嫌怨自己丈夫的兄弟,岂不是有违伦理？且慢质疑。

据有关资料介绍,在春秋以前,我国中原地区普遍实行一种收继婚姻制度,即"兄死妻嫂""叔死妻其婶母""父死妻其后母",是古代家长制度的一种特别的婚姻形态。可能是为了繁衍本家族的人口,壮大本家族的势力,同时也能继续维持与女方相关联的家族的合好关系。这种"兄死妻嫂"的婚姻形态,在近现代一些落后封闭的农村地区也偶有存在。由此可以判断,《旄丘》中的这位女子,可能是她的丈夫去世后,她嫁给了原来丈夫的兄或弟,故仍以儿女的口吻称现在的丈夫为"叔伯"。虽称为"叔伯",实则为丈夫。这样,她思念这位行役在外而久久未归的"叔伯"自然就有思念闺怨之情了。这合乎情理。

本诗共四章,每章四句,结构明晰,脉络清晰,艺术手法巧妙,递进有序；感情基调优柔敦厚,缠绵凄婉,曲折动人。主题是

133

怨，但不是怨愤、怒怨，而是嫌怨、怨盼。四章的内容依次为思念、猜疑、嫌怨、期盼。

第一章写思念。这位女子见到山岭丘壑中生长繁茂、枝蔓绵长的野葛，由此联想到了行役在外，好久没有回家的丈夫，顿生思念之情："我那远行的夫君啊，你为何许久不回家乡？"（"叔兮伯兮，何多日也？"）

第二章写猜疑。即由思念而生疑。多疑是婚姻状态下女性的特有气质。诗中的这位妻子见丈夫许久不回家，就心生疑窦："他在外待这么长时间不回家，是不是在外另有新人相伴，另觅新欢了呢？"（"何其处也？必有与也！"）她越想越肯定自己的猜疑，自问自答："他为何在外待这么久不回家，肯定是这个缘故。"（"何其久也？必有以也！"）

第三章写嫌怨。即猜疑之怨，不是怨愤、怒怨、怒骂，而是在复杂的心理状态下的一种猜疑之怨。"你在外只管自己身着狐裘暖抱身，进进出出乘车行，哪管我寒夜独处凄凉生。"（"狐裘蒙戎，匪车不东。叔兮伯兮，靡所与同。"）

第四章写期望、期盼。它是一种在思念、猜疑、嫌怨并存的复杂心态下的期盼，是一种充满了爱意的期盼，是一种体现在规劝之中的期盼。"你在外颠沛流离，风尘旅苦，望你早日回家与我长相厮守。夫君啊！对我的呼唤可别充耳不闻，我的心意你可知否？"（"琐兮尾兮，流离之子。叔兮伯兮，褎如充耳。"）

诗以"期盼"结尾，与第一章的"思念"首尾照应。可谓曲终意未尽。妙哉！

关于爱情，有一种观点认为"爱是自私的"。其对否？肯定是一个永远辩解不清的话题。但从《旄丘》一诗中可以看出，爱确实有点自私。丈夫行役在外，妻子思念；因思念疑窦丛生，因思念而生怨，因思念而生期盼，而这种期盼又是充满怜爱、关心的期盼。

若不是因为"爱的自私",她会这样吗?若不是因为"自私的爱",妻子的心态可能是"管他呢"。

简 兮

简兮简兮①,方将万舞②。
日之方中③,在前上处④。

硕人俣俣⑤,公庭万舞⑥。
有力如虎,执辔如组⑦。

左手执龠⑧,右手秉翟⑨。
赫如渥赭⑩,公言锡爵⑪。

山有榛⑫,隰有苓⑬。
云谁之思⑭?西方美人⑮。
彼美人兮,西方之人兮。

【词句注释】

①简:大。意指鼓声洪大。《商颂·那》有云:"奏鼓简简。"舞会正式开场前先击鼓。 ②万舞:舞名,文武之舞。先是武舞,舞者手拿兵器;后是文舞,舞者手拿鸟羽和乐器。 ③方中:正好中午。 ④在前上处:在前庭显明的位置,指舞台或戏台,亦指舞师或领舞者所处的位置。 ⑤硕人:身材高大的人。俣俣(yǔyǔ):高大魁梧健美的样子。 ⑥公庭:公爵侯王的庭堂。

⑦辔（pèi）：马缰绳。组：丝织的宽带子。 ⑧龠（yuè）：古乐器。三孔笛。跳舞时吹龠以为节奏，与场外锣鼓声节奏相呼应协和。 ⑨秉：持。翟（dí）：野鸡的尾羽。右手秉翟：指舞者所执持的雉羽做的道具。 ⑩赫：大赤色，红色。渥（wò）：厚。赭（zhě）：赤褐色。赫如渥赭：指舞者浓妆艳抹的妆容。 ⑪公：卫公。卫国公爵侯王。锡：赐。爵：青铜制酒器，用以温酒和盛酒。锡爵：赏酒、赐酒之意。 ⑫榛（zhēn）：落叶灌木，花黄褐色，果实叫榛子，果皮坚硬，果肉可食。 ⑬隰（xí）：低洼而潮湿之地。苓（líng）：一说甘草，一说苍耳，一说黄药，一说莲，一说地黄。 ⑭云：说，问。之：代词，此处代指舞师、舞蹈家。思：想，寻思，琢磨。云谁之思：你若问舞者是谁？ ⑮西方：西周地区，卫国在西周的东面。美人：指舞师，舞蹈家。西方美人：意指，来自西周地区的舞蹈家。

【译词】

玉楼春·简兮

咚咚咣切鸣锣鼓，红日当空逢正午。
美人万舞自西来，矫若惊龙前望处。

壮硕魁梧如虓虎，执龠吹箫声楚楚。
侯王赏酒酒行频，赫赭妆容花也妒。

【解读与评析】

古人释《诗经》，对其中很多诗的主题，赋予了政治含义和道德教化的作用，而忽略了它的生活趣味性和艺术性。自《毛诗序》后，古人今人释《诗经》时，受其影响甚深，是一不足。《简兮》便是一例。

邶　风

关于《简兮》的主题,《毛诗序》、朱熹《诗集传》均认为它是讽刺卫君不能任贤授能、使贤者居于伶官的诗。"贤者不得志而仕于伶官,有轻世肆志之心焉,故其言如此,若自誉而实自嘲也。"(朱熹《诗集传》)有今人以为《毛诗序》不足征,歧议纷出。如邓荃《诗经国风译注》认为本诗"是描写舞女辛酸的诗歌",翟相君《诗经新解》认为是"讽喻卫庄公沉湎声色的作品"。此类新解虽不同于旧说,但它仍是赋予了本诗政治含义和道德教化的作用。

今人也有新解。如高亨《诗经今注》认为:"卫君的公庭大开舞会。一个贵族妇女爱上领队的舞师,作这首诗来赞美他。"元江《〈风〉类诗新解》和刘毓庆、李蹊认为这是一首赞美舞蹈家的诗。我以为这种释义是合乎情理的。

全章共四章。第一章写舞会的内容为《万舞》,它是一种文武之舞。先是武舞,舞者手拿兵器;后是文舞,舞者手拿鸟羽和乐器。在红日当空的正午时分,锣鼓"咚咚咣切"敲起来,响声洪大,帷幕徐徐拉开,舞蹈家款款而来,登上了舞台,站在舞台正前方最显眼的地方,准备开始跳舞。这是概括地写,写的是这场舞会的前奏曲。实则也是本诗的序曲。

第二、三章是细述。先是描写武舞。诗作者以精练神妙之笔,描述了武舞之美:只见舞师身躯高大魁梧,壮硕健美,动作勇猛有力,势如猛虎,气势撼人,时而表演驾驭马车的情景,执辔自如,张弛有度,宛如真正的驾驭场面。

接下来是描述文舞之美。只见那个男子左手执笛,奏出悠扬美妙的清音;右手持漂亮的雉鸡翎,脸上涂抹着厚厚的红泥,浓妆艳抹,美若艳花,雍容优雅,风度翩翩。舞者的表演得到了公侯的赞赏和赏赐,频频地向他敬酒。

第四章是真诚赞美。榛树长在山上,黄药生于湿地("山有榛,隰有苓"),写的是自然之物之本原,是一种自然现象。肤浅地读,似乎与诗的主题内容关联性不大。若细琢磨,意义大矣!诗作者通过借写自然之物之本原,夸赞舞者之美、万舞之美有其深厚的根基。这种根基是什么?因为他来自西方。你想知道舞者是什么人("云谁之思")?他来自西方(西方美人)。这个舞师,就是西方之人("彼美人兮,西方之人兮")。

诗人通过"山有榛,隰有苓"句,告诉世人,西周地区是舞蹈之国,人多善舞,人人喜舞,这个舞师之美,在当地是再自然不过、普通不过。

"云谁之思?西方美人。彼美人兮,西方之人兮"四句,以回环复沓之笔作结,意味深远,极具神韵。从中可以看出,诗作者对舞蹈家的赞美不是虚情假意的赞美,而是发自内心的赞美。

爱美之心人皆有之!爱美,既是对自身美的追求和渴望,也包括对他人美的赞颂。这是生活的情趣。既是生活的艺术,也是艺术的生活。

泉　水

毖彼泉水①,亦流于淇②。
有怀于卫③,靡日不思④。
娈彼诸姬⑤,聊与之谋⑥。

出宿于泲⑦,饮饯于祢⑧,
女子有行⑨,远父母兄弟。
问我诸姑⑩,遂及伯姊。

邶 风

出宿于干⑪,饮饯于言⑫。
载脂载舝⑬,还车言迈⑭。
遄臻于卫⑮,不瑕有害⑯?

我思肥泉⑰,兹之永叹⑱。
思须与漕⑲,我心悠悠⑳。
驾言出游㉑,以写我忧㉒。

【词句注释】

①毖(bì):通"泌",泉水涌流貌。泉水:卫国水名,即泉源水。 ②淇:淇水,卫国河名。 ③有怀:因怀念。有:以,因。 ④靡:无。 ⑤娈(luán):美好的样子,漂亮。诸姬:古代诸侯女子出嫁,嫡长女常以妹妹侄女或同姓诸侯之女陪嫁。卫国为姬姓国,故谓诸姬。 ⑥聊:一说愿,一说姑且。谋:商量,商议。 ⑦沸(jǐ):卫国地名。或以为济水。 ⑧饯:以酒送行。祢(nǐ):卫国地名。 ⑨行:指女子出嫁。 ⑩姑:父亲的姊妹称"姑"。 ⑪干:干山,卫国地名。 ⑫言:言山,卫国地名。 ⑬载:发语词。脂:油,动词,指涂车轴的油脂。舝:车轴两头的金属键。 ⑭还车:回转车。指乘坐出嫁时所乘之车回卫。言迈:乃行,起程。 ⑮遄(chuán):快,疾速地。臻:至,到。 ⑯瑕:通"胡""何"。不瑕:不至于。 ⑰肥泉:泉水。 ⑱兹:通"滋",增加。永叹:长叹。 ⑲须、漕:均为卫国地名。 ⑳悠悠:忧愁深长。 ㉑驾言:驾车。言:语助词。 ㉒写(xiè):通"泻"。与"卸""除"义同。

139

诗经国风赏析

【译诗】

泉　水

泪泪肥泉不息流，淇河滚淌逊吾愁。
故乡望断丹心苦，长夜思深往事稠。
积虑却无归沛计，去程只可与姑谋。
千山露宿言山晏，别梦依稀有万忧。

【解读与评析】

关于本诗的主旨，古今诗释译注家都认为是一首卫女思乡之作。至于作者为何人，则各有所见。《毛诗序》、朱熹《诗集传》等以为是卫女思归之作，而高亨《诗经今注》等以为是许穆公夫人所作，刘毓庆、李蹊认为是一位卫国陪嫁到其他诸侯国的年龄较小的姑娘所作。因无史料可稽，此诗作者确切身份无从考证。但是卫国女子嫁到别的诸侯国，因思念家乡而不得归时写下的思归之作应是大概率。

我认为，本诗是一首以幻写真、梦幻思归而不得的忧伤之辞。

本诗四章二十四句。第一章是写"真"。"真"就真在"毖彼泉水"是真的，它汇入故乡的淇河，这河水就像母亲的乳汁，滋"我"养"我"，使"我"无日不思念以致带来无尽的忧伤（"靡日不思"）。诗人由此委婉道出自己思归卫国的浓郁之情。但对于远嫁他国的小女子，也不是想回就能回的。对于怎么回、何时回、回去后如何安排，也许心里没个底。在内心焦虑万分的情况下，暂且去与陪嫁于"我"的那些亲切的姬姓亲人商量计议，向她们倾诉苦衷或许能够消解胸中的郁闷，聊以自慰（娈彼诸姬，聊与之谋）。这里，"诸姬"也是"真"的。实有其人，她是伴随着诗作者而来到卫国的姬姓亲人。她们商量的内容是什么？在第一章中并没有直接写出来，这就为下文埋下了伏笔。

第二、三章是写虚。"虚"就虚在她所写的"出宿""饮饯""问""还车言迈""遄臻于卫"都是没有实现的事，它只是诗人的一种设想，或者是一种梦幻之景。因思归心切，不仅把归乡后吃、住的具体地点想好了，把坐车需注意的事项考虑到了，而且把回去后见到姑母、堂姐（"伯姊"）时要说的悄悄话都想好了。然而，愿望虽丰满，但现实很骨感。这一切的一切，只不过是无法变成现实的幻想。在远古的周王朝时期，女子出嫁后是再也不能回娘家的。更何况远嫁他国的女子呢？这两章完全是凭空杜撰，出有入无。诗歌因此曲折起伏，婉妙沉绝，荡气回肠。让我们于三千年后读来，仍生酸楚，为之心疼。

第四章又回到了起点。但这不是简单的重复赘述，而是深化。梦幻终究是梦幻，她的一番美好设想肯定是落空了。从梦幻中醒来，面对现实，实在无奈，因此思乡之情更深，思归之心更苦，忧愁之意更浓。在百无聊赖的情况下，她只好驾车出外兜风，希望以此排解内心深处的忧伤愁思。可是，她能够销蚀忧伤吗？也许这是一种心灵自我麻醉的方法。麻醉过后，忧愁更深更重。君不见，抽刀断水水更流，举杯消愁愁更愁。

面对不如意的现实，人们还是习惯于通过幽梦而逃避之，在梦里寻觅愉悦和如意。就艺术手法而言，《泉水》所记诗境亦虚亦实，亦幻亦真，似梦似真。它开千古梦幻臆想诗之先河，对后世影响极其深远。陶渊明的《归去来兮辞》是对归隐田园后未来美好生活的梦幻臆想；李白《梦游天姥吟留别》几乎全是梦幻之言；苏轼在忆亡妻词《江城子·乙卯正月二十日夜记梦》等，与《泉水》都有异曲同工之妙。

北 门

出自北门①,忧心殷殷②。
终窭且贫③,莫知我艰。
已焉哉④!天实为之,谓之何哉⑤!

王事适我⑥,政事一埤益我⑦。
我入自外,室人交遍谪我⑧。
已焉哉!天实为之,谓之何哉!

王事敦我⑨,政事一埤遗我⑩。
我入自外,室人交遍摧我⑪。
已焉哉!天实为之,谓之何哉!

【词句注释】

①北门:城的北门,背阳向阴。古诗词中,大多言南为发抒之气,言北为忧郁之气。 ②殷殷:忧伤貌,忧愁深重的样子。 ③终:既。窭(jù):本义为简陋房屋狭窄,引申为贫寒,艰窘,困窘。 ④已焉哉:既然这样。 ⑤谓:奈。谓之何:即奈何不得之意。 ⑥王事:周王的事。此处当泛指外交、朝聘、会盟、征伐、劳役之事,并统称之王事。适(zhì):同"擿",扔,掷。适我,扔给我。 ⑦政事:公家的事,与"王事"义同。一:都,整个,全部。埤(pí)益:增加。此处有强加之意。 ⑧室人:家里人。交遍:轮番,一遍又一遍。谪(zhé):谴责,责难,责备。

⑨敦：同注⑥中的"适"，扔、掷。有逼迫、堆积之意。　⑩埤（pí）遗：与"埤（pí）益"同义，交给，留给。　⑪摧：挫。有讥刺、挖苦之意。

【译诗】

北　门

晚归出北门，满脸布愁云。
庶务埤遗重，俸薪不济贫。
难为家怨苦，更惧朔风频。
无奈苍天意，情疏失意人。

【解读与评析】

关于《北门》一诗的主旨与创作背景，古今异议颇多。《毛诗序》谓："《北门》，刺仕不得志也。言卫之忠臣不得其志尔。"宋代理学家朱熹《诗集传》云："卫之贤者处乱世，事暗君，不得其志。"现代学者一般都认为这是一首小官吏在外为国事奔忙劳苦，回家又遭到家人挖苦责备，内心痛苦不堪诉说自己愁苦的"吏怨诗"。

就全诗内容而言，诗中的小官吏公事繁杂苛重，不堪重负，但位卑禄薄。上司非但不体谅他的艰辛，反而把繁杂事务一味地全加派给他。他虽辛苦付出，但生活依然贫苦。家人的责备更使他难堪，他深感仕路崎岖，人情浇薄，所以长吁短叹，痛苦难禁，悲愤之余，只好归之于天，安之若命。

本诗共三章，每章七句，共二十一句。其中，四句内容是独立的，即第一章前四句："出自北门，忧心殷殷。终窭且贫，莫知我艰。"八句内容是相同的，只是遣词用字有些许差别，即第二、三章的前四句："王事适我，政事一埤益我。我入自外，室人交遍谪我。""王事敦我，政事一埤遗我。我入自外，室人交遍摧我。"九句是完全重复的，即第一、二、三章的后三句："已焉哉！天实为之，谓之何哉！"

本诗虽重复句子多，但绝不是多余的重复，而是极具鲜明的艺术特点。

第一章前四句："出自北门，忧心殷殷。终窭且贫，莫知我艰。"译成现代文，便是：下班后我走出北门，寒风阵阵袭我身；忧心忡忡，满脸堆愁云；心中的苦痛没人懂，家境窘迫真清贫。

在古诗词中，用"北门""北面""北地""北方"等词，皆表寒冷之地、悲凉之景。本诗以"出自北门"兴起，给人一种悲凄、苍凉之感。紧接着是"忧心殷殷。终窭且贫，莫知我艰"，为何悲？为何忧？皆因"窭"、因"贫"、因"艰"。情景相生，悲从中来，事出有因。极具艺术感染力。

第二、三章的前四句的内容基本相同，只是用词有些许差别："王事适我，政事一埤益我。我入自外，室人交遍谪我。""王事敦我，政事一埤遗我。我入自外，室人交遍摧我。"译成现代文，便是：国家的差事都交给我，行政庶务整个都推给我，侯王的琐事都要扔给我，下班后刚进家门，家人一遍又一遍地轮流指责我，埋怨我。

从内容方面分析，第二、三章的前四句（共八句）的内容是对第一章开头四句内容的具体化、细化和递进。贫穷不是过错，贫穷不是罪恶。"我"为何"忧心殷殷"呢？诗人在这里说出了原因：庶务繁重且不说，家里人因贫穷而一遍又一遍地轮流指责我，埋怨我，"我"怎么受得了呢？当一个人处在食不果腹、衣不蔽体的窘境时，何能忧道呢？在这里，它体现了《诗经》"饥者歌其食，劳者歌其事"的现实主义精神。后来有圣人讲："君子忧道不忧贫。"其实，这不过是道德家用来说教的虚言狂语罢了。

第一、二、三章的后三句（共九句）内容完全相同："已焉哉！天实为之，谓之何哉！"将之译成现代文，便是：算了吧！算了吧！天意这样安排了我，我怎么去摆脱！认命吧！认命吧！苍天不佑我，我又怎奈何？

完全相同的内容，完全相同的句子，在三个章节中重复出现，它不是简单的重复，而是通过反复的叠加运用，大大增强了语气。深有一唱三叹之效，达到对诗的主题内容的强化之效。

读至此，我们已知道，《北门》是一首"吏怨诗"，虽怨而不怒，怨而不骂，但极度悲愤，而且把这种悲愤之情发泄于天，"无奈苍天意，情疏失意人"。

自《诗经》始，历代诗词中"怨诗"甚多。有"闺怨""宫怨"之诗，也有"吏怨"之诗。如果说，《诗经》中的《卷耳》是"闺怨诗"之始祖，那么，《北门》则开"吏怨诗"之先河。仅举宋代诗人欧阳修的《内直晨出，便赴奉慈斋宫，马上口占》一诗佐证之：

　　凌晨更直九门开，驱马悠悠望禁街。
　　霜后楼台明晓日，天寒烟雾著宫櫋。
　　山林未去犹贪宠，樽酒何时共放怀。
　　已觉萧条悲晚岁，更怜衰病怯清斋。

北　风

　　北风其凉①，雨雪其雱②。
　　惠而好我③，携手同行④。
　　其虚其邪⑤？既亟只且⑥！

北风其喈⑦，雨雪其霏⑧。
惠而好我，携手同归⑨。
其虚其邪？既亟只且！

莫赤匪狐⑩，莫黑匪乌⑪。
惠而好我，携手同车。
其虚其邪？既亟只且。

【词句注释】

①北风：意指寒冷。其凉：多么凉、多么冷啊。 ②雨（yù）雪：下雪。其雱（páng）：即"雱雱"，雪盛貌。寒风与大雪，意指生存环境之恶劣。 ③惠：维，既然。而：你。好我：爱我。惠而好我：既然你爱我，维你爱我。 ④同行：同往，一起逃走。⑤其：同"岂"，语气词。虚、邪：都是缓慢、舒缓之意。此处引申为犹豫不决之意。 ⑥既：已经。亟（jí）：急。只且（jū）：语助词。 ⑦喈（jiē）：迅疾、急疾貌。 ⑧霏：雨雪纷飞。 ⑨携手同归：娶我回去。同归：一起逃走。此处引申为"回去"。⑩莫赤匪狐：没有不红的狐狸。莫，无，没有。匪，非。狐狸比喻为男性。 ⑪莫黑匪乌：乌鸦没有不是黑色的。《诗经》中，多以飞禽、鸟喻指女子。

【译词】

鹧鸪天·北风

雨雪纷飞天地凄，北风狂吼怎安怡？赤狐出没行人悚，黑鸦啼鸣病树悲。　兄怒怨，嫂呵讥。燃萁煮豆苦相欺。如今只盼缠恩爱，何日与君携手归？

邶　风

【解读与评析】

　　关于《北风》一诗的主旨，古今译注家争议较多。《毛诗序》说："《北风》，刺虐也。卫国并为威虐，百姓不亲，莫不相携持而去焉。"朱熹《诗集传》："言北风雨雪，以比国家危乱将至，而气象愁惨也。故欲与其相好之人去而避之，且曰：是尚可以宽徐乎？彼其祸乱之迫已甚，而去不可不速矣！"高亨《诗经今注》云："卫国统治者的政治残暴，百姓相携逃去，唱出这个歌。"刘毓庆、李蹊认为："一女子饱受其丈夫暴虐之苦，遂起与'第三者'携手出逃之心，且是急不可耐。"有学者还认为是新婚时新娘对新郎的戏谑。

　　解析诗的主旨，关键是要抓住诗眼。此诗之"眼"之一在于诗题"北风"。《诗经·国风》中，诗题含"风"的有四首，除《北风》外，还有《终风》《谷风》《风雨》等三首，其主题均是言男女相悦、相爱或相怨之事。此诗亦当不例外。

　　此诗之"眼"之二在于"归"。上文引述的多种释义，有个共同特征，就是将"归"字解释为"逃走""出走"。此种注释似乎与《诗经·国风》中语言风格相违。《诗经·国风》中，凡是用到"归"字的诗句，均与婚姻嫁娶相关。如《桃夭》《汉广》《鹊巢》《燕燕》中的"之子于归"，《江有汜》中的"之子归"，《式微》中的"胡不归"，《匏有苦叶》中的"士如归妻"等句，所表达的均是女子婚嫁、男女恩爱之事。此诗当不例外。"携手同归"，意即牵手一起回家去，娶我回家去。

　　至此，可以看出，此诗的主题当是写一位闺中待嫁少女，在家受到哥嫂冷待，或呵斥，或埋怨，或讥讽，她催促郎君：既然你爱我（"惠而好我"），你还等待什么（"其虚其邪"）？果断点吧！别犹豫了！快快娶我回家吧（"携手同行""携手同归""携手同车")!这恶劣的生存环境,我实在是难以忍受了("既亟只且")。

《诗经·国风》中,多以走兽飞禽喻指男女,所不同的是,人有好人坏人之分,有恶人善人之分,走兽飞禽也分为吉祥、不祥之物。例如,《鹊巢》中的"喜鹊",《燕燕》中的"乳燕",《雄雉》中的"雄雉"等是吉祥鸟、善鸟,喻女子,且喻惠女;《麟之趾》中的"麟",《野有死麕》中的"鹿"等是吉祥之兽,喻男子,且喻善男;而狐狸、老鼠、乌鸦为不祥之物,狐、鼠喻坏男,乌鸦喻恶女。朱熹《诗集传》:"(狐乌)皆不祥之物,人所恶见者也。"此诗中,赤狐当喻指诗作者其兄,黑鸦当喻指诗作者其嫂。诗作者对其哥、嫂有怨恨、心怀不满,但又不便直言,只好以狐鸦代指了。这是"诗贵含蓄"的表现。

全诗共三章,实则只写了两点内容:

一是恶劣的环境。第一、二章的前两句写的是恶劣的自然环境("北风其凉,雨雪其雱""北风其喈,雨雪其霏"),第三章的前两句写的是家里不和谐的生存环境("莫赤匪狐,莫黑匪乌")。先写恶劣的自然环境是为后面写恶劣的生存环境作铺垫,起到极力渲染的艺术效果。

二是急于逃离。心情可以理解。能逃离吗?往哪里逃呢?不必怀疑,诗作者在每一章的后四句中,用非常艺术的语言反复告诉读者:有人爱着她,有人会娶她。"惠而好我,携手同行。其虚其邪?既亟只且。""惠而好我,携手同归。其虚其邪?既亟只且!""惠而好我,携手同车。其虚其邪?既亟只且。"译成现代文,便是:既然你爱我,我们快快一起走吧!我实在难以煎熬,你快快迎娶我吧!我一刻也不能等待了,你还犹豫什么呢?

三章中的后四句,内容相同,仅一字之异。把"携手同行"改为"携手同归""携手同车",也是强调逃离的意向("同行"),逃离的去向("同归"),逃离的方式("同车")。复沓的运用产生了强烈的艺术效果,富于变化的语言,使形象更加生动,内容更为丰满。

《国风·邶风》中的《柏舟》一诗,也是一位女子在婆家受到迫害,回娘家诉苦,又遭到兄弟怒目而视、怒言相向后的激愤之诗。与《北风》所不同的是:前者是已出嫁女子遭到兄弟怒目而视、怒言相向后,有苦无处说的激愤之诗,后者则是一位待嫁女子遭哥嫂怒怨呵讥后,向所爱之人倾诉的心语。

在中国数千年漫长的农耕社会中,男女老少长幼同辈共同生活在一个大家庭中,婆媳、妯娌、姑嫂之间的矛盾是一种常见的矛盾。这类题材的诗词并不鲜见。如宋代岳珂《拙妇吟》就写了这种矛盾:"尚随姑嫂作笑嚬,一生苦乐由他人。""藁砧走藏姑诮骂,造饼无面知如何。"

在现代社会,由于家庭单元的小型化,导致婆媳、妯娌、姑嫂矛盾的因素减少了,这样的家庭矛盾也会少很多。乐哉!幸哉!

静 女

静女其姝①,俟我于城隅②。
爱而不见③,搔首踟蹰④。

静女其娈⑤,贻我彤管⑥。
彤管有炜⑦,说怿女美⑧。

自牧归荑⑨,洵美且异⑩。
匪女之为美⑪,美人之贻。

【词句注释】

①静女：优雅、娴淑、贤惠之女。姝（shū）：美好、漂亮。 ②俟（sì）：等待，此处指约好地方等待。城隅：城角隐蔽处，或指城上的角楼。 ③爱：通"薆"。隐蔽，躲藏。 ④搔首：挠头。踟蹰（chíchú）：徘徊不定。 ⑤娈（luán）：面目姣好，美丽。 ⑥贻（yí）：赠送，赠给。彤管：此物至今说法不一。一说红色笔管的笔；一说为茅草秆类植物制作，涂了红颜色的管状的乐器；一说荑类茅草的嫩芽。 ⑦炜（wěi）：盛明貌，指彤管红色泛光发亮。 ⑧说怿（yuèyì）：喜爱，打心里喜欢、喜悦。女（rǔ）：汝，你，代指彤管。 ⑨牧：放牧之地。引申为郊外。归：通"馈"，赠送。荑（tí）：白茅，茅之始生也。象征着生命的活力，爱情的萌发。 ⑩洵（xún）美且异：确实美得特别。洵：实在，确实，诚然。异：特别，非凡，不同寻常。 ⑪匪：非。

【译词】

相见欢·静女

两情相约城楼，日光柔。躲匿芳容欺我直挠头。　　娇声细，娈姿媚，半含羞。更把绿荑彤管寄情留。

【解读与评析】

《静女》是一对纯情少男少女相约幽会后，少男写给少女的爱情诗。因为纯情，爱得清新活泼，爱得婉转细腻，爱得羞涩，爱得喜悦天真。在本诗中，没有怨恨，没有忧愁，没有痛苦，通篇只说一个"爱"字。

全诗三章十二句，各章四句。诗以欢快的笔调，美丽的辞藻，描写了一对青年男女相约、相戏、相见、相赠、相赞，以物定情、以物传情的过程。情景交融，层层推进，引人入胜。

依序逐章解析前，先从"自牧归荑"句解析情人相约的季节。"荑"，指白茅，初生的茅草。因是初生，当为春季。春天是万物生发的季节，它象征着青春的活力，象征着爱情的萌发。

第一章，写相约相戏。在仲春时节的一个早晨，少男如约来到城楼与少女幽会。他是多么希望早早地见到优雅、娴淑、贤惠的姑娘（"静女其姝"）啊！但是，却没有立即看到她。

姑娘她来了吗？"我"确信，她来了！她来得更早。她是在故意躲藏着，欺负"我"，跟"我"逗乐呢！"爱而不见"短短四个字，尽显姑娘的俏皮、活泼和开朗，表现了姑娘的贤淑与单纯，也体现了男子对姑娘的充分信任。真是"两小无猜"呀！

姑娘躲藏在哪里呢？对于姑娘的戏弄，小伙子没有丁点儿埋怨，他只是急得挠头抓耳，四处徘徊张望。"搔首踟蹰"短短四个字，表现了他的痴情、憨厚、单纯和可爱，也表现了他赴约时兴致极高和未见到姑娘时的焦急心情。这一切，缘于"其姝"，缘于爱。

第二章，写相见相赠。这对有情人的相见方式充满了浪漫情调：只见姑娘款款向他走来，将手中闪烁着红色光芒的彤管赠送给他。当姑娘给他礼物时，小伙子是那样喜出望外，是那样激动不已，而又不知如何表达对眼前这位姑娘的爱，只是连口称赞"姝""娈""美"。"姝""娈""美"三个字，是他对姑娘最纯情、最真挚的内心表白。在这里，通过姑娘主动赠送礼物和小伙子简洁语言的内心表白的描写，更进一步展示出了姑娘的开朗、大方、主动、机灵和小伙子的老实、憨厚、被动，很好地刻画了人物的内在心理，栩栩如生地塑造出一对恋慕至深、如痴如醉的有情人形象，使两者的性格形成鲜明对比，产生了强烈的艺术效果。真可谓是神来妙笔！

第三章，写相赞。如果说第二章是赞"人"，赞姑娘的"姝"

诗经国风赏析

"娈""美",第三章则是赞"物",赞姑娘所赠送的春天初生的茅荑。

茅荑本为自然界极为寻常的普通之物,但姑娘将此作为信物,亲手赠送给"我",寄予寻常物以非常的含义,使之变得异常美丽("洵美且异")。茅荑之"美"不仅仅是它的自然之美,更因为它是姑娘跋涉远处郊野亲手采来的("自牧归荑"),是美人所赠("美人之贻")。物微而意深,重的是情感的寄托、表达。以物传情,以物寄情。一如后世南北朝诗人陆凯《赠范晔》诗所言:"江南无所有,聊赠一枝春。"姑娘可爱,姑娘赠送的一草一叶也可爱。姑娘美丽,姑娘赠送的一草一叶当然也是美的。"我"爱她,当然爱她送给"我"的一草一叶。用时下一句流行的话说:爱她,就爱她的一切。

为什么会这样呢?爱屋及乌呗!

本诗以"静女其姝"句始,以"美人之贻"句终,首尾呼应,一个"美"字贯穿始终。给读者以无限美的享受,给读者以无边爱的熏陶!读后令人心醉。

新 台

新台有泚①,河水弥弥②。
燕婉之求③,籧篨不鲜④。

新台有洒⑤,河水浼浼⑥。
燕婉之求,籧篨不殄⑦。

邶　风

鱼网之设⑧，鸿则离之⑨。
燕婉之求，得此戚施⑩。

【词句注释】

①台：台基，宫基。新台：新建的房子。一旧说"新台"为台名，是卫宣公为迎娶新媳妇宣姜所筑写字台，故址在今山东省甄城县黄河北岸。有：语助词，置形容词前有强调之意，无实义。泚（cǐ）：清澈，鲜明的样子。　②河：指河流。一指黄河。弥弥（mímí）：漫漫，水盛大的样子。　③燕婉：容貌俊俏、柔和美好之人。燕：安。婉：顺。之求：是求，盼望得到。燕婉之求：意指女子希望嫁个容貌俊俏、性情柔和的男子。　④蘧篨（qúchú）：不能俯者。喻身有残疾腰不能弯的病人，今语谓之"鸡胸"。鲜（xiǎn）：少，漂亮，指年少。不鲜：不漂亮。　⑤洒（cuǐ）：不拘束，洒脱。高峻雄伟的样子。　⑥浼浼（měiměi）：水盛大的样子。　⑦殄（tiǎn）：通"腆"，丰厚，美好。不殄：不美好。　⑧设：设置。　⑨鸿：大雁。喻指美人、美女。此处或女子以鸿雁自喻。离：通"罹"，遭受，遭遇。鸿则离之：指大雁落网。喻指女子被迫嫁人。　⑩戚施：蟾蜍，蛤蟆。喻貌丑驼背之人。

【译诗】

新　台

新台丽景水长流，燕婉良时痀瘰求。
嫁个公侯驼背汉，从兹落得半生愁。

【解读与评析】

关于本诗的主旨，旧说是卫宣公给他的儿子伋娶齐国之女，为了迎娶新娘，在经过的黄河边上筑了一座新台。卫宣公见新娘很美,把齐女截留下来,霸为己有,就是后来的宣姜。卫人作此诗,目的在于讽刺卫宣公违背天伦。此说以《左传》中的有关文献和《史记·卫康叔世家》为据。此论最早见于《毛诗序》,其谓:"新台,刺卫宣公也。纳伋之妻,作新台于河上而要之,国人恶之而作是诗也。"后人多从此论。然而,朱熹《诗集传》又说:"然于诗,则皆未有考也。"

持讽刺说者,可能是基于"诗教"的宗旨,凡诗以为史,以史论诗了。既然"皆未有考",则不可以为据,不可以为信,还是将此诗当文学作品解读为好。

我以为,本诗当是一位美丽女子朝思暮想想嫁个容貌俊俏、性情温顺和美的郎君。未料想,遭了媒婆欺骗,或是为权势所逼,嫁给了一个虽富有"新台",却是一个驼背、丑陋似蟾蜍的糟老头,因而发出的怨愤之辞。

全诗共三章。前二章均以"新台"起兴,足见这个"新台"的重要性。既然是台,且是"新台",平民百姓当不会拥有,应是有权势的富裕的公侯修建的。此外,既然是"新台"而不是"旧台",当是为某个特定的需要而筑,就如铜雀台,是曹操为如云的妻妾美女所筑一般。"新台"也是公侯为迎娶美女所筑。

"燕婉之求"句在各章中反复吟咏,体现了主人公对美好婚姻的期盼。她是多么希望能嫁个容貌俊俏的少年郎啊!她嫁过来本是为追求燕婉之好,想过一种郎才女貌、琴瑟和谐的幸福生活的。然而,她的理想完全破灭了,一切化为泡影。到"新台"后,不料却成了一个糟老头子的掌中玩物,她怨愤不已,咒骂不停。这就是每一章的结尾句所言:"籧篨不鲜""籧篨不殄""得此戚施"。一口一个"老不死""鸡胸""癞蛤蟆",她真是愤怒到了极点!失望到了极点!

诗作者为何如此愤怒、如此失望呢!第三章的前二句清楚地说明了原因：不是她贪财贪图富贵（"新台"）而嫁的，而是中了他人设置的圈套（"鱼网之设"）遭遇不幸的（"鸿则离之"）。在这里，诗人将圈套比喻为"鱼网"，将自己比喻为"鸿"。大雁本是应当自由飞翔的，如今却误入"鱼网"。能幸福吗？能快乐吗？从今以后，唯有忧愁怨恨如新台旁的河水长流不断了。这正是前二章的第二句"河水弥弥""河水浼浼"所要表达的深刻含义。

《新台》一诗与《行露》所表达的主题有相同之处。我在《行露》评析一文中已论述过，它是写一位女子对强迫婚姻的抗争，诗中的男子贿赂官府，想依仗官府强迫她从命，但她决不屈服，痛骂那个男子是雀、鼠之辈，干的是穿墙破屋的勾当。两者所不同的是，《行露》中的女子是直怒，是抗争，是反抗，而《新台》中的女子则是咒骂，是忍让。两者的共同点则是表现了女子对强权的愤懑，对财富的蔑视，对自由婚姻的向往。她们不因财富和权势而舍弃对美好婚姻生活的追求。本诗指向的正是那个时代人类理性精神的高扬。

二子乘舟

二子乘舟①，泛泛其景②。
愿言思子③，中心养养④！

二子乘舟，泛泛其逝⑤。
愿言思子，不瑕有害⑥！

【词句注释】

①二子：指诗人的两个朋友，或以为是父亲、母亲送她们的两个儿子。另有一种说法是指卫宣公的两个儿子伋和寿。 ②泛泛：船飘荡貌。景：通"憬"，船远行貌。闻一多《诗经通义》认为"景读为'迥'，言漂流渐远也"。 ③愿言：深深地思念着。愿：思念貌。言：通"焉"，语助词。 ④养养（yángyáng）：忧伤貌。中心养养：内心忧伤烦躁不安。 ⑤逝：往，去，渐行渐远的样子，直到看不见了。 ⑥瑕：训"胡"，通"无"。"不瑕"，犹言"不无""不会""不至于"。揣测、祝福之词。害：祸害、灾害。吉祥的反义词。不瑕有害：不会遇到什么灾害吧，意即祝福吉祥如意！

【译诗】

二子乘舟

二子乘舟去远方，孤帆远影旭波沧。
思心化作心言送，策马归来报吉祥。

【解读与评析】

关于本诗的主旨，《毛诗序》将其归为与前一首《新台》诗同一事件背景，认为《二子乘舟》讲的是卫宣公的两个儿子伋和寿"争相为死，国人伤而思之，作是诗也"。其创作背景是，卫宣公为太子伋娶齐国一女子为妻，并筑新台。卫宣公见该女子很美，故将其霸占，纳为妾，是为宣姜。宣姜生了姬寿、姬朔两个儿子。卫宣公听信宣姜和姬朔的谗言，密谋杀死姬伋以废太子。卫宣公让太子姬伋出使齐国，并预先买通盗匪，待太子伋经过隘口时将其杀死。由于太子姬伋与姬寿相交甚好，他知道这个密谋后，将此事告诉了

邶 风

太子,让他逃奔他国。太子姬伋认为父命难违,拒绝了姬寿的好意。在此情况下,姬寿将其灌醉后,持其表明使节身份的旄节,使往齐国,代太子去死,半路上被预先埋伏的盗匪杀死。太子姬伋酒醒后,去追赶姬寿,路上得知姬寿已被盗匪所杀。太子对盗匪说:"君命杀我,寿有何罪?"盗匪又把太子姬伋也杀了。国人听说此事后,心里非常难过,遂作了这首诗。此后,包括古人和今人,译注此诗时,持此说者不在少数。对此旧说也有持异议者,如"清儒毛奇龄驳之已详"(见刘毓庆、李蹊),并认为此诗是一首朋友送别诗。

我赞同"送友说"。因为,若旧说成立,诗题当为"二子争死"更为确切些。此外,国人既然已知"二子"已死,当有悲愤怀念之辞,岂轻描淡写的"心中充满了忧愁"('中心养养'),"你们没有被害的理由"("不瑕有害")了得?持"二子争死"说者,可能还是基于"诗教"的宗旨,凡诗以为记史了。不可以为信。还是将此诗当作文学作品欣赏为好。

品读此诗可知,这是一首友人送别之诗。在一个烟雾朦胧的早晨,朋友乘船远去他乡,诗人站在岸边,看着朋友远去的帆影,心里怅然若失,心中充满了忧愁("愿言思子,中心养养")!纵有千言万语,难以一一表达,于是概括成一句话,心中的思念如此沉重,祝你们不会遇到什么灾害祸患("愿言思子,不瑕有害")!祝愿你一路顺风!盼望他们回来之日带来吉祥的好消息。每章的前两句都是写景,后两句是抒情。情景交融,恰到好处,十分协调。言辞不多,却很好地表现了朋友之间真挚浓厚的情谊。真是千言万语无尽处,情到深处自然浓。

鄘 风

柏 舟

泛彼柏舟①,在彼中河②。
髧彼两髦③,实维我仪④。
之死矢靡它⑤。
母也天只⑥!不谅人只⑦!

泛彼柏舟,在彼河侧。
髧彼两髦,实维我特⑧。
之死矢靡慝⑨。
母也天只!不谅人只!

【词句注释】

①柏舟:以柏木做的舟船。泛:浮行,没有目的地在水面上闲游。 ②中河:河中。 ③髧(dàn):头发下垂状。鬓旁的两绺垂发很好看的样子。两髦(máo):古代男子少年时的一种发式。头发齐眉,分向两边状。 ④维:乃,为,是。仪:配偶。"实维我仪":他才真个是我的好配偶,是我的意中郎。 ⑤之死矢靡它:至死无他人,非他不嫁。之死:到死,至死。之,至,到。矢靡它:没有其他,别无他求。矢,通"誓",发誓。靡,非。靡它,

鄘　风

无他心。　⑥母也天只：据闻一多《诗经通义》，此为痛之极而呼天与父母之词。当为呼天抢地的痛苦状。只：语助词。　⑦谅：相信，体谅，理解。　⑧特：配偶。据《说文解字》，特，本义为公牛，后泛指雄性的牲畜。此处指男性配偶。　⑨之死矢靡（tè）慝：至死也不变心，至死也无二心。慝：通"忒"，变更，差错，变动。据闻一多《诗经通义》，慝读为"忒"。忒、贰一字，通"二"。"靡慝"亦犹无二也，不变心之意。

【译词】

忆王孙·柏舟

柏舟飘荡泛中流，满目春光唤起愁。美髻少年我好逑。恨悠悠，母阻天拦何日休？

【解读与评析】

关于本诗的主旨，古今有不同的解读。先儒们多认为是卫国世子共伯蚤死后，其妻共姜为守节义不再嫁，而其母则欲夺其志逼她改嫁。故共姜作此诗以自誓明志。

在古代，父母对子女婚姻大事虽有定夺之权，但女子出嫁丧夫后，是否再嫁，定夺之权当为女子本人和夫家公婆叔伯，娘家父母是做不了主的。因此，旧说理由不成立，不可信。故后人多认为此诗是"女子单恋之诗"，写一位少女爱上了一位美少年，自己选中了意中人，却遭到母亲的反对，强迫她另嫁别人。少女誓死不肯，满腔怨恨，发出呼天喊母的悲叹，有呼天抢地的痛苦，发誓要和母亲对抗到底。"'母也天只'：据此为痛之极而呼天与父母之词。"（闻一多《诗经通义》）

本诗所述可谓是一个东方古国罗密欧与朱丽叶的故事，是一个远古周王朝版的梁祝故事。本诗共二章。一、二章除句子中的个别字词有变化外，其内容无异。若用现代文表述，即为：柏舟飘荡泛中流（"泛彼柏舟，在彼中河""泛彼柏舟，在彼河侧"），美发双髦少年头（"髧彼两髦"），真是我意中的好配偶（"实维我仪""实维我特"）。我非他不嫁心不变，至死无别求（"之死矢靡它""之死矢靡慝"）。娘啊！天啊！为什么不体谅我的感受（"母也天只！不谅人只"）！

　　本诗开篇以柏舟泛流起兴。春暖花开、冰河解冻的水畔，是人们荡舟游玩的好去处，更是青年男女易于萌发爱情的地方，正所谓春心荡漾、花木争荣。而诗中的这位少女自己早已相中了一个翩翩少年，他头发齐眉，发型很好看，透出活泼灵动的精神劲儿，这正是她心中的白马王子，是她钟情的意中郎（"实维我仪"）。她表示非他不嫁，至死不渝（"之死矢靡它"）。此时，这位少女看到河面上飘荡的小舟，联想到自己为母亲所百般阻挠的婚姻，觉得自己的婚事就好比那在河中飘荡的柏木小舟一样飘浮不定，苦恼不已。她从内心发出沉重的叹息：娘啊！天啊！你为何总阻拦？你可知我的心比黄连苦？为什么不体谅我的感受？（"母也天只！不谅人只！"）这一声仰天长叹，使得诗的内容变得沉甸甸的。后人吟之，既赞赏少女对爱情的忠贞，更佩服少女为维护自主婚姻不惜以死抗争的勇气，并对这位少女所处的境况抱有深深的同情！

　　舟是一种载人的工具，它依水而发挥其效用。离开了水，它似乎就没有了使用价值。在古诗词中，舟因水可以寄情，舟因水可以兴志，舟因水可以赋意，舟因水可以抒怀。凡此种种，自《诗经》始，并不少见，《邶风·柏舟》有"泛彼柏舟，亦泛其流"；《邶风·二子乘舟》有"二子乘舟，泛泛其景"；《小雅·菁菁者莪》云"泛泛杨舟，载沉载浮"。《诗经》开以舟寄情、抒怀、兴志之先河。

　　舟因水可以抒怀：如"寂寂系舟双下泪，悠悠伏枕左书空"

(杜甫);"何年是归日,雨泪下孤舟"(李白);"千里江山寒色远,芦花深处泊孤舟"(李煜);"人生在世不称意,明朝散发弄扁舟"(李白);"闻说双溪春尚好,也拟泛轻舟。只恐双溪舴艋舟,载不动许多愁"(李清照);"故乡遥,何日去。家住吴门。久作长安旅。五月渔郎相忆否。小楫轻舟,梦入芙蓉浦"(周邦彦)。

舟因水可以寄情:如"仍怜故乡水,万里送行舟"(李白);"小舟从此逝,江海寄余生"(苏轼);"想佳人、妆楼颙望,误几回、天际识归舟"(柳永);"扁舟一叶,别愁千斛"(杨无咎);"红藕香残玉簟秋。轻解罗裳,独上兰舟"(李清照)。

舟因水可以兴志:如"巨川思欲济,终以寄舟航"(李世民);"曾记否,到中流击水,浪遏飞舟"(毛泽东)。

墙有茨

墙有茨①,不可扫也②。
中冓之言③,不可道也④。
所可道也⑤,言之丑也⑥。

墙有茨,不可襄也⑦。
中冓之言,不可详也⑧。
所可详也,言之长也⑨。

墙有茨,不可束也⑩。
中冓之言,不可读也⑪。
所可读也,言之辱也⑫。

【词句注释】

①茨（cí）：植物名，蒺藜。一年生草本植物，蔓生，细叶，果实有刺。古人种蒺藜于墙上，以防盗贼。 ②扫："清理"之意。 ③中冓（gōu）：内室，家内，宫中。言：那些话。据闻一多《诗经通义》："墙居之墙谓之篝，是墙垣之墙亦可谓之冓。然则中冓即中墙，'中冓之言'犹墙中之言耳，即阴私之言也。" ④道：说，说出去。 ⑤所：若，或许，假如，尚。据闻一多《诗经通义》："'所可道也'，犹言'尚可道邪'，反诘之辞。" ⑥所可道也，言之丑也：家里那些互相吵骂、互相羞辱之事，怎么能对外人说呢？如若说出去，是很难听的，会招世人耻笑的。即今谓"家丑不可外扬"。 ⑦襄（xiāng）：通"攘"，除去，扫除。 ⑧详：详细地说，悉数，絮叨。 ⑨长：没完没了。丑事远扬之意。"所可详也，言之长也"：家里那些吵架、互相羞辱之事，如若对外人悉数絮叨，会使家人恶名远扬的。 ⑩束：捆走，收拾。这里是打扫干净、清除的意思。 ⑪读：细说，传讲，宣扬。 ⑫辱：蒙羞、被耻笑。"言之辱也"与"言之丑也""言之长也"词异义同。所可读也，言之辱也：家里那些互相吵骂、互相羞辱之事，如若对外人细说宣扬，传播出去，会被外人耻笑，使家人蒙羞的。

【译诗】

墙有茨

蒺藜墙上守柴关，窃贼偷侵未敢攀。
国事宜同贤哲论，冓言休与外人谈。
夫妻互敬言应美，姑嫂相亲语莫蛮。
兄弟阋墙人偷笑，燃萁煮豆两难堪。

鄘 风

【解读与评析】

关于本诗的主旨,古今诗释译注家多以为是讽刺卫宣姜或卫宣公淫乱之事的,并谓所指之事是《左传·闵公二年》的记载:卫宣公死后,惠公年幼。惠公的母亲宣姜是齐国人。齐国要惠公的庶兄公子顽娶惠公之母宣姜为妻,生了五个孩子,即齐子、戴公、文公、宋桓公夫人、许穆公夫人。故作此诗讽之。《毛诗序》谓:"《墙有茨》,卫人刺其上也。公子顽通乎君母,国人疾之,而不可道也。"朱熹《诗集传》也持此说。尔后,众多诗释译注家皆持此论。

不过,也有对旧说持异议的。刘毓庆、李蹊认为:"这是一首写村妇吵架的诗",并认为此诗是讽刺卫宣姜或宣公"淫乱"的旧说,"结论是错误的"。其所持理由如下:"宣公通庶母,宣姜通庶子,这并非淫乱,乃是古代家庭的形态。如果说这叫私通,那么所生自然为私生子,自当受到家庭和社会的歧视,可是为什么他们还有继承君位的权力呢?这显然是说不通的。《左传》中的类似记载很多,可知这种情况不仅存在于卫国,在其他国家也很盛行。既然这是古代的礼俗,那么时人也就不可能进行讽刺,自然《墙有茨》也就不可能与宣公、宣姜有关了。"

我认为,刘毓庆、李蹊所持的理由说得通,辩驳有力,先儒大师们注《诗经》,总是将其大多与当时君主侯王的所作所为关联在一起,或曰赞美之,或曰讽刺之,或曰为风教,或曰为讽谏,似乎《诗经》所载,即为记史。这未必符合诗的本意,也失去了诗之内容的丰富性和趣味性。

《墙有茨》的主题是一首写村妇吵架的诗。俗话说:"家家有本难念的经。"一家人生活在一起,各人有各人的生活习惯,各人有各人的脾气秉性,如果再加上因财产分割而产生的纠纷,婆媳之间、妯娌之间、姑嫂之间乃至兄弟之间在日常生活中的矛盾,总是情与理交织在一起,既不能全以"理"论,又难以全以"情"论,更不能全以"法"论(那时未必有"法"),有时是扯不断,理还乱。好在都是一家人的事,是"墙内之事",即便吵骂也是"中冓之言"。遇到这类事,当事人总是会说个没完没了,总想辩出个子丑寅卯。若落在别人头上,总是要当个"和事佬"去劝说一番的。作为劝架者,是不能以裁判者的口吻去分辨彼此对错是非的,只能动之以情,一遍又一遍地劝说:家丑不可外扬,说出去会让人耻笑的("言之丑也");好事不出门,丑事传千里,你自家里这点事传播出去,会使家人恶名远扬的("言之长也");你自家里这点事若传播出去,会使家人蒙羞的("言之辱也")。《墙有茨》反映的当是这种情况。村妇劝架,动之以情,反复絮叨。其实,面对他人家里的矛盾纠纷,劝架者,尤其是一个劝架婆婆,她也是很难说出个对错是非的道道来的,也只能絮叨絮叨而已。"清官难断家务事"嘛,古今同理!

君子偕老

君子偕老①,副笄六珈②。
委委佗佗,如山如河③,象服是宜④。
子之不淑⑤,云如之何⑥!

玼兮玼兮⑦,其之翟也⑧。
鬒发如云⑨,不屑髢也⑩。
玉之瑱也⑪,象之揥也⑫,扬且之皙也⑬。

鄘风

胡然而天也⑭！胡然而帝也⑮！

瑳兮瑳兮⑯，其之展也⑰。
蒙彼绉絺⑱，是绁袢也⑲。
子之清扬⑳，扬且之颜也㉑。
展如之人兮㉒，邦之媛也㉓！

【词句注释】

①君子：男子，夫君。旧以为指卫宣公。偕老：一同到老。 ②副：妇人的一种首饰，又称"步摇"。笄（jī）：古人头上固定冠的横簪，即簪。六珈（jiā）：笄饰，用玉做成，副笄上饰物，上有六颗垂珠。 ③委（wēi）委佗（tuó）佗：即逶迤，喻体态轻盈、步履袅娜，行步委曲之貌。如山如河：如山脉河流一般蜿蜒，同河一般曲折。一说举止雍容华贵、落落大方，像山一样稳重，似河一样深沉。 ④象服：是镶有珠宝绘有花纹的礼服，贵族夫人之服。宜：合身，适宜。 ⑤子：代指女子，女人。旧以为此处指卫宣公之妻宣姜。不淑：不幸。一说不善。 ⑥云：句首发语词。如之何：奈之何。 ⑦玼（cǐ）：玉色鲜明貌，此处指衣服花纹绚烂。 ⑧翟（dí）：绣着翟鸟彩羽纹饰的礼服。 ⑨鬒（zhěn）：头发稠密而黝黑。 ⑩髢（dí）：假发。 ⑪瑱（tiàn）：耳瑱，冠冕上垂在两耳旁的玉。 ⑫揥（tì）：发钗一类的首饰。可用于搔头。象之揥：以象牙或象骨制成的搔首簪。 ⑬扬：额色方正。且：助词，无实义。皙（xī）：面色白净。扬且之皙：形容女子外貌，即额色方正，面色白净，皮肤细嫩。 ⑭胡：何，怎么。然：这样。而：如、像。 ⑮胡然而天也！胡然而帝也：此二句的意思是见到她如此美丽的服饰、如此媚人的容颜、如此雍容华贵的举止，而惊其为帝子、神女。 ⑯瑳（cuō）：玉色鲜明洁白。 ⑰展：古代

165

诗经国风赏析

夏天穿的一种浅红色的纱衣。一说为白色的礼服。其之展也：意即她穿的衣服鲜明夺目。 ⑱蒙：罩、覆、盖。绉（zhòu）：丝织物类名，质地较薄，表面呈绉缩现象。䌁（chī）：细葛布。绉䌁：泛指精细的葛布。 ⑲绁（xiè）：指夏天穿的贴身上衣。袢（fán）：指夏天穿的白色内衣。 ⑳清：指眼神清秀。 ㉑颜：额。引申为面容、脸色。"子之清扬，扬且之颜也"句，其意与"扬且之皙也"同。 ㉒展：乃，竟然，难得。 ㉓邦：国，国家。媛（yuàn）：美女。邦之媛也：意指倾国倾城的美女。

【译词】

画堂春·君子偕老

玉簪插头似新荷，芳姿美服融和。万方仪态镇山河，鬓发秋波。　　玉瑱双双垂耳，葛衣颈脸瑳瑳。天仙帝女嫁衰哥，来日愁多。

【解读与评析】

关于本诗的主旨，自《毛诗序》云"《君子偕老》，刺卫夫人也。夫人淫乱，失事君子之道，故陈人君之德、服饰之盛，宜与君子偕老也"后，古今诗释译注家多从此说，以为此诗是刺卫宣公之妻宣姜之作。

但也有例外。清代魏源《诗古微·诗序集义》认为《君子偕老》是吊唁之诗，即"此卫君薨后，诗人唁其夫人之词也。曰'君子偕老'，正哀其不能偕老也"（转引自闻一多《诗经通义》）。刘毓庆、李蹊则认为《君子偕老》"是齐姜嫁到卫国之后，诗人对她的不幸深为同情所作的诗"。

我以为，本诗是一首对一位美丽姑娘遭遇不幸婚姻的同情之诗，是对一位美丽姑娘的赞美之诗，也是一首怜香惜玉之诗。

鄘风

《君子偕老》是刺诗还是美诗,其源于对"子之不淑"句中的"不淑"二字理解的差异。持"刺诗"说者,将"不淑"解释为"不善""不贤淑";持"美诗"说者,将"不淑"解读为"不幸"。闻一多在《诗经通义》中引述《曲礼》注云:"相传有吊辞云:皇天降灾,子遭罹之,如何不淑。如何不淑者,谓遭此不幸,将如之何也。"

解析此诗,可与《邶风·新台》对照读,也可以说《君子偕老》是《新台》的姐妹篇。从《新台》的释译中已知,它是写一位美丽女子朝思暮想想嫁个容貌俊俏、性情温顺和美的郎君,未料想,遭了媒婆欺骗,或是为权势所逼,嫁给了一个虽富有"新台",却是一个驼背、丑陋似蟾蜍的糟老头,因而发出怨愤之辞。如果说,《新台》是诗人以第一人称写的闺怨之辞,而《君子偕老》则是站在局外人的角度而写的同情怜悯之辞。它是写一位貌若仙女、雍容华贵的美丽女子,或是遭了媒婆欺骗,或是为权势所迫,或是为父母兄嫂所逼,嫁给了一个糟老头,恰似"一朵鲜花插在牛粪上"。真是不幸啊!若"老夫"先卒,这"少妻"将来日子咋过呢?那就更不幸了。故诗人既同情又叹息:"子之不淑,云如之何?"正如俗语所言:郎怕入错行,女怕嫁错郎。

此诗开首"君子偕老",反映了古人对美满婚姻的向往和祝愿!这是本诗之魂所在!如若将此诗作刺诗解读,以为是讽刺卫国国君卫宣公之妻齐姜淫乱失德之事,这个"诗魂"就无所倚寄了。既然为嘲讽斥责之意,那又何必把她的美貌夸赞得天花乱坠呢?

本诗三章,首章七句,次章九句,末章八句。在写作上很有特色。在篇章结构上采用的是一种倒叙的写作方法。第一章以"君子偕老"句突起,在含蓄蕴藉中表达了诗人对美满婚姻的向往和祝愿后,紧接着从远视的角度描绘这位姑娘的头饰之美、仪态之美、服饰之美。将原诗"副笄六珈。委委佗佗,如山如河,象服是宜"四句译成近体诗便是：

　　　　头插玉簪金步摇，举止从容仪态娇。
　　　　安稳如山含淑气，适身华服显窈窕。

　　从远视的角度描绘姑娘的头饰、仪态、服饰之美后：诗人笔锋急转：这女子是如此的不幸，将来的日子如何是好呢？（"子之不淑，云如之何？"）为何不幸，诗人没有细说，给读者留下了广阔的思考空间，而具体原因读者是无法猜想出来的，就以"自古红颜多薄命"作答吧！

　　从诗意逻辑性讲，第一章已经完整地表达了本诗的主题。但诗人并没有就此收笔，而是从近视的角度，在第二、三章中，从细部着笔刻画姑娘的服饰之美、头饰之美、容貌之美，并将其比作上帝派遣到人间的仙女。诗中的这些细部刻画，若不作近距离的仔细观察，是无法辨认出来的。将第二章的全部九句译成近体诗便是：

　　　　华服形图绘野鸡，光鲜艳丽醉晴兮。
　　　　如云黑发无装饰，耳饰晶莹映素霓。
　　　　端正额头肤白皙，象牙发卡似簪犀。
　　　　天仙帝女飘然至，降至人间做美妻。

　　第三章紧接着通过刻画姑娘的穿戴之美、容颜之美、整体形象之美，进一步赞美她的容颜美貌：将第三章的全部九句译成词《浣溪沙》便是：

　　　　洁白葛衣呈玉辉，衬衫璀璨醉魂飞。双眸清澈尽生机。
　　　　美貌倾城诸处好，额头方正有颜威。美媛绝代一仙妃。

　　从全诗三章的整体看，就如一幅人像动态图，它好比我们摄影时，镜头从远处慢慢拉近，由远及近、由外而内，图像越来越清晰。这正是本诗的高明技法所在。诗作者正是通过对姑娘由远及近、由外而内的仪态之美、头饰之美、服饰之美、穿戴之美、容颜之美、整体形象之美的细致刻化和反复吟唱，突出了本诗的主题：

鄘　风

"子之不淑，云如之何？"

桑　中

爰采唐矣[1]？沬之乡矣[2]。
云谁之思[3]？美孟姜矣[4]。
期我乎桑中[5]，要我乎上宫[6]，
送我乎淇之上矣[7]。

爰采麦矣[8]？沬之北矣。
云谁之思？美孟弋矣[9]。
期我乎桑中，要我乎上宫，
送我乎淇之上矣。

爰采葑矣[10]？沬之东矣。
云谁之思？美孟庸矣[11]。
期我乎桑中，要我乎上宫，
送我乎淇之上矣。

【词句注释】

①爰：于何，在哪里。唐：植物名，即女萝，俗称菟丝子。因其细弱蔓生，且多缠绕寄生于其他植物上，故在古诗词中常用来喻女性。另有一说，"唐"当读为"棠"，梨的一种。结合注"⑧麦""⑩葑"的内容，此处"唐"作"女萝""菟丝"解更合诗意。
②沬（mèi）：春秋时期卫国邑名，卫国都城朝歌所在地。一说

"沫"通牧，代指牧野。此说似无道理。在《邶风·静女》篇中，有"自牧归荑"句，此处的"牧"即指牧地、牧野，因此在《桑中》篇中，若是指牧野，无须用"沫"字代指。乡：指郊外之地。　③云：句首语助词，发语词。之：是。云谁之思：思念的是谁。　④孟姜：姜家的大姑娘。孟，长也。古典文学作品中，兄弟姐妹中的年长者称"孟"，其次称为"仲"，再者称为"叔"，最幼者称为"季"。春秋时代，称女子在她的姓后加上"孟、仲、叔、季"的字样，孟姜即姜家的长女。　⑤期：约，约会。桑中：卫国地名，亦名桑间，春秋时通常为男女会聚之地。《汉书·地理志》："卫地有桑间濮上之阻，男女亦亟聚会，声色生焉。"　⑥要（yāo）：邀约。上宫：指宫馆、楼亭。　⑦淇：淇水。古黄河支流，即流经今河南鹤壁市浚县、淇县的淇河。　⑧麦：野菜，野麦，蔓菁类的野草。据闻一多《诗经通义》："麦字从来音，古呼麦为来牟，此麦字盖来之误，来即菜也。"　⑨弋（yì）：姓氏。一说"弋"通"姒"，夏后之姓。　⑩葑（fēng）：芜菁，即蔓菁菜。　⑪庸：姓氏。一说"庸"或为"墉""鄘"之误，因春秋时代不见有"庸"姓。

【译词】

浣溪沙·桑中

野麦菟丝牵蔓菁，肥鲜柔美嫩芽生。夜思佳丽过三更。　宫馆桑林相约后，无言执手泪盈盈。滔滔淇水泣离情。

【解读与评析】

关于本诗的主旨，一种观点以为，《桑中》是"刺奔""讽淫"之作。《毛诗序》言："《桑中》，刺奔也。卫之公室淫乱。男女相奔，至于世族在位，相窃妻妾，期于幽远，政散民流而不可止。"

鄘风

朱熹在《诗集传》中完全搬来《毛诗序》的释义:"卫俗淫乱,世族在位,相窃妻妾。故此人自言将采唐于沬,而与其所思之人相期会迎送如此也。"并在其《诗序辨说》直言,《桑中》是"淫奔者所自作"。后来,诗释译注者持此论甚多。

另一种观点是"情歌"说。高亨《诗经今注》认为,《桑中》"是一首民歌,劳动人民(男子们)的集体口头创作,歌唱他们的恋爱生活"。刘毓庆、李蹊认为:"这是一首男女约会的情歌。男子接到了女子约会的信息,他一路得意地唱着,自问自答。"

情歌是诗歌创作中永恒的主题。从古到今皆如此。我认为,本诗是一首歌唱世俗中必然存在的年轻男女恋爱生活的情歌。歌词中出现的"孟姜""孟弋""孟庸"与"我"相约,相约于"桑中""上宫""淇之上",并非真有一男约三女之事,它只不过是诗人为了增强歌词的艺术感染力,略易数字以叠章反复吟唱而已。后人读之,切不可因诗中有"孟姜""孟弋""孟庸"三位美女分别在"沬之乡""沬之北""沬之东"三个不同的地方"期我乎桑中,要我乎上宫,送我乎淇之上"的词句,就以为是一男约三女,并据此便说这是"卫人讽刺贵族男女幽期密约的诗篇"。否则,那只能说是"佛心见佛,魔心见魔"了。

应当说,略易数字以叠章反复吟唱,达到了增强歌词的艺术感染力的效果,这正是本诗写作艺术的高明之处。

本诗共三章,全以采摘某种植物起兴。这是上古时期吟咏爱情、婚嫁、求子等内容时常用的手法之一,《诗经·国风》中这类题材的诗有不少。如《周南·关雎》中的"参差荇菜",《周南·卷耳》中的"采采卷耳",《周南·汉广》中的"翘翘错薪",《召南·摽有梅》中的"摽有梅",《邶风·静女》中的"自牧归荑",《王风·采葛》中的"彼采葛兮""彼采萧兮""彼采艾兮"等,无一不是以某种植物起兴继而吟诵爱情、思念、婚嫁等内容的。也就是说,在上古时期,采摘植物与性有着某种神秘的或是象征性的联系。以采摘植物起兴爱情等题材,从美学角度看,爱情、婚嫁、生育与植物是有一定的同构同形的紧密关系的。因为,植物,尤其是很多野生的植物,其生命力极强,即使在极恶劣的环境下也是生生不息,真正是"野火烧不尽,春风吹又生"。而炽热的情爱与绿意葱茏、生命力顽强的草木都可给人带来勃然的欣悦。这些,不正是人们对美好爱情、婚姻生活的向往吗?所以,《桑中》以"采唐""采麦""采葑"起兴,在含蓄中有深情,在形象中有蕴意。

本诗是一首热烈活泼的情歌,其最大艺术特色是自言自语,歌词口语化且多复沓,反复咏唱。每章的前半段只换了三个字,植物采集对象换了,采集地点换了,美女的姓氏换了,而后半段一字不换,这就使得本诗极具意象,极具艺术感染力。

鹑之奔奔

鹑之奔奔①,鹊之彊彊②。
人之无良③,我以为兄④!

鹊之彊彊,鹑之奔奔。
人之无良,我以为君⑤!

【词句注释】

①鹑:鸟名,即鹌鹑,又名"隼"。大如小鸡,头细而无尾,毛有斑点,性好斗,古人常以令其搏斗为戏。奔奔:跳跃奔走。一说"奔奔"为"贲贲",有争斗勇猛恶貌状。贲即"愤"。 ②鹊:

乌鹊，性善噪。彊彊（qiángqiáng）：乌鹊噪杂吵闹互不相让之状。乌鹊，非同于喜鹊。　③良：善良；贤良。《说文解字》释："良，善也。"无良：不善；不善良。此处可引申为无德、恶。　④我："何"之借字，古音我、何相通。一说为人称代词，指卫宣公之庶子顽。兄：兄长。周人嫡长传位，故为君者皆为兄。此处当是指宗族之长。　⑤君：君主，即居至尊之位者。此处"君"与上文的"兄"同义，泛指居至尊之位的宗族之长。

【译诗】

鹑之奔奔（新韵）

家鸡不入野鸡群，振羽司晨日日新。
乌鹊争雄栖树叫，鹑鹑怀负逐风奔。
有仪有德堪称赞，多智多才奉至尊。
人若无良徒富有，世间美誉不予君。

【解读与评析】

关于本诗的主旨，古今诗释译注家皆以为是刺诗。至于刺谁，又有刺女说、刺男说之分。《毛诗序》持刺女说："《鹑之奔奔》，刺卫宣姜也。卫人以为宣姜鹑鹊之不如也。"朱熹《诗集传》似乎认同《毛诗序》的观点，但有点含糊其辞："宣姜与顽非匹偶而相从也，故为惠公之言以刺之。"仅仅从表面文字上论，刺女说是站不住脚的。因为，宣姜为女性，怎么能称之为"兄""君"呢？于文理不通。所以，刺女说并未得到后世诗释译注者的认同。

尔后，大多数诗释译注家认为此诗是刺卫宣公的，即为刺男说。牟庭《诗切》："子鲜刺卫献（宣）公也。"（按：子鲜为卫宣公之弟。）姚际恒《诗经通论》："刺卫宣公也。"高亨《诗经今注》："卫宣公死后，其妻宣姜公然与宣公庶子顽姘居。生了三男二女。这首诗是顽的弟弟所作,讽刺顽与宣姜的淫秽行为。"刘毓庆、李蹊认为:"从诗中言及'兄''君'的情况看,本诗大约是卫国群公子怨刺惠公及其父宣公之诗。"从上引述可以看出,"刺女说"于理不通,"刺男说"于理虽通,但至于刺谁,又是各说各话,难辨是非。

我以为,《鹑之奔奔》与其说是一首刺诗,倒不如说是一首有关德才兼备的人才观的哲理诗。本诗以鹑鹑、乌鹊比兴,喻无大志无大才之人,继而引出"无良"、无德之人。这里的"人"当是泛指"兄""君"等居至尊之位者,并非具体所指。

《诗经·国风》中,以鸟兴起、以鸟喻人的诗真不少见。如《关雎》以"关关雎鸠"喻求偶少年,《雄雉》以"雄雉于飞"以喻丈夫行军艰辛吃力,《燕燕》以"燕燕于飞"喻出嫁的姑娘,等等。《鹑之奔奔》当是如此。

鹑鹑、乌鹊皆为无大志、无大才之鸟,古诗词中多有所喻。屈原《楚辞·九章·涉江》中有"鸾鸟凤皇,日以远兮。燕雀乌鹊,巢堂坛兮"句,以鸾鸟凤凰喻贤能之士,以燕雀乌鹊喻逸佞小人。宋代诗人梅尧臣更是以直白的诗句写鹑鹑:"脱命秋隼下,鸣斗自为勇。争雄在数粒,一败势莫拥。惭将缩袖间,怀负默而拱。胜且勿苦欣,犹惊辱而宠。"(《斗鹑鹑孙曼叔邀作》)

鹑鹑只不过是在平地荒原上奔跑、为争数粒食而争勇斗狠而无大才大志之鸟;乌鹊也只是栖息在树上叽叽喳喳,互相以叫声的高低而争雄,甚至不惜诋毁对方。无论"鹑"也好还是"鹊"也罢,它们既没有苍鹰的拔地云间万里翔的才干,也没有鹍鹏的扶摇直上九万里的志向。如同"鹑""鹊"之类的"无良"之人怎么配做兄长呢?怎么能配当国之君王呢?

在《鹑之奔奔》中,作者通过"鹑之奔奔""鹊之彊彊"兴起,引出"人之无良","我(何)以为兄""我(何)以为君"

句,表达了对无才、无志、无德者的鄙视,也表达了对"兄""君"等居至尊之位者当才德兼备的渴望。就此而言,说《鹑之奔奔》一诗是中华民族"才德兼备"人才观的鼻祖一点也不为过。

本诗上下两章,前两句完全一样,只是位置发生了改变,却能给人造成一种回环与交错的感觉。全诗两章八句,只有"兄""君"两字不重复,虽然只有一字之差,却避免了反复咏唱时容易引起的单调感觉。这种重章叠句的娴熟使用,是《诗经·国风》中的一种重要艺术表达方式。

定之方中

定之方中①,作于楚宫②。
揆之以日③,作于楚室。
树之榛栗,椅桐梓漆④,爰伐琴瑟⑤。

升彼虚矣,以望楚矣⑥。
望楚与堂⑦,景山与京⑧。
降观于桑⑨,卜云其吉⑩,终然允臧⑪。

灵雨既零⑫,命彼倌人⑬。
星言夙驾⑭,说于桑田⑮。
匪直也人⑯,秉心塞渊⑰,騋牝三千⑱。

【词句注释】

①定:定星,又叫营室星,二十八宿之一。每年的农历十月或

诗经国风赏析

十一月之交,定星于黄昏时出现在正南方中正,所以叫方正,宜定方位,此时可以兴土木,营制宫室。 ②于:古声与"为"通,作于:作为、始为之意。楚:楚丘,地名,在今河南滑县东。"作于楚宫":开始在楚丘营建宫室。 ③揆(kuí):测度。日:日影。"揆之以日":测日影以正方向。 ④树:植,种,栽。榛、栗:落叶乔木,栗木木质坚硬,是做琴瑟的好材料。榛果可食用。椅、桐、梓、漆:皆为树名。椅,山桐子。桐,油桐,其果榨汁可作漆物之用。"树之榛栗,椅桐梓漆"二句,除有种植树木,拟备将来制作琴瑟之用外,还取十年树木,深谋远虑,不求近功,企图远利之意。 ⑤爰:乃,于是。伐:砍伐,引申为制作之意。"爰伐琴瑟":砍伐榛栗椅梓,取油桐之汁做漆,制作琴瑟。 ⑥升:登,爬上去。虚:同"墟",此处当指楚丘,一说指故城址。"升彼虚矣,以望楚矣":登上楚丘,俯瞰楚丘城和堂邑。 ⑦堂:堂邑,当指位于楚丘之旁卫国贵族居住或处理公务的高大的房屋。 ⑧景山:大山。朱熹《诗集传》释:"景,高丘也。"京:同"景",高山,远山。郭沫若释:"古音京、景同。言景山与楚丘、堂邑同高大也。"(转引自闻一多《诗经通义》) ⑨降:下来,走下来,从高处下来。观:查看,察看。桑:桑中,卫地的小地名。一说是桑林。"降观于桑":从楚丘下来,来到桑中查看(农事)。 ⑩卜:古人把龟甲钻个孔,用火烤,看它的裂纹以定凶吉,这叫占卜。卜云:卜人说。"卜云其吉":占卜后卜人说,诸事吉利。 ⑪允:真、真的。臧:好,善。允臧:真的好。"终然允臧":将来的结果真的很好。 ⑫灵雨:好雨。零:落,落下。"灵雨既零":天降好雨。 ⑬倌人:驾车小臣。"命彼倌人":招呼驾车的官人备好了车。 ⑭星言:晴焉。夙:早上,早晨。"星言夙驾":满天星星清早驾车(出发)。 ⑮说(shuì):通"税",歇息。《召南·甘棠》"勿剪勿拜,召伯所说"中,"说"即为歇息之意。此处同义。"说于桑田":(驾车)来到桑田(考察农事),在桑田歇息几天。 ⑯匪:犹"彼",此处当指诗中的主人公。直:正直,无私,德行高尚。"匪直也人":这人是一个正直无私、德行高尚的人。 ⑰秉心:用心、操心。塞渊:踏实深远。"秉心塞渊":(他)是有远见卓识、深谋远虑的人。 ⑱骐:高七尺以上的马。牝:母马。三千:约数,表示众多。"骐牝三千":骏马母马有三千。

【译诗】

定之方中(三首)

一

整躬率物卫文公,揆日观星筑楚宫。
兴举文明弘礼乐,为雕琴瑟种榛桐。

二

旭陟高岗望玉堂,桑中察毕已斜阳。
求祥占卜知良吉,开卦皆言福禄康。

三

和风灵雨润桑田,畦稼耕耘不负天。
秉德宏恩蒙者众,良驹骏马有三千。

【解读与评析】

关于本诗的主旨,古今诗释译注家无分歧,都认为是一首对卫文公勤劳政事的赞美诗。

据《左传》记载,鲁闵公二年(公元前660年)冬十二月,狄人伐卫,卫国战败,卫懿公被杀,卫国亡。卫国遗民不足千人渡过黄河,并拥立卫戴公庐居于漕邑(今河南滑县旧城东)暂栖。不久,戴公死,卫国遗民继拥立戴公弟文公,即卫文公。鲁僖公二年正月(公元前658年夏历十一月),齐桓公率诸侯兵替卫国筑城于

诗经国风赏析

楚丘，卫文公乃迁都楚丘。《左传·闵公二年》记载：卫文公迁都楚丘后，率卫遗民励精图治，"大布之衣，大帛之冠，务材训农，通商惠工，敬教劝学，授方任能。元年革车三十乘，季年乃三百乘"。卫国出现了强盛中兴的新气象。本诗记述了卫文公率领卫国遗民在迁都楚丘后，在宋国的帮助下，为中兴卫国而不辞劳苦、勤政务实、励精图治的故事。全诗对卫文公的功业表达了赞扬歌颂之情。

  本诗的写作技法极高明。全诗共三章，每一章情韵相融，事理恰合，起承转合自然。

  第一章写营建楚宫堂邑之事，以"定之方中"为起，后五句为承，季节与日影交错，建宫与筑室共现，意实皆俱；以写观天示季节，以写日影明方位，融天地于一处，气势磅礴。"作""揆""树""伐"四个动词突兀而起，使人物形象活灵活现，活力迸发。尤其是"树"字一气连贯"榛栗椅桐梓漆"六木，呈现在读者面前的恰似一片无际的绿树荫林。"树之榛栗，椅桐梓漆"句，写实中含有深意：十年树木，种树者求于未来之用，深谋远虑，不求近功，企图远利。卫文公的远见卓识于此可见。"爰伐琴瑟"句更是以实言虚，以事言义。在古代，琴瑟是礼乐之器，诗中以植树而"爰伐琴瑟"，蕴含着对卫文公以礼乐文明为治国之道的赞颂。

  第二章以"升""望""降""卜"四个动词，向读者展示了卫文公整躬率物、身体力行、不辞劳苦、勤于政事的高尚形象。他一会儿登上楚丘，俯瞰楚丘城和堂邑（"升彼虚矣，以望楚矣"），从楚丘下来后，来到桑中察看农事（"降观于桑"），一会儿又占卜问卦以求吉良，忙碌得很。还好，开卦皆言福禄康，占卜结果显示，未来真的很美好。"终然允臧"一句戛然收住，其中蕴藏着未言明的哲理：一分辛劳一分收获。苍天不负有心人，只要有付出，必将得到美好的回报。如果说前六句是起承之句，"终然允臧"一句则是第二章的收合之句,给人以对美好未来的无限遐想。

　　第三章的技法与第二章相同。第一句在言明天时地利("灵雨既零")后,紧接着以"命""驾""说(歇息)"三字,于细微处见精神,具体写卫文公重农、观稼、夙夜为民、急于农桑、体恤民情的所作所为,继而以"匪直也人,秉心塞渊"赞美卫文公正直、胸襟宽广、深谋远虑的品德。宅心仁厚,可以塞渊。"灵雨既零"是写天时地利,"匪直也人,秉心塞渊"二句则是写人和,即一国之君的仁慈之心。天时地利人和,三者皆备,卫国能不兴盛?"騋牝三千",这既是对美好未来的展望,也是必定能实现的目标。如果说,第二章中的"终然允臧"是虚写的美好未来,那么,第三章的"騋牝三千"句,则是实写的美好未来,是未来美好生活的具体化和物化。君贤能,民获益。秉德宏恩蒙者众,良驹骏马有三千。

　　从全诗技法而论,"定之方中"句为全诗的起句,"匪直也人,秉心塞渊,騋牝三千"三句则为全诗的合句,或曰收句。

　　从本诗所记述的内容可以看出,诗中的主人公卫文公当称得上是"埋头苦干""中国的脊梁"式的人。理当歌之!颂之!褒之!赞之!

蝃蝀

蝃蝀在东①,莫之敢指②。
女子有行③,远父母兄弟。

朝隮于西④,崇朝其雨⑤。
女子有行,远父母兄弟。

乃如之人兮⑥，怀昏姻也⑦。
大无信也⑧，不知命也⑨！

【词句注释】

①蝃蝀（dìdōng）：彩虹。它是一种因为阳光射到空中接近球形的小水滴，造成光的色散与反射而成的自然现象。彩虹是漂亮的、炫目的。古人以虹代指爱情与婚姻。　②莫：不，不要，别。敢：此处宜做副词，自言冒昧。"莫之敢指"：不要冒昧地去指。一说，莫之敢指：不可指，不敢用手去指。　③有行：指女子出嫁。一说是指女子私奔，一说是指女子有了为妇之道。　④隮（jī）：升，升起。此处指彩虹升起。"朝隮于西"：西边的早晨升起了彩虹。　⑤崇：通"终"，尽。崇朝：整个早晨。"崇朝其雨"：整个上午将会雨蒙蒙。　⑥乃如之人：像这样的人。　⑦怀：思，想，念。昏姻：婚姻，结婚。　⑧大无信：太不守信义。大：太。⑨命：父母之命。"不知命也"：不明白父母的想法，不理解父母的苦心。一说，不听父母的教育，不待父母之命。

【译诗】

蝃蝀（新韵）

东边日出西边雨，少女怀春花想容。
吉日欢行辞父母，痴心一片负恩生。

【解读与评析】

关于本诗的主题，古今都认为它是为谴责一个女子不守婚姻之约而私奔的行为而作，是一首刺诗。我认为，本诗是一首对远古周礼婚姻文明的赞歌，是一位父亲对女儿怜爱的骂嗔之诗。

蝃 蝀

本诗以虹作为起兴之物，争议颇多。如何理解其意，也是认定本诗主题关键所在之一，即"蝃蝀"二字是本诗的诗眼之一。持刺诗论者对"蝃蝀"有不同的解读。朱熹《诗集传》云："言蝃蝀在东，而人不敢指，以比淫奔之恶，人不可道。""蝃蝀，虹也。日与雨相交，倏然成质，似有血气之类，乃阴阳之气不当交而交者，盖天地之淫气也。"这里的前半句认为虹是一种自然现象，或者说是一种自然规律，是对的，但后半句却认为虹是"阴阳之气不当交"，那就错了。高亨认为："先秦人的迷信意识，认为虹是天上一种动物，蛇类。天上出虹是这种动物雌雄交配的现象，色明者是雄虹，色暗者是雌虹，紧紧相依，便是雌雄共眠。此诗以虹出东方比喻男女私奔。"

由于古人缺乏科学知识，总是赋予自然现象一种社会意义，并将其与社会生活联系在一起，将虹认为是阴阳之气而交也好，或是动物雌雄交配也罢，无可厚非。但由此引申为女子私奔，就有点牵强了。

第一章的第一句"蝃蝀在东"和第二章前二句"朝隮于西，崇朝其雨"描述的都是自然现象，无特别的含义。《玉历通政经》曰："虹霓旦见于西则为雨，暮见于东则雨止。"（转引自闻一多《诗经通义》）"朝隮于西，崇朝其雨"二句所指当是这种自然现象。记得我小时候在农村生活时，每到夏秋收获晾晒季节，大人们总是通过观察天上的云彩形状去判断第二天的天气走势，比如傍晚见天上云彩是鱼鳞状，就说："天上云彩鱼鳞斑，长江鲤鱼只管担。"意思是要大旱了。看到彩虹在东边，就知道第二天是晴天，若彩虹挂在西边天上，就知道第二天大概率是要下雨了。实际情况的确如此。

第一章的第二句"莫之敢指"所表现的是由于古人科学知识的局限，而对无法解释其原因的自然现象的崇拜和敬畏。故曰"莫之取指",不敢用手去指。《诗总闻》曰:"今人犹言不可指,指则手生肿也。"

　　本诗以虹起兴,表达对自然的敬畏和服从,进而写到女儿出嫁,表达了对这一社会现象(周代婚姻文明)的服从和无奈的心情,即"赋"。人类进入文明社会以来,"男大当婚,女大当嫁"既是一种社会现象,也是一种自然规律。据学者研究考证,中华民族自周代就有了有关男女婚嫁的礼仪和律言,"以昏冠之礼亲成男女","礼始于冠,本于昏"。而后"立夫妇之义也……夫妇有义而后父子有亲,父子有亲而后君臣有正,故曰昏礼者,礼之本也"(陈顾远《中国婚姻史》,商务印书馆2014年)。女儿出嫁既是礼法的规定,又是人类繁衍的自然规律,就如"东虹日出西虹雨"("螮蝀在东""朝隮于西,崇朝其雨")一样,自然得很。尽管"女子有行,远父母兄弟"了,哪怕当父母的有一千个舍不得,也是不可指责的("莫之敢指"),只得服从。这才是《螮蝀》第一、二章的真正含义。

　　本诗的第二个诗眼是第三章"怀昏姻也"句中的"怀"字。持刺诗论者对"怀"的解读是:"怀"通"坏"。王先谦《诗三家义集疏》以为"怀"字通"坏","坏婚姻"言其败坏婚姻之正道,即所谓的"女子不完婚姻之约而私奔"。我以为,将"怀"理解为"坏",也是诗释译注者以己意释诗意了。

　　据《说文·心部》:"怀,念思也。"古文中,对"怀"字多取"思、念"之意,并无"坏"意。如司马迁《史记·廉颇蔺相如列传》:"怀其璧,从径道亡。"《孔雀东南飞》:"恐不任我意,逆以煎我怀。"本诗中,"怀"即思、念、想之意。昏姻:婚姻,结婚。"怀昏姻也"意即怀春,想结婚,想出嫁。"乃如之人兮,怀昏姻也"二句翻译成现在的语言就是:这个少女怀春,想结婚嫁人了。

　　第三章的末尾二句"大无信也,不知命也",是本诗之魂,如何解读其义，关系到此诗的主题。持刺诗论者将其解读为：这个女人"真是没有信用，不守礼法，不遵从父命，不听媒妁之言"。这种释义可能是错的。

须知，在古代尤其是到了周代社会，已建立了婚姻礼法制，视"婚姻乃万事之基点"，"男女无媒不交"，"男方无媒不娶其妻，女方无媒老且不嫁"（陈顾远《中国婚姻史》）。父母之命，媒妁之言是婚姻关系成立的必要条件。不奉父母之命，没有媒证的婚姻，是得不到宗族、社会认可的。在这种严格的礼法和社会风俗的约束下，是很难有"私奔"者的，尤其在贵族上层社会中更不易发生"私奔"行为。因为，国之礼法不许，宗族宗法不容。若真有"私奔"者，也是无处藏身的。

第一、二章都是对"东虹日出西虹雨""女儿远嫁"等自然现象和社会生活现象的直白描述，到了诗结尾处怎么突然冒出两句愤怒的谴责之词呢？歧义源于对"不知命也"的不同解读。此句中，"知"当为"知晓""明白""理解"之意。"命"当为"命运""生命""天数"之意，可引申理解为想法、苦心，而非"命令""指示""安排"之意。"大无信也，不知命也！"翻译成现在的语言是：这个女儿"真不诚实可靠，怎么不明白父母的想法，不理解父母的一片苦心呢"。

"大无信也，不知命也！"二句是正话反说，是父母对出嫁女儿的万分不舍的心情表达，是父母对出嫁女儿爱的骂嗔，而不是责骂，更不是讽刺。在如今的现实生活中，有些父母看到自己的儿女淘气顽皮时，不也是会轻轻地骂上一句："你这个孩子真顽皮，不明白爸爸妈妈的苦心，不是个好孩子！"或是舍不得儿女出门远行时，轻轻地骂一句："这孩子真没良心！"这个骂，绝非厌恶之骂，绝无谴责、责骂之意，而是一种爱的表达。"大无信也，不知命也！"当作如是解！

诗经国风赏析

本诗当是一首对远古周礼婚姻文明的赞歌,是一位父亲对女儿怜爱的骂嗔之诗。

真是可怜天下父母心呀!

相 鼠

相鼠有皮①,人而无仪②!
人而无仪,不死何为③?

相鼠有齿④,人而无止⑤!
人而无止,不死何俟⑥?

相鼠有体⑦,人而无礼⑧!
人而无礼,胡不遄死⑨?

【词句注释】

①相:视,看。鼠:老鼠。一说黄鼠。 ②仪:仪容,礼仪。一说仪即"义",即礼义,取"礼义廉耻"之意。 ③何为:为何,为什么。 ④齿:牙齿。 ⑤止:指"举止""容止"。 ⑥俟:等待。不死何俟:不去死还等什么? ⑦体:肢体,五体。 ⑧礼:礼仪,指知礼仪。 ⑨胡:何,为何,为什么,怎么。遄(chuán):快,速速,赶快。

鄘　风

【译诗】

相鼠（轱辘体，三首）

一

老鼠偷贪尚有皮，昏人缺德却无仪。
偷油老鼠心生怯，缺德昏人恨死迟。

二

天寒地冻齿含悲，老鼠偷贪倘有皮。
无礼妄人虽万死，难使尘世露如饴。

三

叶落枝枯百草危，歹人快死正当时。
无仪岂晓苍生怒，老鼠偷贪尚有皮。

【解读与评析】

　　本诗是一首咒骂无礼失德之人的诗，古今诗释译注家对此无歧论。至于被咒骂的对象是何许人，作者是何许人，说法不一。一说是咒骂在位者无礼，一说是咒骂统治阶级不知礼仪，一说是妻子咒骂丈夫无仪，一说是卫国卫宣姜咒骂卫宣公失德。各不相同的释义都无确切史实资料作依据，我们暂且不辩，也无须找到一个具体的人。但诗作者在痛骂无礼之人是一目了然的。

　　全诗三章十二句四十八个字，诗眼就是"鼠""礼""死"三个字。"相鼠有皮""相鼠有齿""相鼠有体"三句中，只是每句的最后一个字有异，前三字完全相同。以技法论，这是为了丰富词意诗意，避免用词的单调枯燥，其实质的意义都是指"老鼠"。

　　诗各章以"鼠"起兴，以鼠喻人——喻无礼无仪失德之人。从古到今，老鼠就是一种令人讨厌的猥琐的小动物，是被咒骂的、丑陋的反面角色。《召南·行露》"谁谓鼠无牙"句，是以鼠代指那个贿赂官府、依仗权势逼迫女子从嫁的无德男子；《魏风·硕鼠》"硕鼠硕鼠，无食我黍"句，则是以鼠代指那些不劳而获、贪得无厌的剥削者。《相鼠》一诗也是如此。"相鼠有皮，人而无仪"：瞧那令人讨厌的老鼠尚且包裹着一张皮，无礼无仪之人连一点做人的脸皮都不顾，真是连老鼠都不如！

诗眼之二："仪"字。本诗中，"仪""止""礼"三字同义，指有教养、高贵的行为举止之意，都是指礼仪、仪容。有的诗释者将"止"解读为"耻"，是一种误读。《说文解字》中认为，止即指"举止""容止"，并没有"耻"的含义。周代社会是一个礼仪已立，理性觉醒并高扬的时期，周代礼仪无所不包。据史学家研究，西周春秋时代的"礼制"很多，有籍礼、冠礼、乡饮酒礼、朝礼、聘礼、祭礼、婚礼、丧礼，等等，涉及社会政治生活的方方面面。俗话说：礼多人不怪。不遵礼守礼者，则为社会所不容，理当责骂。

诗眼之三："死"字。本诗各章的末尾句分别是"不死何为""不死何俟""胡不遄死"：为什么还不死去！不去死还等什么！为何不快点去死！一个"死"字，既是诗眼，也是诗魂。诗作者的怒气，全聚在一个"死"字上。简直是咬牙切齿地骂。骂得痛快！骂得开心！骂得解恨！

《相鼠》是《诗经·国风》中骂人最露骨、最直接、最解恨的一首诗，国骂中常骂人"畜生"，可能源自《相鼠》。国骂中喜骂人"何不去死"，也可能源自《相鼠》。骂人固然不好，但以诗骂人也算得上是一种文明之骂吧！

鄘　风

干　旄

　　孑孑干旄①，在浚之郊②。
　　素丝纰之③，良马四之④。
　　彼姝者子⑤，何以畀之⑥？

　　孑孑干旟⑦，在浚之都⑧。
　　素丝组之⑨，良马五之。
　　彼姝者子，何以予之⑩？

　　孑孑干旌⑪，在浚之城。
　　素丝祝之⑫，良马六之。
　　彼姝者子，何以告之⑬？

【词句注释】

　　①孑孑（jiéjié）：旗帜高举的样子。干旄（máo）：干，通"竿""杆"。旄，同"牦"，牦牛尾。干旄：杆上饰有牦牛尾，树于车后，以状威仪。　②浚（xùn）：卫国城邑，故址在今河南濮阳南。　③素丝：白色的丝线，此处引申为用白色丝线织成的布帛。纰（pí）：连缀，束丝之法。在衣冠或旗帜上镶边。素丝纰之：一捆捆布帛层次清晰分明。　④良马四之：这里指以四匹马为聘礼。下文"五之""六之"用法相同，言其马匹多。　⑤彼：那。姝（shū）：美好。一说顺从貌。子：女子。彼姝者子：那个美丽的姑娘。　⑥畀（bì）：给，予。　⑦旟（yú）：有鹰雕纹饰的旗

帜。　⑧都：古时地方的区域名。《毛传》："下邑曰都。"下邑，近城。　⑨组：编织，束丝之法。与上章节"纰"用法相同。⑩予：给予。　⑪旌（jīng）：旗的一种。挂牦牛尾于竿头，下有五彩鸟羽。　⑫祝：厚积之状。一说为"属"的假借字，编连缝合之意。闻一多《诗经通义》："纰、组、祝皆言束丝之法。"　⑬告（gǔ）：作动词"造"，此处有赠予之意。与前两章的"畀""予"同义。闻一多《诗经通义》："畀、予、告之义皆为遗赠，言以素丝、良马赠诸之子也。"

【译词】

忆王孙·干旄

浚城郊外锦车飞，曳曳高扬牛尾旗，素帛成堆骏马肥。礼相贻，喜娶妍姝同我归。

【解读与评析】

关于本诗的主旨，古今诗释译注家分歧甚多，其中影响较大的，主要有三种。一是以《毛诗序》为代表的"美卫文公臣子好善说"；二是以朱熹《诗集传》为代表的"卫大夫访贤说"，说的是卫国因"不乐善道而亡其国"后，人心危惧，吸取以往的教训，卫大夫因此"而兴起善端"外出求贤。三是现代一些学者所持的"男恋女情诗说"，有说是"卫国一个贵族乘车去看他的情人"（高亨《诗经今注》）；有说是"诗描述了一位贵族求婚纳彩时的阵势"（刘毓庆、李蹊）。

我是持"贵族求婚纳彩"之说的。本诗是一位贵族男子带着一捆捆白丝织的布帛和几匹肥马为聘礼，驾车驱驰在浚城郊外的大道上，高兴不已地去迎娶心爱的姑娘时而唱的一首迎亲歌。它通过描述迎娶佳人的气派场面，衬托出了男子此时掩饰不住的兴奋、得意的愉悦心情。诗中虽不见人，而可以从丰厚的礼物（素丝、良马）中看到了贵族娶亲的豪华阵势和热闹气氛。

在这首贵族男子以厚礼迎娶佳人的诗歌中，每一章的首句四字中，虽只有一字之异（"孑孑干旄""孑孑干旟""孑孑干旌"），但恰恰是这个一字之异，显示了娶亲车队的大阵势：牛尾旗、鹰纹旗、五彩鸟羽旗迎风招展，高高飘扬！阵势何等气派！场面何等盛大！气氛何等热烈！

每一章的第三、四句，反复歌咏"素丝""良马"，不仅仅显示了聘礼之多，也显示了聘礼之贵重。从《周南·葛覃》中我们已经看到，在周代农耕社会，普通百姓穿的是葛麻织的粗布衣（"葛之覃兮""为絺为绤，服之无斁"），能穿素丝织成的衣服的只能是贵族（《召南·羔羊》"素丝五紽；退食自公"）。很显然，本诗中所描写的，能用车载白色丝线织成的布帛作为聘礼的，是贵族无疑，更何况还有良马作为聘礼呢，当是更富有的贵族了。要知道，在古代农耕社会，马匹不仅用于战争，而且是主要的农业生产工具和运输工具，马匹的多少是衡量一个国家综合国力的重要尺度，更是一个家族富有的象征。

《干旄》一诗中，以"素丝""良马"作为纳彩娶亲的聘礼，闻一多《诗经通义》中考证甚详。《礼记·杂记下》云："纳币一束，束五两，两五寻。""注：币贡，谓婚礼纳征也。"《周礼·大宰》注："币贡，玉马皮帛也。"诗言良马"四之""五之""六之"，只是文辞修饰，形容聘礼之丰厚，并非写实。

读《干旄》一诗，可以与《召南·何彼襛矣》相对照读。《召南·何彼襛矣》记述的是桓王之女王姬出嫁时，送亲车辆的奢荣华丽和热烈气氛。

而《干旄》一诗歌咏的是一个贵族男子以厚礼迎娶佳人的气派场面。一送一迎，两相对照，可以看出，周代社会真是一个多

"礼"的时代。据《礼记·坊记》记载:"男女无媒不交,无币不相见。""凡嫁子娶妻,入币纯帛无过五两。"(陈顾远《中国婚姻史》)但"入币纯帛无过五两"的礼规,恐怕只能约束庶人,对富有贵族是起不到约束作用的。庶民求爱娶亲向姑娘家纳聘礼时,只能凭勇武和力气去射杀野鹿作礼物献给女方家。"麟之趾,振振公子,于嗟麟兮。"(《周南·麟之趾》)哪有什么"素丝""良马"!只有贵族才会以这些贵重之物作聘礼。谁让他们这么富有呢?有钱才能出手阔绰呀!有钱就是"牛"!古今皆如此。嗟呼!

载 驰

载驰载驱①,归唁卫侯②。
驱马悠悠③,言至于漕④。
大夫跋涉,我心则忧⑤。

既不我嘉⑥,不能旋反⑦。
视尔不臧⑧,我思不远⑨?

既不我嘉,不能旋济⑩。
视尔不臧,我思不閟⑪?

陟彼阿丘⑫,言采其蝱⑬。
女子善怀⑭,亦各有行⑮。
许人尤之⑯,众稚且狂⑰。

鄘　风

我行其野，芃芃其麦⑱。
控于大邦⑲，谁因谁极⑳？
大夫君子，无我有尤㉑。
百尔所思㉒，不如我所之㉓。

【词句注释】

①载：且，乃。一说为语助词。驰：马疾跑。驱：策马。"载驰载驱"：扬鞭策马疾跑奔驰。　②唁（yàn）：本意是向死者家属表示慰问。此处表示慰问。"吊失国曰唁。"（朱熹《诗集传》）卫侯：指卫国新立侯王戴公。"归唁卫侯"：他们代我去卫国慰问卫侯。　③悠悠：道路遥远之貌。　④漕：卫国邑名。当为卫国新立侯王戴公居地。　⑤大夫：指代许穆公夫人去卫国慰问的许国大臣，即许穆公夫人的信使。"大夫跋涉，我心则忧"：信使大夫辛苦跋涉，奔波劳顿，而我满怀哀伤忧愁。　⑥嘉：善，好，赞许。"'不我嘉'，犹言不以我所谋虑者为善也。"（闻一多《诗经通义》）　⑦旋反：返回。指回卫国。"既不我嘉，不能旋反"：你们既不赞成我的计划和主张，而又不同意我回到卫国。　⑧视：表示比较。不臧：不好，不善之谋。　⑨思：忧思。远：深远，久远。"视尔不臧，我思不远"：你们既然认为我的计划和谋虑不好，难道我的谋虑不如你们考虑得深远周全吗？　⑩济：接济，帮助。"既不我嘉，不能旋济"：你们既然不赞成我的主张，而今我又不能给卫国以帮助。　⑪閟（bì）：深，深远。"视尔不臧，我思不閟"与"视尔不臧，我思不远"同义。　⑫阿丘：有一边偏高的山丘。此处当指丘名。　⑬蝱（máng）：贝母草，可食。喻采蝱叶食以帮助卫国。说采蝱治病，喻设法救国。　⑭怀：怀恋。善怀：指多愁善感。此指思念父母之邦卫国。　⑮行：适。指道理、准则、规矩。有行：有所遵循，有所适。"女子善怀，亦各有行"：女人（许穆

191

公夫人）多愁善感牵挂卫国，各人有各人的烦忧之事。 ⑯许人：许国的人们。尤：责怪，指责，埋怨。 ⑰众："众人"或"终"。稚：幼稚。狂：狂妄。"许人尤之，众稚且狂"：许国之众人指责埋怨（许穆公夫人），说我既幼稚又狂妄。 ⑱芃芃（péngpéng）：草茂盛貌。 ⑲控：往告，赴告。大邦：大国。此处泛指卫国的邻国。 ⑳因：亲，依靠。极：及，相助。指来援者到达。"控于大邦，谁因谁极"：把卫国危亡之事赴告邻国，但谁能依靠谁能相助呢？ ㉑无：勿，不要。"大夫君子，无我有尤"：许国大夫君子，你们不要指责我幼稚又狂妄。 ㉒百尔：百尔之长，指大夫君子。 ㉓之：代指前文所提到的许穆公夫人所思所忧所为之事。"百尔所思，不如我所之"：你们这些百人之长的所思所想，远不如我（一个女子）考虑得深远缜密周全。

【译诗】

载　驰

故国危亡宿夜忧，心撕肺裂泪双流。
大夫负义无良计，女子思恩有妙猷。
诚意难纾漕邑困，吉言可慰卫侯愁。
夫人信使归情迫，策马驰驱去路悠。

【解读与评析】

关于本诗的主旨，古今都认为是周朝诸侯国许国许穆公夫人所作。我作如是观。

先说本诗的写作背景。据《左传·闵公二年》记载："冬十二月，狄人伐卫，卫懿公好鹤，鹤有乘轩者，将战，国人受甲者皆曰：'使鹤……'及狄人战于荥泽，卫师败绩，遂灭卫。"随后，"卫之遗民男女七百有三十人，益之以共、滕之民为五千人，立戴

鄘　风

公以庐于曹。"齐国给其以帮扶，"许穆夫人赋《载驰》。齐侯使公子无亏帅车三百乘、甲士三千人以戍曹。"（李卫军《左传集评》）周朝诸侯国许国许穆公夫人在听闻其母邦国卫国为狄人所占领后，忧心如焚，本想亲自前往卫国去慰问，却遭到了许国大夫君子们的反对和阻拦而未能成行，只好派许国使臣（大夫）星夜兼程赶到卫国曹邑去慰问卫侯。尽管如此，她还是遭到许国众人的埋怨和责难，她愤懑不已，于是写下了这首《载驰》。朱熹《诗集传》："许穆公夫人，闵卫之亡，驰驱而归，将以唁卫侯于漕邑。未至，而许之大夫有奔走跋涉而来者。夫人知其必将以不可归之义来告，故心以为忧也。既而终不果归，乃作此诗以自言其意尔。"诗中抒发了许穆公夫人对母邦国和卫侯的关切、忧思和极端痛苦的情绪，表达了远嫁女儿的宗国情怀和亲亲大义。赤子之心，尽在诗中。

全诗共五章。第一章写实叙事，第二、三、四章是记言论辩，第五章既是与第一章相呼应，也是对第二、三、四章论辩之言的强化，是对全诗内容的概括和提升。全诗在记事论辩中冲突迭起，扣人心弦，突出地表现了诗作者许穆公夫人深厚的爱国主义情怀和对母邦国的无限思念。

第一章写实叙事，并为后四章记言叙辩埋下伏笔。"载驰载驱，归唁卫侯"，这是一个因果倒装句：派去慰问卫侯的许国信使策马奔驰在遥远的路上。若是直叙，先因后果，写成"归唁卫侯，载驰载驱"，诗句就显得平淡无奇了。开口便言"载驰载驱"，文势突兀，语速急促，作者的急切之情跃然纸上。它紧紧抓住了读者的心，使之欲罢不能，引起了强烈的阅读兴趣。

仅仅如此，还不足以体现作者的哀伤忧愁之情。要知道，许穆公夫人所处的许国大致是现在的河南许昌东，而卫国漕邑在河南滑县东部，以现在的公路里程计算距离230多公里。在周代社会是没有公路的。崎岖小路，陡峭不平，弯弯曲曲，两地肯定远不止四五百里。即便是骑马，恐怕也不是一两天能到达的。故而诗言"驱马悠悠"。这时，许穆公夫人身在许国，而心在路上，心在信使身上！似乎是一遍又一遍地在心里发问：去卫国漕邑路途遥远，信使们辛苦地跋山涉水，代我去慰问卫侯，你们到了卫国吗？你们能够顺利到达漕邑吗？你们能够快点到达漕邑吗？我很是担忧呀！"驱马悠悠，言至于漕。大夫跋涉，我心则忧"四句所表达的就是这样一种急迫的心情。恰如宋诗所言："人言落日是天涯，望极天涯不见家。已恨碧山相阻隔，碧山还被暮云遮。"（李觏《乡思》）

内心的忧愁是由残酷的现实和矛盾冲突而导致的。母邦之国已被狄人所灭，已使许穆公夫人痛苦不已，哀伤不已，焦虑不已。而按周代礼法，远嫁的女儿是不可以再回母邦之国的，"诸侯夫人父母没，归宁使卿"，自己是不能亲自前往的，只能"使卿"，派人代其去吊唁慰问，"归唁卫侯"。

有礼法则依礼法办，自己虽然不能亲自前往，"归唁卫侯"也行。但许国大夫们对此不理解、不赞成，对许穆公夫人的"归唁卫侯"之举百般埋怨责难，因为此，就有了第二、三、四章的论辩。它通过一连串的排比句，使矛盾依次展开，内容层层递进，句句诘问，句句说理，气势磅礴，咄咄逼人，直击许人之胸腔，而用词又委婉深沉，曲折有致，仿佛让人窥见她有一颗美好而痛苦的心。细细琢磨，简直催人泪下，使读者对其境遇深表同情。请看：

第二章：你们既不赞成我的计划和主张，而又不同意我回到卫国。你们既然认为我的计划和谋虑不好，难道我的谋虑不如你们考虑得深远周全吗？（"既不我嘉，不能旋反。视尔不臧，我思不远？"）

第三章：你们既不赞成我的主张，而今我又不能给卫国以帮助。你们既然认为我的计划和谋虑不好，难道我的谋虑不如你们考虑得深远周全吗？（"既不我嘉，不能旋济。视尔不臧，我思不閟?")

第四章:我登上高高的山丘,采摘一些可食用治病的蝱叶以慰我忧卫之愁。女人总是爱多愁善感,各人有各人的烦忧。许国之众人却对此并不理解而是指责埋怨,说我是既幼稚又狂妄的女流。("陟彼阿丘,言采其蝱。女子善怀,亦各有行。许人尤之,众稚且狂。")

在第四章中,诗人登上高高的山丘,采摘一些可食用治病的蝱叶以表达对母邦之国相扶相济的心情。("陟彼阿丘,言采其蝱。")真有用吗?当然没用。但一颗赤子之心,蝱叶可鉴!山丘可鉴!大地可鉴!苍天可鉴!"陟彼阿丘,言采其蝱",虽只有短短两句八个字,但极具艺术感染力,读之使人动容。

第五章是对第一章内容的呼应,也是对第二、三、四章叙辩之言的强化:去慰问卫侯的许国信使策马奔驰在路上,许穆公夫人还是放不下忧愁的心,她独自走在空旷的原野上,看着蓬勃茂盛生机勃勃的麦苗,与母邦国卫国所处的危亡进行对照,一生一灭,一兴一衰,更是感慨万千,进而想到许国大夫们对自己的责难、埋怨和不理解,心情仍是不能平静。于是,诗句从内心迸发:"我行其野,芃芃其麦。控于大邦,谁因谁极?大夫君子,无我有尤。百尔所思,不如我所之。"

诗的末尾二句"百尔所思,不如我所之",表现了许穆公夫人的自信心。在自信中表现了她对许国大夫们所作所为的藐视。全诗至此戛然而止,但它却留下无穷的诗意让读者去咀嚼回味,在全诗中起到了画龙点睛的作用:谁说女子不如男?我许穆公夫人在此!

"临患不忘国。"《载驰》是中国文学史上最早的爱国主义诗篇!许穆公夫人是中国诗歌史上最早的爱国主义诗人!

诗经国风赏析

卫 风

淇 奥

瞻彼淇奥①,绿竹猗猗②。
有匪君子③,如切如磋,如琢如磨④。
瑟兮僩兮⑤,赫兮咺兮⑥。
有匪君子,终不可谖兮⑦。

瞻彼淇奥,绿竹青青。
有匪君子,充耳琇莹⑧,会弁如星⑨。
瑟兮僩兮,赫兮咺兮。
有匪君子,终不可谖兮。

瞻彼淇奥,绿竹如箦⑩。
有匪君子,如金如锡⑪,如圭如璧⑫。
宽兮绰兮⑬,猗重较兮⑭。
善戏谑兮⑮,不为虐兮⑯。

【词句注释】

①淇:淇水,源出今山西陵川,南流至今河南浚县西南淇门流入卫河。奥(yù):水边弯曲的地方。淇奥:淇水弯曲处。　②绿

竹：又名王刍，叶似竹细薄，俗称淡竹叶。猗猗（yīyī）：长而美貌。　③匪：通"斐"，有文采貌。　④切、磋、琢，均有"磨"的意思。治骨曰切，治象曰磋，治玉曰琢，治石曰磨，意指某某人文采好，有修养。切磋，本义是加工玉石骨器，引申为讨论研究学问；琢磨，本义是玉石骨器的精细加工，引申为学问道德上钻研深究。　⑤瑟：清洁鲜明、仪容庄重之意。僩（xiàn）：娴雅，形容君子的举止。　⑥赫：显赫，光明正大貌。咺（xuān）：有威仪貌。　⑦谖（xuān）：忘记。　⑧充耳：即两鬓边垂饰物，下垂至耳，一般用玉石制成。琇（xiù）莹：似玉的美石，宝石，有晶莹光泽之貌。　⑨会弁（kuàibiàn）：合缝处缀有玉石的鹿皮帽。"会弁如星"：帽上玉石光泽闪烁灿烂如星。　⑩箦（zé）："积"的假借，堆积，形容茂盛。"绿竹如箦"：绿竹密密丛丛。　⑪金、锡：闻一多《诗经通义》说："金即铜，金与锡和，是为青铜，古人铸器所资，故每并称。"黄金和锡，一说金即黄金。朱熹《诗集传》说："金，锡，言其锻炼之精纯。"　⑫圭、璧：圭，玉制礼器，上尖下方，在举行隆重仪式时使用；璧，玉制礼器，正圆形，中有小孔，也是贵族朝会或祭祀时使用。圭与璧制作精细，显示佩戴者身份高贵、品德高雅。　⑬绰：旷达。一说柔和貌。　⑭猗（yǐ）：通"倚"，依靠。较（jué）：古时车厢两旁作扶手的曲木或铜钩。重（chóng）较：车厢上有两重横木的车子。　⑮戏谑：开玩笑，指言谈风趣幽默。　⑯虐：粗暴。

【译诗】

淇　奥

淇水弯弯绿竹绮，郎君貌美使人怡。
象牙美玉需雕琢，举止仪容总相宜。
文赋风流谈吐趣，心怀天宇智才奇。

安娴高洁行为正，少女倾情志不移。

【解读与评析】

关于本诗的主旨，古今诗释译注家多从《毛诗序》，认为是赞美卫国君王卫武公美德的诗。《毛诗序》说："《淇奥》，美武公之德也。有文章，又能听其规谏，以礼自防，故能入相于周，美而作是诗也。"朱熹《诗集传》说："序以此诗为美武公，而今从之也。"高亨《诗经今注》说："这是一首歌颂卫国统治贵族的诗。《毛诗序》说是歌颂卫武公（武公生于西周末年和东周初年），古书无确证。"

因"古书无确证"，故也有歧论。刘毓庆、李蹊说："此诗写一女子对她所热爱的一位贵族男子的赞美，也表现了她对这位贵族青年不能忘怀的刻骨之情。"我是赞成此论的。《淇奥》是一位女子对她所钟情的男子的赞美诗，也是女子写给她所钟情的男子的一首含蓄内敛敦厚微婉的情诗。

《诗经》风类诗中凡言及淇水者，多与爱情婚姻男女之情有关。如《邶风·泉水》以"毖彼泉水，亦流于淇。有怀于卫，靡日不思"句，写一位远嫁他国女子的思乡之情；《卫风·竹竿》以"籊籊竹竿，以钓于淇。岂不尔思？远莫致之"和"淇水滺滺……以写我忧"句，写小伙子对淇水对岸一位姑娘的思念之情。《淇奥》当如是也。这是其一。

其二，从"善戏谑兮"句看，"戏谑"二字在《诗经》风类诗中多指男女相戏调情。如《邶风·终风》中"谑浪笑敖"所写的就是新婚夫妇床笫之欢时戏谑和调笑的神情。《淇奥》亦如是也。

淇奥即淇水弯曲处，当是卫国男女聚会之处。本诗三章，各章均以"瞻彼淇奥"句开首，一个"瞻"字，写出了女子对所钟情之人的深情凝望，在凝望中蕴含着羡慕和赞美！这就是明人许学夷

卫 风

在《诗源辩体》中所言："风人之诗既出乎性情之正，而复得于声气之和，故其言微婉而敦厚，优柔而不迫，为万古诗人之经。"

女子在聚精会神而深情凝望中羡慕和赞美所钟情之人的什么呢？它不是当今社会中姑娘少女们所追逐的"高富帅"，而是男子的风流文采（"有匪君子"）和如雕琢后如玉之美的庄重仪容（"如切如磋，如琢如磨"），是他的娴雅举止（"瑟兮僩兮"）和宽阔胸怀（"赫兮咺兮"），是他和蔼稳重的性格（"宽兮绰兮，猗重较兮"）和风趣温厚的谈吐（"善戏谑兮"）。

本诗各章在首句"瞻彼淇奥"之后，反复使用多个"如"字、"兮"字，用以强化对"君子"的文才、德行、风度、气质的赞美，使读者从中看到了这种赞美是发自内心的，是如痴如狂如醉的。诗篇各章并没有直接描写"君子"的外表美，全部着墨于"君子"的文才、德行、风度、气质、举止之美。但读者从诗中反复吟咏的"绿竹"得知，这个女子所钟情赞美的"君子"定是一位心灵美与外表美兼备、才德兼修的美少年。我们知道，不论是在俗人或是贤人的眼中，竹子是圣洁、高尚、美好的象征，竹子四季常青，象征着顽强的生命、青春永驻，竹子的虚心代表虚怀若谷的品格，其枝弯而不折代表着柔中有刚的性格，生而有节、有节毕露、挺拔洒脱则是高风亮节、正直清高、清秀俊逸的写照。它因此而赢得众多诗人的赞颂。选录几首如下：

不用裁为鸣凤管，不须截作钓鱼竿。千花百草凋零后，留向纷纷雪里看。（唐·白居易《题李次云窗竹》）

人怜直节生来瘦，自许高材老更刚。曾与蒿藜同雨露，终随松柏到冰霜。（宋·王安石《咏竹》）

不种闲花，池亭畔、几竿修竹。相映带、一泓流水，森寒洁绿。风动仙人鸣佩遂，雨余净女添膏沐。未成林，难望凤来栖，聊医俗。

问华胄,名淇澳。寻苗裔,湘江曲。性孤高似柏,阿娇金屋。坐荫从容烦暑退,清心恍惚微香触。历冰霜、不变好风姿,温如玉。(明·陆容《满江红·咏竹》)

娇娇凌云姿,风生龙夜吼。霜雪不知年,真吾岁寒友。(明·憨山德清《咏竹五首》其一)

咬定青山不放松,立根原在破岩中。千磨万击还坚劲,任尔东西南北风。(清·郑燮《竹子石》)

我也爱竹。多年前写了一首咏竹诗,诗题为《故园翠竹》:"四时独立故园西,占尽风情翠黛迷。靓影横斜窥皓月,幽香浮动溢清溪。"

从上引述可以得知,《淇奥》不仅开了千古咏竹诗之先河,更是开了以竹喻君子、以竹咏人之美德之先河。它与《诗经·国风》中的其他情爱诗有着明显区别且高明于其他情爱诗的地方在于:其他的爱情诗更多的是注重外表容态的描写,注重的是纯粹情感的抒发,表现的是人类最原始、最无条件限制的情感。而《淇奥》却重在歌咏少女钟情之人的风流文采、庄重的仪容、娴雅的举止、宽阔的胸怀、和蔼稳重的性格和风趣温厚的谈吐。而这些正是"人"所追求和向往的更高层次的情感,因而它反映了彼时社会的理性精神的普及,表现出了人们由原始情感向道德、品质升华的意向。正是因为此,诗中一些句子,如"如切如磋,如琢如磨""如金如锡,如圭如璧""善戏谑兮,不为虐兮"等成为后人称许某种品德或性格的词语,可见《淇奥》一诗对后世的影响之深远了。

卫 风

考　槃

考槃在涧①，硕人之宽②。
独寐寤言③，永矢弗谖④。

考槃在阿⑤，硕人之薖⑥。
独寐寤歌⑦，永矢弗过⑧。

考槃在陆⑨，硕人之轴⑩。
独寐寤宿⑪，永矢弗告⑫。

【词句注释】

①考槃（pán）：陈傅良说"考：扣也。槃：器名。盖扣之以节歌，如鼓盆拊缶之为乐也"（见朱熹《诗集传》），是隐者自娱自乐的方法。一说"考"为成也。"槃"为盘桓之意。考槃：指避世隐居。涧：谓山间谷道可通水，不一定有水也。（见闻一多《诗经通义》）　②硕人：身材高大丰满的人。此处指隐者（隐士），不仅指形体而言，更主要指人道德高尚。宽：舒展，宽宏，心宽而悠闲自得。　③寤：醒着。寐：睡着。"寤""寐"连用，即为白天黑夜，引申为过日子。言：说话。独寐寤言：闻一多的解释是，在梦中与人说话。（闻一多《诗经通义》）此句形容不与世人交往。
④矢：通"誓"。谖（xuān）：欺诈。永矢弗谖：此句是永不欺世之意。意指硕人的诚实。　⑤阿：山坡。　⑥薖（kē）：和乐、平和、和蔼之意。引申为心胸宽大。一说"薖"指美貌。

201

⑦"独寐寤歌"：独眠独醒自娱自乐心态又平和。此句形容不与世人交往。　⑧过："过，度也。从辵。"(《说文解字》)此处有走出去的意思。永矢弗过：此句指硕人发誓永不走出这山窝窝。　⑨陆：山上高平之地。　⑩轴：从"由"得声，"由"的借字。"宽""薖""轴"三字意近。硕人之轴：此句指硕人自由自在又心神愉悦好快活。　⑪"独寐寤宿"：独自一人睡卧自在逍遥又快活。

⑫弗告：不对外人说，不告诉世人。朱熹《诗集传》云："弗告者，不以此乐告人也。"

【译词】

柳梢青·考槃

涧水潺湲，松遮高陆，碧草芊芊。雨细风轻，蜂鸣蝶舞，苍柏栖鸢。　扣盘击石怡然，饮甘露，行歌晓天。望断斜阳，月明莺息，寤寐无言。

【解读与评析】

古今诗释译注家大多认为本诗是一首隐者之歌，他道出了隐居生活的惬意与快乐，它是一首隐士的欢歌。

诗中的"硕人"不是功成名就的达人，也不是鬓发斑白的老者，而是一个身体健壮、年华正盛之人，更是一个情趣高雅之人，与《邶风·简兮》中"硕人俣俣"大概率是同一类人。全诗三章十二句，每章四句。各章通过各自的诗眼，展现了隐者多姿多彩的隐居生活和高尚情操。

何谓多姿多彩？一是多在"考槃"之地。各章首句依次分别为"考槃在涧""考槃在阿""考槃在陆"，虽只有一字之差，却使读者看到了一个时而在山涧扣盘而歌，时而在山坡鼓盆而歌，时而在山巅击节而歌的灵动活跃的隐者形象。该隐者远尘世而居，他不是抑郁沉沦而居,而是鼓盆为乐,击节而歌。好不快活!

二是隐者豁达充盈的内心世界。各章第二句也是仅一字之异,却赞美了隐者宽广的胸怀("硕人之宽")、平和的心态("硕人之薖")和自由自在无比愉悦的心情("硕人之轴")。

三是丰富多彩的精神生活。各章第三句也只是一字之别,"言""歌""宿"三字,从三个侧面展示了隐者逍遥自在的生活状态:独眠独醒自言自语("独寐寤言"),独眠独醒自歌自乐("独寐寤歌"),独眠独醒自卧自起("独寐寤宿")。每句开首一个"独"字,正是隐者傲世、达观、不入时流的写照。恰如唐诗云:"苦见人间世,思归洞里天。纵令山鸟语,不废野人眠。"(唐·灵一《送朱放》)

隐者的高尚情操何在?各章的末句"永矢弗谖""永矢弗过""永矢弗告",描述的是隐者之心——一种与世无争、安贫乐道、独享其乐而不示人的心志。真是个"长筇自担药兼琴,话著名山即拟寻。从听世人权似火,不能烧得卧云心。"(唐·张蠙《赠段逸人》)又似陶渊明的"此中有真意,欲辨已忘言"。还似宋人王庵僧的"道人不管春深浅,赢得山中岁月长"。

纵观古今,但凡隐居之士总是有其原因的,或愤浊世于不公,或怀才不遇而不得志,或遭奸臣嫉妒诽谤而被贬被弃,或看破红尘而入禅门。这既是贤士个人的不幸,更是国之不幸。陶渊明因对官场彻底失望,"既自以心为形役,奚惆怅而独悲?悟以往之不谏,知来者之可追。实迷途其未远,觉今是而昨非",因此愤世不已而归隐田园,并作《归去来兮辞》云:"归去来兮,请息交以绝游。世与我而相违,复驾言兮焉求?""富贵非吾愿,帝乡不可期。怀良辰以孤往,或植杖而耘耔。登东皋以舒啸,临清流而赋诗。"故又有诗《归园田居》云:"久在樊笼里,复得返自然。"唐代诗人王维因仕途失意而归隐终南山:"兴来每独往,胜事空自知。行到水穷处,坐看云起时。"

盛世当无遗贤。贤士出世隐居,大多是身处浊世,空怀济世之才而不得志。大概是基于这样的理由,故《毛诗序》说,《考槃》诗是讽刺卫庄公的,因为卫庄公"不能继先公之业,使贤者退而穷处"。因年代久远,诗序所论是真是假,无从考证。但从贤士退隐而居的因果关系论,诗序的解读也是符合逻辑的。从这个意义上讲,《考槃》又是一曲贤士的悲歌。

但愿野无遗贤,万邦咸宁。

硕 人

硕人其颀[1],衣锦褧衣[2]。
齐侯之子[3],卫侯之妻[4]。
东宫之妹[5],邢侯之姨[6],谭公维私[7]。

手如柔荑[8],肤如凝脂。
领如蝤蛴[9],齿如瓠犀[10]。
螓首蛾眉[11],巧笑倩兮[12],美目盼兮[13]。

硕人敖敖[14],说于农郊[15]。
四牡有骄[16],朱幩镳镳[17]。
翟茀以朝[18]。大夫夙退[19],无使君劳[20]。

河水洋洋[21],北流活活[22]。
施罛濊濊[23],鳣鲔发发[24]。

卫　风

葭菼揭揭㉕，庶姜孽孽㉖，庶士有朅㉗。

【词句注释】

①硕人：高大白胖的人，美人。古代多以硕、大为美。此指卫庄公夫人庄姜。颀（qí）：即修长貌。此处形容身材苗条。　②衣锦：穿着锦衣。衣，为动词。褧（jiǒng）：妇女出嫁时御风尘用的麻布罩衣。衣锦褧衣：即穿着锦制的罩衣。　③齐侯：指齐庄公。子：这里指女儿。　④卫侯：指卫庄公。　⑤东宫：太子居处，这里指齐太子得臣。东宫之妹：即齐太子之妹。　⑥邢：春秋国名，周公子所封地，在今河北邢台。姨：这里指妻子的姐妹。　⑦谭：春秋国名，在今山东济南市章丘区西城子崖。维：其。私：女子称其姊妹之夫。谭公维私：意谓谭公是庄姜的姐夫。　⑧荑（tí）：白茅之芽。　⑨领：颈。蝤蛴（qiúqí）：天牛的幼虫，色白身长。　⑩瓠犀（hùxī）：瓠瓜子儿，色白，排列整齐。　⑪螓（qín）：似蝉而小，头宽广方正。螓首，形容前额丰满开阔。蛾眉：蚕蛾触角，细长而曲。这里形容眉毛细长弯曲。螓首蛾眉：此处比喻庄姜的额广而方正，眉毛细长而弯曲。　⑫倩：笑貌，嘴角间好看的样子。　⑬盼：眼珠转动，一说眼儿黑白分明。　⑭敖敖：修长高大貌。　⑮说（shuì）：通"税"，停车。农郊：近郊。一说东郊。　⑯四牡：驾车的四匹雄马。骄：强壮、健壮的样子。"有"是虚字，无义。　⑰朱幩（fén）：用红绸布缠饰的马嚼子。镳镳（biāobiāo）：盛美的样子。　⑱翟茀（dífú）：以雉羽为装饰的车子蔽盖。翟，山鸡。茀，车篷。朝：朝君，此处指卫侯。翟茀以朝：即指卫侯与庄姜乘用野鸡毛为蔽盖的车子到农郊寻访。　⑲夙退：早早退朝。　⑳无使君劳：不要使君过于劳累。　㉑河水：特指黄河。洋洋：水流浩荡的样子。　㉒北流：指黄河在齐、卫间北流入海。活活（guōguō）：水流声。　㉓施：张，设。罛

(gū)：大的渔网。濊濊（huòhuò）：撒网入水声。㉔鳣（zhān）：鲤鱼。一说赤鲤。鲔（wěi）：鲟鱼。一说鲤属。发发（bōbō）：鱼尾击水之声。一说盛貌。㉕葭（jiā）：初生的芦苇。菼（tǎn）：初生的荻。揭揭：长貌。㉖庶：多。庶姜：指随嫁的姜姓众女。孽孽：高大的样子，或曰盛饰貌。㉗庶士：指护送的众多武士。有朅（qiè）：朅朅，勇武貌。

【译词】

满庭芳·硕人

袅袅婷婷，柔荑纤手，皓齿螓首蛾眉。锦衣玉颈，冰雪透香肌。问丽人何处去，许与卫侯做娇妻。齐王女，尊荣显贵，嫁娶两相宜。

情侬。多情笑，秋波美目，彩凤容仪。望旌旆轻飐，骏马飞驰。河水奔流浩荡，鱼蹦跶，葭苇菲菲。贤媛助，伴夫郊访，劳瘁到田畦。

【解读与评析】

《硕人》是一首古代著名的咏美人之诗。诗人用了铺张手法，不厌其烦地吟唱了"硕人"齐庄姜高贵的身份和美丽的容颜，也赞颂了庄姜陪夫卫侯到农郊访察农事，叙述了庄姜对夫君的体贴爱护。品读全诗，一个门第显赫、身份尊荣高贵、美丽而贤惠的贵夫人跃然眼前。

卫侯娶庄姜，史书有记。据《左传·隐公三年》载："卫庄公娶于齐东宫得臣之妹，曰庄姜。美而无子。卫人所为赋《硕人》也。"这是关于《硕人》的最早记载。

全诗四章，各章所写有其中心。第一章以"硕人其颀"起，轻轻一笔交代所写的对象是一位身材窈窕的美人儿后，重点在赞颂这位美人高贵的出身和显赫的门第,她的三亲六戚,父兄夫婿,皆是当时各诸侯国有权有势的头面人物:她是齐王之女("齐侯之子"),她是卫侯之妻,她是齐国太子的妹妹("东宫之妹"),她的两个姐夫,一个是邢国的侯王("邢侯之姨"),一个是谭国的士大夫("谭公维私")。身份显贵,何等荣耀!何等气派!

第二章写容貌外在之美。连用六个比喻,活脱脱地描绘出美人无比艳丽的容颜姿色:纤细柔嫩的手如茅荑;肌肤润滑如玉白皙如冰雪;脖颈圆润如破壳而出的白虫;洁白的牙齿如葫芦籽那样整齐漂亮;额顶方正如蝼;双眉细长弯曲如蛾蚕。前五句比喻形象贴切,刻画纤微毕至,如一幅艳丽绝伦的工笔肖像画。第二章的后两句作动态描写,连美人的性情一并画出,一"倩"一"盼",化静为动,十分传神:笑颜是那样的灿烂妩媚!眼睛清澈明亮而传神!真是:笑靥如花绽,玉音婉转流。柳眉枝上叶,媚眼水纹浮。

第三章赞颂庄姜的心灵之美。她不仅仅有容颜外在之美,更是卫侯治国的贤内助,是一个对夫君关怀备至爱护体贴的好妻子。第二句"说于农郊",其意与《鄘风·定之方中》"说于桑田"相同。结合紧随其后的"四牡有骄,朱幩镳镳。翟茀以朝"三句,写的是庄姜与卫侯乘坐着用野鸡毛为蔽盖、马嚼子用红绸布缠饰、由四匹健壮的雄马驾驭的车子,来到"农郊"。到农郊干什么呢?不是游山玩水,不是踏春访秋,而是打理政事,考察农事。何以见得?你看庄姜所言:大夫们你们早早退朝吧,不要让国君过于劳累。"大夫夙退,无使君劳"两句,是贤妻之语。它体现了庄姜对夫君卫侯的体贴入微和无限的关爱之情!

第四章写庄姜陪夫察农事的所见所闻:那咆哮不息的黄河之水,浩浩荡荡北流入海;那渔夫撒网入水的哗哗声;那鱼尾击水的刷刷声,那网中鱼儿的蹦跶声;还有河岸绵绵密密、茂盛的芦苇荻草。这些壮美鲜丽的自然景象与庄姜之美,构成一幅生机盎然的图画，表现了春秋时期农耕社会人与自然的相洽与和谐。

从诗的末尾两句"庶姜孽孽，庶士有朅"可以看出，庄姜陪夫"说于农郊"察看农事，不是微服私访，而是声势浩大，场面阔绰：有众多的像庄姜本人一样修长俊美的姑娘陪同，有英武雄壮的武士护卫。"庶姜孽孽，庶士有朅"两句正好与第三章的末尾两句"大夫夙退，无使君劳"相呼应：理政事，察农事。

这里有一点要特别注意，第四章写庄姜陪夫察农事的所见所闻，向读者展示的是一幅国泰民安、富庶祥和图：这里有物之生机，民之生机，女人之生机，武士之生机，到处生机盎然！就此而言，本诗所歌颂的不仅仅是庄姜的容颜美、心灵美，更是赞颂了卫侯治下卫国的富庶祥和。

爱人者人恒爱之，美人者人恒美之。庄姜之美，美在容貌，美在心灵，更美在伴夫治理下的卫国之安宁、民之富庶、物之兴旺。对于这样的卫国第一夫人，卫人能不赞美吗？

氓

氓之蚩蚩①，抱布贸丝②。
匪来贸丝③，来即我谋④。
送子涉淇⑤，至于顿丘⑥。
匪我愆期⑦，子无良媒。
将子无怒⑧，秋以为期⑨。

乘彼垝垣⑩，以望复关⑪。
不见复关，泣涕涟涟⑫。

卫 风

既见复关,载笑载言。
尔卜尔筮⑬,体无咎言⑭。
以尔车来,以我贿迁⑮。

桑之未落,其叶沃若⑯。
于嗟鸠兮⑰,无食桑葚⑱。
于嗟女兮,无与士耽⑲。
士之耽兮,犹可说也⑳。
女之耽兮,不可说也。

桑之落矣,其黄而陨㉑。
自我徂尔㉒,三岁食贫㉓。
淇水汤汤,渐车帷裳㉔。
女也不爽㉕,士贰其行㉖。
士也罔极㉗,二三其德㉘。

三岁为妇㉙,靡室劳矣㉚。
夙兴夜寐㉛,靡有朝矣㉜。
言既遂矣㉝,至于暴矣㉞。
兄弟不知,咥其笑矣㉟。
静言思之,躬自悼矣㊱。

及尔偕老㊲,老使我怨㊳。
淇则有岸,隰则有泮㊴。
总角之宴㊵,言笑晏晏㊶,
信誓旦旦㊷,不思其反。
反是不思㊸,亦已焉哉㊹!

209

诗经国风赏析

【词句注释】

①氓：民。一说是农民，一说是野人。蚩蚩（chīchī）：借为"嗤嗤"，笑嘻嘻的样子。　②布：旧时麻葛织成的布。贸：交换。　③匪：非。　④即我：到我这里来。谋：商议，此处指商谈结婚之事。　⑤涉：渡过。淇：河名，指淇河，卫国水名。　⑥顿丘：丘名。　⑦愆（qiān）：错过，拖延。　⑧将：请，愿。　⑨期：指婚期。　⑩乘：登上。垝垣（guǐyuán）：即高墙。垝：通"危"，高。垣：墙。　⑪复：返回。关：关卡，城关。"乘彼垝垣，以望复关"：登上城墙，盼望男子再次进城。　⑫泣涕：因悲伤而落泪。　⑬尔：通"乃"，如此，于是。卜：指用龟甲占卜。筮：指用蓍草算卦。　⑭体：卦体。咎言：不吉利的话。"体无咎言"：占卜算卦都是吉利的话。　⑮贿：财物，这里指嫁妆。　⑯沃若：嫩润有光泽的样子。　⑰于嗟：悲叹声。鸠：斑鸠，好食桑葚。　⑱桑葚：桑树的果实。　⑲耽：玩乐；沉湎。　⑳犹：还。可说：堪说。说：一说同"脱"，即摆脱之意。　㉑陨：落。"其黄而陨"：指叶黄而落下。　㉒徂（cú）：去，往。此处引申为"嫁"。　㉓三岁：泛指多年。食贫：生活贫苦，生活清苦。　㉔渐（jiān）：沾湿，浸湿。帷裳：车饰的帷幔。"淇水汤汤，渐车帷裳"：女子过淇河，河水像往常一样汹涌浩荡，浸湿了车幔。　㉕爽：差错，过失。　㉖士：指男子。贰：改变。　㉗罔极：无常，没有准则。"士也罔极"：男子言行变化无常没有准则。　㉘二三其德：三心二意，朝三暮四。　㉙妇：媳妇，老婆。"三岁为妇"：多年来做你的媳妇。　㉚靡：无，不。"靡室劳矣"：不以室内之劳苦为劳苦。　㉛夙兴夜寐：早起晚睡。　㉜靡有朝矣：没有一天不是这样。　㉝言：说过的话，此处指计谋。遂：成，达到了目的。"言既遂矣"：计谋已成，达到了目的。　㉞暴：暴虐。

㉟哇：耻笑状。"兄弟不知，哇其笑矣"：（我涉水过淇河回到娘家，）兄弟不知道我现在的处境和内心的痛苦，不但不同情我帮助我，反而嘲笑我。　㊱悼：悲伤，痛苦。"躬自悼矣"：独自悲伤。　㊲及：与。偕老：一同到老。　㊳老：指"偕老"。"老使我怨"：这样下去只能使我怨恨。　㊴隰：湿地。泮：畔。"淇则有岸，隰则有泮"：淇河再宽也有岸，湿地再广也有边。以此句子反比如与这样的男人偕同到老将痛苦无边，没有个盼头。　㊵总：束扎。总角：小孩子的头发束成两个似牛角的髻。借指童年。　㊶晏晏：欢乐温顺貌。　㊷信誓：诚信的盟誓。旦旦：诚恳的样子。"信誓旦旦"：海誓山盟。　㊸反是不思：违背诺言而不加思考。　㊹已：罢了吧！"亦已焉哉"：那就算了吧！此句表现出了女子一种一刀两断而又无可奈何的诀别之貌。

【译诗】

氓（新韵，六首）

一

乡民嘻笑眼眉低，抱布扛丝贸作媒。
涉水临丘心语送，清秋嫁娶是佳期。

二

日日登垣复问天，城关望断涕涟涟。
良时吉卦言祥瑞，车载华妆尔处迁。

三

桑叶青青光沃沃，糠鸠食葚休贪啄。
巧言似蜜醉心魂，沉溺爱河难摆脱。

四

晚秋桑叶随风落，岁岁食贫清苦活。
淇水长流士背常，反躬自问实无错。

五

多年为妇不堪聊，夜寐夙兴强作劳。
兄弟不知皆冷笑，悲伤怨艾自解嘲。

六

淇河有岸人将老，海誓山盟词语好。
暴怒声嘶怎奈何，从兹挥别情缘了。

【解读与评析】

关于本诗的主题，古今诗释译注家有三种不同的观点。

一是刺诗论。《毛诗序》："《氓》，刺时也。宣公之时，礼义消亡，淫风大行。男女无别，遂相奔诱，华落色衰，复相弃背。或乃困而自悔，丧其妃偶。故序其事以风焉。美反正，刺淫泆也。"朱熹《诗集传》："此淫妇为人所弃，而自叙其事以道其悔恨之意也。"

二是男弃女离异说。此论不"美"不"刺"，认为男婚女嫁，后因某些原因而使婚姻破裂也属正常。如高亨《诗经今注》："诗的主人是一位劳动妇女。她的丈夫原是农民。由恋爱而结婚，过了几年穷苦的日子，以后家境逐渐宽裕。到她年老色衰的时候，竟被她的丈夫遗弃。诗是回忆过往，诅咒现在，怨恨丈夫，慨叹自己的遭遇。"

三是女弃男离异说。刘毓庆、李蹊："这是一首离异诗。女主人公在自由恋爱中执着地实现了自己的愿望，但她又不得已而离开了那个家。""从氓与女子不同的身份与社会地位看，被抛弃者实是男子而非女子。"

我认为，《氓》所讲的是古代西周时期一对贫贱夫妻的婚姻悲剧。它较完整地叙述了一个城市女子与乡下小伙（氓）相恋相爱、求婚结婚、艰苦度日，到男子因无能而未能兑现当初的诺言、因生

卫 风

活艰苦而变得行为反常，致使日子不能继续下去，女子决然与男子一刀两断、弃男子而去的全过程。细读此诗，你会理解"贫贱夫妻百事哀"的真正含义。

在逐章解读前，先解析"氓"的含义。氓，指古代的农民，是相对于贵族而言的平民。在先秦社会，"氓"与"民"有很大的不同，是社会地位很低的民。《史记·秦始皇本纪》载："甿隶之人。""甿"与"氓"同义。在先秦西周时期，地域空间划分为"国""郊""野"，分别为不同人群的生活生存地域空间。以"国"统"野"，以"郊"治"野"。这里的"国"并非主权意义上的"国"，它只是由城垣拱卫的生存生活空间，大概类似于西方古代的城堡，生活在"国"中的当是上层贵族，或可以说是统治者；环绕在"国"周围的可以防御、控制的地区，则称为"郊"，生活在其中的当是上层统治者的族人及为其服务的从属人员，这其中之一更多的应是拱卫"国"的武士。"郊"之外则为"野"。生活在"野"的是没有政治经济地位的平民，这其中更多的是被征服地的土著民、战俘。居住地域不同，身份也不一样。居住在"国"的叫"国人"，居住在野的叫"野人"，又称作"民"或"氓"。《氓》的首句"氓之蚩蚩"，开门见山地点名了本诗的男主角是一个没有政治经济地位的乡下青年。

诗中的女主角是何身份呢？从第二章的前二句"乘彼垝垣，以望复关"可以得知，女主角是生活在城墙环绕、设有城门的"国"中的城市小姐。若不然，她怎么会日日登上高墙，盼望男子进城关来与自己相会呢？至此，我们就已清楚，本诗所讲述的是一个城市小姐与乡村小伙的婚姻故事。

全诗共六章，依次递进地记述了相恋相爱、抒情感悟、怨恨不满、诀别分手弃之而去的内容。

第一、二章写小伙子向女子求婚，彼此相恋相爱。本诗中的小伙子虽是山野乡民，见了城市小姐，也是百般殷勤，满脸堆笑，挑着布匹和蚕丝，借着到城里做买卖的名义，行向女子求婚商量婚事之实。可能是一时还没有找到媒人，女子没有痛快地答应，他还以为是姑娘有意拖延婚期，故而生气发怒呢！不得已，姑娘只好答应"秋以为期"：婚期定在秋季吧。

热恋中少男少女都是相互爱恋着的。小伙子借"贸丝"之机与姑娘约会后返程时，姑娘也是热情相送，陪同他蹚过淇河，一直送到顿丘。真是水一程，山一程，送了一程又一程。不仅如此，她还时常独自登上城墙，眺望远方，盼望小伙子快快进城呢（"乘彼垝垣，以望复关"）。若是不见小伙来，姑娘还伤心不已，泪流满面（"不见复关，泣涕涟涟"）。大抵有一日不见如隔三秋之感。见小伙子进城入关了，她不仅喜笑颜开，心里乐开了花（"既见复关，载笑载言"），而且还告诉小伙子：家里占卜算卦了，说的都是吉祥话，你选个好日子，赶着车来接我，把嫁妆一并拉去你家吧（"尔卜尔筮，体无咎言。以尔车来，以我贿迁"）。

解读第一、二章，其中有三点不可忽略。一是先秦周代社会是一个风气开放的社会，男女是可以自由恋爱的，男女结婚有"媒"，可能只是一个程式而已。男女先相互对上了眼，然后再请个"媒人"装个样子，就算明媒正娶了。

二是从"匪我愆期""将子无怒"两句中，使读者知晓，小伙子不仅多疑，而且脾气还不好，易怒。因一时还没有找到媒人，女子没有痛快地答应结婚，他就怀疑姑娘有意拖延婚期，而且还生气发怒。"匪我愆期""将子无怒"两句为这桩婚姻的悲剧结果埋下了伏笔。

三是诗中的男女主角，都不是富家子弟。男子是"野人"，家里穷自不需说，女子虽是城市小姐，家里也未必富有。要不然，怎么会催促男子来个车子，连新娘和嫁妆一并接去呢？因为不富有不高贵,不可能有贵族女子出嫁时那种"子之于归,在浚之郊。素丝纰之,良马四之"(《鄘风·干旄》)的阵势与气派,只好婚事俭办。"以尔车来,以我贿迁",简单的事以隐晦之词一句带过,这是本诗写作技巧的高明之处。

第三章写抒情感悟,朱熹《诗集传》中的评译是"比而兴也"。在这一章中,诗人以糠鸠爱食桑葚兴起,意在告诫新婚期的女子,不要像糠鸠贪食桑葚那样沉湎于眼前的甜蜜爱河中。男人如此,容易摆脱;而女人则容易深陷其中不能自拔。第三章在全诗中起着转折、承上启下的作用,也暗示着女子对未来生活有不祥之预感。

第四、五章是女子的怨恨之言、反思后悔之语。热恋新婚期的浪漫过去之后,夫妻过日子就是柴米油盐的平常事,一切归于现实和平淡。于是,女子有怨言了,诉苦了,对丈夫不满意了,数落了男子一大堆的不是:一怨家里穷,生活清苦("自我徂尔,三岁食贫");二怨早起晚睡太劳累太辛苦("靡室劳矣","夙兴夜寐,靡有朝矣");三怨丈夫脾气不好,行为无常使人琢磨不透,心肠冷酷不关心自己("士也罔极,二三其德""至于暴矣")。对此,细细想来,她一个人独自悲伤("静言思之,躬自悼矣"),反思当初的选择了。这也难怪,一个城市小姐嫁给了一个乡野小伙,生活在穷乡僻壤,过着贫苦的日子,恋爱时甜言蜜语的小伙没有给她带来她所希冀的生活,而且婚前的"怒"变成了婚后的"暴",她能不悲伤吗?于是,她要"变心"了。

第六章写女子决意与男子分手弃之而去的坚决态度。"一日夫妻百日恩",女子因不习惯过穷日子,受不了苦和累,虽是对丈夫怨恨甚多,但要真正变心离他而去,还是有点犹豫的,需要找更多的理由进行自我安慰,以免良心遭到谴责。于是,在第六章中,她开始回忆曾经的美好和快乐,诉说曾在一起发过的白头到老("及尔偕老")的誓言，诉说曾经在一起有说有笑欢娱快乐的时光（"总角之宴，言笑晏晏"）。其实，女子在这里对过往美好快乐的回忆，并不是什么良心的发现，而是为决意与男子分手弃之而去的最后结果作铺垫。想起曾经的美好快乐时光，想起曾经的"信誓旦旦"，与眼前的窘态相对比，女子是越想越有怨气，心想：淇河再宽也有岸，湿地再广也有边（"淇则有岸，隰则有泮"），而苦日子什么时候有个头呢？"信誓旦旦，不思其反。反是不思"（曾经明明白白发过的誓言，未料想如今不加思考地全违背了）三句是第五章中的所有怨气的进一步强化。既然如此，那就算了吧！再没有什么可谈的！没有什么可留恋的（"亦已焉哉"）！诗写到此，女子决意与男子诀别，头也不回，弃之而去的最后结局，似乎是顺理成章的事，读者一点也不感到突然。真是贫贱夫妻百事哀！

《氓》所记述的故事，不但表现了过去人类面对婚姻大事时曾经存在的事实，也指向人类现在和将来面对婚姻大事时仍然存在且需要认真思考的问题：

一是男女热恋时，总会少不了甜言蜜语，热情浪漫多于冷漠平淡。而浪漫过去之后，夫妻过日子就是柴米油盐的平常事，一切归于现实和平淡。随着结婚、生子、度日，初恋时的激情不可能始终保持高热度，热度会逐渐降低，甚至可能接近冷漠状态乃至产生矛盾。热恋中的少男少女，不论将来是贫穷还是富贵，不论是健康还是疾病，你们能真正做到"白头到老"、不离不弃吗？

二是涉及夫妻关系的因素实在太多了，外表的吸引力，性格的投合，情趣的一致，成长环境导致生活习惯的差异，经济条件等诸多因素，都会对夫妻情感的稳定性产生影响。对于这些差异，有的人可以通过自我调适而彼此适应，不仅忍一时，而且能忍一生一世；而有的人只能忍一时，却忍不了一生一世，而最后不得不分手。本诗中的女子对男子的多疑且脾气不好、易怒的性格，在热恋时是容忍了，迁就了，而终究还是未能容忍到老，最后以挥手诀别而结束。对这种情况，局外人是无法评判其是非对错并进行道德审判的。

竹　竿

籊籊竹竿[1]，以钓于淇[2]。
岂不尔思[3]？远莫致之[4]。

泉源在左[5]，淇水在右。
女子有行[6]，远兄弟父母。

淇水在右，泉源在左。
巧笑之瑳[7]，佩玉之傩[8]。

淇水滺滺[9]，桧楫松舟[10]。
驾言出游[11]，以写我忧[12]。

【词句注释】

[1]籊籊（tìtì）：细长、颤悠悠的样子。　[2]钓：钓鱼。　[3]尔思：想念你。尔，你。　[4]致：到达。　[5]泉源：卫国的水名，多泉水。今名百泉，在今河南辉县。　[6]行：远嫁。　[7]瑳（cuō）：玉色洁白，这里指开口露齿巧笑状。　[8]傩（nuó）：通"娜"，婀娜。佩玉动有节奏的样子。　[9]滺滺（yóu）：悠悠。河水荡漾之状。　[10]楫：船桨。桧、松：木名。桧，柏叶松身。　[11]驾：本义

是驾车。此处指操舟。　⑫写：通"泻"，排解，消除。

【译词】

浣溪沙·竹竿

不钓肥鱼乘桧舟，一钩钩起几多愁。竹竿籊籊莫轻投。　　淑女远行淇水阔，心随河水荡悠悠。川流不息泻千忧。

【解读与评析】

关于本诗的主题，有两说。一是"思归说"。朱熹《诗集传》："卫女嫁于诸侯，思归宁而不可得，故作此诗。"此后诗释译注家多从此说。一说"思友说"。这"友"，有的说是思念河对岸待娶的姑娘，有的说是思念儿时曾一起玩耍的小伙伴。

我认为，本诗是一位男子对已远嫁他乡作人妇的昔日恋人的思念之诗，或许是一种单相思。以前的意中人如今远嫁他乡，做了别人的新娘，有情人未成眷属，小伙子因此而十分苦闷。他拿着细长的钓竿独自一人来到淇河钓鱼。他不是为了钓鱼而钓鱼，可能是为了放松一下自己的心情。谁料想，他来到河边，看见浩荡无边的淇河，想起了心爱、美丽的姑娘，心情不但没有放松，反倒引起无穷思念和无限惆怅。他望着河对岸——可能是姑娘远嫁的地方，思绪万千。于是，就写下了这首相思诗，以诗诉说心中的苦闷和忧愁！诉说着自己的爱恋和曾经美好的记忆！真是"直道相思了无益，未妨惆怅是清狂"。

本诗共四章。全诗章法严谨，细读几遍，定能体会到其中的回环往复之妙。

第一章言相思。"以钓于淇"句中的一个"钓"字，道出了诗人的情感之所需所求。在古诗词中，"钓"多寓意男女情爱之意。唐代诗人储光羲有《钓鱼湾》："垂钓绿湾春，春深杏花乱。潭清疑水浅,荷动知鱼散。日暮待情人,维舟绿杨岸。"在这里,诗人钓鱼是假,系舟河岸等待情人的到来才是真。《竹竿》中的"以钓于淇"句也是这个含义。诗人心有所思所念,而淇水浩荡无边,势有所阻,无法过河("远莫致之"),令诗人苦恼且无奈。

第二章言相思之因:"女子有行,远兄弟父母。"爱总是有原因的,思念也是有原因的。第一章说了"岂不尔思"(我怎么能够不思念你呢),但为何而"思",在第一章中并未交代,埋下伏笔。故在第二章中对"岂不尔思"做了回应:"女子有行,远兄弟父母。"小伙子所爱恋的人,如今远嫁他乡,做了别人的新娘,他能不思念吗?"女子有行,远兄弟父母"是因,"岂不尔思"是果。

有的诗释译注家将"女子有行"句中的"行"解释为"为妇之道"。若按此理解,其意与"远兄弟父母"句联不上了。因此,此处"行"当是"出嫁""远嫁"之意。女子出嫁,自然是要告别兄弟父母远去的,故说"女子有行,远兄弟父母"。在这里,它与《邶风·泉水》中的"女子有行,远父母兄弟"句和《鄘风·蝃蝀》中的"女子有行,远兄弟父母"句,意思是完全一样的。

第三章言回忆。小伙子所爱恋的人虽然已远嫁他乡,做了别人的新娘,但她的音容笑貌,她的美丽,她妩媚的笑靥,她洁白的牙齿,她婀娜多姿的身材,总之,她的一切,总是在脑海中时隐时现,不能抹去。当他回忆起这点点滴滴,"岂不尔思"的情感就更加炽热了。这就是"巧笑之瑳,佩玉之傩"句所表达的意思。

第四章结尾一个"忧"字,回到了起点,与第一章的"思"遥相呼应。诗人回忆起了曾爱恋的姑娘的音容笑貌,回忆起她的美丽,思之情更深,思之心更苦,忧之意更浓。在百无聊赖的情况下,他乘舟出游,希望以此排解内心深处思念的忧伤,放松一下自己的心情。可是,他能够销蚀忧伤吗?"出游"能消愁吗?能消忧吗?不能。这只不过是一种心灵自我麻醉的方法而已。一句"以写我忧",使人读来感慨万千:桧木之舟在河面飘荡,思念之情、惆怅之情也随之飘荡起伏,"我"的忧思就如这淇河的水,不舍昼夜地流淌。淇河的水流不尽,流不完,"我"的忧思也是无穷无尽。一个"写"(泻)字,十分贴切地表达了诗人此时此境的心情,它相较于用"消"或"除"高明多了。若用"消"字,"忧"就随"出游"而消逝了,而一个"泻"字,这心中的"忧"总是没完没了。河不枯,忧不尽。这真是"闻说双溪春尚好,也拟泛轻舟。只恐双溪舴艋舟,载不动许多愁"(李清照)。

芄 兰

芄兰之支^①,童子佩觿^②。
虽则佩觿,能不我知^③?
容兮遂兮^④,垂带悸兮^⑤。

芄兰之叶,童子佩韘^⑥。
虽则佩韘,能不我甲^⑦?
容兮遂兮,垂带悸兮。

【词句注释】

①芄(wán)兰:兰草的一种,蔓生,茎顶结荚实。荚实倒垂如锥,嫩者可食。因其荚与觿(xī)相似,所以用来比喻"佩觿"。支:通"枝",枝条。 ②觿(xī):用兽骨制成的解结用具,形似羊角,也可为装饰品。本为成人佩饰,童子佩戴,是已成人的象征。 ③能:乃,于是。一说"宁""岂"。知:通"智"。一说

卫　风

"接"。　④容兮遂兮：形容仪容安详、行止舒缓的样子。容、遂：安闲面貌。　⑤悸：本为心动。这里形容带下垂、摆动貌。"容兮遂兮，垂带悸兮"此二句描写男子装老成的假正经。　⑥韘（shè）：用玉或象骨制的钩弦用具，着于右手拇指，射箭时用于钩弦拉弓，即扳指。　⑦甲（xiá）：通"狎"，戏，亲昵。

【译诗】

芄兰

芄兰结荚叶吟风，童子佩觿滑稽雄。
晃脑摇头行碎步，毛驴装象鼻栽葱。

【解读与评析】

　　关于本诗的主题，历代诗释译注家分歧颇大。一谓刺诗，《毛诗序》说："《芄兰》，刺惠公也，骄而无礼，大夫刺之。"今人高亨等则以为是刺童子早婚。高亨说："周代统治阶级有男子早婚的习惯。这是一个成年的女子嫁给一个约十二三岁的儿童，因作此诗表示不满。"刘毓庆、李蹊说："一个女子戏弄一位刚成年的男孩子，说他假装大人的样子，看上去很好笑。"难见的是宋代理学朱熹作的如下解读："此诗不知所谓，不敢强解。"

　　我认为，本诗是一对青梅竹马、两小无猜且刚及成年的少男少女相互嬉戏玩耍时，女子为调笑男子而作。在他们的玩耍调笑中蕴涵着一对幼稚少年步入成年时的微妙情感的变化，更是体现了女子对刚逝去的少年时光的留恋与不舍之心态。

　　本诗两章十二句，实际只有三个字不同。两章重叠，开篇都以"芄兰"枝叶起兴，描述诗人眼中"童子"的滑稽可笑。因为芄兰的荚实与觿都是锥形，很相像，故诗人触景生情，产生联想。诗中的"童子"，曾经是那么单纯幼稚！那么纯真可爱！曾经彼此是那么亲密无间！可是，自从"童子"佩带觹、套上韘后，走路慢悠悠，摇头晃脑，摆出一副成年人气派（"容兮遂兮，垂带悸兮"），神气得很，对自己的态度却冷淡了。于是，女子有些不高兴了，故用诗句嘲讽之：虽然你佩了觹，成年了，你就不跟我玩耍嬉戏了？（"虽则佩觹，能不我知？"）虽然你佩了韘，成年了，你就不跟我游乐了？（"虽则佩韘，能不我甲？"）

觹是用兽骨制成的解结用具，也可为成人佩饰。童子佩戴，是已成人的象征。据《礼记·内则》记载："子事父母，左佩小觹，右佩大觹。""觹所以解决结。""韘，玦也，能射御则佩韘。"（转引自闻一多《诗经通义》）在远古时代，贵族男子佩觹佩韘标志着对内已有能力主家，侍奉父母；对外已有能力从政，治事习武。正因为如此，所以诗中的"童子"一旦佩觹佩韘，便觉得自己是真正男子汉了，一下子稳重老成了许多。这本来是很正常的事，实际上他还是以前那个"顽童"。可是，这一变化在那位多情的少女眼里，男子只不过是装模作样假正经罢了，显得很滑稽。她一时有点不适应，有点接受不了，看了极不顺眼，甚而觉得这一切都是故意做给她看的。简直就如毛驴鼻孔插葱——装象。于是，她偏要口口声声唤他"童子"，并质问他：你就不跟我玩耍嬉戏了？你就不跟我游乐了？"童子"的称呼，包含着她似娇还嗔的情态，在"怨"中寓"爱"的绵绵情意。而两个问句，表象看是嗔问男子，实则蕴涵着少女对即将逝去的少年时光的留恋、不舍乃至是内心的无名恐惧。

对逝去年华的留恋与不舍，是人类的共同心态和共同情感。古诗词中这类诗句颇多。如清代诗人王九龄《题旅店》："世间何物催人老，半是鸡声半马蹄。"蒋捷《一剪梅》："流光容易把人抛，红了樱桃，绿了芭蕉。"男人是这样，而女性对逝去年华的留恋与不舍则更甚，更敏感："寂寞深闺，柔肠一寸愁千缕。惜青春去，几点催花雨。"（李清照《点绛唇》）

卫 风

从写作技巧论，与以上这几首诗的不同之处是，《芄兰》的作者对逝去的少年时光的留恋与不舍的表达，不是直白的，而是隐晦的、含蓄的，是通过对少年玩伴的嬉笑嘲弄中表现出来的。这正是本诗表达技巧的极高明之处。

河 广

谁谓河广^①？一苇杭之^②。
谁谓宋远？跂予望之^③。

谁谓河广？曾不容刀^④。
谁谓宋远？曾不崇朝^⑤。

【词句注释】

①河：黄河。 ②苇：芦苇。一苇：一枝苇叶。古人编苇为筏。杭：通"航"。"一苇杭之"：极易渡过去。 ③跂（qǐ）：古通"企"，踮起脚跟。予：而，能。 ④曾：乃，竟，竟然。刀：本字通"舠（dāo）"，小船。"曾不容刀"：黄河窄，竟然容不下一条小船。 ⑤崇朝（zhāo）：终朝。形容时间之短。"曾不崇朝"：并不遥远，很快就能到达。

【译诗】

河 广
黄水滔滔马不前，遥思故国日如年。

223

诗经国风赏析

谁人予我蒹葭叶，化作飞舟别梦圆。

【解读与评析】

关于本诗的主旨，据《毛诗序》所述，说是归于卫国的宋襄公之母（卫文公之妹），因为思念儿子，又不可违礼往见，故有是诗之作。朱熹《诗集传》从此说："卫有妇人之诗，自共姜至于襄公之母六人焉，皆止于礼义而不敢过也。"近现代众多诗释译注家多不从此说，而定其为客旅在卫国的宋人，急于归返故国，但因黄河阻隔，迫于环境，虽然日夜苦思归返家乡，终未能如愿以偿。他来到黄河岸边，久久伫立，眺望对岸自己的家乡，唱出了这首诗，以表达思乡之情。

我认为，将《河广》当作一首游子思归、思乡之作更切合其诗意。

全诗二章八句，概括地速写了一位游子思乡的形象，和他欲归不得的迫切心情，栩栩如生。这得益于多种修辞手法的运用。

一是巧妙的设问。在古籍中，黄河即称为河。在周代社会的卫国与宋国之间，横亘着壮阔无涯的黄河，卫国在黄河之北，宋国在黄河之南。此诗二章之开篇即从对黄河的巧妙设问为发端："谁谓河广？"

发源于青藏高原的黄河，在古人心目中，本是"上应天汉"的壮浪奇川。当它从天泻落，如雷奔行，直闯中原大地之际，更有"览百川之弘壮""纷鸿踊而腾骛""浊波浩浩东倾，今来古往无终极"之势。对这样一条大河，发出否定式的"谁谓河广"之问，直问得如一泻汪洋的黄河怒浪之逆折！直问得九曲连环、浊浪婉转的黄河之诚服顺从！但是，诗中的主人公不是为问而问，而是设问为答。设问之后作出了傲视旷古的、奇特夸张的应答。

二是奇特的夸张。在世人眼中，黄河之险是不容置疑的。"人间更有风涛险，翻说黄河是畏途""九曲黄河万里沙，浪淘风簸自天涯""黄河九天上，人鬼瞰重关"并非言过其实。但是，在诗中主人公看来，这一切都算不了什么：黄河虽宽，乘一片苇叶就可渡过，它只容得下一只小船（"一苇杭之""曾不容刀"）；故国虽远，踮起脚跟就可望见，不用一个清早就可到达（"跂予望之""曾不崇朝"）。

凡有奇特夸张之处，必有超乎寻常的强烈情感为之凭借。诗中的主人公面对黄河，涌现出一系列的石破天惊的奇思妙想，生发出超乎寻常的想象力，是因为在他的内心深处，此刻正升腾着无可按抑的急切的思归之情。强烈的思情，缩小了卫、宋之间的物理空间距离，眼前的滔滔黄河，则可以靠一苇之筏超越。

三是善用借代。《河广》本是一首游子思乡思归之作，诗中却无一"思"字，无一"念"字，无一"想"字。它是通过四个"谁谓"的巧妙设问句和"一苇杭之""跂予望之""曾不容刀""曾不崇朝"等四个奇特的夸张句，表达了任何艰难险阻都阻挡不了诗人思乡思归的急迫心情：河水滔滔算得了什么？我乘一片苇叶就能渡过。（"谁谓河广？一苇杭之。"）黄河再宽算得了什么？它容不下一只小船。（"谁谓河广？曾不容刀。"）故乡再远算得了什么？我不用一个清早就可到达。（"谁谓宋远？曾不崇朝。"）

而事实上，在交通工具极为落后的周代社会，人们若想过河，谈何容易？黄河不宽吗？答案是否定的。故国不远吗？答案也是否定的。

心若在，天涯亦咫尺。不论河水多宽、故乡多远，都阻挡不了诗人思归故国的急迫心情和坚强意志。诗中借"杭"喻思，借"望"喻思，借"崇朝"喻思。后人吟之，虽不见一个"思"字，却真切地感受到了诗人那浓烈的思归之情和炽烈的思乡之意。这种"无声胜有声"的艺术魅力，引人产生多种联想，回味无穷。

伯 兮

伯兮朅兮①，邦之桀兮②。
伯也执殳③，为王前驱④。

自伯之东⑤，首如飞蓬⑥。
岂无膏沐⑦，谁适为容⑧？

其雨其雨⑨，杲杲出日⑩。
愿言思伯⑪，甘心首疾⑫。

焉得谖草⑬，言树之背⑭。
愿言思伯，使我心痗⑮。

【词句注释】

①伯：古代女子对丈夫的亲昵称呼。犹今言"阿哥"。朅（qiè）：勇武高大状。 ②桀：同"杰"，杰出，特出的人才。 ③殳（shū）：古兵器，杖、矛类。 ④王：诸侯在自己的地盘内也可以称王，即"侯王"。前驱：先锋，前锋。 ⑤之：往。之东：去往东方，意即"东征"。 ⑥蓬：一种根细身大而枝叶疏散的野草，秋天遇风则拔起，随风飘飞。首如飞蓬：头发散乱貌。 ⑦膏：膏脂，即头油、面油之类。沐：米汁，可以洗头。膏沐：泛指妇女洗发润肤的用品。 ⑧谁适：即对谁、为谁的意思。适：适合，适当。 ⑨其雨：祈使句，盼望下雨的意思。此处是以期盼下

雨喻盼望夫之归来。　⑩杲杲（gǎogǎo）：日光高照之貌，明亮的样子。出日：日出。　⑪愿言：思念貌。　⑫甘心：情愿。首疾：头痛。　⑬谖（xuān）草：萱草，亦称忘忧草，俗称黄花菜。⑭背：屋子北面。　⑮痗（mèi）：忧思成病。心痗：指内心痛苦。

【译诗】

伯兮

手执戈殳志亦雄，为王杀敌作前锋。
征夫东去三千里，思妇在家临镜慵。
夜雨霏霏晨日杲，痴心寂寂抱头疼。
离情无计何时了，剩有忧伤憔悴容。

【解读与评析】

关于本诗的主旨，自朱熹《诗集传》释为"妇人以夫久从征役而作是诗"以降，释译注者多从此说，鲜见歧论。这种情况在《诗经》释译注领域并不多见。

一部人类文明史，也是一部人类战争史。有战争必有征役，有战争必有征夫。古今中外，概莫能外。

就战争性质而言，有正义与非正义之分。而不论是正义战争还是非正义战争，无一例外地都会破坏很多东西，其中有一个共同点是它首先破坏的是从征者的家庭生活。从征者在兵营、在战场，而他们的妻子儿女则处在自豪、骄傲和孤独、忧虑、思念、期盼的复杂心态中。《伯兮》正是这样一位思妇之诗。全诗四章十六句，每章四句。除第一章写骄傲自豪之甘甜外，第二、三、四章全是写思念之痛苦。

第一章，诗一开篇，写一个女子用自豪的口吻在描述她的丈夫。在古代，女子对丈夫的亲昵称呼为"伯"，口气中带着亲切感。

诗经国风赏析

这位丈夫值得骄傲的地方在于：一则是他长得英武伟岸，是一国中的豪杰（"伯兮朅兮，邦之桀兮"）。同时也因为他非常勇敢，充当了君王出征队伍的先锋（"伯也执殳，为王前驱"）。而使她感到骄傲并引以为自豪的资本，主要还是在后一点上。假如"伯"虽然长得高大英武，如果在征战之时畏缩不前，是一个贪生怕死的胆小鬼，妻子就没什么可以公然夸耀的了。要知道，自古至今，在征战的千军万马中能当先锋的，定是骁勇善战之人，绝非等闲之辈。在这里，我们从女子对自己丈夫的夸赞之语中，看到了这位征夫之妇高尚的家国情怀和责任意识：家国安危，匹夫有责。若战争来临，你能退缩吗？

诗的第二、三、四章分别从慵懒、头疼、排遣忧伤等三个不同角度表现征夫之妻的思念之痛之苦。

第二章以思妇的"慵懒"之态，写自从丈夫出征后，妻子在家就不再梳妆打扮自己了，任由头发凌乱得像蓬草。女为悦己者容。丈夫远征，作为在家苦苦思念的征夫之妻，变得慵懒了，既没有了为自己梳妆打扮的心情，似乎也没有了为自己梳妆打扮的必要（"谁适为容"）。表明她对异性的封闭，也即表明她对丈夫的忠贞。也从另一个侧面表现了这位征夫之妇高尚的家国情怀：夫为国而远征，妻甘愿在家为他守初心。

第三章写征夫之妻因思、因盼以至头疼。夜雨霏霏，那雨还是那雨，红灿灿的太阳晨出夕落、朝升暮降，循环往复，思妇对征夫的思念也是日复一日，因思念而致头疼（"愿言思伯，甘心首疾"）。

第四章写征夫之妇因忧伤而寻找排遣之法。首句"焉得谖草"意思是何处能找到忘忧草。为何要找来忘忧草插在背上（"言树之背"）？因为忘忧草的寓意是难忘的爱、忘掉忧愁。找来忘忧草插在背上，是思妇排遣思夫之忧的方法，实属无奈之举。因为这"忧"

已经使她不堪负担了。思夫之忧排遣掉了吗？没有。对阿哥的思念，使我的心痛苦而忧伤（"愿言思伯，使我心痗"）。真是思量一夕成憔悴！

在艺术构思上，本诗采用赋法，边叙事，边抒情。它紧扣一个"思"字，描述步步细致，感情层层加深，情节环环推进，展示了一位征夫妻子曲折复杂的心态：既骄傲于丈夫作为国家的豪杰之才，做了国君侯王出征队伍的先锋，又日夜苦苦思念，盼望丈夫及早归来。骄傲是源自征夫之妇的家国情怀和责任意识，思念则是源自征夫之妇个人的内心感受。诗中紧扣一个"思"字，多维角度写出了思妇内心的思念之痛与哀愁，但并没有任何的怨愤与后悔。全然没有"忽见陌头杨柳色，悔教夫婿觅封侯"的酸楚状。因为此，使诗既体现了文学之美，又体现了人性之美。

有 狐

有狐绥绥①，在彼淇梁②。
心之忧矣，之子无裳③。

有狐绥绥，在彼淇厉④。
心之忧矣，之子无带⑤。

有狐绥绥，在彼淇侧⑥。
心之忧矣，之子无服⑦。

【词句注释】

①狐：狐狸。周代人认为狐是妖淫的兽。此处喻指穿着华丽衣

裳的剥削者、富有之人。绥绥（suí suí）：舒行貌，走路迟缓的样子。 ②淇：卫国的淇河。梁：河梁。河中垒石而成的石礅，可过人，也可通水。 ③之子：这个人，那个人。裳（cháng）：下身的衣服。上曰衣，下曰裳。 ④厉：通"濑"，指水边浅滩。 ⑤带：束衣的带子。实指衣服。 ⑥侧：水边。 ⑦服：衣服。

【译诗】

有　狐

淇河食者履绥绥，好比妖狐更假威。
说尽心中忧戚事，夫君耕作没寒衣。

【解读与评析】

　　关于本诗的创作背景和主旨，古今诗释译注者歧论颇多且差别颇大。《毛诗序》认为："《有狐》，刺时也。卫之男女失时，丧其妃耦焉。古者国有凶荒，则杀礼而多昏，会男女之无夫家者，所以育人民也。"朱熹认为："国乱民散，丧其妃偶，有寡妇见鳏夫而欲嫁之，故托言有狐独行，而忧其无裳也。"刘毓庆、李蹊认为："一位姑娘爱上了一个青年，但那个青年大约很穷，或者家中无母亲照顾，身无完整的衣着，所以她日夜忧虑，希望早日嫁给他，给他做好全身整齐的衣服。"元江《〈风〉类诗新解》认为"这可能是当时的一首山歌""是寡妇唱给鳏夫听的"。马飞骧《诗经缵绎》认为是"伤乱悯贫之诗"。高亨则认为："贫苦的妇人看到剥削者穿着华贵衣裳，在水边逍遥散步，而自己的丈夫光着身子在田野劳动，满怀忧愤，因作此诗。"此外，还有"未嫁女子思念情人"说，有"妻子忧念丈夫久役无衣"说，有"古代大臣忧国之作"说，等等。

　　我是认同马飞骧的"伤乱悯贫之诗"说和高亨的"忧愤"之

说的。本诗是在一个寒冷的冬日,一位贫苦的妇人看到剥削者(或者是奴隶主)穿着华贵的狐裘在淇河畔游荡闲逛,并对在田野劳动而衣着单薄的丈夫作威作福,于是满怀忧愤,而作此诗。准确地说,本诗是抨击时政,揭露社会贫富悬殊,鞭挞社会不公现象的忧愤之作。

解读与评析《有狐》诗,关键之点是要对诗中"狐"的含义作出准确的理解。在本诗中,赋予了"狐"三个方面的含义。

一是剥削者(统治者、奴隶主、社会上层人士)的华贵富有。《诗经·国风》的多首诗中是以"狐"起兴的,其中的共同之点无一不是以"狐"体现华贵富有。《邶风·旄丘》中的"狐裘蒙戎,匪车不东"句,是一位妻子对行役在外的丈夫许久未归的期盼和责备。句中,以"狐裘"再配以末尾句"褎如充耳"(身着华服,两耳垂着耳璞),显示了男子的身份不低。《桧风·羔裘》中的"羔裘逍遥,狐裘以朝"所显示的则是一位贵族男子形象。《秦风·终南》中的"君子至此,锦衣狐裘"所显示的则是一位贵族客人的来访。类似的用词,《诗经》中还有一些。由此说明,《有狐》中的"狐"所指的并不是真正的"狐狸",而是以"狐"暗指统治者和贵族、剥削者。要知道,能着"狐裘"者,决非平民。

二是以"狐"暗示贵族、剥削者的妖淫与淫威。周代人认为狐是妖淫狠毒之兽,且多喻男子。《说文》:"狐,妖兽也。鬼所乘之。"《左传·僖公十五年》中以卦卜吉凶时云:"千乘三去,三去之余。获其雄狐。夫狐蛊,必其君也。"《邶风·北风》"莫赤匪狐,莫黑匪乌"句中,"赤狐"喻指心地狠毒的统治者。同样,《有狐》中,作者以狐比喻贵族、剥削者,他穿着华丽的服饰,游手好闲于淇水河畔,心地狠毒,对"无裳""无带""无服"的穷苦劳动者滥施淫威。

三是以"狐"暗示季节是在寒冷的冬天。"狐裘"是带有皮毛的服饰,当是御寒之衣。"有狐绥绥,在彼淇梁"句中的"狐"还含有"狐裘"之意,暗示贵族、剥削者在冬天穿着华丽的"狐裘"在淇河畔游玩闲逛。"狐裘"与"无裳""无带""无服"两相对比,深刻地揭露了当时社会的贫富悬殊。诗中的"无裳""无带""无服",并非指赤身裸体,而是指在寒冷的冬天,在田间劳动的丈夫衣着单薄,无御寒之衣。

全诗三章十二句,每章四句。各章看似更换了两个字,实则字变意同:"淇梁""淇厉""淇侧"是泛指淇水河畔;"无裳""无带""无服"是泛指无御寒之衣。这种字变意同的重复叠咏,强烈地表达作者对贫富悬殊的鞭挞之意,对贵族统治者的妖淫与淫威的藐视和愤懑之心,对丈夫无御寒之衣的忧虑之情。"心之忧矣,之子无裳""心之忧矣,之子无带""心之忧矣,之子无服",一唱三叹,情切切,意惶惶,心破碎,魂悲伤。从三个"忧"字中,读者看到了女子对无御寒之衣的穷苦丈夫的关爱之情。

在古今社会,衣是人们生活必需品。而生产力极度低下的周代社会,衣服不仅仅是人们生活必需品,衣服品质的好坏优劣,还是人们物质财富多寡和身份贵贱的外在表现。所以,《诗经·国风》中涉及"衣""服"的诗有多首,除了前文引述的《邶风·旄丘》《桧风·羔裘》《秦风·终南》三首外,还有《周南·葛覃》《召南·羔羊》《邶风·绿衣》《郑风·缁衣》《郑风·羔裘》《郑风·子衿》《唐风·山有枢》和《唐风·羔裘》等。在这些诗中,衣着的差别是人们贫富差距的最主要的体现和身份地位贵贱高低的外在表现,同时还寄托着诗作者的喜怒哀乐不同情感。

《有狐》于细微处见真情!诗作者正是从衣服穿戴着眼,体现了女子对丈夫的爱是多么深厚!情是多么纯洁!亦从中看到了细腻体贴的女性心理特征。

卫 风

木 瓜

投我以木瓜①,报之以琼琚②。
匪报也③,永以为好也④。

投我以木桃⑤,报之以琼瑶⑥。
匪报也,永以为好也。

投我以木李⑦,报之以琼玖⑧。
匪报也,永以为好也。

【词句注释】

①木瓜:一种落叶灌木的果实,长椭圆形,色黄而香,可食用。 ②报:报答,回报,回馈。琼:赤色玉;亦泛指美玉。琚(jū):玉佩的一种。琼琚:这里指珍美的佩玉。 ③匪:通"非"。匪报也:(美玉)不是为了期望回报(报答)。 ④好:结好。永以为好也:是求永久相好,永结同好。 ⑤木桃:桃子。一说楂子。 ⑥瑶:美玉;一说似玉的美石。 ⑦木李:李子。 ⑧玖:浅黑色玉石,佩玉的一种。《说文解字》:"玖,石之次玉,黑色者。"

【译诗】

木 瓜

木瓜惠我德恩深,胜似千金与万金。

馈与琼琚非望报,只期永世结同心。

【解读与评析】

关于本诗的主旨,古今诗释译注家主要分为三种。

一是"美诗说"。《毛诗序》云:"《木瓜》,美齐桓公也。卫国有狄人之败,出处于漕,齐桓公救而封之,遗之车马器服焉。卫人思之,欲厚报之而作是诗也。"此说在宋、清两代诗释译注界得到较多认同。

二是"男女相互赠答说"。朱熹并未认同"美诗说"。《诗集传》云:"言人有赠我以微物,我当报之以重宝,而犹未足以为报也,但欲其长以为好而不忘耳。疑亦男女相赠答之辞,如《静女》之类。"从此后,"男女相互赠答说"在诗释译注界颇为流行。近现代学者一般从朱熹《诗集传》之说,有的更明确指出此诗是爱情诗。闻一多《风诗类钞》说得更具体:《木瓜》是言"女之求士者,相投之以木瓜,示愿以身相许之意,士亦嘉纳其情,因报之以琼瑶以定情也……意者,古俗于夏季果熟之时,会人民于林中,士女分曹而聚,女各以果实投其所悦之士,中焉者或以佩玉相报,即相约为夫妻焉。"刘毓庆、李蹊说:"这是一首男女相悦而互相赠答的爱情诗。"高亨《诗经今注》说:这首诗"可能是男女的恋歌"。元江《〈风〉类诗新解》说:"这是一首爱情诗,是当时的山歌。"

三是"朋友相互唱酬说"。清代学者姚际恒既不认同"美诗说",也不赞同"男女相互赠答说"。他在《诗经通论》中云:"以(之)为朋友相赠答亦奚不可,何必定是男女耶!"清代学者刘沅《诗经恒解》更是肯定地说:此诗是"朋友相赠之诗"。

此外,还有诗释译注者认为此诗是"藏愿以泄愤之诗"。

由于诗作时代距今久远,且诗的文本语义很简单,就使得后人对其主题的探寻阐述分歧颇大,释译注者的自由度也较大。就如莎士比亚所说:"一千个人眼中有一千个哈姆雷特。"笔者认为将《木瓜》理解为是一首朋友、恋人之间通过相互赠答以表达深厚情意,教人如何与友相交相处的诗作似乎更符合诗的主旨。

全诗三章十二句,各章只是在第一、二句中有两个字的变化,即:"投我以木瓜,报之以琼琚"(第一章);"投我以木桃,报之以琼瑶"(第二章);"投我以木李,报之以琼玖"(第三章)。读此诗,如果将诗中的"木瓜""木桃""木李""琼琚""琼瑶""琼玖"看得太实太具体,是不能理解其本意的。在这里,"木瓜""木桃""木李"词虽略异义实同,泛指微小平常之物;而"琼琚""琼瑶""琼玖"也是词异义同,泛指稀有珍贵之物。这样,三章的意思是完全相同的。将其译成现代文,即是:有人赠我以平常品,我馈赠他(她)珍宝。这不是为了期望得到回报,而是期望永结同心之好。

诗中这种重章叠句表现形式,反复吟诵,一唱三叹,充分表达了作者对朋友(或是恋人)是一种情真意切的襟怀!

有人赠给"我"果子,"我"回赠他美玉,回报的东西价值要比受赠的东西贵重得多。而且,"我"的馈赠不是为了得到回报,而是为了感恩,期望与之结永世之好。这体现了人的高尚情感(既包括男女之间的爱情,也包括朋友之间的友情)。这种情感不同于"投桃报李"式的礼尚往来,它重在心心相印相知,重在相互精神上的契合,因而回赠的物品价值的高低在此实际上只是一种仪式而已,只具有象征性的意义,所体现的是自己对他人的情意的珍视,所以说"匪报也"。由此可以看出,诗作者胸襟之开阔和情操之高朗,已无衡量厚薄轻重之心横亘其间,他所表达的就是:珍重、理解他人的情意便是最高尚的情意,无关乎物品价值之高低贵贱,正所谓"千里送鹅毛,礼轻人意重"。

本诗在此提出了一个人类永恒的话题,即怎样交友、交什么样的友的问题。人是社会性的动物,一个人在社会中不能没有朋友。在人类社会进入文明时代以后,任何国家、任何社会,没有不重视交友之道的,而中华民族尤甚。在极重视宗法伦理的中国社会,朋友被尊为五伦之一,故曰"朋友有信","朋友,以义合者也。"《说文解字》说:"友,同志为友。"《论语》有这样一段记述:"子路问曰:'何如斯可谓之士也?'子曰:'切切偲偲,怡怡如也,可谓士矣。'"(子路问:"怎样才称得上士?"孔子说:"与人交往时,能够互相切磋、勉励、督促、和睦相处。")正因为此,才会"有朋自远方来,不亦乐乎"!

　　无人没有朋友,但影响其一生顺逆的朋友有两种,一是益友,一是损友。何为益友?何为损友?孔子说:"友直、友谅、友多闻,益矣;友便辟、友善柔、友便佞,损矣。"结交诚正、大度、博学的人做朋友,对其有益;与善于奉承、谄媚、巧言的人为友,对其有害。故有万载警世通言:以金相交,金耗则忘;以利相交,利尽则散;以势相交,势败则倾;以权相交,权失则弃;以色相交,色衰而爱弛。唯有以道相交者,天荒而地老;以德相交者,地久而天长。

　　《木瓜》一诗开启了后人交友、寄友、送友诗之先河。如陆凯的《赠范晔诗》:"折花逢驿使,寄与陇头人。江南无所有,聊赠一枝春。"王昌龄的《芙蓉楼送辛渐》:"洛阳亲友如相问,一片冰心在玉壶。"王勃的《送杜少府之任蜀州》:"海内存知己,天涯若比邻。"李白的《沙丘城下寄杜甫》:"思君若汶水,浩荡寄南征。"孟浩然的《送朱大入秦》:"游人五陵去,宝剑值千金。分手脱相赠,平生一片心。"王安石的《明妃曲二首·其二》:"汉恩自浅胡恩深,人生乐在相知心。"等等。

　　在芸芸众生中,人们应该怎样交友、交什么样的友?《木瓜》告诉你:当以真心相交,以真情相处。琼瑶桃李相赠送,聊表平生一片心。仅此而已,别作他求!

王 风

黍 离

彼黍离离①,彼稷之苗②。
行迈靡靡③,中心摇摇④。
知我者,谓我心忧;
不知我者,谓我何求⑤?
悠悠苍天⑥,此何人哉⑦!

彼黍离离,彼稷之穗。
行迈靡靡,中心如醉⑧。
知我者,谓我心忧;
不知我者,谓我何求?
悠悠苍天,此何人哉!

彼黍离离,彼稷之实。
行迈靡靡,中心如噎⑨。
知我者,谓我心忧;
不知我者,谓我何求?
悠悠苍天,此何人哉!

【词句注释】

①黍：谷物名，黄米，又名黍米。离离：成排成行的样子，繁茂状。　②稷：谷物名，今为高粱。　③行迈：前行、步行。迈：行。靡靡：步行缓慢的样子。　④中心：心中。摇摇：心神不安的样子。　⑤何求：找寻什么东西。　⑥悠悠：犹"茫茫"，意指苍天浩无边际。　⑦此何人哉：这是什么人呀？一说，"此"指把宗庙宫殿变为黍稷这件事，即指西周王朝灭亡这件事。　⑧如醉：意指内心因忧伤而昏眩。　⑨噎（yē）：忧闷已极而气塞，无法喘息。

【译词】

浪淘沙·黍离

满目稼盈郊，黍稷娇娇，苗绿穗实正飘飘。眼见得前朝故地，处处萧条。　思绪未曾消，一步三摇，无边忧愤倍煎熬。叩问苍天天不语，该与谁聊？

【解读与评析】

关于本诗的主旨，古今诗释译注者虽有差异，但无根本性分歧。《毛诗序》说："《黍离》，闵宗周也。周大夫行役，至于宗周，过故宗庙宫室，尽为禾黍。闵周室之颠覆，彷徨不忍去，而作是诗也。"朱熹《诗集传》说："周既东迁，大夫行役至于宗周，过故宗庙宫室，尽为禾黍。闵周室之颠覆，彷徨不忍离去，故赋其所见黍之离离，与稷之苗，以兴行之靡靡，心之摇摇。既叹时人莫识己意，又伤所以至此者，果何人哉？追怨之深也。"高亨《诗经今注》："东周初年，有王朝大夫到镐京来，见到宗庙宫殿均已毁坏，长了庄稼，不胜感慨，因作此诗。"马飞骧《诗经缵绎》"以为悯

王 风

宗周之诗"。元江《〈风〉类诗新解》说:"这是周朝臣子们凭吊西周废都宗周(即镐京)的诗。"余冠英《诗经选译》和刘毓庆、李蹊都认为"是流浪者诉忧思的悲歌"。

我认为,《毛诗序》和朱熹《诗集传》等的释义言之凿凿,有《史记》为据,应为可信。《黍离》是一首周平王东迁后,有周王朝大夫或行役,或为祭祀,来到故地——西周王朝的国都镐京(今陕西西安),见到宗庙宫室均已毁坏,遍地长满黍稷等庄稼,苗绿穗实,随风飘荡,当年的繁盛与奢华已消失殆尽,顿生无限感伤而作的忧愤之诗。

解读此诗的主旨和写作背景,须先简略了解一下"烽火戏诸侯"和"平王东迁"这两个典故。

平王东迁是东周初期周王室把都城由镐京迁到洛邑的历史事件。《史记》卷四《周本纪(第四)》载:周幽王时,废掉申后及太子宜臼,立其宠爱的褒姒为后,并立褒姒所生伯服为太子。公元前771年,申后之父申侯串通西夷犬戎等攻破镐京。周幽王点起烽火求援,众诸侯因以前被烽火所戏而不加理会。周幽王最后被杀于骊山,褒姒被掳走。西周朝灭亡。其后,众诸侯拥立申后儿子宜臼为王,名为周平王。平王即位后,驱逐西夷犬戎贼寇,在众诸侯的护卫下,将国都迁至洛邑(即今洛阳),奉祀周礼,开始了东周的历史。

东周平王将国都由镐京(今西安)东迁至洛邑(今洛阳)后,有周王朝大夫或因行役,或为祭祀,来到了故地——西周王朝的国都镐京,见到宗庙宫室均已毁坏,当年的繁盛与奢华已消失殆尽,所见只是遍地长满黍稷等庄稼,苗绿穗实,随风飘荡,因生无限感伤忧思而作《黍离》诗,一吐心中块垒。

全诗三章,每章十句。在诗的表现形式上,三章只换了"苗""穗""实""摇摇""如醉""如噎"等字词,它与《诗经·国风》

中的许多其他诗篇一样，采用重章叠句结构，反复吟诵，一往情深，一唱三叹，低回无限。

本诗三章所取的是同一物象的不同形态，即黍稷之苗、黍稷之穗、黍稷之实。庄稼人都知道，黍稷之苗到黍稷之穗，再到黍稷之实，这需要一个生长过程。本诗正是以黍稷的不同物态来表现时间的流逝，在迂回往复之间表现出主人公不胜忧郁之状。

时光一逝永不回，往事只能回忆。诗人回忆的是什么？是留恋昔日西周王朝的荣耀还是对王朝衰败的惋惜？是留恋昔日国都的繁华盛景还是故人的笑貌音容？诗中没有细说。也许都是，也许都不是，所感叹的只是物是人非。这正如王国维《人间词话》所言："一切景语皆情语也。"

诗人来到西周国都故地，所见一片葱绿，当年的奢华繁盛不再，旧的痕迹也难觅，所见只是一片生长繁茂的黍稷苗，它勾起诗人无限忧思，于是他缓步行走在荒凉的田埂小路上，一步三摇，如昏如厥，如噎如泣，充满怅惘，连路都走不稳。怅惘尚能承受，令人不堪者是这种忧思不能被人理解，"知我者，谓我心忧；不知我者，谓我何求？""我"心之痛"我"知，旁人却不理解。"我"的忧愤、忧郁、烦恼诉诸旁人是难以得到回应的。既感叹世事沧桑，更感叹知音难觅。于是只能叩问于天："悠悠苍天，此何人哉？"苍天啊！世人怎么会这样待我呢？诗人在一次次的反复吟咏中加深了沉郁之气，吟之令人泪水涟涟。"苍天"一呼，如惊雷炸地，使人惊悸。

故土是每个人的精神家园，对故土的眷恋是蕴藏在人们内心深处最深沉的情感。《黍离》之后，念故土、思故地的诗词甚多，但就其表现忧思忧愤之痛的深度而言，难有与之相媲美的。选摘两首代表性的词比较如下：

一如宋代词人姜夔的《扬州慢·淮左名都》中有"自胡马窥

江去后，废池乔木，犹厌言兵。渐黄昏，清角吹寒，都在空城。""二十四桥仍在，波心荡、冷月无声。念桥边红药，年年知为谁生？"

二如南唐后主李煜的《虞美人·春花秋月何时了》："雕栏玉砌应犹在，只是朱颜改。问君能有几多愁？恰似一江春水向东流。"

上述两首词中，都表现了词人对故地的无限忧思怀念之情。姜夔来到淮左名都（今扬州），亲眼所见，"废池乔木""空城""二十四桥"仍在；在李煜的想念中，"雕栏玉砌"犹在。这些都是曾经的旧物，词人因见、因思而生出无限感慨。但词人在这里的忧思怀念之情还有旧物可供寄托，而《黍离》则不同。诗人来到故地，眼前所见的，只是一片绿油油的生长茂盛的黍稷苗，曾经的宗庙宫室一点痕迹都不见了，忧思怀念无一旧物可寄托了。这不是更大的悲哀吗？这不是更令人忧伤痛苦吗？

"知我者，谓我何忧；不知我者，谓我何求？"旁人是无法真正理解诗人此时的忧思、忧愤、忧郁、烦恼之心的。亚当·斯密曾说过："虽然我们对悲伤的同情一般是一种比我们对快乐的同情更为强烈的感情，但它通常远远不如当事人自然感受到的强烈。""我们不会跟受难者一道哭泣、惊呼和哀伤。"（《道德情操论》）

君子于役

君子于役[①]，不知其期[②]，曷至哉[③]？
鸡栖于埘[④]，日之夕矣[⑤]，羊牛下来[⑥]。
君子于役，如之何勿思[⑦]？

君子于役,不日不月⑧,曷其有佸⑨?
鸡栖于桀⑩,日之夕矣,羊牛下括⑪。
君子于役,苟无饥渴⑫!

【词句注释】

①君子:妻子对丈夫的敬称。于役:往服役。君子于役:我的丈夫在外服役。 ②期:指服役的期限。不知其期:不知道他要去多久。 ③曷(hé):何时。至:归家。曷至哉:到了哪儿呢?一说"怎么才能回来呢?" ④埘(shí):鸡舍。墙壁上挖洞做成。鸡栖于埘:鸡进窝了。 ⑤日之夕矣:太阳下山,天色已晚了。⑥下来:归圈。羊牛下来:羊和牛从牧地回来归圈。 ⑦如之:对此、这样。何勿思:怎能不思。如之何勿思:叫我如何不想他?⑧不日不月:没法用日月来计算时间。意思是为期漫长。 ⑨曷:岂。佸(huó):相会。指与丈夫团聚。 ⑩桀:同"橛",木桩。鸡栖木。将多枝的树干立于地以便鸡栖于上叫"橛"。一说指用木头搭成的鸡窝。 ⑪括:至,相会,会集。羊牛下括:意同"羊牛下来",指羊牛下山进圈。 ⑫苟:姑且,表示期望之意。苟无饥渴:但愿他不至于受饥受渴。

【译诗】

君子于役

何为夫君从役伤?归期驻地渺茫茫。
鸡栖于桀牛羊下,寞寞黄昏寂夜长。

【解读与评析】

关于本诗的主旨,除《毛诗序》从诗教立意,说《君子于役》是"刺平王也。君子行役无期度,大夫思其危难以风焉"外,其他

王 风

古今诗释译注者一般认为这是一首写妻子怀念远出服役的丈夫的诗。朱熹《诗集传》说:"大夫久役于外,其室家思而赋之。"《王先谦《诗三家义集疏》:"按据诗文,鸡栖日夕、羊牛下来,乃家室相思之情,无僚友托讽之谊。"并指《毛诗序》有误:"所称君子,妻谓其夫,《序》说误也。"高亨《诗经今注》说:"这首诗抒写了妻子怀念在外服役丈夫的心情。"其他近现代学者都持此论。

我认为,《君子于役》是周代社会一位留守妇女思念、牵挂远出服役的丈夫的诗作。

全诗二章十六句,每章八句。第一章写思念之情,第二章写牵挂之意。各章的前六句的意思几乎完全是重复的。每章开头,是女主人公用简单的语言说出的内心独白。第一章的"不知其期"与第二章的"不日不月"虽用词有异,但意思相同,所表达的意思是:"不知道他要去多久,时间没法用日月来计算。"第一章的"鸡栖于埘"与第二章的"鸡栖于桀"也是词异意同:"鸡已进窝,栖于木桩。"第一章的"羊牛下来"与第二章的"羊牛下括"也是词异意同:"牛羊从牧场下来归圈了。"这一切,都离不开时空"日之夕矣":夕阳西下,时近黄昏。触景生情,眼前的一切,勾起了女主人公对在外地从役的丈夫的无限思念与牵挂。于是,对丈夫的不尽思念之情和无限牵挂之意从这位留守妻子的心底自然溢出了:

夫君服役在他乡,不知如今在何方。鸡归巢,牛羊从山坡悠悠走下。夕阳西去,薄雾似纱。寂寞长夜,独守空房我好害怕。夫君服役在远方,叫我如何不想他?

夫君服役在他乡,不知何日能回家。鸡入窝,牛羊进圈已到家。夕阳西去,薄雾似纱。寂寞长夜,独守空房我好害怕。夫君服役在远方,他的饥饱润渴我无时无刻不牵挂!

《君子于役》是一首充满了朴素之美的诗。它既有语言未加修饰的朴素之美,又有山村黄昏景色之美:太阳渐渐落山了,鸡入窝了,牛羊下山回村进圈了,下地劳动的人们回家团聚了。正是此时动态的山村美景,更衬托出、增添了主人公的孤寂和忧伤之感:倚门远望,而见不到丈夫的影子,茫然不知他身在何处,何日归来也无从知晓,声声呼唤"君子"而得不到回应。寞寞黄昏寂夜长,独守空房的苦楚是可想而知的。正是"哭损双眸断尽肠,怕黄昏后到黄昏"(宋·朱淑真《秋夜有感》),"天涯人远,心期梦悄,苦长宵难度"(宋·赵鼎《贺圣朝》)。

吟诵《君子于役》,你会思念着她的思念,牵挂着她的牵挂。

君子阳阳

君子阳阳①,左执簧②,
右招我由房③。其乐只且④!

君子陶陶⑤,左执翿⑥,
右招我由敖⑦。其乐只且!

【词句注释】

①君子:妻子对丈夫的敬称。阳阳:洋洋得意、喜气洋洋的样子。 ②簧:古时的一种吹奏乐器,竹制,似笙而大,又称大笙。 ③我:指诗作者本人,即诗中"君子"之妻。由房:舞曲名。据闻一多《诗经通义》载:"《传》'国君有房中之乐'。""《文选·月赋》'徘徊房露',《注》:'《房露》,古曲也。'" ④只且(jū):语气助词,没有实义。 ⑤陶陶:和乐舒畅貌,很高兴的样子。 ⑥翿(dào):跳舞时所用道具,用五彩野鸡羽毛做成,扇

形。 ⑦由敖：舞曲名。据闻一多《诗经通义》载："《周官·钟师》'奏《九夏》'，其九为《骜夏》。""由、蹈古同音。蹈者，舞也。"

【译诗】

君子阳阳

乐乐陶陶意气扬，握执羽翿奏笙簧。
夫君曼舞频招手，我表深情唱《敖》《房》。

【解读与评析】

关于《君子阳阳》的主旨，历来诗释译注家有分歧。《毛诗序》说："《君子阳阳》，闵周也。君子遭乱，相招为禄仕，全身远害而已。"朱熹《诗集传》认为此诗是《君子于役》的作者所作，"盖其夫既归，不以行役为劳，而安于贫贱以自乐。"马飞骧《诗经缵绎》认为是"悯周之诗"。高亨《诗经今注》认为是"写统治阶级奏乐跳舞的诗。"元江《〈风〉类诗新解》认为"是一首当时的山歌。讲男女青年玩公房、串寨、跳舞、唱歌、恋爱、交友的情况。"刘毓庆、李蹊认为："这是一篇情人相约跳舞的诗。"还有学者认为此诗"是描写舞师与乐工共同歌舞的场面。"从文理上看，此论是讲不通的。因为，无论是站在"舞师"的角度，还是站在"乐工"的角度，究竟谁为"君子"谁是"我"，都无法分辨，也都不恰当。

本诗是《国风·王风》中的第二篇，第一篇《君子于役》是周代社会一位留守妇女思念、牵挂远出服役丈夫的诗作。《君子阳阳》紧随其后，且诗题皆言"君子"之事。从这个逻辑角度分析，朱熹《诗集传》的解读似乎更有道理。《君子阳阳》是周代社会一

诗经国风赏析

位留守妇女在远出服役的丈夫归家后，心情愉悦，与夫曼舞其乐融融而作的叙事诗。至于这位留守妇女的远出行役之丈夫是贵族还是士大夫，或是平民，那就无从知晓了。但是，这并不影响后人对本诗的欣赏。

《君子阳阳》是以第一人称写的诗，解析本诗，其诗眼是"我"。诗中的"我"，既是诗作者，又是歌舞场中角儿，是"君子"所"右招"之人，舞者的妻子，并不是另有其人。所以诗中用了两个"右招我"。

本诗共二章，摄取了两组歌舞的画面。一组是夫"执簧"而舞，妻唱《房露》；一组是夫"执翿"而舞，妻唱《骜夏》。男子久出行役后回家，夫妻团聚，不论是对贵族还是贫贱夫妻来说，都是一件值得十分高兴的事。于是，他们情不自禁、得意洋洋地歌舞起来，丈夫左手执定乐器，边舞蹈边吹奏笙簧，舞到高潮处，用右手招呼他的妻子伴唱《房露》和《骜夏》。读到"左执簧，右招我由房""左执翿，右招我由敖"句，一幅十分生动的画面呈现在读者面前，男子边舞蹈边吹笙，还不断地向妻子招手，似乎在说：

快来呀！快来呀！唱一曲《房露》！过去的思念已成既往，从此不再忧愁。

快来呀！快来呀！唱一曲《骜夏》！过去的思念已成既往，好好享受当下。

在古代文学作品中，记述夫妻恩爱、歌舞自娱的情形并不多，多的是征夫弃妇愁怨之辞。《诗经·国风》也是如此。《君子阳阳》在古诗词中当属凤毛麟角。它所记述的夫妻共舞自娱自乐的欢快场面，从侧面展现了一个风俗开放的周代社会。

王　风

扬之水

扬之水①，不流束薪②。
彼其之子③，不与我戍申④。
怀哉怀哉⑤，曷月予还归哉⑥？

扬之水，不流束楚⑦。
彼其之子，不与我戍甫⑧。
怀哉怀哉，曷月予还归哉？

扬之水，不流束蒲⑨。
彼其之子，不与我戍许⑩。
怀哉怀哉，曷月予还归哉？

【词句注释】

①扬：悠扬，缓慢无力的样子。扬之水：平缓流动的水。喻指小水沟，涧水。　②不流：流不动，浮不起，冲不走。束薪：成捆的柴薪。不流束薪：言涧水浅，漂浮不起成捆的柴薪。　③彼其之子：（远方的）那个人，指妻子。其，语助词。之子：是子，这个人。　④不与我：不能和我。戍：守。申：即申国，东周时姜姓侯国，周平王的母舅家，在今河南省南阳市东南。戍申：戍守申国。　⑤怀：思念、怀念。　⑥曷：何。予：我。　⑦楚：荆条，灌木，人多以之为柴薪。束楚：成捆的荆条。　⑧甫：即吕国，姜姓侯国，在今河南省南阳市西。　⑨蒲：蒲柳，枝细长而柔软。束

247

蒲：成捆的蒲柳。　⑩许：即许国，姜姓侯国，在今河南许昌东。

【译诗】

扬之水

涧水清湍浅，难流枯树桩。
征戍申许地，坐念嫁娘妆。
归路如天外，思情无处藏。
夜长风浩浩，何日到家乡？

【解读与评析】

关于本诗的主旨，古今诗释译注家多以为它是一首戍卒怨思之辞。《毛诗序》："《扬之水》，刺平王也。不抚其民而远屯戍于母家（注：指周平王母舅家所在的申国），周人怨思焉。"朱熹《诗集传》："平王以申国近楚，数被侵伐，故遣畿内之民戍之。而戍者怨思，作此诗也。"高亨《诗经今注》："周平王东迁以后，楚国强大起来，时时侵犯申、吕、许等小国。平王因为和申国等有姻亲裙带关系，强迫征发东周境内人民到这三个国家去帮助戍边，担任这种兵役的劳动人民唱出这首歌，以示反抗。"马飞骧《诗经缵绎》："以为戍卒怨思之诗。"刘毓庆、李蹊认为"这是一首长期远戍他乡，不能与妻子团聚的士卒所吟唱的怨辞"。

我认为，本诗是一首士卒因远离家乡戍守异域，长期不能回到故乡与妻子亲人团聚，心怀思乡思亲之情而吟唱的怨怒之诗。

《扬之水》的写作背景，与"平王东迁"事件紧密相关。关于"平王东迁"之事，我在《黍离》的释义中有详细引述。周平王的母亲是申国人，周平王是在他舅氏申国等诸侯国的扶持拥立下才得以登上东周王位的。东周承袭西周，已是国势衰微，日渐强盛起来的楚国时时侵扰申、吕、许等小国。周平王为报舅氏申国等众诸侯国的拥立之恩，同时也是为了自身的安稳，派兵去帮助申、吕、许等诸侯小国戍边防楚。于是，便有了东周士卒因远离家乡征戍他国，长期不能回到故乡与妻子团聚，心怀思乡思亲之情而吟唱的怨怒之诗《扬之水》。

全诗三章十八句，每章六句。各章字数与句式完全相同，字词略有差异：即"束薪""束楚"和"束蒲"；"戍申""戍甫"和"戍许"。薪、楚、蒲都是农家日常燃烧的柴草；申、甫、许是三个诸侯小国。因此，全诗实际上把一个相同的内容，反复吟诵，用重复强调的手法，突出远戍士卒思亲思乡的情怀，一唱三叹。每章前两句"扬之水，不流束薪（楚、蒲）"，用缓缓流动的河水与不动的柴草兴起，先让人在视觉上形成动与静的对比：那河沟的水哗哗地流动，仿佛岁月一天天过去，不再回来；那一捆捆的柴草又大又沉，小小的河水根本漂浮不起，冲流不动，就如远戍的士卒有家不能回，而思家思亲的心绪不变，不可抹去，不曾消逝，就如这流动的涧水，日夜流淌，绵延不断，潺潺不息。

各章的前两句以物起兴，引出三、四两句"彼其之子，不与我戍申（甫、许）"。远戍的士卒在申、甫、许三地辗转调戍，久久未能回家，自然想念远在家乡的妻子和亲人。分离的日子越久，远戍的时间越长，思念妻子和亲人的情感也越强烈。终于，他最后喊出了自己心里的话："怀哉怀哉，曷月予还归哉？"意思是："妻子啊！亲人啊！我想你们呀！何年何月我才能回家与你们相聚呢？"夫妻之情，故园之思，远戍之苦，不平之怨，哀愁之意，都融化在这问话之中。其强烈的艺术震撼力，足可惊人魂魄。

自古征夫多乡泪。《扬之水》开启了征夫戍守卒思乡思亲边塞诗之先河，对后世影响深远，无论是在乐府诗中，还是唐诗中，或是宋词中，边塞诗是其中的主要题材，尤其是在唐诗中，边塞诗的创作贯穿于初唐、盛唐、中唐、晚唐的全过程中。

中谷有蓷

中谷有蓷^①，暵其干矣^②。
有女仳离^③，慨其叹矣^④。
慨其叹矣，遇人之艰难矣^⑤！

中谷有蓷，暵其脩矣^⑥。
有女仳离，条其歗矣^⑦。
条其歗矣，遇人之不淑矣^⑧！

中谷有蓷，暵其湿矣^⑨。
有女仳离，啜其泣矣^⑩。
啜其泣矣，何嗟及矣^⑪！

【词句注释】

①中谷：山谷之中，为无水之地。闻一多《诗经通义》："凡《诗》言谷皆谓无水之谷：《周南·葛覃》'葛之覃兮，施于中谷'，葛非水生之草；《小雅·伐木》'鸟鸣嘤嘤，出自幽谷'，彼鸟亦非水鸟；《白驹》'皎皎白驹，在彼空谷'，驹不得在水中也。自余他篇言谷者，可以类推。"蓷（tuī）：草名，又叫益母草。可入药，治妇病。 ②暵（hàn）其：即"暵暵"，形容干枯、枯萎的样子。暵，晒干。干：干枯，枯槁。 ③仳（pǐ）离：妇女被夫家抛弃逐出，流离失所。后世亦作离婚讲。仳，别，分别。 ④慨其：叹息之貌。叹：叹息，感慨。 ⑤遇人：嫁人。此处"人"，当指女子

所嫁之人。"遇人之艰难矣"：女子所嫁薄恩之人，致使被遗弃，给她带来无穷的灾难。 ⑥脩（xiū）：脩脯。本意是干肉脯。形容草干为"脩"。此处为干枯，枯焦。 ⑦条其：即"条然"，深长之意。歗（xiào）：同"啸"，号，呼叫，嗥嚎，悲啸之声。 ⑧不淑：不善。闻一多《诗经通义》中据《礼记·曲礼上》《注》云"说者有吊辞，曰'皇天降灾，子遭罹之，如何不淑'"的解释认为："彼曰遭天之不淑，此曰遇人之不淑，其义一也。" ⑨湿：将要晒干、枯槁的样子。 ⑩啜：哽噎抽泣，泣泪涟涟，肝肺焦灼之貌。 ⑪何嗟及矣：同"嗟何及矣"。嗟：悲叹声。及：与。何及：言无济于事。

【译词】

减字木兰花·中谷有蓷

山谷益母，茎槁叶黄霜里过。有女含娇，颠沛流离恨未消。今生不幸，嫁个村郎真薄命。日夜嗥嚎，泣泪涟涟肝肺焦。

【解读与评析】

关于本诗的主旨，历来诗释译注家都认为这是一首被离弃妇女自哀自悼的怨歌。其分歧仅为是弃妇自述，还是他人见弃妇之不幸而悼之的差别。《毛诗序》以为是"夫妇日以衰薄，凶年饥馑，室家相弃尔"。朱熹《诗集传》："凶年饥馑，室家相弃，妇人览物起兴，而自述其悲叹之辞也。"马飞骧《诗经缋绎》："以为伤时之诗。"高亨《诗经今注》："妇人被丈夫遗弃，作此诗以自悼，或是他人作此诗以悼之。"刘毓庆、李蹊说："作者看到一位流离失所的可怜女子而发的感伤。"

我认为，《中谷有蓷》是一位遭丈夫遗弃后流离失所而又无力改变自身境况的女子所作的自怨自艾的怨愤之辞。它反映了东周时期下层妇女的生活状况。

全诗三章十八句，每章六句。各章的前二句除用词有些许差异（即"干矣""脩矣""湿矣"）外，其意完全相同。而每章的后四句则随着用词的不同将作者的怨艾悲愤之情渐渐推向高潮。

各章的首句以"中谷有蓷"起兴，以物喻人，极具深意。中谷即山谷，为无水、缺水之山谷。水为生命之源。老子说："上善若水，水善万物而不争。"孔子说："夫水，遍与诸生而无为也，似德。"王夫之说："五行之体，水为最微。善居道者，为其微，不为其著；处众之后，而常德众之先。"山谷为无水、缺水之地，使益母（"蓷"）枯槁（"干矣""脩矣""湿矣"），实属无德。诗作者是以"中谷"喻弃妇之男子为少德、不善、粗俗之人，以枯槁的"蓷"（益母草）喻遭丈夫遗弃而颠沛流离的女子。同时，诗中的"蓷"（益母草）可入药，做妇女病治疗调养之用。由草及人，枯槁之益母草，当是指女子而非男人。诗写至此，各章后文中依次出现的"慨""叹""艰难"（第一章），"条""歔""不淑"（第二章），"啜""泣""嗟"（第三章）等诸多痛苦、忧伤、悲愤、怨恨之情便难以抑制，喷发而出。

本诗在艺术形式上采用逐层推进、步步深化的表现手法。诗人自哀自述其怨恨之情时，在空间未变的境况下，随着时间的推移，在第一、二、三章中，情感一章深似一章。该女子因嫁给了一个少德、不善、粗俗之人（"遇人之艰难""遇人之不淑"）被遗弃而颠沛流离，在第一章中她只是叹息、感慨自己的艰难困顿；而在第二章中则是呼叫、咆嚎、悲啸，痛苦不堪之状难以言表，埋怨自己嫁给了一个少德、不善、粗俗之人而导致不幸；在第三章中，则是抽啜、哭泣，涕泪涟涟，她对无力改变自己颠沛流离的处境感到万般无奈。"何嗟及矣"，事已至此，叹息、悲啸、抽啜、哭泣于事无补，有什么用呢？一句"何嗟及矣！"真是令人肝胆寸断、肝肺焦灼，失望到了极点，悲愤到了极点！

　　反复吟咏本诗，读者当体会到，诗作者因择偶不慎，嫁了个忘恩绝情的丈夫，最终被抛弃，落得个颠沛流离、无家可归、自怨自艾的悲惨下场。由此可见中国古代社会妇女地位的低微。

　　从来弃妇多怨辞。《中谷有蓷》是也！

兔　爰

有兔爰爰①，雉离于罗②。
我生之初③，尚无为④；
我生之后⑤，逢此百罹⑥。尚寐无吪⑦！

有兔爰爰，雉离于罦⑧。
我生之初，尚无造⑨；
我生之后，逢此百忧⑩。尚寐无觉⑪！

有兔爰爰，雉离于罿⑫。
我生之初，尚无庸⑬；
我生之后，逢此百凶。尚寐无聪⑭！

【词句注释】

①爰爰：同"缓缓"，自由自在的样子。爰：逍遥自在。
②雉：山鸡，野鸡。离：同"罹（lí）"，陷，遭到。罗：罗网。
③初：以前。我生之初：指其早年。　④尚：犹，还。为：各种作为。指劳役、兵役之事。无为：无事。　⑤我生之后：指其后来、

后半辈子。　⑥罹：忧。百罹：多种忧患。　⑦尚：庶几，希望，但愿。寐：睡。无吪（é）：不说话，无语。尚寐无吪：指一觉睡去不再醒来，长睡不醒。　⑧罦（fú）：一种装设机关，能自动掩捕鸟兽的网。　⑨造：指兵役、劳役。无造：没有劳役、兵役。意即没有苛捐，快乐安逸。　⑩忧：忧愁，苦难。　⑪觉：清醒。无觉：不醒，不想看。　⑫罿（chōng）：一种捕鸟的网。　⑬庸：指劳役。　⑭聪：听觉。无聪：不想听。

【译诗】

兔爰

狡兔舒闲出草窝，山鸡不幸被网罗。
我生之后常罹哭，生我之初尽雅歌。
本望一生安稳过，谁知现在苦愁多。
但求长寐不思醒，梦里欢娱无一苛。

【解读与评析】

关于本诗的主旨，是一首感时伤乱之作。《毛诗序》说："《兔爰》，闵周也。桓王失信，诸侯背叛，构怨连祸，王师伤败，君子不乐其生焉。"朱熹《诗集传》从《毛诗序》所论："周室衰微，诸侯背叛，君子不乐其生，而作此诗。"闻一多《诗经通义》说是"役夫不堪劳苦，怨而思死也"。今人高亨《诗经今注》说："这首诗是一个没落贵族的哀吟。"马飞骧《诗经缋绎》说是"伤乱之诗"。刘毓庆、李蹊说："这是一篇感时伤乱之作。"

本诗是在"平王东迁"后，一个生活在西周社会急剧转型时期的没落贵族因生活状况大不如前，甚至还需要承担兵役、劳役等捐税而感到极不适应，以沉湎于昔日快乐奢靡生活的心态，感慨自己生不逢时，觉得生无可恋，恨不得一觉睡去，从此不再醒来、不闻世事、不见嚣尘的感时伤世之作。它表现了诗人对未来极度悲观失望的没落情绪。

"平王东迁"是西周社会向东周社会转变的一个重大事件，从此周室日渐衰微。到了东周后期，随着冶铁技术的发展，生产工具发生了质的改变，一些奴隶主开始开拓井田周边的私有土地为己所有，井田制被逐渐破坏，社会处于急剧的转型期，由此开启了奴隶社会向封建社会过渡的进程。这种社会转型会带来个人身份、社会地位、经济状态、思想观念和行为方式的转变，无论对上层贵族还是底层百姓的生活，都带来极大的影响，其对上层贵族的冲击力会更大，有的贵族变得更富有，有的贵族则日益没落贫穷。在这种情况下，一些没落贵族必然在心理上极不适应，因而产生怀旧、恋旧、忆昔、悲观厌世的扭曲心态。《兔爰》应是当时一个没落贵族感时伤世的哀吟。

全诗共三章，每章七句，分为四个层次，诗意逐层推进，最后点题，进入高潮。

第一层：以物起兴。各章首二句都以兔、雉作比。兔性狡猾，用来比喻小人、奸佞之人，此处当是暗指导致周室衰微的幽王及得其宠爱的褒姒、太子伯服、受到幽王重用的卿相虢石父等佞巧之人。雉性耿介，用以比喻君子、正直之士，或是诗作者自比。"罗""罦""罿"都是捕鸟兽的网，既可以捕雉，也可以捉兔。但诗中只说"山鸡不幸被网罗"（"雉离于罗""雉离于罦""雉离于罿"），而"狡兔舒闲出草窝"，意在指小人得意，奸佞之人逍遥自在，而君子、正直之士无故遭难。通过这一形象而贴切的比喻，揭示出当时社会的混乱局势和阴暗。

第二层：忆昔怀旧。各章的第三、四句中，"我生之初"是指早年、以前、当初，而非指"我"出生之初。"尚无为""尚无造""尚无庸"三句，均是指劳役、兵役之事。据闻一多《诗经通义》

引据："'为''造''庸'皆谓劳役之事。"由此也可知，此诗当是没落贵族所吟。因为，在阶级社会中，任何时候，底层百姓是逃不掉劳役、兵役之苦的。《邶风·击鼓》《邶风·雄雉》《卫风·伯兮》《王风·君子于役》等诗篇都是例证。底层百姓是从来不曾享有"无为""无造""无庸"的福利待遇的，"无为""无造""无庸"只是贵族阶层的特权。贵族一旦没落，当与百姓无异。在这种情况下，他自然十分留恋从前的优渥生活，怀念曾经的美好。

第三层：感时伤世。与"我生之初"的"无为""无造""无庸"相对比的是各章的第五、六句"我生之后"的"逢此百罹""逢此百忧""逢此百凶"。在这里，"我生之后"是指后来、现在、后半辈子。由以前的"无为""无造""无庸"的贵族生活没落到如今的"逢此百罹""逢此百忧""逢此百凶"，这种反差很大，他一时无法面对无法适应，因而对现实处境十分厌恶。用现代语言表述，就是他由此感到很郁闷，甚至有点抑郁，烦恼得很。"百罹"是什么？"百忧"什么？"百凶"又是什么？诗作者没有言明。联系到各章的第四句，当是由"无为""无造""无庸"变为"有为""有造""有庸"了，不得不承担劳役、兵役了，不得不承担捐税了。面对这一切，他又无可奈何。于是他一遍又一遍地哀吟着：我生之后常罹哭，生我之初尽雅歌。本望一生安稳过，谁知现在苦愁多。

这正如后人所言：由俭入奢易，由奢入俭难。

第四层：悲观厌世。各章的最后一句"尚寐无吪""尚寐无觉""尚寐无聪"，诗人发出沉重的哀叹：生活在这样的年代里，不如长睡不醒。愤慨之情溢于言表。据闻一多《诗经通义》引据："'无吪''无觉''无聪'皆谓无知觉。"方玉润《诗经原始》说："'无吪''无觉''无聪'者，亦不过不欲言、不欲见、不欲闻已耳。"这就点出了诗作者"不乐其生"、悲观厌世而思长寐不醒的无尽哀伤:但求长寐不思醒,梦里欢娱无百苛。

而这也只不过是诗作者以自欺的手段来解除苦闷罢了。

葛藟

绵绵葛藟①,在河之浒②。
终远兄弟③,谓他人父④。
谓他人父,亦莫我顾⑤。

绵绵葛藟,在河之涘⑥。
终远兄弟,谓他人母。
谓他人母,亦莫我有⑦。

绵绵葛藟,在河之漘⑧。
终远兄弟,谓他人昆⑨。
谓他人昆,亦莫我闻⑩。

【词句注释】

①绵绵:连绵不绝的样子。葛藟(lěi):藤类蔓生植物。即野葡萄,又名千岁藤。 ②浒(hǔ):水边,岸边,河滨。 ③终:既已。远:远离。 ④谓:称,呼。 ⑤顾:照顾,眷顾。 ⑥涘(sì):水边。 ⑦有:通"友",亲近、相亲之意。一说通"佑",帮助。 ⑧漘(chún):河岸,水边,河滨。 ⑨昆:兄,兄长。 ⑩闻(旧读wèn):通"问",恤问温存,亦有爱之意。

【译诗】

葛藟

葛藟绵绵在水滨，离人悲绪乱纷纷。
亲兄亲弟难相见，枉敬家人费殷勤。

【解读与评析】

关于本诗的主旨，有多种说法，旧说多以为此诗是"刺诗"，即刺东周王朝周平王弃宗族而不顾。《毛诗序》："《葛藟》，王族刺平王也。周室道衰，弃其九族焉。"朱熹《诗集传》："世衰民散，有去其乡里家族，而流离失所者，作此诗以自叹。"也有学者不认同"刺诗"说。马飞骧《诗经缵绎》以为"是怨世衰民无所依傍之诗"。高亨《诗经今注》说："这是一首流浪他乡的乞人歌。"刘毓庆、李蹊认为"本诗是一个入赘者在别人家生活失去基本关怀、倍感孤独寂寞的悲歌"。

我认为，以上诸论似乎都与诗的本意相距甚远，于诗理不通。因为，若以无所依傍的流浪者、乞人者悲歌论，即使诗作者是流浪、乞讨之人，也是万万不会因为乞讨一口饭而去称呼他人为父、为母、为兄的，也是不敢奢求施舍者给他（她）以爱护（"我顾"）、与他（她）亲近（"我有"）、给他（她）以温存（"我闻"）的。只要讨到一瓢饭、一勺菜，他（她）就会对施舍者感激涕零了。若是依"入赘者"悲歌论，也说不通。因为，既然是"入赘"，即"倒插门"，女方家当是无兄无弟，他又何来哥哥长、哥哥短（"谓他人昆"）的喊呢？

我是赞同闻一多《诗经通义》的"此亦妇人自况之词"的观点的。本诗中的"终远兄弟"句与《邶风·泉水》《卫风·竹竿》《鄘风·蝃蝀》诗中的"女子有行，远父母兄弟"句，意思是完全

王　风

相同的,即指女子出嫁为人妻。女子出嫁了,自然是远离父母兄弟了。在周代社会,出嫁的女子要见父母兄弟一面也不是件容易的事。于是才有了"远父母兄弟""终远兄弟"的悲吟。这是其一。

其二,女子出嫁了,称丈夫的父母为父母,称丈夫的兄弟为兄弟,合乎情理。这便有了本诗中"谓他人父""谓他人母""谓他人昆"的称谓。自古至今皆是如此。

由此可见,《葛藟》是一位出嫁的女子,尽管对公婆、夫兄百般殷勤,但仍不受待见,得不到夫家人的怜爱、恤问温存,受尽委屈而作的怨愤之辞。

全诗三章,每章六句。各章只更换了三个字。第一个字"浒""涘""漘"都是"河边、岸边、水滨"的意思,只是用词不同而已。第二个字,谓他人"父""母""昆",换的都是家庭成员的称呼。第三个字,"亦莫我顾(有、闻)",就是"也不顾念、怜爱、关心、恤问我"的意思,所表达的都是怨恨愤懑情绪。总之,反反复复强调夫家人待她不好,使她感觉不到家庭的温暖和亲人的怜爱恤问。

诗各章虽只有短短六句,内容却很丰富,表达了三层意思。

第一层:以物起兴。各章前二句,"绵绵葛藟,在河之浒""绵绵葛藟,在河之涘""绵绵葛藟,在河之漘",诗人来到河边,见到河边葛藤茂盛,绵绵不断,不禁触景伤情,联想到自己远离兄弟、孤苦伶仃,感到人不如物,心生悲凉。

第二层:叙事。嫁作人妻,敬人如宾。各章第三、四句"终远兄弟,谓他人父""终远兄弟,谓他人母""终远兄弟,谓他人昆",诗人写自己出嫁为人妻,远离兄弟,遵习俗,守妇道,把丈夫的父母当自己的父母,把丈夫的兄弟当自己的兄弟,为的是能把自己融入新的家庭中。

第三层:抒发忧伤怨愤之情。在夫家人面前,诗人尽管百般地

259

献殷勤，觍颜"谓他人父""谓他人母""谓他人昆"。即便如此，也未博得一丝怜爱、半点温情，枉费殷勤。诗各章第五、六句"谓他人父，亦莫我顾""谓他人母，亦莫我有""谓他人昆，亦莫我闻"，直书其事，包含了诗人的许多委屈、无限酸楚和怨愤。

短短几行小诗，《葛藟》写尽了小媳妇难当的不尽忧伤，使人读后有一种不可言状的沉痛之感，也使后人看到了古代奴隶社会妇女的社会地位、家庭地位之低下和卑微。

当然，贵族女子除外。

采 葛

彼采葛兮①，一日不见，如三月兮。

彼采萧兮②，一日不见，如三秋兮③。

彼采艾兮④，一日不见，如三岁兮⑤。

【词句注释】

①采：采集。葛：葛藤，一种蔓生植物，块根可食，茎可制纤维用来织布。彼：她。　②萧：植物名。蒿的一种，即艾蒿。可制烛，有香气。　③三秋：一秋季三个月，三秋九个月。　④艾：多年生草本植物，菊科，茎直生，白色，高四五尺，其状如蒿，其叶子供药用，散寒祛风，可制艾绒灸病。　⑤岁：年。

王　风

【译诗】

采　葛

葛藤枝叶倍温柔，问尔为谁半掩羞。
最是人生思念苦，一天不见似三秋。

【解读与评析】

　　关于本诗的主题，由于诗中用词极简，没有具体内容的描述，后人注解时随意性很大。短短的一首小诗竟然生发出多种其意完全不同的解读。主要有以下六种。

　　一是"惧谗说"。《毛诗序》说："《采葛》，惧谗也。"若要强词夺理，"惧谗说"也说得通。因为，自古官场险恶，你争我斗，或输或赢，取决于君王的耳根是否硬朗。得宠幸的大臣一旦离开君王，可能马上会有人乘虚而入，在君王耳边进谗言，说坏话。若君王的耳根软，轻则导致大臣被君王疏远，重则可能招致杀身之祸。这样，离开朝廷一天，不就像离开了三月、三秋、三年了吗？因此，得到君王宠幸的大臣很惧怕离开朝廷，恨不得时时刻刻不离君王左右呢。

　　二是"淫奔说"。朱熹《诗集传》说："采葛，所以为絺绤，盖淫奔者托以行也。故因以指其人，而言思念之深，未久而似久也。"男子跟别人的老婆好上了，又不能朝夕相处，故思念之深，未久而似久。

　　三是"惜才说"。吴懋清《毛诗复古录》则以为采葛（萧、艾）比喻平时蓄养人才，"临时方获其用，若求之太急……一日则如三月之久"。

　　四是"忧时说"。郑方坤《经稗》以为是"贤者见弃而思君之作用也"。马飞骧《诗经缱绎》以为是"忧时之诗"。

五是"思友说"。清代姚际恒《诗经通论》则认为"当作怀友之诗可也"。方玉润《诗经原始》也认为此诗是"千古怀友佳章","夫良友情亲如夫妇,一朝远别,不胜相思,此正交情深厚处,故有三月、三秋、三岁之感也!"

六是"恋歌说"。近人则多主此论。闻一多《风诗类钞》认为:"采集皆女子事,此所怀者女,则怀之者男。"高亨《诗经今注》说:"这是一首劳动人民的恋歌,它写男子对于采葛、采萧、采艾的女子,怀着无限的热爱。"刘毓庆、李蹊说:"这是热恋中的情人的思念之诗。"元江《〈风〉类诗新解》说:"这是一首非常动听的爱情歌曲。"

我是赞成"恋歌说"的。《采葛》是人世间一首至纯至美的恋歌,也是一位男子对所钟爱之人吟唱的爱情歌曲。

由于本诗用词极简,没有具体内容的描写,给后人的准确解读带来很大的难度。怎么办呢?我以为还是要从诗三要素,即"诗眼""诗境""诗魂"入手。

本诗的"诗眼"是诗题"采葛"二字。在《诗经·国风》中,以"葛"起兴的诗有《周南·葛覃》《王风·葛藟》《王风·采葛》三首。通过解读我们已知,《周南·葛覃》是一首女子收割生长茂盛的葛藤,由此联想到葛藤用来纺丝织布,漂洗浆染,穿上它回娘家,父母见了也会很高兴地收葛歌。《王风·葛藟》是一位已出嫁的女子,尽管对公婆、夫兄百般殷勤,但仍不受待见,得不到夫家人的怜爱、恤问温存,受尽委屈而作的怨愤之辞。由上可知,以葛藤起兴的诗,其主角皆是女子而不是男子,且与婚嫁恋爱相关联。这就是"诗眼"。《采葛》的"诗眼"也当是如此。

其次是"诗境"。本诗中"采葛"是采集葛藤用来织布,"采萧"是指采集艾蒿用于个人装饰或用于祭祀,"采艾"是指采集艾草用于医治病痛。这些都是指女子辛勤劳作。

最后是"诗魂"。女子因为"采葛""采萧""采艾",忙于劳作而无法与相恋的人见面,所以引发了男子的相思之情,因而便有了本诗的"魂",即主旨:它是一首男子对所钟爱之人吟唱的爱情歌曲无疑。

在写作技巧上,本诗采用了有悖常识的夸张手法,极具艺术感染力。以时空常识论,一天就是二十四小时,一月就是一月,怎么会一日是三月、三秋、三年呢?但因为男子思念女子心急情真意浓,其心理时间完全背离了自然时间,也顾不得时空常识了,反复吟唱着:"一日不见,如三月兮","一日不见,如三秋兮","一日不见,如三岁兮"。反复吟唱,思念之情逐渐加深,层层递进。这种有悖常理的吟唱,无非是为了表达男子对恋人的思念之切、之深的至纯至真至美的爱恋之情,它把怀念恋人愈来愈强烈的情感生动地展现出来了。这种悖理的"心理时间",看似痴人说梦话,实际上真实映照出他们如胶似漆、难舍难分的恋情。

诗中既没有卿卿我我一类爱的呓语,更无缠绵缱绻的内容叙述,只是直白地表白自己思念的情绪,然而却能流传千古,后人将这一情感浓缩为"一日三秋"的成语。它唤起了不同时代读者的情感共鸣。

热恋中情人无不希望朝夕厮守,耳鬓厮磨。分离对他们是极大的痛苦,即使是短暂的分别,在他或她的感觉中也似乎时光很漫长,以至于难以忍耐。可能是受到了《采葛》的启发,在后来人诸多写思念的诗词中,其艺术夸张,与之相比有过之而无不及。如:"问世间,情为何物?直教生死相许。"(金·元好问《摸儿鱼·雁丘词》)"相思一夜情多少,地角天涯未是长。"(唐·张仲素《燕子楼三首》)"一寸相思千万绪,人间没个安排处。"(宋·李冠《蝶恋花·春暮》)"天涯地角有穷时,只有相思无尽处。"(宋·晏殊《玉楼春·春恨》)

诗经国风赏析

爱,是需要用语言表达的。直白也好,夸张也好,含蓄也罢,都得说出来。

大 车

大车槛槛①,毳衣如菼②。
岂不尔思③?畏子不敢④。

大车啍啍⑤,毳衣如璊⑥。
岂不尔思?畏子不奔⑦。

榖则异室⑧,死则同穴⑨。
谓予不信⑩,有如皦日⑪!

【词句注释】

①大车:古代用牛拉货的车,一说古代贵族乘坐的车子。槛槛(kǎnkǎn):牛车行走时车轮发出的响声。 ②毳(cuì)衣:毡子。本指兽类细毛,可织成布匹,制衣或缝制车上用来遮风挡雨的帷帐。此处从闻一多说。菼(tǎn):初生的芦苇,也叫荻,茎较细而中间充实,颜色青绿。此处以之比喻毳衣的青绿色。 ③尔:你。 ④子:指其所爱的男子。与"尔"同一个人。 ⑤啍啍(tūntūn):指牛车行走时车轮发出的响声。 ⑥璊(mén):红色美玉,此处指牛车帷帐上的红色装饰品。 ⑦奔:走,逃走。 ⑧榖(gǔ):生,活着。异室:两地分居。此处指不在同一个家中生活,不能成为一家人。 ⑨同穴:合葬同一个墓穴。 ⑩予

我。 ⑪如：此。皦（jiǎo）：同"皎"，白，光明，明亮。有如皦日：指以手指日，对日为誓。"谓予不信，有如皦日"：你若不信我所言，觉得我是撒谎说假话，还有天上明亮的太阳作证呢！

【译词】

玉楼春·大车

红纬青帐尘襟爽，迅驶大车吱嘎响。两情私语诉衷肠，万缕情丝无处放。　　此生异室真惆怅，死则但求同穴葬。为君倾吐尽心言，皦日高天齐景仰。

【解读与评析】

关于本诗的主旨，古今诗释译注者分歧颇大。若做归类，主要有以下四种：

一是"刺周说"。《毛诗序》说："《大车》，刺周大夫也。礼仪陵迟，男女淫奔，故陈古以刺今大夫，不能听男女之讼焉。"朱熹《诗集传》："周衰，大夫犹有能以刑政治其私邑者，故淫奔者畏而歌之如此。"

二是"征夫思家说"。丰坊《诗说》："征夫行役而讯其室家。"方玉润《诗经原始》："征夫叹也。"马飞骧《诗经缛绎》："征夫叹思家之诗。"

三是"弃妇说"。张次仲《待轩诗记》："妻为夫所弃，誓死不嫁。"高亨《诗经今注》说："这首诗的主人是个妇女，他们夫妻被迫离异。诗中写她和丈夫同车而行。她鼓励丈夫同她逃往别处，并发誓决不改嫁。"

四是"爱情说"。学者多持此说。其中又有"女说""男说"之分。袁梅："男子誓忠贞也。"刘毓庆、李蹊："一个女子爱上了一个男子，她的爱是那么强烈，发誓：生不能同室，死也要同穴。"

元江说："这是一首爱情诗。""女孩子向她的男友表明心迹，同时激将男友，说男友不敢和她一起私奔。"

我认为，本诗是一首爱情诗无疑。至于是"男说"还是"女说"，开门的钥匙全在一个"子"字。《诗经·国风》中，多篇是写爱情与男女恋歌的。在这些诗篇中，凡是以女子口吻对男子所言的，诗中"男子"均以"子""君"或"君子"代之。如，《国风》第一首《周南·关雎》中"君子好逑"句，《周南·汝坟》和《召南·草虫》的"未见君子"句，《卫风·淇奥》中的"有匪君子"句，《鄘风·君子偕老》中的"君子偕老""子之不淑"句，等等。在这些诗篇中，其所言"子""君子"，无一例外都是代指男子。

与之不同的是，若是以男子口吻或第三人称对女子所言的，诗中则以"之子""女子"或"有女"代之。如，《周南·桃夭》《周南·汉广》《邶风·燕燕》中的"之子于归"句，《召南·江有汜》中的"之子归"句，《召南·野有死麕》中的"有女怀春""有女怀玉"句，《鄘风·蝃蝀》和《卫风·竹竿》中的"女子有行"句，等等。《诗经》中这样的代指法，还有多篇。

由此分析引据可以得出结论，《大车》中的"子"也是指男子而绝非指女子。《大车》是一首爱情诗，而且是一个女子对她所钟情的男子盟誓的爱情诗。

一位女子坐着男子驾驭的牛车，奔驰在山道上，车轮发出阵阵"嘎吱"的响声，他们窃窃私语着。女子热烈地爱着这位男子，想争取婚姻自由，想与男子一同逃走，但又担心男子不敢采取行动。于是先激将他：我怎能不想你？就怕你不敢想我（"岂不尔思？畏子不敢"）。说到此，言犹未尽。于是在第二章中更进一步大胆地表白：我怎能不想你？就怕你不敢与我一起逃走（"岂不尔思？畏子不奔"）。

王 风

在第一、二章中，先是以沉重的车轮声，衬托姑娘内心的苦恼和不安，紧接着才是大胆的爱的表白。难道是牛车行走时车轮发出的"嘎吱"响声给了姑娘以表白爱的胆量？如果读者只读到此处为止，是难以作出判断得出结论的。

读到第三章，读者就会知道，他们的爱情是强烈的、坚定的、至死不渝的！女子一定要和男子结合。她说：若生不能同床，死也要同穴（"榖则异室，死则同穴"），并以手指日，对天发誓：你若不信我所言，觉得我是撒谎说假话，还有天上明亮的太阳作证呢！（"谓予不信，有如皦日！"）

若两情真爱，爱到深处、爱到极点，是无关乎生与死的。在本诗中，女子可能预见到男子的诸多不敢——不敢说相爱，不敢与她一起逃走。对此，她是有心理准备的。所以，最后她不得不说："榖则异室，死则同穴。"话至此，还有什么样的语言能比之更能表白她对男子的真爱呢？真是"问世间情为何物，直教人生死相许！"

从情节而言，诗写到女子以手指日，对天发誓后就没有描述其最后结局如何。但读者可以从诗意中去推想：这一对恋人，一定高高兴兴地驾着大车，奔向相爱相伴的幸福生活了，有情人终成眷属了。

"榖则异室，死则同穴。"这是惊天地、泣鬼神的爱情绝唱！它引起了后人的共鸣：

上邪！我欲与君相知，长命无绝衰。山无陵，江水为竭。冬雷震震，夏雨雪。天地合，乃敢与君绝！（汉乐府民歌《铙歌》）

《大车》在写女子对男子的爱时，既没有写男子"有力如虎""彼美人兮"（《邶风·简兮》）和"髧彼两髦"（《鄘风·柏舟》）的英俊潇洒，也没有写女子"静女其姝""静女其娈"（《邶风·静女》）和"委委佗佗""鬒发如云"和"子之清扬"（《鄘风·君子偕老》）的文静、委婉和万方仪态，更没有"副笄六珈""象服是宜""玼兮玼兮""玉之瑱也"(《鄘风·君子偕老》)的华美装束,而只是写了一种纯洁单纯的爱。这是一种惊世骇俗的、未附加任何物质条件的心灵之爱!

可惜的是,这毕竟是发生在两千多年前周王朝时期的事情了。人类社会发展到了今天,纯洁而古典式的海誓山盟的爱情观在污浊的社会泥沙中已被逐渐淹没,更多的只是现实主义的待价而沽,对物质的顶礼膜拜、物欲交换与互相利用。

在这世风浮躁的时代,但愿男男女女在恋爱择偶时,多一点质朴纯真,少追逐一点物质财富;多追求一些心灵的契合,少追逐一点虚荣;多一些山盟海誓,少一点蜜语甜言。

丘中有麻

丘中有麻①,彼留子嗟②。
彼留子嗟,将其来施施③。

丘中有麦,彼留子国④。
彼留子国,将其来食⑤。

丘中有李,彼留之子。
彼留之子,贻我佩玖⑥。

【词句注释】

①麻:大麻,一年生草本植物,皮可绩为布,古时种植以其皮织布做衣,子可食。　②彼:那,那个。留:遗留,留住。子嗟:

人名。一说对那个男子的尊称。　③将（qiāng）：有希望、请求之意。施施：此处疑为有误，当为单字"施"，即为"施予""给予"之意，引申为"用上""加工"之意。　④子国：人名。与子嗟、之子均是一人之名。　⑤食：吃饭。　⑥贻：赠，赠送、赠予。佩玖：佩玉名。玖，次于玉的黑石。"贻我佩玖"：送我以美玉。

【译诗】

丘中有麻

山丘有麦麻，施与落难家。
子国餐求饱，子嗟体未遮。
织麻肌体暖，食麦鬓毛华。
木李今予尔，相贻玉没瑕。

【解读与评析】

关于本诗的主题，历代诗释译注者有分歧：

一是"思贤说"。《毛诗序》说："庄王不明，贤人放逐，国人思之，而作是诗。"方玉润《诗经原始》说是"招贤偕隐也"。马飞骧《诗经缱绻》说是"招贤偕隐之诗"。

二是"情诗说"。朱熹《诗集传》说："妇人望其所与私者而不来，故疑丘中有麻之处，复有与之私而留之者。"闻一多认为是情人幽会之诗，"合欢之后，男赠女以佩玉"。刘毓庆、李蹊说"这是一首情歌"。

三是"贫者求助"说。高亨《诗经今注》认为："一个没落贵族因生活贫困，向有亲友关系的贵族刘氏求助，得到一点小惠，因作此诗述其事。"

我认为，《丘中有麻》是一个富有贵族对落难之人子嗟、子国的施善救济而述其事的诗。

诗经国风赏析

本诗中的"麻""麦"皆为家庭生活的必需品，麻用来织布做衣，麦则为食物，到现在仍是如此。诗的第一、二章，作者用简洁、朴素明白如口语的诗句分别写道：山丘有麻，把它留给子嗟（"丘中有麻，彼留子嗟"），子嗟将其加工，可用（"彼留子嗟，将其来施"）。山丘有麦，把它留给子国（"丘中有麦，彼留子国"），子国将其用来食用（"彼留子国，将其来食"）。

我们可据此猜想，当子嗟、子国需要他人施与衣、食时，他们肯定已是穷得衣不遮体、食不果腹了。诗作者可能是一个富有之人或是贵族，有麻、有麦，并将这些留给贫穷者子嗟、子国。他似乎是在做善事，有一副好心肠。

但事情并不这么简单。第三章告诉读者，"他"的施与并非无所求，而是要求回报的：将山中的木李留给你们，将来你们贻赠我以佩玉（"丘中有李，彼留之子。彼留之子，贻我佩玖"）。

诗的第三章隐含了施与者对被施与者的期待，或者说是施与的附加条件：别忘了我对你们的好，别忘了我的恩，今日给你木李，将来要赠我佩玉。在此，诗人完全化用了《卫风·木瓜》诗中"投我以木李，报之以琼玖"句的含义，只不过是转换了"投"与"报"的角色："投我"转换成"彼留之子"，"报之"转换成"贻我"。

本诗中，被贵族施救的贫穷落难之人子嗟、子国当是有自己的"份地"（私田）且为贵族的"公田"做无偿劳动的农奴，而非没落贵族或奴隶。据孙作云《诗经与周代社会研究》分析，西周已初具封建社会雏形。西周的农业生产者主要是农奴。西周社会的土地分为"公田"与"私田"。"公田"为贵族（领主）所有，农奴有小块份地即"私田"。农奴除无偿地给贵族（领主）耕种"公田"，承担其他各种劳役外，农奴耕种的"份地"不但要供应他们自己的衣食，而且还要供应"公"（贵族）和"公"的走狗"田畯"的衣食。这样一来，西周社会的农奴，虽然有了不同于奴隶的人身自由，但其与贵族（领主）有着经济上的依附关系。农奴是最主要的社会生产力，贵族（领主）离开了农奴是无法生存的。可能是基于这种原因，本诗作者（贵族）当看到子嗟、子国穷得衣不遮体、食不果腹时，他不得不考虑施与他们以"麻"和"麦"。这既是救助子嗟、子国这些穷苦的农奴，更是在为自己未来的生计着想。

在此，我想到了租种地主田地的佃农，当他们遇到灾荒或疾病而衣食无着落时，地主有时也会发慈悲借给佃农一些钱、粮的。但这绝非无须偿还，而是"利滚利"的高利贷。本诗第三章所写的"丘中有李，彼留之子。彼留之子，贻我佩玖"，是不是与地主借给佃农"利滚利"的高利贷相似呢？

尽管如此，诗中这位富有贵族的乐善好施、救济贫穷者的行为还是值得称颂的。因为，我们是不能苛求在两千多年前的西周时期，贵族（领主）助人为乐，无偿给农奴以施舍救济而不求回报的。

诗经国风赏析

郑 风

缁 衣

缁衣之宜兮①,敝②,予又改为兮③。
适子之馆兮④,还⑤,予授子之粲兮⑥。

缁衣之好兮⑦,敝,予又改造兮⑧。
适子之馆兮,还,予授子之粲兮。

缁衣之席兮⑨,敝,予又改作兮。
适子之馆兮,还,予授子之粲兮。

【词句注释】

①缁(zī)衣:黑色的衣服,当时卿大夫到官署所穿的衣服。宜:合适。指衣服合体宜身。 ②敝:同"弊",破旧。 ③改:改制,缝补。这是随着衣服的破烂程度而说的。 ④适:往。馆:官舍,官署,客舍,住所。 ⑤还:回来,归来。指从官署回家。 ⑥粲(càn):上等的好米、精米。此处引申为餐,米饭,美餐。 ⑦好:指缁衣美好。 ⑧造:制作。 ⑨席(xí):宽大舒适,宽松。古以宽大为美。

郑 风

【译诗】

缁 衣

千缝万织一缁衣，合体宜身生玉辉。
待到公房尘事毕，莼羹稻饭望君归。

【解读与评析】

关于本诗的主旨，古今诗释译注者有"好贤说"和"恋歌说"之分。《毛诗序》："美武公也。父子并为周司徒，善于其职，国人宜之，故美其德，以明有国善善之功焉。"朱熹《诗集传》从旧说："郑桓公、武公相继为周司徒，善于其职。周人爱之，故作是诗。"方玉润《诗经原始》说："罗贤以礼不以貌，亲贤以道尤以心。贤者所乐为用，而共成辅国宏猷。国人好之，形诸歌咏，写其好贤无倦之心，殆将与握发吐哺后先相映，为万世美谈，此《缁衣》之诗所由作也。"高亨《诗经今注》说："郑国某一统治贵族遇有贤士来归，则为他安排馆舍，供给衣食，并亲自去看他。这首诗就是叙写此事。"马飞缜《诗经缜绎》以为是"喻求贤当以礼之诗"。持"好贤说"者多以古代典籍为证。《礼记》中就有"好贤如《缁衣》"和"于《缁衣》见好贤之至"的记载。（朱熹《诗集传》）

而"恋歌说"者认为，"这首诗表现了比较原始的爱情婚姻风俗——在'公房'中相爱后，女子对男子的叮嘱"，"是男女相会公房时的恋歌"（刘毓庆、李蹊译注的《诗经》）。

我细细琢磨本诗的字句，全然没有找到"好贤说""恋歌说"的半点痕迹。比如，"好贤说"中所讲的"善于其职""有国善善之功""辅国宏猷""握发吐哺"等贤士之为之德，诗中没有半个字提及。再者，若真是武公"好贤"，以礼待之，给贤士以美餐

（"粲"）倒是不错，但给贤士一件破衣（"敝"）那就不是以礼相待了。因此，所谓"好贤说"，不过是先儒们从满足"诗教"功能的需要出发所进行的臆想与演绎而已。

至于"恋歌说"者从一个"馆"（官署）字中想象出"男女相会公房""在公房中相爱"的行为，更是有媚俗之嫌了。这种释读就好像当今社会中：某个腐败分子腐化堕落，搞权色交易，与一女子在办公室行不轨苟合之事。在远古的周代社会是否存在这种现象，后人不得而知。但若按此去解读《缁衣》，不仅仅是无凭无据，更是使"诗之美"黯然失色。实不足取。

我认为，《缁衣》是一首写日常生活中夫妻恩爱情深的诗。

若要准确理解本诗的主旨，以下几个关键词需要辨析。三章中除"宜""好""席"等三个形容词有变化外，其余的字词句没有任何不同，而"宜""好""席"都含有适宜、舒服、舒适的意思。三章中的"改为""改造""改作"等三个动词，意思完全相同，只是变换语气而已，可以缩简为一个"改"字，即缝补、修改、重做的意思。《诗经·国风》中，以"子"多代指"夫君""郎君"。本诗各章中的"子"，当作"你"解，也是指"郎君""夫君"。各章中的"予"，当作"我"解，就是诗中主人公、诗作者。各章中的"授"，即"给""给予"的意思。

诗中的主人公是一位女子。她的丈夫可能是在官署当差的小官，按当时的朝政礼仪，到官署理事时要穿上黑色朝服。诗中所吟咏的"缁衣"（黑色朝服）是诗人亲手缝制的，所以她极力称赞丈夫穿上它既适身合体，又好看宽松舒服。她还一而再，再而三地表示：如果这件朝服穿破旧了，我将再为你做新的。还再三嘱咐：在官署办完公快点回来，我在家做好美餐等着你。将其翻译成现代文便是：

黑衣好看宽松合身又合体，你穿着它去官署理事真适宜。若穿破了也无妨，我重做件新的来代替。忙完公事快回家，我做好莼羹米饭等你回。

夫妻恩爱不只是卿卿我我，更是体现在日常生活中点点滴滴的相互关照体贴中。本诗通过记述衣、食、行等日常生活中再普通不过的生活琐事，用朴素的口语化的诗句，一唱三叹，把妻子对丈夫无微不至的体贴之情刻画得淋漓尽致，也真实地表现了夫妻俩的恩爱深情。

将仲子

将仲子兮①！无逾我里②，无折我树杞③。
岂敢爱之④？畏我父母⑤。
仲可怀也⑥，父母之言，亦可畏也。

将仲子兮！无逾我墙，无折我树桑。
岂敢爱之？畏我诸兄。
仲可怀也，诸兄之言，亦可畏也。

将仲子兮！无逾我园⑦，无折我树檀⑧。
岂敢爱之？畏人之多言。
仲可怀也，人之多言，亦可畏也。

【词句注释】

①将（qiāng）：愿，请。一说发语词。仲：兄弟排行第二的称"仲"。仲子：老二。家中排行第二的儿子。　②逾：翻越，攀爬。

里：院墙。周代的乡村组织五家为邻，五邻为里，里外有墙。"逾里"，指翻越"里墙"。　③树杞（qǐ）：杞树，即杞柳，刀柳，落叶乔木。无折我树杞：不要用攀树越墙的方式过来与我相会。④爱：吝惜，舍不得。　⑤畏：害怕。　⑥怀：思念。　⑦园：与"里""墙"同义，指园墙，院墙，里墙。　⑧檀：檀树，常绿乔木，高大而木质坚硬。

【译诗】

将仲子

说与痴心仲子哥，高墙陡壁莫攀过。
树枝折断一声响，好事多磨六合和。
爱意深藏珍誓约，人言可畏奈愁何。
杞檀翠叶随年长，淑女思情逐日多。

【解读与评析】

关于本诗的主旨，古今诗释译注者有歧论，分为"刺诗说"和"情诗说"两种。"刺诗说"有：《毛诗序》云："《将仲子》，刺庄公也。不胜其母，以害其弟。弟叔失道而公弗制，祭仲谏而公弗听，小不忍以致大乱焉。"宋人郑樵《诗辨妄》："淫奔之诗，无与于庄公、叔段之事。"认为是讽刺郑庄公的。方玉润《诗经原始》："讽世以礼自持也。"朱熹《诗集传》没有独自的解读，只是引郑樵《诗辨妄》的观点，认为"此淫奔者之辞"。马飞骧《诗经缵绎》认为是"讽世以礼自持之诗"。

现代学者一般认为本诗是一首情诗。高亨《诗经今注》说："这是一首恋歌，写一个女子劝告她的恋人不要夜里跳墙来和她相会，怕她的父母和哥哥们会指责她，也怕旁人会议论她。"刘毓庆、李蹊认为，本诗"表现了一个女子在家庭社会的压力下，一方面要

郑　风

恋爱，一方面又惧于舆论压力的矛盾心理""是一首情歌"。

我认为，这是一位热恋中的少女在旧礼教的束缚下，以礼自持，以礼劝人，用婉转的方式提醒心上人行事小心，不要越礼前来相会的爱情诗。

先秦时代青年男女的恋爱、婚配，受到礼教的约束。"男女无媒不交，无币不见。恐男女之无别也""崇嫁娶之要，一以下聘为正，不理私约""不备婚礼之结合，无媒妁，无仪注，为世指责"（陈顾远《中国婚姻史》）。《将仲子》中的女主人公正是鉴于这种压力和礼教的约束，不敢让心上人跳墙来家中相会，只好婉言相拒，但她又深深地爱着小伙子，于是以此诗表达她既爱又怕、既痴情又惶恐的心情。

全诗三章二十四句，各章八句。本诗采用叠章叠句的技法，通过"六无""六畏""三爱"的叙说，使主人公惊恐、矛盾而又温婉的情态层层递进，表露无遗。各章的首句："将仲子兮！"既是突兀而发的呼告，又似央求，更蕴含着姑娘的温婉和无限温情。

她呼告什么呢？央求什么呢？各章的第二、三句用口语式的直白说出六个"无"（不要）字："无逾我里，无折我树杞。""无逾我墙，无折我树桑。""无逾我园，无折我树檀。"这里的六个"无"，其实是"你不要攀爬园墙陡壁，你不要攀折树枝弄出响声"的反复央求，是主人公惊恐、担忧的心理写照。

若按常理，主人公在态度坚决地、简直没有商量余地地说出两个"无"字之后，一般应紧接着说出其理由，做点解释：为什么要这样呢？但她却打破常规，笔锋急转："岂敢爱之？"（我岂不爱你吗？）她这自我的反问，是怕被心上人误会，故又赶紧声明，向恋人直吐心声。这一句急迫的反问，再现了女主人公的细心处和对恋人发自内心的爱。她的爱不得不急迫地说出来。"岂敢爱之？"便是本诗的"诗眼"，在诗的各章中起着承上启下的作用。试想，若没有"岂敢爱之"句,本诗便没有了"爱"之魂;若将"岂敢爱之"句放在各章末尾,也使姑娘对恋人的爱显得有些漫不经心。六"无"之后,紧接着一句"岂敢爱之",真是妙不可言!

各章后四句的一"怀"三"畏"是对前四句六"无"一"爱"的解释,是在"怀情"与"畏礼"之间的理性抉择。因为"怀"情,姑娘反复地表白着:仲子哥我真的想念你("仲可怀也")。因为"畏礼",姑娘又反复地规劝心上人:"父母之言,亦可畏也""诸兄之言,亦可畏也""人之多言,亦可畏也"。须知,按"男女无媒不交""不理私约"之"礼",你若"逾我里""逾我墙""逾我园",是要遭父母、诸兄的斥骂和邻里的闲言碎语的。这是多么地令人可怕和畏惧!各章的末尾句"亦可畏也",深刻地反映出了在礼教约束下女主人公以"礼"自持、以"礼"劝人的理性,也显现出女主人公既痴情又担忧、既爱又怕、诚惶诚恐的窘态。

《将仲子》所表现的主人公的个体行为服从于社会规范,激情存于理性的美德,正是人类理性觉醒的结果,也是文明社会对自然人之行为的基本要求。

叔于田

叔于田[1],巷无居人[2]。
岂无居人?不如叔也,洵美且仁[3]。

叔于狩[4],巷无饮酒[5]。
岂无饮酒?不如叔也,洵美且好[6]。

郑　风

叔适野⑦，巷无服马⑧。
岂无服马？不如叔也，洵美且武⑨。

【词句注释】

①叔：古代兄弟次序为伯、仲、叔、季，年岁较小者统称为叔，此处指年轻的猎人。于：去，往。田：同"畋"，打猎。②巷：居里中的小路。　③洵（xún）：真正的，的确，确实。仁：指温厚，慈爱。　④狩：冬猎为"狩"，一般指冬天打猎。此处为田猎的统称。　⑤饮酒：这里指燕饮。　⑥好：指品质好，性格和善、温良。　⑦适：往，去。野：郊外。　⑧服马：骑马，乘马。⑨武：英武，英俊。

【译词】

忆王孙·叔于田

寻常闾巷一能人，猎场驰骋技冠群。饮酒千杯不乱神。力千钧，威武温良勇且仁。

【解读与评析】

古今学者对本诗主旨的解读，有"刺诗说"和"美诗说"之别。持"刺诗说"者古人、今人都有。《毛诗序》云："《叔于田》，刺庄公也。叔处于京，缮甲治兵，以出于田，国人说而归之。"今人马飞骧《诗经缵绎》也"以为刺庄公纵弟田猎之诗"。

"美诗说"分为"美叔段说"和"美猎人说"两种。朱熹《诗集传》说："庄公弟共叔段也。""段不义而得众，国人爱之，故作此诗。"但他对此又不敢肯定，说："或疑此亦民间男女相悦之辞也。"高亨《诗经今注》说："郑庄公的弟弟太叔段，勇敢有才能，庄公封他于京,他要进攻庄公,夺取统治宝座。庄公发兵讨伐,他战败后逃往别国。段的拥护者作此诗赞谀他。"

以上两种解读并无史料可证,故后人便更多地有了"美猎人说"。今人陈子展《诗经直解》说:"《叔于田》,赞美猎人之歌。"程俊英《诗经译注》说:"这是一首赞美猎人的歌。"刘毓庆、李蹊也说:"这是一首少女赞美青年猎手的歌。"他们都以为"叔"是指青年猎手。

此外,与"美猎人说"相类同的还有"男女相悦之辞"说。如袁梅《诗经译注》承朱熹《诗集传》"或疑此亦民间男女相悦之辞也"之疑,说:"这支歌,表现了女子对爱人真纯的爱慕。"

我是赞同"美猎人说"的。这是一首少女赞美青年猎手的诗,它表达了姑娘对青年猎手的爱慕敬仰之情。

全诗三章十五句,每章五句。各章首句分别以"叔于田""叔于狩""叔于野"兴起。诗中的"于田""于狩""适野"诗意相同,指去野外打猎。而对"叔"的不同解读,得出了本诗不一样的主旨。"刺诗说"和"美叔段说"都是基于将"叔"解读为特定所指的人,是"郑庄公的弟弟太叔段"。因本诗中字词句的内容与"刺诗说"搭不上界,且不论。而"美叔段说"虽然强调了"赞美",而若诗中的"叔"真是封地诸侯"叔段",值得赞美的当是其骑射、征战之功,岂只赞美他有酒量、善骑马、温良和善呢?况且此说也无可信的证据。

在古代,兄弟次序为伯、仲、叔、季,年岁较小者称为叔。本诗中的"叔"是代指年轻的猎人,而非指具体特定的人名。据此可以判断,本诗的主旨是,一位少女通过赞美青年猎手英俊威武的外貌、跃马飞奔的技艺、放歌纵酒的豪爽和温良仁爱的品德,以表达对他的爱慕之情。

《叔于田》一诗除了运用《诗经·国风》中常见的章段复沓的

布局、回环往复的音响效果外，还在于运用设问自答、对比、夸张的艺术手法，使诗作者对主人公的赞美、爱慕之情达到了极致。各章第二句"巷无居人""巷无饮酒""巷无服马"，好像是在不经意间说出来的口头语，极平淡无奇，平淡得似乎可以忽略它。但正是这种近乎可以忽略的平淡无奇，极大地增加各章紧随其后第三句的艺术感染力和情感迸发力。"岂无居人？""岂无饮酒？""岂无服马？"这既是自我设问，又是反问。不容他人对青年猎人英俊威武的外貌、跃马飞奔的技艺、放歌纵酒的豪爽和温良仁爱的品德有半点的怀疑和否定。

在第三句的反诘之后，诗人觉得意犹未尽，于是在第四句中态度更坚决地赞美道："不如叔也"——没有人能跟他相比！

为什么呢？各章第五句遍说原因和理由：

他温厚仁慈寸心忠！（"洵美且仁！"）他帅气和善好仪容！（"洵美且好！"）他英俊威武气势宏！（"洵美且武！"）

诗三章各五句，依序破题、直叙、设问（反诘）、作答、述因。它不仅使诗的结构极具逻辑性，也使对"叔"的赞美之词显得有据可信。在姑娘的心目中，这位青年猎手的一切都是最好的、最美的，是别人无可与之相比的。真是"情人眼中出西施"呢！

大叔于田

叔于田①，乘乘马②。
执辔如组③，两骖如舞④。
叔在薮⑤，火烈具举⑥。
襢裼暴虎⑦，献于公所⑧。

将叔勿狃⑨,戒其伤女⑩。

叔于田,乘乘黄⑪。
两服上襄⑫,两骖雁行⑬。
叔在薮,火烈具扬。
叔善射忌⑭,又良御忌⑮。
抑磬控忌⑯,抑纵送忌⑰。

叔于田,乘乘鸨⑱。
两服齐首⑲,两骖如手⑳。
叔在薮,火烈具阜㉑。
叔马慢忌,叔发罕忌㉒。
抑释掤忌㉓,抑鬯弓忌㉔。

【词句注释】

①叔:古代兄弟次序为伯、仲、叔、季,年岁较小者统称为叔,此处指年轻的猎人。于:去,往。田:同"畋",打猎。 ②乘(chéng)乘(shèng)马:驾四匹马。前一"乘"为动词,驾车;后一"乘"为量词,古时一车四马叫一乘。 ③辔(pèi):驾驭牲口的嚼子和缰绳。组:织带平行排列的经线。 ④骖(cān):驾车的四马中外侧两边的马。 ⑤薮(sǒu):低湿多草木的沼泽地带。 ⑥烈:通"迾"。火烈:打猎时放火烧草,遮断野兽的逃路。具:同"俱"。举:起。 ⑦襢裼(tǎntì):脱衣袒身。暴:通"搏",搏斗。 ⑧公所:君王的宫室。 ⑨将(qiāng):请,愿。狃(niǔ):反复地做。 ⑩戒:警戒。女(rǔ):汝,指青年猎人。 ⑪黄:黄马。 ⑫两服:一车四马,中央两匹马叫"服"。襄:同"骧",奔马抬起头。 ⑬雁行:骖马比服马稍后,

排列如雁飞之行列。 ⑭忌：作语尾助词。 ⑮御：驾车。良御：驾马很在行。 ⑯抑：发语词。磬（qìng）控：弯腰如磬，勒马使缓行或停步。 ⑰纵送：放马奔跑。俗称放松缰绳叫"送"。"送"是相对于"控"而言的。 ⑱鸨（bǎo）：有黑白杂毛的马。其色如鸨，故以鸟名马。 ⑲齐首：齐头并进。 ⑳如手：指驾马技术娴熟，如两手左右自如。 ㉑阜：旺盛。 ㉒发罕：发箭稀少。罕：稀少。 ㉓释：打开。掤（bīng）：箭筒盖。 ㉔鬯（chàng）：弓囊，此处用作动词。鬯弓：将弓放入袋子。

【译词】

破阵子·大叔于田

沃野荒丘碧草，旌幡月夜繁霜。烈火熊熊光照壑，骏马萧萧声动岗。秋郊打猎忙。　　勇士威强善射，箭声脆亮清扬。挥臂舞拳降猛虎，剔骨除皮献大王。弯弓布袋藏。

【解读与评析】

《郑风·大叔于田》与前一篇《郑风·叔于田》相对照，在诗题上多了个"大"字。故古今诗释译注家对其主旨的解读与《叔于田》一样，有"刺诗说"和"美诗说"之别，且"美""刺"所指对象相同。持"刺诗说"者古人、今人都有。《毛诗序》云："《大叔于田》，刺庄公也。叔多才而好勇，不义而得众也。"清人刘沅《诗经恒解》："此篇与前篇同为刺庄公纵弟游猎之作，但前篇虚写，此篇实赋；前篇私游，此篇从猎，而愈矜其勇也。"今人马飞骧《诗经缜绎》也"以为刺庄公纵弟恃勇之诗"。

"美诗说"分为"美叔段说"和"美猎人说"两种。朱熹《诗集传》说："盖叔多材好勇，而郑人爱之如此。"高亨《诗经今注》说："这是太叔段的拥护者赞诵段打猎的诗。"刘毓庆、李蹊说：

283

诗经国风赏析

"这首诗赞美郑庄公的弟弟共叔段在狩猎中的表现:他驾驭车马、射箭的精湛技艺,他勇敢搏虎的勇气与无与伦比的武功。"

后来学者更多地持"美猎人说"。邓荃《诗经国风译注》:"美武士田猎也。"蒋立甫《诗经选注》:"美猎夫也。"

我是赞成"美猎人说"的。其实,本诗是其前一篇《叔于田》的续篇,或者称之为姊妹篇。它是一位少女赞美青年猎手的诗。两者的差异在于,《叔于田》是虚写,《大叔于田》是实叙。诗作者通过写实,更形象、具体、细致地再现了青年猎人驾驭车马、射箭的精湛技艺,勇敢搏虎的胆略与无与伦比的武功,以此表达了姑娘对青年猎人的敬佩和爱慕之情。

在古代,兄弟次序为伯、仲、叔、季,年岁较小者称为叔。本诗中的"叔"是代指年轻的猎人,而非指具体特定的人名。而本诗题目《大叔于田》是在前篇《叔于田》诗题前加了"大",而各章的首句与前首句一样,仍是以"叔于田"起兴,据此可以认为,这个"大"并无实际的特别含义,只不过是便于与前篇区别开来而已。

全诗三章三十句,每章十句。各章首句均以"叔于田"兴起,指的是去野外打猎。从第一章的"襢裼暴虎,献于公所"句可得知,这位青年猎手打死虎后将其"献于公所",他是随公所的主人带着任务去打猎的,而不是私游狩猎。

第一章前六句写青年猎手随贵族出行田猎时的恢宏气势和青年猎手驾车的姿态。驾车之马有四匹,四匹马的缰绳总收一起拿在手中,如绶带或织带时的经线,操纵起来得心应手。两面的骖马同服马协调一致,奔驰时像在舞蹈一样整齐。随后,猎手向密林深处奔去("叔在薮"),脱去了上衣,赤膊挥拳打死了猛虎("襢裼暴虎"),回到营地将猎物献给了主人郑王("献于公所")。诗人对青年猎手赤膊打虎的勇猛进行赞美、为他自豪的同时,又替他担心,

郑　风

并规劝他以后不要这样蛮干,以防被老虎伤了你("将叔勿狃,戒其伤女")。在这里,姑娘对青年猎手的担忧、劝诫,实则是爱的表达。

第一章中的第六句"火烈具举"与第二、三章中的"火烈具扬""火烈具阜"句,其意相同,所表现的是猎人们燃起了熊熊烈火的场景。为何在大白天燃起火堆呢?难道这是在夜间进行的田猎吗?或是为了御寒?不是的。这是一次在白天进行的田猎,燃火是为了防止猛兽攻击伤人。生活常识告诉人们,困兽犹斗。但任何猛兽都是惧怕火光的,故"火烈具举"。夜间如此,在白天也是如此。

第二章中,诗人用更形象更具体的叙述继续夸赞青年猎手。通过"善射""良御""抑磬控""抑纵送"等一系列动作的描写,将猎人精湛的驾御车马、射箭的高超技艺和潇洒自信的神态刻画得惟妙惟肖,十分逼真:

他的射技是如此高明,他的驾技是如此手快脚轻。他时而勒住那狂奔的骏马,他时而放开缰绳任意驰骋。

第三章写田猎将毕的从容情景,显示了青年猎人在空手打虎和追射之后的悠闲之态,显示了他风姿飒爽的英雄风度和得胜而归的快乐与满足感:

奔跑的骏马慢慢地停下了脚步("叔马慢忌"),年轻猎人发射箭矢的兴趣渐渐消融("叔发罕忌")。打开箭筒收拾好利箭("抑释掤忌"),解开袋子装入弯弓("抑鬯弓忌")。

全诗采取了先写狩猎结果后叙过程的倒叙技法,有张有弛,亦舒亦急,动静有致,抑扬相间,富有情致。读者从中既看到了主人公勇猛的胆识、超常的力量、高超的驾技和娴熟的射技的人物之美,又看到了田猎时无边沃野、林草繁茂、烈火熊熊、骏马奔跑的壮美场景和大自然之美。细细品读之,使人有一种身临其境、热血沸腾、激昂兴奋的感受。男儿当学《大叔于田》。

清 人

清人在彭①，驷介旁旁②。
二矛重英③，河上乎翱翔④。

清人在消，驷介麃麃⑤。
二矛重乔⑥，河上乎逍遥⑦。

清人在轴，驷介陶陶⑧。
左旋右抽⑨，中军作好⑩。

【词句注释】

①清人：清邑之人。这里指郑国军事统帅高克及其所率领的士兵。清邑，今天河南省中牟县境内地名。彭：与下文"消""轴"皆为郑国地名，都在黄河边上。 ②驷（sì）介：一车驾四匹披甲的马。介：甲。旁旁：同"彭彭"，指马强壮有力、迅捷、奔跑貌。 ③二矛：插在车子两边的矛。重（chóng）英：二矛上的缨饰。重：重叠。英：矛上的缨饰。 ④翱（áo）翔：游戏之貌，指士兵闲散无事状，与下文"逍遥"义同。 ⑤麃麃（biāobiāo）：雄健英勇威武貌。 ⑥乔：雉鸟的羽毛。重乔：指装饰矛的雉羽。 ⑦逍遥：闲散无事，驾着战车游逛。 ⑧陶（yáo）陶：和乐貌。驷介陶陶：指驷马疾驰之貌。 ⑨左旋右抽：左手执辔御马向左旋转，右手执兵器。此处指救死扶伤闲散无事，在营地前后左右游荡。 ⑩中军：指军中主帅。作好：指装样子，不是真要抗拒

郑 风

敌军。

【译诗】

清人（新韵）

清人驷马在彭消，缨饰长矛羽盖飘。
自在悠闲无一事，不堪困顿复群聊。
左旋右转神情乱，将逸兵安气势骄。
枉作男儿心未正，忽临灾患弃师逃。

【解读与评析】

  本诗所叙之事确实有据可考。据《左传》载，"冬十二月，狄人伐卫。""战于荥泽，卫师败绩，遂灭卫。""十有二月，狄入卫，郑弃其师。""郑人恶高克，使帅师次于河上，久而弗召，师溃而归，高克奔陈。郑人为之赋《清人》。"（李卫军《左传集评》）这里所记之事是，鲁闵公二年（郑文公十三年，公元前660年），狄人侵入卫国。卫国在黄河以北，郑国在黄河以南，郑文公怕狄人渡过黄河侵入郑国，就派他所讨厌的大臣高克领军到黄河沿岸的彭、消、轴等地防御狄人。时间久了，郑文公也不把高克的军队召回，而是任其在驻地无所事事，整天游逛。最后清邑之师滞留边境，军纪败坏，终于在狄人侵入卫国的危患之时，卫国的军队溃散而归，统帅高克也逃到陈国去了。

  因有史料为据，古今诗释译注家对本诗的主旨无歧议。《毛诗序》："《清人》，刺文公也。高克好利而不顾其君，文公恶而欲远之，不能，使高克将兵而御狄于竟。陈其师旅，翱翔河上，久而不召，众散而归，高克奔陈。公子素恶高克进之不以礼，文公退之不以道，危国亡师之本，故作是诗也。"朱熹《诗集传》："郑文公恶高克，使将清邑之兵御狄于河上。久而不召，师散而归，郑人为之赋此诗。言其师出之久，无事而不得归，但相与游戏如此，其势必至于溃败而后已尔。"马飞骧《诗经缋绎》："以为刺文公弃其师之诗。"高亨《诗经今注》说得更具体："狄人攻破卫国，郑文公憎恶他的大臣高克，以防御狄寇为名，命高克领兵驻扎在黄河边上。经过很长时间不闻，不调军队回家，士兵们整天无事，玩乐遨游，乃唱出这首歌，来讽刺统治者。后来军队溃败了，高克也逃亡去陈国。"刘毓庆、李蹊认为："本诗是对郑国驻扎在清邑的部队及其统帅高克的讽刺。"

结合《左传》所载史料解析《清人》，我认为本诗是一首既讽刺郑文公不惜人才、不体恤将帅兵士，又讽刺将帅高克对国不忠、对君不诚、治军无方、有武无备的叙事诗。如果仅认为本诗要么是讽刺统治者郑文公，要么是讽刺将帅高克，二者只取其一，这种解读是不完整的。

品读《左传》原文，仔细琢磨其意，它是对郑文公与将帅高克各打了五十大板的。"郑人恶高克，使帅师次于河上，久而弗召"，这是讽刺郑文公心胸狭窄，不体恤将帅兵士。郑文公憎恶高克，就命他率军远地驻扎且久不召归。这不就是以权压人吗？"狄入卫，郑弃其师。""师溃而归，高克奔陈。"这是在讽刺高克对国不忠、对君不诚、治军无方。高克作为军队统帅，敌国来攻时，军不能战，溃败而归，这是统帅无能，理当究其责。更有甚者，"师溃"之后，高克独自逃往了他国。这是对国不忠、对君不诚的行为。因此，世人对统治者郑文公和军队统帅高克的上述种种行为，通过写诗以辛辣讽刺之，并不为过。

全诗共三章十二句，每章四句。从诗的章法上说，三章的结构和用词变化都不大，只有第三章与前两章不同处较多。在内容结构上，本诗采用了强烈的对比、反衬技法。第一、二章的前三句和第三章的第一、二句，写驻扎黄河边上的彭、消、轴等地的郑国军

郑　风

队，披着铠甲的战马强壮雄健，缨饰的长矛插在战车上漂亮华艳。用现今的语言表达，就是这支军队的硬件装备还是不错的。第一、二章的末尾句与第三章的第三、四句，用"翱翔""逍遥""左旋右抽""作好"等词句，描写了兵将的悠闲懒散与虚张声势，使之与强壮雄健的战马、缨饰的长矛、漂亮华艳的战车形成了强烈的对比，从而收到了极其辛辣的讽刺效果。战争胜败的决定性因素是人而不是物。在冷兵器时代，更是如此。一支只知"翱翔""逍遥""左旋右抽""作好"的悠闲懒散的卫国之军，面对狄人来犯时，"师溃而归"是其必然的结局。

本诗虽是一首短小且用词含蓄的讽刺诗，但它反映了先秦周代时期人们对于君臣相处之道、统治者治国治军之术的理性思考，它为封建礼仪的形成起到了先行探索的作用。《左传·昭公元年》有句："临患不忘国，忠也。"《孟子》曰："君之视臣如手足，则臣视君如腹心；君之视臣如犬马，则臣视君如国人；君之视臣如土芥，则臣视君如寇仇。"《吴子·治兵》中说："用兵之法，教戒为先。"《六韬·虎韬》有语："三军以戒为固，以怠为败。"而《清人》诗所讽刺的正是那种"君之视臣如土芥，则臣视君如寇仇"，统帅治军纵驰不绳，兵无教戒，懈怠无备的逆道现象。

君臣和谐，上下同心，将爱兵，兵拥帅，有武必备，有备无患，为国尽忠。这是中国几千年来所尊奉的治国治军之道。过去如此，现在理当如此，将来仍是如此。

羔　裘

羔裘如濡[①]，洵直且侯[②]。

289

彼其之子③,舍命不渝④。

羔裘豹饰⑤,孔武有力⑥。
彼其之子,邦之司直⑦。

羔裘晏兮⑧,三英粲兮⑨。
彼其之子,邦之彦兮⑩。

【词句注释】

①羔裘:羔羊皮裘,古大夫的朝服。如濡(rú):润泽,形容羔裘柔软而有光泽。 ②洵:信,诚然,的确。直:正直。侯:美。 ③其:语助词。 ④舍命:舍弃生命,奋不顾身。渝:改变。 ⑤豹饰:用豹皮装饰皮袄的袖口。指羔裘的边袖是用豹皮装饰的。 ⑥孔武:很勇武。孔:甚,很。 ⑦司直:主持正直。古有司直之官。此处指负责正人过失的官吏。 ⑧晏:鲜艳或鲜明的样子。 ⑨三英:装饰袖口的三道豹皮镶边。粲(càn):光耀鲜明貌。 ⑩邦:邦国。彦(yàn):美士。此处指贤能德才具备之人。

【译诗】

羔　裘

大夫着羔裘,雄健文武修。
舍命司曲直,贤能自风流。

【解读与评析】

关于本诗的主旨,古今诗释译注者都有"美诗说"和"刺诗说"两种说法。《毛诗序》说:"《羔裘》,刺朝也。言古之君子,

郑 风

以风其朝也。"朱熹《诗集传》:"盖美其大夫之辞,然不知其所指矣。"明人丰坊《诗传》:"美郑相子皮也。"牟庭《诗切》:"刺俗士得贵仕也。"马飞骧《诗经缵绎》以为是"颂古君子以讽郑大夫之诗"。高亨《诗经今注》说:"这是赞诵贵族统治者的诗。"刘毓庆、李蹊以为"这是一首女子赞美自己的情人或丈夫的诗"。

我以为这是一首赞美士大夫英武雄健、舍命为国、正人之过、究人之咎、贤能兼备的诗。

本诗是一首公卿宴席间即席所赋的赞美诗。《左传》记录了这个有趣的故事。据《左传·昭公十六年》记:"宣子有环,其一在郑商。宣子谒诸郑伯,子产弗与。""夏四月,郑六卿饯宣子于郊。宣子曰:'二三君子请皆赋,起亦以知郑志。'""子产赋郑之《羔裘》。宣子曰:'起不堪也。'"这里所记的是,郑国商人宣子有玉环,他带着这个宝器去拜谒郑文公。昭公十六年(公元前526年)夏四月,郑文公宴请宣子等同行诸人。席间,宣子提议说:你们几位各自赋诗,诗以郑国之志为起句。于是,子产赋《羔裘》。宣子点评说:"起句不怎么好。"

解析本诗主旨,关键在于把握诗眼"羔裘""司直"两个词组。先说"羔裘"。羔裘,是指用羔羊皮制作的皮袄。它是古代卿大夫上朝时穿的官服。这是由当时的礼制所确定的,平民百姓与之无缘。《诗经·国风》中通过描写羔裘来刻画官员形象的诗有多首。《召南·羔羊》有"羔羊之皮,素丝五紽;退食自公,委蛇委蛇"句,写的是戴着羔羊皮制作的皮帽的大夫们参加公宴后缓步轻摇而归的情景。《桧风·羔裘》有"羔裘逍遥,狐裘以朝"句,说的是大夫穿着羔皮大衣逍遥自在,穿着狐裘去上朝的情景。由此可以得出结论,本诗的主人公是一位士大夫而非平民。

再说诗眼之二"司直"。"司直"是古代的官名,其职责是正人之过失。《吕氏春秋·自知篇》有"汤有司直之士"。《汉书·东方朔传》曰"以史鱼为司直"。闻一多《诗经通义》:"司,主也。直,正也。正其过阙也。"从《郑风·羔裘》中的"邦之司直"句得知,诗中主人公是一位负有正人之过失之责的司直之官。大概相当于现在的纪检监察干部吧。

全诗三章十二句,各章四句,内容层层紧扣,极具逻辑性。各章的前二句"羔裘如濡,洵直且侯""羔裘豹饰,孔武有力""羔裘晏兮,三英粲兮",通过服饰的描写,表现出赞美对象的社会地位和外表形象:他们穿着漂亮的羔裘朝服,个个挺拔壮美、威武雄健。读者从中可以看出,这些人并非普通的平民百姓。这就为第三句埋下了伏笔。

各章第三句"彼其之子",进一步点明了赞美对象的具体身份:你看他们这些挺拔壮美、威武雄健的大夫君子。

仅仅凭穿着漂亮的羔裘朝服、挺拔壮美、威武雄健的外表和大夫身份还不足以值得赞美。各章第四句点明诗的主旨。诗作者所赞美的是这些士大夫的贤能美德和所肩负的职责使命:他们对国舍弃生命,奋不顾身,对君王忠诚不渝("舍命不渝");他们是负有正人之过失之责的司直之官("邦之司直");他们是国家的贤能之士("邦之彦兮")。

本诗虽短,但给出了当时社会政治生活中很丰富的信息。读者从诗中可以看出,西周时期,治国理政的价值取向已经形成,人们所崇尚称颂的是那些为国舍命、对君忠诚、敢于直谏、正人之过、究人之咎、贤能兼备的大夫君子。今人读此诗,很有现实教育意义。

郑　风

遵大路

遵大路兮①，掺执子之祛兮②，
无我恶兮③，不寁故也④！

遵大路兮，掺执子之手兮，
无我魗兮⑤，不寁好也⑥！

【词句注释】

①遵：沿着。　②掺（shǎn）：抓住，握着。掺执：牵，拉住。祛（qū）：衣袖，袖口。　③无我恶（è）：不要以我为恶（丑）。一说"恶（wù）"意为"讨厌""嫌弃"。　④寁（zǎn）：去。即丢弃、忘记的意思。一说迅速。故：故旧，旧情。　⑤无我魗（chǒu）：不要以我为丑。魗：通"丑"。　⑥好：相好，情好。

【译诗】

遵大路

殷殷沿路送，戚戚傍肩走。
紧紧牵郎衣，轻轻执子手。
忠言复耿言，忧意催开口。
莫忘旧时情，莫嫌我貌丑。

【解读与评析】

本诗虽是一首无头无尾的小诗，但对于其主旨的解读，古今诗释译注家却歧论颇多。《毛诗序》谓:"《遵大路》,思君子也。庄公失道,君子去之,国人思望焉。"朱熹《诗集传》说:"淫妇为人所弃,故于其去也,揽其袪而留之曰:子无恶我而不留,故旧不可以遽绝也。"明人戴君恩《读风臆评》以为是"妻子送别丈夫之诗"。清人姚际恒《诗经通论》以为是"故旧于道左言情,相和之辞"。今人马飞骧《诗经缱绻》以为是"劝留君子之诗"。高亨《诗经今注》认为:"这是一首恋歌,男子(或女子)请求女子(或男子)不要与他(或她)绝交。"刘毓庆、李蹊以为"是一首男女送别之诗"。

我认为,本诗是一首妻子送丈夫远行时所写的送别诗。

本诗二章八句,每章四句。各章虽有三个字不同,但意同,是《诗经》中常用的叠章叠句写作技法。细究各句,就不难理解本诗的主旨。各章首句"遵大路兮"挈领全篇,交代了夫妻送别的地点:大路、大道。在《诗经·国风》中,但凡有关男女送别的诗,多是以野外起兴的。如《召南·殷其雷》的"殷其雷,在南山之阳",《邶风·燕燕》的"之子于归,远送于野"。

自《诗经》后,以大路、大道、野外作为起句的送别诗也甚是多见。如乐府诗:"忧思出门倚,逢郎前溪渡。莫作流水心,引新都舍故。"唐诗中,这类送别诗就更多了。如王昌龄《芙蓉楼送辛渐》的"寒雨连江夜入吴,平明送客楚山孤",王之涣《送别》的"杨柳东风树,青青夹御河",许浑《谢亭送别》的"劳歌一曲解行舟,红吐青山水急流"。近代流传最广的送别诗应是李叔同的《送别》:"长亭外,古道边,芳草碧连天。"

诗各章的第二句所表现的是男女、夫妻间送别的情景,而非朋友间送别。"掺执子之袪兮"与"掺执子之手兮"句意思相同。在《诗经·国风》的其他有关诗篇中,"执子之手"是男女、夫妻间的情感表露,如"执子之手,与子偕老"(《邶风·击鼓》),"惠而好我，携手同行"（《邶风·北风》）。《郑风·遵大路》中的"掺执子之祛兮"与"掺执子之手兮"句，所表达的也是男女、夫妻间的感情，就如流行歌《牵手》所唱："所以牵了手的手，来生还要一起走。所以有了伴的路，没有岁月可回头。"而写朋友、君臣之间送别时情谊的诗，少见以"执手"的方式去表达的。

诗各章的第三句"无我恶兮""无我魗兮"进一步表明，诗中的主人公是一位女子，她是来送别丈夫。"你不要嫌我貌丑啊！"若是朋友之间的送别，是说不出这种话的，朋友之间也不会以"貌丑"来自谦，只有夫妻、热恋中男女才会这么说，而且一般是女子的自谦之词。"你不要嫌我貌丑啊！"它表现了女子的缠绵情意和万种柔情。

解读至此，已十分明了，本诗是一首妻子送别丈夫远行时所写的送别诗无疑。

诗各章的第四句"不寁故也""不寁好也"，"别忘了你我往日的感情"，"别忘了你我曾经相亲相爱的好时光"，这既是妻子对即将离别远行的丈夫的嘱托，也是期盼，更是担忧和伤感。夫妻分别久了，谁知他会不会变心呢？此种心理，女性尤甚。

本诗语言自然流畅，朴实无华，诗意十分淳浓。从中可见倾肝吐胆之情，有缠绵悱恻之心，忧心忡忡之意。清代牛运震《诗志》评价："恩怨缠绵，意态中千回百折"，"相送还成泣，只三四语抵过江淹一篇《别赋》"。解析十分到位。

女曰鸡鸣

女曰：鸡鸣！士曰：昧旦[①]！

诗经国风赏析

子兴视夜②，明星有烂③。
将翱将翔④，弋凫与雁⑤。

弋言加之⑥，与子宜之⑦。
宜言饮酒，与子偕老⑧。
琴瑟在御⑨，莫不静好⑩。

知子之来之⑪，杂佩以赠之⑫。
知子之顺之⑬，杂佩以问之⑭。
知子之好之⑮，杂佩以报之⑯。

【词句注释】

①士：男子的通称，诗中多代指未婚男子。昧旦：指天将亮未亮之时。　②子：你，此处指男子。兴：起，起来，起床。视夜：察看夜色。　③明星：启明星，即金星。有烂：即"灿烂"，明亮的样子。　④将翱将翔：指已到了破晓时分，宿鸟将出巢飞翔。　⑤弋（yì）：用系丝绳的箭射鸟。凫与雁：野鸭与大雁。　⑥言：语助词。下同。加：通"嘉"，好。弋言加之：射中的大雁是为婚礼而准备的。　⑦与：犹"为"。宜：适宜、匹配。　⑧偕老：一同到老。　⑨御：用。此处是弹奏的意思。　⑩静好：和乐美好，和睦安好。　⑪来（lài）："顺"之意。闻一多《诗经通义》解："《诗》曰来、曰顺、曰好，义并相同。"有和顺、关怀、体贴、殷勤等多重含义。　⑫杂佩：古人佩饰，上系珠、玉等多种饰物，质料和形状不一，故称杂佩。　⑬顺：柔顺，和顺，体贴。　⑭问：慰问，问候。　⑮好（hào）：爱恋。　⑯报：报答，回报。

郑 风

【译词】

一剪梅·女曰鸡鸣

残月稀星正五更，天色微明，鸟叫鸡鸣。忽闻淑女促男声。捕捉飞禽，郎不晨行。　　射雁因为彩礼名。饮酒交杯，弹瑟吹笙。赠君杂佩报君恩。只此知音，只此真情。

【解读与评析】

关于本诗的主旨，历代诗释译注者有不同的说法。《毛诗序》曰："刺不说德也；陈古义以刺今，不说德而好色也。"朱熹《诗集传》说："此诗人述贤夫妇相警戒之词。"清人姚际恒《诗经通论》说："贤夫妇相敬爱也。"近现代学者一般认为，此诗是赞美年轻夫妇和睦的生活、诚笃的感情和美好的人生心愿的诗作。闻一多《风诗类钞》曰："《女曰鸡鸣》，乐新婚也。"马飞骧《诗经缱绻》以为是"美贤妇警夫成德之诗"。高亨《诗经今注》认为"这首诗叙写士大夫阶层中一对夫妻的生活"。刘毓庆、李蹊认为"这是一篇男女在婚前幽会时的对话"。

我认为，本诗是一对青年男女在婚前相聚时，女主人公向男子表达对婚后夫妻恩爱、琴瑟和鸣、真笃感情、和美生活的期盼与向往的诗作。

全诗三章十八句，每章六句。诗中除第一章中的第二句"昧旦"为男子所言外，其余全为女子对未来美好生活的期盼与向往之心语。

第一章以"鸡鸣"起兴，雄鸡初鸣，交代时间背景是在天色欲明未明的凌晨。女子以"鸡鸣"委婉含蕴地催促男子起床，而男子此时睡意正浓，直白地回答：天还没亮呢！（"士曰：昧旦！"）

硬邦邦的"昧旦"二字表露出男子明显的不快之意。见此，女子一改起句的含蓄,直言道:你去看看天色,启明星灿烂明亮着呢。水鸟要起飞了,你该为备彩礼而去射只大雁了。("子兴视夜,明星有烂。将翱将翔,弋凫与雁。")自此之后各句,全是女子的肺腑之言。她不是不爱他,而是希望男子早起去射杀大雁以备迎娶她的彩礼。

本章末尾句"弋凫与雁"如一根链条,它在全诗中起着承上启下的作用。因为有了它,第二、三章中女主人公对未来美好生活的期盼与展望与首句"女曰:鸡鸣"就很自然地衔接起来了。

说到此,女子意犹未尽。

在第二章中,女子倾诉她对未来美好生活的期盼与展望:期盼着男子带着彩礼向她求婚,早日喝上交杯酒成婚,从此一起白头到老;期盼着婚后生活如琴瑟和鸣,岁月静好,样样和美,百事无忧。第二章的末尾二句"琴瑟在御,莫不静好",向读者描绘了一幅和睦和美和谐的夫妻恩爱图,给人以不尽的遐想。

第三章是女主人公对未来美好生活的期盼与展望的具体化和物化,或者说是未来夫妻恩爱的互动:

你是如此地体贴我,我把杂佩赠予你。你是如此地顺从我,我用杂佩回馈你。你是如此地关爱我,我用杂佩报答你。

理想的夫妻恩爱莫过于举案齐眉式的互敬互爱、互帮互助和相互给予与付出,正所谓"投我以木桃,报之以琼瑶"。在第三章中,女主人公向往在婚后的生活中,面对丈夫对自己的"来之""顺之"与"好之",她便解下杂佩"赠之""问之"与"报之"。在这里,她一唱之不足而三叹之,易词而意同情长,在急管繁弦之中洋溢着恩酣爱畅之情。这是夫妻互敬互爱的表达。

郑　风

有女同车

有女同车①，颜如舜华②。
将翱将翔③，佩玉琼琚④。
彼美孟姜⑤，洵美且都⑥。

有女同行⑦，颜如舜英⑧。
将翱将翔，佩玉将将⑨。
彼美孟姜，德音不忘⑩。

【词句注释】

①同车：同乘一辆车。此处意指男子驾车到女家迎娶。②颜：脸，容颜。舜华：木槿花。③将翱将翔：鸟飞貌。此处形容女子步履轻盈，体态婀娜多姿。④琼：美玉。琚（jū）：佩玉的一种。琼琚：此处指珍美的佩玉。⑤孟姜：姜姓长女。美女的代称，而非实指。⑥洵：确实。都：娴静，娴雅，美。⑦同行：与"同车"义同，指男子迎亲，同车同道而行。⑧英：花。⑨将将（qiāngqiāng）：同"锵锵"，玉石相互撞击摩擦发出的声音。⑩德音：好名声，亦指好品德。

【译诗】

有女同车
姜家美女众人夸，与我同车赴我家。

> 佩玉锵锵喧俗耳，舜华灿灿醉丹霞。
> 端庄优雅十分美，修德崇贤格外嘉。
> 体态婀娜如凤鸟，容颜胜却眼前花。

【解读与评析】

关于本诗的主旨，古今诗释译注家也是莫衷一是。《毛诗序》曰："《有女同车》，刺忽（即后来的郑昭公——笔者注）也。郑人刺忽之不昏于齐，太子忽尝有功于齐，齐侯请妻之；齐女贤而不取，卒以无大国之助，至于见逐，故国人刺之。"朱熹《诗集传》："此疑亦淫奔之诗。"清人方玉润《诗经原始》说："讽郑太子忽以婚齐也。"闻一多《风诗类钞》："记亲迎也。"朱守亮《诗经评释》说："婚者美其新妇之诗。"马飞骧《诗经缵绎》以为是"劝好德之诗"。高亨《诗经今注》说："一个贵族男子与一个姜姓的美女同车而行，作这首诗来赞扬她。"

我认为，本诗是一位贵族新郎官在迎亲时对新娘子的赞美之辞。它所表现的是男子在迎娶女子时，与新娘同车而行，他为新娘子的美丽容颜而倾倒，被新娘的贤德所感动。于是，他发自内心地写下了这首赞美诗。

之所以说本诗是一首贵族新郎官在迎亲时对新娘子的赞美诗，有以下两点为据：一是据《左传·昭公十六年》载："夏四月，郑六卿饯宣子于郊。宣子曰：'二三君子请皆赋，起亦以知郑志。'""子游赋《风雨》，子旗赋《有女同车》，子柳赋《萚兮》。宣子喜曰：'……赋不出郑志，皆昵燕好也……'"何为"燕好"？它既指宴饮聚会，又指男女合欢、夫妻恩爱。由此可知，《有女同车》所述是男女合欢、夫妻恩爱之事。二是从本诗的起句"有女同车"看。依古代礼制，迎亲时，新郎、新娘各自有车。女子始登车时，男子须御轮三周，而后御车代之。"同车"即指此事。它是男子迎亲仪式的一个重要组成部分。

全诗二章十二句，每章六句。各章分别以"有女同车""有女同行"起兴，以毫不吝啬之意赞美了女子容貌的美丽和品德的美好。中国有句古话："情人眼里出西施。"西施之美只是容貌之美。而在诗作者看来，新娘子孟姜之美似西施更胜却西施，真是"细看诸处好"。诗中描绘了新娘子孟姜的"三美"。一是美在外貌：她的面颊像木槿花一样又红又白（"颜如舜华""颜如舜英"）；她体态婀娜走起路来像鸟儿飞翔一样，十分轻盈（"将翱将翔"）；她身上还佩戴着珍贵的环佩，行动起来，环佩轻摇，发出悦耳的响声（"佩玉琼琚""佩玉将将"）。二是美在气质：她风度娴雅，行为端庄又大方（"彼美孟姜，洵美且都"）。三是美在德行：她品德高尚，声誉令人难忘（"彼美孟姜，德音不忘"）。总之，新郎以十分膜拜的心情，从容颜、行动、穿戴以及内在品质诸方面，给新娘子以毫不吝啬的赞美。

与《周南·桃夭》对女子"桃之夭夭"之外在美的赞颂相比，《郑风·有女同车》对女性之美的赞颂延伸到了外表美与内在美、容貌美与心灵美的统一。这是本诗的主要特色。这是周代社会审美观的飞跃与升华，是社会文明进步的必然结果。

山有扶苏

山有扶苏①，隰有荷华②。
不见子都③，乃见狂且④。

山有乔松⑤，隰有游龙⑥。

不见子充⑦，乃见狡童⑧。

【词句注释】

①扶苏：树木名，多指桑树。扶：指枝叶繁茂。苏："桑"的音转。 ②隰（xí）：下湿曰"隰"，即洼地，泽地。华（huā）：同"花"。荷华：即荷花，莲花。旧多以荷花喻女性。 ③子都：古代美男子。后成为美男子的通称。 ④狂且（jū）：行动轻狂的人。犹如今人所言"傻瓜"。 ⑤乔松：高大的松树。乔：高大。 ⑥游龙：水草名。即荭草、水荭、红蓼。 ⑦子充：与"子都"同义，美男子的通称。 ⑧狡童：指狡狯的少年，年幼无知，童顽。

【译诗】

山有扶苏

荷花艳丽水潺潺，桑树连坡满碧山。
不晓美男何处在，眼前有个傻童顽。

【解读与评析】

关于本诗的主旨，古今诗释译注家是各有各的解读。《毛诗序》以为："《山有扶苏》，刺忽也，所美非美然。"朱熹《诗集传》以为是"淫女戏其所私者"。宋人王质《诗总闻》："媒妁以美相若欺妇人，相见仍不如所言，怨怒之辞。"方玉润《诗经原始》说是"刺世美非美也"。马飞骧《诗经缋绎》与方玉润《诗经原始》所论相同，以为是"刺世美非美之诗"。袁梅《诗经译注》认为"这是一位女子与爱人欢会时，向对方唱出的戏谑嘲笑的短歌"。高亨《诗经今注》有两解："一个姑娘到野外去，没有见到自己的恋人，却遇着一个恶少来调戏她。又解：此乃女子戏弄她的恋人的短歌，笑骂之中含蕴着爱。"刘毓庆、李蹊以为"这是一首男女相爱时女子对男子戏谑的诗"。

我认为，本诗是女子与心爱之人相会时，与男子嬉闹戏谑时唱出的一首短歌。

全诗共二章八句，各章四句，起承转合十分自如。

各章首句以山上的树木起兴，次句以泽地鲜花相承，实则是诗中人物的拟物化，它象征男子与女子。"山有扶苏""山有乔松"句中，"山""扶苏""乔松"，都是高大、俊朗之物，象征男子。"隰有荷华""隰有游龙"句中，"隰""荷华""游龙"，则是柔弱、秀美之物，象征女性，正如人们常说的：女人是水，女人是花。

各章第三句中的"子都""子充"，是古代对美男子的通称。"都，大也；充，长也，高也。古以长、大、壮、佼为美，故呼美男为子都、子充。"（闻一多《风诗类钞》）"不见子都""不见子充"皆是直白之语，与诗篇各章前两句的委婉含蓄形成鲜明的对比。这种直白之语，只有相亲相爱之人才会无所顾忌地说出来。

"不见子都""不见子充"：不知美男何处在。这是女子对男子的调笑之词，它为诗篇的末尾句埋下了伏笔。读者也能由此想象出，诗中男女主人公是何等的亲密相爱，女主人公是怎样一种直爽开朗的性格。

各章末尾句中的"狂且""狡童"，是女子与男子嬉闹时，对男子的戏谑之称，并不是真实意义的讽刺。

"乃见狂且""乃见狡童"：眼前是个傻童顽。戏谑中饱含深情，被谑者倍感幸福。正如今人所言：打是亲，骂是爱。只不过是，打，非真打；骂，非真骂。一切都是爱的表达。这正是男女之情的妙不可言之处。

萚兮

萚兮萚兮^①,风其吹女^②。
叔兮伯兮^③,倡予和女^④。

萚兮萚兮,风其漂女^⑤。
叔兮伯兮,倡予要女^⑥。

【词句注释】

①萚(tuò):落叶。 ②女(rǔ):同"汝",你,此指树叶。 ③叔兮伯兮:叔伯都是兄弟的排行,此处指众位小伙子,阿哥。 ④倡:同"唱",带头唱,领唱。一说倡导。和(hè):唱和,伴唱。 ⑤漂:同"飘",吹动。 ⑥要(yāo):通"邀",相约,约请。其意与"和"相近,指相互唱和,应和。

【译诗】

萚兮(二首)

一

瑟瑟秋风落叶飘,欢歌直上碧云霄。
阿哥唱罢妹来和,试问青天谁更骄?

二

冉冉秋光留不住,飘飘落叶使人愁。
韶华易逝当珍惜,我约阿哥共转喉。

郑　风

【解读与评析】

关于《郑风·萚兮》的主旨，历代歧论颇多。《毛诗序》说："《萚兮》，刺忽（即郑昭公）也。君弱臣强，不倡而和也。"朱熹《诗集传》谓："此淫女之辞。"吴懋清《毛诗复古录》："此喜其同声相应，同气相求，而作是歌。"方玉润《诗经原始》："盖小臣有忧国之心，而无救君之力；大臣有扶危之力，而无急难之心。当此国是日非，主忧臣辱之秋，而徒为袖手旁观者盈廷皆是。以故义奋忠贞不见诸大臣而激于下位也。"闻一多《风诗类钞》："以为昵燕好之词。"马飞骧《诗经缵绎》："以为讽朝臣共撑危之诗。"高亨《诗经今注》说："诗的主人公是女子，她要求男人们一起唱歌。"刘毓庆、李蹊以为"这是一首男女选择情人或配偶的诗"。

我认为本诗是一首少女邀约男子唱和，希望男子惜取良时，快快择偶成婚的言情诗。

全诗两章八句，各章四句，共三十二字，当是《诗经》中短小的篇章之一。本诗的诗眼在于"萚""叔""伯"三字。先说"叔""伯"。从《诗经·国风》中其他有关篇章的通例看，凡言叔伯者，多与男女之情有关，如《邶风·旄丘》中的"叔兮伯兮"句，《卫风·伯兮》中的"伯兮朅兮""愿言思伯"句，《郑风·叔于田》中的"叔于田""不如叔也"等，"叔""伯"都是女子对所爱男子的昵称。因此，本诗中的"叔兮伯兮"当是出自女子之口，是一位少女邀约男子唱和言情时对男子的称呼。

将本诗的主旨解读为一首少女言情诗，还可以《左传》所载作为佐证。据《左传·昭公十六年》载："夏四月，郑六卿饯宣子于郊。宣子曰：'二三君子请皆赋，起亦以知郑志。'""子游赋《风雨》，子旗赋《有女同车》，子柳赋《萚兮》。宣子喜曰：'……赋不出郑志，皆昵燕好也……'"何为"燕好"？它既指宴饮聚会，

305

又指男女合欢、夫妻恩爱。由此可知,《萚兮》是言男女合欢之诗。

再说"萚"字。萚,指落叶。"萚兮萚兮,风其吹女","萚兮萚兮,风其漂女",这是言景:落叶缤纷,瑟瑟秋风吹着你的脸庞。它标志着春光远逝,夏花凋谢,寒冬即将来临。在这样一个令人极易伤感的季节,触景生情,少女心里产生了韶光流逝不再、繁华光景倏然而去、刹那芳华的无限惆怅。她希望有人爱她,有人娶她,共结连理。但少女的矜持,又使她将这无限惆怅之情只能用邀请小伙子相互唱和的方式含蓄地表达出来:

喊一声我的好阿哥,你唱歌来我应和。("叔兮伯兮,倡予和女。")喊一声我的好阿哥,你唱歌来我奉和。("叔兮伯兮,倡予要女。")

本诗各章以"落叶"起兴,融情于景,触景生情,情景交融,文字虽简短,却言有尽而意无穷,极富于感情。各章末尾句,既是少女对男子的邀约,又是对男子的规劝,更是少女内心深处真实情感的表达,颇有几分"有花堪折直须折,莫待无花空折枝"的深意。

狡 童

彼狡童兮①,不与我言兮②。
维子之故③,使我不能餐兮④。

彼狡童兮,不与我食兮⑤。
维子之故,使我不能息兮⑥。

郑　风

【词句注释】

①彼：那个，你，你这人。此处特指"狡童"。狡童：犹言"傻小子""傻瓜"等。　②言：说话。　③维：为，因为。子：指狡童。维子之故：因为狡童所作所为的缘故。　④餐：吃饭。不能餐：吃不下饭，食不甘味。　⑤食：吃饭。闻一多以为"食"指性交。"食、息皆夜中之事。"　⑥息：寝息，睡觉。不能息：睡不着，不能入睡。"息，犹寝也。"（闻一多《诗经通义》）

【译诗】

狡　童

无情无义傻愚顽，不与我言还独餐。
因汝缘由难入睡，食非甘味寸心寒。

【解读与评析】

关于本诗的主旨，古人今人均有歧论。《毛诗序》说："《狡童》，刺忽也。不能与贤人图事，权臣擅命也。"朱熹《诗集传》说："此亦淫女见绝而戏其人之词。"清人牟庭《诗切》："刺贵人忘故友也。"马飞骧《诗经缵绎》以为是"忧君为群小所弄之诗"。高亨《诗经今注》说："一对恋人偶尔产生矛盾，女子为之寝食不安。"刘毓庆、李蹊说："这是一首夫妻或情人间情感风波的诗作，或者是一篇描写情人间闹别扭的诗。"

我认为，这是一首因夫妻闹别扭，妻子遭到丈夫冷落时所写的怨诉之诗。

全诗二章八句共二十八字，词浅意明，情挚意切。古儒们在无确切资料依据的情况下，赋予本诗太多的政治说教的含意，其实是站不住脚的。诗中用词所表现的都是日常生活的行为，词意明白浅显，无丝毫隐晦之处。在本诗中，"言""餐""食""息"的特殊含意在于，它是夫妻间的"言""餐""食""息"，而非其他。因为，若非夫妻，"他"不跟"她"说话（"不与我言兮"），不与"她"一起吃饭（"不与我食兮"），"她"绝不会至于吃不下饭，食不甘味（"使我不能餐兮"），夜不能寐，寝息不安（"使我不能息兮"）的。

全诗用赋体直抒胸臆，以"彼狡童兮"起句。与《郑风·山有扶苏》中的"狡童"含义不同的是，本诗中的"狡童"是妻子对丈夫带有怨气、愠色的称呼，而《郑风·山有扶苏》中的"狡童"是女子对心爱之人的戏谑之称。但无论如何，君臣之间、兄弟之间，或是世人，是不会用"狡童"相称的。

在本诗中，这对夫妻原本是相亲相爱的，不知何故，或许是一次口角，或许是一个误会，他们有了矛盾，闹了点别扭，曾经亲密地说笑，日常形影不离的生活，如今变成丈夫采取冷战的方式对待妻子："不与我言兮""不与我食兮"。对她不理不睬，相对无言，没法沟通。妻子受不了丈夫这种冷冰冰的态度，难挨这寂寞孤独的时光，以至于使她吃不下饭，睡不着觉，寝食难安，陷入难以自我解脱的痛苦之中。于是，怨恨与爱恋纠结的心声倾泻而出：

因汝缘由难入睡，食非甘味寸心寒。

诗两章的末尾两句"维子之故，使我不能餐兮""维子之故，使我不能息兮"，是幽怨，是哭诉，是内心的独白，更是焦灼的期盼，具有意在言外的丰富的感情内涵。

在写作技巧上，本诗采用了叠章叠句的形式，两章中只有一个"息"字无重叠，第一章中的"餐"与第二章的"食"虽字形异而义同，其他都是重叠句或重叠字。而本诗写作技巧的奇妙之处在于，叠章叠句的形式，有层次地表现了这对夫妻出现矛盾、产生不快的过程，内容表达和感情抒发层层推进、次第深化，并最后将主

郑　风

人公的怨怒之情推至高潮。

　　第一章是言白天之事，第二章言晚上之事。闻一多《诗经通义》说："一章言、餐皆日中之事。二章食、息皆夜中之事。"第一章中的"不与我言"和第二章中的"不与我食"，不是同时发生，而是逐步发展，是冷战的两种表现形式。先是因"不与我言"导致"我不能餐"，吃不下饭；然后，矛盾升级为"不与我食"，致使"我不能息"，晚上睡不着觉。在这里，"不与我食"是"不与我言"的递进，"我不能息"是"我不能餐"的递进，在时空上则是由白天至晚上的递进。由此可以看出，这对夫妻的矛盾在逐渐激化而非缓解。

　　因为这对夫妻的矛盾在逐渐激化而非缓解中，故妻子的怨气也越来越大。各章的第一句"彼狡童兮"，用第三人称，妻子的语气还算客气：那个傻愚童。而到了各章的后两句"维子之故，使我不能餐兮""维子之故，使我不能息兮"，则由前第三人称的"彼"，转变为第二人称你（"子"）。这是一种直面式的怨诉，好似妻子指着丈夫的鼻子骂的架势。

　　夫妻在一起过日子，难免因日常生活中的一些琐碎之事产生摩擦和矛盾，时而斗斗嘴，甚至大吵一场，这是常有之事。只要处理得当，这并非什么大不了的事情。俗话说，夫妻吵架是床头吵架床尾和。但若处理不当，互不理睬，打冷战，就会陷入冰冻难解的尴尬境地，互伤感情。本诗中的男女主人公，就是因为不知什么原因产生了矛盾后而互不理睬，冷战，妻子忍受不了因冷战带来的冷冰冰的毫无生气的生活而生怨恨。在这怨恨、哭诉声中，既蕴含着妻子对以前夫妻恩爱生活的回忆与留恋，也饱含着希望唤回丈夫冰冷之心的深情。

309

褰 裳

子惠思我①，褰裳涉溱②。
子不我思③，岂无他人？
狂童之狂也且④！

子惠思我，褰裳涉洧⑤。
子不我思，岂无他士⑥？
狂童之狂也且！

【词句注释】

①子：小伙子，所爱的男子。惠：爱。 ②褰（qiān）：揭起。裳（cháng）：古代指遮蔽下体的衣裙。褰裳：揭起衣裳。溱（zhēn）：郑国水名，发源于今河南新密东北。涉溱：渡过溱河。 ③子：你，此处指男子。不我思：即"不思我"的倒装，不思念我。 ④狂：痴。狂童：狡童。谑称，犹言"傻小子"。也且（jū）：真是，真是的。狂童之狂也且：犹言傻小子真是傻。 ⑤洧（wěi）：郑国水名，发源于今河南登封阳城山。 ⑥他士：别的小伙子。士，未娶者之称。

【译诗】

褰 裳

褰裳流水两相和，子若思吾过洧河。

郑　风

错过佳时徒后悔，世间小伙比沙多。

【解读与评析】

关于本诗的主旨，《毛诗序》曰："《褰裳》，思见正也。狂童恣行，国人思大国之正己也。"朱熹《诗集传》："淫女语其所私者。""'狂童之狂也且！'亦谑之之辞。"方玉润《诗经原始》："思见正于益友也。"马飞骧《诗经缵绎》则"以为刺无信之诗"。高亨《诗经今注》说："这是情人之间的戏谑之词。"刘毓庆、李蹊以为"这是一篇非常活泼的情歌"。

我认为，本诗是一位少女向一位她所钟情的小伙子求爱时所唱的恋歌。

相传古人在仲春之月有会合男女的风俗。《周礼·媒氏》曰："媒氏（媒官）掌万民之判（配合）……中春（二月）之月令会男女，于是时也，奔者不禁（不禁止淫奔）；若无故而不用令者，罚之，司男女之无夫家者而会之。"《管子》卷十八《入国》篇曰："凡国都皆有掌媒。丈夫无妻曰鳏，妇人无夫曰寡；取鳏寡而合和之，予田宅而家室之，三年然后事之，此之谓合独。"《管子》的"合独"，就是《周礼·媒氏》的"会男女"，所言为同一风俗。（孙作云《诗经与周代社会研究》）

《郑风·褰裳》一诗所描绘的是周代社会发生在阳春三月"合独"男女相会择偶情景中的一个局部场景。在溱洧河畔，一个春暖花开的时节，男女开禁之日，姑娘小伙相聚，各择意中人，享受充分的恋爱自由。有位姑娘，也就是本诗的主人公想得到爱情，她看中了河对岸的一个小伙子。可能是小伙子还没有理解姑娘的心意，使她很是着急焦虑，但少女矜持的特性使然，她对小伙子的爱意，又不能直白地说出口，只好用戏谑之词，似挑逗、似责骂的口吻隐晦地表达出来。

诗经国风赏析

全诗二章，每章五句。两章中只有"溱"与"洧"和"人"与"士"两个字的变化，其他各句、字、词完全相同。如果考虑到"溱"与"洧"和"人"与"士"只是字形有不同而义无异的情况，诗的两章是毫无变化的重章叠句，迂回曲折，跌宕多姿。叙事中有抒情，又含笑谑，天真烂漫中又含羞涩，坦率中又含隐晦。

诗各章的前二句"子惠思我，褰裳涉溱"——你若爱我思念我，就提起衣襟过溱河！真是快人快语，坦率天真。明明是她相中了河对岸的小伙子，却不直说"我爱你"，而是以己度人，反推出"子惠思我"。它较之于《郑风·蘀兮》那"叔兮伯兮，倡予和女"的直白，显得矜持、含蓄而又天真。

诗各章的第三、四句"子不我思，岂无他人？"——你若不爱我想念我，难道发愁没别的小伙？这是姑娘采取的激将之法：小伙子你若不快快过洧河，世上爱我的小伙子有很多，我才不发愁呢！

姑娘真的不发愁吗？如果诗句到此结束，读者似乎会认为姑娘对小伙子的爱或不爱持无所谓的态度。而事实并非如此，那不过是她所说的气话而已，而且还带有假设的意味。其实，姑娘很焦虑，很着急，很在乎。诗各章末尾句"狂童之狂也且！"——你真是个傻小伙！看似戏谑、嗔骂之语，正是姑娘很看重这份爱情的体现。它使第三、四句看似无情之语顿时变得多情、挚诚、认真而又执着。全然不是那种"天涯何处无芳草"般的消极与颓丧。

本诗所表现的是远古周代社会接近自然状态下男女择偶的场景。"中春（二月）之月令会男女，于是时也，奔者不禁"，男女是自由恋爱的。诗中女主人公对爱的表达是大胆而又自信的。就此而言，它同现代社会建立在个人独立意识基础上的男女自由选择是完全相同的。从这个意义上说，本诗所表现的自由恋爱精神也是现代的。但是，诗中女主人公那种挚诚、认真而又执着的爱情观，却又是值得在现代社会中大力弘扬的！

汉乐府民歌《铙歌》曰：

我欲与君相知，长命无绝衰。山无陵，江水为竭，冬雷震震，夏雨雪，天地合，乃敢与君绝！

丰

子之丰兮①，俟我乎巷兮②，
悔予不送兮③。

子之昌兮④，俟我乎堂兮⑤，
悔予不将兮⑥。

衣锦褧衣⑦，裳锦褧裳。
叔兮伯兮⑧，驾予与行⑨。

裳锦褧裳，衣锦褧衣。
叔兮伯兮，驾予与归⑩。

【词句注释】

①子：男子，与下文中的"叔""伯"同义，此处指情郎，阿哥。丰：丰满，标致，丰肌秀骨，美好貌。 ②俟（sì）：候，等待。 ③予：我，此处指我家、家人。送：送女出嫁。 ④昌：健壮，健美。此处言男子的体魄健美、壮硕。 ⑤堂：客堂。此处指里巷弄堂。 ⑥将：送行。 ⑦锦：锦衣，翟衣。褧（jiǒng）：妇女出嫁时御风尘用的麻布罩衣。 ⑧叔、伯：都是兄弟的排行。此

处指迎亲小伙子，阿哥。 ⑨驾：驾车。此处是女子呼男子备车迎娶自己。行（háng）：往。 ⑩归：指女子出嫁去往男子家。

【译诗】

丰（新韵）

俊骨丰肌仪态威，巷前迎娶久徘徊。
家人不送犹知悔，我自心寒无限悲。
只盼来年黄道日，相期喜讯满天飞。
锦衣绣被香车伴，嫁与情郎一起归。

【解读与评析】

  关于本诗的主旨，古今诗释译注家虽歧论颇多，但不外乎"刺乱说"和"男女情事说"两种。《毛诗序》："《丰》，刺乱也。婚姻之道缺，阳倡而阴不和，男行而女不随。"朱熹《诗集传》说："妇人所期之男子已俟乎巷，而妇人以有异志不从。既则悔之，而作是诗也。"方玉润《诗经原始》："悔仕进不以礼也。"姚际恒《诗经通论》说："女子于归自咏。"马飞骧《诗经缵绎》以为是"刺乱之诗"。陈子展《诗经直解》说："《丰篇》，盖男亲迎而女不得行，父母变志，女自悔恨之诗。"高亨《诗经今注》："一个男子向女的求婚，她不理睬。不久，她后悔了，表示愿意嫁给他。"刘毓庆、李蹊认为："这首诗表现一位女子临嫁时遭遇突然变故，她后悔当初没有及时地接受男子的亲迎，十分苦恼。"

  本诗所表现的是男子去迎娶女子时，因女子家人反对，从中作梗，致使女子未能同行而后悔不已。事后，女子期盼将来有一天男子能再次驾车迎娶她，她愿意与男子一起同往成亲的诗作。

  全诗四章十四句，前二章各三句，后二章各四句。第一、二章写懊悔。男子到女方家亲迎女子，不知何故，可能是女方家人从中作梗，或是女子父母本就不同意这门婚事，女方家变卦了，不让男子进门，不送姑娘出嫁。男子只好在里巷弄堂前等待。而女子也只能屈从于家人、父母的意志，留下的只是悔恨。但她难忘男子丰满美好的容貌，难忘男子健壮魁伟的体魄。她因悔恨而生思念。第一、二章首句"子之丰兮""子之昌兮"，既是姑娘对意中人的赞美，更是思念之情的喷发。第一、二章的第二句"俟我乎巷兮""俟我乎堂兮"，则是交代思之因、悔之因：男子为迎娶"我"而在里巷弄堂前久久徘徊等待。第一、二章的第三句"悔予不送兮""悔予不将兮"，写女子的懊悔：懊悔未能与男子一同前往成亲。她在后悔中有怨恨，怨恨家人、父母的"不送""不将"，以致男子"俟我乎巷兮""俟我乎堂兮"，以致姑娘未能与男子一同前往成亲。第三句不言思而言悔，其意比首句更深一层，因而合乎逻辑地引出了后二章的内容。

第三、四章写心愿、写期盼。姑娘对男子的爱与思念没有因为家人的"不送""不将"而消失。心若在，梦就在。姑娘在悔恨之余，她要作最后的努力。她期盼、幻想着将会有那么一天，她穿上了锦衣盛装，打扮得漂漂亮亮，有绣被嫁妆，男子驾着香车来迎娶她。而她呢，则与情郎一起奔向男子的家。

第三、四章的末尾句"驾予与行""驾予与归"，将姑娘由满腹悔恨引起的对幸福生活无限向往的强烈感情，表现得淋漓尽致。读之，使人对姑娘的不幸抱有深深的同情，也对她对幸福爱情的不懈追求肃然起敬。但读者又无法知道姑娘将用什么办法能改变父母、家人的态度，有情人终成眷属。也许，等待她的依然是无法改变的可悲命运。

《丰》诗所表现的周代社会的婚姻状况，与前两篇《萚兮》《褰裳》所表现的周代社会的婚姻状况完全不同。"叔兮伯兮，倡予和女""叔兮伯兮，倡予要女"（《萚兮》），"子不我思，岂无他人""子不我思,岂无他士"(《褰裳》)。在这里,男女在择偶时是自由恋爱的,姑娘面对所钟情之人时,开朗开放表白,勇敢大胆追求。而《丰》诗中的主人公却是个屈从父母意志的弱女子,她无力对抗父母、家人的干涉,有的只是"悔予不送兮"和"悔予不将兮",留下的只是幻想和期盼。由此也可以看出,相对于《蓁兮》《褰裳》所表现的周代社会的婚姻状况而言,《丰》诗所表现的周代社会的婚姻状况是周代社会文明的一种倒退。这首诗是对不合理婚姻制度的强烈控诉。

东门之墠

东门之墠①,茹藘在阪②。
其室则迩③,其人甚远。

东门之栗④,有践家室⑤。
岂不尔思⑥?子不我即⑦。

【词句注释】

①东门:指城东门。墠(shàn):经过整治的郊野平坦之地。 ②茹藘(rúlú):草名。即茜草、牛蔓。秋天开淡绿色花。根色黄赤,可以用来作绛红色染料。阪(bǎn):山坡。 ③室:房舍,住宅。迩(ěr):近。 ④栗:木名,落叶乔木。东门之栗:城东门外有一片栗子树。 ⑤有践:同"践践",行列整齐的样子。家室:房舍,住宅。有践家室:行列整齐的房子。引申为"温暖的家"。 ⑥尔思:"思尔"的倒装句。岂不尔思:难道是我不想念

你？　⑦子：男子，小伙子。即：走进，接近，亲近。我即："即我"的倒装句。子不我即：你不想亲近我。

【译诗】

东门之墠（新韵）

东门平坦地，茜草翠花开。
华屋偏邻近，伊人竟不谐。
栗枝遮日月，轩室暖心怀。
思尔宵无寐，问君何不来？

【解读与评析】

　　关于本诗的主旨，古今诗释译注家认识较为一致，大多认为是男女之词。《毛诗序》说："《东门之墠》，刺乱也。男女有不待礼而相奔者也。"朱熹《诗集传》："室迩人远者，思之而未得见之辞也。"方玉润《诗经原始》："托男女之情以写君臣朋友之义。有所思而未得见也。"闻一多《风诗类钞》引郑笺注："此女欲奔男之辞。"程俊英认为："这是一首男女相唱和的民间恋歌。"马飞骧《诗经缵绎》则认为是"思隐士之诗"。高亨《诗经今注》："女的和男的住处很近，而不常见面，女方希望男子到她家里来。"刘毓庆、李蹊说："这是一首男女对歌言情之诗。"

　　我认为，本诗是一位女子单相思的言情之诗。

　　全诗二章，每章四句。就其内容而言，第一章写物，第二章言情。但二章是一个有机的统一体，即情因境而生，言因境而发。首章第一、二句"东门之墠，茹藘在阪"，姑娘放眼望去，明洁而富有生气的景象尽收眼底：东门外一带平坦之地，远处的山坡上，茜草淡绿色的花朵尽情绽放。她看到这一切，很有感触，似乎在心里暗自发问：山上的鲜花为谁开？于是，她的目光慢慢地由远及近地移动着，看到了不远处那一栋漂亮的房子，想到了房子里住着她所思念的人。只可惜，"其室则迩，其人甚远"：那房子看起来实在很近，似乎又很远。

明明是目力能及的距离，怎么会"甚远"呢？首章第三、四句"其室则迩，其人甚远"，很令人玩味思索。细细想来就会明白其中所言之理：这里的"甚远"，不是物理距离的远，而是"伊人竟不谐"的心之远。住在那屋里的人，对我的心，他全然不懂；对我的情，他全然不知。第一章中虽无一"思"字，却句句含"思"。咫尺天涯，莫能相近。姑娘单相思的难言之痛尽在其中。

姑娘在第一章中道出了咫尺天涯的单相思之痛后，意犹未尽，不吐不快。于是，便有了第二章咫尺天涯的渴望。第一、二句所表达的是姑娘的爱屋及乌的情感：她因思念着住在不远处房舍里的人，对那房子不惜赞美之词。"东门之栗，有践家室"：东门外那遮天蔽日的栗树一排排，华美整齐的房舍暖心怀。姑娘的赞美之词，暗示了她所思念之人的俊美与善良，其中也蕴含着美好的憧憬与热烈的期待。

诗的最后两句转入言情，如怨如慕，如泣如诉，直抒内心焦急渴望的情怀。"岂不尔思？子不我即"：我怎能不想你？是你不到我这里来。真是"思尔宵无寐，问君何不来"。

本诗文词平实，不事雕琢，使情感的表达在含蓄委婉中又直率真切，读来令人感同身受。虽短短数行，却触及一个普遍而又重大的人生课题：如何度量人与人相处的距离？其实，在世间，人与人的相处，最远的距离是心灵，最近的距离也是心灵。世人也好，朋友也罢，夫妻也罢，兄弟姐妹也好，恋人也罢，彼此能否和谐相处，全在于心灵是否默契，是否情投意合，是否志趣相投。若彼此默契，凡事能做到"心有灵犀一点通"，那便是"海内存知己，天涯若比邻"。否则，便是咫尺天涯，莫能相近，如同陌路人。

郑　风

风　雨

风雨凄凄①，鸡鸣喈喈②。
既见君子③，云胡不夷④？

风雨潇潇⑤，鸡鸣胶胶⑥。
既见君子，云胡不瘳⑦？

风雨如晦⑧，鸡鸣不已。
既见君子，云胡不喜？

【词句注释】

①凄凄：寒凉。　②喈喈（jiējiē）：群鸡齐鸣之声。　③既：已经。　④云：语助词。胡：何，怎么，为什么。夷：心境平静，喜悦，高兴。云胡不夷：如何不喜悦？怎能不高兴？　⑤潇潇：形容风急雨骤，风雨交加。　⑥胶胶：群鸡齐鸣之声。　⑦瘳（chōu）：病愈。此处指愁思萦怀的心病消除。　⑧如：而。晦（huì）：昏暗，阴暗不明。

【译诗】

风　雨

风雨凄凄冷气嚣，雄鸡啼叫鸟声嘹。
夫妻久别今相见，我自怡然思泪消。

【解读与评析】

关于本诗的主旨,古今学者的观点存在较大分歧。《毛诗序》曰:"《风雨》,思君子也。乱世则思君子不改其度焉。"朱熹《诗集传》则认为:"淫奔之女言当此之时见其所期之人而心悦也。"马飞骧《诗经缵绎》以为是"思君子之诗"。高亨《诗经今注》认为:"在一个风雨如晦、鸡鸣不已的早晨,妻子与丈夫久别重逢,不禁流露出无限喜悦的心情。"刘毓庆、李蹊说:"这首诗表现的是夫妻久别重逢的喜悦。"

我认为,本诗是一首表现妻子与丈夫久别重逢而心情愉悦不已的诗作。在一个风雨交加、雄鸡啼鸣的清晨,外出久久未归的丈夫终于回到家,相思成疾的妻子高兴不已,流露出无限喜悦的心情。

全诗三章十二句,每章四句。各章前二句写过去的相思之苦。首句先言风雨,渲染出一种阴冷凄凉的气氛。然后写雄鸡啼鸣,点明这是一个寂寥的黎明。这个时点,应是人家夫妻在温柔乡酣睡或缠绵的时候,而诗作者却是独守空房孤枕难眠。她触景伤怀,勾起了离情别绪,闺思悲苦,就如这凄风苦雨,拍打着她的心。"风雨凄凄,鸡鸣喈喈""风雨潇潇,鸡鸣胶胶""风雨如晦,鸡鸣不已",这种叠句的反复吟诵,表达了这位女子不知熬过了多少个孤寂难熬的长夜。诗中虽不见一个"苦"字,不见一个"悲"字,读之,使人感觉到了女子的无限悲苦和与丈夫别离的伤痛。

各章后二句写今时重逢之喜悦。在女子几乎绝望的凄风苦雨的清晨,久别的丈夫竟回家了。不期重逢,她怎能不高兴呢?她的心情怎能平静呢?看到丈夫回到了她的身旁,她反复吟诵着:"既见君子,云胡不夷?""既见君子,云胡不瘳?""既见君子,云胡不喜?"这种重复的反诘问句,骤见之喜,欢欣之情,自可想见。此前的百般相思,千般怅痛,万般怨恨,顿时化作轻风流云而逝。她那积思之病顿时痊愈了。

"既见"二字,极好地表现了女子的大度胸襟。见到久别的丈夫,她没有埋怨,没有诉苦,没有哭泣,不诉"天涯离恨苦",不言"零落花如许",不说"旧恨千万缕",不将"相思灯下诉",有的只是一刹那间喜出望外的惊喜与愉悦。她在想:所有的事,过去了的,就让它过去吧,当下才是最重要最值得珍惜的。

强烈的对比是本诗突出的表现艺术特点。先写久别相思之苦,后写久别重逢之乐,以乐衬苦,其苦更苦;以苦衬乐,其乐更乐。较之于单言久别之苦或重逢之乐,更能打动读者的心。这种情景反衬对比之法,恰如王夫之《姜斋诗话》所说:"以乐景写哀,以哀景写乐,一倍增其哀乐。"方玉润《诗经原始》给予其极高的赞誉:"此诗人善于言情,又善于即景以抒怀,故为千秋绝调。"

子 衿

青青子衿①,悠悠我心②。
纵我不往③,子宁不嗣音④?

青青子佩⑤,悠悠我思。
纵我不往,子宁不来?

挑兮达兮⑥,在城阙兮⑦。
一日不见,如三月兮!

【词句注释】

①青：黑色。古代青指黑颜色。子：男子的美称，这里指"你"。衿：即襟，衣领。子衿：周代读书人的服装。 ②悠悠：忧思不断的样子。 ③纵：纵然，即使，即便。 ④宁（nìng）：岂，难道。宁不：何不，竟然不。嗣（sì）音：寄传音讯。嗣，这里指寄赠。 ⑤佩：这里指系佩玉的绶带。 ⑥挑兮达（tà）兮：独自走来走去的样子。挑，也作"佻"。 ⑦城阙（què）：城门两边的观楼。

【译词】

画堂春·子衿

佩衿青黑瑞香侵，阿哥阿妹情深。一朝相别久无音，唯有忧心。　　一日犹如三月，思人独上楼台，望君未见泪垂腮。何不前来？

【解读与评析】

关于本诗的主旨，古今学者歧论颇大。可归纳为以下三种：

一是伤废学校说。《毛诗序》曰："《子衿》，刺学校废也。乱世则学校不修焉。"方玉润《诗经原始》："伤学校废也。"马飞骧《诗经缵绎》以为是"伤学校之废之诗"。

二是淫奔说。此论多为宋、明学者的主张。朱熹《诗集传》："此亦淫奔之诗。"朱熹弟子辅广在《诗童子问》中支持朱熹的"淫奔说"，他认为"此淫女望其所与私者，既无音问，又不见其来，而极其怨思之辞也"。宋人王应麟《诗地理考》强调"郑声淫"来为朱子之说提供支撑。明人季本《诗说解颐》指出此诗主旨是"女子淫奔而思男子之诗"。

郑风

三是男女爱情说。近现代学者多持此论。余冠英《诗经选》说:"这诗写一个女子在城阙等候她的情人,久等不见他来,急得她来回走个不停,一天不见面就像隔了三个月似的。"高亨《诗经今注》说:"这是一首女子思念恋人的短歌。"程俊英《诗经注析》认为:"《子衿》是一位女子思念情人的诗。"刘毓庆、李蹊认为:"这首诗写一位姑娘的相思,她看着情人送给她的'佩衿',思绪万端。"

我以为,《子衿》是一首姑娘思念恋人的诗。她因思念而自言自语,絮絮叨叨,坐立不安,心神不宁,怨望不止。

全诗三章十二句,各章四句。第一、二章写静态之思,心理之忧。首句以"青青子衿""青青子佩"起兴,是以恋人的衣饰借代恋人。他的衣饰在姑娘的脑海中留下了极深刻的印象,使她念念不忘。由此可想见他们的感情之深和姑娘的相思萦怀之情。自分别后,天各一方,她忧思不已,苦闷得很。于是,她自言自语,一遍又一遍在心里发问:"纵我不往,子宁不嗣音?""纵我不往,子宁不来?"即便我没能去找你,你难道就不能给我捎个信?即便我没有去找你,你难道就不能到我这里来?姑娘对恋人浓浓的爱意和无尽的思念转化为惆怅与幽怨。

第三章写动态之思,行为之忧。不知是什么原因,既没有恋人的音讯,也不见他的踪影,姑娘望眼欲穿,坐立不安。于是,她独自一人在城楼上"挑兮达兮",来来回回地走个不停,心烦意乱。她举目远望,希望能看到恋人归来。可是,她失望了,心情更加郁闷,泪流满面,思念更深一层,觉得一天不见,犹如三个月那么漫长。

本诗先写静态,心理之忧思;后写动态,行为之忧思,先静后动,动静结合,使女主人公等待恋人时的焦灼万分的情状宛然如在眼前。末章两句"一日不见,如三月兮"的内心独白,则通过夸张

323

的修辞技巧,造成主观时间与客观时间的反差,从而将其对恋人的不尽相思之情表现得淋漓尽致,极具艺术感染力。

本诗虽短,但其对心理描写的艺术表现手法,对后世文学创作产生了久远影响。如曹操《短歌行》:"青青子衿,悠悠我心。但为君故,沉吟至今。"所表现的虽是求贤若渴的心情,但在寄情感于诗意、寓哲理于诗情的表现艺术形式上,却是对《子衿》的直接化用。唐代诗人李益《写情》一诗,更是模仿了《子衿》的诗意与表现技巧:"水纹珍簟思悠悠,千里佳期一夕休。从此无心爱良夜,任他明月下西楼。"如今更有《情悠悠,恨悠悠》:"往事不堪再回首,初恋的温馨在心头。情难守,意难求,两心相惜长相守。"

扬之水

扬之水[①],不流束楚[②]。
终鲜兄弟[③],维予与女[④]。
无信人之言[⑤],人实迋女[⑥]。

扬之水,不流束薪。
终鲜兄弟,维予二人[⑦]。
无信人之言,人实不信[⑧]。

【词句注释】

①扬:悠扬,缓慢无力的样子。扬之水:平缓流动的水。喻指小水沟,涧水。 ②不流:流不动,浮不起,冲不走。楚:荆条。束楚:成捆的荆条。不流束楚:涧水浅,漂浮不起成捆的荆条。

③终：既。鲜（xiǎn）：缺少。 ④女：通"汝"，你。 ⑤言：流言，流言蜚语。 ⑥迋：通"诳"，欺骗。 ⑦二人：同心者极少的意思。维予二人：只有你我二人。 ⑧信：诚信，可靠。不信：不可信，不能相信。

【译诗】

扬之水

弯弯涧水不流薪，恩爱夫妻鱼水亲。
蜚语流言君莫信，海枯石烂守本真。

【解读与评析】

关于本诗的主旨，《毛诗序》认为："《扬之水》，闵（悯）无臣也。君子闵忽之无忠臣良士，终以死亡，而作是诗也。"而朱熹《诗集传》以为是"淫者相谓"之辞："淫者相谓……岂可以他人离间之言而疑之哉?"闻一多《风诗类钞》将其归为男词类，以为是"将与妻别，临行劝勉之词"。马飞骧《诗经缵绎》以为是"兄弟相规之诗"。高亨《诗经今注》："兄弟二人，弟听信别人挑拨离间的谎言，与兄发生冲突，兄作此诗来劝告他。"刘毓庆、李蹊以为"这是一首防备他人离间的歌"。

我认为，本诗是一首夫妻相互劝勉之词，告诫夫妻要相互信任，莫为流言蜚语所惑。

全诗二章十二句，每章六句。本诗采用《诗经·国风》中惯用的比兴手法，各章首句以"扬之水"起兴，以"束楚""束薪"为比，暗示夫妻关系。如《王风·扬之水》三章分别以"扬之水，不流束薪""扬之水，不流束楚""扬之水，不流束蒲"起兴，表现在外服役者对妻子的怀念；《周南·汉广》写女子出嫁二章，分别以"翘翘错薪，言刈其楚""翘翘错薪，言刈其蒌"起兴。"束楚""束薪"所蕴含的意义是,男女结为夫妻,等于将二人的命运捆在了一起。所以说,《郑风·扬之水》也是写夫妻关系的。

诗各章后四句为以事说理的劝勉之言。"终鲜兄弟,维予与女""终鲜兄弟,维予二人"是言事。人生在世,兄弟、姐妹、夫妻都是至亲之人,而诗中主人公却说"终鲜兄弟":我没兄没弟。这就很自然地引出了下句"维予与女""维予二人":只有你我夫妻二人才是至亲之人。

本诗的主人公本是一对形影不离如鱼水亲的恩爱夫妻,但有些人却出于嫉妒或包藏什么祸心,而造出一些流言蜚语,使他们平静的生活出现了波澜。于是,他(或她)用十分诚挚的态度和韵味十足的口语,一遍又一遍地劝勉、开导妻子(或丈夫):"无信人之言,人实迂女""无信人之言,人实不信":不要相信他人的闲言碎语,那些人实在是想欺骗你;不要相信流言蜚语,那些人的话实在不可信。

近代英国思想家培根说过:"德行不好的人必要嫉妒有道德的人。因为人的心灵如若不能从自身的优点中取得养料,就必定要找别人的缺点来作养料。""嫉妒是一种四处游荡的情欲,能享有它的只能是闲人。所以古话说:'多管别人闲事必定没安好心。'"在生活中,有的人因嫉妒而制造流言蜚语,搬弄是非,他们可以把太阳画成黑点,也可以把黑点画成太阳。从古到今,此种人大有人在。

既然流言蜚语总是存在,智者告诉你对待它的正确态度是:一是不传播。二是不要听。三是即便听到了也不要在乎介意。人生中有那么多有价值的事需要去做,何必浪费精力和时间去理会这些既不真实而且无必要的闲言碎语呢?"清者自清,浊者自浊。"流言蜚语只有在一种情形下才是可怕的,那就是你真正在乎它,并因此而影响到了你的生活与工作。你若不在乎不介意,把命运之绳牢牢握在自己手里,散播流言者自觉无趣。流言止于智者。久而久之,流言自会湮灭。

《郑风·扬之水》中的主人公是智者，他们对待流言蜚语所采取的不相信态度，既真切地表现出了他们彼此之间纯洁的内心和真诚的情感，也体现了他们不为流言蜚语所困扰的生活智慧和大度胸怀。

当然，在现代法治文明社会，对那些对他人造成名誉、财产、信誉损失的流言蜚语，受害人还是应该依法维权的，对加害者切不可饶恕宽容。因为，对恶的饶恕，便是对善的摧残；对流言的宽容，便是对真相的迫害。

出其东门

出其东门①，有女如云②。
虽则如云③，匪我思存④。
缟衣綦巾⑤，聊乐我员⑥。

出其闉闍⑦，有女如荼⑧。
虽则如荼，匪我思且⑨。
缟衣茹藘⑩，聊可与娱⑪。

【词句注释】

①东门：城东门，郑国游人云集之地。　②如云：形容游女众多。　③虽则：虽然。　④匪：非。思存：想之所在。存，在。　⑤缟（gǎo）：白色；素白绢。綦（qí）巾：青白色女服。　⑥聊：姑且，暂且。员（yún）：同"云"，语助词。　⑦闉闍（yīndū）：

城门外的护门小城。此处泛指城门。　⑧荼：苦菜，白色。苦菜花开时一片皆白，此处形容女子众多。　⑨思且（jū）：思念，向往。且，语助词。　⑩茹藘（rúlǘ）：茜草，其根可制作绛红色染料。此处代指红色佩巾。　⑪娱：娱乐，快乐。

【译词】

长相思·出其东门

望东门，出东门，美女如云娇态新。声声笑语温。　　思青巾，忆青巾，恩爱夫妻定一尊。缟衣茹藘亲。

【解读与评析】

关于本诗的主旨，古今诗释译注家颇有争议。《毛诗序》："《出其东门》，闵乱也。公子五争，兵革不息，男女相弃，民人思保其室家焉。"朱熹《诗集传》则认为是"人见淫奔之女而作此诗。以为此女虽美且众，而非我思之所存，不如己之室家，虽贫且陋，而聊可以自乐也"。方玉润《诗经原始》："不慕非礼色也。"马飞骧《诗经缱绎》以为是"君子明志之诗"。高亨《诗经今注》认为："这首诗是一个男子对爱情忠贞不贰的自白。"刘毓庆、李蹊认为："本诗是一首'东门恋歌'。一位青年男子来到郑国首都城东门外，看到千百女子，如云如荼，但他想的只是心中那位'缟衣綦巾'的女子。"

我认为，《出其东门》是一位男子表达对爱情忠贞不贰、定情专一的诗作。

《诗经·国风》中以东门为题的诗有五篇，除《郑风·出其东门》外，还有《郑风·东门之墠》《陈风·东门之枌》《陈风·东门之池》《陈风·东门之杨》等，都是描写男女爱情的。在周代社会，东门当是指城外东侧人们聚会郊游的繁华之地。《出其东门》

郑　风

所描写的当是春天郑国国都东门外男女聚会郊游的盛景：美女如云，多得像盛开的荼菜花茫茫一片，个个笑靥灿然如花、生气蓬勃。诗中主人公徜徉其间，目不暇接。爱美之心，人皆有之。诗中的主人公面对着如许众多的美丽女子，纵然是枯木、顽石，恐怕也要目注神移、怦然心动的。此时，他也许有些心旌摇曳，他对此感到很惊讶，情不自禁地发出一声声"有女如云""有女如荼"的赞叹。

诗中主人公是一个对爱情忠贞不贰、有着高尚道德观的人，他看得破，守得住，定得稳。弱水三千，只取一瓢饮。繁华三千，只为一人饮尽悲欢。面对此情此景，他一遍又一遍告诫自己："虽则如云，匪我思存。缟衣綦巾，聊乐我员""虽则如荼，匪我思且。缟衣茹藘，聊可与娱"。虽然眼前美女如云，个个貌美如花，但她们都比不上我那素颜布衣的心上人。我以此生有她而足为乐矣！

全诗二章十二句，每章六句，朴实无华，明白如话。在写作技巧上，采用强烈的对比反衬手法。"有女如云"对比"缟衣綦巾"，"有女如荼"对比"缟衣茹藘"；"虽则如云"反衬"匪我思存"，"虽则如荼"反衬"匪我思且"。两个"有女……缟衣……"，两个"虽则……匪我……"，表现了诗中主人公对爱情的忠贞不贰、定情专一。人的感情是奇特的，而"爱情"则更是玄妙无穷。朱熹《诗集传》说："缟衣綦巾"，为"女服之贫陋者"。主人公所情有独钟的，竟是这样一位素衣绿巾的贫贱之女。虽美女"如云""如荼"，终"不如己之室家，虽贫且陋，而聊可以自乐也"。由此足见他与妻子相爱之深。

只要两心相知，何论贵贱贫富。品读《出其东门》，你会感受到诗中主人公至深至真的爱情所投射于诗中的最动人的光彩。在它的照耀下，贫贱之恋获得了超越任何势利的价值和美感。

野有蔓草

野有蔓草①,零露漙兮②。
有美一人,清扬婉兮③。
邂逅相遇④,适我愿兮⑤。

野有蔓草,零露瀼瀼⑥。
有美一人,婉如清扬⑦。
邂逅相遇,与子偕臧⑧。

【词句注释】

①蔓(màn)草:蔓延生长的草。蔓:蔓延。 ②零:降落,落下。漙(tuán):露水圆团的样子,露珠甚多状。 ③清扬:目以清明为美,扬亦明也,形容眉目漂亮传神。婉:美好貌。 ④邂逅(xièhòu):不期而遇。 ⑤适:适合。 ⑥瀼(ráng)瀼:形容露水浓、多。 ⑦婉如:美好貌。 ⑧偕臧:一同藏匿起来,指消失在草木丛中。臧,同"藏"。

【译诗】

野有蔓草（新韵）

蔓草萋萋遍碧峦,团团滴露润花鲜。
美人温婉明眸丽,适我痴心享永年。

郑　风

【解读与评析】

关于本诗的主旨，古今诗释译注家有不同的解读。《毛诗序》曰："《野有蔓草》，思遇时也。君之泽不下流，民穷于兵革，男女失时，思不期而遇焉。"朱熹《诗集传》未从《毛诗序》所论，说："男女相遇于野田草露之间，故赋其所在以起兴。"姚际恒《诗经通论》："此似男女婚姻之诗。"方玉润《诗经原始》："朋友相期会也。"高亨《诗经今注》认为是"一个男子在野外遇到一个思慕已久的姑娘，就唱出这支歌"。马飞骧《诗经缋绎》以为是"思遇贤之诗"。刘毓庆、李蹊认为"这是一首男女幽会的情歌"。

我是赞成朱熹《诗集传》的所论的。本诗是一首牧歌般的自由之爱的恋歌。男女在野田草露之时不期而遇，一见钟情，于是，男子以蔓草起兴，唱出这首恋歌，以表达对姑娘的爱慕之意。

全诗两章，重复叠咏。每章六句，共十二句。各章依次写自然环境、时节、人物、情感等四方面的内容，文字简练，如歌如画。

各章首句以"野有蔓草"起兴，写自然环境，第二句以"零露漙兮""零露瀼瀼"点明时节，勾勒出一派春草青青、露水晶莹的良辰美景。"露"有寒露与春露之分。若是寒露时节，则是万木萧条，秋风瑟瑟。本诗的首句"野有蔓草"，写的是青草蔓延茂盛之状，描写的是仲春二月"草始生，霜为露"的时节。春晨的郊野，春草葳蕤，枝叶蔓延，绿成一片；嫩绿的春草，缀满露珠，在旭阳的照耀下，明澈晶莹。在这样一个万物复苏、大地生机勃发的春天，人们外出踏春游玩，或是耕耘劳作，都是情理之中的事。男女相会，也是符合情理的。

诗各章的第三、四句写人。在这清丽、幽静、万物复苏、生机勃发的春晨郊野，"有美一人，清扬婉兮""有美一人，婉如清扬"，一位美丽的姑娘飘然而至，她双眸明丽，如露水般晶莹，顾盼流转，神情温婉，妩媚动人。诗各章的前四句俨然是一幅春日丽人图，先写景，后写人，诗中有画，画中有人。

诗各章的第五、六句写情。面对如诗如画的良辰美景，遇到双眸明亮、温婉妩媚的姑娘，小伙子春心躁萌，爱悦之情怎能不喷涌而出。"邂逅相遇，适我愿兮""邂逅相遇，与子偕臧"：邂逅丽人，一见钟情。这姑娘正合了小伙子久盼的痴心，他誓要与她携手相爱，藏入芳林深处，共享永年，永结同心。小伙子的情，既有对姑娘之美的惊叹和赞美，也有对不期而遇的惊喜，更有对爱神突然降临的幸福感和满足感。

细读《野有蔓草》诗，你会从中体会到，爱情真是个很奇妙的东西，有时苦苦寻觅而不得，"踏破铁鞋无觅处"；但有时又会在不经意间而遇到，"众里寻他千百度，蓦然回首，那人却在灯火阑珊处"。其中的奥秘在于，"邂逅相遇，适我愿兮"。一个"适"字，道出了爱情的真谛：或男或女，在择偶时，未必非得千挑万选，只要是适合自己所愿的，便是最好的。

溱 洧

溱与洧①，方涣涣兮②。
士与女③，方秉蕑兮④。
女曰："观乎？"士曰："既且⑤。"
"且往观乎⑥！洧之外，洵訏且乐⑦。"
维士与女⑧，伊其相谑⑨，赠之以勺药⑩。

溱与洧，浏其清矣⑪。

郑　风

士与女,殷其盈兮⑫。
女曰:"观乎?"士曰:"既且。"
"且往观乎!洧之外,洵讦且乐。"
维士与女,伊其将谑⑬,赠之以勺药。

【词句注释】

①溱(zhēn)洧(wěi):郑国两条河流,在今河南省境内。②方:正。涣涣:水流弥漫貌。③士与女:此处泛指春游的男男女女。后文"女""士"则特指其中某青年男女。④秉:执,拿,持。蕑(jiān):一种兰草。又名泽兰。⑤既:已经。且(cú):同"徂",去,往。⑥且:再。⑦洧之外:指洧河侧畔的平阔之地。洵(xún)讦(xū):实在宽广。洵:实在,诚然,确实。讦:大,广阔。⑧维:发语词。⑨伊:发语词。相谑:互相调笑打闹。⑩勺药:即"芍药",一种香草。朱熹《诗集传》:"芍药,亦香草也。三月开花,芳色可爱。"闻一多《风诗类钞》:"芍药,媒妁之药。"⑪浏:水深而清澈之状。⑫殷:众多。盈:满。⑬将:相互,要将。闻一多《风诗类钞》:"将,相将也。相将犹相并。"

【译诗】

溱　洧

溱洧潾潾不尽流,春风习习雀啾啾。
小伙少女情相逐,香草清波韵独悠。
女曰那边风景美,士言此地鸟声柔。
赠之芍药含深意,盈袖馨香永世留。

【解读与评析】

关于本诗的主旨,古今诗释译注家分歧颇大。《毛诗序》曰:"《溱洧》,刺乱也。兵革不息,男女相弃,淫风大行,莫之能救焉。"朱熹《诗集传》说:"此诗淫奔者自叙之辞。"方玉润《诗经原始》认为是"刺淫也"。马飞骧《诗经缵绎》以为是"刺淫风之诗"。高亨《诗经今注》:"郑国风俗,每逢春季的一个节日(旧说是夏历三月初三的上巳节),在溱洧二河的边上,举行一个盛大的集会,男男女女人山人海地来游玩。这首诗正是叙写这个集会。"刘毓庆、李蹊认为这是一篇"记载上古时代春日男女水边胜况最为详备的诗"。

我认为,《溱洧》是一首记叙周代时期的季春时节的某日,熙熙攘攘的人群在溱、洧河畔游玩赏春,在东流水中洗宿垢,祈求幸福和安宁,而青年男女则借此机会互诉心曲,表达爱情的叙事诗。

全诗两章,各章十二句。诗两章除第二、四两句用词有异外,其余句的字、词完全一样。本诗采用叠章叠句的形式,用叙事的笔法,详细地记述了阳春三月某天,男男女女成群结队,在溱、洧河畔游玩赏春,洗垢,祈福。其中有一对少男少女格外引人注目,少女手捧小伙子赠予的芍药花,他们相互嬉戏打闹,边走边开着玩笑,向洧水河畔的不远一侧走去。诗中所记叙的,其实就是周代社会的一曲"青春之歌"。

《溱洧》各章采用时空相济、大处着眼、小处落笔、言行相间的写作技巧,是一首词句朴实、情节细致具体、人物形象生动的远古民俗叙事诗。

一是时空相济。诗各章的前二句"溱与洧,方涣涣兮""溱与洧,浏其清矣",以清澈浩荡流淌的溱水、洧水起兴,写明了游玩聚会的具体地点。但仅凭此,还不知是何时游玩聚会。因为,不论是春天还是秋天,或是夏季,河水都是清澈浩荡流淌着的。对此,诗各章末尾"赠之以勺药"句,明明白白地写出了游玩聚会的时间:在季春三月。这是一次春游祈福。芍药是宿根草本植物,它在立春后便萌芽,农历的四月份立夏前后开花。"赠之以勺药",小伙子赠给姑娘的当是芍药之花。因而这是春游。

诗作者采用"藏"的技巧,在诗的开头交代空间地点,而将时间放在诗的末尾处。这是由诗的内容和结构的逻辑性所决定的。本诗重点在写人。所以在写完"溱与洧",写明地点后,一改宏观描写,诗意急速转折到"人"上,紧接其后的十句,所写的都是"人"的言与行,包括宽泛的成群结队的人和特定的某一对少男少女。这样的处理技巧,突出了"人"在本诗中的主导地位。这是一方面。

另一方面,以"赠之以勺药"句将时间放在诗的末尾处交代,使芍药花在诗中起到了"示时之花"和"定情之花"双重作用,一语双关。

二是大处着眼。"士与女,方秉蕳兮""士与女,殷其盈矣",所记述的是指参加春游祈福的人数之多,可谓熙熙攘攘,不可胜数。这是青年男女借此机会互诉心曲,表达爱情的大背景。从这点看,有的诗释译注家认为《溱洧》是"淫奔者自叙之辞",是"刺淫风之诗",从情理上是说不通的。哪有在众目睽睽之下的"淫奔者"呢?

三是从细微处落笔。"维士与女,伊其相谑""维士与女,伊其将谑",因前缀一个"维"字,使此处的"士与女"有特定的含义,它是特指众多游人中的某一对少男少女。从他们的偶然相识,到二人相约同行,相互嬉戏调笑,再到相赠鲜花,把相亲相爱全过程的细节作了未加修饰的忠实记录。它犹如一部短短的专题纪录片。

四是言行相间。一对年轻的有情人在一起，互吐心声，说些俏皮话，相互嬉戏打闹，携手漫步，那是正常不过的事情。《溱洧》对此描写得详细具体。两章中的"女曰：'观乎？'士曰：'既且。''且往观乎！洧之外，洵訏且乐。'"是姑娘与小伙子的一段精彩对白。姑娘以征求意见的口吻轻声地对小伙子说："咱们去看看吧？"而那个小伙子却回答："我已去过了，我想歇一会。"诗中未写明"且往观乎！洧之外，洵訏且乐"是"女曰"还是"士曰"，但从上下文的逻辑性可以看出，这是姑娘对小伙子的再次邀约："还是去看看吧！就在距洧水河畔不远的地方，那里宽敞开阔而热闹。"此时，小伙子难却姑娘的盛情，于是，便有了行动：他们互相开着玩笑，呢喃私语，嬉戏打闹，结伴携手而行。小伙子从路边采来一束俏丽的含有浓郁芳香的芍药花赠予姑娘，以此表达爱的情意。（"维士与女，伊其相谑，赠之以勺药"。）这芍药是小伙子送给姑娘的爱的信物，是爱情的象征。

　　读到此，我们从中看到了姑娘率直质朴而又温柔的性格，也看到了小伙子的随性而又多情体贴的品行。细品《溱洧》，读者从中感受到了无限的美感：美在春水潾潾清波浩荡！美在香草芍药花的艳丽！美在青春的活力！美在爱情的甜蜜！

齐　风

鸡　鸣

鸡既鸣矣①，朝既盈矣②。
匪鸡则鸣③，苍蝇之声。

东方明矣，朝既昌矣④。
匪东方则明，月出之光。

虫飞薨薨⑤，甘与子同梦⑥。
会且归矣⑦，无庶予子憎⑧。

【词句注释】

①既：已经。　②朝：朝堂。一说早晨。盈：至，到。③匪：同"非"。　④昌：盛也。意味人多。　⑤薨薨（hōnghōng）：蚊蝇飞鸣声，飞虫的振翅声。　⑥甘：愿。　⑦会：会朝，上朝。且：将。　⑧无庶：同"庶无"。庶：幸，希望。予子憎：恨我、你，代词宾语前置。无庶予子憎：不要让人憎恨你。

【译诗】

鸡 鸣

雄鸡引颈鸣，旭日已东升。
大路车声沸，朝堂笑语盈。
霞光非月亮，公事莫迟行。
我若同君梦，行为便可憎。

【解读与评析】

关于本诗的主旨，有以下四种解读：

一是"思贤妃说"。《毛诗序》曰："《鸡鸣》，思贤妃也。（齐）哀公荒淫怠慢，故陈贤妃贞女夙夜警戒相成之道焉。"

二是"美勤政说"。清人崔述《读风偶识》："美勤政也。"

三是"美贤妃说"。此论占主体。朱熹《诗集传》以为《鸡鸣》是直接赞美贤妃的，谓其"言古之贤妃御于君所，至于将旦之时，必告君曰：鸡既鸣矣，会朝之臣既已盈矣。欲令君早起而视朝也""故诗人叙其事而美之也。"明人丰坊《诗说》："齐卫姬劝桓公以勤政。"清人方玉润《诗经原始》以为是"贤妇警夫早朝"。马飞骧《诗经缥绎》以为是"美贤妃之诗"。高亨《诗经今注》说："这首诗写国君的妻子在早晨劝促国君早去上朝，而国君却恋床不肯起来。"

四是"情歌说"。刘毓庆、李蹊："这是一首情人幽会的情歌，诗中表现了男子与女子各自不同的心理状态。"

我是赞成"美贤妃说"的。本诗是一首赞美贤妃劝夫早朝勤政事君的诗。

辨析本诗的主旨，关键是如何解读本诗的诗眼"朝"。"情歌说"将"朝"解读为时辰"早晨"，而无论是"思贤妃说"，还是

"美贤妃说",或是"美勤政说",都认为诗中的"朝"为"朝堂",即指君臣议事的地方。哪一种解读是可信的呢？我们可以从史籍中找到答案。古制,国君鸡鸣即起视朝,卿大夫则提前入朝侍君。据《左传·宣公二年》载,赵盾"晨往,寝门辟矣,盛服将朝,尚早,坐而假寐。"(李卫军《左传集评》)由此可知,本诗所记述的是西周时期诸侯国齐国一位卿大夫的妻子,在东方放明、雄鸡报晓的清晨,劝勉夫君早起入朝,事君勤政的故事。

全诗三章十二句,每章四句。诗句式以四言为主,杂以五言,用词质朴,近似于口语。从写作技巧论,诗第一、二章采取的是问答对话式,第三章则是直叙独白式。

第一、二章的前两句是女子以境劝夫。卿大夫的妻子对他劝勉道：雄鸡已经引颈长鸣,上朝的道路已是车声鼎沸。("鸡既鸣矣,朝既盈矣")旭日已经升起,朝堂已是笑声盈盈。("东方明矣,朝既昌矣")在这里,女子用"鸡既鸣矣""东方明矣"含蓄地提醒夫君：时间不早了,该起床上朝去了。从这含蓄温柔的劝勉之语中可以看出该女子确是一位贤惠的妻子。

第一、二章后二句是丈夫恋床不起所说的推托之辞。听到妻子含蓄的劝勉之语后,该男子没有直接地硬邦邦地拒绝,而是找个借口予以推托：那不是雄鸡的鸣叫,那是苍蝇的飞鸣之声。("匪鸡则鸣,苍蝇之声")那不是东方的旭阳,那是天上的月光。("匪东方则明,月出之光")

第三章由前二章的对话式直转为直叙独白式。四句全是妻子在听到丈夫的推托之辞后的心境表白,其实质仍是妻子的劝勉之语。但她的劝勉很有艺术性：先说她对丈夫的挚爱之情,以情劝夫,然后再以理劝夫,以众言可畏之理进行劝勉：就算是蚊蝇乱嚷嚷,我也愿与你一同入梦乡。("虫飞薨薨,甘与子同梦")你若因此不早行,我俩的行为便会令人憎。("会且归矣,无庶予子憎")

不论是第一、二章的问答对话式,还是第三章的直叙独白式,诗各章都是围绕着妻子劝夫应以公事为重,莫恋床笫之欢,莫误朝政之事,莫招众人之憎的主旨而展开的。治国如齐家,齐家有赖贤妻,治国亦需贤妃。家有贤妻男人不遭横事,国有贤妃君王不误早朝。清人曾国藩有言:"身勤则强,逸则病;家勤则兴,懒则衰;国勤则治,怠则乱。"(《曾文正公全集》)正所谓"国之治,莫不由于勤政;君之荒,莫不始于燕昵。观其寝兴之早晚而盛衰可知也"(傅恒、孙嘉淦等《诗义折中》)。因为此,后人将《鸡鸣》解读为是一首美贤妃劝夫早朝勤政的诗是符合作者本意的,说诗中所描写的这位女子是一位贤妃也非过誉之词。

还

子之还兮①,遭我乎峱之间兮②。
并驱从两肩兮③,揖我谓我儇兮④。

子之茂兮⑤,遭我乎峱之道兮。
并驱从两牡兮⑥,揖我谓我好兮。

子之昌兮⑦,遭我乎峱之阳兮⑧。
并驱从两狼兮,揖我谓我臧兮⑨。

【词句注释】

①还:身体轻捷、灵便的样子。 ②遭:相遇,相逢。峱(náo):山名。 ③并驱:并马驰驱。从:追赶。肩:通"豜",

三岁的兽。此处泛指大兽。　④揖：相见时拱手作揖行礼。儇(xuān)：敏捷灵便机灵之状。　⑤茂：才德出众之意。此处为称赞才艺射技高强之意。　⑥牡：雄健威猛的野兽。　⑦昌：雄壮矫健勇敢。　⑧阳：山的南面。　⑨臧：壮实英武。

【译词】

点绛唇·还

　　叠嶂猎山，清风阵阵摇秋杪。猎人狂笑，剑出猪狼倒。　　虽是初逢，胜似亲朋好。相揖道：茂姿轻矫，弓射真奇巧。

【解读与评析】

　　关于本诗的主旨，古今诗释译注家，除少数认为是"刺诗"外，大多数持"美诗说"。《毛诗序》曰："《还》，刺荒也。哀公好田猎，从禽兽而无厌。国人化之，遂成风俗。习于田猎谓之贤，闲于驰逐谓之好焉。"马飞骧《诗经缱绎》从《毛诗序》论，以为是"刺齐俗尚勇矜夸之诗"。但持"美诗"论者为多。朱熹《诗集传》先是说"猎者交错于道路，且以便捷轻利相称誉"，而后又刺"其俗之不美可见"。傅恒、孙嘉淦《诗义折中》："尚健也。"高亨认为："这首诗叙写两个猎人相遇于山间，共同逐兽，互相赞扬。"刘毓庆、李蹊认为"这是一首猎人互相赞美的歌"。

　　我是赞成"美诗说"的。这首诗所叙写的是两个猎人在猎山逐兽，不期相遇于山间，情不自禁地彼此欣赏对方的轻矫勇武雄健的身姿，彼此赞扬对方奇巧精湛的骑射技术。

　　全诗三章十二句，每章四句，各章字数相同。三章叠唱，意思并列，每章只换四个字。各章均为四七六六长短句式，形似散文体，这在《诗经·国风》中是不多见的。诗各章采用赋的笔触，以猎人自叙的口吻，反复地抒发了他猎后的惬意与兴奋情怀。第一章彼此欣赏对方身手敏捷轻矫。第二章彼此颂扬对方奇巧精湛的骑射技术。第三章彼此夸赞对方雄健壮硕的英姿。

各章首句点明彼此相互欣赏与赞誉的缘由。两个猎人因狩猎在猎山不期而遇，眼见对方逐猎是那样敏捷、娴熟而有力，佩服之至，不禁脱口而出：你的身手是这样的敏捷轻矫（"子之还兮"）；你的骑射技术是如此的精湛奇巧（"子之茂兮"）；你的英姿是这般雄健壮硕（"子之昌兮"）。这突兀而起的相互欣赏赞美之词，真实地表达了彼此发自心底的仰慕之情。

各章次句点明两个猎人相遇的地点在猎山南面的道路上。"遭"字表明他们并非事先约定，而是不经意间的偶遇，是初相逢罢了。正因为如此，他们才会那样惊喜不已，大有"人生难得一知己"的激动。

各章第三句叙写两个猎人由相遇而合作，并肩追捕两头野猪，共同奋力追杀两只大公狼的情景。在此，诗人虽然没有写明逐猎的结果如何，但是从首句的彼此赞誉之词中可以猜想到，因为猎人的骑射技术是如此精湛奇巧，身手是如此敏捷轻矫，英姿勇武，能不"剑出猪狼倒"？读者从中也似乎分享到了猎人捕获猎物后的喜悦。

各章末尾句是猎人合作捕猎后彼此对对方的进一步称誉与赞美，是首句内容的深化。相较于首句彼此欣赏赞美，此时多了"揖我"这一示敬的动作。不仅仅限于语言的赞美，而且相互抱拳打躬作揖赞美与欣赏：你拱手称赞我敏捷灵便机灵（"揖我谓我儇兮"），我抱拳赞美你身手不凡（"揖我谓我好兮"），你抱拳夸我壮硕英武（"揖我谓我臧兮"）。这看似与首句内容相同的赞美之词，因一个"揖"字，将彼此赞美与欣赏的气氛渲染得更浓了，将彼此赞美与欣赏的情意渲染得更真了。

品读《还》诗，读者可以从中体会到何为男子之美，从中悟出人与人的相处之道。

齐 风

何为男子之美？男子之美，应是勇武健壮，有高超的技艺，有泰山压顶不弯腰之力，有刚毅勇猛的阳刚之气，"有力如虎"（《邶风·简兮》），而不是"桃之夭夭，灼灼其华"（《周南·桃夭》）的女性之美。

何为人与人的相处之道？人与人相见相处，当是以诚相待，以心换心，彼此欣赏，彼此赞美，欣赏夸赞对方的优点，赞美恭维他人的长处，而不能以己之长比他人之短，互相看不起，相互贬低，更不能恶语相向。这才是人与人之间最和谐最融洽的相处之道。

著

俟我于著乎而①。充耳以素乎而②，
尚之以琼华乎而③。

俟我于庭乎而④。充耳以青乎而⑤，
尚之以琼莹乎而⑥。

俟我于堂乎而⑦。充耳以黄乎而⑧，
尚之以琼英乎而⑨。

【词句注释】

①俟（sì）：等待，迎候。著：与"宁"同，指门、屏之间的中庭位置。"《尔雅·释宫》'门、屏之间谓之宁'，著与宁同。《左传·昭公十一年》'朝有著定'；《国语·周语上》'大夫、士日恪位著'，字亦并作者。正门内两堂间曰著，著亦庭地，但近门耳。"

诗经国风赏析

(转引自闻一多《诗经通义》) 乎而：齐国方言，作语尾助词。②充耳：又叫"塞耳"，男子冠饰，悬在冠之两侧。古代男子冠帽两侧各系一条丝带，在耳边打个圆结，圆结中穿上一块玉饰，丝带称纮，饰玉称瑱，因纮上圆结与瑱正好塞着两耳，故称"充耳"。素：白色，这里指悬充耳的丝色。下文中的"青""黄"同此。③尚：加上。之：指丝绳。琼：赤玉，指系在纮上的玉瑱。华：形容玉瑱的光彩。 ④庭：中庭。在大门之内，寝门之外。 ⑤青：青色的丝绳。 ⑥琼莹：似玉的美石。 ⑦堂：庭堂。 ⑧黄：黄色的丝绳。 ⑨琼英：似美玉的石头。

【译诗】

著

比翼连枝并蒂花，倾心相爱到郎家。
情亲俟我庭堂立，一袭新装佩玉华。

【解读与评析】

关于本诗的主旨，有"刺时说"和"记事说"。《毛诗序》："《著》刺时也。时不亲迎也。"孔颖达《毛诗注疏》："作《著》诗者，刺时也。所以刺之者，时不亲迎，故陈亲迎之礼以刺之也。"朱熹《诗集传》："时齐俗不亲迎。"无刺意。清人姚际恒《诗经通论》："此女子于归见婿亲迎之诗。"今人多从此说。闻一多《诗经通义》："思亲迎也。"余冠英《诗经选》认为"这是女子记夫婿迎亲之诗"。马飞骧《诗经缵绎》以为是"刺时之诗"。高亨《诗经今注》："诗的主人公是个女子，写一个阔少爷来到她家，在等待她，将与她同行。"刘毓庆、李蹊说："这是一首婚礼之歌。当新郎来到新娘家接亲，走到大门内的时候，由傧相或乐工唱出来。""所表达的是对新郎的欣悦之情。"

齐　风

我是赞成"记事说"的。本诗是一位艳装待嫁的女子看到新郎来到她家迎娶她时，抑制不住内心的激动，欣悦之情溢于言表，于是唱出了这首对新郎的赞美诗。

全诗三章九句，各章三句，皆从新娘偷眼观看新郎的举动来写，反复叠唱歌咏之，写得有步骤，有层次，有色彩，充满了浓郁的生活气息，也把新娘子的心理活动表现得十分细腻。

各章首句以"俟我"两字领起，尔后皆是"我"的亲眼所见：新郎的所为，新郎的衣饰穿戴。是谁在等待"我"呢？肯定是另有他人的。一个"俟"字，不见其人，已知有人。

各章的第二、三两句仍是见物不见人。也许是新娘的羞涩心理，她不敢抬头与新郎对目而视，仔细端详。她只是低头用眼角偷窥了新郎的穿戴衣饰，所见到的是他帽檐垂下的白灿灿（"素"）、翠青青（"青"）、黄澄澄（"黄"）的"充耳"和红艳艳（"华"）、亮晶晶（"莹"）、红灿灿（"英"）的玉瑱。虽不见其人面目，却如见其人容颜。诗中这些有层次、有色彩的描述，对新郎衣饰穿戴的赞美之词，正是新娘对新郎的钟情和挚爱的表达。所谓爱屋及乌，体现在本诗中，这"乌"便是新郎的衣饰穿戴，这"屋"便是新郎。因为爱之深，故心之细；因为爱之深，故多赞语；因为挚爱，故观察细微；因为挚爱，他所着的一丝一线都是美好的。

东方之日

东方之日兮①，彼姝者子②！在我室兮③。
在我室兮，履我即兮④。

东方之月兮⑤,彼姝者子!在我闼兮⑥。
在我闼兮,履我发兮⑦。

【词句注释】

①日:太阳。东方之日:指早晨,旭日东升之时。 ②姝:美丽,貌美。者:这。作为指示代词。子:女子。者子:这个女子。 ③室:房室。此处指洞房。 ④履:踩,踏,践。即:通"膝"。履我即兮:碰着了我的膝上。 ⑤月:月亮。东方之月:指月夜之时,晚上。 ⑥闼(tà):夹室(寝室左右的小屋),或以为内室。 ⑦发:足,脚。履我发兮:踩到了我的脚。

【译词】

江城子·东方之日

瞳瞳旭日照庭堂。有清香,是新娘。娇容羞怯,款款入幽房。月色穿窗妆淡淡,吾与汝,两鸳鸯。

【解读与评析】

关于本诗的主旨,诗释译注家有"刺时说""美诗说"和"记事说"三种。《毛诗序》以为意在"刺衰",说:"《东方之日》,刺衰也。君臣失道,男女淫奔,不能以礼化也。"而朱熹《诗集传》一改评《诗》的惯例,对《东方之日》只作诗句解读而未作评论。明人朱郁仪《诗故》:"刺淫也。"清人牟庭《诗切》:"刺不亲迎也。"清人傅恒、孙家淦《诗义折中》认为是"美见贤也"。马飞骧《诗经缵绎》以为是"美见贤之诗"。高亨《诗经今注》说"这是一首男女幽会的诗"。刘毓庆、李蹊认为此诗是"男方赞新媳妇之歌"。

我认为,本诗是新郎迎娶新娘子到家后,新媳妇款款入洞房,他激动高兴、欢欣喜悦不已时所唱出的对新媳妇的赞美歌。

全诗两章十句，每章五句，采用叠章叠句，两章中只换了四字。本诗中，"彼姝者子"句是诗眼。"者子"，此处意指女子。在《诗经·国风》中有关婚嫁恋爱的多首诗篇中，"子"多指女子。如《周南·桃夭》《周南·汉广》《召南·鹊巢》《邶风·燕燕》中的"之子于归"句，《召南·江有汜》中的"之子归"句，《王风·扬之水》中的"彼其之子"句等，所述都是女子出嫁之事。"姝"是美丽、美好、漂亮之意。《说文解字》说："姝，好也。从女，朱声。""姝"在《诗经·国风》中多用来赞美女子。如《邶风·静女》中的"静女其姝，俟我于城隅"句，《鄘风·干旄》中的"彼姝者子"句。"彼姝者子"，意思是：那美丽的姑娘。读者从"彼姝者子"句可以得知，本诗是对女子的赞美之辞。

太阳是光明的源泉，是万物生长的根本，它炽热而温暖。月光皎洁明亮，轻柔素雅恬静。两者都是美好的象征，是令人心情愉悦之物。《东方之日》各章首句分别以"日""月"起兴，既渲染了热烈美好的气氛，又表达出男子得意的幸福感。看到东方旭日和皎洁的明月，激起了诗人难以压抑的爱的狂潮。诗人摄取了早晨和夜晚两个特定场景来表现新郎迎娶新娘时的喜悦心情。

《齐风·东方之日》是前一首《齐风·著》的姊妹篇。

《齐风·著》："俟我于著乎而。充耳以素乎而，尚之以琼华乎而。俟我于庭乎而。充耳以青乎而，尚之以琼莹乎而。俟我于堂乎而。充耳以黄乎而，尚之以琼英乎而。"

在《齐风·著》的释义中我已评析过，它所记述的是一位艳装待嫁的女子看到新郎来到她家迎娶她时，因激动、高兴而唱出的对新郎的赞美诗。由于其出自待嫁姑娘之口，诗中所表现的是姑娘的羞涩之态，她不敢与新郎对目相视，只是偷窥。诗中用词都是婉约含蓄的，未着新郎半点容貌，只见新郎衣饰穿戴。女子只是通过对新郎衣饰穿戴的赞美而表达对新郎的爱意,以此含蓄地表现其此时欣悦激动的心情。

《齐风·东方之日》则不同。诗中用词都是豪放的,近乎直白。各章起句用"东方之日兮""东方之月兮"表现出新郎大胆欢快、乐陶陶的神情,对新娘子更是不吝赞美之词:那个姑娘真美呀!她羞怯地走进洞房。("彼姝者子!在我室兮")那个姑娘真美呀!她款款地走进新房。("彼姝者子!在我闼兮")

本诗中,新郎对新娘美丽容貌的赞美是大胆、爽朗、明快的,诗各章后二句对新娘子的行为描述也是再直白不过的了:她款款地走进我的新房,慌忙中碰到了我的膝上。("在我室兮,履我即兮")她款款地走进我的新房,慌忙中踩到了我的脚上。("在我闼兮,履我发兮")真所谓是新娘与新郎步履相随,一生相依。

从写作技法而论,在表现新娘子的含蓄、羞涩神态时,《齐风·著》与《齐风·东方之日》又是相同的。前者是通过作者笔下只见新郎的衣饰穿戴而不见容貌来表现女子的含蓄与羞涩,后者则是通过男子笔下女子的慌忙行为"履我即兮""履我发兮"来表现新娘的羞怯。

凡俗世之人,他乡遇故知、洞房花烛夜、金榜题名时三大喜事是最值得庆贺、最值得歌之吟之的。《齐风·东方之日》正是新郎在洞房花烛夜所唱出的喜悦之歌。

东方未明

东方未明,颠倒衣裳[①]。
颠之倒之,自公召之[②]。

齐　风

东方未晞③，颠倒裳衣。
倒之颠之，自公令之④。

折柳樊圃⑤，狂夫瞿瞿⑥。
不能辰夜⑦，不夙则莫⑧。

【词句注释】

①衣裳：古时上衣叫"衣"，下衣叫"裳"。　②公：公家。一说指齐国君主。　③晞（xī）：破晓，天刚亮，日将出。　④令：下令，命令，喝令。　⑤樊：即"藩"，篱笆。圃：菜园。折柳樊圃：砍柳枝编菜园篱笆。　⑥狂夫：指凶狠的监工。瞿瞿：圆眼怒瞪状。　⑦辰：借为"晨"，指白天。不能辰夜：指不能掌握时间，分不清白天黑夜。　⑧夙：早。莫（mù）：古"暮"字，晚。

【译诗】

东方未明

东方未晓月胧明，夜色深深正五更。
奴隶耕田饥冻苦，监工喝令梦魂惊。
樊圃折柳枝当箭，怒目司晨犬吠声。
心手慌忙犹戚促，衣裳颠倒了无形。

【解读与评析】

关于本诗的主旨，古今诗释译注家多以为是刺诗，但对所刺对象却各有所指。《毛诗序》曰："刺无节也。朝廷兴居无节，号令不时，挈壶氏不能掌其职焉。"朱熹《诗集传》说："此诗人刺其君兴居无节，号令不时。"闻一多《风诗类钞》认为：妇怨"不能

349

守夜之正时"。马飞骧《诗经缵绎》以为是"刺无节之诗"。刘毓庆、李蹊说："这是一篇刺国君号令不准时的诗。而国君之不时，又在于司时的官吏不负责任。"高亨《诗经今注》认为是农奴"叙述他们给奴隶主服徭役的情况"。

我认为，本诗描写的是奴隶主对奴隶的残酷剥削和压榨，奴隶们被强迫服徭役的痛苦生活。它反映了奴隶们的怨恨和反抗的心声。

全诗三章十二句，各章四句。此诗没有用笔墨去铺叙具体的劳动场面和劳动的艰辛，而是抓住深更半夜东方未晓这一瞬间出现的难堪而苦涩的场面来写：当一批劳累的奴隶正酣睡之际，监工不守时辰（"不能辰夜，不夙则莫"），怒目圆瞪（"狂夫瞿瞿"），突然响起的严厉的吆喝声，催促着他们去上工砍树枝扎菜园篱笆。原来寂静的夜空，一下子被这凶狠的叫喊声打破，奴隶们一个个被惊醒过来，吓得手脚失措，在黑暗中手忙脚乱、神态紧张地东抓西摸，有的抓着裤管套上胳膊，有的撑开衣袖伸进双腿，"颠倒裳衣"，狼狈不堪。

第一、二章反复叙写，一再渲染，刻画出了奴隶们慑于淫威的恐惧心理。在看似平静的叙述中，实际上已蕴藏着劳工们的不平之鸣。这两章末句"自公召之""自公令之"，正透露出这些被奴役者已开始意识到，他们受苦受难的根源来自公家（"公"），监工（"狂夫"）只不过是听命于"公"，监工凶狠和严酷也是由于有"公"作为后盾，监工不过是狗仗人势罢了。因此，奴隶们对监工的咒骂，骂他为"狂夫"，骂他怒目圆瞪，骂他不守时辰，实际上是对奴隶主的揭露和怨恨。

第三章是对第一、二章内容的回应与延伸。即"折柳樊圃，狂夫瞿瞿"是对"颠倒裳衣。倒之颠之"的回应：奴隶们为什么手忙脚乱地把衣服都穿倒了呢？是因为监工怒目凶凶地喝令他们去砍柳枝扎菜园篱笆。末两句"不能辰夜，不夙则莫"，则是"东方未明"的延伸，点出这些被奴役的人们不但要起早，而且还要摸黑。这种情况正是在农耕社会，奴隶主阶级、地主阶级剥削、压榨劳动者普遍采用的手段。

《齐风·东方未明》所描写的是两千多年前周代社会奴隶主剥削压榨奴隶的残酷事实，它揭示了当时奴隶主与奴隶的压迫与反压迫、剥削与反剥削的阶级对立关系。它对于后人研究周代社会的经济、政治关系有较大的参考价值。

南　山

南山崔崔①，雄狐绥绥②。
鲁道有荡③，齐子由归④。
既曰归止⑤，曷又怀止⑥？

葛屦五两⑦，冠緌双止⑧。
鲁道有荡，齐子庸止⑨。
既曰庸止，曷又从止⑩？

蓺麻如之何⑪？衡从其亩⑫。
取妻如之何⑬？必告父母⑭。
既曰告止，曷又鞠止⑮？

析薪如之何⑯？匪斧不克⑰。
取妻如之何？匪媒不得。

既曰得止,曷又极止⑱?

【词句注释】

①南山:齐国山名。崔崔:山势高峻状。 ②雄狐:雄性狐狸。绥绥(suí suí):缓缓行走的样子。一说毛茸茸的样子。 ③鲁道:从齐国通往鲁国的大道。有荡:即"荡荡",平坦状。 ④齐子:齐国的女儿(古代不论对男女美称均可称子),此处特指齐襄公的同父异母妹、鲁桓公之妻文姜。由归:从这条道路出嫁到鲁国去。 ⑤止:语尾助词,无实义。 ⑥曷(hé):怎么,为什么。怀:怀念。一说回来。 ⑦葛屦(jù):用葛麻编织成的鞋。五:通"伍",并列,行列。两:"緉"的借用,两两双双。五两:指麻鞋必成双成对地摆放。 ⑧冠緌(ruí):帽带打结后下垂到胸前的部分,为两条。 ⑨庸:由,行。"齐子庸止":齐侯女儿文姜出嫁鲁国就走这条路。 ⑩从:相从,追求,周旋。"曷又从止":为何又回到齐国来重温旧好? ⑪蓺(yì):即"艺",种植。 ⑫衡从(zòng):"横纵"之异体。东西曰横,南北曰纵。此指耕治田地。亩:田垄。"衡从其亩":耕田种地有定法。 ⑬取:通"娶"。"取妻如之何":想要娶妻该怎么办? ⑭必告父母:儿女婚姻一定要禀告父母。 ⑮鞫(jū):穷极,放任无束。"曷又鞫止":为何放任无束让她胡闹? ⑯析薪:劈柴。 ⑰匪:非,不是。克:能办到,成功。 ⑱极:恣极,放任,胡闹,乱来。

【译诗】

南 山

南山高耸远缥缈,狐狸窸窣孤自跑。
鲁道起尘无不平,葛鞋系带千般好。
劈柴耕地需用勤,嫁女娶妻怎胡闹?

齐 风

费尽心机须守规，世间万事有其道。

【解读与评析】

关于本诗的主旨与创作背景，古今学者大多认为这是一首讽刺齐襄公荒淫无耻和鲁桓公懦弱无能，表达对齐襄公、文姜这对兄妹行为不齿的诗歌。《毛诗序》云："《南山》，刺襄公也。鸟兽之行，淫乎其妹。大夫遇是恶，作诗而去之。"朱熹《诗集传》："此诗前二章刺齐襄，后二章刺鲁桓也。"清人傅恒、孙嘉淦《诗义折中》："刺内乱也。"今人马飞骧《诗经缵绎》以为是"刺齐襄公淫其妹而鲁不能禁之之诗"。高亨《诗经今注》说得更具体："齐襄公原来与他的同父异母妹文姜通奸。""齐人唱出这首歌，讽刺襄公、文姜和桓公。"刘毓庆、李蹊："这首诗主要讽刺鲁桓公不能制止其夫人文姜与齐襄公私通。"我认为，此诗是一首周代社会婚姻伦理道德的教化之诗。

古今学者对于本诗的主旨是众口一词，是以《左传》所载史实为据的，而非臆想。据《左传·桓公十八年》载：鲁桓公十八年（公元前694年）春，鲁国君王鲁桓公与其夫人文姜去齐国访问修好，出发前，鲁国大臣申繻站出来直谏，对文姜的随行表示反对。所持理由是"女有家，男有室"，这个礼不能破。而鲁桓公与夫人文姜一起出访，破坏了男女之间的规矩，有违礼仪，将会带来大麻烦。鲁桓公不听，固执己见。本来，齐襄公与齐姜是同父异母的兄妹，齐姜未出嫁鲁国前，这兄妹俩就有不正当的关系，乱伦私通。结果，鲁桓公一行一到齐国，夫人文姜与齐襄公旧情重燃通奸了。这丑事被鲁桓公知道了。他气愤不过，斥责文姜。文姜便告诉了齐襄公。齐襄公担心文姜回国后没好日子过，于是就授意彭生在扶鲁桓公上车时，假装用力过猛，不小心把他弄死了。鲁桓公在齐国被弄死了，鲁国人不干了，对齐襄公说：我国君桓公敬惧于你的威严，日夜不安，于是前来与你交好。结果不但没有得到应有的礼遇，反而被你们害死了。你们应把害死鲁桓公的凶手彭生杀掉。为了安抚鲁国，齐国不得不把彭生杀了。这彭生成了只替罪羊。此事传开后，齐国上下引以为耻，便有人作了《南山》这首讽刺诗，既讽刺鲁桓公的无能，也讽刺文姜不守妇道，与齐襄公乱伦私通的丑恶行径。

全诗四章二十四句，各章六句。第一、二两章讥刺齐襄公荒淫浪荡和文姜不守妇道，指责其嫁为人妻后仍执意回齐国与齐襄公幽会。第三、四两章责备鲁桓公懦弱无能，对妻子文姜管束不严，放纵其乱来胡闹。

本诗采用"比而兴"的手法，各章首句用不同的自然物起兴，而每个起兴物与所讽刺对象有很好的类比性。第一章的讽刺对象是齐襄公，所以第一章首句的起兴物是齐国的南山和南山的雄狐。雄狐乃淫荡之兽，"雄狐绥绥"，雄狐急切求偶，影射齐襄公急切盼望文姜与其幽会。而紧随其后四句既是讽刺齐襄公龌龊心态，又通过交代两点缘由，去讽刺文姜不守妇道的恶行。其一，齐国公主已从这条平坦大道走过嫁给了鲁君。（"鲁道有荡，齐子由归"）其二，既然你已经出嫁做了别人的妻子，为何又去与以前的情人幽会？（"既曰归止，曷又怀止"）

第二章前二句以成双成对的葛鞋、帽带起兴。这是以物作比，告诫文姜，既然已出嫁了，就应像葛鞋、帽带一样，与丈夫紧紧连在一起，成双成对。（"葛屦五两，冠緌双止"）紧随其后的四句与第一章的后四句除三个字有异外，其意则完全一样。

第三、四章以"蓺麻""析薪"起兴，指出种麻耕田有诀窍，劈柴砍薪有高招，做事应守规循道。（"蓺麻如之何？衡从其亩""析薪如之何？匪斧不克"）这就如后人所说的，不以规矩，不成方圆。这是告诫鲁桓公应懂得遵规循道的道理，承担起国之君、人之夫的职责。第三、四章的后四句,是前二句内容的人格化,以此说明娶妻必须有父母之命、媒妁之言,再进一层推及鲁桓公既已明媒正娶了文姜,就不应该对她不加约束,任其乱来胡闹。"取妻如之何?""曷又鞠止?""曷又极止?"对鲁桓公反复重叠地诘问,既是哀其不幸,也是怒其不争,更是责其无能。似乎是在说:你鲁桓公连自己的老婆都约束不住,何为一国之君呢?

《齐风·南山》作为一首讥刺齐国和鲁国君主的诗作,不能不有所顾忌,在遣词用语方面要避免过于直白显露,而只能用隐晦曲折的笔墨来表现。但恰到好处的比喻,收到了辛辣讽刺的效果。

甫 田

无田甫田[1],维莠骄骄[2]。
无思远人[3],劳心忉忉[4]。

无田甫田,维莠桀桀[5]。
无思远人,劳心怛怛[6]。

婉兮娈兮[7],总角丱兮[8]。
未几见兮[9],突而弁兮[10]。

【词句注释】

[1]无田（diàn）:未治之田,没有耕治的田地。甫田:即圃田。大块的田地,种植果木菜蔬的园地。《尔雅·释地》:"郑有圃田。"此处指为国君所有的农田,奴隶以服劳役的方式进行耕种。　[2]莠

(yǒu)：杂草；狗尾草。骄骄：犹"乔乔"，高耸貌，萋萋状。③远人：远方的人，此处指家人。无思远人：不要担心挂念远方的家人。 ④劳：忧伤。忉忉（dāodāo）：忧劳貌；忧伤不安之状。 ⑤桀（jié）桀：高出貌。与前文"骄骄"同义，形容草茂盛的样子。 ⑥怛怛（dádá）：悲痛、悲伤的样子。 ⑦婉：清婉貌。娈：年少而美丽优婉的样子。 ⑧总角：古代男子成年前将头发梳成两个髻。丱（guàn）：形容总角翘起之状。总角丱兮：此处代指未成年的少年。 ⑨未几：不久的将来。未几见兮：不久的将来相见时。 ⑩突而：突然。弁（biàn）：有两种含义。一是指成人的帽子。古代男子二十而冠，以示成人。二是代指低级的武官，古时武官戴白色鹿皮的冠，叫皮弁。后专指低级武官。如武弁、马弁、弁丁（苦力、劳役）。此处当取前一种含义。突而弁兮：突然相见时，你已是风度翩翩的成人了。

【译词】

浣溪沙·甫田

荒草萋萋风雨狂，圃田无际莽苍苍。儿行千里母忧伤。 今去虽为清婉子，归来定是健武郎。翩翩风度早还乡。

【解读与评析】

关于本诗的主旨，古今诗释译注者分歧很大。《毛诗序》："《甫田》，大夫刺襄公也。无礼义而求大功，不修德而求诸侯，志大心劳，所以求者非其道也。"朱熹《诗集传》："戒时人厌小而务大；忽近而图远，将徒劳而无功也。"明人丰坊《诗说》："齐景公急于图霸，大夫讽之。"清人傅恒、孙家淦《诗义折中》："戒贪功也。"闻一多《诗经通义》："女子思远人也。忽见他人已弁矣，不免有哑然自失之感。"马飞骧《诗经缱绎》以为是"戒贪功之诗"。

齐　风

高亨《诗经今注》说："农家的儿子尚未成年，竟被统治者抓去当兵派往远方。他的亲人想念他，唱出这首歌。"刘毓庆、李蹊说："这是一位母亲思念儿子的诗。她的儿子去了'成人教育所'，即将成为一名正式的社会成员，但母亲对儿子的思念却痛苦不堪。"此外，还有妻子思念丈夫说。

我认为，本诗是一位母亲送儿子远去服劳役时的送别之诗。这位母亲的儿子尚未成年，而又不得不去远方服劳役。母亲来送别时，万般不舍，千叮咛，万嘱咐，又勉励。

清代及之前的诗释译注者多认为本诗为讽刺之诗。我认为大抵是囿于从诗的教化作用出发而释诗的缘故。从诗的字里行间看不到戒时、贪功、图霸等意思，《左传》等有关史料中也无记载。故不可信。

单纯从诗的字面意义看，认为《甫田》是一首妻子思念远方丈夫的诗，也说得通。但从周代社会男女结婚年龄分析，"女子思念丈夫说"又站不住脚。据相关史料记载和有关专家的论证，周代社会男子结婚的最小年龄，有"三十岁"和"十五岁"两种说法。但无论是"三十岁"还是"十五岁"，都说明男子是在成人后才结婚的。头上还顶着两个髻的未成年男子哪来的妻子去思念他呢？近现代有的诗释译注者说诗中的女子思念头上顶着两个髻的未成年的丈夫（"总角丱兮"），于情理不通。因此，将《甫田》的主旨解读为是一位慈母送儿子远去服劳役时的送别之诗于史、于情、于理都不悖。

全诗三章十二句，各章四句。第一、二章是写实，采用重叠形式，只换了四个字，表达的意思完全相同：首两句直赋其事，意在引出下两句。两章的"诗眼"是"无田""维莠"。为什么有未耕种的田且荒草萋萋呢？这与周代的土地制度与休耕方式有关。据有关专家研究结论，周代的土地制度是奴隶主贵族的土地所有制。奴隶主、诸侯和卿大夫占有大量土地，并世代相传。他们按照土地的肥瘦定期分配给农奴、农民耕种。农民耕种着分得的土地的一部分，而让另一部分土地休耕。过了若干年，耕地就要重新分配一次。(白至德编著《传说与真实（上古时代）》，红旗出版社2017年) 农民耕种分得土地的收获大部分是要交给土地所有者的。此外，农奴、平民还需要以服劳役的方式为奴隶主耕种其余未分配的田地。由于是土地休耕方式，在休耕之年，这些未耕种的田地自然就会荒草萋萋了。第一、二章的前二句"无田甫田，维莠骄骄""无田甫田，维莠桀桀"所写的就是这种现象。

母亲送儿子赴远方服劳役为奴隶主耕种田地，想到荒芜的大田，她忧心忡忡，为儿子的劳役生活而担忧，却又无能力去改变它。于是，她只能安慰、劝慰儿子：你在那里不要挂念家人，不要因此而忧伤不已。"无思远人，劳心忉忉！""无思远人，劳心怛怛！"是思极忧伤的反语、伤心语，以劝儿"无思远人"来反衬她自己对儿子的担忧；自己忧伤不已，挂念不已，反倒劝儿子不要担心挂念家人，不要忧伤。这就是伟大而无私的母爱！

虽说是"母送儿行忧千里"，但母送儿远行时，也不能总是满脸忧伤，有时还得强装笑脸，给远行的人一些鼓励、勉励，以增强其对生活的信心，减少其忧思之苦。于是，诗的第三章由实转虚，所表达的就是这样一种心境：你今日离家时是清婉秀丽、头上顶着两个髻的少年子，来年归来时定是壮硕威武郎。("婉兮娈兮，总角丱兮。未几见兮，突而弁兮") 诗的末尾句"突而弁兮"这一自我构造的母子相见时的虚幻境界，想象着她见到离家时还是扎着丫角的未成年的小子，归来时已经长大成人了，她自是惊喜不已。这既是母亲对儿子早日平安归来的渴望，又是对儿子快快长大的期盼。其内心的本意仍是"意恐迟迟归"。

《甫田》作为一首母送儿远行时的送别诗，对后世的游吟诗产二是由犬及人。各章首句都是写猎犬，写猎犬铃声，写猎犬项上的装饰。而各章的次句则是写猎人，从铃声的悦耳，想到猎人的漂亮和心地善良，从猎犬项上的装饰物，想到猎人头发柔长卷曲的美貌。这种由犬及人，回环往复，一层加重一层。"及"得十分自然，"及"得十分具有内在逻辑性，而不是强扭造作，读来令人信服。

　　三是由虚及实。第一章的两句都是写虚：猎犬铃声，可听但不可见也无法触摸，此为一虚。"美且仁"是形容词，此为二虚。第二、三章的两句全是写实：猎犬的脖子上大环套着小环（"卢重环""卢重鋂"）是可见可触可摸的有形之物，猎人柔长卷曲的头发（"其人美且鬈""其人美且偲"）则是将猎人之美具象化。

　　本诗作为一首赞美猎人驭犬狩猎的短诗，它与写猎人互相赞美的诗《齐风·还》一样，反映了古代农耕社会人们崇尚勇武健壮的价值取向和社会风尚。这是因为，在古代农耕社会，狩猎是人们获得生活所需之物的基本生存方式。猎人只有具备强健的体魄，足智多谋，高超的射技，才能获取更多的猎物。这样的猎人，便是人们崇拜的英雄。一旦遇到这样的人物，人们就会倍加赞赏。此诗就是其中一例。社会推崇什么，敬仰什么，人们就会歌颂什么，爱戴什么。这是情理中事。古今中外，概莫能外。

敝　笱

敝笱在梁[①]，其鱼鲂鳏[②]。
齐子归止[③]，其从如云[④]。

敝笱在梁,其鱼鲂鳏⑤。
齐子归止,其从如雨⑥。

敝笱在梁,其鱼唯唯⑦。
齐子归止,其从如水⑧。

【词句注释】

①敝笱(gǒu):破旧的鱼篓。敝:破旧。笱:竹制的鱼篓。梁:设鱼笱的石堰,河中筑堤,中留缺口,嵌入笱,使鱼能进不能出。 ②鲂(fáng):鳊鱼。鳏(guān):鲲鱼,鲩鲲。一说大鱼。 ③齐子归止:文姜去往齐国。齐子,指文姜。归:回齐国。止:语气助词。 ④从:仆从,随从的人。如云:比喻盛多。此处有急匆匆的意思。其从如云:随从人员众多。此处比喻文姜带着仆从急匆匆、招摇而又频繁地赴齐国与齐襄公幽会。 ⑤鳏(xù):鲢鱼,与鲂鱼相类。 ⑥其从如雨:意与"其从如云"句同。 ⑦唯唯:遗遗。其鱼唯唯:形容鱼儿出入自如,不受约束。 ⑧其从如水:意与"其从如云""其从如雨"句同。

【译诗】

敝 笱

塘堰浑深旧笱藏,鲤鲂鲩鲲避其殃。
如云贯入还如雨,却逊文姜幽会忙。

【解读与评析】

关于本诗的创作背景及主旨,古今诗释译注家大多观点相同。《毛诗序》说:"《敝笱》,刺文姜也。齐人恶鲁桓公微弱,不能防闲文姜,使至淫乱,为二国患焉。"朱熹《诗集传》说:"齐人以

齐　风

敝笱不能制大鱼，比鲁庄公不能防闲文姜。"方玉润《诗经原始》："《敝笱》，刺鲁桓公不能防闲文姜也。"马飞骧《诗经缜绎》以为是"刺法坏之诗"。高亨《诗经今注》说："鲁桓公在齐国被杀以后，鲁国立文姜生的儿子为君，是为庄公。文姜作了寡妇，时时由鲁国到齐国去，和齐襄公幽会。齐人唱出这首歌，加以讽刺。"

从上引述可以看出，相同点是，都以为是刺文姜之诗。但《毛诗序》和《诗经原始》中所说的"齐人恶鲁桓公"，似乎站不住脚。从《齐风·南山》的解析中已知，在鲁桓公十八年四月，鲁桓公携其妻齐姜出访齐国时，因鲁桓公斥责齐姜与齐襄公旧情重燃的丑事，齐襄公就授意彭生把鲁桓公弄死了。此事还引起了一场外交纠纷。鲁桓公既死，他儿子当了国君，即为鲁庄公。后来齐姜的所作所为，就与鲁桓公没有关系了。谈何"刺鲁桓公"呢？

我认为，《齐风·敝笱》是《齐风·南山》的续篇，是一首讽刺鲁桓公之妻文姜与其同父异母之兄齐襄公频繁幽会私通的诗。

关于文姜与齐襄公频繁幽会私通之事，《左传·庄公》中有诸多记载。"二年冬，夫人姜氏会齐侯于禚。""四年春，王二月，夫人姜氏享齐侯于祝丘。""五年春，王正月。夏，夫人姜氏如齐师。""七年春，文姜会齐侯于防。"（李卫军《左传集评》）

文姜与齐襄公是什么关系呢？笔者在《齐风·南山》解析中已有介绍。齐襄公与文姜是同父异母的兄妹。文姜出嫁前，与齐襄公关系暧昧。嫁与鲁桓公后，趁与鲁桓公出访齐国的机会，仍与齐襄公幽会。鲁桓公一死，他儿子继位，是为鲁庄公。在鲁庄公时期，文姜更是没有了约束，她与齐襄公的幽会更是无所顾忌，频繁且招摇过市。这就是《齐风·敝笱》的创作背景。

全诗三章十二句，各章四句十六字。本诗采用叠章叠句技法，一唱三叹。各章只换了少数几个字眼，且内容基本相同。

各章四句，可分为两层意思。第一、二句是比兴，第三、四句为赋,即为诗的主旨。首句以"敝笱在梁"起兴,意虽含蓄但意味很深。由"笱"引出次句中的"鲂鳏""鲂鱮"等各种大鱼小鱼。要捕鱼就需有严密的渔具。鱼篓摆在鱼梁上,本意是要捕鱼。可是在本诗中,篓是如此敝破,小鱼、大鱼,各种各样的鱼都能轻松自如游过,那形同虚设的"敝笱"就没有什么价值了。这一比兴的运用,除了讽刺文姜不守礼法不受约束的德行外,也形象地揭示了鲁国礼制、法纪的崩坏。另外,"鱼"在《诗经·国风》中常用来隐射两性关系。如《卫风·竹竿》中的"籊籊竹竿,以钓于淇",《陈风·衡门》中的"岂其食鱼,必河之鲂?岂其取妻,必齐之姜",《豳风·九罭》中的"九罭之鱼鳟鲂,我觏之子",等等。

作为全诗的主旨,各章第三、四句,直达讽刺主题,一点也不含糊。"齐子归止,其从如云""齐子归止,其从如雨""齐子归止,其从如水":文姜去往齐国与齐襄公幽会,随从人员众多,"如云""如雨""如水",声势浩大,招摇过市,无所忌惮。这种对"齐子归止"风光、排场、声势的渲染,看似褒扬,实则是贬,是讽,是刺。诗作者将这种招摇过市的声势与文姜不守礼法的丑行挂上钩,两者之间形成强烈反差,使揭露入木三分,使讽刺鞭挞入里。

在自然界中,先有云,云聚成雨,雨积成水,这是不可颠倒的因果关系。诗中的"如云""如雨""如水"这三个比喻,所表达的也是递进的因果关系,讽刺之意一层更比一层深刻,次序不能颠倒。

齐　风

载　驱

载驱薄薄①，簟茀朱鞹②。
鲁道有荡③，齐子发夕④。

四骊济济⑤，垂辔濔濔⑥。
鲁道有荡，齐子岂弟⑦。

汶水汤汤⑧，行人彭彭⑨。
鲁道有荡，齐子翱翔⑩。

汶水滔滔⑪，行人儦儦⑫。
鲁道有荡，齐子游敖⑬。

【词句注释】

①载（zài）：发语词，犹"乃"。驱：车马疾走。薄薄：象声词，形容马蹄及车轮转动声。一说鞭子策马声。　②簟茀（diànfú）：遮蔽车子的竹帘，放在车后。朱鞹（kuò）：漆上红色的皮革兽皮蒙在车厢前面，是周代诸侯所用的车饰。　③鲁道：通向鲁国的道路。有荡：即"荡荡"，平坦的样子。"鲁道有荡"：通向鲁国的平坦大道。　④齐子：指文姜。发夕：据闻一多《诗经通义》考证得出的结论："发"疑为"拨"，作为量词，用于分组的人或成批的物。"夕"为"绎"的假借字，本意是"连绵不断"，引申为寻求、分析之意。"发夕"与"婆娑"相近，盘旋起舞貌，

其义与第三、四章的"翱翔""游敖"相近。 ⑤骊（lí）：黑色马。一车四马，故谓"四骊"。济济：即"齐齐"，整齐。指马行步调一致。 ⑥垂辔（pèi）：指马缰绳松弛，弯曲下垂。濔濔（nǐnǐ）：柔软的样子。一说"众多"。 ⑦岂弟（kǎitì）：通"恺悌"，快乐而心不在焉的样子。 ⑧汶（wèn）水：流经齐鲁两国的水名，在今山东中部，又名大汶河。汤汤（shāngshāng）：水势浩大貌。 ⑨行人：指随从的人。彭彭：众多貌。"行人彭彭"：随从人员众多。 ⑩翱（áo）翔：犹"逍遥"，指遨游，自由自在之貌。 ⑪滔滔：水流浩荡。 ⑫儦儦（biāobiāo）：众多貌。"行人儦儦"：随从人众多。 ⑬游敖：即"游遨"，嬉戏游乐之意。

【译词】

浣溪沙·载驱

鲁道宽平汶水沧，车喧鞭响竹帘扬。行人浩荡马腾骧。　　恣意妄为情切切，逍遥自在意洋洋。齐姜嬉戏去他乡。

【解读与评析】

关于本诗的主旨及创作背景，古今诗释译注家无分歧，都认为是一首讽刺齐女文姜与其同父异母之兄齐襄公纵淫的诗。《毛诗序》："《载驱》，齐人刺襄公也。无礼义，故盛其车服，疾驱于通道大都，与文姜淫，播其恶于万民焉。"朱熹《诗集传》："齐人刺文姜乘此车而来会襄公。"清人方玉润《诗经原始》说："此诗以专刺文姜为主，不必牵涉襄公，而襄公之恶自不可掩。"今人高亨《诗经今注》认为是"齐人讽刺文姜的诗"。马飞骧《诗经缋绎》以为是"刺文姜而讽鲁庄公之诗"。刘毓庆、李蹊："这是一首讽刺文姜与其同父异母之兄齐襄公纵淫的诗。"

我认为，《载驱》的主旨及创作背景与《南山》《敝笱》一脉

齐　风

相承，是一首讽刺齐女文姜与其同父异母之兄齐襄公纵淫私通的诗。

将《载驱》与《南山》《敝笱》相对照阅读，你会发现，前者与后者有多个词句是完全相同或类同的。《南山》第一、二章中有"鲁道有荡"句，而《载驱》的四章中都有"鲁道有荡"句；《南山》第一、二章中分别有"齐子由归""齐子庸止"句，《敝笱》三章中都有"齐子归止"句，而《载驱》的四章都写到"齐子"。三首诗中的这个"齐子"，所指的是同一个人，即鲁桓公的妻子、齐襄公的同父异母之妹文姜。《敝笱》三章中分别有"其从如云""其从如雨""其从如水"句，而《载驱》第三、四章中则分别有"行人彭彭""行人儦儦"句。在这里，虽然两诗中用词不同，但其意完全相同，都是讽刺文姜去往齐国与齐襄公幽会时，随从人员众多，声势浩大，招摇过市，无所忌惮之丑态。从上文列举的三个"相同"可以看出，《载驱》可与《南山》《敝笱》相互参看。

全诗四章十六句，每章四句十六字。此诗在艺术手法上有两个特点。

第一个特点是多维角度刻画文姜的得意和无耻。各章的前三句所描写景物场景都是为讽刺之意做衬托、铺垫的。诗中的"载驱""簟茀""鲁道""四骊""垂辔""汶水""行人"都是起兴之物，各章的末尾句"齐子发夕""齐子岂弟""齐子翱翔""齐子游敖"是赋，是全诗所要表达的主旨，即讽刺文姜去与齐襄公幽会私通时的急切心情与十分享受的得意神态。

"鲁道"即指鲁国的道路。文姜由齐国嫁给鲁国的鲁桓公，成了鲁国人。她要去齐国，自然要走鲁道。那与"汶水"有何关联呢？"汶水"又名大汶河，在今山东中部。据丘濂等著《诗经地理》考证，汶水从泰山东南绕过，是当时齐国与鲁国的界河，水北为齐，水南为鲁。汶水上曾有"文姜台"，也就是文姜的行宫。显

367

然，齐姜去齐国与齐襄公幽会私通时，汶水也是绕不过去的。于是，便有此诗第三、四章的首句"汶水汤汤""汶水滔滔"。

第二个特点是运用叠词强化讽刺的艺术效果。如第一章用"薄薄"来描述在大路上疾驰的豪华马车，字里行间透露出那高踞在车厢里的主人公是那样趾高气扬却又急切无耻。再加上第二章以"济济"形容四匹纯黑的骏马高大雄壮，以"瀰瀰"描写上下有节律地晃动着的柔韧缰绳，更衬托出乘车者的身份非同一般。第三、四两章用河水的"汤汤""滔滔"与行人的"彭彭""儦儦"相呼应，借水之滔滔不绝说明随从人员众多，队伍浩浩荡荡，从而反衬出文姜的恣意妄为、逍遥自在和无所顾忌。这一系列的联绵词在烘托诗中人与物的形、声、神等方面起了很关键的作用。另外，多用联绵词、叠韵词，念起来朗朗上口，也加强了诗歌的音乐性、节奏感。

纪实和抒情是文学创作的主基调。《载驱》一诗反映了"纪实和抒情"这一创作原则。但《国风·齐风》篇中的《载驱》与《南山》《敝笱》三首诗基于同一个创作背景，讽同一件事，刺同一个人，这在《诗经·国风》十五篇中是绝无仅有的。不论何人，做了好事、善事，世人总会记着并传颂之；同理，不论何人，若做了坏事、恶事，失道失德，世人也会记着并讽刺之。正所谓：人在做，天在看。

猗　嗟

猗嗟昌兮[1]，颀而长兮。
抑若扬兮[2]，美目扬兮[3]。

齐　风

巧趋跄兮④，射则臧兮⑤。

猗嗟名兮⑥，美目清兮。
仪既成兮⑦，终日射侯⑧。
不出正兮⑨，展我甥兮⑩。

猗嗟娈兮⑪，清扬婉兮。
舞则选兮⑫，射则贯兮⑬，
四矢反兮⑭，以御乱兮⑮。

【词句注释】

①猗（yī）嗟：赞叹之辞。昌：壮盛、美好的样子。　②抑（yì）：同"懿"，美好。扬：借为"阳"，明亮。　③扬：飞扬。"美目扬兮"：神采飞扬，目光炯炯有神。　④趋：急走。跄（qiāng）：步有节奏，摇曳生姿。"巧趋跄兮"：步履轻捷矫健，铿锵有力。　⑤臧：赞扬。"射则臧兮"：射技高强，每箭中的而赢得一片赞扬声。　⑥名：借为"明"。面色明净。　⑦仪：仪式。此处专指射箭的仪式。成：完毕，已准备妥。　⑧射侯：射靶。⑨正：靶心，靶的正中央。　⑩展：诚然，真是。甥：外甥。此处特指鲁庄公。　⑪娈（luán）：英俊美好。　⑫舞：舞蹈，射箭仪式中的一项程序。选：才华出众，优秀。"舞则选兮"：舞蹈动作潇洒飘逸，无人可比。　⑬贯：穿透。指穿透靶心的兽皮。形容射手力大技高。　⑭反：复，多次，每次。"四矢反兮"：四箭皆射中靶心。朱熹《诗集传》："四矢，礼，射每发四矢。反，复也，中皆得其故处也。"闻一多《诗经通义》："四矢连翩而出。"　⑮御乱：防御战乱，抵御暴乱。

369

【译词】

画堂春·猗嗟

雅词说与少年郎，身躯壮硕颀长。轩昂仪态不寻常，美目清扬。　　步履铿锵矫健，舞姿飘逸如翔。挽弓箭中正中央，御乱安邦。

【解读与评析】

《猗嗟》的主旨及创作背景，要与《南山》《敝笱》《载驱》三首诗的创作背景相互参看。

《毛诗序》将《猗嗟》附会这个历史故事，认为是齐人讽刺鲁庄公的作品。曰："《猗嗟》，刺鲁庄公也。齐人伤鲁庄公有威仪技艺，然而不能以礼防闲其母，失子之道。人以为齐侯之子焉。"朱熹《诗集传》："齐人极道鲁庄公威仪技艺之美如此，所以刺其不能以礼防闲其母。"今人马飞骧《诗经缵绎》也认为是"刺鲁庄公之诗"。

而更多的诗释译注家则认为《猗嗟》是一篇赞颂之辞。清人方玉润《诗经原始》："美鲁庄公才艺之美也。"闻一多《风诗类钞》："美少年善射也。"高亨《诗经今注》认为此诗是"赞扬鲁庄公体壮貌美，能舞善射"。刘毓庆、李蹊认为本诗"从各个方面夸赞了一个英俊非凡的美男子"。张炜《读〈诗经〉》认为："《猗嗟》颂赞了一位射艺超群的美少年。"并说："少年神射手就是齐国女婿鲁庄公。"

我认为，《猗嗟》是一首赞颂鲁庄公体壮貌美、气宇轩昂、能舞善射的诗。

第二章"展我甥兮"句中的"甥"是本诗的诗眼。鲁庄公为鲁桓公与其妻文姜所生，鲁庄公同他母亲文姜回到齐国，齐人自然

齐　风

称其为外甥。据《左传·庄公四年》载，庄公四年（公元前690年）秋天，鲁庄公与齐人狩猎于禚。（"秋七月。冬，公及齐人狩于禚"）此时，鲁庄公17岁，正是风华正茂的少年。另据《左传·庄公十年》载，庄公十年（公元前684）夏，在宋国与鲁国的乘丘（今山东济宁市兖州）之战中，鲁庄公用金仆姑射杀了宋国的大力士南宫长万。（"乘丘之役，公以金仆姑射南宫长万"）（李卫军编著《左传集评》）由此可知，鲁庄公在17岁时，确曾与齐人在一起狩猎，且射技非同一般。据此可认为，《猗嗟》确是一首齐人对鲁庄公的赞美诗。俗话讲，娘舅为大外甥亲。况且，我们从诗文里看不到任何讥讽之意，有的只是通篇的欣赏和赞叹，敬佩之情溢于言表。从中可以看出，齐人还是爱憎分明的，有着宽容弘厚的性格。文姜不守妇道，出嫁后仍与齐襄公频繁幽会私通，致使其夫鲁桓公死于非命，齐人对此写出《南山》《敝笱》《载驱》等三首诗以讽之，却没有株连她的儿子鲁庄公。

全诗三章十八句，各章六句。每章内容分为两个部分，一是赞美形象之美，二是赞颂技艺之高。各章均以叹美之词"猗嗟"发端，起到先声夺人的效果，提醒读者注意诗人所要赞美的人和事。

诗人所赞颂的鲁庄公之美，美在何处？《猗嗟》着力刻画了四个方面。

一是身体强壮英俊之美。诗一开头就写道："猗嗟昌兮，颀而长兮。""昌"，健壮结实之谓；"颀"和"长"乃高大之谓。这位长得高大、修长的少年成为一名优秀射手，是毫不足怪的。

二是眼睛之美。诗人对少年的眼睛描写得细致入微，赞美他"美目扬兮""美目清兮""清扬婉兮"。这三句诗中的"扬""清""婉"，都是刻画他目光明亮，炯炯有神。每当读到这三句时，一位神采飞扬、心灵无瑕的少年形象出现在我们眼前。看来，古人也懂得"眼睛是心灵的窗户"的道理。

三是步态之美。诗人赞美少年"巧趋跄兮",步履矫健,铿锵有力,走起路来速度甚快。还赞美他"舞则选兮",身体灵活,动作优美,舞姿飘逸如鸟飞翔。

四是射技高超。诗中对少年外在形象的赞颂,是为赞美他的射箭技术服务的。第一章以"射则臧兮"一句总括他的射技之精。第二章则以"终日射侯"句,赞美少年的勤学苦练精神;以"不出正兮"句赞美他每射必中靶心的技艺。第三章以"射则贯兮""四矢反兮"两句,赞美他的连射技术。这种连射不是两箭、三箭的重复入孔,而是连发四矢皆中靶心。真是一位百发百中的少年射手!

至此,这位少年射手的形象和技艺均描写得栩栩如生了。这种身强体壮、射技高超的少年,自然是国家防暴止乱的栋梁之材。全诗以"以御乱兮"为结束语,既是对鲁庄公的总体评价,也是最高赞美,在赞美声中也寄托着对鲁国的祝福。

魏 风

葛 屦

纠纠葛屦[1]，可以履霜[2]。
掺掺女手[3]，可以缝裳[4]。
要之襋之[5]，好人服之[6]。

好人提提[7]，宛然左辟[8]，佩其象揥[9]。
维是褊心[10]，是以为刺[11]。

【词句注释】

[1]纠纠：缠绕，纠结交错。葛屦（jù）：用葛绳编成的草鞋。
[2]可以：即"何以"，怎么能。可，通"何"。履：践踏。
[3]掺掺（xiānxiān）：同"纤纤"，形容女子的手很柔弱纤细。此处有瘦细之意。 [4]裳（cháng）：衣服。 [5]要（yāo）：作动词，即缝好衣服的腰身。襋（jí）：作动词，即缝好衣领。 [6]好人：美人，此指女奴的女主人。服：指穿衣服。 [7]提提（shíshí）：同"媞媞"，安详舒适貌。 [8]宛然：回转弯曲貌。辟（bì）：同"避"。"左辟"即左避，忸怩作态貌。 [9]揥（tì）：古首饰，搔头的簪子。象揥：象牙做的簪子。 [10]维：因。是：其。此处代指"好人"。褊（biǎn）心：心地狭窄。 [11]是以：以是，所以。刺：讽刺。

【译诗】

葛 屦

悲深难度量，葛屦踏寒霜。
缝线衣裳就，抽针纤手僵。
佩簪华服暖，得意褊心凉。
恃富当讽刺，人穷万恨长。

【解读与评析】

关于本诗的主旨，古今诗释译注家无原则性分歧。《毛诗序》："《葛屦》，刺褊也。魏地陋隘，其民机巧趋利，其君俭啬褊急，而无德以将之。"朱熹《诗集传》："此诗疑即缝裳之女所作。"方玉润《诗经原始》和牟庭《诗切》都认为是"刺褊也"。郝懿行《诗问》："美勤俭也。"马飞骧《诗经缵绎》以为是"刺褊之诗"。高亨《诗经今注》："女奴不甘受主人的虐待，唱出这首歌予以讽刺。"刘毓庆、李蹊认为"这是一首女奴的控诉之诗。"

我认为，《葛屦》是一首女奴控诉贫富差距，并被女主人虐待、蔑视而作的讽刺诗。

强烈的对比是本诗最显著的写作艺术特点。一贫一富、一奴一主、一甘一苦、一冷一暖，形成鲜明的对比，给人留下了十分强烈而又深刻的印象。第一章的前四句是作者自诉贫困之苦：在冰霜覆盖的季节，她脚上仍然穿着葛麻制作的草鞋，不仅受冻，而且还要受女主人的虐待，用纤细、瘦弱、冻僵的双手，握着冰冷的针线，为女主人缝制御寒的新衣。自己所做新衣非但不能穿身，还要服侍他人穿衣。织者受冻，主人不劳而获，华服暖身。第一章的末尾句"好人服之"，突显了这是多么大的贫富差距啊！

第二章的前三句进一步描写了女主人的富有与得意之状：她穿

魏　风

着女奴辛苦制成的光鲜亮丽的新衣,头上插着象牙簪子,忸怩作态,得意得很。这种举动自然是令缝衣女更为愤慨和难以容忍的。不平则鸣,于是,诗人在最后脱口而出:"维是褊心,是以为刺。"(对你这种恃富吝啬、无情无义、心眼狭隘的人,我当然予以揭露讽刺。)如果说,第一章写的身体挨冻受累尚可忍受,而第二章的"维是褊心",写缝衣女受虐待、被蔑视之苦,则是更难以忍受的心理折磨。"是以为刺"便是理所当然的了。这才是全诗的主旨所在。

本诗强烈对比的写作艺术,对后世诗人的写作产生了极其深远的影响。如"旧时王谢堂前燕,飞入寻常百姓家""朱门酒肉臭,路有冻死骨""昔日龌龊不足夸,今朝放荡思无涯""四海无闲田,农夫犹饿死"等流传千古的名诗名句,都具有强烈对比的艺术特点。

汾沮洳

彼汾沮洳[①],言采其莫[②]。
彼其之子[③],美无度[④]。
美无度,殊异乎公路[⑤]。

彼汾一方,言采其桑[⑥]。
彼其之子,美如英[⑦]。
美如英,殊异乎公行[⑧]。

彼汾一曲[⑨],言采其藚[⑩]。
彼其之子,美如玉。

诗经国风赏析

美如玉,殊异乎公族⑪。

【词句注释】

①汾:汾河。据丘濂等著《诗经地理》考据,汾河为晋地最大的河流,自晋中的管涔山北缘而下,蜿蜒数百公里,西入黄河。沮洳(jùrù):水边低洼潮湿的地方。也指河滨。 ②言:乃。莫:草名。即酸模,属多年生草本,生于山野,有酸味,嫩叶可食。 ③彼其之子:他那个人。 ④美无度:其美无比,难以言表。度:限度,衡量。 ⑤殊异:优异出众,特别不同。殊:非常。公路:官名。掌管王公国君之车驾的官吏,由贵族子弟担任。路:通"辂"。 ⑥桑:桑树。此处指桑叶。 ⑦英:华,即花。 ⑧公行(háng):官名,掌管王公兵车的官吏,由贵族子弟担任。 ⑨曲:指河道弯曲之处。 ⑩藚(xù):药用植物,即泽泻草。多年生沼生草本,具地下球茎,苗如车前草,可做药材,嫩时可食。 ⑪公族:掌管国君宗族事务的官吏。一说公侯家族的人,指贵族子弟。

【译诗】

汾沮洳

汾水滔滔浪激扬,河滨沃土喷浓香。
采藚采桑真忙碌,东隅新阳暖昊苍。
貌若英花含瑞色,德如美玉泛崇光。
岸边小伙美无度,胜过三千纨绔郎。

【解读与评析】

关于本诗的主旨,有"刺诗说"和"美诗说"之分。持"刺诗说"者主要有:《毛诗序》云:"《汾沮洳》,刺俭也。其君俭以能勤,刺不得礼也。"朱熹《诗集传》:"此亦刺俭不中礼之诗。言若此人者，美则美矣，然其俭啬褊急之态，殊不似贵人也。"清人傅恒、孙嘉淦《诗义折中》："刺遗贤也。"今人马飞骧《诗经缜绎》以为是"刺俭不中礼之诗"。

持"美诗说"者主要有：方玉润《诗经原始》和郝懿行《诗问》都认为本诗是"美俭德也"。今人高亨《诗经今注》认为"这是一首妇女赞美男子的诗"。刘毓庆、李蹊："这是一首下层社会女子赞美情人的歌。在她的心目中，她的情人远远地超过那些身居要职的贵族青年。"

我是赞成"美诗说"的。本诗是一首少女言情择偶之诗。她通过对男子的赞美之词，告示了她心目中的情人应是一位貌若英华、德如美玉的男子，他远远地超过那些身居显要职位的纨绔子弟。

全诗三章十八句，各章六句。各章的前二句是写实写事，明示了主人公的身份与劳动地点。各章首句分别以"彼汾沮洳""彼汾一方""彼汾一曲"起兴，点出少女的劳作地点是在汾水滨。各章次句"言采其莫""言采其桑""言采其藚"，显示主人公的身份与社会地位：她是一位处于社会底层的劳动妇女。要知道，当时的贵族女子是不会去田野劳动的。《诗经·国风》中的《召南·采蘩》《召南·采蘋》《召南·摽有梅》《王风·采葛》等诗篇，其主人公都是普通的劳动妇女。这可能是由男女的劳动分工不同所致，采采摘摘这类活多由女子做，而狩猎、伐木、从役这类重活、险活，则由男子承担。据此可以说，"采莫""采桑""采藚"是确认本诗主人公身份和社会地位的"诗眼"。那种认为本诗主旨是"刺俭""刺遗贤"，确实无从说起。

各章的后四句是写意。这位痴情女子尽管在忙碌着"采莫""采桑""采藚"，但她总是思念着自己的意中人。句句"彼其之子"，似乎是在一声声地呼唤着，又一遍遍地期盼着："我心中的那个人哟！"足见其一往情深的程度了。

少女的意中人是个什么样的人呢？她的择偶标准是什么呢？因为是臆想，并不是具体有所指，她只能从外貌和品德两方面抽象地说个大概：他很美，美得无法用语言表达（"美无度"）；他貌美如花，美得像怒放的鲜花（"美如英"）；他德如美玉，有美玉般的光彩（"美如玉"）。这些都是虚写，并不具体。这就如现在的青年男女找对象，你问他（她）找对象的标准是什么，大多只是说：要颜值高，有修养，品德好。至于中不中，只有在见面后的交往中才知道。

各章的末尾两句，采用对比、烘托的艺术手法，以"美无度，殊异乎公路""美如英，殊异乎公行""美如玉，殊异乎公族"作结，用"公路""公行""公族"加以具体映衬，既隐含了对那些"公路""公行""公族"等达官贵人和纨绔子弟的嘲讽与轻蔑，更凸显了"彼其之子"的美的形象，把这位未露面的意中人描写得如见其人了：他有健壮俊朗的外表，有高尚的品德，他远远胜过那些"公路""公行""公族"等达官贵人和纨绔子弟。这是诗中女主人公择偶观的宣示，也是其价值观的体现，点明了本诗的主旨。

园有桃

园有桃，其实之殽①。
心之忧矣，我歌且谣②。
不知我者，谓我士也骄③。
彼人是哉④，子曰何其⑤？
心之忧矣，其谁知之？
其谁知之，盖亦勿思⑥！

园有棘⁷,其实之食。
心之忧矣,聊以行国⁸。
不知我者,谓我士也罔极⁹。
彼人是哉,子曰何其?
心之忧矣,其谁知之?
其谁知之,盖亦勿思!

【词句注释】

①之:犹"是"。殽:借为"肴",吃,有"可当食物"之意。"其实之殽",即"肴其实"。 ②之:犹"其"。歌、谣:曲合乐曰歌,徒歌曰谣。此处皆作动词用,此自谓为"可歌可唱"之意。 ③士:指士人。此处当为他人对本诗主人公的称谓。骄:骄傲。此处有狂妄之意。"谓我士也骄":不了解我的人说我这个士人骄傲狂妄。 ④彼人:那些人,不知我者。是:如此,这样子。 ⑤子:诗主人公的自称。其:作语助。何其:奈何。"子曰何其":(对别人对我的看法)我也是奈何不得。 ⑥盖(hé):通"盍",何不,为何。亦:作语助。"盖亦勿思":这些人为何不想一想呢? ⑦棘:指酸枣。野果,可食。 ⑧聊:姑且。行国:离开城邑,周游他国。"国"与"野"相对,指城邑。 ⑨罔极:无极,妄想,没有准则。

【译词】

浪淘沙·园有桃

园圃有棘桃,果满枝条。堪食饱腹味如膏。梦里醒来都是怨,独自歌谣。 国运逐渐凋,风雨飘摇。忧心如捣倍煎熬。谓我罔骄无好意,岂可相聊?

379

【解读与评析】

关于本诗的主旨，古今诗释译注家大多认为是一位士人忧国忧世伤己之诗。《毛诗序》云："《园有桃》，刺时也。大夫忧其君国小而迫，而俭以啬，不能用其民，而无德教，日以侵削，故作是诗也。"朱熹《诗集传》："诗人忧其国小而无政，故作是诗。"丰坊《诗说》："君子忧国而叹之。"季本《诗说解颐》："贤人怀才而不得用，有忧世之志焉。"方玉润《诗经原始》："贤者忧国政日非也。"牟庭《诗切》："刺没入人田宅也。"闻一多《风诗类钞》："伤家室之无乐也。"马飞骧《诗经缵绎》以为是"刺时之诗"。高亨《诗经今注》："士阶层对于统治贵族不满，作这首诗加以讽刺。"刘毓庆、李蹊认为"这是一首贤士忧国之诗"。

我认为，本诗是一首士人忧道不忧贫、忧国忧世伤己之诗。

全诗二章二十四句，各章十二句。全诗的结构因果极有逻辑性，行文如流水，语言极明白，有如当今的白话文。但它的文辞抑扬顿挫，所表达的情绪波澜起伏，表现了极其丰富的思想感情。

要读懂本诗的主旨，关键在于能否准确识别本诗的"诗眼"与"诗魂"。各章的前二句"园有桃，其实之殽""园有棘，其实之食"，以桃、棘起兴，实为"诗眼"。桃、棘本是一种极普通的果子，并非稻黍之类的食物。诗人以之为食，用来充饥饱腹。这就表明诗人并非贵族，可能还是个穷人。但他食之如膏饴，没有怨言。这又表明诗人是个安贫之人。这是其一。

其二，在《诗经·国风》的多首诗中，桃代表的是高洁与美丽，如："桃之夭夭，灼灼其华。"诗人以桃为食，以饮食之高洁表示自己的心志高洁。这与屈原的"朝饮木兰之坠露兮"句同理。由此可以看出，诗人以桃、棘果腹，粗看是贫，实则他的内心是很满足的，并不忧贫。这就引出了本诗的"诗魂"，即各章的第三、四句:"心之忧矣,我歌且谣""心之忧矣,聊以行国"。

诗人"忧"什么?从文词中确难知晓。若将本诗与《诗经·国风》中另两篇写忧的诗《黍离》《兔爰》对相对照,就会理解《园有桃》的作者之忧不同于《黍离》《兔爰》的作者之忧。《黍离》是一位周王朝大夫来到故地,见宗庙宫殿均已毁坏,满眼是"彼黍离离,彼稷之苗",故而"行迈靡靡,中心摇摇",生发出无限感伤而作的忧愤之诗。《兔爰》则是一个没落贵族因"我生之初,尚无为;我生之后,逢此百罹",对过往安逸生活的留恋,对现实苦难生活的怨愤与极度悲观、郁闷、失落的哀叹之作。

《园有桃》则不同,诗人是忧"国"。"心之忧矣,我歌且谣""心之忧矣,聊以行国",既是长歌当哭,又有对现实无奈而置一切于不顾的打算,或以归隐乡野来安慰自解,或以周游他国而逃避当前令人不快的生活环境。至于何以为"忧",诗各章的后八句交代了原因:世人对我"心之忧"不但不理解,还说我是骄傲、狂妄、无准则之人。而诗人对此也是毫无办法。"彼人是哉,子曰何其?心之忧矣,其谁知之?其谁知之,盖亦勿思":他们就是这样的人,我也是奈何不得。他们不理解我的苦衷,我有什么办法呢?由他去吧!因为他的思想,他的忧虑,他的行为,世人无法理解,甚至被视为"骄",视为"罔极",诗人感到非常委屈,他为无法表白自己的心迹而无可奈何。诗的最后一句"盖亦勿思"给人以言未尽、意难平的感觉。风格沉郁顿挫,有如屈原的"举世皆浊我独清,众人皆醉我独醒"的无奈与高傲。

鲁迅先生曾经说过:中华民族自古以来,就有埋头苦干的人,有拼命硬干的人,有为民请命的人,有舍身求法的人……虽是等于为帝王将相作家谱的所谓"正史",也往往掩不住他们的光耀,这就是中国的脊梁。古有楚国屈原的"宁溘死以流亡兮,余不忍为此态也""伏清白以死直兮,固前圣之所厚""路曼曼其修远兮,吾将上下而求索",宋代范仲淹的"先天下之忧而忧,后天下之乐而乐";近代有梁启超的"前路蓬山一万重,掉头不顾吾其东";今有周恩来的"大江歌罢掉头东,邃密群科济世穷"。品读《园有桃》,你会感觉得到诗中的主人公也是这样的人!

陟 岵

陟彼岵兮①,瞻望父兮。
父曰:嗟②!予子行役③,夙夜无已④。
上慎旃哉⑤,犹来无止⑥!

陟彼屺兮⑦,瞻望母兮。
母曰:嗟!予季行役⑧,夙夜无寐。
上慎旃哉,犹来无弃!

陟彼冈兮,瞻望兄兮。
兄曰:嗟!予弟行役,夙夜必偕⑨。
上慎旃哉,犹来无死!

【词句注释】

①陟(zhì):登上。岵(hù):有草木的山。 ②嗟:感叹声。 ③予子:诗人想象中父亲对他的称呼:"我的儿子呀!" ④无已:没有休息,真忙。 ⑤上:通"尚",希望。慎:谨慎,小心。旃(zhān):之,语气助词。 ⑥犹来:还是归来,还是回来。 ⑦屺(qǐ):无草木的山,光秃秃的山。 ⑧季:兄弟中排行最小

的,小儿子。 ⑨偕:俱,一样,同样。

【译词】

长相思·陟岵

攀高冈,登云冈,爬上山冈望故乡。伤离痛断肠。　　父言祥,母言祥,兄长欢言祝吉祥。归来乐且康。

【解读与评析】

关于本诗的主旨,古今诗释译注家大多无歧论。《毛诗序》曰:"《陟岵》,孝子行役,思念父母也。国迫而数侵削,役乎大国,父母兄弟离散,而作是诗也。"朱熹《诗集传》:"孝子行役,不忘其亲。"方玉润《诗经原始》:"孝子行役而思亲也。"马飞骧《诗经缵绎》以为是"孝子行役思亲之诗"。高亨《诗经今注》:"征人在远方服劳役,唱出这首歌,抒发思念家人的心情。"刘毓庆、李蹊认为"这是一首行役者思家之作"。

我认为,本诗是一首行役者思乡思亲之诗。

以登高望远喻思亲怀人是《诗经》风诗中常用的写作技法。如思妇之辞《周南·卷耳》中的"陟彼崔嵬""陟彼高冈""陟彼砠矣"句,《召南·草虫》中的"陟彼南山"句。《陟岵》采用的也是这种写作技法。

全诗三章二十四句,各章八句。全诗重章叠句,每章首句以登山起兴,一意三复,远望当归,远望当思,长歌当哭,把思乡思亲之情抒发得痛切感人。

登上高高的山冈,眺望远方,那里有我的父亲!("陟彼岵兮,瞻望父兮。")登上高高的山冈,眺望远方,那里有生我养我的亲娘!("陟彼屺兮,瞻望母兮。")登上高高的山冈,眺望远方,那里有我情同手足的兄长!("陟彼冈兮,瞻望兄兮。")

诗经国风赏析

《诗经》风诗中，表现征人思亲主题的诗，本诗不是唯一。如《邶风·击鼓》也是一首久处沙场的士兵思家之诗。而《魏风·陟岵》的独特性在于其别具一格的写作特点。诗人没有写行役生活之苦，没有写环境之恶，也没有写思亲的心灵之痛，而是在登高望远念亲后，笔锋急转，写父母兄长对行役者的思念，写想象中家乡亲人对行役者的千叮咛万嘱咐：

父亲说：儿子呀，你行役在外时日夜忙，要谨慎小心保重身无恙，到了归期不要再逗留早点回家乡。

母亲说：小儿呀，你行役在外时没日没夜睡不香，要谨慎小心保重身无恙，到了归期不要再逗留早点回家见爹娘。

哥哥说：弟弟呀，你行役在外时遇事要与同伴多商量，谨慎小心保重身无恙，归来时身强体又壮。

诗中这种以己心度彼心，以思亲为亲思，以亲心为己心，想象与怀忆融会，以想象中幻境为眼见之实的写作手法，不仅大大地丰富了诗篇的内容，也极好地深化了诗篇的情感内涵：行役者与家人血脉相连，感情相通，心心相印。它承载着亲人的多少希冀！多少盼望！多少爱怜！多少担忧！故方玉润《诗经原始》评注此诗说："人子行役，登高念亲，人情之常。若从正面写己之所以念亲，纵千言万语，岂能道得意尽？诗妙从对面设想，思亲所以念己之心，与临行勖己之言，则笔以曲而愈达，情以婉而愈深。"

本诗以己心度彼心，以此境度彼境，以想象为眼见之实的写作技法给后人以很大的启发。如白居易的"想得家中夜深坐，还应说着远行人"，王维的"遥知兄弟登高处，遍插茱萸少一人"，杜甫的"遥怜小儿女，未解忆长安"，张九龄的"念归林叶换，愁坐露华生。犹有汀洲鹤，宵分乍一鸣"，等等，都深得本诗真谛。本诗正因采用了这种独特的抒情写作技艺，故而被后人誉为"千古羁旅行役诗之祖"。

本诗情感深邃而细腻，还表现为妙用字、词。

一是由"岵"到"屺"的变换。诗人思乡思亲之情为何如此浓烈呢？诗人所登之山景色的变化，表明他在外行役时间不短了：初登是满目葱绿的山冈（"岵"），再登却是枝枯叶黄、光秃秃的山（"屺"）了。由"岵"到"屺"的变化，是季节的变化，是时光的流逝，是诗人行役时间的延伸。这是诗人产生浓浓思乡思亲之情的原因。

二是"季"字的运用。"母曰：嗟！予季"（我的小儿子哟！），包含了母亲对儿子的多少怜爱！它是慈母发自肺腑的心声！

三是"死"字的运用。通常情况下，凡祝福、送别之语，都用吉祥话，忌用凶惨之词。而本诗中，哥哥对弟弟的期盼祝福之语则是"犹来无死"：你要照顾好自己，盼你安全归来，千万不要死在战场。直率无忌讳的言语，粗看，似兄弟相互打闹时的嬉戏之语，实则是兄长最真实的情感表达，体现了兄弟之间的手足之情。

十亩之间

十亩之间兮[①]，桑者闲闲兮[②]。
行，与子还兮[③]。

十亩之外兮，桑者泄泄兮[④]。
行，与子逝兮[⑤]。

【词句注释】

①十亩：指桑林面积，非实数。十亩之间：指郊外的桑圃之地

很空阔。　②桑者：桑林中的人。闲闲：从容闲适之貌。　③还：持续，回返。行：行走，漫步。子：此处指儿子。"行，与子还兮"：儿子，咱们一起来回走走吧！　④泄泄（yìyì）：祥和快乐的样子。一说人多的样子。　⑤逝：还，返回。与前文"还"同义。"行，与子逝兮"：儿子，咱们一起去转转吧！

【译诗】

十亩之间

人生何所乐，漫步在桑林。
十亩犹空阔，枝枝竞笑吟。
虫鸣原野静，风住暖阳侵。
呼子同行去，悠然一片心。

【解读与评析】

关于本诗的意旨与创作背景，古今诗释译注者说法不一。《毛诗序》云："《十亩之间》，刺时也。言其国削小，民无所居焉。"朱熹《诗集传》："政乱国危，贤者不乐仕于其朝，而思与其友归于农圃。"姚际恒《诗经通论》："此类刺淫之诗。"方玉润《诗经原始》："夫妇皆隐也。"闻一多《风诗类钞》将其归入男词类，认为是"期再会也"。马飞骧《诗经缋绎》以为是"贤者邀偕隐之诗"。高亨《诗经今注》认为"这是劳动妇女唱出的采桑歌"。刘毓庆、李蹊认为"这是一首桑间行乐之歌"。

我认为，本诗是一首闲适淡泊之士桑林春游寻乐之诗。

从用词炼字看，认为本诗是劳动妇女之歌是说不通的。《诗经》风类诗中，有多首是写妇女劳动的诗，它们有个共同之点是有劳动的动作和劳动场景。如《周南·卷耳》中的"采采卷耳"，《召南·采蘩》中的"于以采蘩"，《召南·采蘋》中的"于以采蘋"，

魏 风

《召南·摽有梅》中的"摽有梅"等,"采""摽"都是劳动的行为。而本诗却是"闲""泄""行""还""逝",全然是一种悠然闲适的场景,没有半点劳作的气氛。

全诗二章六句,各章三句十五字,在《诗经·国风》中是比较短小的一首诗。每一句的末尾处一个语助词"兮",给读者一种舒缓、轻松、愉悦的感觉。

各章首句以"十亩"起兴,意为桑圃空阔广大,由此引出"桑者"。据史料记载,早在黄帝时期,我国劳动人民就种桑养蚕了。诗中的"桑"指桑圃、桑林。"桑者"当是指行走于桑林的人,而非采桑之人。"十亩之间"虽空阔广大,却是目力所及的近景。而第二章的首句"十亩之外"则是目力不及的远景,因是想象中的景色,诗人幻想出无垠无边的美丽画图:那里虫鸣鸟飞、香雾缭绕、绿叶浓荫;那里小河流水潺潺、天上云卷云舒;那里暖阳高照,芳草如茵……总之,那里是人间仙境!

各章次句"桑者闲闲兮""桑者泄泄兮",表现了行者的悠然自得。他漫步在桑林中,不闻尘世喧嚣,忘掉了忧愁烦恼,安详闲适,笑靥欢颜。但是,他并不满足于此,他憧憬着远方的景色。于是,就有了各章结尾句"行,与子还兮""行,与子逝兮"。这里的"子",和《陟岵》中"父曰:嗟!予子行役"句中的"子"是同一个含义。特指"儿子",而不是另有他人。它表明行者不是一人来到桑林,而是和家人一起来的。我们姑且认为是一家人外出春游吧!他指着远方,招呼道:"走,儿子,同我一起到那边去转转吧!"

淡雅自然,不事雕琢,节奏明快而紧凑,诗意与诗境、语调与心情的完美统一,是本诗最鲜明的艺术风格。它向读者展现出一幅清新恬淡美丽的田园风光图。

此间乐,不思归。呼子同行去,悠然一片心。

"走,儿子,同我一起到那边去转转吧!"

伐 檀

坎坎伐檀兮①,置之河之干兮②,
河水清且涟猗③。
不稼不穑④,胡取禾三百廛兮⑤?
不狩不猎⑥,胡瞻尔庭有县貆兮⑦?
彼君子兮⑧,不素餐兮⑨!

坎坎伐辐兮⑩,置之河之侧兮⑪,
河水清且直猗⑫。
不稼不穑,胡取禾三百亿兮⑬?
不狩不猎,胡瞻尔庭有县特兮⑭?
彼君子兮,不素食兮!

坎坎伐轮兮,置之河之漘兮⑮,
河水清且沦猗⑯。
不稼不穑,胡取禾三百囷兮⑰?
不狩不猎,胡瞻尔庭有县鹑兮⑱?
彼君子兮,不素飧兮⑲!

【词句注释】

①坎坎:象声词,伐木声。檀:一种木质坚硬的树。 ②置:放置。干:通"岸",即水边,河岸。 ③涟:即澜。猗(yī):义

同"兮",语气助词。 ④稼（jià）：播种。穑（sè）：收获。 ⑤胡：为什么。禾：谷物。三百：意为很多，并非实数。廛（chán）：通"缠"，古代的度量单位，三百廛就是三百捆。一说：一家所耕种的地叫一廛。三百廛即三百家。指三百家之税。 ⑥狩：冬猎。猎：夜猎。此诗中皆泛指打猎。县（xuán）：通"悬"，悬挂。 ⑦貆（huán）：猪獾。也有说是幼小的貉。 ⑧君子：此系反话，此处指有地位有权势者，统治者。 ⑨素餐：白吃饭，不劳而获。 ⑩辐：车轮上的辐条。 ⑪侧：边，旁。 ⑫直：水流的直波。 ⑬亿：通"束"，捆。 ⑭瞻：向前或向上看。特：三岁大兽。 ⑮漘（chún）：水边。 ⑯沦：小波纹。 ⑰囷（qūn）：束，捆。一说圆形的谷仓。 ⑱鹑：鹌鹑。此处泛指飞禽。 ⑲飧（sūn）：熟食，此处泛指吃饭。

【译诗】

伐　檀

笃笃叮叮忙伐檀，硬拉死拽到河滩。
涟波相续依山转，生计无常行路难。
不种不耕千担粟，不围不猎万只貆。
耕田搏兽无饥食，君子安闲吃白餐。

【解读与评析】

　　关于本诗的主旨，古今诗释译注家无根本性分歧。《毛诗序》："刺贪也。在位贪鄙，无功而受禄，君子不得进仕尔。"朱熹《诗序辨说》："此诗专美君子之不素餐。"方玉润《诗经原始》："伤君子不见用于时，而又耻受无功禄也。"闻一多《风诗类钞》："刺不劳而获者也。"马飞骧《诗经缵绎》以为是"伤贤者失位而贪鄙无功受禄之诗"。高亨《诗经今注》认为："劳动人民在给剥削者砍树的劳动中唱出这首歌,讽刺剥削者不劳而获,过着寄生虫的生活。"刘毓庆、李蹊认为"这是一首伐木工人之歌"。

我认为,本诗是一群伐木者在给统治者进行艰辛的砍树劳动时,联想到统治者不种庄稼、不狩猎,却占有大量的劳动果实,社会贫富悬殊,耕者无饥食,君子吃白食,于是唱出了这首歌,以表达他们的不满与愤怒之情。

全诗三章二十七句,各章九句。诗三章中除表现劳动成果的物及计量单位的用词不同外,其意思相同。各章七句分为两层内容,即前三句写伐木者劳动的艰辛,后六句则是讽刺、责问统治者的不劳而获、无功受禄。其中,第四句至第七句是用写实的方式以表达对社会贫富悬殊的愤恨,最后两句则是用嘲讽、诘问之语以表达愤怒之情。

但凡经历过或见过伐木劳动的人都体会得到,即或在如今,伐木仍是一件十分辛苦的工作。何况在远古周代社会,生产工具落后,伐木劳动的艰辛自是不言自明。而檀木又是一种质地非常坚硬的树木,用落后的工具砍伐坚硬的檀木,其劳动的艰辛更是可想而知。本诗以"坎坎伐檀"起兴,点出了劳动者的艰辛。笃笃叮叮的砍树声,好似伐木者的呻吟。而伐木者把树砍倒还不算完事,他们还要把砍倒的树干,从深山老林中拖运到河边,并借助清澈的水流将其运送到目的地。诗各章的第二、三句"置之河之干兮,河水清且涟猗""置之河之侧兮,河水清且直猗""置之河之漘兮,河水清且沦猗",伐木者进一步唱出了身负沉重压迫与剥削的枷锁的痛苦:河水自由自在地流动,自己成天从事繁重的劳动,没有一点自由。这激起了他们心中的不平,从而表达出他们对"君子"不劳而获的嘲讽与诘问。

从伐木、运木联想到还要替"君子"种庄稼和打猎,而这些劳动果实却全被他们占有,自己一无所有。于是,愈想愈愤怒,紧接

魏　风

着提出了严厉责问：你们不稼不穑，为何家中存有千担粟？你们不围不猎，为何房梁上挂着万只貆？（"不稼不穑，胡取禾三百廛兮？不狩不猎，胡瞻尔庭有县貆兮？"）伐木人唱到此，似乎还不足以表达心中的不平与愤怒，最后巧妙地运用反语，以嘲讽的口吻唱道：你们这些高贵的君子哟，可不要总是白吃饭呀！（"彼君子兮，不素餐兮！"）

　　再回到本诗主旨上来。古今诗释译注家大多认为是讽刺"君子"不劳而获，无功而受禄。这种解读未必是诗的本意。从管理学和社会分工的角度分析，在任何社会形态中，身居高位的人，即诗中所谓的"君子"，是社会生产和社会秩序的组织者和管理者，他们也是付出了劳动的，只不过他们从事的是脑力劳动而非体力劳动，他们也是创造了社会价值的。因此，不能说"君子"就是一帮不劳而获、无功受禄的人。脑力劳动者与非体力劳动者，只是社会分工的不同，是"劳心"与"劳力"的不同。而且，按照现代管理学的理论，"劳心"者创造的价值可能会更多，并非"吃白食"。若一味地认为"君子"（统治者、身居高位者）是不劳而获的剥削者，是一种狭隘的观点。本诗各章中的"禾三百廛""庭有县貆"句，表明了"君子"（统治者、权势者）家中的奢侈富有，以此反衬出劳动者的贫穷困苦。因此，本诗的主旨应是伐木者对当时贫富悬殊的社会现象的愤怒、嘲讽与诘问，并不意味着他们是在指责"君子"的不劳而获。

硕　鼠

硕鼠硕鼠①，无食我黍②！

诗经国风赏析

三岁贯女③,莫我肯顾④。
逝将去女⑤,适彼乐土⑥。
乐土乐土,爰得我所⑦。

硕鼠硕鼠,无食我麦!
三岁贯女,莫我肯德⑧。
逝将去女,适彼乐国⑨。
乐国乐国,爰得我直⑩?

硕鼠硕鼠,无食我苗!
三岁贯女,莫我肯劳⑪。
逝将去女,适彼乐郊⑫。
乐郊乐郊,谁之永号⑬?

【词句注释】

①硕鼠:蝼蛄,又名"硕鼠"。在土中啮食植物的根,夏吃黍、谷苗根,秋吃麦苗根,故诗中言"食黍""食麦""食苗",对农作物危害极大。一说大田鼠,土耗子。　②无:毋,不要。黍:黍子,也叫黄米,谷类。此处指黍苗。　③三岁贯女(rǔ):侍奉你多年。三岁,非实数。意指多年,时间久。贯,借作"宦",侍奉,服侍,侍候。女,同"汝",你,此处指贵族,统治者,官家。
④莫我肯顾:"莫肯顾我"的倒装。即不肯照顾我。顾,顾惜、照顾。　⑤逝:通"誓",表态度坚决的词。去:离开。　⑥适:往。乐土:安居乐业、令人快乐的地方。　⑦爰:乃,于是,在那里。所:处所。此处指可以快乐生活的地方,与上文的"乐土"同义。

⑧德:加恩,施惠,感激。　⑨国:域,即地方。　⑩直:通"职",职位,处所。　⑪劳:慰劳。　⑫郊:城郊,即地方。　⑬

永号（háo）：长叹，长歌呼号，永远叫苦。号，呼喊。"谁之永号"：在那里谁还会呼号叫苦！

【译诗】

硕鼠（新韵）

田中藏硕鼠，偷吃我禾黍。
硕鼠害尤多，恰如山下虎。
三年日夜忙，侍汝折腰苦。
安慰无只言，怨愁千万缕。
人思如意时，世盼英明主。
此处不留爷，他乡寻乐土。

【解读与评析】

关于本诗的主旨，古今诗释译注家都认为是一首控诉剥削者的诗歌，但对控诉的具体对象却有分歧。《毛诗序》曰："《硕鼠》，刺重敛也。国人刺其君重敛，蚕食于民，不修其政，贪而畏人，若大鼠也。"朱熹《诗序辨说》："此亦托于硕鼠以刺其有司之词，未必直以硕鼠比其君也。"方玉润《诗经原始》以为是"刺重敛也"，"此诗见魏君贪残之效，其始皆由错误以啬为俭之故，其弊遂至刻削小民而不知足，以致境内纷纷逃散，而有此咏"。闻一多《风诗类钞》以为是"怨重敛也"。马飞骧《诗经缵绎》以为是"刺重敛之诗"。高亨《诗经今注》以为是"佃农对地主残酷剥削的控诉"。刘毓庆、李蹊认为："这首诗唱出了贤臣对国君不公正待遇的不平，他决心弃之而去，另寻可栖之树。"

解开本诗主旨的钥匙在于找出诗中的"诗眼"。《魏风·硕鼠》的诗眼有二：一为"贯"，二为"食"。先说"贯"。"贯"的本义为古代穿钱的绳索。在实际应用中由此衍生出多种词义。如：事情、条理、罪恶、籍贯、次序、穿过、连、穿透、经过、注入、习惯、侍奉、服侍等。在本诗中，"贯"当作"侍奉""服侍"解，其他解读均与上下文的内容关联不上。诗各章中的"三岁贯女"意即"侍奉你多年"。

次说"食"。"食"的本义有动、名两用。作为名词，是指饭食、粮食、食物。作为动词，指进食、吃饭、吃。本诗中，"食"当为动词。"食我黍""食我麦""食我苗"即为"吃我黍""吃我麦""吃我苗"，还可解释为"啃黍""啃麦""啃苗"。有的诗释者依据"食黍""食麦""食苗"的本义，认为本诗主旨是讽刺魏国君王重课税，蚕食于民。若与下文"三岁贯女"连贯解读，将"食"引申为敛财、课税，未必符合诗的原意。虽"三岁贯女"（多年侍奉你），但"莫我肯顾"（你不肯照顾我），实质是一种不公正、不平等的待遇。因此，"无食我黍（麦、苗）"与前诗《魏风·伐檀》中的"彼君子兮，不素餐兮！"句的含义是完全相同的，是对贵族、统治者"吃白食"的控诉与怨恨。

依据以上分析，我认为，本诗是一个在贵族（或奴隶主）家服役的小官吏因受到不公正对待而唱出的愤懑之诗。

全诗三章二十四句，每章八句。全诗采用叠章叠句的技法，三章中的前六句仅依序变换了三个字（黍、麦、苗；顾、德、劳；土、国、郊），但意思未变；第三章的末尾句"谁之永号"与前两章的末尾句"爰得我所""爰得我直"虽字词不同，但所表达的意思无异。因此，诗三章的意思是完全相同的。

本诗三章都以"硕鼠硕鼠"起兴，直呼贵族（奴隶主）为贪婪可憎、为害四方的蟊蛊，并对其发出警告："无食我黍（麦、苗）！"老鼠形象丑陋又狡黠，性喜窃食，借来比拟贪婪的贵族（奴隶主）是十分恰当的。在《诗经·国风》的多首诗中，诗人赋予老鼠太多的贬义，表达了对其太多的愤恨之情。如《召南·行露》中的"谁谓鼠无牙？何以穿我墉"句；《鄘风·相鼠》中的"相鼠有皮，人而无仪""相鼠有体，人而无礼"句，都是诗作者以老鼠喻贵族统治者的诗句。

诗各章的第三、四句进一步揭露贵族（或奴隶主）的无情寡义："三岁贯女，莫我肯顾（德、劳）。"诗中以"汝""我"对照："我"多年侍奉"汝""汝"却不肯给"我"照顾与恩惠，甚至连一句安慰的话也没有，从中揭示了"汝"与"我"，即贵族统治者与小官吏之间相互对立的关系，也为各章的后四句埋下了伏笔。

哪里有压迫、有不公平，哪里就会有不满、有反抗。在经受贵族（或奴隶主）多年来的不公正对待后，这个小官吏终于忍无可忍，决计进行反抗，不再"贯女"，并以雷霆万钧之力喊出了坚决与贵族（或奴隶主）决断的心声：我发誓要弃你而去，寻找那能使我快乐的地方。那快乐的地方啊，就是我安居乐业的处所。（"逝将去女，适彼乐土；乐土乐土，爰得我所！"）一个"逝"字表现了诗人决断的态度和坚定的决心；而一个"适"字则表现了诗人对未来美好生活的憧憬与向往，有一种"此处不留爷，自有留爷处"的慷慨激昂。诗的末尾句"谁之永号"，更是充分地表达了诗人对未来美好生活的十足自信心：在那里谁还有痛苦的呼号呢！它标志着被压迫者新的觉醒，启发和鼓舞着后世劳动人民为挣脱压迫和剥削的枷锁而不断进行反抗和斗争。

唐 风

蟋 蟀

蟋蟀在堂①,岁聿其莫②。
今我不乐③,日月其除④。
无已大康⑤,职思其居⑥。
好乐无荒⑦,良士瞿瞿⑧。

蟋蟀在堂,岁聿其逝⑨。
今我不乐,日月其迈⑩。
无已大康,职思其外⑪。
好乐无荒,良士蹶蹶⑫。

蟋蟀在堂,役车其休⑬。
今我不乐,日月其慆⑭。
无已大康,职思其忧。
好乐无荒,良士休休⑮。

【词句注释】

①蟋蟀:虫名,又叫促织,蛐蛐儿,蝈蝈。堂:厅堂,堂屋。
②岁:岁时,时节。聿(yù):语助词,有"即"的意思。其:

将。莫（mù）：古"暮"字，此处指岁暮，岁末。　③乐：享受，欢乐。　④其：将。除：去，结束。"日月其除"：一年的光景即将过去。　⑤无：勿。已：甚，过度。无已：切勿过度。大（tài）康：过于享乐，大乐。大，即"太"。　⑥职：当，应该。居：处，指所处职位。　⑦好：喜好。荒：沉溺享乐耽误正事，废弛。　⑧良士：好人，有德之人。瞿瞿（jùjù）：有所顾忌的样子，有所警惕。　⑨逝：流逝。　⑩迈：去，行。"日月其迈"：光阴渐逝。　⑪外：分外之事，意外之事。　⑫蹶蹶（guìguì）：勤勉劳苦的样子。　⑬役车：服役出差的车子。休：休息，歇息。"役车其休"：服役的车子歇息了。　⑭慆（tāo）：逝去。　⑮休休：为"烋烋"借字，勤奋、奋勉的样子。

【译诗】

蟋　蟀

蟋蟀唧唧声绕梁，星移斗转又冬霜。
今时可乐须行乐，日月如梭难匿藏。
良士德高当奋勉，贪欢无度失安康。
有时毋忘思无日，福禄盈门永世昌。

【解读与评析】

关于本诗的主旨，古今诗释译注家多以为是岁末述怀劝勉之诗。《毛诗序》曰："《蟋蟀》，刺晋僖公也。俭不中礼，故作是诗以闵（悯）之，欲其及时以礼自虞（娱）乐也。此晋也，而谓之唐，本其风俗，忧深思远，俭而用礼，乃有尧之遗风焉。"朱熹《诗集传》："方燕乐而又遽相戒。"清人傅恒、孙嘉淦《诗义折中》："劝思也。"方玉润《诗经原始》以为是"唐人岁末述怀也"。马飞骧《诗经缵绎》以为是"劝勉之诗"。高亨《诗经今注》则认为：本诗是统治阶级"宣扬人生及时行乐的思想，但又自警不要享乐太过，以免自取灭亡"。李山《大邦之风》以为本诗是"思深忧远过年歌"。刘毓庆、李蹊以为本诗"是一首朋友之间劝诫及时行乐，又警惕不要过分享乐的歌"。

我认为，本诗是一首劝勉人们应懂得生活，珍惜光阴，可乐时须欢乐，但当思深忧远，勤劳奋勉，不要因贪欢无度而荒废正事的歌。

全诗三章二十四句，每章八句。它采用叠章叠句的技法，全诗各章中的第一、三、五、七句字、词无异，而各章中的第二、四、六、八句虽字、词有异，但意思相同。因此，三章的意思是完全相同的。诗各章细分为两层意思。前四句以写实写事的笔触感物伤时，叹时光易逝，时不我待，劝慰人们该享乐时要享乐。后四句则以写虚说理的笔触，告诫人们享乐要有节制而不要过度以致误了正事；要勤劳奋勉而不要嬉懈；要有忧患意识，莫到无时念有时。

先辨析前四句的内容。各章首句以"蟋蟀在堂"起兴，交代了具体时节是在岁暮冬季。古人常用候虫对气候变化的反应来表示时序更易，《豳风·七月》写道："五月斯螽动股，六月莎鸡振羽。七月在野，八月在宇，九月在户，十月蟋蟀入我床下。""九月在户，十月蟋蟀入我床下"与本诗"蟋蟀在堂"说的是同一时节。到了岁暮冬季，诗人感叹时光流逝，日月如梭，于是发出声声感慨：转眼就到了年终了！（"岁聿其莫。"）一年快要过完了！（"岁聿其逝。"）劳动的人们和服役的车马即将休闲了！（"役车其休。"）

诗各章的第一、二句既是写时节之实，也是写古代农耕社会，人们因季节气候变化而形成的春耕、夏播、秋收、冬藏的生产生活方式。冬季，"役车其休"，也是劳动者休闲的季节，就如今人所说的"猫冬"吧。

诗各章第一、二句"起兴"之后，立即以"赋"笔法进入主题，劝说人们要适应季节变化，顺应自然，莫让时光空流逝，该享受时要享受，该快乐时要快乐。诗中写道：我现在不享受些快乐，日月如梭不停留！（"今我不乐，日月其除"）我现在不享受些快乐，光阴流逝不回头！（"今我不乐，日月其迈"）我现在不享受些快乐，星移斗换奈若何！（"今我不乐，日月其慆"）

一个"除"字、一个"迈"字、一个"慆"字，突出了时光的飞速流逝，时不我待，因而使得"今我不乐"更有紧迫感。

再辨析后四句的内容。若只有前四句，此诗确有劝人及时行乐之嫌疑。而诗人在发出"今我不乐"，更待何时的感叹后，笔锋急转，写虚说理，告诫人们凡事都有度，享乐要有节制，而不要过度享乐以致误了正事；要勤劳奋勉而不要嬉懈；要有忧患意识，莫到无时念有时。诗人反复劝导人们：不要过度享乐，（"无已大康"）要有忧患意识，居安思危，（"职思其居""职思其外""职思其忧"）别因纵乐而荒废了正事，（"好乐无荒"）要勤劳奋勉，做一个高尚的贤良之士！（"良士瞿瞿""良士蹶蹶""良士休休"）

作为一首对人们行为规范进行劝诫的诗，"二诫"（"无已大康""好乐无荒"）、"三勉"（"良士瞿瞿""良士蹶蹶""良士休休"）是本诗的诗魂。它既包含着诗人宝贵的人生经验，也是对人们行为规范和社会责任意识的要求。而三个"思"字则是本诗的"诗眼"。诗人告诉人们，能否做到"二诫""三勉"，离不开一个"思"字：思深忧远，凡事多想想，想远一点，要想到今后可能出现的各种忧患，莫只顾眼前。

本诗作为一首劝诫诗，它蕴涵了中华文化的中庸精神和古代哲学中的辩证思想，具有积极的社会教化意义。因为此，诗释译注家们给予其极高的赞语。朱熹《诗集传》："唐俗勤俭，故其民间终岁劳苦，不敢少休。及其岁晚务闲之时，乃敢相与燕饮为乐。而言今蟋蟀在堂，而岁忽已晚矣，当此之时而不为乐，则日月将舍我而去矣。然其忧深而思远也。故方燕乐而又遽相戒曰,今虽不可以不为乐,然不已过于乐乎?盖亦顾念其职之所居者,使其虽好乐而无荒,若彼良士之长虑而却顾焉,则可以不至于危亡也。盖其民俗之厚,而前圣遗风之远如此。"傅恒、孙嘉淦《诗义折中》:"人情莫不好乐,然患太康而至于荒。荒则失业,将有忧矣;荒则失心,并不知其有忧矣。故治荒莫若思。思者,心之职也。思欲其详,又恐其杂,故贵慎也。思欲其深,又恐其远,故贵近也。欲近而慎,必先思居。居者,所处之位也。"方玉润《诗经原始》:"此真唐风也。其人素本勤俭,强作旷达,而又不敢过放其怀,恐耽逸乐,致荒本业。故方以日月之舍我而逝不复回者为乐不可缓,又更以职业之当修勿忘其本业者为志不可荒。"

　　世间的一切事与物都存在着两端。不论站在哪一端,必然会忽略另一端而造成顾此失彼。唯有悠游在两端之间,才可得到平衡、和谐与快乐。这正是《论语》中所言:"中庸之为德也,其至矣乎!"凡事都有度,凡事要恰到好处,不可过。本诗所劝导的"无已大康""好乐无荒",是古人生活智慧和人生经验的总结。若只"活在当下",今朝有酒今朝醉,及时行乐是万万要不得的。

山有枢

山有枢①,隰有榆②。
子有衣裳,弗曳弗娄③?
子有车马,弗驰弗驱④?
宛其死矣⑤,他人是愉⑥。

山有栲⑦，隰有杻⑧。
子有廷内⑨，弗洒弗埽⑩？
子有钟鼓，弗鼓弗考⑪？
宛其死矣，他人是保⑫。

山有漆⑬，隰有栗。
子有酒食，何不日鼓瑟？
且以喜乐，且以永日⑭。
宛其死矣，他人入室。

【词句注释】

①枢（ōu）：树名，即刺榆树。　②隰（xí）：低洼潮湿之地。榆：木名，榆树。　③弗：不，何不。曳（yè）：拖，扯。娄：借为"搂"，拉，提。古时裳长拖地，需要拖着或提着。　④驰：车马急走。驱：驱赶，策鞭。　⑤宛：宛然，自在貌。　⑥愉：快乐，享受，高兴。　⑦栲：树名，山樗（chū）。一种落叶乔木，木质坚硬，可做车的辐条等。　⑧杻：树名，即檍树（俗称菩提树）。　⑨廷：通"庭"，院子，庭院。内：指堂和室。　⑩埽：通"扫"。　⑪鼓：敲也，指敲钟。考：击，指击鼓。　⑫保：占有。　⑬漆：树名，漆树。　⑭永日：终日，整天。指终日行乐享受。

【译诗】

山有枢（三首）

一

山坡枢木秀，洼地满榆树。
虽有彩衣裳，何无闲信步？

深藏靡丽车,偏走羊肠路。
人死物难留,荣华休爱慕。
二
山坡栲树多,洼地成林圃。
虽有大庭房,为何荒院庑?
鸣钟能得欢,击鼓可驱苦。
人死物难留,资财终易主。
三
山坡漆树高,洼地栗林守。
进食味蕾甘,抚琴音韵厚。
得欢须尽欢,有酒当倾酒。
人死物难留,资财传不久。

【解读与评析】

关于本诗的主旨,古今诗释译注家存有分歧。《毛诗序》:"《山有枢》,刺晋昭公也。不能修道以正其国,有财不能用,有钟鼓不能以自乐,有朝廷不能洒扫,政荒民散,将以危亡,四邻谋取其国家而不知,国人作诗以刺之也。"朱熹《诗集传》:"盖亦答前篇(指《唐风·蟋蟀》——笔者注)之意而解其忧。"方玉润《诗经原始》:"《山有枢》,刺唐人俭不中礼也。""时君将亡,必望其急早修政,以收拾人心为主,岂有劝其及时行乐,自速死亡乎?"马飞骧《诗经缋绎》认为是"刺晋昭公之诗"。高亨《诗经今注》认为:"这首诗是贵族作品,作者劝告贵族们活一天就享乐一天,不要吝啬财物;否则,你死后,财物就被别人占有了。"刘毓庆、李蹊认为这是"一首没落贵族及时行乐的歌"。

我认为,本诗是《唐风·蟋蟀》的姊妹篇,其主旨是规劝人不要吝啬财物,要及时享乐,活在当下。而在规劝人及时享乐的内心深处,则是对未来日子不确定性的极度恐惧、担忧与悲伤。

全诗三章二十四句,每章八句。从诗中的"子有衣裳""子有车马""子有廷内""子有钟鼓""子有酒食"等句可知,此诗是对贵族所言。因为,在远古的周代社会,农奴、平民是不可能拥有这些生活物质的,只有贵族才有条件享有如此奢华的生活。

诗各章的"劝乐"主旨全在"弗"(何不)字的妙用。第一章劝行游玩之乐:你有漂亮的衣裳何不穿?你有华丽的车马何不乘?("子有衣裳,弗曳弗娄?子有车马,弗驰弗驱?")第二章劝行庭堂钟鼓之乐:你有宽敞的庭院房屋何不洒扫?你有钟鼓乐器何不击打鸣奏?("子有廷内,弗洒弗埽?子有钟鼓,弗鼓弗考。")第三章劝行燕饮之乐:你有美味的酒和肉何不每天鼓瑟痛饮?("子有酒食,何不日鼓瑟?")

诗作者唯恐"劝"得没有力度,没有效果,于是用"其死"与"他人"相互对照,看似说理,实则是用"激将法"进一步劝告:你不享受游玩之乐,你一旦死去了,终有别人替你享受。("宛其死矣,他人是愉。")你不享受庭堂钟鼓之乐,你一旦死去了,它终归为别人占有。("宛其死矣,他人是保。")你不享受燕饮之乐,你一旦死去了,终归有别人去入住逍遥。("宛其死矣,他人入室。")诗中的一个"宛"字,语调看似轻松随意,实则含有对未来日子的担忧,是对死亡的极度恐惧。

今人读此诗,既要看到它消极的一面,也可从中悟出世事变化无常的哲理。从消极面看,本诗表达了一种悲观颓废的情绪,由此成为后来许多忧生惜日、及时行乐诗之始祖。如《古诗十九首》:"生年不满百,常怀千岁忧;昼短苦夜长,何不秉烛游。""浩浩阴阳移,年命如朝露。人生忽如寄,寿无金石固。万岁相更迭,贤圣莫能度。服食求神仙,多为药所误。不如饮美酒,被服纨与素。"宋代朱敦儒的《西江月》:"日日深杯酒满,朝朝小圃花开。自歌自舞自开怀,且喜无拘无碍。" 青史几番春梦,黄泉多少奇才。不须计较与安排,领取而今现在。"等等,即承此诗之意。从积极面看,本诗道出了世间万事皆变化无常的哲理。正如方玉润评此诗所说:"富贵无常,子孙易败,转瞬之间,徒为人有。"

壬寅二月下旬,我与友人游江南第一名园苏州拙政园时,有感于拙政园数易其主,写了一首《游拙政园得句》:"踏步青尘往返频,遐思迩想究成因。今人莫笑古人拙,新景不输旧景珍。失意归田无俸禄,栽蔬筑室养精神。侯门资业常移主,稀世名园终属民。""金玉满堂,莫之能守",侯门资业常移主,确是眼见的事实与不变的真理。

老子《道德经》有言:"道,可道,非常道。"人生在世,享乐奢侈也好,节俭吝啬也罢,只要适时适宜,适度不过,便是对的。

扬之水

扬之水①,白石凿凿②。
素衣朱襮③,从子于沃④。
既见君子⑤,云何不乐⑥?

扬之水,白石皓皓⑦。
素衣朱绣⑧,从子于鹄⑨。
既见君子,云何其忧⑩?

扬之水,白石粼粼⑪。

唐　风

我闻有命^⑫，不敢以告人。

【词句注释】

①扬：飞扬，扬起。此处有水流扬波之意。　②凿凿：鲜明貌。一说形容石头高低不平之状。　③素衣：白色的衣。朱襮(bó)：绣有红色花纹的衣领，或说衣袖。　④从：随从，跟随。于：到。沃：曲沃，地名，晋国的一座大城邑。在今山西闻喜县。　⑤既：已。君子：指曲沃的封臣桓叔。　⑥云何：如何。云，语助词。　⑦皓皓：洁白貌。　⑧朱绣：红色的刺绣。　⑨鹄(hú)：地名，曲沃的城邑。　⑩其忧：有忧。　⑪粼粼：清澈貌。形容水清石净，水中见石状。　⑫命：命令，政令。

【译诗】

扬之水

涧水清清似有情，潺潺不息笑相迎。
素衣沾露舒心觯，朱绣含香怀袖盈。
白石粼粼如皓玉，沃鹄昌盛有贤声。
见知君子虽为乐，闻令难能向世鸣。

【解读与评析】

关于本诗的主旨，古今诗释译注家多有分歧。《毛诗序》："《扬之水》，刺晋昭公也。昭公分国以封沃，沃盛强，昭公微弱，国人将判而归沃焉。"朱熹《诗集传》："晋昭侯封其叔父成师于曲沃，是为桓叔。其后沃盛强而晋微弱，国人将叛而归之，故作此诗。"方玉润《诗经原始》："讽昭公以备曲沃也。"马飞骧《诗经缱绻》以为是"讽昭公以备曲沃之诗"。高亨《诗经今注》认为："这首诗作者是昭侯一系的贵族，他到曲沃去，投靠桓叔一系，作这首诗表示对桓叔一系的忠诚。"程俊英《诗经译注》认为"这是一首揭发、告密晋大夫潘父和曲沃桓叔勾结搞政变阴谋的诗"。刘毓庆、李蹊认为"这是一首女子践约之歌"。此外，还有人认为本诗是一位妇女思念丈夫，怀念征夫的诗。

我认为，本诗是一首记述晋人将叛昭侯而归附曲沃桓叔时喜乐无忧但又不敢示之于世的诗作。

《毛诗序》与朱熹《诗集传》对于本诗创作背景交代得很明白清楚，且有史料为据，当是可信的。司马迁《史记·晋世家》载：周平王二十六年（公元前745年，即昭侯元年），晋昭侯封他的叔父成师于曲沃，号为桓叔。曲沃在当时是晋国的大邑，面积比晋都翼城（今山西翼城南）还要大。再加上桓叔好施德，颇得民心，势力逐渐强大，晋国之众都归附于桓叔。过了七年，即周平王三十三年（公元前738年），晋大臣潘父杀死了晋昭侯，而欲迎立桓叔。当桓叔想入晋都时，晋人发兵进攻桓叔。桓叔抵挡不住，只得败退回曲沃。晋人拥立昭侯之子平为君，并诛杀了潘父。

作者有感于当时的这场政治斗争，于是写了这首诗以记其事。本诗三章十六句，第一、二章各六句，第三章四句。诗各章首句以"扬之水"起兴，以之比晋衰弱而沃强盛。小河之水缓缓地流淌，流经水底的白石，清澈见底，映出粼粼的波纹。喻示"沃""鹄"是一个平静安详、清明洁净，令晋人向往的地方，他们从中看到了桓叔的"好德"和作为。在这样一个背景下，一群晋人身着白衣红领，准备在曲沃起事，追随未来之主。他们幻想着事成之后，将会成为身着"素衣朱襮""素衣朱绣"的诸侯。他们幻想着事成之后，见到"君子"桓叔，将会喜乐无忧。诗第一、二章的中"素衣朱襮""素衣朱绣"是指诸侯的衣服；"既见君子，云何不乐？""既见君子，云何其忧？"句，则表达了晋人对起事成功的自信和对未来的憧憬，有一种"遇贤人则为交游之位若亲接膝而语"的喜悦。

第三章记述了晋人准备起事,背叛昭侯而追随桓叔时的矛盾心理。虽然昭侯不能修道正国而致晋国衰弱,但他毕竟是承袭正统的侯王;桓叔虽"好德"而使其封地曲沃日渐强盛,但他毕竟是由昭侯赐封的。即便以今人的眼光来看,追随贤能之人虽是一件很正当的事,但所采用的手段也应该是合法而不能违法,符合程序而不能违规的。何况古代人更讲究的是"名正言顺",以下犯上、叛逆篡位终是一种背道不光彩的事。于是,准备起事之人心理十分矛盾,他们担心事情败露,害怕谋事不成祸害自身。诗末尾两句"我闻有命,不敢以告人"。正是这种矛盾心理的反映:我接到了起事的命令,但不敢轻易告诉他人。司马迁《史记·晋世家》中所记载的史实也说明"我闻有命,不敢以告人"并非多余没有道理。后来的结果是,晋大臣潘父率众起事,杀其君昭侯而迎曲沃桓叔后,桓叔欲入晋,而晋人发兵攻桓叔。最终桓叔败,只得退回曲沃。晋人共立昭侯之子平为君王,并诛杀了潘父。

此诗一唱三叹,反复歌咏着扬之水,以色彩对比、情感对比的艺术手法,生发出吸引人的种种悬念。"白石凿凿(皓皓、粼粼)"与下文的"素衣朱襮(绣)"在颜色上亦产生既是贯连又是对比的绝妙效果,十分醒目。而"云何不乐""云何其忧"又与"不敢以告人"形成强烈的情感对比,虽可乐但不敢乐,似无忧却有忧,使读者始终有一种紧张和担忧的心情。

椒　聊

椒聊之实[①],蕃衍盈升[②]。

彼其之子③，硕大无朋④。
椒聊且⑤，远条且⑥。

椒聊之实，蕃衍盈匊⑦。
彼其之子，硕大且笃⑧。
椒聊且，远条且。

【词句注释】

①椒聊：花椒，又名山椒。形似茱萸，有刺，其实味香烈，能作调料。花椒多子成串，古人以喻多子。　②蕃衍：繁多，生长众多。盈：满。升：量器名。"蕃衍盈升"：花椒籽粒多，可整升整升地收获。　③彼其之子：她那个人。子，一说儿子。　④硕大：指身体高大健壮。此处有容貌姣好之意。无朋：无比。　⑤且（jū）：语尾助词，犹"哉"。　⑥远条：长的枝条。此指花椒的香气远飘。　⑦匊（jū）：通"掬"，两手合捧为"掬"。"蕃衍盈匊"：花椒结籽多得用双手捧。　⑧笃：忠实专一，忠诚厚道。

【译诗】

椒　聊

椒林幽秀满川岗，籽粒充盈多且芳。
淑女温纯姣又壮，宜孙宜子赛椒昌。

【解读与评析】

关于本诗的主旨，由于没有任何有力的内证说明其本义，也无有关史料可以为据，古今诗释译注家歧论颇大，仁智互见。《毛诗序》云："《椒聊》，刺晋昭公也。君子见沃之盛强，能修其政，知其蕃衍盛大，子孙将有晋国焉。"方玉润《诗经原始》认为："此诗为沃盛晋弱而发无疑。"而一向好作主旨解读的朱熹在《诗集传》中并未论及本诗的主旨，并在其《诗序辨说》中认为："此诗未见其必为沃而作也。"闻一多《风诗类钞》认为是"欣妇人之宜子也"。马飞骧《诗经缋绎》认为是"忧沃盛而晋微之诗"。高亨《诗经今注》认为："这首诗是赞美一个男子。"刘毓庆、李蹊认为"这是一首女子采椒之歌"。此外，还有祈子求福、情诗恋歌、美稼者、贺歌等诸论。

对于既无有关史料可以为据，又没有任何有力的内证说明其本义的《椒聊》，欲知晓其主旨，还得从"诗眼"处入手。本诗的"诗眼"是"椒聊"，即花椒。花椒树属灌木类，长得并不高大，果实虽小但繁多密实，每到秋天收获季节，红艳艳的果实挂满枝头，煞是好看！华夏文化中历来有用植物喻人丁旺盛、子孙满堂的习俗，如以石榴喻多子多孙，婚嫁喜庆时以送红枣祝新人早生贵子，等等。本诗以"椒聊之实"起兴，用以喻示主人公多子多孙、宜子宜孙，也是很恰当的。

与诗眼"椒聊"紧紧相关联的是"彼其之子"句。《诗经》国风篇多首诗中有"彼其之子"句，如《王风·扬之水》中的"彼其之子，不与我戍申"，《郑风·羔裘》中的"彼其之子，舍命不渝"，《魏风·汾沮洳》中的"彼其之子，美无度"等，所指都是人，或女子，或男子。其中，《王风·扬之水》中的"彼其之子"是指女子，是一位远戍他乡的士卒对妻子的思念之词；而《郑风·羔裘》和《魏风·汾沮洳》中的"彼其之子"则是指男子，是对身份显赫男子的赞美之辞。从《唐风·椒聊》中"彼其之子"的上下文连贯内容看，"之子"应是指女子。

此外，对此诗中"硕大无朋"句的不同解读也会关系到对本诗主旨的理解。"硕大"的本意是高大、肥大，也有丰硕、丰盈之意。在古今诸多文学作品中，"硕大无朋"多用来形容身材高大壮硕的男子。但用来形容女子身材丰盈、丰满也很形象。故东汉人郑玄笺注"毛诗"时说:"硕谓状貌姣好也,大谓德美广博也。"宋人王质《诗总闻》说:"西北妇人,大率以厚重为美,东南妇人以轻盈为美。故美女多归燕赵。此称硕大者,盖其风俗也。"因为女子身材丰盈健壮,生命力旺盛,生育能力强,故子孙能像花椒树的果实一样,"蕃衍盈升""蕃衍盈匊"。在远古的农耕社会,生产力水平低下,耕种技术很不发达,自然人是最重要的社会生产力,人丁多且健壮就意味着有较强的生产力。对身材丰盈健壮、生命力旺盛、生育能力强、宜子宜孙的女子的赞美,也是合乎当时社会价值取向和社会生活逻辑的。

解析至此便可以得出结论,本诗是一首对身材丰盈、宜子宜孙的采椒女子的赞美之诗。

全诗两章十二句,每章六句。各章前四句以写实的手法,抒写景物之美。粗大虬曲的花椒树,枝叶繁茂,碧绿的枝头,结着一串串鲜红的花椒子,阵阵清香,随风飘动,长势喜人,丰收在望,采摘下来,足有满满的一升。接着,以此为铺垫,以椒喻人,喻指那个身材丰满健美的女子,因生育能力强,生命力旺盛,子孙像花椒树上结满的果实那样众多。比喻新奇、妥帖,增强了诗歌的表现力和感染力。

各章后两句以赞美抒情的技法又回到了对花椒的抒写上,但已不同于前两句的单纯起兴,而是人椒互化,赞美花椒籽粒芳香四溢,飘向远方。它与前四句前后呼应,对人物的赞美进一步深化,含蕴隽永,有余音袅袅之感。

此诗两章,叠章叠句,第二章几乎是第一章的再现,只是调换了四个字,即"蕃衍盈升(盈匊)""硕大无朋(且笃)"。这种复沓的修辞手法,通过对某种事物的反复吟诵,收到了一唱三叹、情意深致的艺术效果。

唐　风

绸　缪

绸缪束薪①，三星在天②。
今夕何夕，见此良人③。
子兮子兮④，如此良人何？

绸缪束刍⑤，三星在隅⑥。
今夕何夕，见此邂逅⑦。
子兮子兮，如此邂逅何？

绸缪束楚⑧，三星在户⑨。
今夕何夕，见此粲者⑩。
子兮子兮，如此粲者何？

【词句注释】

①绸缪（chóumóu）：缠绕，捆束。犹缠绵也。束薪：捆扎的柴草，喻夫妻同心，情意缠绵。此处"束薪"与后文的"束刍""束楚"有燃薪、燃草照明之意。　②三星：星宿名，二十八宿之一。　③良人：好人。古代女子称丈夫为良人。此处指新郎。④子兮（xī）：你呀。子，代指新郎。　⑤刍（chú）：喂牲口的青草。　⑥隅（yú）：角。此处指天之一角。首章"在天"，二章"在隅"，三章"在户"，即指星宿参星在天空中所处位置，以表示时间推移变化。　⑦邂逅（xièhòu）：不期而会。此处引申为男女和合爱悦之貌。　⑧楚：荆条。　⑨户：窗户。　⑩粲（càn）

者：漂亮的人，此处指新娘。

【译词】

鹧鸪天·绸缪

薪火熊熊夺目燃，三星闪烁照高天。西窗朗夕春心醉，金屋新人情惓牵。　　深厚意，并头莲，良宵邂逅伴云眠。浓香斜鬓娇娆态，笑说阿郎爱玉颜。

【解读与评析】

关于本诗的主旨，古今诗释译注家说法不一。《毛诗序》："《绸缪》，刺晋乱也。国乱则婚姻不得其时焉。"朱熹《诗集传》："国乱民贫，男女有失其时，而后得遂其婚姻之礼者。"方玉润《诗经原始》："贺新昏也。"马飞骧《诗经缵绎》以为是"忧贫之诗"。高亨《诗经今注》："这首诗写一对相爱的男女夜间相会的情景。"刘毓庆、李蹊以为"这是一首新婚之夜闹新房之歌"。

本诗是以第三人称口吻所写，诗眼为各章首句"绸缪束薪（刍、楚）"。束薪、束刍、束楚，本意是指捆扎的柴草。《诗经·国风》多首关于男女婚事的诗篇中常言及"薪"，如《王风·扬之水》和《郑风·扬之水》中的"扬之水，不流束薪"，《周南·汉广》中的"翘翘错薪"，《齐风·南山》中的"析薪如之何"等句，所表现的诗的主旨都是男女婚恋之事，《唐风·绸缪》"绸缪束薪"当是如此。此外，由于诗中所写的是夜晚之事，故"束薪""束刍""束楚"有燃薪、燃草照明之意。

与本诗诗眼紧密相关联的还有"良人""邂逅""粲者"等词。良人，原意指好人。而在古代，"良人"是女子对丈夫的称呼。《诗经》中有多首诗用此称谓，如《秦风·小戎》"厌厌良人，秩秩德音"，《大雅·桑柔》"维此良人，作为式谷"。"邂逅"，原意是指不期而遇或偶然相遇,引申为表现欢悦的神态。粲,本意是鲜明、美。"粲者",美人也,此处即指新媳妇。连贯以上内容便知,本诗是一首贺新婚时闹新房唱的歌。诗人借洞房花烛夜的欢愉之情,表达出了男女之间非常温馨、甜蜜的情爱。

全诗三章,每章六句。诗各章前两句是起兴,点明了婚事及婚礼场景和闹洞房的时间。三章"在天""在隅""在户"是以三星移动依序表示时间推移:从月亮初升的黄昏,到月亮移动到正东方,再到朗月临窗,已是夜半时分。

诗各章的第三、四句"今夕何夕,见此良人(邂逅、粲者)",是诗人闹洞房时对所见良辰美景的赞美之词,也是对新人的恭维之词:这是一个怎样的夜晚哟,英俊的新郎迎娶了美丽的新娘!可谓:西窗朗夕春心醉,金屋新人情愫牵。

诗各章的后两句,诗人以玩笑的口吻来调侃新郎:"子兮子兮,如此良人何?""子兮子兮,如此邂逅何?""子兮子兮,如此粲者何?":新郎啊新郎,良宵一刻值千金,你将会如何亲昵你这美丽的新娘?如今的农村习俗,新婚闹洞房时,客人可调侃新郎官,而万万不可调侃新娘子的。本诗也反映了远古周代社会的婚事习俗,并延续至今。

诗人以平淡之语,写常见之事,抒普通之情,却使人感到神情逼真,似乎身临其境,感受到闹新房的欢乐气氛,见到了无法用语言形容的美丽的新娘,以及陶醉于幸福之中几至忘乎所以的新郎。全诗用词风趣含蓄却饱含深意,语言平淡俏皮却有无限情景,极具生活气息,对后世的情爱之诗影响颇大。如杜甫《赠卫八处士》的"今夕复何夕,共此灯烛光";元稹《江陵三梦》的"今夕亦何夕,梦君相见时";汪元量《夷山醉歌》的"美人纵复横,今夕复何夕"等,都深得此诗之奥妙。

杕　杜

有杕之杜①，其叶湑湑②。
独行踽踽③。岂无他人？不如我同父④。
嗟行之人⑤，胡不比焉⑥？
人无兄弟，胡不佽焉⑦？

有杕之杜，其叶菁菁⑧。
独行睘睘⑨。岂无他人？不如我同姓⑩。
嗟行之人，胡不比焉？
人无兄弟，胡不佽焉？

【词句注释】

①杕（dì）：树木独特、孤独貌。有杕：即"杕杕"，孤立生长貌。杜：木名，即棠梨树，又称棠杜。　②湑湑（xǔxǔ）：形容树叶繁茂。　③踽踽（jǔjǔ）：单身独行、孤独凄凉的样子。　④同父：指同胞兄弟。　⑤嗟：悲叹声。行之人：道上行路之人。　⑥比：亲近。　⑦佽（cì）：资助，帮助，帮扶。　⑧菁菁（jīngjīng）：树叶茂盛状。　⑨睘睘（qióngqióng）：同"茕茕"，形影相吊、孤独无依的样子。　⑩同姓：同族兄弟，亦谓兄弟。

【译诗】

杕　杜

桥边历历棠梨树，枝叶菁菁难细数。

唐 风

雨住风停曲径幽，朝来暮去行人踽。
无兄无弟只身单，有疾有忧千味苦。
望断天涯前路艰，吞声叹息谁来抚？

【解读与评析】

关于本诗的主旨，《毛诗序》谓："《杕杜》，刺时也。君不能亲其宗族，骨肉离散，独居而无兄弟，将为沃所并尔。"朱熹《诗集传》谓此为"无兄弟者自伤其孤特而求助于人之辞"。季本《诗说解颐》："此诗之意，欲人厚于兄弟而笃亲亲之恩。"方玉润《诗经原始》与今人马飞骧《诗经缋绎》以为是"自伤兄弟失好无助之诗"。高亨《诗经今注》以为是"一个孤独无靠的人，处境穷困，希望得到别人的援助"而唱出的诗。刘毓庆、李蹊以为这是"一首独生子慨叹孤立无援的诗"。

本诗用词质朴，平白如话。诗中的"独""踽""睘""无""不佽"等字、词，便是本诗的诗眼。细读之，对其主旨是不应有歧义理解的。它明白无误地告诉读者，它是一首无兄无弟、孤单寂寞、孤独无靠者慨叹无人能提供帮助的心灵感受之辞。

全诗二章，每章九句，运用了《诗经》的赋、比、兴的全部技法。二章内容除用韵需要更换"湑湑"—"菁菁""踽踽"—"睘睘""父"—"姓"等五个字外，复沓叠章，内容完全相同。各章首句以孤立生长、枝叶繁茂的赤棠树（"有杕之杜，其叶湑湑""有杕之杜，其叶菁菁"）起兴，继而以无兄无弟、孤单独行（"独行踽踽""独行睘睘"）为比，最后以无人能给予照顾、帮助（"胡不比焉""胡不佽焉"）为赋，诉说了主人公举目无亲、孤立无依、毫无慰藉的凄惨，令人顿生"人不如树"的凄凉感。

华夏文化特别注重血缘亲情，故有以兄弟喻夫妻和合者，以手足比兄弟，更有用"打断骨头连着筋"喻兄弟之情的。在以家庭为

415

最基本社会单元的古代，如果一个人没有兄弟，在社会生存中孤立无援，处于弱势，甚至会受人欺负。这种现象，一直延续至封建社会解体为止，因而有了"打虎亲兄弟，上阵父子兵""兄弟同心，其利断金"之论。当你在遇到危难之时，没有什么比兄弟更可靠的，没有什么比父亲更值得信任的，而你也定是他们最信任的那个人。这是血浓于水的亲情！

亲情可贵！诗中两个"嗟"字，是无奈，也是叹息；四个"胡"字，是自问，也是期盼与呼唤。主人公既是慨叹自己无兄无弟，又是期盼与呼唤兄弟亲情！

羔 裘

羔裘豹祛①，自我人居居②！
岂无他人？维子之故③。

羔裘豹褎④，自我人究究⑤！
岂无他人？维子之好⑥。

【词句注释】

①羔裘：羊皮袄。羔，羊之小者。豹祛（qū）：镶着豹皮的袖口。祛：袖口。　②自：对于，对待。我人：我等人，我自己。居居（jūjū）：同"倨倨"，傲慢无礼、旁若无人貌。　③维：惟，只有。子：你。此处指女子的丈夫。之故：旧情，故友，老交情。此处指夫妻恩爱之情。　④褎（xiù）：与"祛"同义，衣袖口。　⑤究究：态度傲慢、倨倨，不可亲近的样子。　⑥之好：与上文

"之故"同义。

【译诗】

羔 裘

身着羔裘神态舒,双睛斜视冷看余。
曾经恩爱君须记,莫让他人牵豹袪。

【解读与评析】

本诗二章八句三十四字,每章仅四句十七字。诗虽短,但对其主旨的解读,古今诗释译注家却歧义颇大。主要有三种。一是刺为官者不恤民情说。《毛诗序》说:"《羔裘》,刺时也,晋人刺其在位不恤其民也。"宋人戴溪《续吕氏家塾读诗记》:"刺大夫不恤其民也。"清人方玉润《诗经原始》:"刺在位不能恤民也。"马飞骧《诗经缵绎》认为是"刺在位不能恤其民之诗"。

二是刺达者不念贫贱之交说。宋人王质《诗总闻》:"此朋友切责之辞。"清人牟庭《诗切》:"刺大官不念贫贱交也。"今人高亨《诗经今注》说:"作者和一位贵族原是好朋友,但是由于他的地位卑贱、处境贫困,贵族看不起他了。他作这首诗,讽刺贵族。"

三是劝达者莫忘夫妻恩爱旧情说。刘毓庆、李蹊认为"这是夫妻或情人斗气的诗"。"这位男子地位提高了,所以就对情人或他的妻子开始傲慢起来。妻子或姑娘向他声明:世界上难道再没人了?我非恋你不行?"凡以上种种解读,都无据可考,故朱熹《诗集传》也说:"此诗不知所谓,不敢强解。"

此诗字少言简,其创作背景又无据可查,欲晓其主旨,只能从其中的关键字、词、句,即本诗的"诗眼"在《诗经·国风》其他众多诗篇中所承载的含义入手,去解析其在本诗中的含义。本诗的诗眼,即关键字是"子",与之相关联的关键句则是"维子之故

(好)"。在《诗经·国风》的多首诗作中都用到"子",而且"子"的不同组词具有不同的含义。"之子"一般是指女子、姑娘。如《周南·汉广》《周南·桃夭》《召南·鹊巢》《召南·江有汜》《邶风·燕燕》等诗篇中的"之子(于)归"句,都是言女子出嫁之事。而"君子"多是妻子对丈夫的爱称,或指品德高尚之男子。如《周南·樛木》中的"乐只君子",是指好德之士;《周南·汝坟》中的"未见君子,惄如调饥"句,《召南·草虫》中的"未见君子,忧心忡忡"句,《召南·殷其雷》中的"振振君子,归哉归哉"句,《王风·君子于役》中的"君子于役,如之何勿思"句等,都是夫妻离别后女子对丈夫思念时的称呼。《卫风·淇奥》中的"有匪君子,如切如磋,如琢如磨"句,则是女子对所钟情男子的爱称。

由上引据可以得出结论,《羔裘》"维子之故"中的"子",当是女子对其丈夫的称呼。那么,她以"子"称丈夫时,是爱称呢?还是怨恨或有不满之意呢?在解析《郑风·狡童》时已知,其中也有"维子之故"句。

因为《郑风·狡童》是一首因夫妻闹别扭,妻子遭到丈夫冷落对待时所写的怨诉之诗,"维子之故"中"子"是妻子对丈夫的怨恨之称。由此也可以认为,《羔裘》"维子之故"中的"子",也是一位女子对其丈夫的怨恨之称。

根据以上解析,我认为,《羔裘》是一位女子对丈夫腾达富贵后而得意傲慢,对其冷落时所写的规劝之辞。

诗各章的开头两句,从一个为官志得意满之人的衣饰和待人的傲慢态度写起,"羔裘豹袪,自我人居居",活画出那个穿着羔羊皮袄豹袖的达者,恃权傲物、趾高气扬、目无他物、傲慢无礼、冷落糟糠之妻的神情,讽刺了达者在华丽衣饰下所掩藏的虚伪、浅薄的德行。

诗的末尾两句表现女子不甘受冷落、被歧视的抗争精神，体现了西周社会后期人类理性精神发展的结果。"岂无他人？维子之故。"——难道这世上就没有了别的男子？只是因为我考虑到我俩往日的夫妻恩爱情罢了。这似乎在说：世上到处有森林，我难道会在一棵歪脖子树上吊死不成？

全诗脉络清晰，运用反复吟咏、反复唱叹、回环往复的手法，极具韵味，令人深思。

从孔子编《诗》及随后而来的历代儒学家注疏《诗经》所承载的诗教使命看，从诗的主旨延伸诠释《唐风·羔裘》一诗的教义，它承载着中华文化所包含的"贫贱之交不可忘，糟糠之妻不下堂"和"达者兼济天下"的道德精神。

万物为刍狗，人性本凉薄。贵易交，富易妻，趋利避害，似乎也是人的本能，但却是一种背弃道义的人性。当你贫贱、穷困潦倒之时，若仍有人愿意与你交朋友，愿意帮助你，仍爱着你，陪你吃糠咽菜，甘愿与你共患难，与你真心相交，那是人生之幸事。这样的人，定是品德高尚之士。无论你后来多么富贵腾达，对这样的朋友，对这样的妻子，应时时怀着感恩的心，万万不可忘、不可"易"、不可疏远他（她）。达者，为官者，更是应该时时刻刻体察民情、体恤百姓，而不能是"居居"视人，"究究"待人。否则，老百姓遇到他，定会退避三舍、疏而远之的。

鸨 羽

肃肃鸨羽①，集于苞栩②。
王事靡盬③，不能艺稷黍④。父母何怙⑤？

诗经国风赏析

悠悠苍天⑥！曷其有所⑦？

肃肃鸨翼，集于苞棘⑧。
王事靡盬，不能艺黍稷。父母何食？
悠悠苍天！曷其有极⑨？

肃肃鸨行⑩，集于苞桑。
王事靡盬，不能艺稻粱。父母何尝⑪？
悠悠苍天！曷其有常⑫？

【词句注释】

①"肃肃"是象声词，犹言"扑棱扑棱""扑噜噜"，形容鸟翅膀扇动的响声。鸨（bǎo）：鸟名，体比雁略大，群居水草地区，脚善健走，不善栖木。 ②集：栖落。苞栩：丛密的柞树。苞，草木丛生。栩，栎树，一名柞树。 ③王事：政事，此处指征役。靡：无，没有。盬（gǔ）：休止。 ④艺（yì）：种植。稷：高粱。黍：黍子，黄米。 ⑤怙（hù）：依靠，依仗。 ⑥悠悠：此处有遥遥、茫茫之意。 ⑦曷（hé）：何日、何时、为什么。所：本义为"处所，住所"，此处衍义为"此、这、这种情况、这种状态"。 ⑧棘：酸枣树，落叶灌木，实较枣小，供药用。苞棘：丛生的酸枣树。 ⑨极：终了，尽头。 ⑩行：趋、飞行。一说翅根，引申为鸟翅。"肃肃鸨行"：鸟飞动发出扑棱的响声。 ⑪尝：本义是指以口体验滋味。此处引申为食、吃。 ⑫常：正常的生活。

【译诗】

鸨　羽

游禽扑棱落棘桑，振羽摇形见者慌。

唐　风

黎庶劬劳无定数，王侯征役总靡常。
家中田地多衰草，父母盆缸少稻粱。
我盼归乡何日到，声声长叹昊天伤。

【解读与评析】

关于本诗的主旨与创作背景，古今诗释译注家多以为是黎民百姓对繁重徭役的抗议的怨愤之诗。但在具体文字表达时却各有所论。《毛诗序》："《鸨羽》，刺时也。昭公之后，大乱五世，君子下从征役，不得养其父母，而作是诗也。"朱熹《诗集传》："民从征役而不得养其父母，故作此诗。"宋人李樗《毛诗集解》："孝子不得奉养父母，故其诗哀以思也。"方玉润《诗经原始》："刺征役苦民也""始则痛居处之无定，继则念征役之何极，终则恨旧乐之难复。民情至此，咨怨极矣。"高亨《诗经今注》认为："劳动人民长期在外为统治者担任徭役，唱出这首诗，抒发他们的痛苦心情。"马飞骧《诗经缛绎》以为是"刺征役苦民之诗"。刘毓庆、李蹊认为"这是一首服役者的悲愤之诗"。

我认为，本诗是一首服徭役者的怨愤之诗。他在长期艰难且没完没了的徭役生活中，想到家中的田地无人耕种，父母无人照料，甚至没有吃喝，因此焦虑不安，但又无可奈何。他不知这样的苦日子何日能结束，不知何日能回到父母身边尽孝。因而他发出呼天怨地的喊声，无助地呼喊着茫茫苍天，以表达对繁重徭役的抗议。

全诗三章二十一句，每章七句。各章包含四层意思。

一是言农民被逼当征夫、服徭役的苦楚和恐慌。各章首句以"肃肃鸨羽（翼、行）"起兴，突出的是主人公的迫不得已的无奈。"鸨"，鸟名，体比雁略大，似雁非雁。据说，此鸟有一个特点，只有前边的爪，没有其他鸟类常见的后爪。没有后爪就不易抓住树干。所以"鸨"这种鸟只善用脚行走，不善栖息在树上。它一旦飞落在树枝上,因没有后爪而抓不稳树枝,站立时自然是颤颤巍巍地很艰难,心里有恐慌是可想而知的。"肃肃鸨羽(翼、行),集于苞栩(棘、行)"所表现的正是这样一副扑棱扇动翅膀的难堪相!诗人以此来比喻农民被逼当征夫、服徭役的苦楚是十分恰当的!

二是言官家徭役无休无止而使田地荒芜,农事荒废。"王事靡盬,不能艺稷黍(黍稷、稻粱)""艺",种植的意思,稷黍稻粱泛指粮食作物。田地没人耕种,何来稷黍稻粱呢?而导致这种状况的原因在于"王事靡盬"。"王事",即政事、官家之事,此处指征役。"靡盬"指没有停息,无休止。官家没完没了地征役,农民没有喘息的时间,田地不荒芜才怪呢?

三是忧父母衣食无依无靠。"父母何怙(食、尝)"句是第二层意思的延伸。因官家无休止的征役而使作者不能耕种田地,家中盆缸无稻粱,父母靠什么过日子呢?为儿的能不担忧揪心吗?

四是怨愤、控诉与抗议。田地荒芜、盆缸无粮,父母无靠,其罪孽全缘于"王事"。而对于这一切,作者却无力去改变它,也不知何时能回到父母身边。他只能无可奈何地发出:苍茫幽远的老天爷呀,我何时才能返回我的家乡?("悠悠苍天!曷其有所?")苍茫幽远的老天爷呀,这繁重的劳役何日能收场?("悠悠苍天!曷其有极?")苍茫幽远的老天爷呀,这苦命的日子何时能恢复正常?("悠悠苍天!曷其有所常?")

全诗叠章叠句,结构严谨,极具逻辑性,重沓反复咏叹,表达了诗人无以复加的怨愤之情。前人在评注本诗时,对其艺术性给予很高的评价。清人陈继揆《读诗臆评》:"一呼父母,再呼苍天,愈质愈悲。读之令人酸痛摧肝。"牛运震《诗志》:"音节妙,顿挫悲壮。"方玉润《诗经原始》:"不得养亲,同此呼天吁地。人不伤心,何烦泣诉?""养生送死之无望,仰事俯育之难酬,民又何乐此邦而不他适?""民情至此,咨怨极矣。"

细读《鸨羽》,可从中悟出人生责任之理。人在世间,作为自然之人与社会之人的统一体,他(她)需有"三心",即忠心、孝心、爱心;需承担三种责任,即为国尽忠,为父母尽孝,为儿女尽爱。三者全备,才是至善至美的理想生活。而《鸨羽》主人公因"王事",而致"养生送死之无望,仰事俯育之难酬",能不"呼天吁地""咨怨极矣"吗?他心中的苦楚是难以言状的。

无 衣

岂曰无衣?七兮①。
不如子之衣②,安且吉兮③。

岂曰无衣?六兮④。
不如子之衣,安且燠兮⑤。

【词句注释】

①七:指七件(套)衣。此处为虚数,非实指,言衣之多。②子:第二人称的尊称、敬称,指赠衣之人。子之衣:你赠送的衣服。 ③安:舒适。吉:美,好。 ④六:指六件(套)衣。与"七"同义,为虚数,非实指,言衣之多。 ⑤燠(yù):暖热,温暖。

【译诗】

无　衣

心诚赠物厚，情意浓如酒。
拜受御寒衣，吟诗谢挚友。

【解读与评析】

关于本诗的主旨与创作背景，古今诗释译注家有较大分歧。《毛诗序》："《无衣》，美晋武公也。武公始并晋国，其大夫为之请命乎天子之使，而作是诗也。"朱熹《诗集传》："《史记》：曲沃，桓叔之孙武公，伐晋灭之，尽以其宝器赂周釐王。王以武公为晋君。列于诸侯。此诗盖述其请命之意。"方玉润《诗经原始》："代武公请命于王也。"闻一多《风诗类钞》："此感旧或伤逝之诗。"高亨《诗经今注》认为："有人赏赐或赠送作者一件衣服，作者作这首诗表示感谢。"马飞骧《诗经缵绎》以为是"伤周衰之诗"。刘毓庆、李蹊认为"这是一首答谢赠衣之诗"。由于本诗字少句简，无据可凭，这对理解本诗的主旨带来很大的难度。

全诗两章八句，各章四句，字句大体相同，两章中仅变动两个字："七"易为"六"；"吉"易为"燠"。各章包含两层意思：第一、二句"岂曰无衣？七（六）兮"为客气推托之语。"岂曰无衣？"看似反问，实则是谦辞，是陈述语。如若将其理解为诘问、反问，就不合情理了。哪有朋友送来礼物时，却去反问人家之情理呢？"七"和"六"看似数词，实为虚数，非实指，言衣之多。"岂曰无衣？七（六）兮。"其意是："我也有好多衣服呢。"

各章第三、四句"不如子之衣，安且吉（燠）兮"是对朋友的感谢之言。亲朋或好友送来衣服，推托过后便夸赞人家赠送的衣服是如何如何好，以表达对朋友深情厚意的感谢之情："我（家）

的衣服远不如你的好,你的衣服穿着舒适又暖和。"

在现实生活中,我们也会见到这样一种情况,亲朋好友送来礼物,不论礼物贵重与否,接受礼物的一方总会先推托一下:"我家也有呢,你不该这么客气的。"然后又会把亲朋好友送来的礼物夸赞一番,接着说一通感谢的话:"你这个真好,比我的好多了。谢谢!谢谢!"少有不推托不感谢,坦然接受人家礼物的。《唐风·无衣》所表现的正是周代社会亲朋好友之间赠送礼物时的场景。它从一个侧面记录了周代社会的风俗。

从以上解读可知,本诗是一首受赠衣服者的答谢之诗。至于赠者与受赠者之间是何种关系,是亲戚关系,还是朋友关系,或是君臣关系,无据可凭,不敢臆定。

本诗两章句式相同,回环往复、一唱三叹,字词朴实无华,语言自然流畅,却感情真挚,读之令人感觉到了赠者与受赠者之间的深情厚谊。

有杕之杜

有杕之杜①,生于道左②。
彼君子兮,噬肯适我③?
中心好之④,曷饮食之⑤?

有杕之杜,生于道周⑥。
彼君子兮,噬肯来游⑦?
中心好之,曷饮食之?

【词句注释】

①杕(dì)：树木独特貌。杜：杜梨树，又名棠梨树。 ②道左：道路左边，古人以东为左，故"道左"为路东。 ③噬(shì)：发语助词。一说同"曷"，即何时。适：悦。引申为亲近、顺心。 ④中心：心中，内心。好：喜爱，喜欢。 ⑤曷(hé)：同"盍"，何不。饮食：本义为吃东西、喝东西，引申为生活、过日子。一说满足情爱之欲，故有"饮食男女"之说。 ⑥周："右"的假借。一说道路弯曲处。 ⑦游：游乐，游玩。引申为交往、交际。

【译诗】

有杕之杜（新韵）

寂寂棠梨荫古道，静窥淑女为情恼。
愁颜憔悴念郎君，谇语呜咽惊树鸟。
眉蹙肠忧肝胆哀，天知地晓丽人祷。
痴心爱汝盼同游，何不归来牵手老？

【解读与评析】

关于本诗的主旨，历来有多种看法。《毛诗序》云："《有杕之杜》，刺晋武公也。武公寡特，兼其宗族，而不求贤以自辅焉。"朱熹《诗集传》认为是为"好贤而恐不足以致之"而作。方玉润《诗经原始》以为是"自嗟无力致贤也"。朱守亮《诗经评释》以为是"此自感孤独，切盼友人来过访之诗"。马飞骧《诗经缵绎》以为是"讽晋武公好贤之诗"。高亨《诗经今注》认为是"统治阶级欢迎客人的短歌"。刘毓庆、李蹊认为"是一首情歌"。

我认为《有杕之杜》是一位少女单相思的求爱之诗。

唐　风

"曷饮食之"是本诗主旨的诗眼。"饮食",本义为吃东西、喝东西,引申为生活、过日子。吃喝,乃是每个人终生离不开的话题。《礼记》曰:"饮食男女,人之大欲存焉。"《孟子》又云:"食色,性也。"这就把"食"与"色"看作是每个人之所必需。故闻一多释本诗时说:"饮食是性交的象征廋语(隐语)。"

全诗二章十二句,每章六句。两章的字数、句数、诗意相同,叠章叠唱。仅在第二章的第二、四句末换了三个字,即第一章的"道左"改为"道周""适我"改为"来游",但字变而意未变。各章首句以"有杕之杜"起兴,以物喻人。棠梨树生长于荒郊古道偏僻处,深感孤独。为了摆脱这种孤独感,获得精神上的慰藉或寄托,少女热切地盼望着她心爱的人来到身边,与她亲近,与她悠游同乐。于是自然有了下文的呜咽谇语和发自内心的热切期盼与祈祷。先言"彼君子兮",紧接着问"噬肯适我?"(我日夜想念的郎君啊,你为何不来亲近我?)"噬肯来游?"(我日夜想念的郎君啊,你为何不来与我同游?)

继言"中心好之",紧接着问"曷饮食之?"(郎君郎君我喜爱你,何不归来牵我袂?)

各章第五、六句中的两个"之"特别有技巧,有深意。此"之"非彼"之",它分别与第三句中的"君子"和第四句中的"我"相对应,即第五句中的"之",所指为第三句中的"君子";第六句中的"之",所指为第四句中的"我"。这样,"君子"对应"我""好之"对应"饮食",逻辑严谨,顺理成章。

"中心好之,曷饮食之?"与"有杕之杜"首尾呼应。一个"曷"字,思情切切,难以言表。清代牛运震《诗志》评曰:"'曷'字有欲言不尽之妙也。"

葛　生

葛生蒙楚①，蔹蔓于野②。
予美亡此③，谁与独处④。

葛生蒙棘⑤，蔹蔓于域⑥。
予美亡此，谁与独息⑦。

角枕粲兮⑧，锦衾烂兮⑨。
予美亡此，谁与独旦⑩。

夏之日，冬之夜⑪。
百岁之后⑫，归于其居⑬！

冬之夜，夏之日。
百岁之后，归于其室⑭！

【词句注释】

①葛生：葛藤出生。葛，藤本植物，茎皮纤维可织葛布，块根可食，花可解酒毒。生：生长于，生于。楚：灌木名，即牡荆。"葛生蒙楚"：葛藤覆盖蔓延于荆棘树枝上。　②蔹（liǎn）：攀缘性多年生草本植物，多生长在田野岩石的边缘。"蔹蔓于野"：蔹草蔓延于凄凉的荒野上。　③予美：美好的人，意即爱人。此处指妻子。亡此：死于此处。此指死后埋葬在此地。　④与：共处。谁

与：谁和他在一起。独处：独自在这里。 ⑤棘：酸枣树，有棘刺的灌木。 ⑥域：坟茔地。"蔹蔓于域"：蔹草蔓延于坟茔之上。⑦息：停息、安息。独息：意同"独处"。 ⑧角枕：方而有角的枕头。粲：同"灿"，灿烂，鲜亮光彩貌。 ⑨锦衾：锦缎被褥。烂：与"粲"同义。 ⑩旦：早晨。独旦：独自一个人到天亮。⑪"夏之日，冬之夜"二句：夏之昼长，冬之夜长，言时间长。即"怨多恨夜长"之意。 ⑫百岁：即百年。 ⑬居：墓穴、冢坑。⑭室：与"居"同义。

【译词】

鹧鸪天·葛生

野葛青藤缠树枝，离离蔓草半成泥。荒荒孤坟秋风伴，戚戚悲心苦雨摧。　方枕粲，锦衾辉，阴阳两隔不相依。冬宵夏昼何时了，唯赴泉台同室归。

【解读与评析】

关于本诗主旨与创作背景，诗释译注家存有歧论。《毛诗序》云："刺晋献公也。好攻战，则国人多丧矣。"朱熹《诗集传》认为本诗是"征妇怨"，说："妇人以其夫久从征役而不归，故言葛生而蒙于楚，蔹生而蔓于野，各有所依托。"清人方玉润《诗经原始》以为是"征妇怨也"。郝懿行《诗问》以为是"悼亡也"。牟庭《诗切》认为是"刺寡妇不谨也"。马飞骧《诗经缵绎》以为是"征妇怨时之诗"。高亨《诗经今注》："这是男子追悼亡妻的诗篇。"刘毓庆、李蹊认为"这是一首悼亡之诗"。

我认为，《葛生》是一首丈夫追悼亡妻的诗作。

本诗作为一首悼亡诗，其中有多个诗眼可证其旨。前三章中都言及"亡此"。"亡"，即灭亡、死亡。根据其本义，可引申为"消失""埋葬"之意。"亡此",即埋葬在此。这是诗眼之一。

诗眼之二是"百岁之后"。"百岁之后"即是"百年之后"。世俗文化中,忌讳一个"死"字,认为说"死"不吉利,不雅。说到将来寿终正寝时,不说将来"死了",而说"百年之后",或者说"过世""仙逝"。这是中华文明中语言美、文辞美的体现。本诗的第四、五章中两次言及"百岁之后",只宜作"将来过世了""死了"解,别无他意。

诗眼之三是"归于其居""归于其室"。联系前一句"百岁之后"之意,"其居""其室"当是指死者所处之所,即坟墓、墓穴。"归于",是"去往""同处于"的意思。《荆钗记》中"生同衾枕死同穴"之句,所表达的就是"归于其室"的意思。

本诗五章二十三句,前三章每章五句,后二章每章四句。从结构上看,全诗可分三大部分。

第一、二章为兴比。每章开头以"葛生蒙楚(棘),蔹蔓于野(域)"两句起兴,显现出荒凉凄清、冷落萧条的画面:野葛青藤缠树枝,离离蔓草覆盖坟茔,荒荒孤坟秋风伴。身处这样的环境,诗中主人公是不是有种"戚戚悲心苦雨摧"的感受呢?接着,"予美亡此,谁与独处(息)",是表达对去世妻子的哀悼怀念之情:蔓生的葛藤、蔹茎缠绕覆盖着荆树丛,相依相偎,而他心爱的人埋葬在此,孤坟一座,除了瑟瑟秋风,谁能与她相伴?

第三章是兴比与赋之间的过渡章,起着承上启下的作用。在第一、二章中,作者身处野葛青藤缠树枝、离离蔓草覆盖坟茔的环境,看到亡妻孤寂的坟茔,不能自已,自然而然地想到了曾经的同枕共衾。而这一切已成过往。于是悲叹道:我那心爱的人已经逝去埋葬在此地,谁能与我相伴?唯有我独守空房到天明。("予美亡此,谁与?独旦。")

要特别提到的是,第一、二章中的"谁与独处(息)"与第三章中的"谁与独旦",其意思是完全不同的。前者的意思是"谁能与她相伴",后者的意思是"谁能与我相伴"。

第四、五章为赋,是第三章"谁与独旦"句内容的升华。夏昼长,冬夜长,无人相伴孤独守空房。他心中的苦楚与痛无处诉说,唯有与逝去的妻子同穴,才能得到解脱。于是他脱口而出:我死后,与你同葬一穴。"百岁之后,归于其居(室)"既是诗中主人公对其亡妻最深情的表白,也是他对亡妻沉痛的哀悼之辞。

从《邶风·绿衣》解析文中已知,此诗是一位男子怀念亡故的妻子的追悼之诗。与《唐风·葛生》不同的是,《邶风·绿衣》中主人公只选取夫妻共同生活中须臾不可暂离的衣服("绿衣")作为兴起物,他翻过来调过去从里到外地看,越看越细。他从中感受到,这件衣服,由色彩至于丝缕,丝丝缕缕都渗透着妻子的生命,渗透着妻子对他的深厚感情,也渗透着丈夫对亡妻的无尽怀念之情。而《唐风·葛生》诗中,不仅有"角枕粲兮,锦衾烂兮"的无限怀念之情,还有"死同穴"的相许。这正如后世诗人元好问所言:"问世间,情为何物,直教生死相许。"

采 苓

采苓采苓①,首阳之巅②。
人之为言③,苟亦无信④。
舍旃舍旃⑤,苟亦无然⑥。
人之为言,胡得焉⑦?

采苦采苦⑧,首阳之下。

诗经国风赏析

人之为言,苟亦无与⑨。
舍旃舍旃,苟亦无然。
人之为言,胡得焉?

采葑采葑⑩,首阳之东。
人之为言,苟亦无从⑪。
舍旃舍旃,苟亦无然。
人之为言,胡得焉?

【词句注释】

①苓(líng):植物名,一种药草。有多种解。一说是甘草。一说是茯苓。一说是卷耳。一说为莲。此处取"甘草"义。 ②首阳:山名,在今山西永济南,又名雷首山。 ③为(wěi)言:即"伪言",谎话,虚假之言。为,通"伪"。 ④苟:诚,确实。无:勿,不要。"苟亦无信":不要轻信,莫相信。 ⑤舍旃(zhān):放弃它吧。舍,放弃,抛弃。旃,"之焉"的合声代词,代指前文所说的"伪言"。 ⑥然:是,以为然。无然:不要以为然,不要以为是真的。 ⑦胡:何,什么。得:对。"胡得焉":别人说的话哪里是对的呢? ⑧苦:苦菜。可食用。 ⑨与:许可,赞许。无与:不要理会,不要参与。 ⑩葑(fēng):即芜菁,又叫蔓菁。可食用。 ⑪从:听从。无从:别盲从。

【译诗】

采苓(新韵)

独行登陟首阳巅,细品苍山甘草甜。
宁在荒坡寻苦菜,何堪浊世听谗言。
谎言养假真成假,诡辩说圆方亦圆。

432

唐　风

混话虚情君莫信，崇真尚实乐陶然。

【解读与评析】

对于本诗主旨的解读，古今诗释译注者基本相同，认为这是一首劝说世人不要听信谗言的诗。《毛诗序》："《采苓》，刺晋献公也。献公好听谗焉。"朱熹《诗集传》："此刺听谗之诗。"方玉润《诗经原始》："刺听谗也。"马飞骧《诗经缵绎》认为是"刺听谗之诗"。高亨《诗经今注》说："这是劳动人民的作品，劝告伙伴不要听信别人的谎话，走错了路。"刘毓庆、李蹊认为："这是一首劝人不要听信谎言的诗。"

我认为，《采苓》是一首劝人不要听信谎话，不要为流言所蛊、为谗言所困的诗。

全诗三章二十四句，每章八句，包含"托物起兴""对待伪言应取的态度"及其"理由"等三部分内容。各章第一、二句先后以"采苓采苓，首阳之巅""采苦采苦，首阳之下""采葑采葑，首阳之东"起兴，以引起后文。

据学者考证，首阳山在今山西永济市西南，又名雷首山、独头山。它西临黄河，东接太行山，因其夹在黄河西岸的华山与太行山之间，且山势狭长，得名"中条"。首阳山为中条山西极，高度1000—2000米。周武王伐纣灭商后，西周时期，商朝遗老伯夷、叔齐因耻食周粟，隐居于首阳山，靠采集野菜为食，最终饿死于首阳山。（丘濂等著《诗经地理》，三联书店2021年）全诗各章分别以首阳山"采苓""采苦""采葑"起兴，实则是托商朝遗老伯夷、叔齐因耻食周粟，隐居于首阳山，靠采集野菜为食，最终饿死于首阳山的历史故事，喻山中野菜可为食，但伪言不可信之理。

各章第三至第六句，反复劝诫世人，对待伪言应取"无信""无与""无从"三种态度。第一章"人之为言，苟亦无信。舍旃

433

舍旃，苟亦无然"句，突出强调的是伪言内容的虚假与不真实，应当抛弃它，别把它当真。第二章"人之为言，苟亦无与。舍旃舍旃，苟亦无然"句则是劝诫世人，当听到伪言时不要理会它，不要赞许它，应当抛弃它，别把它当真。第三章"人之为言，苟亦无从。舍旃舍旃，苟亦无然"句则是劝诫世人，不要盲从于伪言，不要被谎话所欺骗，别把它当真，应当抛弃之。

各章最后两句，即第七、八句完全相同，申述对待伪言应取"无信""无与""无从"三种态度的理由："人之为言，胡得焉？"这种伪言、谎话哪里是对的呢？

本诗各章依次更换了三个字：即"苓、苦、葑"（第一句）——"巅、下、东"（第二句）——"信、与、从"（第四句）。而仅仅这几个字的变化，却表达了对待谗言应采取的不同态度，逐章深化，一层深似一层。全诗叠章叠句，一咏三叹，烙印深刻，令人回味无穷。

谗言止于智者。不轻易相信流言，不轻易传播传言，自然不会以讹传讹，也就止住了流言蜚语传播的途径。假若世人对伪言、谎话、流言都能做到"无信""无与""无从"，那么它就没有了市场，制造流言的人也就无立足之地。止流言，勿信谗言，给真理与真相腾出时间与空间，不为流言所蛊，不为谗言所困，方为智者。

秦　风

车　邻

有车邻邻①，有马白颠②。
未见君子，寺人之令③。

阪有漆④，隰有栗⑤。
既见君子，并坐鼓瑟⑥。
今者不乐⑦，逝者其耋⑧。

阪有桑，隰有杨⑨。
既见君子，并坐鼓簧⑩。
今者不乐，逝者其亡⑪。

【词句注释】

①有：语助词。邻邻：同"辚辚"，车行声。　②白颠：马额正中有块白毛，一种良马，又称戴星马。　③寺：同"侍"。寺人：即陪侍之人。令：传令，命令。　④阪（bǎn）：山坡。漆：漆树，乔木。　⑤隰：低洼潮湿之地。栗：栗树，落叶乔木。　⑥并坐：同坐。鼓：弹奏。瑟：古代弦乐器。　⑦今者：如今，现在。　⑧逝者：来日，他日。逝，往。耋（dié）：八十岁，此处泛指老

人。"逝者其耋"：一眨眼就老了。　⑨杨：古代杨、柳通名，柳也称"杨"。杨、柳均为落叶乔木。　⑩簧：古代乐器名，大笙。
⑪亡：死亡。"逝者其亡"：人生一眨眼就到终年了。

【译词】

鹧鸪天·车邻

　　车马飞奔过小坡，桑杨栗树尽婆娑。风光秀美无心赏，寻访嘉朋心语多。　　情悦悦，笑呵呵，东堂并坐鼓簧歌。人生如此须行乐，莫使年华逐逝波。

【解读与评析】

　　关于本诗的主旨，历代学者的观点有较大分歧。《毛诗序》："美秦仲也。秦仲始大，有车马礼乐侍御之好焉。"朱熹《诗集传》："是时秦君始有车马及此寺人之官，将见者，必先使寺人通之。故国人创见而夸美之也。"方玉润《诗经原始》："美秦君简易事也。"今人分歧更大。高亨《诗经今注》说："这是贵族妇人所作的诗，咏唱他们夫妻的享乐生活。"马飞骧《诗经缵绎》认为是"美秦君之诗"。刘毓庆、李蹊认为"这首诗表现了访友相见的快乐"。袁愈荌、唐莫尧《诗经全译》认为本诗是"没落贵族士大夫劝人及时行乐"。

　　我认为，本诗是一首贵族访友相聚时劝人及时享受快乐生活的诗。

　　从诗中"车""马"（珍贵的戴星马）、"寺人"（陪侍之人）、"鼓瑟""鼓簧"等词可以看出，本诗的主人公是一位贵族无疑。在远古周代社会，平民百姓是不可能享受如此奢华生活的，这些只能是贵族所独享。主人公如此说，既表明了自己是有身份的，也突出了友人门第高贵。

秦　风

全诗三章十六句。作者在诗中唱出了他访友人、与朋友相见全过程的所行、所乐、所感、所言。全诗分为两大部分内容。第一章四句为第一部分，写访友时的所行。后两章十二句为第二部分，写与朋友相见时的所乐、所感、所言。

第一章从主人公访友途中写起。他乘坐着戴星马拉的华车，带着仆从陪侍去见朋友。马车行驶在路上，发出如音乐般动听的"邻邻"响声。道路两旁、山坡上、低洼湿地，漆树、栗树、杨柳，枝叶婆娑，煞是好看。而他无心欣赏眼前这美丽的风景，"已恨碧山相阻隔"，他希望尽快见到多年未见的朋友，于是他急切地催促着仆从加鞭前进，快点！再快点！"寺人之令"句是"言在此而意在彼"，自我标榜，但含而不露。

第二、三章意思相同，写与朋友相见时的所乐、所感、所言。头二句"阪有漆（桑），隰有栗（杨）"为起兴，旨在承接上文，引出下文，而在意义上与后文没有必然的联系。后四句才是作者与朋友相见时的欢娱快乐情景，也是本诗的主旨所在。主人公受到朋友的热情款待。他们是情投意合、爱好相同的朋友，一见面，在华堂并排而坐，一起弹奏吹打，"鼓瑟""鼓簧"，亲密无间，其乐无比，情悦悦，笑呵呵，好不惬意！身处此情此景，诗人感慨良多，与友人倾诉心语，说出心里话：光阴易逝，转眼间我们就会衰老，说不定哪一天会死去，人生在世要享受当下。今时不乐何时乐？人生如此须行乐，莫使年华逐逝波。

本诗所表现的及时行乐的思想，与《唐风·山有枢》中的"宛其死矣，他人是愉（保）"意思完全相同，与东汉《古诗十九首》中"人生非金石，岂能长寿考""人生忽如寄，寿无金石固""为乐当及时，何能待来兹"的含义也相同。后者对前者也许有着相承借鉴的关系吧。

"今者不乐，逝者其耋（亡）"，尽管情调有点消极，但也表现

437

了主人公以诚待友,坦露襟怀的品德。同时还道出古人对人生意义的思考:人应该怎样活着?

"人应该怎样活着?"这也是从古到今人们从未中断思考,但又没有统一答案的人生哲学课题。即便如此,"快乐幸福地活着"应是多种多样答案中的最大公约数。德国哲学家叔本华说过:"每个人的现实性都是不可分割的当下形式,在无穷的过去和无穷的未来之间。""最直接地令我们感到幸福的事物就是感觉的愉悦……一个人可能年轻、英俊、富有、受人尊敬,如果我们要判断他是否幸福,那么就要问问他是否因为这些而感到愉悦?如果他愉快,那么就不管他年轻还是年老,腰板直挺还是腰弯背驼,贫穷还是富有,他就是幸福的。"

驷 驖

驷驖孔阜①,六辔在手②。
公之媚子③,从公于狩④。

奉时辰牡⑤,辰牡孔硕⑥。
公曰左之⑦,舍拔则获⑧。

游于北园⑨,四马既闲⑩。
輶车鸾镳⑪,载猃歇骄⑫。

【词句注释】

①驷:同驾一辆车的四匹马。驖(tiě):毛色似铁的好马。驷

秦 风

驖：四匹铁色的马。孔，很。阜，肥硕。孔阜：很肥大强壮。 ②辔（pèi）：马缰。六辔：六条缰绳。此处有两种不同的解释。一说是：四马应有八条缰绳，由于中间两匹马的内侧两条缰绳系在御者前面的车杠上，所以只有六辔在手。另一说是：一车四马，中间两匹马各一条缰绳，旁两骖马各两条缰绳，便于控制方向，故有六条缰绳。 ③公：指秦君秦襄公。媚子：指秦君喜爱的儿子（公子）。 ④狩：冬猎。古代帝王打猎，四季各有专称。《左传·隐公五年》："故春蒐，夏苗，秋狝，冬狩。" ⑤奉：陪侍驱赶野兽以供猎手射猎。时：是，此。辰：合时令的。牡：公兽。辰牡：大的公兽。 ⑥硕：肥大。 ⑦左之：从左面射它。 ⑧舍：放，发。拔：箭的尾部。放开箭的尾部，箭即被弓弦弹出。获：命中。"舍拔则获"：放箭即命中。 ⑨北园：指秦君狩猎憩息的园囿。 ⑩闲：悠闲，从容。 ⑪輶（yóu）车：用于驱赶堵截野兽的轻便车。鸾：通"銮"，铃。镳（biāo）：马衔铁。 ⑫猃（xiǎn）、歇骄：均指猎狗。"輶车鸾镳，载猃歇骄"：猎狗坐在车上，铃铛发出阵阵响声。

【译诗】

驷　驖

执辔乘舆仪态威，扬鞭跨马沐晴晖。
健儿俊朗随公狩，野兽肥圆入猎围。
黄羊出没跑蹄疾，吠犬嘶声箭矢飞。
猎物盈车铃铛响，挽弓携手踏歌归。

【解读与评析】

　　关于本诗的主旨及创作背景，古今学者的解读大多相同。《毛诗序》："美襄公也。始命，有田狩之事，园囿之乐焉。"方玉润

诗经国风赏析

《诗经原始》:"美田猎之盛也。"高亨《诗经今注》认为此诗是"叙写秦君带着儿子去打猎。"马飞骧《诗经缵绎》认为是"美秦君田猎之诗"。刘毓庆、李蹊认为是"秦君带着自己的爱子田猎"。

我认为,《秦风·驷驖》是一首叙写秦襄公带着他喜爱的儿子狩猎全景诗。

全诗三章十二句四十八字,叙写秦襄公带着他喜爱的儿子将猎、正猎、猎后而归的全过程,向读者展示了一幅狩猎全景图。

第一章写将猎。全诗首句以"驷驖孔阜"起兴,引入狩猎之事。从毛色似铁的四匹高头大马切入,严整肃穆,蓄势待发,而主人公"六辔在手",一手紧握六根马缰绳,一手挥舞着鞭子,从容不迫,充满自信。看似简单的二句八个字,向读者展示了气宇轩昂的猎手形象,不见其人,似见其人。紧接着,第三、四句似脱口而出:"公之媚子,从公于狩。"这是秦襄公带着他心爱俊朗的儿子一同外出狩猎。

第二章写正猎。接到开猎的指令后,陪侍驱赶野兽以供猎手射猎。此时,只见一群肥圆硕大的野兽迅猛奔跑,秦襄公眼疾手快,一边大声吆喝"射左边的那一只"一边手举弯弓,箭矢飞出。刹那间,野兽应声而倒。"公曰左之,舍拔则获。"这围猎场面好不热闹!好不壮观!"左之""舍拔",仅仅写了猎手一言、一行,略去其他枝节,特写镜头,简洁叙事,也足见猎手射技高超,武艺不俗。

末章写猎后而归。猎后情景可写的内容有很多,如猎物的丰盛,猎者的欣悦等。同是写猎后而归的情景,《郑风·大叔于田》却写得细微具体:马儿慢慢地走("叔马慢忌"),射箭的意兴渐渐凉("叔发罕忌"),打开箭筒收利箭("抑释掤忌"),大弓袋中装("抑鬯弓忌")。而《秦风·驷驖》写猎后视角很独特宽广,先写猎后游于"北园",潇洒得很;继而写马儿悠闲自在;再写轻车慢

秦　风

行铃铛声悠扬回荡；最后写轻车载着所捕获的猎物，猎狗也随同主人一起坐车而归。"游于北园，四马既闲。輶车鸾镳，载猃歇骄。"短短十六字，使秦襄公父子狩猎后挽弓携手踏歌而归的"闲"趣表现得淋漓尽致。

在远古周代社会，狩猎既是人们获取优质生活物资的重要途径，也是尚武精神的体现。《诗经·国风》中写狩猎的诗有三篇，即《郑风·叔于田》《郑风·大叔于田》和《秦风·驷驖》。《郑风·叔于田》是一位女子对青年猎手的赞美之词，故为"赋"，诗中多为抽象之词；《郑风·大叔于田》也是一首赞美青年猎手的诗，但却多为具体形象描写，且反复铺张，以繁见长，气势袭人；而《秦风·驷驖》虽有具象描写，但以精要简约见长。

小　戎

小戎俴收^①，五楘梁辀^②。
游环胁驱^③，阴靷鋈续^④。
文茵畅毂^⑤，驾我骐馵^⑥。
言念君子^⑦，温其如玉^⑧。
在其板屋^⑨，乱我心曲^⑩。

四牡孔阜^⑪，六辔在手^⑫。
骐骝是中^⑬，騧骊是骖^⑭。
龙盾之合^⑮，鋈以觼軜^⑯。
言念君子，温其在邑^⑰。
方何为期^⑱？胡然我念之^⑲！

俴驷孔群[20]，厹矛鋈镦[21]。
蒙伐有苑[22]，虎韔镂膺[23]。
交韔二弓[24]，竹闭绲縢[25]。
言念君子，载寝载兴[26]。
厌厌良人[27]，秩秩德音[28]。

【词句注释】

①小戎：兵车。因车厢较小，故称小戎。俴（jiàn）收：栈车。车后轸木上的车厢板。俴，同"栈"。收，轸。此处指车。 ②五：同"午"，交错缠绕之意。楘（mù）：缠绕。辀（zhōu）：车辕，车轴。"五楘梁辀"：绳索交错缠绕的车辕。 ③游环：收束马缰绳的活动的铜环。胁驱：迫使骖马直行的绳索。因其置于中间两匹马外胁，故称为"胁驱"。 ④阴：车轼前的横板。靷（yǐn）：引车前行的皮带或绳索。鋈（wù）续：系绳索的白铜环。 ⑤文茵：有花纹的车中坐垫或坐具。畅毂（gǔ）：长毂。此处指兵车。毂，车轮中心的圆木，中有圆孔，用以插轴。 ⑥骐：青黑色如棋盘格子纹的马。馵（zhù）：左后蹄白或四蹄皆白的马。 ⑦言：语助词。君子：此处为女子对其丈夫的称谓。 ⑧温其如玉：女子形容丈夫性情温润如玉。 ⑨板屋：用木板建造的房屋。 ⑩心曲：心灵深处，心田，心房。 ⑪牡：公马。孔：甚。阜：肥大。"四牡孔阜"：特别肥大壮盛的公马。 ⑫辔（pèi）：缰绳。一车四马，内二马各一辔，外二马各二辔，共六辔。 ⑬骝（liú）：同"䯝"，赤身黑鬣的马，即枣骝马。 ⑭䯁（guā）：黄身黑嘴的马。骊（lí）：纯黑色的马。骖（cān）：车辕外侧二马称骖。 ⑮龙盾：画有龙纹的盾牌。合：两只盾合挂于车上。 ⑯觼（jué）：有舌的环。軜（nà）：内侧二马的缰绳。以舌穿过皮带，使骖马内缰绳固

定。　⑰邑：西戎的城邑。有土墙围绕的居民区为邑。　⑱方：将。期：指归期。　⑲胡然：为何这样。　⑳俴驷（sì）：披薄金甲的四马。孔群：群马很协调。　㉑厹（qiú）矛：头有三棱锋刃的长矛。镦（duì）：矛柄下端金属套。　㉒蒙：画杂乱的羽纹。伐：通"瞂"，大盾牌。苑：文彩貌。　㉓虎韔（chàng）：虎皮弓囊。韔，弓箭套。镂膺：装饰有金属花纹的箭袋。　㉔交韔二弓：两张弓，一弓向左，一弓向右，交错放在袋中。交，互相交错；韔，用作动词，作"藏"讲。　㉕竹闭：保护弓箭不走形的竹制器具。绲（gǔn）縢（téng）：绳索。绲，通"捆"。縢：绳子。"竹闭绲縢"：用绳子将弓檠捆在弓上。　㉖载（zài）：语助词，又。兴：起。"载寝载兴"：睡下又起来，起来又睡下，不能入睡。　㉗厌厌：安静柔和貌。良人：指女子的丈夫。　㉘秩秩：有礼节，有教养。德音：好声誉，名声。

【译词】

满庭芳·小戎

记得当年，车轮辘辘，绳索缠绕輈梁。游环华毂，丝垫锦纹镶。千里尘烟滚滚，复长啸，仰颈高吭。蹄行疾，嘶鸣不息，衢路正腾骧。

无双。忙夙夜，蜗居板屋，处处争强。舞龙盾金戈，气宇轩昂。勤勒缰绳策马，温如玉，是我情郎。思情迫，归来何日？念念乱心房。

【解读与评析】

关于本诗的主旨及创作背景，古今诗释译注家歧论颇大。《毛诗序》："《小戎》，美襄公也。备其兵甲以讨西戎。西戎方强而征伐不休，国人则矜其车甲，妇人能悯其君子焉。"朱熹《诗集传》：

诗经国风赏析

"襄公上承天子之命,率其国人往而征之(西戎),故其从役者之家人先夸车甲之盛如此,而后及其私情,盖以义兴师,则虽妇人亦知勇于赴敌而无所怨矣。"明人丰坊《诗说》:"秦襄公征戎而劳其大夫之诗。"方玉润《诗经原始》:"怀西征将士也。"马飞骧《诗经缵绎》以为是"襄公怀西征将士之诗"。高亨《诗经今注》说:"秦君或其他贵族坐着车,带着兵到外地去了(或者出征),他的夫人思念他,因作这首诗。"刘毓庆、李蹊认为"这是一首秦人的闺妇诗"。

我认为,《小戎》是一首妻子对征役在外丈夫的赞美与思念之诗。

《秦风·小戎》诗三章,每章十句,前六句状物,后四句言情。每章格式相同,先写女子所见,后写女子所思,先实后虚,内容虽各有侧重,但字里行间,充满着妻子对丈夫的仰慕之心和思念之情。

《诗经·国风》篇中,有多首写妻子思念征夫的诗,如《周南·卷耳》《邶风·雄雉》《卫风·伯兮》《王风·君子于役》等。回读这几首诗便知,它们的一个共同特点是,只写诗中主人公自己当时的所为、所见、所思,且所见所为多为日常平凡之事和温柔之词。如"嗟我怀人,置彼周行"(《周南·卷耳》),"雄雉于飞,我之怀矣"(《邶风·雄雉》),"自伯之东……谁适为容"(《卫风·伯兮》),"日之夕矣,羊牛下来。君子于役,如之何勿思"(《王风·君子于役》)。而《秦风·小戎》却是以主人公回忆曾经送夫随军从役时所见的战车、战马、弓箭等兵器为起兴物,多为慷慨激昂之词,显示兵车阵容的雄壮和主人公丈夫的威武。它既表现了先秦时期秦国尚武风俗,也表现了秦国女子的刚烈豪爽性格。

在章法结构上,《秦风·小戎》每章前六句状物,重在对客观事物的描述,赞美秦师兵车阵容的壮观和丈夫的威武:丈夫随秦师

秦 风

出征那天,妻子前往送行,她看见出征队伍的阵容,十分壮观:战车列阵,坐垫装饰着锦纹,龙盾金光闪耀,绳子将弓檠捆在弓上,骏马嘶鸣奔驰而去,路上尘烟滚滚,其夫执鞭驾车,气宇轩昂,好不威武!在妻子的心中,她的丈夫简直是举世无双的伟男子。她为此感到骄傲!感到自豪!而这些情景,都是在丈夫随军征役后,女子在家思念丈夫时的回忆与联想。回忆的是实景,而联想的则是设想,于是便有了第一章中的"在其板屋"句:他住在木板搭制的营房里。短短的"在其板屋"四字,看似不经意间轻轻道出,却道出了妻子对丈夫艰苦的征役生活的深深担忧。其情可鉴!

各章后四句言情,重在抒发女子思夫的情意。各章虽然都有"言念君子"之情,且都是夸奖赞美之词,无怨愤之意,但在表情达意方面仍有变化。第一章是"温其如玉",赞美其夫的性情犹如美玉一般温润;第二章是"温其在邑",言其夫从军边防,为人温厚恭良;第三章是"厌厌良人",言其夫诚实有礼节,赢得好名声。因为丈夫有许多的优秀品质,使得妻子更是日夜思念他:想他时使我心烦意乱("乱我心曲"),盼望他早日归来("方何为期"),以至于因思念而辗转反侧,忽睡忽起,难以入眠("载寝载兴")。思念之情,逐层深入,一日更甚一日,一章深似一章。

国无防不立,防不固则家难安。从古到今,戍边卫国既是军人的职责与奉献,其中也包含着军人妻子的奉献。这就如当代歌曲《十五的月亮》所唱的那样:"宁静的夜晚你也思念我也思念""你巡逻在祖国的边防线,我在家乡耕耘着农田""祖国昌盛,有你的贡献,也有我的贡献""军功章啊有你的一半也有我的一半"。《秦风·小戎》作为一首妻子对征役在外丈夫的思念之诗,诗中尽是妻子对丈夫的赞美之词、仰慕之心、思念之情而无怨愤之意,表现出作为征夫妻子的骄傲与自豪之感和深沉的思念之情。

蒹　葭

蒹葭苍苍①，白露为霜。
所谓伊人②，在水一方③。
溯洄从之④，道阻且长。
溯游从之⑤，宛在水中央⑥。

蒹葭萋萋⑦，白露未晞⑧。
所谓伊人，在水之湄⑨。
溯洄从之，道阻且跻⑩。
溯游从之，宛在水中坻⑪。

蒹葭采采⑫，白露未已。
所谓伊人，在水之涘⑬。
溯洄从之，道阻且右⑭。
溯游从之，宛在水中沚⑮。

【词句注释】

①蒹葭（jiānjiā）：芦苇。蒹，没长穗的芦苇。葭，初生的芦苇。苍苍：老青色，茂盛状。　②谓：说。引申为"思念"。所谓：所思，所想。伊人：那个人，指所思慕的对象。"所谓伊人"：我思念的那个人。　③一方：另一边，那边。　④溯洄（huí）：逆流而上。洄：回川，弯曲的水道。从：追寻，此处有接近之意。　⑤游：直流的水道。"溯游从之"：顺着水道而上去寻找。　⑥宛：

宛然，好像，似乎。　⑦萋萋：茂盛的样子。　⑧晞（xī）：干，晒干。　⑨湄（méi）：水泮，水和草交接的地方，即岸边。⑩跻（jī）：登临，升高。　⑪坻（chí）：水中的小洲。　⑫采采：茂盛鲜明的样子。　⑬涘（sì）：水涯，水边。　⑭右：弯曲，迂回，形容道路曲折迂回。　⑮沚（zhǐ）：水中的小块陆地，沙洲。

【译诗】

蒹葭（新韵，三首）

一

满河芦荻莽苍苍，秋色清凉露伴霜。
情系伊人常想念，心思险道倍忧伤。
逆流而上寻芳影，逐浪从容望靓妆。
欲晓姑娘何处在，若隐若现水中央。

二

满河芦荻复萋萋，情急无心听鸟啼。
白露未干珠滴滴，伊人将见想非非。
逆流而上波摇影，逐浪从容水湿衣。
若问姑娘何处在，曾经约我绿洲期。

三

芦荻枯黄正晚秋，清霜白露韵含悠。
登临险道不须惧，思念伊人百种愁。
击浪踏波心已去，移舟过岸景长留。
芳颜候我在何处？宛在平滩绿柳洲。

【解读与评析】

　　《蒹葭》是一首为历代评诗、选诗人所推崇的绝妙好诗。而关于本诗主旨及创作背景，则存有较大分歧。《毛诗序》："《蒹葭》，

诗经国风赏析

刺襄公也，未能用周礼，将无以固其国焉。"清人傅恒、孙嘉淦《诗义折中》："刺遗贤也。"方玉润《诗经原始》："惜招隐难致也。"朱熹在《诗集传》中对本诗的主旨没有把握，只是说："伊人，犹言彼人也。""所谓彼人者，乃在水之一方，上下求之而皆不可得，然不知其何所指也。"马飞骧《诗经绎绎》认为是"惜遗贤之诗"。高亨《诗经今注》认为是"爱情诗"。但又说："诗的主人公是男是女，看不出来。叙写他（或她）在大河边追寻恋人，但未得会面。"孙作云《〈诗经〉研究》认为"此诗是男子怀念女子之词"。李山《大邦之风》"诗篇是关于牛郎织女歌唱的。"刘毓庆、李蹊认为"所写的情感正是男女性隔离的苦闷"。

我是赞成"情诗说"的。本诗是一首叙写男子追寻思慕之人全过程的爱情诗。

全诗三章二十四句，每章八句，重章叠唱。为各章韵律协和、不重复用韵的需要，后两章对首章文字略加改动，收到了各章之间韵律参差的效果，也造成了诗境与诗情的往复推进。

各章前二句以蒹葭、白露起兴，营造出萧索、清冷、孤寂的自然环境。"蒹葭苍苍（萋萋、采采），白露为霜（未晞、未已）。"——在深秋季节，芦苇苍苍，枝叶摇曳，秋水宁静、清澈纯净，波光照人，清霜白露灿灿闪亮。男子独自一人，面对此情此景，感慨万千，心中充满了无限惆怅，他想起曾经和他心仪的女子的欢娱情景。"所谓伊人，在水一方""所谓伊人，在水之湄""所谓伊人，在水之涘"，他一遍又一遍地回忆着，幻想着：我所思念的那个人，她在秋水迷蒙处，在河边，在岸上。她婀娜多姿，若隐若现。诗人以蒹葭、白露、凝霜、秋水、河滨衬托出女子之美，美人与美景相得益彰。

上善若水。水是柔弱的，水又是高尚的，它利万物而不争，有至善之美的品德。水润"伊人""伊人"似水。诗人将他所爱恋的人置于水的环境之中，是他对思慕之人的至高赞美。

"伊人"在何处？诗人幻想着：她在我俩曾经欢娱的秋水迷蒙处！

诗人面向远方，默默注视，喃喃呼唤，向她伸出双手，想拥抱她，想拉住她的衣袂。而她时而飘然而至，时而钻入霜露环绕、云气升腾的芦苇丛中，时而又消失在碧波绿水中，距诗人似乎很近却又很远，无迹可寻，芳踪难觅，可望而不可即。但这一切，并不会使他退却。

"溯洄从之，道阻且长（跻、右）。"苍凉浩淼的秋水，弯曲的河道阻隔了诗人的追求，而粼粼绿波和曳曳苇枝，又摇荡出无穷的思念。他心已去，心中的爱给了他无限的勇气，没有什么难以逾越的障碍。他暗暗发誓：不论路有多遥远，道有多艰险，我一定要找到她。于是，他逆流溯水而上，不顾险阻去寻找他心爱的恋人。他想入非非：她若隐若现站在河中绿洲上，等待着与我相会。他无心赏景听鸟鸣，全然不顾飞溅的浪花打湿了衣裳，他一路击浪踏波，移舟过岸往前冲，他急切地盼望着尽早见到她。

"溯游从之，宛在水中央（坻、沚）。"到了！到了！于是，他跳入河中，奋勇地游向河中绿柳洲，那是思念之人所在的地方，是他们曾经欢娱的地方，也是他们曾经相期约会的地方！这里有他美好的回忆！诗人见到了他心心念念的人吗？似乎见到了，似乎又没有见到。一个"宛"字，实乃神来之笔，表达的是臆想，是希冀，又是失望。男子为追求心中思慕之人而生出的所有美好幻想，所有的艰辛付出，最后在一个"宛"字中变得那么不可捉摸，化成幻影。这是一次幸福与痛苦的交织，是一次希冀与绝望的寻觅，是一次臆想与现实的碰撞。他在希冀、臆想中梦幻着思慕的幸福，在现实、绝望中承受着思念的痛苦。

《蒹葭》是一首凡好文爱诗者不可不读的美诗。它美就美在：

一是韵律之美。第一章的韵脚"苍、霜、方、长、央",第二章的韵脚"萋、晞、湄、跻、坻",不管是依旧韵论,还是按新韵论,都是同一个韵部。第三章的韵脚"已、涘、沚"与"右",虽不属同一个韵部,但却全是仄韵。今人读之,一点也不拗口,尽显抑扬顿挫之美。

二是情景之美。诗中对蒹葭、白露、凝霜、伊人、秋水、溯洄、溯游、河岸的反复吟唱,构成了意与境互生、情与景同在、人与物共处的艺术画面,它描绘了一幅虚幻缥渺如仙风竹影、似海市蜃楼、若晨雾飞荡的风景画。景物在外,而情意在人,具有强烈的艺术感染力。

三是朦胧之美。它是一首朦胧诗,堪称朦胧诗鼻祖。在诗人的心目中,这位绰约飘忽的佳人,她好像站在河岸上,又好像站在河中小岛沙洲上,还好像站在水中央。她是那样的令人难以捉摸,如御风而行的凌波仙子,若隐若现,可望而又不可即。

四是婉约之美。本诗作为一首出自秦地男子之口的男女恋情之歌,既没有"并坐鼓瑟""并坐鼓簧"(《秦风·车邻》)的豪放,也没有"六辔在手""舍拔则获"(《秦风·驷驖》)和"驾我骐馵"(《秦风·小戎》)的威武雄健,它脱尽黄土高原的粗犷沉雄气息,将读者带到充满水乡泽国情调的渺远空灵、优柔曼妙、温婉缠绵、水墨点染的境界之中。

全诗重章叠句地反复吟唱,突出了男子"叫我如何不想她"的深情!

秦风

终 南

终南何有①？有条有梅②。
君子至止③，锦衣狐裘④。
颜如渥丹⑤，其君也哉⑥！

终南何有？有纪有堂⑦。
君子至止，黻衣绣裳⑧。
佩玉将将⑨，寿考不亡⑩！

【词句注释】

①终南：终南山，秦岭主峰之一，也泛指秦岭。 ②条：树名，即山楸树。梅：树名，即楠树。一说是梅树。 ③至止：到此地来。止：之，此地。 ④狐裘：狐皮袍子。"锦衣狐裘"：指漂亮华丽的服饰。 ⑤颜：容颜。渥（wò）丹：涂饰红色。"颜如渥丹"：容颜红润，如用朱砂涂抹似的。 ⑥其：表示推测的词。君：男子。此处当指客人、来客。"其君也哉"：莫非是君王吧。 ⑦纪：通"杞"，即杞树。堂：通"棠"，即棠梨、甘棠树。 ⑧黻（fú）衣：绣有黑色和青色相间的花纹的上衣。绣裳：绣有五彩花纹的下裳。 ⑨将将（qiāngqiāng）：同"锵锵"，佩玉相击撞发出的声音。 ⑩寿考：高寿，长寿。不亡（wàng）：不已，无量。"寿考不亡"：祝君洪福齐天，万寿无疆。

451

诗经国风赏析

【译诗】

终　南

终南风物多稀有，楸杞甘棠楠木稠。
枝叶婆娑迎贵客，繁花摇曳拂狐裘。
容光焕发朱丹染，佩玉铿锵山谷幽。
心语祝君无量寿，绵绵万福万山讴。

【解读与评析】

关于本诗的主旨及创作背景，历代诗释译注者说法不一。《毛诗序》："《终南》，戒襄公也。能取周地，始为诸侯，受显服，大夫美之，故作是诗以戒劝之"。朱熹《诗集传》："此秦人美其君之词。"清人牟庭《诗切》认为是"刺秦伯不务远略也"。方玉润《诗经原始》认为是"祝襄公以收民望也"。马飞骧《诗经缵绎》以为是"祝襄公以收民望之诗"。高亨《诗经今注》认为"这是秦国贵族歌颂秦君的诗"。刘毓庆、李蹊认为"这是一首贵族迎接宾客的歌"。

我认为，本诗是一位居住在终南山的隐士迎接来访宾客时的寒暄、祝福之诗。

全诗二章十二句，每章六句。因古今字义的变化，须对诗中"条""纪""堂""将"等四字的含义作注释外，其他词句的意思明白如今人之语。各章首句以终南风物兴起，包含两层意思，第一章为寒暄、赞美之意，第二章为寒暄、祝福之意。全诗构思巧妙，用词形象生动，语言优美，感情真挚。

打开本诗主旨的钥匙在于"终南"二字。终南即指终南山。据资料介绍，在历史上，广义的终南山就是秦岭；狭义的终南山是指陕西境内西起武功，东至蓝田的秦岭中段；今人通常意义上所说的

秦　风

终南山,则进一步缩小为陕西西安鄠邑区境内的终南山中段山脉。在《诗经》产生的周代时期,关中属于北亚热带湿润气候,雨量充沛,终南山植被非常茂盛,就如《终南》诗中所写的,"有条有梅""有纪有堂",有楠木楸树,有杞树甘棠。在农耕社会人们的心中,有丰富植被资源的终南山就是圣山,令人向往之,崇拜之。而恰在当时,周平王将都城由镐京(今西安)东迁至洛邑(今洛阳)后,由于秦襄公护送周平王东迁洛邑有功,被封秦地。镐京便成了秦国都城。

周平王东迁洛邑,西周贵族的遗老遗少大多留在了原地镐京。风光绚丽、植被资源丰富的终南山自然成了西周贵族遗老遗少理想的隐居之地。《终南》一诗的作者就是一位居住在终南山的隐士。那时,平民百姓是当不了隐士的。这位隐士应是一位贵族,与之交往者必定也是贵族,即诗中所说的"君子"。

有朋自远方来,不亦乐乎?"君子至止",客人来访,相互寒暄是少不了的。说点什么呢?"终南何有?有条有梅。""终南何有?有纪有堂。"意思是,终南山风物多稀有!山上楸杞甘棠楠木稠密,枝叶婆娑,繁花摇曳。风光真好!

作为主人,夸赞客人也是一种礼仪。于是他说道:"锦衣狐裘。颜如渥丹,其君也哉!""黻衣绣裳。佩玉将将。"你穿的这身狐裘真漂亮,你涂了朱丹似的红光满面;你穿的这身青黑色衣裳花纹锦绣,色彩斑斓;佩玉发出的响声铿锵清脆,很是动听。衷心祝福你"寿考不亡":寿比南山!长生不老!

全诗通过对视觉、听觉形象的勾勒,体现了主人公对"君子"到来的欢悦之情,表达对"君子"容颜红润丰泽、服饰精美华贵的赞美之意。全诗以"寿考不亡"收束,更是表达了主人公对客人的友爱之心。

黄　鸟

交交黄鸟①，止于棘②。
谁从穆公③？子车奄息④。
维此奄息，百夫之特⑤。
临其穴⑥，惴惴其栗⑦。
彼苍者天⑧，歼我良人⑨！
如可赎兮，人百其身⑩！

交交黄鸟，止于桑⑪。
谁从穆公？子车仲行。
维此仲行，百夫之防⑫。
临其穴，惴惴其栗。
彼苍者天，歼我良人！
如可赎兮，人百其身！

交交黄鸟，止于楚⑬。
谁从穆公？子车鍼虎。
维此鍼虎，百夫之御⑭。
临其穴，惴惴其栗。
彼苍者天，歼我良人！
如可赎兮，人百其身！

【词句注释】

①黄鸟：即黄雀。交交："啾啾"的借字，鸟鸣声。　②棘：

荆棘。一说酸枣树,一种落叶乔木。枝上多刺,果小味酸。 ③从:从死,即殉葬。穆公:春秋时秦国国君,姓嬴,名任好。 ④子车:姓氏,复姓。奄息:人名。下文"子车仲行""子车鍼虎"同此,此三人是秦穆公的臣子。 ⑤百夫:百人。"百"是虚数,言其多。特:雄俊,杰出。"百夫之特":一人当百夫,一人有百夫之勇。 ⑥穴:墓穴,坟墓。 ⑦惴惴:恐惧状。栗:战栗,颤抖。 ⑧彼苍者天:悲哀至极的呼号之语,犹今语"老天爷哪"。 ⑨良人:好人。妻子对丈夫的称呼。 ⑩人百其身:犹言用一百人赎其一命。 ⑪桑:桑树。 ⑫防:通"方",当,比。与上文"特"字意近。 ⑬楚:荆树。 ⑭御:相当,比得上。与上文的"特""防"字意近。

【译诗】

黄鸟(新韵)

黄雀哀鸣山鬼泣,桑枝荆棘掩荒坟。
仲行奄息携鍼虎,赴死殉公报国君。
三子持忠遗怨恨,百夫难挡胜三军。
我今临穴心惊悚,诘问苍天何不仁?

【解读与评析】

关于本诗的创作背景与主旨,因有翔实史料为据,古今诗论者无原则性分歧,多认为《黄鸟》是一首哀子车氏三兄弟奄息、仲行、鍼虎为秦穆公殉葬而死,控诉秦国统治者以人殉葬制度之罪恶的诗。

据《左传·文公六年》载:"秦伯任好(秦穆公)卒,以子车氏三奄息、仲行、鍼虎为殉。皆秦之良也,国人哀之,为之赋《黄鸟》。"(李卫军编著《左传集评》)又据《史记·秦本纪第五》

诗经国风赏析

载:"三十九年(公元前621年),缪(穆)公卒,葬雍。从死者百七十七人。秦之良臣子舆(车)氏三人名曰奄息、仲行、鍼虎,亦在从死之中。秦人哀之,为作歌《黄鸟》之诗。"《左传》《史记》对《黄鸟》的创作背景及主旨有具体的描述,有信史为证,后来诗释译注者就自然不会有分歧了。

全诗三章,每章十二句。第一章悼惜奄息,分为三层意思。首二句用"交交黄鸟,止于棘"起兴,以黄鸟的哀鸣兴起子车奄息被殉之事,渲染出一种悲哀、凄苦的氛围,为全诗的主旨定下了哀伤的基调。第二至第六句,点明以子车奄息殉葬穆公之事,并指出为秦公所殉的是一位才智超群的"百夫之特",从而表现秦人对奄息遭殉的无比悼惜。诗的后六句,写秦人为奄息临穴送殉的悲惨惶恐的情状。"惴惴其栗"一语,充分描写了秦人目睹活埋惨象的惶恐情景。这惨绝人寰的景象,灭绝人性的行为,使目睹者发出愤怒的呼号:"彼苍者天,歼我良人!"这是对统治者的谴责!这是对"君要臣死,臣不得不死"的封建礼教的控诉!也是对时代的诘问!"如可赎兮,人百其身":如果可以赎回奄息的性命,即使用百人相代也是甘心情愿的啊!由此可见,秦人对"百夫之特"的奄息的哀悼之情。

第二章悼惜仲行,第三章悼惜鍼虎,重章叠句,其结构及诗旨均与首章相同,只是更换几个字而已。

以活人殉葬是远古时代东方氏族的陋习,是存在于奴隶社会乃至封建社会的罪恶制度,从发掘的商代墓葬遗址及甲骨文的记载中,可见以人殉葬制度的极端残酷性。2011年11月下旬,我游览了安阳殷墟遗址,墓穴中的层层白骨令人惊悚。我写了《游安阳殷墟遗址》:"遗迹昭昭古帝台,幽幽洹水久徘徊。层层叠叠农奴骨,到处蝉声动地哀。"

"良人"有平民、百姓、善良的人等含义。而在古代,夫妻互称为良人,后多用于妻子称丈夫。在本诗中,当取后一种词义。从诗中"歼我良人"句可推测出,本诗作者当是车氏三兄弟奄息、仲行、鍼虎的妻子,或者是托"三子"妻子之口吻所写。

车氏三兄弟奄息、仲行、鍼虎为秦穆公殉葬而死,他们的妻子及秦人万分哀伤悲痛,故作《黄鸟》以表达对残酷的活人殉葬制度的谴责与控诉。而宋代诗人刘敞却以此史实为题材写了怀古诗《哀三良诗》:"士为知己死,女为悦己容。咄嗟彼三良,杀身殉穆公。丹青怀信誓,夙昔哀乐同。人命要有讫,奈何爱厥躬。国人悲且歌,黄鸟存古风。死复不食言,生宁废其忠。存为百夫防,逝为万鬼雄。岂与小丈夫,事君谬始终。"诗中赞扬三良"杀身徇穆公"是"士为知己死",是忠君、守信、不食言的表现。它与《黄鸟》的主旨完全相反,实不可取。

晨 风

鴥彼晨风①,郁彼北林②。
未见君子,忧心钦钦③。
如何如何④,忘我实多!

山有苞栎⑤,隰有六驳⑥。
未见君子,忧心靡乐⑦。
如何如何,忘我实多!

山有苞棣⑧,隰有树檖⑨。
未见君子,忧心如醉。

如何如何，忘我实多！

【词句注释】

①鴥（yù）：鸟疾飞的样子。晨风：鸟名，即鸇（zhān）鸟，属于鹞鹰一类的猛禽。 ②郁：郁郁葱葱，形容茂密。 ③钦钦：忧思难忘的样子。 ④如何：奈何，怎么办。 ⑤苞：丛生的样子。栎（lì）：栎树。 ⑥隰：低洼湿地。六驳（bó）：木名，梓榆之属，因其树皮青白如驳而得名。 ⑦靡乐：不快乐，无所乐。 ⑧棣（dì）：棠棣，也叫郁李，果实如梨。 ⑨树：直立的样子。檖（suì）：又名山梨。

【译诗】

晨　风

北林葱郁吐浓香，苞栎山梨自发扬。
棠棣舒幽呈翠绿，苍鹰振翅送清凉。
忧心靡乐相思苦，悲泪涟涟孤影伤。
未见夫君生百虑，旧情莫不已遗忘？

【解读与评析】

关于本诗的主旨与创作背景，古今诗释译注家颇有分歧。《毛诗序》："《晨风》，刺康公也。忘穆公之业，始弃其贤臣焉。"朱熹《诗序辩说》："此妇人念其君子之辞。"并在《诗集传》中说："妇人以夫不在，而言鴥彼晨风，则归于郁然之北林矣；故我未见君子，而忧心钦钦也。"方玉润《诗经原始》则说："未详。"马飞骧《诗经缵绎》以为是"思贤士之诗"。高亨《诗经今注》说："这是女子被男子抛弃后所作的诗。"但不敢肯定，又说："也可能是臣见弃于君，士见弃于友，因作这首诗。"刘毓庆、李蹊认为："这是一

秦　风

首女子等候情人的歌，因约定时间已过，女子心中充满了忧虑。"我认为，《晨风》是一首妻子许久未见到丈夫时所作的忧思之诗。

对此诗主旨的解读有如此之多的歧论，解析的钥匙在于其诗眼"未见君子"。可将此诗与《郑风·风雨》相对照读。通过解析《郑风·风雨》已知，它是一首表现妻子与丈夫久别重逢而心情愉悦的诗作，其中，"既见君子"是诗眼，"君子"是指女子的丈夫。因是重逢，故是"既见"。《晨风》"未见君子"句中的"君子"与前者同义，也是指女子的丈夫。但前者是"既见"，而后者是"未见"，因此可认为，《秦风·晨风》与《郑风·风雨》的主旨是完全相反的：即前者是妻子与丈夫久别重逢时心情愉悦不已，后者是妻子许久未见到丈夫而心情郁悒不止，故作是诗。

全诗三章，各章六句。首章用如鹞鹰一类的猛禽鹯鸟归林起兴，用意了然。鸟倦飞而知返归巢，这是鸟性、天性使然。与之相反的是，"未见君子"，夫君却似乎忘了家，没有回来。面对暮色苍茫的黄昏，凝视着归巢的飞鸟，女子仍未见到意中的"君子"，她心底不免忧伤苦涩。再细细思量，越想越害怕。她想："怎么办呵怎么办？莫不是那人已忘了我！"这不假雕琢的质朴语言，既是真挚感情的表达，又是无奈的呼喊。"忘我实多。"忘了什么？使人产生无限的联想：忘的也许是曾经的花前月下，也许是曾经的山盟海誓，也许是曾经的卿卿我我……因男子忘得多也就负得深。因这位"君子"把这一切都忘了，实在是无情无义的负心汉。故妻子怨得深、忧得多。"忧心钦钦！"

第二、三章的前二句换成以树起兴，也是为了引出后文的赋。"山有苞栎，隰有六驳""山有苞棣，隰有树檖"。洼地舒幽呈翠绿，苞栎山梨自舞扬。树有根，叶落地，那是叶对根的留恋。在这里，诗人将"未见君子"置于丛生的栎树、山梨树、棠棣树自然环境中，两相对照，使读者浮想联翩。人非草木，孰能无情？而"君

459

子"呢？他没有归家。岂不连草木也不如？

　　第二、三章后四句与第一章的后四句，只变换了两个字：钦钦—靡乐—如醉，但表达妻子的忧思却一层深似一层，一日更甚一日。"钦钦"形容忧郁惆怅；"靡乐"已是苦闷不乐；"如醉"，已发展到迷离如醉，精神恍惚。她一遍又一遍地呼喊：怎么办呵怎么办？（"如何如何"）再发展下去，她真的就要崩溃了。而导致这些结果的原因，都是"忘我实多"。莫不是他把我忘记了？真是可憎！可恨！可怨！可忧！

无　衣

岂曰无衣？与子同袍①。
王于兴师②，修我戈矛③，
与子同仇④！

岂曰无衣？与子同泽⑤。
王于兴师，修我矛戟，
与子偕作⑥！

岂曰无衣？与子同裳⑦。
王于兴师，修我甲兵⑧，
与子偕行⑨！

【词句注释】

　　①袍：长袍，古代人外罩的长衣。　②王：君王，此处指秦

君。一说指周天子。于：语助词。兴师：起兵。　③修：整治，准备。戈矛：两种长柄的兵器。　④同仇：共同对敌。　⑤泽：通"襗"，贴身内衣。　⑥偕作：一起行动，共同行动。　⑦裳：下衣，此处指战裙。　⑧甲：衣甲。兵：兵器。甲兵：兵器装备的总称。　⑨偕行：一同前往。

【译诗】

无衣（新韵）

志坚石可摧，不必说无衣。
独木枝条弱，同仇气势威。
听君征战令，持戟偕行随。
袍泽同分享，戈矛当斩谁？

【解读与评析】

对本诗主旨的解读，古今学者存有分歧。《毛诗序》："《无衣》，刺用兵也，秦人刺其君好攻战，亟用兵而不与民同欲焉。"朱熹《诗集传》："秦人之俗，大抵尚气概，先勇力，忘生轻死，故其见于诗如此。"季本《诗说解颐》："此将帅与士卒同甘共苦者所作。"姚际恒《诗经通论》："秦俗强悍，乐于用命。"方玉润《诗经原始》："秦人乐为王复仇也。"马飞骧《诗经缵绎》认为是"秦人乐为王复仇之诗。"高亨《诗经今注》："这是劳动人民的参战歌。"刘毓庆、李蹊认为："这是一首战士的备战之歌，表现了秦人的尚武精神。"我认为这是一篇表现秦人勇敢强悍、轻生忘死、将帅与士卒同甘共苦、同仇敌忾、整修兵器、抵御外侮的诗作。

据《左传》《史记》载，以平王东迁为标志，周王室由强转弱，日益衰微，外有戎族入侵，内有诸侯国之间相互争霸，战争频繁，烽火四起。西周都城镐京（今西安）为秦国属地，土地肥沃，

诗经国风赏析

五谷丰盈,列国虎视,又处西域,戎族入侵更是首当其冲。身处其境,秦人同仇敌忾,遂奋起反抗,理所当然。《无衣》当是在此背景下创作而成的。

全诗三章十五句,每章五句。全诗采用重叠复沓的形式。每一章句数、字数相等。结构虽同,但诗意逐层递进,气势一章比一章激昂。首章结句"与子同仇",表达的是将士们面对共同的敌人,人人愤怒不已,听到君王的出征令,互相激励,修戈整矛,迅速备战的情绪。第二章结尾句"与子偕作",是出征行动的开始。将士们已手持矛戟,共同迎敌。第三章结尾句"与子偕行",表明将士们行进在奔赴战场的途中。"同仇""偕作""偕行"表现的是将士们的生死之谊和共进退的情感。

各章以首句"岂曰无衣"起兴。此处的"衣"并非仅指具体的衣物,它是泛指征战时所需的各种物资,是各种战争物资的具象化。"无衣"有什么担忧的呢?"岂曰无衣?"问句突兀,表现了将士们不惧一切困难的慷慨奋发的精神面貌、坚强意志和昂扬斗志。

各章次句是"诗魂"。"与子同袍(泽、裳)"所表现的是将士们同甘共苦、豪迈乐观、互帮互助、团结战斗的无私品质。试想,你若没有衣裳袍泽,我可脱下给你穿,哪怕我只有一丝半缕,我也要给你,那还有什么物资不能共同分享的呢?

本诗三章依序描述了"三修",即"修我戈矛""修我矛戟""修我甲兵"。修,就是整治、准备的意思。两军对峙,决定战争胜负的因素,除需要将士同心协力,具有顽强的意志、轻生忘死的慷慨精神外,有无必要的兵器装备也是重要条件。不打无准备之仗,才能在战争中占有主动权。"三修"所表现的正是秦人善战、不打无准备之仗的战争策略。

东周晚期,诸侯群雄争霸,遂成春秋战国。而最终结果是秦吞六国,完成了中华民族的统一大业。这与本诗中所表现的秦人尚武、勇敢、慷慨奋发、将士同甘共苦、整修兵器、不打无准备之仗等诸多因素是密切相关的。

人们爱好和平，向往安宁的生活，讨厌战争，但战争却总是伴随着人类社会前进的脚步而从未停歇。环视当今世界，战火仍在许多地方熊熊燃烧，霸权主义总是希望通过战争掠夺他国财富以维护其世界霸主地位。面对当今世界百年未有之大变局，迫切需要全国军民团结一心，"与子同袍""与子同泽""与子同裳"；不好战但不惧战，"修我戈矛""修我矛戟""修我甲兵"，积极备战；培养顽强的意志，增强对敌斗争的本领。只有这样，才能以强制强，制止战争，维护和平安宁的生活。

渭 阳

我送舅氏①，曰至渭阳②。
何以赠之？路车乘黄③。

我送舅氏，悠悠我思④。
何以赠之？琼瑰玉佩⑤。

【词句注释】

①舅氏：母亲的兄弟，俗称舅舅、舅父。 ②曰：语助词。至：到，来到。渭阳：渭水的北岸。 ③路车：古代诸侯乘坐的车子。朱熹《诗集传》："路车，诸侯之车也。"乘黄：驾车的四匹黄马。 ④悠悠：悠远、长久。我思：我的思念。 ⑤琼瑰：珠玉之类的美石。玉佩：玉石制成的佩饰，亦称佩玉。

【译诗】

渭阳（二首）

一

送舅踏归程，别离渭水滨。
相赠何物好？车马表真情。

二

送舅踏归程，悠思暗自生。
相赠何物好？玉佩和琼鸣。

【解读与评析】

关于本诗的主旨及创作背景，古今诗释译注者都认为是一首外甥（秦国太子康公）送别舅舅（晋文公重耳）的诗。《毛诗序》云："《渭阳》，康公念母也。康公之母，晋献公之女也。文公遭丽姬之难，未反而秦姬卒。穆公纳文公。康公时为太子，赠送文公于渭之阳，念母之不见也，我见舅氏，如母存焉。"朱熹《诗集传》："舅氏，秦康公之舅，晋公子重耳也。出亡在外，穆公召而纳之。时康公为太子，送之渭阳，而作此诗。"方玉润《诗经原始》："康公送别舅氏重耳归晋也。"马飞骧《诗经缵绎》认为是"康公送别舅氏重耳归晋之诗。"刘毓庆、李蹊认为："这是秦国太子（外甥）送舅父（晋文公）回国的送别诗。"

我认为，本诗是秦国太子康公送其舅舅重耳回晋国时所作的送别诗。

为考证本诗的创作背景，笔者研读了李卫军编著的《左传集评》有关篇章。其中关于秦国太子康公与重耳的甥舅关系、穆公纳文公、重耳回晋之事有不连贯但具体的记载。晋献公将其女嫁给秦国国君为妻，生两男一女，即太子罃、弘和女简璧。晋文公重耳是

秦　风

晋献公的儿子,秦穆公与其姬(即晋献公之女)生秦康公。因此,秦康公与晋文公是甥舅关系。重耳遭丽姬之难逃离晋国多年,最后来到秦国。此时晋国内乱不和,秦穆公称霸,鉴于重耳重德,便派兵护送他回到故地晋国,立为晋君,即为晋文公。重耳回晋途中,也是历尽艰辛,屡受慢待。秦穆公派兵护送重耳回晋国时,太子康公去为舅舅重耳送行,并作此诗记述其事。

全诗二章,每章四句,两章结构相同,词句如口语,浅显明白。但章法与用词随情绪而变换,表达了甥舅之间的深厚情谊以及儿子对母亲的思念之情。第一章开头两句"我送舅氏,曰至渭阳",在言明了诗人和送别者的关系的同时,又交代了甥舅相分别的地点。秦康公送舅氏重耳(晋文公)回国就国君之位,来到渭河北岸,即将分别。甥舅情深,望着滚滚东逝的渭河之水,心潮翻涌,有千言万语可说,但又无法尽说。无法尽说,倒不如不说,满腹的心里话尽在不言中。只是舅舅回故国就君位,为甥的也得表达祝福的心意。"何以赠之?"赠送点什么为好呢?舅舅回故国就君位是件大喜事儿,那就"路车乘黄",送一辆四匹黄马驾驭的大车吧,祝愿舅舅快快到达晋国登基。

第二章由惜别之情转向念母之思。重耳与康公之母秦姬是同胞姐弟。此时,秦姬已经离开人世。所以,诗人在送舅氏归国之时,不能不由舅氏而念及其母,由与舅氏的惜别转为怀念母亲的哀思。"我送舅氏,悠悠我思"两句,蕴含着丰厚的情感。俗话说:娘舅为大。甥舅之情本源于母,而念母之思更加深了甥舅情感。

"我送舅氏,悠悠我思。"既有此思,赠送点什么为好呢?这时,诗人便自然地想到"琼瑰玉佩"这些寓意纯洁温润美好的玉器。这既是对舅氏的道德人品的赞颂,也包含有希望舅舅即晋国君位后,能如"琼瑰玉佩"一样纯洁温润,友善爱民。舅氏的道德人品如何?《左传》有记:"今臣之子,名在重耳。""晋人伐诸蒲城。

465

蒲城人欲战，重耳不可。"可见，诗人对舅氏品德的赞颂是有事实根据的。

本诗对后世赠别诗有很深远的影响，可谓是后世赠诗之始祖。方玉润《诗经原始》说此诗"为后世送别之祖"。"寒空巫峡曙，落日渭阳情"（杜甫《奉送卿二翁统节度镇军还江陵》）和"停车渭阳暮，望望入秦京"（储光羲《渭桥北亭作》），所用典故均源自《渭阳》一诗。

亲情、爱情、友情是人们最需要珍视的情感。其中，亲情又居其首。《渭阳》这首短诗的特殊教育意义在于重亲情。娘舅为大，康公送舅氏，一片甥舅至情。血脉相连的亲情是最为珍贵的。

权 舆

於我乎①，夏屋渠渠②，
今也每食无余③。
於嗟乎④，不承权舆⑤！

於我乎，每食四簋⑥，
今也每食不饱。
於嗟乎，不承权舆！

【词句注释】

①於（wū）：通"呜"，叹词。古字通"何"。 ②夏屋：古有二解，一以为大的宫室；一以为是大的食器。根据本诗前后文的连贯意思，后一种解读更符合诗的本意。渠渠：大而深貌。 ③无

余：不剩，没有剩余。 ④於嗟乎：悲叹声。 ⑤承：继承。此处为延续的意思。权舆：本指草木初发，引申为起始，当初，先前。 ⑥簋（guǐ）：古代盛食物的器皿。

【译诗】

权　舆

当初富贵享洪恩，美味佳肴堆玉盆。
今日贫穷常不饱，簋中蔬食无点存。

【解读与评析】

　　关于本诗的主旨及创作背景，历代学者存有分歧。《毛诗序》云："《权舆》，刺康公也。忘先君之旧臣与贤者，有始而无终也。"朱熹《诗集传》曰："此言其君始有渠渠之夏屋以待贤者，而其后礼意寖衰，供亿寖薄，至于贤者每食而无余，于是叹之，言不能继其始也。"方玉润《诗经原始》认为是"刺康公待贤礼杀也"。马飞骧《诗经缋绎》以为是"刺康公待贤礼衰之诗"。高亨《诗经今注》认为"这是没落阶级自悲自叹的诗"。刘毓庆、李蹊认为"这是一首没落贵族对今不如昔生活的叹息"。

　　我认同刘毓庆、李蹊的观点。至于是何原因使没落贵族今不如昔，史料中无从考证，也许是君王待贤礼衰，也许是贵族遇上了天灾人祸，也许是因为社会大变革所致，等等。但不管是何种原因所致，诗人对自己当前的生活状态是悲叹不已，很有牢骚。

　　全诗二章，每章五句，二章结构相同，虽字词有变化，但其意完全相同。在反复咏叹中进行了今不如昔的强烈对比。人的生活需求包含衣食住行等多方面的内容，今昔对比可以从多方面进行。"民以食为天。"食是人类生存的最重要、最基本的条件。而诗人并没有面面俱到地进行诉说，而是择其一点——食进行今昔对比。用以前的餐餐美味盛满大盆（"夏屋渠渠"）、四盘佳肴（"每食四簋"）与今日每餐吃得碗干钵净（"每食无余"）、吃不饱（"每食不饱"）做对比。这种今昔悬殊的强烈对比，抓到了要害：连饭都吃不饱，遑论其他。对此，他无可奈何地叹息道：今不如昔呀！（"不承权舆！"）这嗟叹声中充满了没落贵族对从前锦衣玉食生活的留恋与不舍，对现实潦倒困苦生活的悲观与失望。

富贵者的没落是人类社会发展过程中必然且普遍存在的现象。中国有一句俗话："富不过三代。"究其原因，源于富贵者生活的奢靡及对享乐的追求，就如本诗作者所留恋的"夏屋渠渠""每食四簋"。富贵者如何避免掉入"富不过三代"的陷阱，答案就在中华民族先哲的智慧中："道德传家，十代以上；耕读传家次之；诗书传家又次之；富贵传家，不过三代。"

世人当以《权舆》为诫！

陈 风

宛 丘

子之汤兮[1]，宛丘之上兮[2]。
洵有情兮[3]，而无望兮[4]。

坎其击鼓[5]，宛丘之下。
无冬无夏[6]，值其鹭羽[7]。

坎其击缶[8]，宛丘之道。
无冬无夏，值其鹭翿[9]。

【词句注释】

[1]子：你，这里指男子，舞者。一说是巫女。汤（dàng）："荡"之借字，摆动、摇动。这里是舞动的样子。一说游荡，放荡。 [2]宛丘：四周高中间平坦的山丘。 [3]洵：确实，确信，实在是。有情：尽情欢乐。 [4]无望：无希望，没指望。一说无德望。 [5]坎其：即"坎坎"，击鼓发出的声音。 [6]无：不管，不论。 [7]值：持或戴。鹭羽：用白鹭羽毛做成的舞蹈道具。 [8]缶（fǒu）：瓦盆。古人歌舞时击之以节乐。 [9]鹭翿（dào）：用鹭羽为装饰的旌旗，为古代舞蹈道具。

【译词】

天仙子·宛丘

潇洒风姿声朗朗，宛丘之上轻身荡。无冬无夏舞高台，箫鼓响，羽旗晃。我有真情无指望。

【解读与评析】

关于本诗的主旨及其创作背景，有四种不同的说法。一是刺上位说。《毛诗序》："《宛丘》，刺幽公也。淫荒昏乱，游荡无度焉。"明人丰坊《诗说》："陈人讥其大夫之诗。"清人傅恒、孙嘉淦《诗义折中》："陈人刺其上也。"方玉润《诗经原始》认为是"刺上位游荡无度也"，并反驳朱熹《诗集传》的泛指"刺游荡人"之论，说："乐舞非细民所宜，威望亦于庸众无关，使闾巷鄙夫终岁执羽舞翻于宛丘之上，亦属常然，何烦诗人讽咏，重劳大圣人录而冠夫《陈风》之首，以为游荡者戒耶？"马飞骧《诗经缵绎》以为是"陈人刺其上游荡无度之诗"。

二是刺陈好巫风说。郝懿行《诗问》："刺女巫也。"高亨《诗经今注》认为："陈国巫风盛行。这是一篇讽刺女巫的诗。"

三是刺游荡之人说。朱熹《诗集传》："国人见此人常游荡于宛丘之上，故叙其事以刺之。"牟庭《诗切》："刺时人不知音也。"

四是情诗恋歌说。刘毓庆、李蹊认为是"舞者所唱的恋歌：宛丘之下的舞者见到宛丘之上的正在无忧无虑游玩的少女，心中充满爱意，二人也彼此有情"。

上述"四说"中，前三者皆为"刺诗"说。它们是基于对诗眼"汤"字的解读，即将其解读为"放荡""游荡""浪荡""闲散"。这种解释大抵有先定诗旨再释诗意之嫌。其实，在本诗中，作为"荡"的借字，"汤"应是摇摆、摇动、舞动的意思，它所写

陈 风

的是舞者热情奔放的舞姿。从字里行间中，读者无从知晓本诗的主人公是何人，更没有史料可以为据，将其认为是"刺诗"，不可为信。

若将本诗与《邶风·简兮》相对照，多处词句虽字不同但意相同。如《邶风·简兮》第一章起句"简兮简兮"，所描写的是咚咚响的击鼓声，而《陈风·宛丘》第二、三章的首句"坎其击鼓""坎其击缶"也是描述击鼓叩盆的响声；《邶风·简兮》中的"左手执籥，右手秉翟"所表现的是舞者跳舞时左手执籥吹奏，右手执锦鸡翎毛的姿态，而《陈风·宛丘》第二、三章的末尾句"值其鹭羽""值其鹭翿"所描述的也是舞者随羽旗飘扬晃动翩翩起舞的姿态。由此可以认为，《陈风·宛丘》与《邶风·简兮》主旨相同，都是对舞者的赞美、爱慕之诗。二者不同之处是，后者赞美、爱慕的对象是一位男舞者，前者赞美、爱慕的对象是一位女舞者。

全诗三章，每章四句。诗人采用先果后因的倒叙笔法，第一章先写对舞者的爱慕之情，在第二、三章再写对舞者的赞美之意。前者是果，后者是因。第一章前二句写诗人为舞者在宛丘高台之上的优美奔放的舞姿而陶醉，情随舞起。两个"兮"字，看似寻常，实深具叹美之意，流露出诗人对舞者不能自禁的爱慕之情。

"宛丘"应是陈国一处固定的游乐、聚会、歌舞之地。在描述男女聚会歌舞的《陈风·东门之枌》一诗中也有"宛丘之栩"句。联系到《宛丘》第二、三章的"无冬无夏"句，"宛丘"也可能是一处天天都有歌舞演出的固定场所，就如现在的露天剧场之类。本诗中的主人公可能还是一位专业舞者，故"无冬无夏"地在此处演出。

舞者在"宛丘之上"尽情奔放，台下观众云集，舞者是不可能关注到诗人心中涌动的情愫和充满爱意的表情的。于是，他惆怅地发出了"洵有情兮，而无望兮"的慨叹：我虽有真情却没有一点指

471

望！起句中的"汤"字凸显出舞之欢快，而收句中的"无望"二字凸显出爱之悲怆，二者互相映射，互相震激，令人回肠荡气，销魂凝魄。

　　世上没有无缘无故的爱。诗人对舞者的爱慕原因何在？第二、三章作了具体的叙写：在欢腾热闹的击鼓叩缶声中，鹭羽飘扬，羽旗随风晃动，舞者不断地旋舞着，从宛丘山上坡顶舞到山下道口，从寒冬舞到炎夏；空间改变了，时间改变了，她的舞蹈却没有什么改变，仍是那么神采飞扬！仍是那么热烈奔放！仍是那么深具难以抑制的野性之美！第二、三章全用白描手法，无一句情语，仍处处可感受到诗人情之所系。似乎他在心中默默地念叨："我是多么爱你，你知道不知道？"

东门之枌

东门之枌①，宛丘之栩②。
子仲之子③，婆娑其下④。

穀旦于差⑤，南方之原⑥。
不绩其麻，市也婆娑⑦。

穀旦于逝⑧，越以鬷迈⑨。
视尔如荍⑩，贻我握椒⑪。

【词句注释】

　　①东门：指陈国的东门。枌（fén）：木名，白榆树。　②栩

(xǔ)：栎树。 ③子仲：陈国的姓氏。"子仲之子"：子仲氏的女儿。 ④婆娑：摇动，徘徊。盘旋舞动的样子。 ⑤榖（gǔ）旦：良辰，吉日，好日子。差（chāi）：选择。朱熹《诗集传》："榖，善。差，择也。既差择善旦以会于南方之原，于是弃其业以舞于市，而往会也。" ⑥南方：南边。原：高平之地，即原野。"南方之原"：到南边的高平之原去相会。 ⑦市：集市。 ⑧逝：往，赶。 ⑨越以：语助词，于以。鬷（zōng）：煮食的釜。会聚，聚集。迈：走，行。"越以鬷迈"：带着灶具前往赴会。 ⑩荍（qiáo）：草名，锦葵。 ⑪贻：赠送。握：一把。椒：花椒。

【译诗】

东门之枌

东门之外影婆娑，栎树榆枌向日斜。
吉日宛丘风景好，子仲少女玉颜遮。
南边喜见高原绿，北市欣闻笑语哗。
貌似锦葵携灶具，芳椒赠我赛诸花。

【解读与评析】

关于本诗的主旨，有"刺诗说"与"情诗说"两种。持"刺诗说"者主要有：《毛诗序》："《东门之枌》，疾乱也。幽公淫荒，风化之所行，男女弃其旧业，亟会于道路，歌舞于市井尔。"方玉润《诗经原始》："刺陈俗尚巫觋。"马飞骧《诗经缱绎》认为是"刺陈风而疾乱之诗"。高亨《诗经今注》认为是"讽刺女巫的诗"。

持"情诗说"者主要有：朱熹《诗集传》曰："此男女聚会歌舞，而赋其事以相乐也。"余冠英《诗经选》说："这是男女慕悦的诗。"刘毓庆、李蹊认为："这首诗描写了秋日祭社的盛会，青年

473

男女尽情放下各种农活，齐集庙会。"

我认为，《东门之枌》是一首描写男女欢会交游于吉日，歌舞于原野，相互倾心慕悦的诗。它反映了当时陈国尚存的社会风俗。

在周代农耕社会，人是最主要的社会生产力，人口多则意味着国力强。婚姻又是社会成立的基点。因此，官府十分重视人口的增长，设置专职官吏，制定礼制，规范男女婚配之事，以促进人口自然增长。据《周礼·地官·媒氏》记载，地官大司徒掌建邦之土地之图与其人民之数，春官大宗伯掌邦礼，"以昏冠之礼亲成男女。"并规定："男三十而娶，女二十而嫁。""中春之月，令会男女。于是时也，奔者不禁，若无故而不用令者，罚之。司男女之无夫家者而会之。"（陈顾远《中国婚姻史》商务印书馆2014年）《东门之枌》所记述的就是一次"中春之月，令会男女"的活动，地点就是陈国东门外宛丘南边的高平之地。它既是当时的一种社会风俗，也是一次由官家组织的类似于现代的集体相亲活动。它具有重要的史料价值。

全诗三章十二句，每章四句。此诗以小伙子为第一人称口吻所写，姑娘是子仲家的女儿。第一章交代了男女欢聚的场所：陈国东门外宛丘南边的高平之地上，那里种着密密麻麻的白榆、栎树，在仲春二月，绿树浓荫，枝叶摇曳，婆娑多姿。在这样一个美妙的时光、美好的地点，子仲家的姑娘和一群少男少女，走出东门，一路蹦蹦跳跳地朝宛丘走去。他们摇摆着婀娜的身姿，以曼妙的舞姿吸引着有心人羡慕而又多情的目光。

举行重要活动，首先是选好日子，即所谓的黄道吉日，以图一个好彩头，求得一个好结果。这是中华传统文化中所包含的内容。本诗第二、三章交代聚会活动的时间是"榖旦"。这是一个有特别意义的吉利日。在"榖旦"，姑娘们放下往日手中的活儿，不再忙碌地织麻，大家拿着各种餐饮灶具，高兴欢快地来到宛丘南边那广

陈　风

阔的高平之地，聚集在一起，在欢歌狂舞中寻觅意中人。好不热闹！

第三章末尾二句"视尔如荍，贻我握椒"为本诗主旨起到点睛的作用：我赞美你就像美丽的锦葵花，你回赠我芳香花椒一大把！这是小伙子对子仲少女爱的表白，也是子仲少女对小伙子爱的回馈。有情人始之共游于吉日，继之歌舞于原野，终于相互慕悦，携手同归。

全诗语言欢快活泼，风格质朴自然，写得很美！它既有原野广阔、树影婆娑的风景美，又有少男少女们齐聚于原野欢歌狂舞的动态美，还有子仲姑娘仿若锦葵花的静态美，更有小伙子与子仲姑娘相互倾心爱慕的情感美！

衡　门

衡门之下^①，可以栖迟^②。
泌之洋洋^③，可以乐饥^④。

岂其食鱼^⑤，必河之鲂^⑥？
岂其取妻^⑦，必齐之姜^⑧？

岂其食鱼，必河之鲤^⑨？
岂其取妻，必宋之子^⑩？

【词句注释】

①衡门：横木为门，形容居所简陋。衡，通"横"。　②栖迟：

栖息，休息，安身。　③泌（bì）：水名，指陈国泌邱的泉水名。洋洋：水盛的样子。　④乐饥：疗饥，充饥。　⑤岂：难道。　⑥河：黄河。鲂（fáng）：鱼名，鲂鱼，跟鳊鱼相似，生活在淡水。　⑦取：同"娶"。　⑧齐之姜：齐国姜姓的贵族女子。诗中常以其喻美女。　⑨鲤：鲤鱼。　⑩宋之子：宋国子姓的贵族女子。"齐之姜""宋之子"都是喻指当时有声望的贵族大家的美丽女子。

【译诗】

衡门（新韵）

陋室衡门自在栖，清泉汩汩可充饥。
食鲂何必黄河鲤，报晓还须茅店鸡。
齐宋姑娘虽秀美，为妻无望莫心期。
有鱼有水当知足，无欲无求好养怡。

【解读与评析】

关于本诗的主旨及创作背景，古今诗释译注者的观点主要有以下三种：

一是"刺诗说"。只有少数。《毛诗序》："《衡门》，诱僖公也。愿而无立志，故作是诗以诱掖其君也。"牟庭《诗切》："刺国无寄寓也。"

二是"贤者自乐无求之说"。这是多数。朱熹《诗集传》："此隐居自乐而无求者之辞。"方玉润《诗经原始》："贤者自乐而无求也。"马飞骧《诗经缵绎》以为是"贤者安贫乐道之诗"。高亨《诗经今注》认为："春秋时代，社会上有少数知识分子，甘于贫贱，不求富贵，后人称之为隐士。这首诗就是隐士所作，抒发他的志趣。"

三是"男女情爱说"。这也是少数。刘毓庆、李蹊认为："这

陈　风

首诗写一位男子情感空白而无法填补的痛苦。"

我认为，从本诗字词句及全诗章节结构可以看出，无论是"刺诗说"还是"男女情爱说"，都是诗释译注者对诗意赋予了太多的主观臆想，未必符合诗作者的本意。《衡门》应是一位隐士所写的安贫乐道的生活哲理诗。

全诗三章十二句，每章四句。第一章为叙事，诗人先道出自己所处的生活环境与生存状态，以写实表达甘贫之心。他清晨起来，打开柴门，面对家门前泌河汨汨流淌的河水，欣赏着不远处青嶂叠翠的山峦，他心满意足，怡然自得。于是，他微微笑着咏诵道：美哉！妙哉！有此一间柴门陋室，可以栖身避雨，此生足矣！有此一汪泌水，永不停息地哗哗流淌，清波潋滟，观此美景，虽腹饥亦以为乐也！

第二、三章为作者发出的人生感悟和生活哲理之语。他面对眼前的美景，联想到自己的生活状态，发自内心地感慨道：吃鱼何必一定要黄河中的鲂鲤，娶妻又何必非齐姜、宋子这样的美女不可？只要能充饥，吃啥鱼都可以。只要两情相悦，非齐姜、宋子这样的女子也可以。此为诗人以写实之句表达其无求之意。

求富求贵求闻达，是人之天性使然。但对任何人而言，往往是理想很丰满，而现实却很骨感。能否到达富贵闻达的理想彼岸，除了需要自身的努力外，更需要有恰当的机缘和良好的外部条件。若不能如此，何必强求？《衡门》一诗的作者可能是这样一位虽有才有抱负而又不得志的贤士，"必河之鲂？""必齐之姜？""必河之鲤？""必宋之子？"连续四个问句，是他对现实处境无可奈何的呼喊，是理想破灭后心境归于平静的表达。他从隐居生活中思辨出了人生哲理：莫强求闻达富贵，居衡茅陋室，赏山水美景以怡情；食不必鲤与鲂，食粗茶淡饭以养生；娶妻不必齐姜与宋子，只要两情相悦，与心仪之人厮守终生就好。这也是人生一种不错的选择。何

诗经国风赏析

乐而不为？

　　此诗在章法上很独特，先是叙事，由叙事引发议论，涉及人们生活中住、食、婚姻等三件大事，前后呼应，极具逻辑性。语虽浅近，但情实意深，最耐人思。它道出了一个生活哲理：唯能甘贫，故无求；唯能无求，故甘贫；唯无求甘贫，方能知足常乐。

东门之池

　　东门之池①，可以沤麻②。
　　彼美淑姬③，可与晤歌④。

　　东门之池，可以沤纻⑤。
　　彼美淑姬，可与晤语⑥。

　　东门之池，可以沤菅⑦。
　　彼美淑姬，可与晤言。

【词句注释】

　　①池：水池，池塘。　②沤（òu）：长时间用水浸泡。纺麻之前先用水将其泡软，才能剥下麻皮，用以织麻布等。　③淑：善，贤淑美丽。姬：古代对妇女的美称。　④晤（wù）歌：用歌声互相唱和，即对歌。　⑤纻（zhù）：同"苎"，苎麻。多年生草本植物，茎皮含纤维质，可做绳，可织布。　⑥晤语：对面而谈，对话。下文"晤言"与此同义。　⑦菅（jiān）：菅草。芦荻一类的多年生草本植物，其茎浸渍剥取后可以编草鞋。

478

陈 风

【译诗】

东门之池

东门之外碧池波，沤纻沤麻织锦罗。
美丽姑娘真可意，轻言细语诉心歌。

【解读与评析】

关于本诗的主旨，有"刺诗说"与"情歌说"两种解读。持"刺诗说"者有：《毛诗序》曰："《东门之池》，刺时也。疾其君之淫昏，而思贤女以配君子也。"明人朱郁仪《诗故》："刺贤而遁世不见用也。"马飞骧《诗经缋绎》以为是"思贤妃以渍君德之诗"。

持"情歌说"者有：朱熹《诗集传》认为："此亦男女会遇之辞。"高亨《诗经今注》认为："这是一首情歌诗，表达了男子对女方的爱慕之情。"刘毓庆、李蹊认为"这是一首男子向女子求爱的歌"。值得指出的是，诗释大家清人方玉润却对本诗的主旨未作解读。《诗经原始》曰："未详。"

我认为，"情歌说"是符合本诗主旨的。它是一首小伙子向美丽姑娘表达爱慕之情的诗。其诗眼是"彼美"二字。美，本义是美丽、漂亮，含有夸奖、赞美、爱慕的情愫。彼，即为那位、那个。诗各章中"彼美淑姬"句，其意是：那个姑娘真漂亮！那个姑娘贤淑又端庄！男子见到这位美丽的姑娘，心生情愫，反复赞叹。若不是爱慕，怎会如此？

《诗经·国风》中有多首以男女野外劳动为题材的诗篇。如《召南·采蘩》《召南·采蘋》《召南·摽有梅》《魏风·伐檀》《唐风·椒聊》等。《陈风·东门之池》也是一首以青年男女沤麻为题材，男子对美丽姑娘表达爱慕之情时所唱的歌。它描绘了一幅青年男女欢快劳动、相互愉悦的图景：一群青年男女，在陈国都城东门

479

外池塘里浸麻、洗麻、漂麻。大家在一起欢快地劳动，有说有笑，甚至高兴地唱起歌来。有的姑娘小伙还彼此靠近，相互轻言细语，互吐心声。有位小伙子钟情于其中一位美丽的姑娘，他爱慕不已，心生情愫，豪兴大发，对着爱恋的姑娘，反复大声地吟出这首诗，以表达对姑娘的情意。

全诗三章十二句，各章四句。三章只换三个字，一个是"沤"的对象不只是麻，还有苎麻、菅草；一个是"晤"的形式变了，不只是对歌，还有言来语去。第一章包含了本诗的全部意思。第二、三章只是叠章叠句的反复吟唱。这种反复吟唱，既表现劳动青年感情的纯朴强烈，又以复沓的手段加强诗歌的主题，在读者脑海中留下了极深刻的印象。

马克思在《1844年经济学哲学手稿》中提出"劳动创造了美"这一贯穿于人类社会全部历史过程的永恒命题。劳动不仅创造物质财富，也创造精神财富！劳动不仅创造美，在劳动中还创造爱情！本诗形象具体地诠释了"劳动创造了美"这一永恒不变的真理。

东门之杨

东门之杨[①]，其叶牂牂[②]。
昏以为期[③]，明星煌煌[④]。

东门之杨，其叶肺肺[⑤]。
昏以为期，明星晢晢[⑥]。

陈　风

【词句注释】

①东门：都城朝向东方的门，东门又往往是春天男女相会之所。　②牂牂（zāngzāng）：风吹树林发出的沙沙响声。　③昏：黄昏。期：约定的时间。"昏以为期"：相约在黄昏之时。　④明星：明亮的星星。煌煌：明亮的样子。明星煌煌：星星闪闪亮。
⑤肺肺（pèipèi）：与"牂牂"近义，指风吹树林发出的沙沙响声。
⑥晢晢（zhézhé）：明亮的样子。

【译词】

如梦令·东门之杨

云淡风轻天朗，明月东门青嶂。相约在黄昏，星下春心舒畅。沮丧，沮丧，却是影孤情怆。

【解读与评析】

关于本诗的主旨，有"刺诗说"与"情诗说"两种。持"刺诗说"者主要有：《毛诗序》曰："《东门之杨》，刺时也，昏姻失时，男女多违，亲迎，女犹有不至者也。"明人朱郁仪《诗故》："刺淫奔也。"傅恒、孙嘉淦等《诗义折中》："刺无信也。"马飞骧《诗经缵绎》以为是"刺无信之诗"。

持"情诗说"者主要有：朱熹《诗集传》："此亦男女期会而有负约不至者。"高亨《诗经今注》认为："二人约定黄昏时相会于东门，而对方久久不来，作者唱出这首情歌。"刘毓庆、李蹊认为："男女相约在黄昏相见，但当满天星斗之时那人却没来，言外有无限孤独寂寞之感。"值得一提的是，诗释大家方玉润《诗经原始》却对本诗主旨未作评注，曰："未详。"

我是同意"情诗说"的。本诗是一首叙写男女期会有负约不至者，守约人因此深感失望、孤寂、凄怆、沮丧之诗。

有少男少女二人曾经约定，黄昏时在陈国都城东门相会。诗人按约到达后，对方却未按约而至，直至满天星光璀璨之时也未见人影。诗人因此深感失望孤寂，于是写下这首诗以表达自己的沮丧惆怅之情。从诗的字词句中，识别不出究竟是男子爽约还是女子爽约。读者自己去想象吧。从"未按约而至"这个角度看，说本诗是"刺无信之诗"也无妨。

说本诗是一首写"男女期会而有负约不至者"的情诗，诗眼是"东门"二字。《陈风》篇有诗十首，其中以"东门"为起兴的有三首，《陈风·宛丘》中的"宛丘"也是指东门之外的一处游乐之地。如此说来，《陈风》诗十首中，有四首与"东门"有关联。而《陈风·宛丘》《陈风·东门之枌》《陈风·东门之池》所叙写的都是男女爱情之事。由此可以认为，东门并非陈国都城一处普普通通的城门，而是陈国都城青年男女的"恋爱之角"，是一块产生爱情的圣地。《陈风·东门之杨》亦不例外是一首叙写男女爱情的诗。

全诗两章八句，各章四句。因叠章叠句叠韵的需要，第二章变换了"牂牂—肺肺""煌煌—晢晢"二字，且字换意未变。

各章首句以东门外如青嶂的杨林起兴，借白杨树的沙沙声和"煌煌"明星之景的点染，来烘托不见伊人的焦灼和惆怅。诗人早早吃罢晚饭，喜滋滋来到城东门外赴约了。他（她）既兴奋又感到新奇，驻足眺望，云淡天朗，星光闪烁，明月清辉；一排排挺拔高耸的杨树映入眼帘，晚风轻荡，树叶沙沙作响；他（她）幻想着相见时的欢娱场景，憧憬着未来幸福美好的生活。等呀盼呀，望眼欲穿，从黄昏等到月至中天，仍不见对方的踪影。他（她）倍感孤寂，由惆怅至凄怆，由失望至沮丧。"牂牂""肺肺"的树声，听来简直就是他（她）心儿无奈的浅唱低吟。

《围炉诗话》说："诗贵有含蓄不尽之意，尤以不着意见、声色、故事、议论者为最上。"《沧浪诗话》也说:"语忌直,意忌浅,脉忌露,味忌短。"在写作技法上,《东门之杨》深得要领,极具特点。词句含蓄而情深意浓。诗中无一人字,而人声人影活现;无一句情语,而诗人的期盼、热望、懊恼、惆怅之情自现。这正是本诗情感抒写上的妙处。

墓 门

墓门有棘①,斧以斯之②。
夫也不良③,国人知之。
知而不已④,谁昔然矣⑤。

墓门有梅⑥,有鸮萃止⑦。
夫也不良,歌以讯之⑧。
讯予不顾⑨,颠倒思予⑩。

【词句注释】

①墓门:陈国城门。棘:酸枣树。 ②斯:析,劈开,砍掉。 ③夫:这个人。此处指大夫,即陈国的统治阶级中士大夫。 ④不已:不止。指不改恶行。 ⑤谁昔:畴昔,往昔,从前。然:这样。"谁昔然矣":依然故我。 ⑥梅:即棘。 ⑦鸮(xiāo):又名山鸮,即猫头鹰。萃:集,栖息。止:之,指此处。 ⑧讯:亦作"谇",告诫,劝谏。 ⑨顾:管,在意。不顾:不理会,不在乎。 ⑩颠倒:跌倒。此处指国事纷乱,是非颠倒。思予:即"予思"的倒语。

诗经国风赏析

【译诗】

墓门（新韵）

城门长荆棘，刀斧却能劈。
鸮鸟栖丛树，鸡声唤晓曦。
无良夫不晓，积习世难医。
歌以情相劝，愚顽至死迷。

【解读与评析】

关于本诗的主旨，古今诗释译注家都认为是一首刺诗。但对所刺之对象又有不同的解读。《毛诗序》曰："《墓门》，刺陈佗也。陈佗无良师傅，以至于不义，恶加于万民焉。"明人牟庭《诗切》："刺仪行父也。"清人方玉润《诗经原始》："刺桓公不能早去佗也。"朱熹《诗集传》认为诗中"夫，指所刺之人也"。闻一多《风诗类钞》认为是"刺夫有恶行也"。马飞骧《诗经缵绎》认为是"刺桓公不能去佗之诗"。高亨《诗经今注》认为："这是陈国人民讽刺一个品德恶劣的统治者的诗。"刘毓庆、李蹊曰："同意闻一多先生的意见，这是一首妻子讽刺她丈夫的诗。"

《毛诗序》认为"《墓门》，刺陈佗也"，所依据的是《左传》的有关记载。据《左传·桓公五年》载："五年春正月，甲戌，己丑，陈侯鲍卒。再赴也。于是陈乱，文公子佗杀太子免而代之，公疾病而乱作，国人分散，故再赴。"对《毛诗序》所持论据，尔后的诸多学者并不认同，并质疑之。苏辙在其《诗集传》中指出："桓公之世，陈人知佗之不臣矣，而桓公不去，以及于乱。是以国人追咎桓公，以为智不及其后，故以《墓门》刺焉。夫，指陈佗也。佗之不良，国人莫不知之；知之而不去，昔者谁为此乎？"朱熹《诗集传》即称："所谓'不良'之人，亦不知其何所指也。"

陈　风

方玉润《诗经原始》说："《序》之解经，往往得其大概，而措辞又非，故诗旨反因之而晦。须为细审，乃知其得失也。"

按方玉润所主张的"细审"法，无论是"刺陈佗说"，还是"刺桓公说"，或是"刺夫说"，都有附会牵强。我认为，朱熹的"所谓'不良'之人，亦不知其何所指也"和高亨的"讽刺一个品德恶劣的统治者"之说，可能更符合本诗的主旨。因为，本诗中被讽刺的对象为何人，既无有关的翔实史料为据，诗中也未言明，所以不必附会强解，认为讽刺的是某一个特定的人物。其实，在历史上任何朝代的统治阶级中，都存在无良、品行恶劣之人，且肯定不是一二人。这是古今中外存在的一种普遍现象。本诗是一首陈国人民对统治阶级中不听劝告、恶行难改之人的讽刺诗。但讽刺对象并不是指某一个特定之人。

全诗两章十二句，各章六句。以动植物起兴，表现出诗人对品行恶劣之人的鄙夷与痛斥之意。第一章开头二句，以城门长荆棘起兴。荆棘有刺，为害过往行人，但人们可以用刀斧将其砍掉，去除危害。但对无良、品行恶劣的统治者，人们能如何呢？紧随其后四句说："夫也不良，国人知之。知而不已，谁昔然矣。"其意是：对这些统治者的无良、恶劣的行为，国人皆知，但又奈何不得。他们知错不改，依然故我。第一章是以刺棘类比品行恶劣之人，而他们比刺棘为害更大。因为，刺棘可以用刀斧劈掉，而品行恶劣之人却是知错不改，依然故我。两相比较，谁更可恶可恨，一目了然。

第二章开头二句，仍是以城门长荆棘、鹁鸟在丛棘垒窝起兴，其意与第一章开头二句类同：刺棘可以砍掉，鹁鸟可以驱赶走，但对无良、品行恶劣的统治者，人们能如何呢？紧随其后四句说："夫也不良，歌以讯之。讯予不顾，颠倒思予。"其意是：对这些统治者的无良、恶劣的行为，国人曾忠言进谏，以情相劝。但他们不理会，不在乎，一点也听不进去，以致是非颠倒，造成国家的混乱。

全诗二章,诗意逐层推进,一层深过一层。它揭示一个很深刻的社会治理理论:统治者的个人品行,绝不仅仅是他个人的小事,而是关乎国家治理、社会风气、百姓福祉的大事。若统治阶层中有无良、品行恶劣之士,且听不进忠言谏语,总是依然故我,知错不改,其结果必然是败坏社会风气、颠倒是非,造成社会混乱,危害百姓,国不安宁。正如诗中所说:"颠倒思予。"对这类人,当"斧以斯之"。

《陈风·墓门》作为一首政治讽刺诗,短小精悍,诗句斩截顿挫,对无良之人虽怒不可遏但又规劝告诫,在率直指斥中不乏含蓄深沉。

防有鹊巢

防有鹊巢[1],邛有旨苕[2]。
谁侜予美[3]?心焉忉忉[4]。

中唐有甓[5],邛有旨鹝[6]。
谁侜予美?心焉惕惕[7]。

【词句注释】

[1]防:堤防、堤岸、水坝。 [2]邛(qióng):土丘,山丘。旨:味美的,鲜嫩的。苕(tiáo):一种生长在低洼潮湿地里的蔓生植物。旨苕:美味的苕草。 [3]侜(zhōu):谎言欺骗,挑拨。予美:我所爱慕的人。美:美好,美丽。 [4]忉忉(dāodāo):忧

愁、焦急不安的样子。　⑤唐：通堂。中唐：朝堂前和宗庙门内的大路。甓（pì）：砖瓦，瓦片。"中唐有甓"：庭院中的主要道路上砌着瓦片。　⑥鹝（yì）：同"鹢"，水鸟名。　⑦惕惕（tìtì）：伤心，提心吊胆、恐惧不安的样子。

【译诗】

防有鹊巢（二首）

一

河堤筑鹊巢，山岭种陵苕。
谁拆欢情恋？痴心日夜焦。

二

路途泥瓦砌，涸岭水禽憩。
谁骗意中人？忧愁垂泣涕。

【解读与评析】

关于本诗的主旨与创作背景，历代学者有"忧谗说"与"情诗说"之分歧。《毛诗序》说："《防有鹊巢》，忧谗贼也。宣公多信谗，君子忧惧焉。"朱熹《诗集传》认为这是"男女之有私而忧或间（离间）之之辞"。方玉润《诗经原始》："忧谗贼也。"马飞骧《诗经缵绎》认为是"忧谗之诗"。高亨《诗经今注》认为："此诗作者是个男子，因为他丢失爱妻，寻找不着，心情十分忧惧。"刘毓庆、李蹊认为："这首诗所写是男女之情。""诗人似乎已经做好了结婚的准备，但不知是谁做了手脚，使他的爱人离开了他，他感到烦恼和忧伤。"

我认为本诗是一位男子失恋后所写的烦恼忧伤之诗。

全诗两章八句，各章四句。诗虽短小，但诗眼、诗魂十分明显。诗眼是"予美"二字。美，本意是美好、美丽、漂亮。这是赞美女子之词。若是赞美男子,一般是用英俊、壮硕之词形容之,鲜见有用美丽漂亮之词赞美男子的。本诗中,"美"引申为爱慕、喜欢之意。"予美",其意是我所爱慕的人。予,是"我"的自称。"予"是个男子,他所爱慕的人自然是一位女子。"予美"二字既是男子对所爱之人的称呼,也是男子对女子爱意的表达。因为钟爱,觉得这个人很美。情人眼中出西施也。

"忉忉""惕惕"二字是诗魂。"忉忉""惕惕"都含有忧愁、伤心、恐惧、焦急不安的意思。各章的末尾句"心焉忉忉""心焉惕惕",其意是我的心日夜焦急不安,忧愁、恐惧、烦恼,乃至涕泪沾襟。为何如此呢?上一句说了原因:是谁欺骗了我所爱慕的人?是谁拆散了我们的欢情?("谁侜予美?")

曾经相爱的人已离他而去,而他却不知道是何原因。是她听信了别人挑拨离间的谗言?还是受了别人的欺骗?或是有第三者插足?或是她已变心?他只能猜测、推想。因是猜测,他只能把女子往好处想,怀疑是有人欺骗了她,是她被骗了。("谁侜予美?")

男子因此失恋了,他感到不可理解,难以接受。于是,在各章的开头两句采用自然界不可能发生的现象,来比喻认为不可能出现的情变:河堤上筑了鹊巢,山丘上种了苕草。("防有鹊巢,邛有旨苕。")泥瓦片砌在大道上,水鸟歇息在山丘上。("中唐有甓,邛有旨鹝。")诗作者认为,这些都是不可想象的、不该发生的而实际存在的事,太不可思议了。

本诗的艺术特色是大量运用比喻,把不协调的、有违自然的现象放在一起进行类比。它除了表达诗人的恐惧、忧愁与悲伤之情外,也含有诗人相信此事不会长久延续下去的愿望,还含有相信在不久的将来,心爱之人将会重新回到他身边的自信。他认为,鹊巢本该筑在树上,而今却筑在河堤上;苕草本该种在低洼潮湿处,而今却种在山丘上;泥瓦片本该铺在屋顶上,而今却砌在了路途上,

陈　风

鹬鸟本该生活在水中，而今却栖息在山丘上。这些不合常理且与自然相悖的事是暂时的、不可长久的，终究会改变。它意味着作者的担心也许是多余的。它寄托着作者对他所爱之人的信任与忠贞之情。

月　出

月出皎兮[1]，佼人僚兮[2]。
舒窈纠兮[3]，劳心悄兮[4]。

月出皓兮，佼人懰兮[5]。
舒懮受兮[6]，劳心慅兮[7]。

月出照兮[8]，佼人燎兮[9]。
舒夭绍兮[10]，劳心惨兮[11]。

【词句注释】

[1]皎：洁白明亮状，此处指月光　[2]佼(jiǎo)人：即美人。僚：通"嫽"，娇美，美好貌。　[3]舒：舒徐，舒缓，从容娴雅。窈纠：同"窈窕"，行步舒缓的样子。　[4]劳心：忧心。悄：忧愁状。　[5]懰(liǔ)：妩媚、艳丽貌。　[6]懮(yǒu)受：同"窈纠"，舒迟、舒缓的样子。　[7]慅(cǎo)：忧思，心神不安。　[8]照：同"昭"，照耀、光明貌。　[9]燎：明亮。引申为光彩照人之意。　[10]夭绍：动态委婉、体态柔美的样子。　[11]惨：忧伤貌。

诗经国风赏析

【译诗】

月　出

皓月当空睡意消，窈娆倩影总相撩。
清宵孤寂佼人远，不尽忧思梦寐劳。

【解读与评析】

　　关于本诗的意旨及创作背景，古今诗释译注家说法不一。《毛诗序》："《月出》，刺好色也。在位不好德，而说美色焉。"朱熹《诗集传》："此亦男女相悦而相念之辞。言月出则皎然矣，佼人则僚然矣，安得见之而舒窈纠之情乎？是以为之劳心而悄然也。"明人丰坊《诗说》："朋友相期不至而作。"清人牟庭《诗切》："望月词也。"方玉润《诗经原始》："有所思也。"马飞骧《诗经缋绎》认为是"忧灵公好色之诗"。高亨《诗经今注》认为此诗是"哀悼被害者"。刘毓庆、李蹊认为："此诗为怀人之作。"我以为，本诗是一首望月思远怀人之诗。

　　全诗三章十二句，每章四句。四句描述了诗人所见、所思、所感的情感心路。每章第一句以月起兴，此为诗人所见。皎洁的明月挂在天上，夜色如水，大地洒满银光，一任夜风拂面，一任夕露沾衣，月中嫦娥舞动着柔美的身姿，若隐若现，诗人遐想联翩，情绪亢奋，无丁点睡意。

　　第二、三句写诗人所忆所思。此情此景，撩动着诗人那颗孤独寂寞的心，他情不自禁地将皎洁月光和姣好的美人联系在一起，他想到了远方的意中人。他越想越真切，越想越美丽。于是一遍又一遍地赞美道："佼人僚兮。舒窈纠兮""佼人懰兮。舒忧受兮""佼人燎兮。舒夭绍兮"：远方的美人哟，你是多么柔美艳丽！远方的美人哟，你是多么文静娴雅！远方的美人哟，你是多么妩媚动人！

陈 风

"佼人"即指美人,即诗作者的心爱之人、意中人。"佼人"二字是"诗眼"。它表明作者所赞美的对象是一位美丽的女子。由此便知,诗的主人公是一位男子。

第四句写诗人所感所悲。月中嫦娥若隐若现,心爱的人却在远方,犹如天上人间。他越想越忧伤,忧思不已,难以自宁。一遍又一遍地诉说着心中的苦楚:"劳心悄兮""劳心慅兮""劳心惨兮":难忘复难忘,我的心是多么忧伤!难忘复难忘,我的心是多么懊丧!难忘复难忘,我的心是多么凄凉!

本诗写作技法有很高的艺术性。

一是词语丰富。用"皎""皓""照"等词形容月色的皎洁明亮;用"僚""懰""燎"等形容词赞美"佼人"的容貌美;用"窈纠""忧受""夭绍"等形容词赞美"佼人"的行为美;用"悄""慅""惨"等词表达作者内心的忧思与悲伤。用不同的词汇表达相同的诗意,没有丝毫的重复赘言之累。

二是情景相融,情由境生。各章的第一句为诗境,后三句全是写情,写对意中人的赞美、思念之情,写思念而不能相见的忧思之情。而这一切都是由望月而生发出来的。望月怀人、望月思人。"山月出华阴,开此河渚雾。清光比故人,豁然展心晤。"(王昌龄《赠冯六元二》)如同此技。

三是句法独特,拗拗折折,情意朦朦胧胧,缠缠绵绵,别具一格。在皎洁的月光下,心上人此刻似乎近在咫尺,但又离得很远很远。诗人"虚想"着心上人姣好的容颜和婀娜多姿的倩影,她在月下踟蹰徘徊,时而迷茫,如梦似幻,使人遐思迩想,给人以美感。

四是句句押韵,节奏鲜明和谐,读起来朗朗上口,有音乐之美感。

株　林

胡为乎株林①？从夏南②！
匪适株林③，从夏南！

驾我乘马④，说于株野⑤。
乘我乘驹⑥，朝食于株⑦！

【词句注释】

①胡为：为什么，为何。株林：陈国邑名，为陈国大夫夏御叔的食邑。在今河南西华西南。上古之时为朱襄氏故居。夏称"株野"。　②从：通"因"。夏南：即夏姬之子夏徵舒，字子南。陈灵公为与夏姬幽会通淫常去株林。诗中为隐讽计，故言"从夏南"而不说"从夏姬"。　③匪：通"彼"。适：到，去，往。匪适：彼往，彼去。　④乘（shèng）马：四驾马车。古以一车四马为一乘。　⑤说（shuì）：通"税"，停车解马。株野：即株林，陈国邑名。　⑥乘（shèng）我：与上文"驾我乘马"句义同。乘驹：马高五尺以上、六尺以下称"驹"，为大夫所乘。马高六尺以上称"马"，为诸侯国君所乘。"乘马"者指陈灵公，"乘驹"者指陈灵公之臣孔宁、仪行父。"乘我乘驹"意指陈灵公与孔宁、仪行父。
⑦朝食：吃早饭。古人常用"食"作为男女之间性行为的隐语。

陈 风

【译诗】

株 林

时常骎疾到株林，只为夏南同乐心。
朝食于株沾玉露，绣床晃动笑声淫。

【解读与评析】

关于本诗的主旨及创作背景，古今诗释译注家，都认为它是一首讽刺陈国君主陈灵公君臣与陈国大夫夏御叔之妻夏姬淫乱的诗。《毛诗序》曰："《株林》，刺灵公也。淫乎夏姬，驱驰而往，朝夕不休息焉。"朱熹《诗集传》云："《春秋传》：夏姬，郑穆公之女也。嫁于陈大夫夏御叔。灵公与其大夫孔宁、仪行父通焉。泄冶谏不听而杀之。后卒为其子徵舒所弑，而徵舒复为楚庄王所诛。"方玉润《诗经原始》："刺灵公也。"闻一多《风诗类钞》："灵公淫于夏姬，国人作诗刺之。"马飞骧《诗经缵绎》认为是"刺陈灵公之诗"。刘毓庆、李蹊说："诗人用委婉含蓄之笔讽刺陈灵公通夏姬之事。"

古今诗释译注家对本诗的主旨之所以无歧论，是因为有较翔实的文献记载，读来顿觉荒唐而又可恶。《左传·宣公九年》载："陈灵公与孔宁、仪行父通于夏姬，皆衷其衵服以戏于朝。"《左传·宣公十年》载："陈灵公与孔宁、仪行父饮酒于夏氏。公谓行父曰：'徵舒似女。'对曰：'亦似君。'徵舒病之。公出，自其厩射而杀之。二子奔楚。""冬，楚子为陈夏氏乱故，伐陈。""遂入陈，杀夏徵舒。"（李卫军编著《左传集评》）其意即是，陈国大夫夏御叔娶了郑国美女郑穆公女儿夏姬为妻，并生有一子名叫夏徵舒，字子南，故又称夏南。夏御叔早逝。夏御叔死后，陈国君主陈灵公就跟夏姬好上了。不仅如此，陈灵公还与陈国大夫孔宁、仪行

493

父三人一起与夏姬私通。而且，他们还毫无顾忌在朝廷上互相戏谑，抖露夏姬送给他们的"衵服"（即妇人内衣）。

第二年（即宣公十年），他们三人同去夏姬家株邑饮酒作乐，席上，陈灵公当着夏姬之子夏徵舒（夏南）的面嘲弄仪行父："徵舒长得真像你！"仪行父也不示弱，当即反唇相讥："他也像君王您呵！"结果惹得夏徵舒羞怒难忍，很是气愤。他设伏于厩，趁陈灵公出来之时将其射杀了。孔宁、仪行父则逃往了楚国，并被楚庄王所接纳。这年冬天，楚庄王以陈国内乱为由，讨伐陈国。攻入陈国，夏徵舒复为楚庄王所诛杀。

由上便知，认为《株林》是一首讽刺陈灵公君臣与陈国大夫夏御叔之妻夏姬淫乱之丑行的诗，于事于理都说得通。

全诗两章八句，每章四句。第一章写去株野（"适株林"）之由。株林是何地？它是陈国邑名，为陈国大夫夏御叔的食邑。在今河南西华县。上古之时为朱襄氏故居。夏称"株野"。故此诗中既说"株林"，又说"株野"，所指的是同一个地方。当陈灵公及其大臣孔宁、仪行父三人驾着辚辚的车马大摇大摆地向夏姬所居株林奔驰而去时，路人早知陈灵公君臣的恶行，却自问自答道："他们到株林干什么去（胡为乎株林）？""那是去找夏南（从夏南）！"进而又强调一遍："他们经常到株林那边去会夏南（匪适株林，从夏南）！"粗略看，这是重复之句，实则是强调陈灵公及其大臣孔宁、仪行父三人经常去往株林与夏姬厮混之事，突出了"经常性"，而不是偶尔为之。

第二章则以当事人陈灵公君臣一伙的口吻所写，似在回答世人的疑问，兼有自我夸耀之意，更显其恬不知耻。想到能与美貌的夏姬相聚，他们个个眉飞色舞，自鸣得意地说道：君主我灵公驾着高大的马车（"驾我乘马"），臣子孔宁、仪行父我们驾着矮小一点的马车（"乘我乘驹"），到"株野"后卸鞍停车（"说于株野"），就可与夏姬幽会厮混、寻欢享乐了("朝食于株")。末尾句"朝食于株",既点明了诗的主旨,也刻画出了陈国统治者的荒淫生活和不知羞耻的丑恶嘴脸。

本诗的技艺特点在于委婉含蓄、冷峻幽默,讽刺笔墨非常犀利。诗中不着一个"淫"字,而宣淫无忌之情已跃然纸上,毫无遁形。第一章明明是写陈灵公君臣去株野("适株林")的目的是与夏姬幽会,而不说"从夏姬",而说是为了找她儿子夏南("从夏南")。它似乎在提醒读者,他们做贼心虚,所作所为不可明说。第二章明明是写灵公君臣淫乱的丑行,却用"朝食"作隐语。似乎在说,此地无银三百两,隔壁阿毛未曾偷。真是不打自招。

泽 陂

彼泽之陂①,有蒲与荷②。
有美一人,伤如之何③?
寤寐无为④,涕泗滂沱⑤。

彼泽之陂,有蒲与蕳⑥。
有美一人,硕大且卷⑦。
寤寐无为,中心悁悁⑧。

彼泽之陂,有蒲菡萏⑨。
有美一人,硕大且俨⑩。
寤寐无为,辗转伏枕⑪。

诗经国风赏析

【词句注释】

①泽：池塘。陂（bēi）：堤岸。"彼泽之陂"：那堤坝围成的塘堰。 ②蒲：香蒲，多年生草本植物，多生在河滩上。 ③伤：因思念而忧伤。此处"伤"引申为"他"。"伤如之何"：他现在的情况怎样啊？ ④无为：没有办法，不知如何是好。 ⑤涕：眼泪。泗（sì）：鼻涕。滂沱（pāngtuó）：本意是形容雨下得很大，此处比喻眼泪流得很多，哭得厉害。 ⑥蕑（jiān）：莲蓬，荷花的果实。 ⑦硕大：壮硕英俊貌。卷（quán）：头发卷曲而美好的样子。 ⑧悁悁（yuānyuān）：忧伤愁闷的样子。 ⑨菡萏（hàndàn）：含苞待放的莲花。 ⑩俨：庄重威严，端庄矜持。 ⑪辗转：指反复不定，翻来覆去的样子。

【译诗】

泽陂（新韵）

蒲草青荷满泽陂，美人菡萏两相和。
威严壮硕真英俊，寤寐相思涕泪沱。

【解读与评析】

关于本诗的主旨，古今诗释译注家几乎是各执一词。《毛诗序》云："《泽陂》，刺时也。言灵公君臣淫于其国，男女相说，忧思感伤焉。"朱熹《诗集传》："此诗大旨与《月出》相类。言彼泽之陂，则有蒲与荷矣。有美一人，而不可见，则虽忧伤，而如之何哉！寤寐无为，涕泗滂沱而已矣。"明人丰坊《诗说》："泄冶谏而死，君子伤之。"清人方玉润《诗经原始》："伤所思之不见也。"傅恒、孙家淦等《诗义折中》："伤时也。"闻一多《风诗类钞》认为："女子荷塘有遇，悦之无因，作诗自伤。"马飞骧《诗经缵绎》

陈 风

认为是"伤时之诗"。高亨《诗经今注》:"一个男子暗暗爱上一个美女,但是不得亲近,因作此诗以抒忧思。"刘毓庆、李蹊认为:"这是一首失恋之歌,一个女子爱上了一个在泽宫习射的美男子。但无由致意,只有自己日夜苦恼悲伤。"

我是赞成朱熹《诗集传》所论的,其主旨与《陈风·月出》类同。一个女子爱上了一位壮硕俊美的男子,不知何故分离而久未相见,她思念不已,满腔愁闷,遂作此诗,以赋苦恼忧伤之情。它是一位女子在水泽边思念其心爱之人时所唱的情歌。

欲知本诗的主旨,关键在于准确识别出"诗眼"和"诗魂"。

先说"诗眼"。诗中"有美一人"句,其意是"有一位美丽的人"。《诗经·国风》篇中,有多首诗都是用"美"赞美男子的。如《邶风·简兮》中"彼美人兮"句,《郑风·叔于田》中"洵美且仁""洵美且好""洵美且武"句,《齐风·卢令》中"其人美且仁""其人美且鬈""其人美且偲"句,《魏风·汾沮洳》中"美无度""美如英""美如玉"等,所称颂的对象都是指俊美的男子。与此同时,本诗中"硕大且卷""硕大且俨"句中的"硕",在《诗经·国风》篇的多首诗中,也是用以赞美男子壮硕高大俊朗之词,如《邶风·简兮》中"硕人俣俣"句,《卫风·考槃》中"硕人之宽""硕人之轴"等。由上可知,本诗作者当是一位女子,她所赞美的对象是一位男子,是她所爱慕的人。

再说"诗魂"。各章的末尾句"涕泗滂沱""中心悁悁""辗转伏枕",与《陈风·月出》各章末尾句"劳心悄兮""劳心慅兮""劳心惨兮"一样,词虽有异而意相同,它所表达的是诗人愁闷、苦恼、忧思、悲伤之情。

全诗三章十八句,每章六句。重章叠句,每章不仅意思基本相同,而且在技法上都体现了起承转合的特点。各章第一、二句为"起",以塘堰中、堤坝边的蒲草、芙蓉、莲花起兴,进而与第三句

"有美一人"相承接，由此便想到自己恋慕却在远方而不能相见的心上人。自然过渡，即"承"。

各章第四句"伤如之何""硕大且卷""硕大且俨"为转句，即诗意转为对心爱之人的担忧、赞美。"伤如之何"句的本意是"叫我如何不想他"，引申之意为："他现在的情况怎样啊？"与心爱之人久未相见，诗人自然难免相思与担忧。此乃人之常情。"硕大且卷""硕大且俨"是对心上之人的赞美。世上没有无缘无故的爱。诗人之所以爱慕、思念这位男子，是因为他壮硕、英俊、端庄且有风度。此处转句为末尾两句埋下了伏笔。

各章末尾的两句："寤寐无为，涕泗滂沱。""寤寐无为，中心悁悁。""寤寐无为，辗转伏枕。"描述了女子因为思念、担忧而生发出来的日夜坐卧不安、辗转反侧不能入睡，悲苦烦恼，以致涕泪滂沱如雨的忧伤之情。它点明了本诗的主旨，道出了诗魂。

《陈风·泽陂》虽是一首远早于古风、近体格律诗的先秦之作，却有与近体格律诗相同的诸多艺术特征。

一是意境之美。它将"有美一人"置于塘堰碧水、青青蒲草、莲花盛开的自然环境之中，相互映衬，犹如一幅芙蓉出水、美人顾影的图画。

二是技法之美。各章六句起承转合连贯自然，一气呵成。

三是韵律之美。不论是从平水韵角度看，还是从新韵角度看，各章所用之韵基本是同一个韵部。如第一章，所用之韵是平水韵中标准的"歌"韵。第二、三章所用之韵是中华新韵中的"寒"韵。因为合韵，节奏轻重抑扬，顿挫和谐，读起来一点也不拗口。

四是悲凄的情感之美。全诗以"忧思""悲伤"为基调，发挥各种感观功能的作用，用无为、涕泗、悁悁、辗转、伏枕等词，描述了诗人思念、愁苦、烦闷、忧伤、悲凄的情感。咏之令人心寒之时，不得不对主人公的境遇深表同情。

桧 风

羔 裘

羔裘逍遥①,狐裘以朝②。
岂不尔思③?劳心忉忉④。

羔裘翱翔⑤,狐裘在堂⑥。
岂不尔思?我心忧伤⑦。

羔裘如膏⑧,日出有曜⑨。
岂不尔思?中心是悼⑩。

【词句注释】

①羔裘:羊羔皮袄。逍遥:悠闲地走来走去,闲荡荡的意思。"羔裘逍遥":身穿羊羔皮袄到处闲逛游荡。 ②狐裘:狐皮制成的皮袄。朝(cháo):上朝。"狐裘以朝":身着狐裘上朝堂。 ③尔思:"思尔"的倒装句。"岂不思尔":我怎么能不思念你呢? ④忉忉(dāodāo):忧愁不安状。 ⑤翱翔:鸟儿回旋飞,比喻人行动悠闲自得。 ⑥在堂:在朝堂里。 ⑦忧伤:忧思而悲伤。 ⑧膏(gāogāo):油脂。此处用"膏"形容羔裘光泽洁亮。 ⑨曜(yào):犹"曜曜",明亮,闪闪发光的样子。 ⑩中心:"心中"

的倒装词。悼：哀伤、悲伤。

【译诗】

羔 裘

尔着羔裘闲荡荡，狐裘凝曜美朝堂。
别离岂不相思苦，意乱心忧孤影伤。

【解读与评析】

《羔裘》是一首产生于桧国的歌谣。桧国为周朝诸侯国之一，其地域在今河南郑州新郑、荥阳、新密一带。《左传·襄公二十九年》记述吴公子季札"观于周乐"时，"桧"又写作"郐"："自《郐》以下无讥焉。"又说："桧无世家""桧公不务政事，而好洁衣服，大夫去之，于是桧之变风始作"。东周时期，平王东迁不久，公元前769年，桧国被郑桓公所灭，遂为郑国属地。《国风》十五篇中，《桧风》存诗最少，仅四首。《羔裘》为第一首。

关于本诗主旨及创作背景，古今诗释译注家说法不一。《毛诗序》曰："《羔裘》，大夫以道去其君也。国小而迫，君不用道，好洁其衣服，逍遥游燕，而不能自强于政治，故作是诗也。"朱熹《诗集传》从《毛诗序》所说，曰："桧君好洁其衣服，逍遥游宴，而不能自强于政治，故诗人忧之。"清代牟庭《诗切》："刺女辈出游也。"清人方玉润《诗经原始》："伤桧君贪冒，不知危在旦夕也。"闻一多《风诗类钞》认为是"女欲奔男之辞"。马飞骧《诗经缱绻》以为是"大夫伤桧君惰政而国危之诗"。高亨《诗经今注》认为："一个贵族妇女因失宠而独处。她思念丈夫，黯然自伤，因作此诗，献给丈夫，希望他回心转意。"刘毓庆、李蹊认为本诗是"写情人相思的痛苦"。

我认为，本诗是一位贵族女子因其丈夫在外地当官从政而不能

桧 风

与之相聚时所写的一首相思忧伤之词。

全诗三章十二句,每章四句,各章除字词略有变化外,其意相同。各章前二句叙写"你(尔)"的穿戴,后二句写"我"的心理感受,其间无过渡衔接的词句。"尔"是何人呢?从各章第一、二句可以看出,他是一位悠闲游荡时身穿色泽如脂膏的羊羔皮袄,上朝议政时则身着狐皮袍子的贵族大夫。在远古周代社会,羊羔皮袄、狐皮袍子当为贵族专用奢侈品,平民百姓是享用不起的。诗中的"以朝""在堂",更是明白无误地交代了此人是一位在朝堂从事政事的大夫。诗人不说此人是官人、大夫,而是用贵族所独享的"羔裘""狐裘"替代之,不见其人,实有其人。它既形象具体,与其身份又十分相符。同时,它还表现了丈夫在妻子心目中的高贵而美好的形象。这位贵族大夫在诗作者心中的地位是无人可替代的,忘不了,抹不掉。

各章末尾二句叙写"我"的心理感受,各章末尾二字"切切""忧伤""是悼"为诗魂。各章第三句"岂不尔思"(我怎么能不思念你呢?)承上启下,用得十分巧妙。"思尔",自然是思念身着"羔裘""狐裘"在朝堂的那个人。谁"思尔"呢?不用明说,当是诗作者本人"我"。各章末尾句写因思而"切切",因思而"忧伤",因思而"是悼",承前句而来,极具逻辑性。它既点明了诗的主旨,也隐喻着诗作者"我"与"尔"的关系是夫妻关系。试想,若不是夫妻关系,诗人怎会因"思尔"而如此意乱心忧哀伤、痛苦不堪呢?

本诗的写作技巧有两个显著特点。

一是善用曲喻。从修辞技法论,曲喻属比喻的一种,它比一般的比喻要转一个弯,且相互结合要十分紧密。诗人用"羔裘""狐裘""以朝""在堂"等形象物和行为,喻指她所思念的人是一位在她心目中有着无人可替代的地位,有着高贵美好形象的贵族大

501

夫。真可谓是一字三意，一石三鸟。这是诗人写作技法的极高明之处。

二是一章一韵，极具声律之美。此诗三章，虽各章用韵不同，却完全符合用韵之规范，且章章合韵，与近体格律诗无异，读之尽显声律之美。如第一章韵脚"遥""朝""忉"属"萧"韵部平声；第三章韵脚"膏""曜""悼"属"萧"韵部仄声；第二章韵脚"翔""堂""伤"属"阳"韵部平声。

素 冠

庶见素冠兮①，棘人栾栾兮②。
劳心慱慱兮③。

庶见素衣兮，我心伤悲兮。
聊与子同归兮④。

庶见素韠兮⑤，我心蕴结兮⑥。
聊与子如一兮⑦。

【词句注释】

①庶：众多。一说"幸而，欣幸"。此处当为"众多"的意思。素冠：白帽子。此处指送葬服孝时的穿戴。 ②棘：棘树，小而多刺，多丛生。棘人：人多状。栾栾：身体瘦瘠、容貌枯槁貌。

③慱慱（tuántuán）：忧苦不安貌。 ④聊：愿。一说"且"。同归：同归一处。据上文，"与子同归"意为"与子（你、他）一

起去", 或为"与子（你、他）的感受一样"。　⑤韠（bì）：即蔽膝，古代服饰。　⑥蕴结：郁结，指胸中忧思、悒郁难解。　⑦如一：如同一人。

【译诗】

素冠（新韵）

伊人泣泪哭呜呜，素冠麻衣容貌枯。
养育之恩何以报，伤心如子痛难书。

【解读与评析】

  关于本诗的主旨及创作背景，基于对"棘人""素冠""素衣"的不同解读，古今诗论家说法不一。《毛诗序》曰："《素冠》，刺不能三年也。"朱熹《诗集传》："今人皆不能行三年之丧矣，安得见此服乎？当时贤者庶几见之，至于忧劳也。"郝懿行《诗问》："美孝子也。"牟庭《诗切》："刺冠服奢丽也。"方玉润《诗经原始》："伤桧君被执，愿与同归就戮也。"闻一多《风诗类钞》："悼亡也。"高亨《诗经今注》："这是一首赞美孝子的诗。"马飞骧《诗经缵绎》认为是"伤桧君被执之诗"。刘毓庆、李蹊认为本诗是一首情诗，"写一个姑娘看到自己的情人枯瘦如柴的样子，甚为怜惜，伤心之余，想到嫁给他，共渡难关，给他以更直接的关怀"。我认为，本诗是一首对孝子遵从礼制服孝，悲伤、哀戚、忧郁以致身体瘦瘠、容貌枯槁的赞美诗。

  古今多位学者的诗释中，将"庶"释为"有幸"或"欣幸"，或"幸而"，将"棘人"释为"有罪之人"，或"戴罪之人"，或"枯瘦之人"。我认为，这些注释有违于其所解析的诗旨。见到身着白帽素衣的"戴罪之人"，或"枯瘦之人"，或服丧守孝之人，怎么会觉得"有幸""欣幸"呢？于情于理都说不通。将全诗的上下文贯通起来读便知,"庶"为"众多"之意,"庶见"是"见庶"的倒装,其意是见到了众多的人。诗中的"棘",宜取其本意"棘树",而非"有罪之人"或"戴罪之人"。枣树的特点是小而多刺,多丛生。"棘人"即形容众多的人。这样,"庶见"与"棘人"相互呼应,与诗旨相符。

为去世的父母服丧守孝,属孝文化的范畴,它是中华传统文化的重要组成内容。早在西周时代已有丧服制度。孔子《论语》曰:"兴于《诗》,立于礼,成于乐。"在《论语·为政》篇中论及孝道时,孔子曰:"生,事之以礼;死,葬之以礼,祭之以礼。"有学者研究后得出结论,《诗经》是孔子思想渊源之一。从《桧风·素冠》中可见一斑。

成书于汉代的《礼记》中,对孝道之礼有细致具体的规范,君王庶民各循其礼,不得有违。《礼记·丧服四制》载:"其恩厚者,其服重。故为父斩衰三年,以恩制者也。""父母之丧,衰冠绳缨菅屦。""三日不怠,三月不解,期悲哀,三年忧。"显然,《桧风·素冠》中的"庶见素冠""棘人栾栾""劳心愽愽兮""庶见素衣""庶见素韠"等句,当是孝子服丧守孝情景的真实写照。

全诗三章九句,每章三句十五字。第一章三句全是诗人所看到的"棘人"为去世长者服孝送葬的场景:众多儿孙遵循服丧礼制,因"三日不怠,三月不解"而身体瘦瘠、容貌枯槁,他们戴着白帽,穿着素衣,个个哀伤悲痛,悒郁不已。

第二、三章,首句仍写"棘人"服饰,前章"素冠"与此"素衣""素韠"由上而下地描绘出"棘人"全身服饰,它除了进一步强化孝子遵循服丧礼制外,还起到"孝感天地"引出后二句的作用。诗人见到身穿"素衣""素韠"的孝子时,他想到了父母的养育隆恩,心灵触动。"我心伤悲""我心蕴结",诗人与孝子("棘人")一样,陷入巨大的哀伤、悒郁、悲痛的情绪之中。末尾句"与子同归""与子如一",使诗人的思想情感较之"伤悲""蕴结"又进了一层,似乎在说:我的悲伤如同你(子)的悲伤;我的悒郁如同你(子)的悒郁;我的痛苦如同你(子)的痛苦。

全诗人物形象鲜明,气氛悲戚哀伤,情感深沉,每句均以语气词"兮"字煞尾,悲音缭绕,不绝于耳,读之令人潸然泪下。

隰有苌楚

隰有苌楚[①],猗傩其枝[②]。
夭之沃沃[③],乐子之无知[④]!

隰有苌楚,猗傩其华[⑤]。
夭之沃沃,乐子之无家[⑥]!

隰有苌楚,猗傩其实[⑦]。
夭之沃沃,乐子之无室!

【词句注释】

①隰(xí):低洼潮湿的地方。苌(cháng)楚:蔓生植物,今称阳桃,又叫猕猴桃。 ②猗(ē)傩:同"婀娜",柔美妩媚的样子。 ③夭(yāo):茂盛的样子。沃沃:形容阳桃叶子肥美有光泽。 ④乐:喜,高兴。子:指女子。知:相交、匹配、知交。"乐子之无知":为女子未婚配而感到高兴喜乐。 ⑤华(huā):同"花"。"猗傩其华":阳桃花婀娜锦簇,花香袭人。 ⑥家:谓婚配,与上文"知"义同。《左传·桓公十八年》:"女有

家，男有室。"无家：没有成家。　⑦实：果实。

【译诗】

隰有苌楚

放眼平隰苌楚遮，青枝摇曳向云霞。
繁花洁白香粉漫，绿叶葳蕤秀色奢。
沃沃阳桃诚可赞，妖娆淑女实堪夸。
无家无室何其乐，来日求婚礼意加。

【解读与评析】

关于本诗的主旨，古今诗释译注者主要有三种观点。

一是"忧政乱国危说"。《毛诗序》曰："《隰有苌楚》，疾恣也。国人疾其君之淫恣，而思无情欲者也。"明人朱郁仪《诗故》："伤桧之垂亡而君不悟也。"清人刘沅《诗经恒解》："盖国家将危，世臣旧族……无权挽救，目睹衰孱，知难免偕亡，转不如微贱者可留可去，保室家而忧危也。"

二是"伤乱离赋重说"。朱熹《诗集传》："政烦赋重，人不堪其苦，叹其不如草木之无知而无忧也。"后世从此论者甚多。方玉润《诗经原始》："伤乱离也。"傅恒、孙嘉淦《诗义折中》："不乐生也。"姚际恒《诗经通论》认为"此篇为遭乱而贫窭，不能赡其妻子之诗"。马飞骧《诗经缵绎》以为是"民不乐生而伤乱离之诗"。刘毓庆、李蹊认为："这首诗所表现的是一种厌世的悲观情绪。""原因有二：一是生之烦恼……二是家室之累。"

三是"情诗说"。闻一多《风诗类钞》："《隰有苌楚》，幸女之未字人也。"高亨《诗经今注》："这是女子对男子表示爱情的短歌。"

我是赞成"情诗说"的。本诗是一位男子爱慕、暗恋一位未婚女子时所唱的短歌，并以此表达对姑娘的求婚之意。

无论是"忧政乱国危说"还是"伤乱离赋重说"，有个共同特点是，都将"子"解释为苌楚（耻桃）。如朱熹《诗集传》，方玉润《诗经原始》，马飞骧《诗经缋绎》，刘毓庆、李蹊等说："子，指苌楚也。"依此认为，"子之无知""子之无家""子之无室"是指苌楚（阳桃）无家室之累，并由此演绎出"叹人不如草木之无忧无虑"的主旨。

我认为，上述解释有两点值得质疑。一是若认为"子"指苌楚（阳桃），则本诗各章四句全是言植物而不见人，全诗只有起兴而无比赋。很显然，它与《诗经》风诗惯用的"以物起兴，以人为赋"的写作技法完全不符。《诗经·国风》中有多首以物为题的诗篇，无一例外都是"以物起兴，以人以意为赋"的，不见全诗句句言物的。如《周南·葛覃》《周南·樛木》《周南·桃夭》《召南·甘棠》《邶风·柏舟》《卫风·竹竿》《卫风·木瓜》等。

值得质疑的第二点是，认为苌楚（阳桃）无家室之累而联想到赋税苛重，或说是社会乱离，或说是遭遇悲惨，因此感叹"人不如草木之无忧无虑"，既无法坐实其事，也很是牵强，很不合理。草木何以无家室之累呢？我认为，本诗各章中的"子"是指女子，承上文之意，以苌楚的枝、花、实分解各属到各章中，以喻柔美妩媚美丽的姑娘。"乐子之无知""乐子之无家""乐子之无室"句，都为赋，其意是：为姑娘未婚配成家有室而感到高兴喜乐。

全诗三章，每章二、四句各换一字，重复诉说着一个意思。每章首两句起兴，后两句采用赋兴的手法，赞美姑娘如阳桃之美丽。第一章前二句以阳桃的枝条起兴，后二句赞美姑娘如宽广的沼泽地阳桃枝条妩媚曼妙、婀娜多姿，并为她未婚配而高兴快乐。第二章前二句以灼灼其华的阳桃花起兴，后二句羡慕姑娘的容貌如尽情绽放的阳桃花洁白光泽迷人，并为她未成家而乐。第三章前二句以阳

507

桃的累累果实起兴，后二句爱慕姑娘身材丰满圆润，并为她无家室之累而喜乐。"家"与"室"义同，它是为避免字词雷同而变换的。这样，三章分别从体态、容貌、身姿等不同视角对姑娘进行赞美，由此也表现出男子对姑娘发自内心深处的爱慕之意。

本诗的表意很含蓄，赞美姑娘却无一个"美"字，爱慕姑娘却无一个"爱"字，所有的赞美、爱慕之情全包含在所描写的形象里。诗眼"乐"字承上文而启下文，将诗人对姑娘的赞美、爱慕之情转化为暗恋之意。先乐姑娘之美，继乐姑娘未婚配而无家无室。因如是，男子才暗恋着她爱慕她，暗示着男子将向姑娘求婚。一个"乐"字，内涵丰富，突显诗人对姑娘的无限爱意与深厚情意，极具艺术感染力，实在是妙不可言。

匪 风

匪风发兮①，匪车偈兮②。
顾瞻周道③，中心怛兮④！

匪风飘兮⑤，匪车嘌兮⑥。
顾瞻周道，中心吊兮⑦！

谁能亨鱼⑧，溉之釜鬵⑨。
谁将西归⑩，怀之好音⑪！

【词句注释】

①匪，通"彼"，那。匪风：那风。发：犹"发发"，风疾吹

发出飕飕的声音。 ②偈（jié）：疾驰貌。 ③顾瞻：远眺，回头望。周道：周代的大道。 ④怛（dá）：痛苦，忧伤。 ⑤飘：飘风，指风势疾速回旋的样子。 ⑥嘌（piāo）：轻快貌，飘摇不定的样子。 ⑦吊：同"怛"，悲痛，伤悼。 ⑧谁：此处为陈述词，代指丈夫。亨（pēng）：通"烹"，煮。 ⑨溉：洗涤。釜：锅子。鬵（xín）：大锅。 ⑩谁：若是有人。西归：从西边归来。"谁将西归"：若是有人从西边归来。 ⑪怀：遗，带给。好音：平安的消息。

【译诗】

匪 风

飕飕凉风野色侵，顾瞻大道战车骎。
忧心不与嚣尘去，悲痛犹随日月临。
夫善烹鱼泉水煮，妻能洗釜甘醇斟。
离情寄语西来客，一路欢歌报好音。

【解读与评析】

　　关于本诗的主旨及创作背景，历来众说纷纭。《毛诗序》曰："思周道也。国小政乱，忧及难，而思周道焉。"朱熹《诗集传》云："周室衰微，贤人忧叹而作此诗。"傅恒、孙嘉淦等《诗义折中》："思西周也。"方玉润《诗经原始》："伤周道不能复桧也。"闻一多《风诗类钞》："望归人也。"马飞骧《诗经缵绎》以为是"伤西周不能复桧之诗。"高亨《诗经今注》说："此诗作者是桧人，而有亲友在西方。他目睹官道上车马往来奔驰，引起对亲友的怀念，因作此诗。"刘毓庆、李蹊认为"这是一首妻子送丈夫行役的送别诗"。我认为，本诗是一首妻子送丈夫远征的送别之辞。

　　解析本诗，"周道""亨鱼""西归"等三个词是诗眼，它事关

诗经国风赏析

本诗主旨，不可误释。

先说"周道"。据晁福林等著《中国民俗史（先秦卷）》（人民出版社 2008 年），在周代分封制度下，各诸侯国之间的关系比较密切，作为天下共主的周王朝与各诸侯国之间也有许多往来，从周王朝的镐京（今西安）以及东都洛邑（今洛阳）出发，修筑了许多道路。各诸侯国内部也有许多道路以沟通各地的往来。这些道路在《诗经》中多称为"周道"，或以诸侯国称呼之。周王朝的大道称为"周道"，如"有栈之车，行彼周道"（《小雅·何草不黄》），"周道如砥，其直如矢"（《小雅·大东》）。春秋时期，齐、鲁之间的交通大道则称为"鲁道"，如"鲁道有荡，齐子由归"（《齐风·南山》），"鲁道有荡，齐子发夕"（《齐风·载驱》）等。由此便知，本诗中"鲁道"即指周王朝的大道。

再说"亨鱼"。此处"亨"通"烹"，即烹饪、煮之意。在《诗经·国风》中，"鱼"多与男女爱情、婚姻之事有关。如《邶风·谷风》中的"毋逝我梁（鱼梁），毋发我笱（鱼笱）"，《齐风·敝笱》中的"其鱼鲂鳏。齐子归止"，《豳风·九罭》中的"九罭之鱼鳟鲂，我觏之子"等。同理，《桧风·匪风》中的"谁能亨鱼，溉之釜鬵"句，当是言情人间之事。这就决定了本诗并非怀周的政治抒情诗，而是言夫妻情之诗。

最后说"西归"。就其字面意义而言，"西归"，既可理解为"向西归去"，也可理解为"从西边归来"。在本诗中当取后一种含义。从《桧风·羔羊》一诗解析中已知，桧国为周朝诸侯国之一，其地域在今河南郑州、新郑、荥阳、新密一带。东周时期，平王东迁不久，公元前 769 年，桧国被郑桓公所灭，遂为郑国属地。而郑国地域原在今陕西渭南境内，后迁到了河南的济西、洛东四水等地，即今河南新郑。从地理位置看，桧国在东，郑国居西。桧人抗击郑国，自桧国西去。征夫从战场归来时，当称为"从西边归来"。

"谁将西归,怀之好音",其妻盼望若是有人从西边归来时,能带来丈夫的好消息。这就是"西归"二字的正解。

全诗三章十二句,每章四句。第一、二章变换了三个字,即发—飘,偈—嘌,怛—吊。虽字变但其意未变,意思重复,技法也一样。前两句写妻子送丈夫出征时所见之景,后两句抒送别时忧思之情。飕飕凉风劲吹,野色莽莽,战车迅疾奔驰,放眼远望,大道上尘土飞扬,丈夫随战车而去,越来越远。车过之后,留下一条空荡荡的大道和她孤身一人。面对此境,诗人不禁悲从心中来,离别的忧愁并没有随大道上逐渐消失的嚣尘而消失,而是随着战车越走越远,忧愁之情越来越浓。她万般不舍,一遍又一遍地"顾瞻周道",她再也按捺不住满腹的忧伤,终于喷发出强烈的心声:我的心是多么忧愁悲伤呀!("中心怛兮!""中心吊兮!")

丈夫随军远征,妻子纵有万般不舍,也只能无奈地接受现实。冷静下来后,她有更多的期盼,有更多的忧思之情要表达。第三章句法突变,陡然一转,从忧愁、悲伤转入怀想、期盼中。前二句是怀想,怀想丈夫之好。以"谁能亨鱼,溉之釜鬵"二句起兴,兴中有比。丈夫善烹鱼,而"我"则洗釜涮锅,替他准备好炊具。诗中"亨鱼"(烹鱼)二字,既是言日常生活饮食之事,又是言夫妻间恩爱之情。它清晰明白地交代了诗作者与远征之人的关系是夫妻关系,而非其他。

第三章后二句承前二句怀想之情,转为期盼之意。"谁将西归,怀之好音":若是有人从西边归来,将给我带来丈夫平安的好消息!这既是妻子对丈夫的期盼,更是发自内心的良好祝愿。

丈夫随军远征,她不敢指望其速归,但希望西征归来之人带来丈夫的好消息。诗人最后一扫"怛""吊"之愁容,以"怀之好音"句结尾,表现了思妇的无限深情。

曹　风

蜉　蝣

蜉蝣之羽①，衣裳楚楚②。
心之忧矣，于我归处③？

蜉蝣之翼，采采衣服④。
心之忧矣，于我归息⑤？

蜉蝣掘阅⑥，麻衣如雪⑦。
心之忧矣，于我归说⑧？

【词句注释】

①蜉蝣：昆虫名，成虫寿命极短，只有几个小时到一周左右。古人常以之喻人生之短暂。蜉蝣之羽：以蜉蝣之羽形容衣服薄而有光泽。　②楚楚：鲜明整洁貌。　③于：与。于我归处：我最终归宿在哪里？　④采采：光洁鲜艳华丽貌。　⑤息：止息，生命的终点。"于我归息？"与"于我归处？"义同。　⑥掘阅（xué）：挖穴而出。阅：通"穴"。　⑦麻衣：用白麻皮缝制的衣服。此处喻指蜉蝣的羽翼的颜色。麻衣如雪：蜉蝣的羽翼洁白如雪。　⑧说：通"税"，歇息，止息。

曹　风

【译诗】

蜉　蝣

蜉蝣羽翼醉清眸，光彩迷人白雪羞。
但恨浮生如梦短，思归何处寸心忧。

【解读与评析】

关于本诗的主旨，有"刺诗说"和"悯诗说"两种。持"刺诗说"者主要有：《毛诗序》曰："《蜉蝣》，刺奢也。昭公国小而迫，无法以自守。好奢而任小人，将无所依焉。"明人何楷《诗经世本古义》："刺曹共公也。君怠国危，玩细娱而忘远虑，好奢而任小人，将无所依焉。"朱熹《诗集传》："此诗盖以时人有玩细娱而忘远虑者，故以蜉蝣为比而刺之。"高亨《诗经今注》说："诗的作者咒骂曹国统治贵族殛在眼前而依然奢侈享乐，并慨叹自己将来不知何所归宿。"

自清以降，诗论者多持"悯诗说"。傅恒、孙家淦等《诗义折中》："悯世也。"朱守亮《诗经评释》："叹人生短促之诗。"马飞骧《诗经缵绎》以为是"忧时悯世之诗"。刘毓庆、李蹊说："作者对生命的短暂发出悲叹——人生如蜉蝣，最终将归于尘土。"

持"刺诗说"者都是以蜉蝣羽翼之华丽比喻国君的奢侈，并依此认为此诗是讽刺国君奢侈之辞。这种比拟给读者以不伦不类的感觉，不足为信。蜉蝣羽翼之华丽与国君的奢侈，二者之间毫无类比性。我认为，《蜉蝣》是一首叹人生之短暂的诗。

全诗三章十二句，每章四句。各章意思完全相同，其结构也相同，只是字词有变化。各章前二句以"蜉蝣"起兴，以"羽翼"为比，后二句则以"我""心之忧"为赋。感叹人的生命如蜉蝣般脆弱，短暂的美丽之后便是死亡，最终归于尘土。

诗经国风赏析

"蜉蝣"既是本诗各章的起兴物,更是本诗的诗眼。蜉蝣种类很多。其共同特点是,蜉蝣成虫寿命不长,短的数小时,长的约一周。蜉蝣因其美丽和寿命极短而受关注,古人以其比喻"朝生暮死"。诗各章前二句以华丽的辞藻反复渲染蜉蝣羽翼的美丽:"衣裳楚楚""采采衣服""麻衣如雪"。在赞美羡慕的内心深处则隐含着诗人对蜉蝣短暂生命的无奈同情与叹息,似乎在说:蜉蝣生命如此之短暂,真是可惜了你这美丽多彩的外表。

"忧"是本诗的诗魂。各章第三句无一字变化,反复诉说"心之忧矣"。诗人看到羽翼华美而寿命如昙花一现的蜉蝣,感触强烈,遂想到自己,想到人的一生,不也是短促如蜉蝣,美丽得毫无意义?他莫名惆怅,无限忧伤,悲观失望的情绪填满了胸膛,一遍又一遍地叹息道:"心之忧矣,于我归处?""心之忧矣,于我归息?""心之忧矣,于我归说?"——我是多么忧伤呀!何处是我的最终归宿呢?

人与其他动物最本质的区别在于,人是唯一善于思考的高级动物。蜉蝣生命期极短,但它对于自己,不会觉得悲哀。它们的生死都是本能,没有自觉意识。而人类身体虽是动物性的,但他有意志,有反思能力,见之于物,观照自己,发乎于情。正如笛卡儿所言:"我思故我在。"因思而忧,或因思而乐。它不是物体本能,而是一种自觉意识。

人因"思"的自觉意识,孕育成心态,或者称之为人生观。心态不同,面对同一景物、同一境况时,感受体会决然不同,所触发出的情也不同。本诗中,诗人看到寿命如昙花一现短暂的蜉蝣时,生发出人生苦短的悲观、忧惧、失望之情,并对后世文人骚客产生很大的影响。如西汉刘安《淮南子·说林训》说:"蜉蝣朝生而暮死,而尽其乐。"宋代苏轼在《赤壁赋》中写道:"寄蜉蝣于天地,渺沧海之一粟。"明代诗人唐寅在《无题》中说:"人生在世数蜉蜉，转眼乌头换白头。"王安石在《即事三首·其一》中的感叹是："蜉蝣蔽朝夕，蟪蛄疑春秋。"

"于我归处？"《蜉蝣》作者提出了一个哲学终极命题："我是谁？我从哪里来？我到哪里去？"他没有找到答案，只是"心之忧矣"。而"亦有贤达人，视死如未生"，同样是看到蜉蝣，魏晋文学家阮籍在《咏怀诗·其七十一》中的感叹则是："蜉蝣玩三朝，采采修羽翼。衣裳为谁施，俯仰自收拭。生命几何时，慷慨各努力！"人应当在有限的生命中慷慨努力。宋代诗人赵崇嶓《人生叹》言："逆旅朝暮间，八风无时停。扰扰安足计，熙然慰吾情。"人的生老病死，本是自然规律。生命的旅程就是一场竞走，不断前行，无时停歇。在人生的道路上，或悠然自得，或逆行而上，不断寻找那一份属于自己的安宁与欢愉，永远保持积极向上的阳光心态。

候　人

彼候人兮[①]，何戈与祋[②]。
彼其之子[③]，三百赤芾[④]。

维鹈在梁[⑤]，不濡其翼[⑥]。
彼其之子，不称其服[⑦]。

维鹈在梁，不濡其咮[⑧]。
彼其之子，不遂其媾[⑨]。

诗经国风赏析

荟兮蔚兮⑩,南山朝隮⑪。
婉兮娈兮⑫,季女斯饥⑬。

【词句注释】

①候人:古时代官名,看守边境、迎送宾客、掌管治安的小官。 ②何(hè):通"荷",扛着。戈、祋(duì):皆兵器。 ③彼:他,那个。其:语气词。"彼其之子":他那个人。 ④三百:可以指人数,即穿芾的有三百人;也可指芾的件数,即有三百件芾。此处当取后者。赤芾(fú):赤色的服饰。古时,按官品不同而有不同的颜色。赤芾乘轩是大夫以上官爵的待遇。"三百赤芾":那人是三百穿赤芾人中的一员。 ⑤鹈(tí):即鹈鹕,水禽,体形较大,喙下有囊,食鱼为生。梁:伸向水中用于捕鱼的堤坝。"维鹈在梁":鹈站在堤坝上(不下河捕鱼)。 ⑥濡(rú):沾湿。 ⑦称:相称,相配。服:官服。"不称其服":那人不配穿那身赤芾之服。 ⑧咮(zhòu):禽鸟的喙。 ⑨遂:遂意,事成。媾(gòu):指男女婚配。"不遂其媾":男女婚配不成,不会有结果。 ⑩荟、蔚:此处指草木茂盛,繁花似锦。 ⑪隮(jī):虹。朝隮:早上升起有彩虹,朝旭。 ⑫婉、娈:柔顺美好的样子。此处形容少女的美丽、温婉。 ⑬季女:少女。饥:此处言少女待嫁的如饥似渴的迫切心情。

【译诗】

候人(新韵)

扛戈执盾小官吏,三百赤芾何足贵。
鹈羽未濡怎捕鱼,衷情不表难成对。
君穿华服心不安,鹈立高堤嘴深闭。
树茂花繁少女饥,南山朝旭已知意。

曹　风

【解读与评析】

关于本诗的主旨及其创作背景，古今学者说法不一。《毛诗序》说："《候人》，刺近小人也。共公远君子而好近小人焉。"朱熹《诗集传》："此刺其君远君子而近小人之辞。"方玉润《诗经原始》："刺曹君远君子而近小人也。"牟庭《诗切》："刺贵易妻也。"马飞骧《诗经缋绎》以为是"刺曹君远君子而近小人之诗"。高亨《诗经今注》："这是一首同情下级小吏，谴责贵族官僚的讽刺诗。"刘毓庆、李蹊认为："一个姑娘爱上一个'候人'，但他不敢向姑娘求爱，于是姑娘唱出这首歌讽刺他。"

我认为，本诗是一位单相思姑娘埋怨男子不主动向她求爱所写的怨恨之诗。

解读本诗主旨，最主要的是先找出本诗的诗眼。本诗的诗眼是"鹈"，即鹈鹕。鹈鹕是一种水鸟，善于游泳和捕鱼。《庄子·外物》说："鱼不畏网，而畏鹈鹕。"这表明本诗写鹈，就与鱼事相关。笔者解析《桧风·匪风》文中已经论及，在《诗经·国风》的多首诗篇中，"鱼"多与诗的主旨是写男女爱情、婚姻之事有关。如《邶风·谷风》中的"毋逝我梁（鱼梁），毋发我笱（鱼笱）"，《齐风·敝笱》中的"其鱼鲂鳏。齐子归止"，《豳风·九罭》中的"九罭之鱼鳟鲂，我觏之子"，《桧风·匪风》中的"谁能亨鱼，溉之釜鬵"等句。同理，《曹风·候人》中的"维鹈在梁"句，当是言男女爱情、婚姻之事。

姑娘所暗恋的"候人"是个怎样的人呢？"候人"为古代的官名，他是个看守边境、迎送宾客、掌管治安的小官吏。本诗中，姑娘所暗恋的"候人"是得到曹国国君赏赐"赤芾"的三百人中之一。据《左传·僖公二十八年》记晋文公入曹之事："晋侯围曹，门焉，多死。""三月丙午入曹，数之，以其不用僖负羁而乘轩者三

517

百人也,且曰献状。令无入僖负羁之宫而免其族,报施也。"从诗中"三百赤芾"判断,"候人"可能是随晋侯入曹,得到赏赐的"乘轩者三百人"中之一。有的诗释译注者将"三百赤芾"句解读为"候人"一人得到了"三百赤芾"的赏赐。这显然是不可能的事。一人怎能穿得了三百件官服呢?

全诗四章十六句,每章四句。在表达诗人内心情感时,各章依次递进,好似温火煲汤,越往后滋味越浓厚。

第一章,诗人用直白平淡之语,简单介绍了她所暗恋的男子的社会地位:他是一个穿着曹君赏赐的赤芾、扛戈执役、看守边境、迎送宾客、掌管治安的小官。这也是姑娘之所以暗恋"彼其之子"的原因:他虽不是统率千军的大官,但也是手执兵器、身着官服、管理国事的官吏。这四句用词不带任何个人情感,没有作者的直接评语以明其爱憎,爱憎之情只是蕴于叙述之中。第一章是全诗的总纲,后三章都是在此基础上发散而来的。

第二章改用"比"法。前二句是比喻,后两句是主体,是正意所在处。此时,姑娘有点情绪了。鹈鹕不入河捕鱼,只是站在河堤上,伸着长长的脖子,四处张望,翅膀未沾水。这样的鹈鹕怎么能捕到鱼呢?也不符合它善于游泳和捕鱼的特点。真是徒有其名!第三、四句则是将"彼其之子"与鹈鹕进行类比:"维鹈在梁,不濡其翼",是徒有其名。我所爱恋的那个小伙子,与他所穿的那身华美的官服不相称呢!姑娘以"不濡其翼"的鹈鹕类比其所爱之人"不称其服",表达了姑娘对小伙子不主动向她求爱的埋怨情感。

第三章再深一层,姑娘的情绪更大了。她将其所爱恋的"彼其之子"比喻为站在河堤上,不仅翅膀未沾湿,甚至连喙也是干的,捕不到鱼的鹈鹕,并愤愤地写道:"不遂其媾。"鹈鹕不入水不湿嘴,捕不到鱼,"候人"你没有求爱的表白与行动,也自然得不到爱情成功的圆满结果。

曹 风

第二、三章的后二句"彼其之子,不称其服""彼其之子,不遂其媾",既是姑娘对小伙子不主动向她求爱的埋怨之语,更是姑娘对小伙子爱慕暗恋单相思的心理写照。

第四章前两句以写景起兴:朝旭笼罩南山,天色灰蒙阴暗,草木茂盛,繁花待放。紧接着后二句,姑娘直抒渴望爱情的急迫心情,抑制不住心中的怨气呼喊道:"婉兮娈兮,季女斯饥。"少女如含苞待放的花朵柔顺温婉美丽,对爱的盼望如饥似渴。诗末尾两句的深意是:姑娘对爱的渴望之情,南山朝旭已知,小伙子你为何不知道呢?全诗以一个"饥"字收束,将姑娘对爱情的渴望,对"候人"主动求爱的期盼表现得淋漓尽致,将姑娘浓烈的内心情感推到了高潮。

本诗采用比喻手法,写出了男女恋爱中一个实在而又简单的道理:男女之间的爱情,如果没有双方大胆的表白和勇敢的行动,是难以有圆满的结果的。就如鹈鹕那样,若总是站立在河堤上不入水中,羽翼未濡,嘴巴儿不濡,那是不可能捕到鱼的。

鸤 鸠

鸤鸠在桑①,其子七兮②。
淑人君子③,其仪一兮④。
其仪一兮,心如结兮⑤。

鸤鸠在桑,其子在梅⑥。
淑人君子,其带伊丝⑦。
其带伊丝,其弁伊骐⑧。

鸤鸠在桑,其子在棘⑨。
淑人君子,其仪不忒⑩。
其仪不忒,正是四国⑪。

鸤鸠在桑,其子在榛⑫。
淑人君子,正是国人⑬。
正是国人,胡不万年⑭?

【词句注释】

①鸤(shī)鸠:布谷鸟。一种常见的鸟,上体灰褐色,下体白色而具暗色横斑,其显著特点是双音节叫声。 ②其子七:传说布谷鸟有七子,早晨喂食从头到尾,下午喂食从尾到头,始终均平如一。七,此处为虚数,言其多。 ③淑人君子:贤明而有才德的人。 ④仪:容颜、仪态、风度。一:始终如一。 ⑤结:凝结。心如结:比喻用心专一坚定。 ⑥梅:木名,即梅树,乔木,夏天开红黄色小花,秋天结黑蓝色浆果。木料有香气,鲜花可提取香精。 ⑦带:大带,缠在腰间,两头垂下。伊:语助词,相当于"维",是。其带伊丝:言大带用丝线织成。 ⑧弁(biàn):皮帽的一种。骐(qí):青黑色的马。此处指弁的颜色。其弁伊骐:言黑颜色的弁冕。 ⑨棘:丛生的酸枣树。 ⑩忒(tè):偏差,差错。 ⑪正:长,领导,指榜样。四国:四方之国。此处当指国之四方、举国。正是四国:国人的楷模、榜样。 ⑫榛(zhēn):灌木或小乔木,木质坚硬,可以做手杖等用。果实为干果,可直接食用,也可以榨油。 ⑬国人:老百姓,世人。 ⑭胡:何,怎能。胡不万年:怎能不福寿延年、万岁长青不老?朱熹《诗集传》:"胡不万年,愿其寿考之辞也。"

曹　风

【译诗】

鸤　鸠

布谷营巢陌上桑，育成七子享荣光。
灵心聪慧仪态美，君子贤明弁冕昂。
风度翩然真倜傥，节操高尚不孤芳。
德为世范国人赞，福寿延年引典长。

【解读与评析】

关于本诗的主旨及创作背景，古今诗释译注家少有"刺诗说"，大多持"美诗说"。

持"刺诗说"者主要有：《毛诗序》云："《鸤鸠》，刺不壹也。在位无君子，用心之不壹也。"清人牟庭《诗切》："刺嗣大夫不孝也。"

持"美诗说"者众。朱熹《诗集传》云："诗人美君子之用心均平专一。"方玉润《诗经原始》云："诗中纯美无刺意。"何楷《诗经世本古义》："曹人美晋文公也。"朱守亮《诗经评释》："曹人美在位者之诗。"马飞骧《诗经缵绎》认为是"思圣王之诗"。高亨《诗经今注》认为："这是歌颂贵族统治者的诗。"刘毓庆、李蹊认为："这纯是一篇赞美君子德行的诗。或以为这是赞美国君与夫人感情专一，善抚子女，家庭关系和谐。"

我认为，本诗是一首对君子具仪态优雅、诚实守信、不虚言妄语、品德高尚、心志坚毅、行动无差错等美德的赞颂祝福之诗。从"正是四国""正是国人"两句赞誉之词判断，本诗所赞美的对象应是曹国某位君主，而非普通贵族大夫。

鸤鸠即布谷鸟，每当春天来临之际，布谷鸟如约守信、操守不变，从不误时地鸣叫着，向人们报告着春天的来临。在南方，种田人听到布谷鸟鸣叫后，就开始备耕播种育秧了。在北方地区，农民就开始磨镰刀准备收割麦子了。"布谷处处催春耕。"布谷鸟的叫声预示着好运、吉祥与欢乐。我自出生始，在南方农村生活了二十多年。从我记事起，每当春天来临听到"布谷"的叫声时，便感觉到了大自然的生机与活力，心中充满了说不出喜悦与快乐。听老人讲，布谷鸟还是一种仁慈之鸟，它喂养众多小鸟，无偏无私。朱熹《诗集传》说"（布谷鸟）饲子朝从上下，暮从下上，平均如一也"，就是这个意思。本诗各章都以鸤鸠及其子起兴，以布谷鸟如约守信、从不误时、始终如一、无偏无私的自然特性喻君子外在之美与心灵行为之美，既切题旨又含意深长，非常恰当。

　　全诗四章二十四句，每章六句。诗人对贤明君子（"淑人君子"）的所有赞美都是以"仪"为介质的，他赋予各章中的"仪"字以不同的含义。第一、二章是赞美君子的外在之美。第一章"淑人君子，其仪一兮"句中，"仪"取其"仪容""仪态""风度"之义，故在第二章用缠在腰间的丝织大带、黑颜色的弁冕（"其带伊丝，其弁伊骐"）等外在着装来赞美君子之淑；用外在着装的始终如一、意志坚毅（"其仪一兮，心如结兮"）来赞颂君子之淑。

　　第三、四章是赞美君子的心灵、行为之美。第三章"其仪不忒"句中，"仪"取其"典范""法度""表率"之义。"淑人君子，其仪不忒"句，意在赞扬君子诚实守信、行动无差错、履约不走样、不虚言妄语等美德。正因为他有"其仪不忒"的品德，故得到邻国的尊崇（"正是四国"），成为国人的表率和典范（"正是国人"）。

　　"淑"字在本诗中具有极丰富的内涵，统领全诗。"淑"的本义是美好、善良。由此衍生出"淑貌"（美丽的容貌）、"淑美"（优美的姿态容貌）、"淑化"（良善的风尚）、"淑慎"（美善而敬慎）等众多的赞誉之义。本诗中，何为"淑"？为什么赞颂君子为

"淑人"？各章所给出的答案依序是："其仪一兮""其带伊丝""其仪不忒""正是国人"。君子的美德表现在仪容与穿戴、心灵与行为的统一中。这正如19世纪俄国作家契诃夫所说："人的一切，面貌、衣裳、心灵和思想都应该是美好的。"

如果说本诗前三章是重在叙述、赞颂君子的美德，第四章则重在给予君子以美好祝愿。"正是国人，胡不万年"的祝愿之词将全诗的颂扬推至巅峰：君子的仪容是国人的榜样，君子的节操堪为世范！你这样品德高尚的人，怎能不福寿绵长，万年长青不老呢？

下　泉

冽彼下泉①，浸彼苞稂②。
忾我寤叹③，念彼周京④。

冽彼下泉，浸彼苞萧⑤。
忾我寤叹，念彼京周。

冽彼下泉，浸彼苞蓍⑥。
忾我寤叹，念彼京师。

芃芃黍苗⑦，阴雨膏之⑧。
四国有王⑨，郇伯劳之⑩。

【词句注释】

①冽（liè）：寒冷、清凉、清澈。下泉：地下涌出的泉水。

②苞：草丛生状。稂（láng）：童粱，有长穗而果细粒的一种茅草。朱熹《诗集传》："稂，童粱。莠属也。" ③忾：叹息之声。寤：睡醒，睡不着。 ④周京：周王朝的京城，天子所居之地。一说是西周京城镐京（今西安），一说是东周京城洛邑（今洛阳）。后文"京周""京师"与"周京"同义。 ⑤萧：一种生长于低洼潮湿处的蒿类野生植物。 ⑥蓍（shī）：一种生长于低洼潮湿处的蒿属野草，多用于占卦。朱熹《诗集传》："蓍，筮草也。" ⑦芃芃（péngpéng）：茂盛茁壮。 ⑧膏：滋润，润泽。 ⑨四国：四方诸侯之国。有王：有周天子。"四国有王"：四方诸侯朝觐、恭拜于周天子。 ⑩郇（xún）伯：古有三说：一说是郇国君。《毛传》："郇伯，郇侯也。"一说是文王之子州伯。《郑笺》："郇侯，文王之子，为州伯，有治诸侯之功。"一说是晋大夫荀跞。此处当是泛指事功于东周王朝的大臣们，而非特指某个人。劳之：为之劳苦、勤劳。"郇伯劳之"：大臣们为王事不辞劳苦。

【译词】

浣溪沙·下泉

汩汩清泉浸野蒿，周京无处不菅茅。我来凭吊久悲嚎。　　黍稷芃芃成往昔，诸侯恭敬拜皇朝。长思郇伯寸心劳。

【解读与评析】

关于本诗的主旨，古今诗释译注者大多认为是一首忆昔思旧之诗。《毛诗序》曰："《下泉》，思治也。曹人疾共公侵刻下民，不得其所，忧而思明王贤伯也。"朱熹《诗集传》另发挥说："王室陵夷而小国困弊，故以寒泉下流而苞稂见伤为比，遂兴其忾然以念周京也。"明人季本《诗说解颐》："周室既衰，王纲废坠，德泽不及于民，民方忾念，赖荀伯能劳之，故诗人美之而作此诗也。"方

曹 风

玉润《诗经原始》:"念周哀伤晋霸也。"高亨《诗经今注》说:"曹国人怀念东周王朝,慨叹王朝的战乱,赞许荀跞的功劳,因作这首诗。"马飞骧《诗经缵绎》以为是"念周哀伤晋霸之诗"。刘毓庆、李蹊以为是"大夫思念周京之作"。

我认为,本诗是一首曹国人伤时忆昔思治、怀念东周王朝的诗作。

全诗四章十六句,每章四句。全诗分忧时与忆昔两层意思,即前三章忧时哀伤,第四章忆昔思治。连贯前三章末尾句"念彼周京"可知,忆昔是忆周京之昔日,念东周王朝之盛,思东周王朝之治。

前三章是典型且又简单的重章叠句。各章仅第二句末字"稂""萧""蓍"不同,第四句末二字"周京""京周""京师"不同,而这只是为换韵的需要,易字只是为了通过韵脚的变化使反复的咏唱不致过于单调,字变而意未变,三章的意思完全是重复的,而且各章均以"冽彼下泉"起兴。往日的周朝京城,如今却是寒冷、清澈的泉水喷涌,泉水浸泡着野蒿、茅草("浸彼苞稂"),荒芜遍地,荒凉、萧瑟、破败。它带给诗人的是寒心、畏惧、恐慌的感受。面对此情此景,诗人想起了昔日京城繁华盛景("念彼周京"),无限感伤,一遍又一遍叹息着:"忾我寤叹。"

在第四章中,诗人突然转折,写周王朝鼎盛之时,万国朝拜的盛况。通过今昔对比点明诗人为何如此感伤悲叹的原因。以前的周王朝京城,雨露滋养着黍稷,到处生长着蓬勃旺盛的庄稼;王朝的强盛,使其在各诸侯国享有威望,四方诸侯朝觐周天子。周天子有郇伯这样的贤臣辅佐,国家有贤臣治理。与眼前所见到的"冽彼下泉,浸彼苞稂"相对比,真是一个天上,一个地下。

本诗末尾句"郇伯劳之"是点睛之笔,它是本诗的"魂"。郇伯是何许人?古代学者都指是某一个具体的人。一说是郇国君。

诗经国风赏析

《毛传》："郇伯，郇侯也。"一说是文王之子州伯。《郑笺》："郇侯，文王之子，为州伯，有治诸侯之功。"一说是晋大夫荀跞。基于本诗主旨，此处的郇伯并非特指"郇伯"这个具体的人，当是泛指事功于周王朝的贤臣、能臣。"郇伯劳之"，昔日周王朝之所以有"芃芃黍苗，阴雨膏之。四国有王"的强盛繁荣，是因为有郇伯这样的贤臣、能臣们为王事不辞劳苦。而如今的王朝京城为何是"冽彼下泉，浸彼苞稂"这般荒芜呢？原因何在？诗人虽没有直言，用虚笔之法婉转地告诉读者，无"郇伯劳之"：国家没有像郇伯这样的贤臣为王事操劳呀！

　　国难思良相。本诗用形象的语言述说着一个治国之道：国之强盛，五谷欣荣，四方来朝，"芃芃黍苗，阴雨膏之。四国有王"，有赖于为政者不辞辛劳料理政事，倚"郇伯劳之"。反之，国家的衰败，田地荒芜，万象萧索，是因为为政者的懒惰，文恬武嬉，无"郇伯劳之"。本诗作者面对眼前荒芜遍地、萧瑟破败的惨景，怀念昔日周王朝的强盛富庶，除了心生悲叹之情，还有思治之心。

豳 风

七 月

七月流火①，九月授衣②。
一之日觱发③，二之日栗烈④。
无衣无褐⑤，何以卒岁⑥。
三之日于耜⑦，四之日举趾⑧。
同我妇子⑨，馌彼南亩⑩。
田畯至喜⑪。

七月流火，九月授衣。
春日载阳⑫，有鸣仓庚⑬。
女执懿筐⑭，遵彼微行⑮，爰求柔桑⑯。
春日迟迟⑰，采蘩祁祁⑱。
女心伤悲，殆及公子同归⑲。

七月流火，八月萑苇⑳。
蚕月条桑㉑，取彼斧斨㉒。
以伐远扬㉓，猗彼女桑㉔。
七月鸣鵙㉕，八月载绩。
载玄载黄㉖，我朱孔阳㉗，为公子裳。

四月秀葽㉘，五月鸣蜩㉙。
八月其获，十月陨萚㉚。
一之日于貉㉛，取彼狐狸，为公子裘。
二之日其同㉜，载缵武功㉝。
言私其豵㉞，献豜于公㉟。

五月斯螽动股㊱，六月莎鸡振羽㊲，
七月在野，八月在宇㊳，
九月在户，十月蟋蟀入我床下。
穹窒熏鼠㊴，塞向墐户㊵。
嗟我妇子，曰为改岁㊶，
入此室处。

六月食郁及薁㊷，七月亨葵及菽㊸，
八月剥枣㊹，十月获稻，
为此春酒㊺，以介眉寿㊻。
七月食瓜，八月断壶㊼，
九月叔苴㊽，采荼薪樗㊾，
食我农夫。

九月筑场圃㊿，十月纳禾稼㉛。
黍稷重穋㉜，禾麻菽麦㉝。
嗟我农夫，我稼既同㉞，上入执宫功㉟。
昼尔于茅㊱，宵尔索绹㊲。
亟其乘屋㊳，其始播百谷㊴。

豳 风

二之日凿冰冲冲⁶⁰，三之日纳于凌阴⁶¹。
四之日其蚤⁶²，献羔祭韭⁶³。
九月肃霜⁶⁴，十月涤场⁶⁵。
朋酒斯飨⁶⁶，曰杀羔羊。
跻彼公堂⁶⁷，称彼兕觥⁶⁸，万寿无疆⁶⁹。

【词句注释】

①火：星宿名，即心宿，又称大火、火星。流：流动。据史料记载，在周代，大火六月黄昏出现在正南方，七月就偏西开始下沉了，这就叫作"流"。故言"七月流火"。 ②授衣：将裁制冬衣的工作交给女工。九月丝麻等事结束，所以在这时开始做冬衣。 ③一之日：一月之日。周历的一月，即夏历十一月。后文"二之日""三之日""四之日"依次为夏历的十二月之日、夏历的一月之日、夏历的二月之日。觱发（bìbō）：大风触物声。 ④栗烈：即"凛冽"，形容天气寒冷。 ⑤褐：用粗麻做的衣服。 ⑥卒岁：终岁，过完一年最后寒冷的日子。 ⑦于耜（sì）：修理耒耜（耕田起土的农具）。于：犹"为"。 ⑧举趾：举脚而耕，即播种。趾：足。 ⑨妇子：妻子和小孩。 ⑩馌（yè）：馈送食物，即送饭田头的意思。南亩：向阳的耕地。 ⑪田畯（jùn）：农官名，又称农正或田大夫。至喜：很高兴。 ⑫春日：指二月。载阳：开始变暖。载：始。 ⑬仓庚：鸟名，即黄莺，学名黄鹂。此鸟好在春天啼鸣。 ⑭懿（yì）筐：深筐。懿：深。 ⑮遵：沿着。微行：田间小径，小路。 ⑯爰（yuán）：语助词，犹"曰"。柔桑：初生新嫩的桑叶。 ⑰迟迟：天长的意思。春日迟迟：春日白昼舒长。 ⑱蘩（fán）：菊科植物，即白蒿。祁祁：众多（指采蘩者）。 ⑲殆：恐惧、担心。及：碰到、遭逢。殆及：害怕遇到。一说"将与"。公子，指国君之子，或贵族之子。殆及公子同归：

529

害怕遇到公子被他强迫带回家去。 ⑳萑（huán）：芦苇一类的植物。苇：芦苇。八月萑苇长成，是收割萑苇的季节。 ㉑蚕月：指夏历三月。条桑：修剪桑树的枝条。 ㉒斨（qiāng）：方孔的斧头。斧斨：伐木的工具。 ㉓远扬：指长得太长而高扬的枝条。 ㉔猗（yǐ）：作"掎"，牵引。"猗桑"是用手拉着桑枝来采叶。女桑：小桑。 ㉕鵙（jú）：鸟名，即伯劳。"七月鸣鵙"：夏历五月伯劳开始鸣叫，一直到寒冷时节来临。在这期间，应赶制寒衣了。 ㉖载：承载。此处引申为"染""浸染"。玄：黑中带红。黄：黄色。黄色的染成，多用茋草、地黄和黄栌为染料，考古发现，也有用矿物质石黄为染料的。载玄载黄：染成黑色，染成黄色。 ㉗朱：深红色。阳：鲜明，光灿灿的色泽。 ㉘秀葽（yāo）：言远志结实。秀，一说开花。葽，植物名，今名远志。一说苦菜。 ㉙蜩（tiáo）：蝉。 ㉚陨萚（tuò）：植物枝叶凋零败落。 ㉛貉（hé）：哺乳动物。外貌像狐狸，昼伏夜出。于貉：往取貉，捕貉。 ㉜同：聚合，言聚合众人去狩猎。 ㉝缵（zuǎn）：继续。武功：习武之事。此处指田猎。 ㉞私其豵（zōng）：言小兽归猎者私有。豵，一岁小猪，这里用来代表比较小的兽。 ㉟豜（jiān）：三岁的猪，代表大兽。大兽献给公家。公：公家、公堂。 ㊱斯螽（zhōng）：虫名，蝗类，即蚱蜢、蚂蚱。动股：言斯螽发出鸣声。 ㊲莎鸡：虫名，有"天鸡""酸鸡""纺织娘"等名。振羽：言鼓翅发声。 ㊳宇：檐下。 ㊴穹：空隙。窒（zhì）：堵塞。穹窒熏鼠：将室内满塞的角落搬空，搬空了才便于熏鼠。 ㊵塞：堵塞。向：朝北的窗户。墐（jìn）：用泥涂抹。塞向墐户：贫家门扇用柴竹编成，用泥涂抹堵住门窗缝隙，使它不致透风。 ㊶曰：通"聿"，语助词"乃"。改岁：旧年将尽，新年快到。 ㊷郁：植物名，郁李，棠棣之类，果实像李子。薁（yù）：植物名，山葡萄，可食用。 ㊸亨：通"烹"。菽（shū）：豆类的总称。此处指豆叶，又称藿。 ㊹剥（pū）：通“扑”，打，击。 ㊺春酒：冬天酿酒经春始成，叫作“春酒”。枣和稻都是酿酒的原料。 ㊻介：祈求，祈祷。眉寿：长寿，人老眉间有豪毛，叫秀眉，所以长寿称眉寿。 ㊼断：采摘。壶：葫芦，瓠瓜，嫩时可食用。葫芦，有“福禄”之意。 ㊽叔：收，拾取。苴（jū）：秋麻之籽，可食用。

㊾荼（tú）：菜名，即苦菜。薪樗（chū）：言采樗木为薪。樗，木名，即臭椿。 ㊿场：打谷的场地。圃：菜园。春夏做菜园的地方秋冬就做成场地，所以“场、圃”连成一词。 (51)纳：交纳。禾稼：各种农作物的总称。十月纳禾稼：十月向公家交纳粮食。(52)重（tóng）：即“穜”，先种后熟的谷物。穋（lù）：即“稑”，后种先熟的谷物。 (53)禾：此处专指一种谷，即今之小米。(54)同：聚，集中。我稼既同：我已收谷入仓。 (55)宫功：指建筑宫室、宫堂。功：事、从事于。 (56)尔：语助词。于茅：获取茅草。

(57)索绹（táo）：打绳子，搓绳子。索：动词，指制绳。绹：绳索。 (58)亟：急。乘屋：盖屋。茅和绳都是盖屋需用的东西。(59)其始：将要开始。其始播百谷：不久就要开始春耕播种了。(60)冲冲：凿冰时发出的响声。 (61)凌：指聚集的水。阴：指藏冰之处。凌阴：冰室。 (62)蚤：通“抓”，取。 (63)献羔祭韭：用羔羊和韭菜祭祖。 (64)肃霜：犹“肃爽”，指霜降之后深秋清凉的样子。

(65)涤场：清扫场地。指农事完毕后打谷场已收拾干净。 (66)朋酒：两樽酒为朋。斯：语助词。飨：宴享，聚会。指乡人年终聚饮。 (67)跻（jī）：登。公堂：年终举行聚会的公共场所。 (68)称：举起，高举。兕（sì）觥（gōng）：角爵。形状弯曲如牛角的酒杯类器物。 (69)万寿无疆：祝你高寿永无疆！

【译词】

浣溪沙·七月（八首）

一

七月火星似蝶飏，晚秋九月做衣裳。寒冬腊月北风狂。　无褐无衣冬咋过？早春修耜备耕忙。妇孺送饭喜洋洋。

二

七月火星似蝶飏，季秋到了换衣裳。春光明媚暖洋洋。　黄鹂高鸣催众女，急行慢跑采蘩桑。遭逢公子女悲伤。

三

七月火星似蝶飏，仲秋收苇割萑忙。暮春剪绿益条桑。　挥斧剪枝桑叶茂，䴗鸣过后织麻忙。染黄染赤制衣裳。

四

四月群葽莽苍苍，蜩鸣五月惠音扬。年年八月割稻粱。　十月落黄将习武，猎狐捕貉制裘裳。献呈公子与公堂。

五

五月蝗虫声抑扬，莎鸡振羽野庭荒。秋来蟋蟀入蓬房。　空室堵门熏老鼠，呼妻唤子莫遗忘。新年快到享祺祥。

六

煮豆食葡剥枣忙，烹葵割稻酒飘香。抚心默祷寿而康。　八月葫芦藏福禄，菽苴瓜菜代膏粱。采荼燃樗养生方。

七

九月不闲筑仓场，初冬十月送官粮。青麻黍稷入囷仓。　嗟我农夫真命苦，晚搓绳索昼修房。割茅播谷盖宫堂。

八

腊月凿冰手冻僵，日搬夜运窖中藏。仲春祭祖献羔羊。　九月肃霜农事了，呼朋唤友去公堂。举觞互祝寿无疆。

豳　风

【解读与评析】

　　《豳风·七月》是《诗经·国风》中最长的一首诗。关于本诗的主旨及创作背景，古今学者存有分歧。《毛诗序》曰："陈后稷、先公风化之所由，致王业之艰难也。"朱熹《诗集传》完全赞同北魏儒学大师王肃对《七月》的评注："仰观星日霜露之变，俯察昆虫草木之化，以知天时，以授民事。女服事乎内，男服事乎外。上以诚爱下，下以忠利上。父父子子，夫夫妇妇，养老而慈幼，食力而助弱。其祭祀也时，其燕飨也节。此《七月》之义也。"方玉润《诗经原始》："陈王业所自始也。"牟庭《诗切》："周公居田也。"马飞骧《诗经缵绎》认为是"陈王所业自始之诗"。

　　而更多的近现代学者通过对本诗的主旨及创作背景进行系统的研究后认为，《七月》是一首记述周代社会节令之歌、农事之歌、劳动之歌、生活之歌的诗作。其中主要有：高亨《诗经今注》："这首诗是西周时代豳地农奴们的集体创作，叙写他们在一年中的劳动过程与生活情况。"刘毓庆、李蹊认为是"豳人的'月令歌'，记录了围绕农事节令的广阔生活画面。"孙作云认为："《七月》篇所描写的农夫劳动，是在领主的自营（公田）里的劳动。""是农奴生活的再素描。"（《孙作云文集》，河南大学出版社2003年）李山《大邦之风》说："《七月》是农事诗篇，却不单表农耕，也表打猎；而且打猎不仅是农事的必要补充，也是经济活动之外的军事活动，是捍卫生存的必要之事。"我认为，本诗是一首反映周代社会农事、节令和农夫劳动生活的长篇叙事诗。

　　《七月》是《诗经·国风》中最长的一首诗，共八章八十八句，每章十一句。全诗围绕着一个"苦"字，以质朴无华的词句和凄切悲苦的语调，用铺叙的手法，按照季节的先后顺序，从年初写到年终，从种田养蚕写到打猎凿冰，从收稻写到筑仓，从做衣写到割茅搓绳,从酿酒写到祭祀,从送官粮写到以瓜菜充饥。它绘制了一幅周代社会内容丰富多彩的农耕生活的画卷,反映了一年四季十二个月中,农夫们多层次、高强度的劳动,仿佛是在哭吟着一部沉重的历史。细细品读之,犹如身临其境。

解读周代社会的农事、节令诗,首先需要了解诗中所述及的有关历法和农夫劳动的对象,即在何处劳动。

先说历法。据有关学者专家研究得出的结论,本诗中使用的是周历。周历以夏历(今之农历,亦称阴历)的十一月为正月,七月、八月、九月、十月以及四、五、六月,皆与夏历相同。"一之日""二之日""三之日""四之日",即夏历的十一月、十二月、一月、二月。诗中"蚕月条桑"句中的"蚕月",即指三月。这样去读《七月》,就会看到诗中叙写了农夫在一年四季十二个月中的劳动生活,从各个侧面展示了当时社会的风俗画,凡春耕、秋收、冬藏、采桑、染绩、缝衣、狩猎、建房、酿酒、劳役、宴飨,无所不写。它有极其重要的史料价值。

再说劳动对象,农夫在何处劳动?为谁而劳动?本诗中多处言及"公",如"殆及公子同归""为公子裳""献豣于公""跻彼公堂"等。由此表明,农夫的劳动都是为"公"而劳动,即在领主的田地"公田"里劳动,这些土地是"公""公子"的土地,而非农民的自耕地。

本诗首句"七月流火"突兀而起,"七月里的火星向西流",它既不是写时令,也不是写农事,而是破题,旨在引出时光流逝,说明节令在不断变化之中。它表明世事时光是动态的而不是静止的。当我读到"七月流火"时,顿时有种时光如逝水,毕竟东流去的世事沧桑感。

粗读本诗,各章中都写了四季中的农事与农夫的生产活动,有内容零散之感。细细品味,却不尽然。每章中都有其重点中心内容,且章与章之间过渡衔接自然顺畅。

第一章重点写冬季与初春时节农夫们的生产与生活。九月备寒衣,十一二月北风呼号,寒风凛冽,农夫们"无衣无褐",这个寒冷的冬天咋过呢?"何以卒岁",写出了农夫生活之苦。"三之日于耜,四之日举趾。"冬天刚过去,寒意犹存,农夫们就要扛着犁杖下地翻土,拿着锄头播种了。妇女孩子也要帮着送饭到田头。因为是为领主的"公田"而作,"田畯至喜",田官、领主见他们劳动很卖力,不由得面露喜色,高兴得不得了。

第二章重点写阳春时节农夫们的劳动生活。阳春三月,昼长夜短,明媚的春光照耀着大地,黄鹂在树上啭喉歌唱,姑娘们挎着深筒竹筐,沿着蜿蜒曲折的小路艰难地前行,她们去采摘嫩嫩的桑叶和青青的蘩草。为"公堂"劳动虽辛苦,但更令姑娘们担忧伤悲的是遇到领主家的"公子"。她们为何伤悲?末尾句"殆及公子同归"道出了原因:她们害怕受到"公子"的欺凌。"同归"二字,文本意思是"一同回去",深层含义则是同宿,被欺凌。它写出了农夫生活之苦。

第三章重点写农夫们在秋季的染织、缝衣活动。本章中的第三至第六句"蚕月条桑,取彼斧斨,以伐远扬,猗彼女桑",修整桑枝也好,采摘桑叶也罢,都是为了养蚕缫丝,为了在秋季织布染纱,为"公子"做衣裳。此四句是为后文作铺垫。初秋七月,伯劳不停地鸣叫,预示冬天快到了,男子忙着收割芦苇,妇女们开始忙着纺纱织布,把织好的麻布、丝绸染成红、黄、黑多种颜色。为的是"为公子裳",为公子做衣裳。

第四章重点写农夫们秋收冬猎活动。金秋八月开始收庄稼("八月其获"),十月落叶满天飞,已入冬季,农夫们的劳动场所由农田耕地转入高山密林狩猎,捕貉,猎狐,获取貉皮狐皮,为的是"为公子裘";打野猪,也是为了"献豣于公",大的野猪献给公堂。

　　诗写至此，它已经十分清楚地告诉读者，农夫们的劳动都是为了贵族、领主，一切劳动成果也是归贵族、领主，而且姑娘们还担忧会受到贵族、领主的欺凌。"殆及公子同归""为公子裳""为公子裘""献豣于公"，包含了农夫们的多少不平、多少无奈、多少怨恨！

　　第五章写农夫们的住宿之苦。五月螽虫蹦蹦跳，六月莎鸡扑翅飞；七月蟋蟀野地叫，八月钻屋檐，九月入房间，十月居床前。这看似写飞禽虫鸟，实则是暗示农夫们如飞禽虫鸟般居无定所，颠沛流离。只是到了天气变冷了的九、十月，才进入室内。可悲的是，房屋破败不堪，窗户四处透风，老鼠横行。他不得不先点火烘屋熏老鼠（"穹室熏鼠"），抹泥堵窗户缝隙（"塞向墐户"）。因而他唉声叹气地对妻儿说：到年底了，马上要过年了，咱们就在此处歇歇疲劳吧！"嗟我妇子"，一个"嗟"字，包含了农夫说不尽的辛酸！

　　第六章写农夫们的饮食之苦。在第一、第四章中，诗人已告诉读者，早春修耜备耕忙（"三之日于耜，四之日举趾"），年年八月获稻粱（"八月其获"）。可怜的是，农夫们并不能享受自己的劳动果实。在第六章中诗人继而写道："六月食郁及薁，七月亨葵及菽，八月剥枣""七月食瓜，八月断壶，九月叔苴，采荼薪樗。"到了收获季节，农夫们却是煮豆、食薁、剥枣、采葫芦，菽苴苦菜代膏粱，以这些野菜、野果为食。

　　农夫们的劳动果实哪里去了呢？诗人写道："十月获稻，为此春酒，以介眉寿。"十月收获的稻粱用去酿作春酒，贵族公子将其祭祀以祈求健康长寿。末尾句"食我农夫"，倾泻出农夫们对耕者不得其食的社会不公平现象的难以忍受的愤懑之情。

　　第七章是前六章内容的进一步深化与细化，其中的"嗟我农夫"句是全诗的"诗魂"，同时它还起到承前启后的作用。本章各句词语质朴，诗意显豁，几乎与现代语无异。将其译成《浣溪沙》词便是：九月不闲筑仓场，初冬十月送官粮。青麻黍稷入困仓。

嗟我农夫真命苦，晚搓绳索昼修房。割茅播谷盖官堂。

"嗟我农夫"，农夫的多少怨恨、多少苦楚、多少不平，全包含在这个"嗟"字中。

在第八章中，诗人写了农夫在寒冬季节还在为公堂凿冰运冰藏冰后，一扫前面各章中的哀怨、悲叹、愤恨的气氛，用较愉快的笔调描写了献祭聚会、宴饮称觥的盛况。众人"跻彼公堂""献羔祭韭""朋酒斯飨，曰杀羔羊""称彼兕觥，万寿无疆"。将其译成《浣溪沙》词便是：腊月凿冰手冻僵，日搬夜运窖中藏。仲春祭祀宰羔羊。　九月肃霜农事了，呼朋唤友到公堂。举觥互祝寿无疆。

在我的老家江南乡村，民间有句俗语：叫花子也有个年节。其意是，再穷的人家，过年过节也得有个过年过节的样。本诗第八章所叙写的当是如此。农夫的生活辛苦艰难，为贵族领主耕种公田、服劳役，一年从头到尾不曾有闲着的日子，住破屋，以野果野菜代粮食。社会的不公平，农夫们无力改变，除了叹息别无他法，只好认命。但是到了岁末，他们还是要聚餐欢庆、举酒庆贺的。借此机会，互道祝福送吉言。这是情理中事。全诗的结尾五句："朋酒斯飨，曰杀羔羊。跻彼公堂，称彼兕觥，万寿无疆。"这是农夫们一年中最快乐、最高兴且是唯一的短暂时光，也是对农夫们最大的慰藉。

农夫们的生活虽然很苦，但他们不悲观失望，不怨天怨地，对未来仍充满着美好的期待。"称彼兕觥，万寿无疆。"这是豁达者之歌！勤劳的人们理当健康长寿，这是天道的馈赠。

鸱 鸮

鸱鸮鸱鸮①,既取我子②,无毁我室③。
恩斯勤斯④,鬻子之闵斯⑤。

迨天之未阴雨⑥,彻彼桑土⑦,绸缪牖户⑧。
今女下民⑨,或敢侮予⑩?

予手拮据⑪,予所捋荼⑫。
予所蓄租⑬,予口卒瘏⑭,曰予未有室家⑮。

予羽谯谯⑯,予尾翛翛⑰,予室翘翘⑱。
风雨所漂摇⑲,予维音哓哓⑳!

【词句注释】

①鸱鸮(chīxiāo):猛禽类,猫头鹰一类的鸟。 ②子:指幼鸟。 ③室:此处指鸟巢。 ④恩:爱抚、尽心之意。勤:勤劳、忧劳。斯:语助词。 ⑤鬻(yù):通"育",养育孩子。闵:忧郁,病困,累病。 ⑥迨(dài):及,趁着。 ⑦彻:通"撤",剥取。桑土:桑根。土:通"杜",根。 ⑧绸缪(móu):缠缚,缠绕。牖(yǒu):窗。户:门户、门。 ⑨女(rǔ):通"汝",你。下民:下贱之人、小人。 ⑩或敢:谁敢。或,不定指代词。予:我。 ⑪拮据(jiéjū):手足因劳累而发僵之状。此处指鸟脚爪劳累。 ⑫捋(luō):成把地摘取。荼(tú):白茅。 ⑬蓄:

积聚，聚。租：通"苴"，茅草。 ⑭卒瘏（cuìtú）：患病。卒：通"悴"。 ⑮曰：语助词。室家：指鸟窝、鸟巢。 ⑯谯谯（qiáoqiáo）：羽毛疏落貌。 ⑰翛翛（xiāoxiāo）：羽毛枯敝无泽貌。 ⑱翘翘（qiáoqiáo）：高出貌，高耸状。 ⑲漂摇：同"飘摇"，摇晃摆动。 ⑳哓哓（xiāoxiāo）：惊恐的叫声。

【译词】

汉宫春·鸱鸮

可恶鸱鸮，既叼抓我子，又毁窝巢。汝真下贱，不知育子辛劳。担忧爱抚，不区分、热昼寒宵。偏遇到、嘲啁滋扰，寸心长恨难消。　　趁上天无阴雨，采茅花枯草，撷些桑条。绸缪垣门牖户，室第翘翘。忧愁不断，更因为、口舌生泡。家已就，飘摇晃荡，哀音怎不哓哓。

【解读与评析】

关于本诗的主旨，古今诗释译注者大多观点相同。《毛诗序》曰："《鸱鸮》，周公救乱也。成王未知周公之志，公乃为诗以遗王，名之曰《鸱鸮》焉。"方玉润《诗经原始》："周公悔过以儆成王也。"马飞骧《诗经缵绎》认为是"周公自咎以儆成王之诗"。高亨《诗经今注》说："这是一首寓言诗，描写大鸟在鸱鸮抓去它的一两个雏儿之后，为了防御外来的侵害，保护自己的小鸟，不辞辛劳，不避艰苦，修筑窝巢的事。"刘毓庆、李蹊认为："这是周公自述其为挽救周王室和保护王室子弟日夜操劳、忧虑的诗。"李山《大邦之风》认为"对弱小抗争强大、邪恶的赞美"。

凡持以上诗主旨者，都是基于以下写作背景。据《尚书·金縢》记载："武王既丧，管叔及其群弟流言于国曰：'公（周公）将不利于孺子（指成王）。'周公乃告二公（召公奭、太公望）曰：

诗经国风赏析

'我之弗避（回避），无以告我先王。'周公居东二年，则罪人斯得。于后，公乃为诗以贻王，名之曰《鸱鸮》。"这是关于《鸱鸮》的最早记载。作为我国第一部追述上古时代事迹著作的汇编，《尚书》最早成书于周代，与《诗经》属同时代。据此，认为《鸱鸮》乃周公所作是可信的。

我认为，《鸱鸮》是一首弱者借母鸟之言，表达对邪恶的抗争、控诉的寓言诗。至于它是不是周公所作，是否与周公有关，都不影响本诗所具有的对弱者的智慧、胆识与意志的赞美之义。

寓言多是以人类以外的生物为主角，采用拟人的手法，把深刻的道理寄寓于短小的故事里，或借此喻彼，或借小喻大，或借古喻今，以寄寓人生感慨或哲理。本诗的题目《鸱鸮》，直指邪恶之物。鸱鸮，就是猫头鹰，又称夜猫子。这是一种很招人恨、被视为不吉祥之物的飞禽，它的叫声就如哭声，尤其是在寂静的夜晚，听到它的叫声，真叫人毛骨悚然。

全诗四章二十句，每章五句。全诗分为控诉与抗争两部分内容。即第一章为控诉，后三章为抗争。本诗的主角，是一只孤弱无助的不知其名的母鸟，是一个弱者。第一章开笔"鸱鸮鸱鸮，既取我子，无毁我室"，表现了弱者目睹"飞"来横祸、面临着恶鸟"鸱鸮"的欺凌时的极度惊恐、哀伤与愤懑。猫头鹰不但抓走了雏鸟，还捣毁了它的巢穴。面对如此横祸，母鸟却无力去救其"子"、护老窝，只能仰对高天，怆怒地呼号追着鸱鸮之影远去，留下的便只有"恩斯勤斯，鬻子之闵斯"的伤心呜咽，不停地咒骂着：你真是下贱，不知我不分昼夜育子付出的心血与辛苦，不懂我对"子"的爱抚与担忧。这呜咽声、咒骂声自树顶危巢飞向苍穹，是对强者恶行的控诉与鞭挞，产生令人战栗的效果。

后三章是母鸟对鸱鸮恶行的抗争与反抗。弱者，并不是逆来顺受者。鸟兽也与人类一样，面对灾祸时也会表现出它的坚强、勇气

540

豳 风

与力量。这是一种生存的本能。后三章仍以母鸟自述的口吻展开。它虽沉浸在丧子破巢的哀伤之中,却又化悲愤为力量,于哀伤中抬起了刚毅的头颅:"迨天之未阴雨,彻彼桑土,绸缪牖户。"我要趁着天晴之际,采些茅花枯草,拾些桑条树根,未雨绸缪地修复好垣门牖户。尽管累得脚爪痉挛("予手拮据")、口舌生泡("予口卒瘏")、羽毛稀疏枯槁("予羽谯谯")、尾巴凋敝("予尾翛翛"),也要把巢穴垒得坚固而高耸("予室翘翘"),并发出既警惕又自豪的宣言:看你这等下贱之人,还敢欺侮我不("今女下民,或敢侮予")!

弱肉强食是自然界的共性。弱者对抗强者的恶行,虽然有时能赢得胜利,但代价往往是巨大的,甚至已取得的胜利还会丧失,威胁仍会存在,危险仍时时会发生,担忧恐慌并不会减少。诗的结尾两句:"风雨所漂摇,予维音哓哓!"正是这种情形的真实写照:被鸱鸮毁掉了巢穴虽然再次筑好,但狂风暴雨来临时它仍飘摇晃荡,我怎能不发出恐惧的叫声呢?一声声"哓哓"的鸣叫,穿透摇撼天地的风雨,喊出了不能掌握自身命运的弱者之哀伤,传达着久远以来受欺凌、受压迫的人们的不尽悲愤之情。读之,催人泪下,心生同情。

东 山

我徂东山[①],慆慆不归[②]。
我来自东,零雨其蒙[③]。
我东曰归,我心西悲[④]。
制彼裳衣,勿士行枚[⑤]。

蜎蜎者蠋⑥，烝在桑野⑦。
敦彼独宿⑧，亦在车下⑨。

我徂东山，慆慆不归。
我来自东，零雨其蒙。
果臝之实⑩，亦施于宇⑪。
伊威在室⑫，蠨蛸在户⑬。
町畽鹿场⑭，熠耀宵行⑮。
不可畏也，伊可怀也⑯。

我徂东山，慆慆不归。
我来自东，零雨其蒙。
鹳鸣于垤⑰，妇叹于室。
洒扫穹窒⑱，我征聿至⑲。
有敦瓜苦⑳，烝在栗薪㉑。
自我不见，于今三年。

我徂东山，慆慆不归。
我来自东，零雨其蒙。
仓庚于飞㉒，熠耀其羽。
之子于归㉓，皇驳其马㉔。
亲结其缡㉕，九十其仪㉖。
其新孔嘉㉗，其旧如之何㉘？

【词句注释】

①徂（cú）：去，往，到。东山：东方的一座山名，具体地点已无从考证。一说在今山东境内，为周公伐奄驻军之地。　②慆慆

公东征,三年而归,劳归士。大夫美之,故作是诗也。"朱熹《诗集传》以为"此周公劳归士词,非大夫美之而作"。牟庭《诗切》:"周公悼亡也。"方玉润《诗经原始》:"周公劳归士也。"今人马飞骧《诗经缱绻》以为是"周公东征凯旋以劳征士之诗"。高亨《诗经今注》认为:"这是士兵出征三年后回家而作的诗。写他们在途中及到家后的景况和心情。"刘毓庆、李蹊认为"这是一首征人还乡之歌,写出了回归路上及回家之后的所见、所闻、所感,以及悲喜交集的复杂心情"。

我是赞成高亨、刘毓庆等学者的观点。本诗是一位士卒出征三年后解甲还乡途中及到家后依所思、所见、所闻而抒发的思归之情。

全诗四章四十八句,每章十二句。四章之意依序为士卒思归将归、归途所思、初归所见、归后所乐。后二章所见实景与想象之景形成极大的反差,而这种反差是主人公心理活动的真实写照。

第一章写思归将归时的情景。各章首四句叠咏,文字全同,构成了全诗的主旋律。士卒在归乡途中,正值蒙蒙细雨天气,使其思归之情更浓,倍感凄迷,它为每章后八句的叙事抒情准备了一个富有感染力的背景。朱熹《诗集传》说:"我之东征既久,而归途又有遇雨之劳。因追言其在东而言归之时,心已西向而悲。"由"不归"引出"曰归",由悲转喜,喜从悲中来。真是"将军百战死,壮士十年归"!但将归未归,他仍心系西方的家乡,归途充满了许多的不确定性,不由得无限感伤。这是第五、六句"我东曰归,我心西悲"所表达的忧伤之情。紧随其后,诗人细腻的笔法描述了归途的艰辛:穿上旧衣裳,口不再衔木,如蚕在草野桑树上爬行,身躯曲卷成团,露宿兵车下。"制彼裳衣,勿士行枚"句,有《木兰诗》的"脱我战时袍,著我旧衣裳"之意境。后四句"蜎蜎者蠋,烝在桑野。敦彼独宿,亦在车下",既言归途之苦,更显征夫行役生活之苦。

　　第二章写归途所思。士卒归途遇雨，道路泥泞。他由眼前之景，联想起故乡的景况。但他不敢往好处想，只能把事情想得差一些，以免见到后使自己失望。于是，他想象着结了果实的蔓藤爬上了房檐屋宇，"咕咕"叫唤不停的土鳖虫在墙隅乱爬，蜘蛛结网遮住了窗户，田地野鹿出没，萤火虫在夜晚发着一闪一闪的蓝光。每每想到这些，他更加想念故乡！"不可畏也，伊可怀也"：家园的荒凉不可怕，我只盼望着能快快到家！

　　第三章写初归所见。诗人回到久别的家乡，他见到了什么呢？听到了什么呢？颧雀在树梢鸣叫，葫芦吊在棚架上散发出阵阵香气。妻子正在打扫房间，见到久别归来的丈夫，她把激动的心情掩藏着，只是叹息着，好像在轻声地问道："你回来了？"而丈夫呢，也没有表现出特别的激动，他没有正面回答妻子的问话，故意岔开话题说："我已三年没见到这些景象了。"多少激动、多少期盼、多少心里话，全在这短短的"自我不见，于今三年"中！

　　第四章写归后所乐，是第三章内容的进一步深化。征夫回到家乡，与妻子久别重逢，自然是非常高兴的。眼前所见，皆是美好之物：黄莺展翅飞翔，羽毛闪闪发光，漂亮极了。心中所思，皆是甜蜜的往事，他回忆多年前与妻子喜结连理的情景：迎亲的车马在路上迅跑奔驰，贺喜的人们个个喜气洋洋，母亲为出嫁的女儿结上佩巾，仔细端详。那是新郎新娘多么美好的时光。而这一切美好的往昔怎能与当下夫妻重逢的欢畅相比呢？俗话说"久别胜新婚"。"其新孔嘉，其旧如之何？"诗人用追忆式的怀想，以昔日之乐衬托当下之乐，以新婚之乐衬托夫妻重逢之乐，使之成为浑融完美的艺术整体。真乃神来之笔！

豳 风

破 斧

既破我斧①,又缺我斨②。
周公东征,四国是皇③。
哀我人斯④,亦孔之将⑤。

既破我斧,又缺我锜⑥。
周公东征,四国是吪⑦。
哀我人斯,亦孔之嘉⑧。

既破我斧,又缺我銶⑨。
周公东征,四国是遒⑩。
哀我人斯,亦孔之休⑪。

【词句注释】

①斧:圆孔的斧子。 ②斨(qiāng):方孔的斧子。 ③四国:指殷、管、蔡、霍,即周公东征平定的四个诸侯国。一说是殷、东、徐、奄四国,或管、蔡、商、奄四国。皇:通"匡",即匡正、治理。 ④哀:可怜。引申为苦难、磨难、哀伤之意。我人:我们这些人。此处指征夫、士卒。斯:语气词,相当于"啊"。 ⑤孔:很、甚、极,程度副词。将(jiāng):通"锵",借为雄壮、大。 ⑥锜(qí):一种兵器,锯形状。 ⑦吪(é):感化,教化,变化。 ⑧嘉:善,美,好。 ⑨銶(qiú):即"锹""铁锹"。或以为是凿子。属兵器类。 ⑩遒(qiú):凝聚,稳固,团

结，安和。　⑪休：美好。与"嘉""将"义同。

【译诗】

破　斧

斧破锜弯锹已残，周公征战四方安。
征人生死谁能料，得胜归来无限欢。

【解读与评析】

　　在《诗经·国风》篇中，《豳风·破斧》是将其创作背景写得最明白无误的一首诗，即本诗的创作背景写"周公东征"之事。因为此，关于本诗的主旨，古今学者无分歧。《毛诗序》："《破斧》，美周公也。周大夫以恶四国焉。"朱熹《诗集传》："从军之士以前篇（注：指《东山》）周公劳己之勤，故言此以答其意。"清人方玉润《诗经原始》："美周公伐罪救民也。"闻一多《风诗类钞》："东征士卒，喜生还也。"马飞骧《诗经缮绎》以为是"美周公伐罪救民之诗"。高亨《诗经今注》认为："这首是西周初期的作品。""周公带兵东征三年……在回来的时候，士兵们唱出这首诗。"刘毓庆、李蹊认为是"东征战士凯旋之歌"。

　　我认为，本诗是周公东征平息叛乱后凯旋时，士卒们所唱的胜利者之歌。

　　据史料载，周武王灭纣，据有天下，封纣之子武庚于殷，再封自己的弟弟姬鲜、姬度、姬处于管、蔡、霍三地以监视武庚。武王死，成王年幼，由周公辅政，武庚、管、蔡、徐、奄诸侯国，欺成王年幼而背叛周王室。于是，周公率兵东征，先后历时三年，最终平定四国叛乱。东征士卒们虽然在战场上拼命厮杀，历尽苦难，生死难料。但得胜而归时，他们感到自豪，喜悦之情溢于言表而唱出了这首歌。

豳 风

全诗三章十八句，每章六句。各章虽换三个字，但字换意同。"斨""锜""銶"都是兵器的一种；"皇""吪""遒"所表现的是安宁、和平之意；"将""嘉""休"所表现的是庆幸、自豪、欢乐的情绪。全诗叠章叠句，反复咏唱，格调高亢，韵律铿锵。

各章六句划分为战争的惨烈残酷、东征之果、凯旋之乐等三层意思。各章第一、二句写战争的惨烈残酷，表现了征战生活的艰苦和生死难料。"既破我斧，又缺我斨""又缺我锜""又缺我銶"，诗人不说将士死伤，不说马革裹尸，而是以物代人，只写坚铁利器破损。斧头砍破了，锜砍出了缺口，铁锹也砍坏了，从侧面表现了战争的残酷与惨烈和军旅生活的艰辛，给读者以巨大的想象空间。

各章第三、四句写周公东征之果。战争是政治的延伸，任何一次战争，正义战争也好，非正义战争也罢，它总是有其目的的。"周公东征"之战也不例外，它是为平息四国叛乱而战。诗人给予其赞美。"四国是皇""四国是吪""四国是遒"，四国叛乱得以平息，使之重归于周王室，一统天下，安宁和平。"周公东征"之果为各章的末尾两句埋下了伏笔。

各章最后两句写士卒凯旋之乐。"哀我人斯，亦孔之将""亦孔之嘉""亦孔之休"，军旅生活虽然艰苦，令人哀伤，士卒们历经磨难与生死考验，但如今得胜而归，他们由此感到庆幸。对于征人而言，战场上的死亡、伤残、艰苦既是不幸和悲剧，同时也是美誉。因为他们随周公东征，是为平息叛乱而战，为维护周王室的一统天下而战，是为正义而战。他们因此而感到骄傲、自豪和快乐！为了国家的利益，为了群体的利益，个人所经历的艰难困苦都是一种荣耀。

拿破仑说："爱国是文明人的首要美德。"孙中山说："做人最大的事情是什么？就是要知道怎样爱国。"本诗表现了随"周公东征"的士卒们具有"天下兴亡，匹夫有责"的品质和理性觉醒。

正如朱熹《诗集传》所评说的:"虽被坚执锐之人,亦皆能以周公之心为心,而不自为一身一家之计。盖亦莫非圣人之徒也。学者于此熟玩而有得焉,则其心正大,而天地之情真可见矣。"

伐 柯

伐柯如何①?匪斧不克②。
取妻如何③?匪媒不得。

伐柯伐柯,其则不远④。
我觏之子⑤,笾豆有践⑥。

【词句注释】

①伐柯:砍取做斧柄的木料。伐:砍。 ②匪:同"非"。克:能。 ③取:通"娶"。媒:媒妁,媒人。 ④则:原则、方法、规格。此处指按一定方法、规则才能砍伐到做斧柄的木料。 ⑤觏(gòu):通"媾",指婚媾。 ⑥笾(biān):盛果品的竹器。豆:盛肉食的器皿。有践:整齐排列貌。"笾豆有践":将食物排列整齐。引申为妻子会持家。

【译诗】

伐 柯

无斧伐柯毫不克,取妻无妁不能得。
伐柯有则守成规,笾豆成排妻好德。

豳 风

【解读与评析】

　　关于本诗的主旨，古今学者歧义颇大。《毛诗序》曰："《伐柯》，美周公也。周大夫刺朝廷不知也。"朱熹《诗集传》先言"周公居东之时，东人言此，以比平日欲见周公之难。"后又说："东人言此，以比今日得见周公之易，深喜之之辞也。"方玉润《诗经原始》言："此诗未详，不敢强解。"并说："诸儒之说此诗者，悉牵强支离，无一确切通畅之语，故宁阙之以俟识者。"马飞骧《诗经绩绎》以为是"美周公尚兵以礼之诗"。高亨《诗经今注》认为："这是男人请媒人吃饭委托他介绍对象的诗。"刘毓庆、李蹊认为："这是一首新婚宴飨的诗，男子一方面感谢媒人的功劳，一方面设宴庆贺新婚。"

　　我认为，本诗是一位男子新婚燕尔时所唱的歌，以此表达他对这桩婚姻心满意足的心情和对生活的感悟。

　　全诗二章八句，每章四句。全诗语句简单而朗朗上口，而朴素的辞藻中却蕴含着深刻的辩证思想和丰富的生活哲理。

　　一是工欲善其事，必先利其器。从诗的表层语义看，讲的是生活常识。"伐柯如何？匪斧不克。"砍取做斧柄的木料，没有斧子，什么也做不成。

　　二是不以规矩，不成方圆。"伐柯伐柯，其则不远。"砍取做斧柄的木料，有了斧子，还需要按一定方法、规则去砍伐，才会得到做斧柄的木料的。言下之意，若不按一定的规格、方法去做，那是得不到做斧柄的木料。诗人以此类比婚姻，也是同样的道理。"其则不远"，既是"伐柯"之道，也是"娶妻"之道。"取妻如何？匪媒不得。""匪媒不得"是"则"，是规矩，是礼义，非遵循不可。男人要想娶得妻子，没有媒人不行。只有遵循周代社会的礼制规则，好事才能成功。

据学者研究考证,在周代社会,一般贵族和平民的婚礼要经过"纳采""问名""纳吉""纳征""请期""亲迎"等几个步骤。所谓"纳采",意为"纳其采择之礼",就是男方请媒人以活雁为礼物向女家提亲。在男方与女方两家联系的过程中,媒人是不可或缺的人物。《周礼》有"媒氏"一职,"司男女之无夫家者而会之"。《礼记·曲礼》说:"男女非有行媒,不相知名。"《仪礼·士昏礼注》:"将欲与彼合婚姻,必先使媒氏下通其言。"这是当时社会婚姻活动所普遍遵循的准则。如果不经媒人联系而男女相爱,不循"则"守规矩,那便会遭到社会舆论的谴责。(晁福林等著《中国民俗史(先秦卷)》)诗中"其则不远"句,讲的就是这个道理。

三是勤劳持家是美满婚姻之根本。全诗末尾二句"我觏之子,笾豆有践",既表达了诗作者对婚姻心满意足的心情,也表达了他的家庭生活观。"我觏之子",因为有"媒"、守"则""我"娶到了媳妇,与姑娘成了亲,自然很是高兴。而更令"我"满意的是,妻子勤劳会持家。"笾豆有践"的表层意思是将食物排列整齐,引申为妻子会持家,善于打理家务。在农耕社会的家庭生活中,男女是有较明确的社会分工的,丈夫的职责主要是从事打猎、耕种、捕鱼、服劳役等较繁重的户外劳动,而妻子则主要从事织补、浆洗、烹饪、蒸煮等如"笾豆有践"类的室内劳动。《诗经·国风》篇多首诗中作了描述。

在本诗中,诗人既没有赞颂新婚妻子的容颜美,也没有赞颂妻子的服饰美,而是赞美妻子善于办理宴飨事宜,有"笾豆有践"的贤德。诗人认为,只有懂得笾豆之事,才真正"宜其室家"。这些都从侧面反映出封建的伦理观念、宗法观念已经渗透到婚姻生活中,成为衡量婚姻是否美满的准则了。这在《诗经·国风》其他篇章中是不曾见的。它较之于《周南·桃夭》中的"宜其室家",《卫风·硕人》中的"硕人其颀,衣锦褧衣""手如柔荑,肤如凝脂""巧笑倩兮，美目盼兮"，《唐风·椒聊》中的"硕大无朋""硕大且笃"，更具美满婚姻之内涵。

本诗当是出自一位平民之口。若没有深切的生活体验和劳动实践，是写不出蕴含如此深刻的生活哲理之诗篇的。

九 罭

九罭之鱼鳟鲂①，我觏之子②，衮衣绣裳③。

鸿飞遵渚④，公归无所，于女信处⑤。

鸿飞遵陆⑥，公归不复⑦，于女信宿⑧。

是以有衮衣兮⑨，无以我公归兮⑩，无使我心悲兮！

【词句注释】

①九罭（yù）：网眼较小的渔网。九，虚数，表示网眼很多。鳟鲂：鱼的两个种类。 ②觏：碰见，相遇。子：客人，朋友。 ③衮（gǔn）衣：古时绣有龙纹的礼服，为王公所穿。绣裳：彩色下服，为官服。 ④遵渚：沿着沙洲。渚：水中小洲。 ⑤女（rǔ）：汝，你。信处：再住一夜。 ⑥陆：水边的陆地。 ⑦不复：不再返回。 ⑧信宿：同"信处"，再住一夜。 ⑨是以：因此。有：持有、留下、藏起来。 ⑩无以：不要让。

【译诗】

九罭 （新韵）

鳟鲂入网出神奇，嘉客来时着衮衣。
鸿雁居渚双翅舞，公归无所我心悲。
鸿飞远地终来复，公去他乡将不回。
锦带绣衣藏好了，留公再宿乐怡怡。

【解读与评析】

  关于本诗的主旨，古今学者存有分歧。《毛诗序》："《九罭》，美周公也。周大夫刺朝廷之不知也。"朱熹《诗集传》说："此亦周公居东之时，东人喜得见之。"方玉润《诗经原始》认为是"东人送周公西归也"。闻一多《风诗类钞》认为："这是燕饮时主人所赋留客的诗。"马飞骧《诗经缱绻》认为是"东人惜别周公西归之诗"。刘毓庆、李蹊则认为："一个姑娘无意间遇合了一位地位很高的流浪（流亡）公爷，他们相好了。她对他一往情深，千方百计想留住这位客人。"

  从诗中"公归无所"句，说本诗是美周公之诗或是送周公西归之诗，都是站不住脚的，不能令人信服。堂堂的西周开国元勋、周文王之子周公，无论他去何地，怎会无居住之所呢？我认为，《九罭》是一首主人留客诗。一个落魄的贵族流浪到了久未见面的朋友（或亲戚）家，主人热情招待，并执意留他多住些日子。

  全诗四章十二句，每章三句，各章韵不同。全诗四章划分为待客之为与留客之意两层意思。第一章为待客之为。后三章为留客之意。结构安排层层推进，按时序叙述，使这首诗取得了强烈的抒情效果。

  第一章是待客之为。朋友来了，用什么招待呢？主人用鱼（鳟鲂）招待客人。一开始就把主人殷勤、诚恳待客的心情诉说出来了。即使如今，鱼仍是美味佳肴，更何况是在远古的周代社会了。有意思的是，主人是用小网（九罭）捕到了大鱼（鳟鲂）。首句"九罭之鱼鳟鲂"，寓意很深。一是告诉读者，主人并不富有，可能是平民百姓，地位卑微，家里只有小网，也没有更多的物资储备，客人来了只好现时准备下河捕鱼。二是主人对客人的到来感到出乎意料。小网捕到大鱼，这是出乎意料的事。他们可能是久未联系的朋友（或亲戚），客人的到来，就如小网捕到了大鱼一样，出乎他的意料。三是客人来了，主人很高兴。用小网捕到了大鱼，这是一件多么令人高兴的事呀！这是表层意义。其深意则是对客人的到来，主人很高兴。紧随其后的第二、三句，交代了来客的身份不同一般。客人（"我觏之子"）身着官服（"衮衣绣裳"），身份高贵。诗至此，读者便知，来者当是一位落魄或遭遇困境的贵族。若不然，他怎么来到了久未联系且地位卑微的平民朋友家呢？

　　诗的后三章是留客之意，且主人的留客之情一章更比一章浓。第二章前二句"鸿飞遵渚，公归无所"，用鸿雁在沙洲自由展翅飞舞与"公归无所"作对比，说明主人挽留客人再住一夜的原因："信处"，是虚数，而非实指。原意是"再住一夜"，深层的意思是：你在我这里住下吧！（"于女信处。"）

　　第三章前二句"鸿飞遵陆，公归不复"，用鸿飞远地还复回与"公归不复"作对比，进一步说明主人挽留客人再住一夜的原因：你这一走不可能再回来，你在我这里住下吧！（"于女信宿。"）

　　最后一章直抒胸臆，留客之情达到情深深意切切的高潮。说明他的留客是真心实意而不是说的客气话。"是以有衮衣兮，无以我公归兮"：你若要走，我把你礼服藏起来，看你怎么走！诗的结尾句"无使我心悲兮"，点出全诗主人留客心情的核心所在：你若匆匆离去会使我无限悲伤。至此，感情的积累到了坦率暴露的程度。

狼　跋

狼跋其胡①，载疐其尾②。
公孙硕肤③，赤舄几几④。

狼疐其尾，载跋其胡。
公孙硕肤，德音不瑕⑤。

【词句注释】

①跋（bá）：通"拔"，拔掉。引申为"无""没有"。胡：胡须，髯须。　②载（zài）：则，且。疐（zhì）：同"踬"，跌倒。一说踩踏。　③公孙：国君的子孙，或大贵族的儿孙。硕肤：大腹便便、肥硕貌。　④赤舄（xì）：赤色鞋，贵族所穿。几几：鞋尖高高翘起挺直貌。　⑤德音：德性、品德。不瑕：无瑕疵，无过错。"德音不瑕"：德性好，声誉好。

【译诗】

狼　跋

夹尾老狼无髯须，公孙肥硕润肌肤。
尘鞋赤色高高翘，德性无瑕与众殊。

【解读与评析】

关于本诗的主旨，古今学者有"美诗说"与"刺诗说"之分

豳 风

歧。持"美诗说"的主要有：《毛诗序》曰："《狼跋》，美周公也。周公摄政，远则四国流言，近则王不知。周大夫美其不失其圣也。"朱熹《诗集传》："周公虽遭疑谤，然所以处之不失其常，故诗人美之。"牟庭《诗切》："豳人思周公也。"方玉润《诗经原始》："美周公也。"闻一多《风诗类钞》："美公孙也。"马飞骧《诗经缫绎》认为是"美周公之诗"。

持"刺诗说"的主要有：高亨《诗经今注》认为："周幽王是个暴君，又信任一个名叫虢石甫的奸臣，所以对劳动人民的剥削与压迫更残酷了。幽王当时可能封虢石甫于豳地，豳地劳动人民唱出这首歌来讽刺他。"刘毓庆、李蹊认为："本诗嘲笑一位光嘴巴贵族。"

我认为，本诗是一首赞美外貌不扬且不拘小节的贵族公子德性无瑕声誉好的诗作。

全诗二章八句三十二字，每章仅四句十六字。第一章前三句与第二章前三句只是字词顺序变换，而内容完全相同。本诗虽短小，却内涵很深。

狼是群居动物，其性格特点是：善于团结合作，相互默契配合，有敏锐的观察力，执着于专一的目标，敢于拼搏且忠诚。它虽凶残，但不主动袭击人类。本诗各章首句以狼起兴，用其类比所赞颂的"公孙"，是很恰当的。

但是，诗人并没有叙说狼的优点，而是以诙谐幽默调侃的诗句描写其外貌之丑，"狼跋其胡，载疐其尾"：它没有胡须，夹着尾巴。第一章第三、四句和第二章第三句则直接揶揄主人公，"公孙硕肤，赤舄几几"：公孙肥硕，油腻得肤色发亮，脚上红色鞋尖高高翘起。一具丰腴的躯体，挺着个大肚腩，一步一摇地走来。这体态、这行头，使人见了，忍俊不禁。由此可以看出，诗的主人公确实是一个其貌不扬且不拘小节的贵族公子（"公孙"）。

诗经国风赏析

　　诗人对"公孙"之态的描写并非含有憎恶、挖苦之意,而是旨在使外貌之丑与品德之美形成强烈的对比,强化对其品德无瑕的赞美之意。诗的末尾句"德音不瑕"是诗魂,是本诗的主旨所在。人不可貌相,"公孙"虽其貌不扬且不拘小节,但他品德无瑕声誉好。这才是做人的根本呢!

后　记

文字是单位面积里浓缩意象最高的媒体，而诗又是单位字数里浓缩意象最高的文字。当你休闲或需要休闲的时候，或心情烦闷、心力交瘁之时，如能阅读和吟诵一首好诗，就会感到身心愉悦，烦恼消失。

我自小有一个文学梦，对文史哲有着较浓厚的兴趣，于是，作为消遣，在工作之余，就大量地阅读。读《诗经》《论语》《离骚》，读《史记》，读佛教经典，读唐诗宋词，等等。当时的阅读，尽管是零零散散的，但也足以解一日工作之疲劳、消一时之烦忧。自得其乐。

退休之后，我有了充裕的时间，可以较系统地读一些古典文学和唐宋诗词，尤其是在读《诗经·国风》十五篇时，通过考据各首诗的创作背景，识别其魂，辨析其义，从中闻到了3000多年前流淌在人间的浓浓烟火味，听到了诗人关于人生观、哲学观、价值观、美学观、礼仪观、荣辱观、是非观的轻言细语，看到了华夏先民对于家国、故土、爱情、亲情、友情的敞开心扉的深情告白，感受到了华夏先民对社会公平正义与和谐生活的不懈追求与衷心赞美，享受到了令人心醉的意趣盎然的艺术盛宴。我沉迷其中，浮想联翩，每有所得，喜悦之情形于色、溢于言，不揣浅陋，撷字积句而成文，集篇而成就了这本《诗经国风赏析》，以使居今世者念古人，见往昔事启来者。

在写作本书的过程中，笔者学习、研读、参考、借鉴了古今众

诗经国风赏析

多专家学者的诗释译注著作或专题研究成果,难以一一列出。在此,我谨向他们致以最真挚的谢忱!

最后,期待广大读者和同好不吝指正,多多交流切磋。

李敏新

2024 年 1 月 31 日

图书在版编目(CIP)数据

诗经国风赏析/李敏新译注、赏析. ——长沙:岳麓书社,2025.1
--ISBN 978-7-5538-2225-9

Ⅰ.I222.2;I207.222

中国国家版本馆 CIP 数据核字第 2024UF2394 号

SHIJING GUOFENG SHANGXI

诗经国风赏析

译注赏析:李敏新
出 版 人:崔　灿
责任编辑:彭卫才
责任校对:舒　舍
封面设计:刘　峰

岳麓书社出版发行

地址:湖南省长沙市爱民路47号
直销电话:0731-88804152　0731-88885616
邮编:410006

版次:2025 年 1 月第 1 版
印次:2025 年 1 月第 1 次印刷
开本:890mm×1240mm　1/32
印张:18.5
字数:450 千字
ISBN 978-7-5538-2225-9
定价:68.00 元

承印:长沙鸿和印务有限公司

如有印装质量问题,请与本社印务部联系
电话:0731-88884129